哈佛百年经典

堂吉诃德

[西]塞万提斯◎著
[美]查尔斯·艾略特◎主编
罗　钰◎译

北京理工大学出版社
BEIJING INSTITUTE OF TECHNOLOGY PRESS

图书在版编目（CIP）数据

堂吉诃德 / （西）塞万提斯（Cervantes，M.D.）著；罗钰译. —北京：北京理工大学出版社，2014.3（2019.9 重印）
（哈佛百年经典）
ISBN 978-7-5640-7797-6

Ⅰ. ①堂… Ⅱ. ①塞… ②罗… Ⅲ. ①长篇小说-西班牙-中世纪 Ⅳ. ①I551.43

中国版本图书馆 CIP 数据核字（2013）第 120227 号

出版发行 / 北京理工大学出版社有限责任公司
社　　址 / 北京市海淀区中关村南大街 5 号
邮　　编 / 100081
电　　话 / (010)68914775（总编室）
82562903（教材售后服务热线）
68948351（其他图书服务热线）
网　　址 / http://www.bitpress.com.cn
经　　销 / 全国各地新华书店
印　　刷 / 三河市金元印装有限公司
开　　本 / 700 毫米×1000 毫米　1/16
印　　张 / 24.75
字　　数 / 350 千字
版　　次 / 2014 年 3 月第 1 版　2019 年 9 月第 2 次印刷
定　　价 / 67.00 元

责任编辑 / 钟　博
文案编辑 / 钟　博
责任校对 / 周瑞红
责任印制 / 边心超

图书出现印装质量问题，请拨打售后服务热线，本社负责调换

出版前言

人类对知识的追求是永无止境的，从苏格拉底到亚里士多德，从孔子到释迦摩尼，人类先哲的思想闪烁着智慧的光芒。将这些优秀的文明汇编成书奉献给大家，是一件多么功德无量、造福人类的事情！1901年，哈佛大学第二任校长查尔斯·艾略特，联合哈佛大学及美国其他名校一百多位享誉全球的教授，历时四年整理推出了一系列这样的书——《Harvard Classics》。这套丛书一经推出即引起了西方教育界、文化界的广泛关注和热烈赞扬，并因其庞大的规模，被文化界人士称为The Five-foot Shelf of Books——五尺丛书。

关于这套丛书的出版，我们不得不谈一下与哈佛的渊源。当然，《Harvard Classics》与哈佛的渊源并不仅仅限于主编是哈佛大学的校长，《Harvard Classics》其实是哈佛精神传承的载体，是哈佛学子之所以优秀的底层基因。

哈佛，早已成为一个璀璨夺目的文化名词。就像两千多年前的雅典学院，或者山东曲阜的“杏坛”，哈佛大学已经取得了人类文化史上的“经典”地位。哈佛人以“先有哈佛，后有美国”而自豪。在1775—1783年美国独立战争中，几乎所有著名的革命者都是哈佛大学的毕业生。从1636年建校至今，哈佛大学已培养出了7位美国总统、40位诺贝尔奖得主和30位普利策奖获奖者。这是一个高不可攀的记录。它还培养了数不清的社会精英，其中包括政治家、科学家、企业家、作家、学者和卓有成就的新闻记者。哈佛是美国精神的代表，同时也是世界人文的奇迹。

而将哈佛的魅力承载起来的，正是这套《Harvard Classics》。在本丛书里，你会看到精英文化的本质：崇尚真理。正如哈佛大学的校训："与柏拉图为友，与亚里士多德为友，更与真理为友。"这种求真、求实的精神，正代表了现代文明的本质和方向。

哈佛人相信以柏拉图、亚里士多德为代表的希腊人文传统，相信在伟大的传统中有永恒的智慧，所以哈佛人从来不全盘反传统、反历史。哈佛人强调，追求真理是最高的原则，无论是世俗的权贵，还是神圣的权威都不能代替真理，都不能阻碍人对真理的追求。

对于这套承载着哈佛精神的丛书，丛书主编查尔斯·艾略特说："我选编《Harvard Classics》，旨在为认真、执著的读者提供文学养分，他们将可以从中大致了解人类从古代直至19世纪末观察、记录、发明以及想象的进程。"

"在这50卷书、约22000页的篇幅内，我试图为一个20世纪的文化人提供获取古代和现代知识的手段。"

"作为一个20世纪的文化人，他不仅理所当然的要有开明的理念或思维方法，而且还必须拥有一座人类从蛮荒发展到文明的进程中所积累起来的、有文字记载的关于发现、经历以及思索的宝藏。"

可以说，50卷的《Harvard Classics》忠实记录了人类文明的发展历程，传承了人类探索和发现的精神和勇气。而对于这类书籍的阅读，是每一个时代的人都不可错过的。

这套丛书内容极其丰富。从学科领域来看，涵盖了历史、传记、哲学、宗教、游记、自然科学、政府与政治、教育、评论、戏剧、叙事和抒情诗、散文等各大学科领域。从文化的代表性来看，既展现了希腊、罗马、法国、意大利、西班牙、英国、德国、美国等西方国家古代和近代文明的最优秀成果，也撷取了中国、印度、希伯来、阿拉伯、斯堪的纳维亚、爱尔兰文明最有代表性的作品。从年代来看，从最古老的宗教经典和作为西方文明起源的古希腊和罗马文化，到东方、意大利、法国、斯堪的纳维亚、爱尔兰、英国、德国、拉丁美洲的中世纪文化，其中包括意大利、法国、德国、英国、西班牙等国文艺复兴时期的思想，再到意大利、法国三个世纪、德国两个世纪、英格兰三个世纪和美国两个多世纪的现代文明。从特色来看，纳入了17、18、19世纪科学发展的最权威文献，收集了近代以来最有影响的随笔、历史文献、前言、后记，可为读者进入某一学科领域起到引导的作用。

这套丛书自1901年开始推出至今，已经影响西方百余年。然而，遗憾的是中文版本却因为各种各样的原因，始终未能面市。

2006年，万卷出版公司推出了《Harvard Classics》全套英文版本，这套经典著作才得以和国人见面。但是能够阅读英文著作的中国读者毕竟有限，于是2010年，我社开始酝酿推出这套经典著作的中文版本。

在确定这套丛书的中文出版系列名时，我们考虑到这套丛书已经诞生并畅销百余年，故选用了“哈佛百年经典”这个系列名，以向国内读者传达这套丛书的不朽地位。

同时，根据国情以及国人的阅读习惯，本次出版的中文版做了如下变动：

第一，因这套丛书的工程浩大，考虑到翻译、制作、印刷等各种环节的不可掌控因素，中文版的序号没有按照英文原书的序号排列。

第二，这套丛书原有50卷，由于种种原因，以下几卷暂不能出版：

英文原书第4卷：《弥尔顿诗集》

英文原书第6卷：《彭斯诗集》

英文原书第7卷：《圣奥古斯丁忏悔录 效法基督》

英文原书第27卷：《英国名家随笔》

英文原书第40卷：《英文诗集1：从乔叟到格雷》

英文原书第41卷：《英文诗集2：从科林斯到费兹杰拉德》

英文原书第42卷：《英文诗集3：从丁尼生到惠特曼》

英文原书第44卷：《圣书（卷Ⅰ）：孔子；希伯来书；基督圣经（Ⅰ）》

英文原书第45卷：《圣书（卷Ⅱ）：基督圣经（Ⅱ）；佛陀；印度教；穆罕默德》

英文原书第48卷：《帕斯卡尔文集》

这套丛书的出版，耗费了我社众多工作人员的心血。首先，翻译的工作就非常困难。为了保证译文的质量，我们向全国各大院校的数百位教授发出翻译邀请，从中择优选出了最能体现原书风范的译文。之后，我们又对译文进行了大量的勘校，以确保译文的准确和精炼。

由于这套丛书所使用的英语年代相对比较早，丛书中收录的作品很多还是由其他文字翻译成英文的，翻译的难度非常大。所以，我们的译文还可能存在艰涩、不准确等问题。感谢读者的谅解，同时也欢迎各界人士批评和指正。

我们期待这套丛书能为读者提供一个相对完善的中文读本，也期待这套承载着哈佛精神、影响西方百年的经典图书，可以拨动中国读者的心灵，影响人们的情感、性格、精神与灵魂。

主编序言

塞万提斯，是文艺复兴时期西班牙的小说家、剧作家、诗人，于1547年9月29日出生，1616年4月23日在马德里逝世。他被誉为是西班牙文学世界里最伟大的作家。评论家们称他的小说《堂吉诃德》是文学史上的第一部现代小说，同时也是世界文学的瑰宝之一。他的一生充满了典型的西班牙人的冒险。

他出生时的16世纪，正是激动人心的时代。信奉伊斯兰教的摩尔人被逐回北非，西班牙从地域到宗教都得到统一。在西班牙王廷的资助下，哥伦布发现了新大陆。海洋冒险促进了殖民主义的兴盛，对美洲的掠夺刺激了国内工商业的发展，一些城市里资本主义生产关系开始萌芽，西班牙拥有一千多艘船航行在世界各地，成为称霸欧洲的强大封建帝国。但是西班牙的强盛极为短暂，专制君主腓力普二世对外发动多次失败的战争，既耗尽了国库的资产，也使西班牙丧失了海上霸主的地位。

在国内，封建贵族与僧侣还保持着特权，各种苛捐杂税繁多，使得贫富分配不均的现象更为突出，阶级矛盾日益激化。尽管专制王权与天主教会勾结在一起，利用宗教裁判所镇压一切进步思想与人民的反抗，但人文主义思想仍然得到传播，涌现出一批优秀的作家。

塞万提斯出生于一个贫困之家，祖父是破落贵族，当过律师，父亲是一个潦倒终身的外科医生。因为生活艰难，塞万提斯和他的七个兄弟姊妹跟随父亲到处奔走，直到1566年才定居马德里。颠沛流离的童年生活，使他仅受过中学教育。但由于喜爱文学，他阅读了大量文艺复兴时期的作品。

23岁时他到了意大利，当了红衣主教胡利奥的家臣。一年后不肯安于现状的他参加了西班牙驻意大利的军队，准备对抗来犯的土耳其人。他参加了著名的勒班多大海战，在这次战斗中，以西班牙为首的联合舰队的二十四艘战舰重创了土耳其人的舰队。带病坚守岗位的塞万提斯在激烈的战斗中负了三处伤，以致被截去了左手，此后即有“勒班多的独臂人”之称。经过了四年出生入死的军旅生涯后，他带着基督教联军统帅胡安与西西里总督给西班牙国王的推荐信踏上返国的归途。

不幸的是在回国的途中他们遭遇了土耳其海盗船，他被掳到阿尔及利亚。由于这两封推荐信的关系，土耳其人把他当成重要人物，准备勒索巨额赎金。做了奴隶的塞万提斯组织了一次又一次的逃跑，却均以失败告终，但他的勇气与胆识却得到俘虏们的信任与爱戴，就连奴役他们的土耳其人也被他不屈不挠的精神所折服。1580年亲友们终于筹资把他赎回，这时他已经34岁了。

以一个英雄的身份回国的塞万提斯，并没有得到腓力普国王的重视，终日为生活奔波。他一面著书一面在政府里当小职员，曾干过军需官、税吏，接触过农村生活，也曾被派到美洲公干。他不止一次被捕下狱，原因是不能缴上该收的税款，也有时遭受无妄之灾。

塞万提斯十分爱好文学，在生活窘迫的时候，卖文是他养活妻儿老小的唯一途径。他用文学语言给一个又一个商人、一种又一种商品做广告。他写过连他自己也记不清数目的抒情诗、讽刺诗，但大多没有引起太大的反响。他亦曾应剧院邀请写过三四十个剧本，但上映后并未取得预想的成功。1585年他出版了田园牧歌体小说《加拉黛亚》（第一部），虽然作者自己很满意，但也未引起文坛的注意。塞万提斯在50余岁时开始了《堂吉诃德》的写作。著名长篇小说《堂吉诃德》（1602~1615）是塞万提斯的代表作。小说全名为《奇情异想的绅士堂吉诃德·德·拉·曼却》，共2卷，主要描写一个瘦弱的没落贵族堂吉诃德因迷恋古代骑士小说，竟像古代骑士那样用破甲驽马装扮起来，把丑陋的牧猪女当作美赛天仙的贵妇，再以矮胖的农民桑丘·潘萨做侍从，3次出发周游全国，去创建锄强扶弱的骑士业绩，以致闹出不少笑话，到处碰壁受辱，被打成重伤或被当作疯子遣送回家。小说中出现的人物近700个，描绘的场景从宫廷到荒野遍布全国。它揭露了从16世纪末到17世纪初正在走向衰落的西班牙王国的各种矛盾，谴责了贵族阶级的荒淫腐朽，展现了人民的痛苦和斗争，触及了政治、经济、道德、文化和风俗等诸方面的问题。小说塑造了可笑、可敬、可悲的堂吉诃德和既求实胆小又聪明公正的农民桑丘这两个世界文学中的著名人物，将现实主义和浪漫主义有机地结合起来，既有朴实无华的真实生活，也有滑稽夸张的虚构情节，在反映现实的深度、广度上，在塑造人物的典型性上，都迈上了一个新的台阶。小说曾受到马克思、恩格斯、列宁及席勒、歌德、司各特、拜伦、海涅、别林斯基等革命导师、著名作家的高度赞誉，在世界各国被翻译出版了1000多次，成为世界各国读者普遍熟悉和喜爱的世界文学名著之一。

查尔斯·艾略特

原出版序言

亲爱的读者，有可能你会出于信任我，希望我杜撰的这本书尽善尽美，充满想象。可是我却不能违背了自然界物造其类的规律。就像一个出生在纷扰尽生、哀声四起的牢房里的人，免不了枯瘦任性、满脑怪谲。我这样无才无学的人，我在脑子里所构想的关于孩子的故事也同我一样。如果生活闲逸、居住环境幽静，面对秀丽的田园风光、晴朗无云的天空、清澈的泉水，加之心无止境，枯竭的创作思维也能变得丰富，为社会提供各种创作，使之洋溢着赞美和欢乐。有的父亲溺爱孩子，即使自己的孩子又丑又蠢，可是因为父爱遮住了双眼，反而将孩子的这些短处视为长处，乐于向朋友们夸奖孩子的聪明美丽。我就像是堂吉诃德的父亲，虽然有点像是继父，却不愿意随俗沉浮，像别人那样，含泪恳求尊敬的读者们宽恕并包容我儿子的短处。你既不是孩子的亲戚，也不是他的朋友，你有自己的灵魂和自由的意志，又是个绝顶聪明的人，你在自己的家里作为一家之主，完全可以自己做主。俗话说："在我的大衣的遮盖下，国王也可随意杀戮。"因此，你可以不受任何约束，不承担任何义务，对这个故事你有什么意见都可以评论。不用担忧，没有人会指责你说它不好，反之，也没有人奖励你说它好。

我只想一五一十地讲个故事给你听，不用前言和卷首惯用的十四行诗、讥讽诗和颂词来装点。我不妨给你讲，虽然我费心费力地编这么个故事，然而却不像写这篇序言这么艰难。有好多次，我提笔欲写却又放下，不知该从何写起。有一次，我面前铺放着纸，耳朵上夹着笔，胳膊肘在桌子上支撑着，手掌托着脸颊，正在冥思苦想之际，忽然来了一位老成稳重、风趣高明的朋友。他看见我沉思，就问我在想什么。我直言不讳，告诉他我正在为堂吉诃德的传记写个序言，却又不知从何下笔，甚至不愿将这位贵族骑士的传记出版了。“我这个故事干瘪如茅草，没有创新，文笔枯竭，才思平平，毫无学识，而且这本书也不像其他的书在空白处有批注，书末还有注释，即使粗制滥造，文章中也充斥着亚里士多德、柏拉图和一堆哲学家的格言，读起来令人无比尊崇，觉得作者应该是一位博学多才、才华横溢的人物。然而他们引用《圣经》，不过是为了表示他们是圣托斯·托马斯或其他神学大家！他们上一句还在写情人脉脉含情，下一句却变成了基督教的训诫，令人读来津津有味，又绝不伤风化。我的书里可没有这些。书上的旁白没有什么可批注的，书的末尾也没有什么可注释的，不像其他人，卷首有一个按照字母 A、B、C 的顺序排列的名表，从亚里士多德起，到色诺芬、索伊洛或宙克西斯，逐一列注，而我则不知道有哪些我所参考的作者的名字可以列在卷首。尽管一位是批评家，而另一位是画家。我的书卷首没有十四行诗，至少没有公爵、侯爵、伯爵、主教、贵夫人或著名诗人的十四行诗。其实我有两三个朋友是行家，如果我向他们求诗的话，他们一定答应，而且写的诗绝不输给国内最有名气的那些人。”

“总而言之，我的朋友，”我又接着说，“我决定还是让堂吉诃德先生埋没在曼查的旧纸堆里吧，等待上天派人来把之前讲述的种种事情修补完整。我自觉缺乏能力、才疏学浅，又懒惰，为这几首我自己也能创作的诗歌到处求人大可不必。所以刚才我一直在发呆，你听我说的这些话就知道我确有其理了。”

我的朋友听我讲到这儿，在自己的额头上拍了一巴掌，大笑着对我说：“老兄，认识你这么长时间了，我刚才才认清楚。我一直以为你是个老成稳重的人，但是现在看来，你跟我料想的简直截然不同。本来在短时间内很容易办成的事情，却居然把像你这样历尽沧桑的人吓得罢手不干了。老实说，你不是没有能力，而是本身太懒，连思考都懒于去做。也许你还不信我说的话，那么请留心听我说，著名的堂吉诃德是所有游侠骑士的光辉和榜样，你写了他的故事却不敢出版。你会瞧见，我在转瞬之间就可以克服那些顾虑，把你说的缺点都填补上。”

我听了他的话说：“那你讲吧，你打算怎样扫除我的疑虑，减少我的困惑呢？”

他说：“首先，你考虑的是书的开头没有十四行诗、讽刺诗和赞美诗，作者还得是文人墨客和贵族，其实，你只用花费少许之力就能完成这些。再任意加上几个名字，可以是印第安人普勒斯特或者国王特拉彼松达，据说他们都是有名的诗人。就算不是，一些学究和多舌的家伙在背后嘀咕并诬陷你，你也可以置之不理。即使他们证明了那些都是谎话，也不能砍掉你写谎话的那只手啊。

“至于书页空白处的批注，你可以收集一些经典的句子或是那些经典的作者，只须记住一些拉丁文写的只言片语就行了。或者你也可以引用，例如，讲到自由和禁锢，你就写上：

为得黄金而丧失自由，并非幸福。

“然后，在书的页边白上你就可以写上贺拉斯或其他什么人的名字。假如谈到死亡的力量，你就引用：

死神践踏平民的草屋，
同样践踏帝王的宫殿。

“如果谈到上帝让我们对敌人也该友爱，你就马上借用《圣经》。随便翻开一页你就能找到上帝的原旨意：‘我告诉你们，要爱你们的仇敌！’讲到邪恶，你不妨引用《福音》：‘从心里发出来的邪念。’如果谈到朋友不可靠，那么有卡顿现成的两行诗呢，他会告诉你：

你走运的时候会有很多朋友，
一旦危难时你就会门庭冷落。

“你用了这些拉丁文的东西，至少人们会把你当成语言学家，这在如今是名利双收的事呢。要说书尾的注释，你也完全遵照此法。如果你想在书里添加一位巨人的名字，你大可写巨人戈利亚。这也花费不了你什么力气，还可以大做注释。找到相关章节你就可以写上：‘据《列王记》，巨人戈利亚或者戈利亚特，是腓力斯人，牧人大卫在特雷宾托山谷用一块石头狠击他而使他死亡。’

“随后，如果你要卖弄自己精通人文学和宇宙学，那么在故事里你可以婉转提到塔霍河，接着你可以用上一段精彩的注解，上面写着：‘塔霍河得名于某一位西班牙国王。它发源于某地，又沿着著名的里斯本城墙，流入海洋，据说它含有金沙等。’若是讲到小偷，我可以给你讲述我还记得的卡科的故事。谈到妓女，蒙多涅多主教会向你提供拉米亚、列伊达和弗洛拉，这个注释会让你的书增色不少。说到狠毒的女人，奥维德会推荐美狄亚。要说女魔法师和女巫师，荷马有卡吕普索，维吉尔有喀尔刻。论英勇的将领，尤利乌斯·恺撒会为你献上他的《高卢战记》和《内战记》；普鲁塔克会告诉你上千个亚历山大。谈及爱情，你只需略懂托斯卡纳语，就可以找到莱昂·埃夫雷奥，满足你的需要。倘若你不愿意到国外去找，国内就有封塞卡的《对上帝的爱》，供你和最具智慧的人学习引用的素材都在那里。总之，你要做的事情就是列举出名字，或者把我刚才说的这些故事添进你的故事里，由我负责写批注和注释。我保证把书边的空白都填满，在书的末尾再加四页。”

“现在，咱们再来瞧瞧别人有而你无的那份参考作家的名单吧。补救的方法很简单，就如你说的那样，只须找到书上面的作者名单是按照字母顺序从 A 到 Z 排列的，然后列到你的书上，照单全抄。尽管一看就是假的，因为你大可不必参考那么多作者，那也没关系，说不定真有人头脑单纯，相信你为写这个简单普通的故事旁征博引了那么多作者呢。这个长长的名单即使没有用，但至少给你的书额外地增添了权威感。况且，你是否真参考了那些作者也不会有人去调查的，这跟他又不相干。尤其是我突然想到，你说你这本书缺少点缀的东西，照我看来，其实大可不必。这是本讽刺骑士小说，而这类小说亚里士多德从未提及，圣巴西利奥也不会说什么，西塞罗更是什么也没听到。这个故事的真实性不用考证，也不用占星学观测，至于是否有几何学的精确尺度，或有修辞学的标准论据，都同这本书无关。没有必要将人和神混为一谈，告诉他人这是本综合书籍。任何信仰基督教的人都认为不应该有这种添加。你只能依靠在写作的过程中模仿真意。模仿得越接近，作品就越好。你写这本书的宗旨难道不是为了消除骑士小说在社会上、百姓中的影响和地位吗？那么，不必到处借用哲学家的格言、《圣经》的训言、诗人编造的寓言、修辞学家的词句和圣人的奇迹，而是要响亮地表达、言之有理，用词要得当、生动、具体，写出的句子要有趣而能打动人，尽可能把自己的意图表达清楚，条理清楚地阐述你的观点。你还应该设法做到让人读了你的故事后，忧郁的人转忧为笑，愉快的人更加快乐，苛求的人不觉厌倦，矜持的人也赞不绝口。总而言之，你的目的就是要推翻骑士小说胡编滥造的那套虚幻的东西。很多人厌恶骑士小说，但更多的人喜欢它。你要是能贯彻自己的宗旨，功劳不小呢。”

我洗耳恭听朋友的忠告，句句在理，撼动我心。我无一争辩、深信不疑，决定按照他的意见写这篇序言。温馨的读者，你可以看到，从这篇序言里可以看出，我的朋友是多么聪明，我又是多么幸运，在最需要帮助的时候遇到了这位顾问，而作为读者的你，能够读到这个关于曼查地区的名人——堂吉诃德的真实故事，也可以为有机会能读到这则故事而松口气了。据蒙铁尔地区的所有居民说，堂吉诃德在那一带一直称得上是最纯情的人、最勇敢的骑士。我不想强调是我向你介绍了这位尊贵正直的骑士，但希望你感谢我让你即将认识他的侍从，那位著名的桑丘·潘萨。我认为，我已把那些空洞的骑士小说里侍从的所有滑稽之处都集于他一身了。愿上帝保佑你的健康，也不要忘了照顾我。请多保重。

目录 Contents

第一部

第一章 著名绅士堂吉诃德的品性与行为

不久以前，曼查某个地方的村子，地名我就不提了，住着一位绅士。他这类绅士，其矛架上一般都会有一支长矛，有一面盾牌、一匹瘦马以及一只猎犬。日常吃饭的锅里，牛肉比羊肉多①，晚餐则吃杂烩，星期六吃煎的薄肉片和煎鸡蛋，星期五吃扁豆，星期日加一只小鸽子，这就花掉了他四分之三的收入，剩余的钱用来买节日穿的黑色外套、长毛绒裤子和鞋子，而平时，他也总是自得地穿着一套体面的衣服。在他家里有一个四十多岁的女管家，一个二十来岁的外甥女，还有一个家里家外服侍他的小伙子，为他备马、修剪树木。我们的这位绅士大约五十岁上下，体格健壮，皮肤干燥，面容清瘦。他喜爱打猎，每天很早就起床。据说他还有一个别名，叫吉哈达或吉萨达（各种记载不一）。推测起来，似乎应该叫吉哈纳。不过，这一点也不重要，只要我们在叙述这个故事时不失真实就行。

说到这位绅士，他一年到头闲暇的时候居多，闲时爱读骑士小说，而且读得爱不释手，津津有味，几乎忘记了练习打猎和管理家产。他沉醉其

① 当时羊肉比牛肉贵。

中，差点走火入魔，居然卖掉了几亩田地去买骑士小说，把所有能弄到的骑士小说都搬回家。不过，在这些小说中，他觉得都不如著名的费利西亚诺·希尔瓦的作品写得好。此人文笔流畅，爱用一些错综复杂的句子来烘托人物的盖世无双。特别是那些充满挑逗和献殷勤的书信，比如："以你无理对我有理，这之所以有道理，使我有理也理亏，因此我埋怨你漂亮这也是道理。"再如："天空用星星做烘托来使你的神圣更加神圣，使你受之无愧地接受伟大称号而受之无愧。"

这些句子让这位可怜的绅士惶惑不已。他日夜不眠地思考着这些句子，要理解这些即使亚里士多德再生也探索不出、理解不了的句子。他对唐贝利亚尼斯打伤了别人而自己也受伤感到不喜，照他所想，即使高明的外科医生治好了病，也难免会在脸上和全身留下累累伤疤。尽管如此，作者在书的末尾写上未完待续的做法，他却十分赞成。很多次，他都想动笔把它续写完。如果不是其他更急迫的事情不停地烦扰他，他一定会续写，而且会写完的。

他常常和本村的神父（一位知识渊博的人，毕业于西宛沙大学）争论谁是最杰出的骑士，到底是英格兰的帕尔梅林呢，还是高卢的阿马迪斯？然而同村的理发师尼古拉斯师傅却认为，他们谁都比不上太阳神骑士。如果有骑士能够同他相比较，那么一定是高卢的加劳尔，他是阿马迪斯的兄弟。加劳尔的适应能力极强，而且不像他兄弟那样腼腆，喜欢哭哭啼啼，论勇敢，他一点也不比他兄弟差。

简而言之，他完全沉浸在他所读的书中，每天从早到晚地读；睡得少，读得多，到了后来，终于脑子枯竭，失去了理智。他满脑袋全是书上的那些东西，什么魔法呀、争辩呀、战斗呀、挑战呀、受伤呀、献殷勤啊、爱情、暴风雨、胡言乱语呀等荒诞愚蠢的事。他对那些在书上读到的虚构、杜撰的故事深信不疑，固执地认为它们都是真的。对他而言，也只有那些故事才是世界上真实的历史。他说西德·鲁伊·迪亚斯是一位了不起的骑士，但却无法与火剑骑士相比。火剑骑士反手一挥剑，就把两个凶猛的巨人给劈成了两半。他最佩服伯纳多·德·卡皮奥。在隆塞斯瓦列斯，贝尔纳多模仿赫拉克勒斯[①]把地神之子安泰[②]举起扼死的办法，杀掉了会魔法的罗尔丹。他十分赞赏巨人摩根，因为其他的巨人都傲慢无礼，唯独他温文有礼。不过，他最称赞的是蒙塔尔班的瑞纳尔多斯，尤其是看到书中描述他冲出城堡，逢物便偷，还有到海外把全身金铸的穆罕默德像偷回来的时候，更是赞赏不已。为了能把叛徒加拉隆狠狠地打一顿，他宁愿搭上自己的女管家，甚至可以再赔上外甥女。

总之，他已经丧失了理性。世界上所有疯子都不曾像他这样有那怪诞的想法，他要去做个游侠骑士，穿上他的盔甲、拿上他的武器走遍世界，八方历险，把他在小说里看到的游侠骑士所做的一切，全都照做一遍，历尽所有艰险，而后千古流芳。可怜的家伙已经在梦想靠自己双臂的力量，至少也得当个特拉彼松达国的皇帝。这些让他飘飘然的想法，使他体验到了一种奇特的快感，从而毫不犹豫地想把这些愿望都付诸实践。

他首先做的就是清洗自己的曾祖父传下的一套盔甲。盔甲长年被遗忘在一个角落里，已经生锈发霉。他尽可能把盔甲擦洗干净，可是他发现了一个大的瑕疵，这是一个不完整的头盔，它只有一个简单的顶盔。他设法补救，用硬纸壳做了个面甲糊在顶盔上，使其看起来就像一个完整的头盔。为了试试头盔是否结实，能否抵抗刀剑，他拔剑砍了两下。可是，刚在一个地方砍了一下，他一星期的成果就报废了。看到这么容易就把它弄碎了，他很不高兴。他只好又重做了一个。为了保证这次的头盔不会再被毁坏，他将头盔里面用铁皮固定。他自以为牢固可靠了，不愿意再检验，就把它当成了一个完美的头盔。

接着，他去看马。虽然那马的蹄裂好比一个雷阿尔[③]，毛病比戈内拉[④]那匹皮瘦骨嶙峋的马还多。在他看来，无论是亚历山大的骏马布塞法洛还

---

① 赫拉克勒斯是古罗马神话中的大力神。

② 安泰一旦离开地面就失去了力量。

③ 此句为双关语，既可以指牲畜蹄上的裂纹，也可以指一种货币，一个雷阿尔等于八个夸尔托。

④ 戈内拉是意大利 15 世纪菲拉瑞皇宫里的一名滑稽家，他有一匹瘦马。

是希德的骏马巴别卡，都无法同自己的这匹马相比。

他用了四天时间给马命名。据他认为，像他这样有名望的骑士的马，如果没有个响亮的名字就太不像话了。他要给马起个名字，要让人知道在他成为游侠之前的状况，也要表明现在的情形。随着主人地位的改变，马的名字也随之改变。它得有个显赫又响亮的名字，才能与它主人的新品第、新职业相匹配。他拟了很多名字，抹掉，又补充，又划掉，又再取。到最后，他决定给它取名罗西南特。这个名字高雅、响亮，表明从前它是一匹瘦马，而今却稀世难得①。

他给马取了个满意至极的名字，也想给自己取一个。他又花了八天时间，最后才决定叫堂吉诃德。前面讲到，这个真实故事的作者认为他肯定叫吉哈达，而不是像别人说的那样叫吉萨达。不过，想到英勇的阿马迪斯不满足于叫阿马迪斯，还要把王国和家乡的名字加上，为家乡增光，叫高卢的阿马迪斯，这位自认优秀的骑士，也想把家乡的名字加在自己的名字上，就叫曼查·堂吉诃德。他觉得这样既可以表明自己的籍贯，还可以为家乡带来荣耀。

收拾干净了盔甲，把顶盔改成了头盔，又为马和自己取了名字，美中不足的是还差一位恋人。游侠骑士没有爱情，就好像树没了叶子和果实，一副躯壳中没有灵魂。他常说："假如我倒霉或者交好运，偶然遇见了某个巨人，这是游侠骑士常发生的事，我就一拳把他打倒在地或者劈成两半，到最后使他降伏于我。然后我让他去拜见一个人，让他进门跪拜在我漂亮的夫人面前，低声下气地说：'夫人，我是巨人卡拉库利安布罗，是马林德拉尼亚岛的领主。在曼查拥有太多赞誉的骑士堂吉诃德将我打败了，他命令我到您这儿来，听候您的差遣。"哦，当我们的骑士想起这段对白，他是多得意呀，尤其是给心仪的人选好芳名时，他更得意了。原来，据说他曾经爱上了附近村子里一位漂亮的姑娘。他一直爱着她，虽然他自己明白，那位姑娘从来也不知道，也没意识到这件事。姑娘名叫阿尔东萨·洛伦佐。

① 按照原文发音，罗西南特为"瘦马"和"第一"的合音。

他认为把她想象成自己的恋人是合适的。他要为她取个名字，既不亚于自己的名字，又要接近公主或者贵夫人的名字。他叫她“托波索的杜尔西内亚”，因为她出生在那儿（托波索）。他感觉这名字同他给自己和其他所有东西取的名字一样悦耳、别致、有意义。

第二章　奇思异想的堂吉诃德第一次离乡远行去冒险

一切就绪，他迫不及待地想把自己的计划付诸实施。他要铲除暴戾，匡扶正义，纠正过往，一改恶习，清理债务，如果迟迟不做，将为时晚矣。在炎热的七月的某一天早上，天还未亮，他没有惊动任何人，全身武装，骑上罗西南特，戴上他修缮过的头盔，拿起盾牌，手持长矛，从院子的后门来到了田野上。看到自己宏图初展竟如此顺利，他心里感到美妙极了。可是才到田野上他忽然想起了一件可怕的事情。这是一件非同小可的事情，差点儿让他放弃刚开始的事业。原来他想到了自己并未被授封为骑士。按照骑士道的规矩，他不能也不应该同其他任何一个骑士战斗。即便他已被封为骑士，作为一个新封的骑士只能穿白色的盔甲，而且盾牌上也不能有徽章，徽章要靠自己努力去挣得才会有。一想到这些，他就有点犹豫不决了。不过，疯狂战胜了他的理性，他打算请碰到的第一个人封自己为骑士，就像所读的小说里许多人所做的那样。至于白色盔甲，他打算一有机会就把他擦得比白鼬皮还白。这么一想，他放心了，继续上路，骑马前行。他认为这才是勇武的骑士冒险精神。

我们这位冒险新秀在前行的道路上自言自语道：“将来有关我的壮举闻名于世时，著书者描写我清早的第一次出征时，肯定是这样的：‘金红色的太阳神阿波罗刚刚把它美丽的金发披散在广袤的地面上，羽毛灿烂的小鸟用甜美悦耳的啼声迎接玫瑰色的黎明女神。女神刚刚离开精心守护着她的丈夫的软床，透过门和窗，从曼查的地平线降临在世人面前。此时，曼查的著名骑士堂吉诃德放弃了懒散，离开了羽绒被，骑上他的名马罗西南特，开始穿行在古老而又熟悉的蒙铁尔原野上。’”他确实是走在那块原野上。接着，他又自言自语道："幸运的时代，幸运的世纪，我的丰功伟绩将被雕刻在大理石上、铭刻在铜器上、刻画在木板上，流芳百世，这真是幸运的时代，幸运的世纪啊！还有你，聪明的魔术师，当你在记录这部游侠的故事时，请别忘记那始终伴随着我的罗西南特。"接着，他似迷恋地又说道："哦，杜尔西内亚公主，你已俘虏了我的心！你言辞残酷地令我不得再瞻仰你的芳容，你驱逐我、呵斥我，这些已严重伤害了我。请记住这颗对你痴情一片、受尽折磨的心吧。"

他一连串说了好多胡话，词句也全是模仿书上教他的那套。他自言自语，走得很慢，但是太阳却升得很快，烈日炎炎，他的头脑好像都被熔化了，如果他还有些脑子的话。他几乎走了一整天，可是并没有碰到什么可记述的事情。他感到很失望，想马上碰到一个人，以便比试一下自己无敌的力量。据一些作者记录，他的第一次历险是在拉皮塞隘口，而另一些人说是风车之战。可据我考证以及曼查地方志的文字记载，他只是独自游荡了一整天。到了傍晚，他和他的马都疲惫不堪，饥肠辘辘。他四处张望，想发现一个城堡或牧人的茅屋借宿一晚，以便解决目前的窘急。只见离大路不远处有个客店，他仿佛看到了一颗引路的星星，引领他去的不仅是客店也是福地。他加紧赶路，到达那儿时已是夜幕低垂。

恰巧门口站着两个年轻女子，人们称之为风尘女子。她们是和这几个挑夫一同去塞维利亚的，今晚就投宿在这个客店里。我们这位冒险家所思、所见、所想的，似乎都变成了现实，一切都和他在书中读到的一样。客店在他眼里变成了城堡，周围有四座塔楼，塔尖银光闪闪，吊桥、壕沟一应俱全。他朝着那个在他眼里是城堡的客店走去，当他一点点接近时，他勒住罗西南特的缰绳，等待某个侏儒在城堞间吹起号角，通报有骑士到来。长久地等待后，罗西南特急于跑去马厩，于是他只好来到客店门口，看到门口那两个风尘女子，他宛如看到了两个美貌的少女或两位可爱的贵夫人在城堡门口消磨时光。

就在这时，一个赶猪人从收割后的田里赶回一群猪来。他吹起号角，把猪围拢过来。这回堂吉诃德希望的机会到来了，他认为这是侏儒在通报他的光临。他带着一股不可思议的满足感，来到那两个女子的面前。两人看见他全副武装，手持长矛、盾牌，都感到惊恐不已，正欲躲进客店。堂吉诃德看见她们企图逃避，料想是害怕了，便掀起纸壳做的护眼罩，露出他干枯、布满灰尘的面孔，态度优雅、语气和悦地对她们说："两位不必躲避，也无须害怕任何不轨的行为。有骑士勋章做证，我是不会对任何人图谋不轨，更何况对两位名门闺秀呢。"

两个女子正在端详他，睁大眼睛探寻他那张被拼凑的眼罩遮住的脸，在听到"闺秀"这个与她们的身份相去甚远的称呼时，不禁哈哈大笑起来，笑得堂吉诃德都不好意思了，因此对她们说："美女应该举止端庄，为一点小事就大笑甚是愚蠢。我这样说不是为了让你们尴尬或是生气，而是为你们好。"

两个女子听了这套话十分不解，再瞧他那副古怪的模样，愈发笑得厉害，而堂吉诃德却更生气了。如果不是店主在这个时候走了出来，说不定会闹出事来。店主非常胖，因此显得和和气气的。他看到这人蒙着个脸，装备的缰绳、长矛、盾牌和胸甲也都不伦不类，差点儿像那两个女子一样笑起来。可是他毕竟被那一套装扮震住了，决定客客气气地对堂吉诃德说话。于是他开口说："骑士大人，您如果是要住宿，这里什么都有，唯独缺少一张床。"

堂吉诃德把客店当成城堡，把店主当成恭谦的城堡长官，他回答道："卡斯蒂利亚诺大人，我随便怎样都行，因为'我的服饰就是盔甲，我去战斗就是休憩'……"

店主听到来人称他为卡斯蒂利亚诺，以为自己的样子像卡斯蒂利亚人。其实他是安达卢西亚人，在圣卢卡尔海滩那一带，论贼性不比那个卡科差，论调皮也和那些学生和侍童一样。

他答道："如果这样的话，'坚石为您当床，睡觉时也能保持绝对的清醒'。那么您不妨下马吧，在我这儿，您完全可以一年到头都不用睡，何止一个晚上呢。"

说完，店主就来扶堂吉诃德下马。堂吉诃德很困难、很吃力地下了马，因为他已经饿了一整天了。

他吩咐店主好好照看自己的马，因为在这个世界上所有吃草料的牲口数它最好。店主端详了一番，觉得它完全不像堂吉诃德描述的那么好，甚至还不及一半。把马拴在马厩之后，店主又回来看看堂吉诃德还有什么吩咐。这时那两个女子正在帮堂吉诃德脱盔甲，他们已经言归于好。她们脱掉了堂吉诃德的护胸、护背，但却脱不掉护脖子的部分，以及那个拼凑起来的头盔。他用绿色带子把它们系住，但打的结无法解开，只能剪断，可是他无论如何也不同意。于是整个晚上他都带着那头盔，那副滑稽搞笑的模样可想而知。他把那两个帮他脱盔甲的女子认成是城堡的贵夫人和小姐，他很绅士地对她们说：

“从来女眷们款待骑士，
哪像这一次殷勤周到。
她们是款待堂吉诃德，
他刚从家乡来到此地。
夫人殷勤侍候着勇士，
公主照料着他的骏骑。”

“两位女士，这是我的马，它的名字叫罗西南特。曼查·堂吉诃德是我的名字。我本来不想暴露我的名字，直到我为两位效劳的事迹表明我是谁。为了借助兰萨罗特岛的古老歌谣来应景，我才让诸位提前知道了我的名字。不过，以后定会有机会听候两位小姐的差唤。到时臂膀的力量将为我证明我为诸位效劳的愿望。”

两位女子不习惯听这种辞令，所以无言以对，只是问他要不要吃些东西。

堂吉诃德回答：“随便什么吧，因为我觉得该吃点东西了。”

碰巧那天是星期五，因此客店里只有几份鱼。那种鱼在卡斯蒂利亚叫鳘鱼，在安达卢西亚叫鳕鱼，有的地方叫长鳕鱼，而有的地方叫小鳟鱼。

既然没有别的鱼可供他吃，她们便问他要不要吃点小鳕鱼。

“既然如此，”堂吉诃德说，“你们不如给我来份大的，就好比八个雷阿尔的铜钱和一枚八雷阿尔的钱币，对我来说都一样。说不定小鳕鱼还更好，就像小牛肉比牛肉好，小羊羔肉比羊肉好一样。可是，不管怎样，得赶紧做出来，这副盔甲又沉又累人，肚子空空如也，我已经受不了啦。”

客店门口摆了张桌子，他可以坐那儿乘凉。店主给他端来一份腌得不好、烹得极差的咸鱼，还有一块像他的盔甲那样又黑又脏的面包。他吃饭的样子实在令人发笑。他仍戴着头盔，只是护眼罩被掀了起来，就这样，如果别人不把食物放进他嘴里，光靠自己的手，他什么东西也吃不到。因此一位女子给他喂吃的，但要喂水却是不行的。真多亏了店主，他捅通了一节芦竹，把一头放进他嘴里，从另一头倒酒进去。他忍下种种麻烦，耐心吃喝，只要不把头盔的带子弄断就行。这时，店里碰巧来了一位阉猪的人。他一进门就吹了四五声芦笛，这下堂吉诃德更认定自己是在某个著名的城堡里了，音乐是为他而吹奏、小鳕鱼就是大鳕鱼、面包是用最上等的白面做的、风尘女是贵夫人、店主是城堡长官，由此他更觉得自己决心出征完全正确。不过，令他苦恼的是他还没有被封为骑士。他觉得没有骑士称号就不能名正言顺地从事任何冒险活动。

第三章　堂吉诃德受封为骑士的趣事

他心中有事，迅速吃完了这顿简陋的晚餐。他叫来店主，两人来到马厩里，快速地关上门，堂吉诃德双膝跪在店主面前，对他说：“勇敢的骑士，我得求你一件事，这件事有利于您，同时也能造福人类。您若不答应，我就不起来。”

店主看着脚边跪着的客人，又听他说了这番话，瞪着眼不知该说些或做些什么才好。于是拉他起来，他坚持不肯，店主只好说同意帮忙。

“大人，我知道您宽宏大量。”堂吉诃德说，“既然我的请求您已经答应，我就告诉您吧。我是一个游侠骑士，一心想去闯荡世界、追求冒险、帮助那些受苦的人们，尽我作为一名骑士的责任。我急要一个这样的头衔，才能名正言顺实施我的愿望。所以恳求您明天早晨封我骑士头衔，今晚我就在城堡的小教堂守夜，看护我的盔甲。”

前面提过，这个店主是个狡猾的人，对这位客人不正常的行为已有所察觉。听完这席话，他对自己的怀疑确信无疑，为了给当晚增添笑点，他对堂吉诃德说，他的愿望和要求很合理，像他这样相貌堂堂，一望而知就是位杰出的骑士。他自己年轻的时候也曾投身于这项光荣事业，到各地旅游，四处历险，连马拉加的佩切莱斯、里亚兰岛、塞维利亚的孔帕斯、塞哥维亚的阿索格拉、巴伦西亚的奥利韦拉、格拉纳达的龙迪利亚、圣卢卡尔海滩、科尔多瓦的波特罗、托莱多的小客店等[1]，他都去过，凭着手脚伶俐，引诱过许多寡妇，糟蹋过几个少女，还欺骗了几个孤儿，到最后，西班牙全国所有的法庭都知道自己的大名。后来，自己引退在这座城堡里，靠自己和别人的财产过日子，还招待各种各样的游侠骑士，无非是出于对骑士的热爱。同时骑士们有可能会分些财产给他，作为其好心的报酬。

他继续说，城堡里没有小教堂用来守夜看护盔甲。原来的小教堂已经拆了，准备盖新的。不过他明白，如果需要的话，在任何地方都是可以守夜的。今晚，堂吉诃德可以在城堡的院子里看守，等到第二天早晨天公作美，举行适当仪式，他就被封为骑士了，而且是世界上最棒的骑士。店主问他带钱没有，堂吉诃德说自己一分也没带，他在游侠骑士的小说里从来没有见到哪位骑士还带钱。店主说，不是这样的。骑士小说里没写带钱是因为像带钱和干净的衬衣这类事是少不了的，所以就不必写了。不能因为这类再明白不过的事情书上没写就认为不用带。他肯定，许多书上写的游侠骑士都是带着鼓鼓的钱包以防不测。此外，他们还带着干净的衬衣和一个装满疗伤药膏的小盒子。在野外或沙漠同人决斗时受了伤，并不是都有人给医治的。也没有英明的魔法师朋友马上来救助，或是一位少女或侏儒腾云驾雾送来神水，骑士只要喝一滴，伤口立马恢复如初。但是如果没有

---

① 塞万提斯在这里列数了西班牙地痞、流浪汉活跃的地方。

这样的便利，以前的骑士都会让随从带着钱和其他必需品，如纱布、药膏。而没有随从的骑士很少，通常他就自己把所有东西装在几个精致的布袋里，搭在身后的马身上。布袋很小很巧妙，当被觉察到时会认出是贵重物品。如果不是上述这样的情况，骑士们很可能不能忍受这样的携带方式。店主劝导他，因为自己一会儿就要做他的教父了，教父是可以命令教子的，以后再出门一定要记得带钱以及刚才讲到的其他那些东西，到时就会知道这些东西是多么有用了。

堂吉诃德答应会按照店主的要求来办，于是就按照店主的安排到客店一侧的大院子里去看守盔甲。堂吉诃德收拾好全副盔甲，放在一个水井旁的水槽上，然后手持盾牌，拿着长矛，煞有介事地在水槽前巡逻。很快夜色降临。

店主把堂吉诃德的疯言疯语及他想要看守盔甲，希望受封为骑士的事都讲给客店里其他人听。大家对于他这怪异的行为感到惊讶，纷纷出来观望。只见他一会儿举止安详，一会儿来回巡视，一会儿又靠在长矛上，好半天都盯着自己的盔甲看。这时夜幕已完全降临，然而月光皎洁，他的一举一动大家都瞧得清清楚楚。这时，店里住着的一个挑夫突然想起要去打水喂马，这样就必须把堂吉诃德放在水槽上的盔甲挪开。堂吉诃德看到挑夫走近，大声说："喂，你这个莽撞的骑士，无论你是谁，要是来动这位最勇敢的勇士的盔甲，就小心点儿，别乱碰！如果你不想因为你的莽撞丢命的话，就别去碰它！"

挑夫并没有把他的话当回事（要是他注意点就好了，那就可以相安无事），反而抓起盔甲的皮绳，把它扔得远远的。这被堂吉诃德看见了。他举目望天，心里默念（看起来像是）他的情人杜尔西内亚，他说："亲爱的啊，我这颗臣服于你的心第一次受到了侮辱，现在请求你的帮助！请你在我的第一次战斗中不要吝惜你的保佑！"

说完这些话，他放下盾牌，双手举起长矛，对准挑夫的脑袋狠狠一敲，挑夫头破血流重伤倒地。假如再挨第二下，就不用请外科医生了。堂吉诃德打完他后，把盔甲收拾好，又开始专心致志地巡视起来。

过了一会儿，又来了一个挑夫准备打水饮骡子。他并不知道已经发生的事情（那个挑夫还未苏醒）。他正要把盔甲挪开，以便容易打水，堂吉诃德二话不说，也不再请谁保佑了，再次放下盾牌，举起长矛，把第二个挑夫的脑袋打成了三瓣，差点就成了碎片。包括店主在内的店里的所有人闻声都赶了出来，堂吉诃德看到这种情况，又拿起盾牌，持剑说："哦，美丽的心上人，我这颗脆弱的心灵因为你才有了勇气和力量！被你征服的骑士正面临险峻，现在请求你垂青我的时刻到了！"

他似乎由此获得了超凡的力量，即使全世界的挑夫向他进攻，他也绝不后退。挑夫的同伴们从远处向堂吉诃德扔石头，他只能用盾牌尽力抵挡，却不敢离开水槽，因为他要保护他的盔甲。店主大声呼喊让他们赶紧住手，自己已经告诉过他们这个人是个疯子，所以，即使他把那些人都杀了，也不会有罪的。堂吉诃德叫喊的声音比店主更大。他骂这伙人两面三刀，不讲信义，还说城堡长官竟然纵容他们这样对待游侠骑士，也是个坏蛋。要是自己已经授封了骑士称号，决不会轻饶他。"至于你们这些卑鄙下流的小人，我并不理会你们。你们扔吧，上前来吧，使出你们的全部本事和我作对吧。等着瞧吧，你们如此愚笨，不会有什么好报应的！"

他讲得理直气壮，震慑了那些攻击他的人。再加上店主的劝阻，人们不再扔石头，所以堂吉诃德也允许他们把受伤的人抬走，又继续平静而警惕地看护盔甲。

店主不想他太胡闹，决定尽快授予他那个倒霉的骑士称号，以避免再出乱子。店主找到堂吉诃德，为那些蠢人对他的无礼行为表示歉意，说他自己事先对此事一无所知，而那些人也因为他们的愚蠢行为受到了惩罚。他已经告诉过堂吉诃德，城堡里没有小教堂，所以其他的仪式也没有必要了。据自己所知，授封仪式最主要就是用剑拍打一下肩背，郊外的田野里也可以进行，更何况他早已达到了看护盔甲的要求。本来，看守盔甲两个小时就足够了，而他已经看守了四个小时。

堂吉诃德信以为真，表示一切悉听尊便，只要能尽快完成仪式。要是受封以后再受到攻击，除了长官关照的那些人他会手下留情外，他不会让城堡里留下活口。这位城堡长官听了他的话后害怕不已，马上找来一本记着他供给挑夫多少麦秸和大麦的账本，让一个男孩举着一截蜡烛跟着，再带上那两位女子，来到堂吉诃德面前，命他跪下，然后念着手中那本账簿(就好像在虔诚地祷告)。祷告到一半时，店主抬起手，给了堂吉诃德颈部狠狠一击，然后又用他的剑在他背上轻轻一拍，嘴里始终念念有词，就像是在祷告一样。然后，店主命令一个女子向堂吉诃德授剑。那个女子做得既利索又谨慎，不然的话，她会在举行仪式的整个过程中忍不住大笑起来。她们曾目睹新骑士的英勇行为，到最后也没敢笑出声来。一位女子替他挂好剑后说："上帝保佑你，幸运的骑士，希望你在战斗中百战百胜。"

堂吉诃德问她叫什么名字，等将来自己凭力量获得荣誉也好分给她一份。女子非常谦虚地回答说：她叫托洛萨，父亲是托莱多一位修鞋匠，住在桑丘·别纳亚的那些小店附近。还说无论在什么地方，她都愿意侍候他，把他奉为主人。堂吉诃德说，出于爱，他赐予她"堂"的尊称，从此以后她就叫堂娜托洛萨。她答应了。另一名女子为他套上马刺，堂吉诃德又把同授剑女子说的那套话对她说了一遍。问她姓名，她说自己叫莫利内拉，父亲是安特奎拉一位有威望的磨坊主。堂吉诃德同样赐予她"堂"的称呼，叫她堂娜莫利内拉，承诺以后会为她效力。

这一套前所未有的仪式快速地结束了，堂吉诃德就急着要骑马前去冒险。大家为他准备好坐骑，他翻身骑了上去，他拥抱了店主，感谢他赐予他骑士称号，接着又说了一些无法转述、莫名其妙的话。店主巴不得他快点离开，用同样华丽但却简短得多的语言回答他，最后连钱也没向他要，就放他喜滋滋地走了。

第四章 我们这位骑士离开客店之后的遭遇

当堂吉诃德离开客店时，天已逐渐亮了。他想到自己有了骑士称号，满怀高兴，得意扬扬，快乐兴奋得险些把马肚皮下的绳子给撑破了。此时，他突然想到店主曾对他的劝导，要他带好必要的物品，特别是钱和衬衫，于是决定回家一趟把这些东西准备齐，再找一个随从。他打算雇用附近的一个农民。那农民很穷，又有孩子，特别合适做骑士的随从。这么一想，他就掉转马头，朝着家的方向走去。这匹马似乎也知恋家，立刻脚不沾地地飞奔起来。

还没走多远，他似乎就听到了右手边的丛林中传来微弱的哭泣声。于是他说："感谢上苍的恩泽，如此快地赋予我机会，让我尽骑士的本份，实现自己的理想壮志。这些声音，毫无疑问一定是某个遭难的男人或女人发出的，他们一定在等着我去救助。"

他掉转缰绳，骑马循声而去，刚进入森林，就看见一棵橡树下拴着一匹母马，另一棵树上捆着一个十五岁左右的孩子，被人脱光了上身的衣服，哭声似乎就是从那孩子的嘴里发出来的。有一个粗壮的农夫正拿着皮带狠狠地抽打他，一边打一边训斥，他说："往后少说话，多留点心。"

那孩子说："我的主人，我再也不敢了。我向上帝发誓，我再也不敢了。我保证往后更小心地照看羊群。"

堂吉诃德看到这情景，不禁怒气冲冲地吼道："你这个无理的骑士，太不像话了，你竟然欺负一个不能自卫的孩子。快骑上你的马，拿起你的长矛（拴母马的那棵树上正靠着农夫的一支长矛），我要好好地教训你这个胆小鬼。"

农夫猛然看见这个全身武装的人在他面前挥舞长矛，他顿时吓得半死，连忙小心地回答："骑士大人，我打的这个孩子，他是我的佣人，负责给我照看这一带的羊群。可是他太不用心干活了，每天都丢一只羊。我要罚他，他却反咬我一口说我是个吝啬鬼，想借此赖掉我欠他的工钱。我以上帝及我的灵魂发誓，他撒谎！"

堂吉诃德说："你这下流的东西，竟敢在我面前说谎！请天上的太阳为我做证，我要用长矛刺穿你的脑袋。马上把工钱付给他，否则，有主宰我们的上帝做证，我现在就把你解决掉。你立刻解开他。"

农夫低下了头，一言不发地为孩子解开了绳子。堂吉诃德问那个孩子，主人欠了他多少工钱。孩子说一共欠了九个月的工钱，每个月七个雷阿尔。

堂吉诃德算了算，一共是六十三个雷阿尔。他对农夫说，如果还想要命的话，就马上掏钱。他发誓（事实上他并没有发过誓）自己没有那么多钱，因为他给过佣人三双鞋的钱，他生病时输了两次血，花了他一个雷阿尔。这样一算，就不欠什么工钱了。

堂吉诃德说："即使这样，你刚才拿鞭子抽打他，鞋钱和输血的钱就此抵销了。虽然他把你给他买的鞋穿破了，可是你也把他的皮肉打破了；就算他生病时，你让理发师为他输了血，但现在他没病你却把他打出了血。照这样算来他就不欠你钱了。"

"骑士大人，问题是现在我身上没有带钱。让安德烈斯跟我回家去，工资我会如数付给他。"

"让我跟他去？"孩子说，"那更糟糕！不，大人，我不会跟他回去。你一离开我，等到只有我一个人的时候，他就会像对圣巴多罗美[①]那样活剥了我的皮。"

"不会的，"堂吉诃德说，"我怎么命令他他就得怎么听我的，他必须以骑士规则的名义向我发誓，我才会放了他，我保证他会付给你工钱。"

"大人，"孩子说，"您是这样认为，可我的主人不是骑士，他从来就没有得到过任何骑士封号，他是住在金塔纳尔的老财主胡安·阿尔杜多。"

"这无关紧要，"堂吉诃德说，"阿尔杜多家族里也应该有骑士，更何况要以事观人嘛！"

"确实是，"安德烈斯说，"可是我这位主人想赖掉我的血汗钱，我该如何以事观人呢？"

"我不会赖账，安德烈斯小兄弟。"农夫说，"请跟我一起回家吧，我以世界上所有骑士的称号发誓，一定按照我刚才说的那样付工钱给你，一分也不会少，只会多。"

"多就不必了，"堂吉诃德说，"你只要如数支付给他，我就满意了。你发誓就必须做到，不然，我也一定会再去找你算账，惩罚你一顿。即使

① 圣巴多罗美是耶稣十二门徒之一，被剥皮钉在十字架上而亡。

你比蜥蜴藏得还隐蔽，我也会找到你。要是你知道是谁在命令你，你才能更好地、切实地履行你的诺言，那么你听清楚，我是曼查的英勇骑士堂吉诃德，最爱锄强扶弱。再见，不要忘记你答应过和发过誓的事情，否则，你就会挨上我刚才说的那顿打。”

说完，堂吉诃德双腿夹了一下罗西南特，风也似地跑远了。农夫看着他已跑出森林，已经看不见人影了，便转身对他的仆人安德烈斯说：“过来，孩子，我想把欠你的钱全部还清，就像那位专爱打抱不平的骑士命令的那样。”

“这我敢肯定，”安德烈斯说，“你得听从那位优秀骑士的命令。他是位勇敢而又善良的骑士，应该长命百岁。假如你不把工钱付给我，他就会回来，按照他刚才所说的那样惩罚你。”

农夫说：“我也确定我要做的。不过，我由于太爱你了，所以愿意多欠你一点儿，也好过多还给你一些。”说完，农夫抓住孩子的胳膊，又将他捆在橡树上，拿鞭子狠狠地抽打他，差点就把他打死。

他又说：“那么，现在我的安德烈斯大人，你去叫那位专爱打抱不平的骑士吧，瞧他有什么办法帮你打抱不平，不过我已经手下留情了，你考虑得不错，我巴不得活剥了你。”

农夫最后终究还是放下了孩子，让孩子去找那位骑士来执行他的判决。安德烈斯垂头丧气地走了，他发誓要去找曼查的英勇骑士堂吉诃德，把刚才发生的事情一五一十地告诉他，让他加倍地惩罚农夫。虽然心里这么想，这孩子还是哭着走了，而农夫却在那儿冷笑。

英勇的堂吉诃德就是如此为别人打抱不平的，而他自己还得意的很，觉得自己的骑士生涯已经有了一个极其顺利、非常可喜的开端。他对此感到非常满意，一边骑马往村里走，一边轻声说：“美丽绝伦的杜尔西内亚，你真是世界上最幸福的人！你有幸拥有英名盖世的堂吉诃德骑士对你俯首听命。众所周知，这位骑士昨天才得到了骑士封号，今天就惩罚了最无耻、最残忍的恶行。那个凶残的敌人无缘无故地鞭打那个无辜的孩子，而他把鞭子从那个敌人手里夺了下来。”

这时，他来到了一个十字路口，脑中浮现出一个想法：在交叉路口，游侠骑士常考虑该走哪条路。于是他也有样学样地站了一会儿，最后才考虑清楚了。他放开了马的缰绳，任罗西南特自己选择。马凭着它的感觉，向着有马群的方向前进。大约走了两英里，堂吉诃德遇见了一大群人，后来才知道，他们都是托莱多的商人，要前往穆尔西亚买丝织品。他们中有六个人打着伞，另外还带着四个骑马的仆人，三个徒步的挑夫。堂吉诃德从远处看见他们，想到又遇上了新的冒险。他尽力模仿他在骑士小说中读到的情节，只要有可能，他就照书模仿。他觉得又来了一次机会，于是便在马上威风凛凛地坐着，一手紧握长矛，一手把盾牌放在胸前，站在路的中央，等待他心中所想的游侠骑士到来。他觉得那些人就是游侠骑士。当那些人走近到互相可以看得见、听得着的距离时，他满脸傲气地打了个手势，提高声音说："你们这些人都得承认，世界上没有谁比曼查的女王——托波索的杜尔西内亚更漂亮，谁要是不承认，谁就休想过去。"

商人们听到这番话，都停了下来。看到说话人的模样稀奇古怪，再听他刚才说的那番话，商人们马上意识到他是个疯子。不过他们一点也不慌张，还想看看他接下来要做什么。其中一个爱开玩笑又很风趣的人对他说："骑士大人，我们不知道您说的那位美丽夫人是谁，那让我们瞧瞧她吧。如果她真像您说的那么美丽动人，我们心甘情愿地接受您的要求。"

"让你们亲眼见到她，才会承认这样一个明显的事实，这样还有什么意思呢？"堂吉诃德说道，"关键是你们在没见过她的前提下，就相信她是一位美丽的夫人，并且要护卫她。如果你们不这样做，就是高傲自大，那就和我一较高下。现在，你们或者按照骑士规则一个一个来，或者按照你们的习惯一拥而上，我都在这里奉陪到底。因为我始终站在正义的一边。"

"骑士大人，"一个商人说，"我以在场所有王子的名义向您求求情，让我们承认一件前所未见、闻所未闻的事情，我们于心不安。况且，这会严重伤害阿尔卡里亚和埃斯特列马杜拉①的那些女王和王后们的形象。劳驾

① 阿尔卡里亚和埃斯特列马杜拉是当时西班牙最落后的两个地区。

您把那位夫人的画像给我们看看吧，哪怕它只有麦粒一般大小。这样我们安心、满意了，您才能放心，这样您也高兴、满足了。我们渴望一睹她的芳容，即便她在画像上一只眼瞎了，另一只眼流朱砂和硫黄石，为了讨您的欢心，我们也会按照您说的去夸耀她。”

“你们这些无耻的恶徒，”堂吉诃德怒气冲冲地说，“她眼里并没有流出来你说的那些东西，相反，她流的是珍贵的琥珀和麝香。她既不弯腰也不驼背，而且脊梁骨比瓜达拉马的纺车轴还要笔直。你们如此亵渎我那位美丽的夫人，我一定要惩罚你们。”

说完，他抓起长矛，愤怒不已地向刚才说那些话的人刺去。要不是罗西南特正好失蹄跌倒在半路，那个大胆的商人就会倒霉了。罗西南特摔倒在地，而它的主人堂吉诃德也滚落在地。他想站起来，可是长矛、盾牌、马刺、头盔以及沉重的盔甲全都压得他动弹不了，它们使得他站不起来，他挣扎了一番想爬起来，一面说：“不要跑，胆小鬼，卑鄙的人，你们听着，是马将我绊倒在地，才使我站不起来，这不怨我，是马的错。”

其中一个挑夫，可能没什么好心肠，见这个倒在地上的人还如此狂妄，禁不住要痛打他一顿。那挑夫走过去，抓住长矛掰成几截，拿起其中一截使劲抽打堂吉诃德。堂吉诃德虽然穿着盔甲，可还是被打得面目全非，商人们看见了，叫喊着让挑夫别打得这么厉害，放他离开吧。可挑夫已经彻底被激怒了，非要打到气全消才肯住手。随后，挑夫从地上捡起剩下的几截断矛，朝堂吉诃德的身上扔去。堂吉诃德虽然被如雨般的乱棍打在身上，却仍然一个劲儿地咒天骂地，吓唬他眼中的这群强盗。

挑夫打累停住了手，商人一行又继续赶他们的路，一路上一直在议论那个被打的倒霉蛋。堂吉诃德看看周围只剩下了自己一人，便试图站起来，可是他身体无恙时都站不起来，这会儿被打得遍体鳞伤，又怎么能站得起来呢？到了这步田地，他还暗自解脱，认为这场灾祸是游侠骑士必须经历的，还把过错全怪在马身上。他浑身疼痛，根本站不起来了。

第五章　继续遭灾的骑士

堂吉诃德发现自己动弹不得，想起了自己常用的老方法——回忆自己读过的骑士小说中的情节。他疯疯癫癫的脑袋立即想起巴尔多维诺斯在山上被卡尔·洛托击伤后，遇到曼图亚侯爵的故事。这个故事，孩子们、青年人都知道，年长者们更是大加赞赏，而且信以为真，就像笃信穆罕默德创造的奇迹一样。堂吉诃德认为这个故事与自己的境况恰好相似，便做出伤心欲绝的样子，在地上打起滚来，一边有气无力地吟唱着那位绿林骑士当时受伤时说过的话：

你在哪里啊，我的夫人？
难道对我的痛苦毫不怜悯？
夫人啊，也许你真的不知，
还是虚情假意，早已变心？

他一句句往下背小说里的歌谣，一直念到下面两句韵文：

哦，尊贵的曼图亚侯爵，
我的舅父，我至亲的长辈大人！

凑巧，当他念到这一句时，与他同村的一位邻居，也是当地的一位农夫，正巧送麦子去磨坊路过此地。农夫看到路边躺着一个人，便过去问他是谁，哪儿受伤了吗，为何如此伤心地叫唤。堂吉诃德认为，这人一定就是他的舅父曼图亚侯爵，所以并不回答他，只是嘴里继续背诵刚才那首歌谣，哀叹自己的不幸，述说关于皇子和他的夫人偷偷相会的事情，等等。讲的全是歌谣里的那一套。

听了堂吉诃德这番疯话，农夫吃惊不已。堂吉诃德的护眼罩已经被打碎了，农夫把它揭开，擦干净他脸上的灰尘，认出他来，于是说："吉哈纳大人（在他没有发疯失去理智变成游侠骑士之前，在家时大概是叫这个名字的），是谁把您弄成这个样子？”

可是任凭农夫怎么问他，堂吉诃德只是继续念叨他的歌谣。这位好心人问不出什么来，又见他这副模样，只好先帮忙脱掉他的护胸、护背的铠甲，看看是不是有伤，结果发现并没有流血也没有伤口。农夫使了很大劲才把他从地上扶了起来，觉得还是自己的驴稳当一些，又费力地把他扶到自己的驴上。然后又帮他收拾好盔甲，连同断成几节的长矛一起捆在罗西南特的背上，牵着马和驴的缰绳朝村子走去，一路上仍在琢磨堂吉诃德的那些胡言乱语到底是什么意思。堂吉诃德同样也不好受，遍体鳞伤，骑在驴上摇摇晃晃，不时长吁短叹，农夫见了免不了又问他是哪儿不舒服。一定是魔鬼在使坏，让他想起了与此相类似的事情，否则在这个时候他已忘了巴尔多维诺斯，却想起了摩尔人的阿宾达艾斯，他被安特奎拉的要塞的长官唐罗德里戈·德纳瓦埃斯捉住，押送到要塞辖区去。为此，当农夫再问他感觉如何时，他就把阿宾达艾斯回答唐罗德里戈·德纳瓦埃斯的话念给农夫听。这些话是他从豪尔赫·德·蒙特马约尔写的故事《狄娅娜》里读到的，回答得十分凑巧。农夫听他一派胡言，简直跟见了鬼似的，便发现自己的邻居精神已经有问题了，便决定加紧往回赶，免得听他那滔滔不绝的背诵，让人感到心烦。

背诵完后，堂吉诃德说：“唐罗德里戈·德纳瓦埃斯大人请你明鉴，我刚才说的美人哈丽法，她就是当今托波索的美人杜尔西内亚。我曾经为她立下了十分辉煌的骑士战绩，现在并且将来我还会继续为她创造世界上举世无双、空前绝后的骑士业绩。”

农夫回答说：“大人，您瞧瞧清楚，请恕我无罪，我可不是唐罗德里戈·德纳瓦埃斯，也不是曼图亚侯爵，我是您的乡邻佩德罗·阿隆索。您既不是巴尔多维诺斯，也不是阿宾达艾斯，而是体面的贵族吉哈纳大人。”

堂吉诃德回答说：“我知道我自己是谁，也知道自己不仅可以是我刚才说过的那两个人，而且还可以成为法兰西十二骑士，甚至可以成为世界九大豪杰。他们创造的功绩无论从总体看，还是以个别论，全都比不上我。”

两人一边说话一边行走，回到村庄时天已渐渐暗了下来。可是，农夫还想等天色完全黑下来才进村子，为了避免人们看到这位遍体鳞伤的贵族骑着这样一匹马。农夫看看是时候了，进了村，来到堂吉诃德家。堂吉诃德的家里乱嚷嚷的，村里的神父和理发师都在，他们是堂吉诃德的好朋友。女管家正声音洪亮地对他们说："佩罗·佩雷斯神父（是这位神父的名字），您说我家主人是不是遇到了什么灾难？他已经整整两天没露面了，他的那匹马也不在了，盾牌、长矛和盔甲都不见了。真倒霉！现在我才明白，他收藏的那些可恨的骑士小说，他没完没了地读，结果把人的脑袋都读出毛病来了，事情本该如此，就像有生必有死的道理一样。我现在想起来，以前我经常听他自言自语地说要去当游侠骑士，想要到外面去历险。这些小说是教人学撒旦和巴巴拉[①]的，你瞧，全曼查地区脑子最精明的人也变傻了。"

他的外甥女也说了同样的话："尼古拉斯师傅（这位理发师的名字），您知道吗，有许多次，我舅舅常常连续几天读那些晦气的混账小说，看完了，把书一丢，拿着剑对墙乱砍，砍得累了，就说自己已经杀死了四个像高塔一般的巨人，他累得满头是汗，却说这汗是搏斗中受伤流的血。然后，他喝下一大罐凉水，才又安静下来，还说这水是他的好朋友大魔法师埃斯基菲送给他的圣水。这一切都怪我，没有把我舅舅这些疯疯癫癫的事告诉你们提前做个防范，好好约束他，并且将那些害人的书都烧掉。这些书有很多，人们都应该像对异教邪说的书那样，一把火把它们烧成灰烬。"

神父说："我也同意，明天一定要对他的那些书公审一番，然后处以火刑，以免让别人读了这种书，也像我这位善良的好朋友一样做出那些傻事。"

屋里这些人说的话，全被农夫和堂吉诃德听到了。农夫这才明白他的乡邻得了什么病，于是他大声说："请快开门呀，巴尔多维诺斯大人和曼图亚侯爵大人回来了，他伤得严重；摩尔人阿宾达艾斯大人被安特奎拉的

---

① 巴巴拉是耶稣在耶路撒冷被捕时，与其同在一个监狱里待过的一名囚犯。

要塞长官唐罗德里戈·德纳瓦埃斯给捉回来了。”

农夫这么一喊，大家闻声都跑了出来，有些人认出这是他们的朋友，两个女人也来迎接她们的主人和舅舅。堂吉诃德还骑在驴上，因为下不来，大家只好跑过去抱他。堂吉诃德说：“你们听着，这全怪我的马，它让我受了重伤。你们把我抬到床上去，如果可以的话，请女魔法师乌甘达来给我治治伤吧。”

女管家说：“瞧，我早有预感，真是不幸，我主人的一条腿瘸了。我的主人您好好地躺到床上去吧，也不用去请那个什么乌疙瘩了，我们知道怎么治好您。我上百遍、上千遍地诅咒那些骑士小说，是它们把老爷您害成了这个样子。”

人们把他抬到床上，然后检查他的伤口，可是没找到一个伤口。他说自己的伤是因为在骑罗西南特时跌倒而被摔成这样的。当时的自己正同十个无恶不作、凶神恶煞的巨人战斗。

“啊，”神父说，“这次还有巨人！我向十字架发誓，不到明天天黑，我就要把这些书统统都烧掉。”

大家向堂吉诃德提了许许多多的问题，可他一个也答不上来，只是要求给他一点儿吃的，让他睡会儿觉，这才是他现在迫切需要的。于是，神父详细地询问了农夫，他是如何发现堂吉诃德的。农夫把碰到堂吉诃德时他的狼狈样，以及他躺在半路上和回家时说的胡话又全都学着讲了一遍。神父听了更加下定决心，要把事情抓紧办了。第二天，神父叫上他的朋友尼古拉斯理发师，同他一起来到堂吉诃德家。

第六章 神父和理发师来到这位绅士的书房里进行了一场风趣的大检查

他们来时，堂吉诃德还在睡觉。他的那个书房里存放着那些害人匪浅的东西，于是神父向堂吉诃德的外甥女要那个房间的钥匙，她欣然交出了钥匙。众人进了房间，女管家也跟着一起进去。他们看到里面有一百多册包装精美的大书以及若干小书。女管家一看到这些书，赶紧跑出房间，去端来一碗圣水和一把洒圣水的刷子，说：“给，神父大人，请你给这个房间里洒上圣水，这房里鬼魅太多，别留下其中任何一个魔鬼，它会让我家大人中邪。我们要把它们全都清除出去。”

听到女管家的想法如此简单，神父禁不住笑了，他让理发师把书一本一本地递给他，一本一本地看，瞧瞧都是些什么书，也许可以发现有些书不必处以火刑。

“不行，”堂吉诃德的外甥女说，“一本都不要留，全都是些害人的书。最好将这些书从窗户扔到院子里，然后堆成一堆烧掉。要不然就把它们搬到后院去，在那儿烧，免得这儿烟雾呛人。”

女管家也这么说，她俩都有个共同的愿望，就是把那些无辜的书也一起烧掉。然而，神父不同意她们这样做，他觉得，首先应看看那些书的书名。理发师递给他的第一本书便是《高卢的阿玛蒂斯四卷集》。

神父说：“这有点儿不可思议，据我所知，这本书是在西班牙刊印的第一部骑士小说，以后的骑士小说都是步它的后尘。我认为，这部书带了个坏头，它传播如此恶毒的宗派教义，我们应该毫不犹豫将它烧掉。”

“不，神父，”理发师说，“据我所知，这本书是此类书中写得最好的一本。它有着很高的艺术价值，应该得到赦免。”

“那好吧，”神父说，“凭着这一点就先放它一条生路，咱们再来看旁边的这一本吧。”

理发师说：“这本《埃斯普兰迪安的丰功伟绩》，写的是高卢的阿玛蒂斯的自传。”

“是事实，”神父说，“父亲的功绩对儿子没有任何帮助。拿着这本书，管家夫人，快打开扇窗户，把它扔到后院去。一会儿咱们有一堆书要烧呢，就先让它垫垫底吧。”

女管家欣然把书扔了，《埃斯普兰迪安的丰功伟绩》就这样被扔到了后院，耐心地等候着大火焚身。

“拿下一本。”神父说。

"这本书叫《希腊的阿玛蒂斯》。"理发师说，"我认为这一边的书都是阿玛蒂斯家族的。"

"那就全都扔到后院去吧。"神父说，"什么平蒂基内斯特拉女王、达里内尔牧童，还有他的牧歌，以及这些乱七八糟、让人厌恶的书，统统都烧掉。假若是我的亲生父亲装扮成游侠骑士的模样，也让他同这些书一起烧掉吧。"

"我也这样认为。"理发师说。

"我也是。"外甥女说。

"是的，"女管家说，"拿来吧，把它们都扔到后院去。"

大家都往外搬书，有很大一堆书，女管家干脆不用楼梯了，直接把书从窗口朝下扔去。

"那本大部头的书是什么？"神父问。

理发师回答道："是《劳拉的唐奥利万》。"

"这本书的作者同写《群芳园》的是同一个人。我也不知道这两本书到底哪一本真实点或者讲述得明白些，哪一本书讲得谎话少点。我只能说，这本书一派胡言、谎话连篇，也应该扔到后院去。"

"下面一本书叫《伊尔卡尼亚的弗洛里斯马尔特》。"理发师说。

"居然这里还有弗洛里斯马尔特大人？"神父说，"虽然他身世奇特，经历传奇，但是文笔生硬无力。管家夫人，把它和另外那本书也都扔到后院去吧。"

"十分荣幸，大人。"女管家高高兴兴地去干神父委派给她的事情。

"这本叫《普拉蒂尔骑士》。"理发师说。

"那是一本古书，"神父说，"我从中找不到任何可以宽恕它的内容。少废话，同样也扔出去吧。"

随后，神父又翻开另一本名叫《十字架骑士》的书。

"由于此书名字很神圣，内容无知点儿也似乎可以原谅。不过常言道：'十字架后面埋藏着魔鬼'。也一起烧了吧！"

理发师又拿起另一本书，说："这本是《骑士之宝鉴》。"

“我拜读过这部大作，”神父说，“写的是雷纳尔多斯·德蒙塔尔万和他的朋友们，个个都是比卡科还能偷的大盗。还有十二名骑士和真正的历史学家图尔平。说实话，判他们终身流放就差不多了，因为他们对著名的马泰奥·博亚尔多的诗歌有所贡献，基督教诗人卢多维科·阿里奥斯托对此又有参照。假如我在这儿碰到阿里奥斯托，他要是对我讲他的母语之外的其他语言，我就不会尊敬他；他要是讲自己的母语，我就会对他尊敬有加。”

“我倒有本他用意大利文写的书，”理发师说，“不过，我看不懂。”

“你看懂也没用，”神父说，“这回咱们就原谅卡皮坦先生吧，他根本没有把这本书翻译成西班牙文带到我们国家来。这样，会损失掉原作品很多意思，所有想从事诗歌翻译的人都会有此经历。尽管他们花费的精力颇多，技巧运用也熟练，但很难达到原文的水平。照我看，把你们找到的这本书以及其他谈论法兰西这类事情的书，都一起扔到枯井里存放着，等我们商量好怎么处理再说。但是也有例外，那本《贝纳尔多·德尔卡皮奥》和另一本《龙塞斯巴列斯》也在这里，一旦这两本书落在我手里，就马上交给女管家，让她扔到火里，绝不保留。”

理发师对神父的话深表同意，觉得这样做完全正确。他知道神父是一位善良的基督教徒，信仰真理，对世上不合情理的事绝不乱说，所以他完全同意他的做法。他又翻开一本书，是一本叫作《奥利瓦的帕尔梅林》的书，它的旁边还有一本名叫《英格兰的帕尔梅林》的书。神父见到这两本书便说：“把前面那本《奥利瓦》撕成碎片烧掉，连灰也别留下。这本《英格兰的帕尔梅林》可当作稀世真品，给它做个盒子好好保存起来，就像当年亚历山大打败了大流士，并从那儿缴获的许多战利品，其中有一个盒子，亚历山大用那个盒子来保存诗人荷马的著作。老兄，这部书以两点见长。一方面是它本身写得就非常好，另一方面，作者作为葡萄牙的一位圣明的君主，影响力颇大。书中描述的米拉瓜尔达城堡里的种种历险，栩栩如生，引人入胜。这部书的语言既文雅又明快，并且贴近生活，容易让人明白。所以我说，尼古拉斯师傅你要是不反对，这本书和《高卢的阿玛蒂斯》那本就不要用火烧掉啦，剩下的书就不必再审看了，统统烧掉，您看如何？”

“那不行，老弟，”理发师说，“我手上这本是有名的《堂贝利亚尼斯》。”

神父说：“关于这本书，作者写第二、第三、第四部需要加点大黄去去他太旺的肝火。此外，还得去掉所有关于法马城堡的内容和其他严重的不实之处。应视修改后的情况，决定是宽恕还是严审它。现在，老弟，这本书就先放在你家，不过别让其他人看它。”

理发师说：“行。”

神父也不想再费神费力去审查那些骑士小说了，就让女管家把所有大部头的书都收起来，扔到后院去。

神父把烧书这件事交给女管家，因为她烧书的决心最大，尤甚于她织布的决心，烧书比织又宽又薄的布要容易得多。听了理发师的话，她一下子就抱起八本书，准备从窗口丢出去。因为拿得太多，有一本掉在理发师的脚旁。理发师想看看是谁写的书，一看原来是《著名白人骑士蒂兰特传》。

“上帝保佑！”神父大喊一声说，“白衣骑士蒂兰特竟然在这儿！快给我瞧瞧，老弟，我仿佛在这本书里寻觅到了欢乐的源泉，这故事曲折离奇。书中有勇敢的骑士基列莱松·德·蒙塔尔万和他的弟弟托马斯·德·蒙塔尔万以及封塞卡骑士，书中描述了同疯狗战斗的英雄蒂兰特，牙尖嘴利的少女普拉塞尔·德·米比达，爱招摇撞骗的情场老手寡妇雷波萨达，甚至还有爱上了自己侍从的伊波利托的女王。说句良心话，老弟，就文笔而言，这本书堪称世界上最好的书。书里描述的骑士们也要吃饭，困了也睡在床上，要死也在自己的床上死，临死前也立好遗嘱，等等其他一些事。这是其他此类书所缺少的。虽然这样讲，但由于作者故意编写一些乱七糟八的情节，还是应该判罚他一辈子做苦役。你可以把这本书拿回家看看，就会知道我对你说的这些都是大实话了。”

“是这样的，”理发师说，“不过，这儿还剩下了这么多一小册的书，该怎么办呢？”

神父说：“这些可能不会是骑士小说，应该是诗集。”说着，他翻开一本，发现是豪尔赫·德·蒙特马约尔的《狄娅娜》，就猜测其他的也都是同一类书。

“这些书用不着像其他书那样被烧掉，因为它们不像骑士小说那样毒害人，它们都是些读了不会产生危害的书，不会坑害其他人。”

外甥女说：“哦，大人，这些书您也完全可以下令把它们和其他书一样都烧掉啊。否则等我舅舅治好骑士病后，再去读这些书，又会心血来潮地想去当牧羊人，去森林和草原边唱边伴奏。如果他想当诗人那就更糟糕了，这病就没法治了，而且还会传染的。”

“小姐说得对，”神父说，“最好提前把这种不幸和危险解决掉。咱们就先从蒙特马约尔的《狄娅娜》开始吧。我认为这本书可以不烧，但是有关女巫费丽西亚和魔法水的内容，以及大部分长诗都要删掉，只适当地保留部分散文，这样它仍然不失为此类小说中的一流作品。”

“接下来的这本又是《狄娅娜》，书名叫作《萨拉曼卡人续集》，”理发师说，“另一本也叫《狄娅娜》，作者是吉尔·波罗。”

“这本名为《萨拉曼卡人》的书，也丢到后院去，让它和那些被判火刑的书一起做个伴儿吧。”神父说，“吉尔·波罗的那本著作要当作阿波罗的作品珍藏起来。咱们得干快点，老弟，时间不早了。”

“是这本书，”理发师说着打开了另一本书，“这是撒丁岛人安东尼奥·德·洛弗拉索写的《恋爱中的女神十部曲》。”

“我以我的神职发誓，”神父说，“自从有了阿波罗、缪斯和诗人以来，还没有一部作品能像这本书一样既荒诞又有趣。由此看来，这本书也是所有这类书中最优秀的，绝无仅有。没拜读过这本书，就不会知道书中说的任何有趣的事儿。拿给我吧，老弟，找到这样一本书，比给我一件佛罗伦萨的呢绒教士服还珍贵呢。”

说完神父十分高兴地把这本书放在一旁。理发师又接着说：“下面这几本分别是《伊比利亚的牧人》、《埃纳雷斯草地上的仙女》和《从爱情的嫉妒中醒悟》。”

神父说：“不用再看了，把这几本书都交给女管家。至于原因就别再问我了，否则讲起来就没完没了。”

“接下来这本是《费力达的牧人》。”

“这不是牧人，”神父说，“而是个有涵养的大臣。把它作为珍品保存起来。”

“这部大书名字叫作《诗歌集锦》。”理发师说。

神父说：“诗歌收集的不多，因此显得很珍贵，不过要把糟粕从这部书的精华里剔除出来。这本书的作者是我的朋友。他还写过一些高尚如史诗般的著作，看在这个份儿上，把它留下吧。”

“这是洛佩斯·马尔多纳多的《诗歌集》。”理发师接着说。

“这本书的作者也是我的好朋友。他的诗被他一朗诵，人们顿时为之倾倒。他朗诵的声调抑扬顿挫，令人着迷。他写的田园诗长了些，不过好东西不怕长。它可以和挑出来的那几本放在一起。旁边那本是什么书？”

“是米格尔·德·塞万提斯的《加拉黛亚》。”理发师说。

“这个塞万提斯是我多年的好朋友。我知道他最有体会的不是诗，而是不幸。他的书有些新意，也有所启迪，可是还没下结论。不过，可以等等，听他说过要出续集的。也许修改以后，那些苛刻的读者也许能够谅解他。现在，暂时先把这本书锁在你家。”

“我很乐意，朋友。”理发师说，“这儿有三本书是放在一起了。它们分别是唐阿隆索·德·阿尔西利亚的《阿拉乌加人》、科尔多瓦的胡安·鲁福写的《奥斯特利亚人》以及巴伦西亚的诗人克里斯托瓦尔·德·比鲁埃斯的《蒙塞拉托》。”

神父说：“这三本书是西班牙语里的史诗杰作，可与意大利最著名的史诗比肩，应该把它们作为西班牙诗歌中最珍贵的财富保存起来。”

神父已经不想再看其他书，想把其余的书全部都烧掉。可是，这时理发师正好又翻开了一本名叫《安吉利亚的眼泪》的书。

“假如把这本书也烧了，我倒是会流泪的。”神父说，“这本书的作者不仅仅是西班牙，甚至是全世界最著名的诗人之一。他翻译过奥维迪奥的几个神话故事，译得通顺极了。”

第七章　我们的这位好心眼的骑士堂吉诃德的第二次冒险

这时，堂吉诃德突然大叫大嚷起来："快来吧，快来吧，勇敢的骑士们，显示你们力量的时候到了，这场比试到现在都是宫廷骑士占上风。"

人们听见叫嚷都循声赶去，其他书就没再检查，估计《卡罗莱亚》、《西班牙的狮子》和路易斯·德·阿维拉的《皇帝的功业》顷刻之间已化为乌有。这几本书大概都藏在剩下的那堆没有审查的书里面，神父要是看到这几本书，也许它们就不会遭受这样严厉的处罚。

大家赶去堂吉诃德身旁时，他已经起床了，正继续大叫大嚷，四处乱砍乱刺，瞧这精神劲儿，一点儿也不像刚睡醒的样子。大家一起抱住他，硬将他按在床上。他安静了好一会儿，又接着对神父说："德尔宾大主教大人，我们这些号称十二骑士的人觉得是奇耻大辱，他们竟然让这些宫廷骑士大获全胜。三天前，在比武的时候，我们这些游侠骑士还接连获胜呢。"

"老兄，你安静点。"神父说，"上帝会保佑我们时来运转的。'失之东隅，收之桑榆'，您现在需要保养身体。尽管您觉得自己没有受重伤，却也太疲倦了。"

堂吉诃德说："我倒是没有受伤，只不过浑身就像散了架，这倒是真的。那个浑蛋罗尔丹用橡木棍打了我一顿。这都是出于他的嫉妒，就因为只有我一人是他的敌手。等我能从床上起来时，不管他会弄多少魔法，我都要报仇，否则的话，不如就叫我雷纳尔多斯·德·蒙塔尔万。眼下，先去给我找点吃的来，我觉得这件事是当前最要紧的。至于报仇的事，我会留待以后的。"

众人帮他把吃的拿来，他又睡着了。大家见他疯成这样，全都目瞪口呆。那天夜晚，女管家把后院里和家里的书全都烧了。一些原本值得留下来的书也被烧掉了。它们命运如此，加上懒惰的检察官并没有仔细挑拣，所以也全部烧掉了。这就应验了那句老话："有时候好人替坏人受罪。"

神父和理发师为了拯救他们的朋友想了一个办法，就是把那间书房砌上砖块彻底堵死，等他伤好后再也找不到那些书（说不定会药到病除），到时就说是魔法师把书房和里面所有的东西都带走了。他们说到做到。两天后，堂吉诃德从床上一起来就去看他的书。可是他找不到原来放书的房间，就挨个房间搜下来，走到原来是门的地方，用手敲一敲，四处打探，沉默良久。过了好一会儿，他询问女管家书房到哪里去了，女管家很清楚自己该怎样回答他，于是说："老爷，您找什么书房，找什么东西？这里的书房和书早没啦，全都被魔鬼带走了。"

"不是魔鬼，"外甥女说，"是被一位魔法师搬走的。您走后的一个晚上，他腾云驾雾而来。骑在一条蛇的背上。他从蛇背上下来，走进了房间，我也不知道他在里面做什么。过了一会儿，他从房屋顶端飞出去，房子里烟雾弥漫。待我们想过去看看他究竟干了什么，发现书、房已经皆不在了。我和管家十分清楚地记得，那个老坏蛋临走前还大声说，他和那些书籍以及房间的主人有私仇，对房间的破坏随后就可见分晓。他还说，他是圣贤穆尼亚通。"

"大概说的是弗雷斯通。"堂吉诃德说。

女管家说："我也不知道他说的是弗雷斯通还是弗里通，只记得最后一个字是'通'。"

堂吉诃德说："就是了，我知道那是一个狡猾的魔法师，他对于我来讲是疾恶如仇的敌人。他拥有先知，曾预示过一段时间后会有他手下的一名骑士来同我决斗。我会打赢，而他却无法抵挡，因此，他对我百般诋毁。我要告诉你，苍天安排好的事，他想违拗和逃脱都是很难的。"

"谁会去怀疑呢？"外甥女说，"可是，舅舅，谁让您去管这些你争我夺的事呢？老老实实在家里待着，别到处去惹事难道不好吗？况且弄不好的话，'偷鸡不成蚀把米'。"

"你弄错了，外甥女，"堂吉诃德说，"谁想打我的注意，不等他碰到我一根汗毛，我早就把他的毛全都剃掉了。"

她们俩怕堂吉诃德再动肝火，就不敢再言语。就这样，堂吉诃德安安静静地在家里住了十五天，没有流露出想外出冒险的迹象，倒是成天同两个老朋友——神父和理发师交谈甚欢。他常说，世界上最需要的就是游侠骑士，而且他对游侠骑士的复兴责无旁贷。神父有时持反对意见，有时不得不顺着他。如果不采取这种手段，便无法同堂吉诃德交谈下去。

在这期间，堂吉诃德又去游说与他家相邻的一位农夫。如果这个称呼可以用来称呼“穷人”的话，那么这个农夫可以说是个好人。他只是头脑不太好使。堂吉诃德对农夫边劝说边许诺，于是，那个可怜的农夫决定跟他出去闯闯，做他的随从。堂吉诃德为了让农夫心甘情愿地跟他走，许诺若能在某次历险之后转眼之间征服某个海岛，那就让农夫去当海岛的总督。如此这番打完包票后，那个名叫桑丘·潘萨的农夫，决定离开自己的老婆和孩子，充当堂吉诃德的随从。

然后，堂吉诃德便设法筹款去了。他把一些东西变卖了，有的家产典当了，将东西都亏本出手了，终于凑齐了一笔钱。他披挂上从朋友那儿借来的护胸，勉强扣上破头盔，将上路的日期和时辰告诉随从桑丘，让他收拾好自己的行李，还特别交代别忘了带个褡裢。桑丘回答一定会带的，而且自己还有头不错的毛驴，也可骑着它上路，因为他还不习惯走这么远的路。关于带毛驴去的问题，堂吉诃德犹豫了一下，在看过的小说中回想着，是否有某位游侠骑士的随从还骑着毛驴这样的先例，结论是没有这样的。不过，他还是同意了桑丘带上毛驴，并等以后要是有机会，就给桑丘换个体面点的坐骑；要是能碰上一个傲慢无礼的骑士，就把他的马夺过来让桑丘骑。堂吉诃德按照那店主的意见，带上了几件衬衣和其他能带的东西。一切准备就绪后，在某个夜晚，桑丘没有向妻子和孩子告别，堂吉诃德也没有向女管家和外甥女辞行，他们没有被任何人看见，悄悄地离开了村庄。他们连夜赶路，一直到天将亮时才放下心来，料想即使人们去找他们也找不到了。

桑丘带着褡裢和装酒的皮囊，骑在驴上神态威严，心里盘算着如何当好主人承诺给他的海岛的总督。堂吉诃德这回又走到了上次到过的蒙铁尔原野上，这是他初征失利的地方。不过这次不像上次的路走得那么难受了，现在正是清晨时分，太阳斜射在他们身上，并没有使人感到疲惫。

这时，桑丘对他的主人说："游侠骑士大人，您可别忘了您许诺给我的那个海岛。无论这岛有多大，我都会管理。"

堂吉诃德回答道："你应该清楚，桑丘朋友，古时候游侠骑士每征服一个岛屿或王国后，爱封他的随从担任那儿的总督。这是惯常的做法，我下定决心不会去破坏这个规矩，而且我要比他们做得还好。他们往往都要等到随从年纪大了，不愿意白天受累、夜晚吃苦地生活时，才会封随从一个或大或小的地方或是县市的伯爵，最多当个侯爵。只要我俩都活着，我完全能在六天之内征服一个王国，再附加上几个附属国，你正好可以做其中一个国的国王。你别以为这是多大的事儿，游侠骑士身上常常会发生些前所未闻、连想也不敢想的事情。即便比我承诺的还多给你一些，我也能易如反掌地做到。"

桑丘说："要是我能在您说的某次奇迹中真当上了国王，我老婆胡安娜·古铁雷斯不就是个王后，我的几个儿子也变成王子啦。"

"难道你对此还有疑问吗？"堂吉诃德问道。

"我就不相信，"桑丘说，"对于我来讲，即使上帝像洒雨点一般把王国从天上扔下来，也不会恰好有一个稳稳地落在玛丽·古铁雷斯[①]头上。大人，您知道，她当个王后可当不好，能当个女伯爵最好。这还得靠上帝帮忙才行。"

"那你就向上帝祈祷吧，"堂吉诃德说，"他自会给你妻子一个合适的赏赐。不过你别太瞧不起自己，至少，得做个总督才行。"

"我不会，大人。"桑丘说，"能跟随您这么尊贵的主人我很愿意。我相信，凡是对我适合的职位，只要我承担得起，您都会给我的。"

---

① 桑丘妻子的名字随时都有变化，一会儿叫胡安娜，一会儿又称玛丽。在下文中，他妻子则被称呼为特雷莎·卡斯卡霍。

第八章 堂吉诃德经历的一场骇人的风车奇险以及他在其中英勇的表现和值得大肆书写的事情

才说完，堂吉诃德就看见三十多架风车，于是便对他的随从说："命运的安排比我们希望的还要好。你瞧那儿，桑丘·潘萨朋友，那儿就有三十多个得意扬扬的巨人。我想同他们开战，消灭掉所有人。缴获了战利品，那我们可就发财了。这是一场正义的战斗，把这些坏蛋从地球表面清除，这也是一种对上帝的贡献。"

"什么巨人呢？"桑丘·潘萨问。

"就在那里，你看见的那些长胳膊的家伙们，有些手臂足有两西里[①]长呢。"堂吉诃德说。

桑丘说："您好好看看，大人，那些不是巨人，是风车。那些像手臂一样的东西是风车的翼，风转动这些翼，就能够推动石磨。"

堂吉诃德说："很明显，你在征险方面还得好好学学。他们的确是巨人，要是你害怕了，就站一边去，我会同他们进行一场殊死搏斗。"

说完，他便催马朝前冲去。他的随从桑丘大声喊叫着告诉他，他进攻的明明就是风车，不是巨人，可他完全不予理会。他认定那就是巨人，即使到了风车面前也没看清到底是什么，只是一个劲儿高喊着："不要跑，你们这些无耻之徒、胆小的恶棍！同你们战斗的只是个单枪匹马的骑士。"这时刮起了阵风，风车巨大的风翼开始转动，见状，堂吉诃德说："即使你们挥舞的手臂比布里亚柔斯[②]的手臂还多，也逃脱不了我对你们的惩罚。"

他又虔诚地祈求他的意中人杜尔西内亚夫人保佑他，请她在这个生死存亡的时刻保佑他。说完，他拿盾牌护胸，高举长矛，纵马飞奔上前，向前面的第一个风车刺过去。长矛刺中了风车翼，可大风吹动着风车翼旋转起来，将长矛折断成几截，把堂吉诃德和马重重地摔在田野上。桑丘驾着

① 西班牙里程单位，一西里折合为 5572.7 米。

② 布里亚柔斯是希腊神话中的巨人，据说有一百只手臂。

驴飞奔过来救他，只见堂吉诃德躺在地上动弹不得。因为他从马上摔下来，把他摔成了这个样子。

“上帝保佑!”桑丘说，“我不是给您讲了吗，瞧瞧您都干了些什么?那是风车，除非谁脑袋里也安了架风车，否则怎么会不知道那是风车呢?”

“闭嘴，桑丘朋友!”堂吉诃德说，“打架这样的事常常是变化很快的。我想了又想，一定是那个偷了我的书房和书的弗雷斯通，他把这些巨人变成了风车，为剥夺我战胜他而赢得的荣誉，他对我的恨意颇大。不过，到最后他那些卑鄙手段终究敌不过我这把正义之剑。”

“那就要看上帝如何做了。”桑丘·潘萨说。

桑丘扶堂吉诃德站起来，重新骑上马。罗西南特已经东倒西歪了。他们一边谈论着刚才的险遇，一边继续朝拉比塞隘口方向赶路。堂吉诃德说那儿来往旅客很多，有可能会遇到各种各样的凶险。他心里很难过，长矛在刚才的战斗中被风车折成几节了。他对随从说：

“我记得曾在小说里看到过，一位叫迭戈·佩雷斯·德巴尔加斯的西班牙骑士，在一次战斗中他的剑被折断了。他从橡树上砍下了一根粗树枝，那天他用这根树枝做了许多事，用它打倒了许多摩尔人，因此得了个绰号马丘卡。从那天起，他以及他的后代就叫巴尔加斯和马丘卡。我说这些是因为假如碰到一棵橡树或栎树，我也想折一根大树枝，要和我想象中的一样好。我要用它开创一片天地。你有幸能亲眼瞧见，并证明这些令人难以置信的事情的真实性。”

“万事靠上帝恩赐吧，”桑丘说，“我完全相信您的话。不过请您坐好，身子都要歪到一边去了，准是刚才摔痛了。”

“是的，”堂吉诃德说，“我没叫唤，是因为游侠骑士不能因为受伤而呻吟，哪怕是肠子流出来也不能叫疼。”

“既然如此，我也没什么好说的。”桑丘说，“不过只有上帝知道，我倒是希望您既然痛就别忍着。反正我有点儿痛就得喊出来，除非有规定，游侠骑士的随从也不能叫唤。”

看到随从如此可爱，堂吉诃德忍不住笑了。他对桑丘说，不论什么时候，他都可以随意喊痛，爱怎么喊就怎么喊，反正到现在为止，他还没有在书中读到过认为这是违反骑士规则的说法。桑丘说已经到了吃饭的时候了。他的主人却说还不需要，但桑丘想吃也可以吃。既然得到了允许，桑丘就尽量在驴背上坐好，从褡裢里拿出吃的，慢条斯理地跟在主人后面，一边走一边吃，还不时拿起酒囊津津有味地喝一口，瞧那个样子，就是马拉加[①]最有福气的酒店老板见了也会嫉妒。桑丘喝着酒，早把主人对他的承诺忘得干干净净了，他觉得这样到处征险尽管有危险却并不怎么累，挺舒适的。

最后，他们就在树林之间的空地上过夜。堂吉诃德还折了一根干树枝，把断矛上的铁矛头安上去，权当长矛。那天晚上，堂吉诃德彻夜未眠。他模拟书中描写的情景，思念他的心上人杜尔西内亚。书里的那些骑士常常在荒林中连续几晚不睡觉，靠想念自己的夫人度过。桑丘可不是这样，他喝完酒，饭也吃得饱饱的，一觉睡到大天亮。阳光照耀在他的脸上，小鸟叽叽喳喳叫个不停，新的一天来临了。要不是主人叫醒他，他还不知要什么时候才起来呢。醒来以后，他摸了一下装酒的皮囊，发现比前一天晚上瘪了些，不禁一阵心痛，他知道这样走下去是没有办法补充这个酒囊的。堂吉诃德还是没有胃口，就像前面说的，他要靠美好的回忆来养活自己。他们又重新踏上了通往拉皮塞隘口的道路，大约下午三点钟，他们遥遥望见了隘口。

一看见隘口，堂吉诃德就说："桑丘·潘萨兄弟，一旦进入这儿，我们就会被卷进冒险的事业中。不过我要提醒你注意，即使你看见我遇到了世界上最糟糕的险情，只要对手不是恶棍和无赖，你就不要用你的剑来保护我。如果对方是恶棍和无赖，你可以帮助我；但如果对方是骑士，你就不能来帮助我。骑士的规矩是不允许这样做的，除非你已经被封为骑士。"

"是的，大人，"桑丘说，"我完全听从您的吩咐，只是我本人生性平和，不爱吵闹。但是如果我要是受到侵犯，我可管不了那么多规矩，我会

---

① 马拉加是西班牙南部著名的酒产地。

自我防护，因为不管是神的规矩还是人世上的规矩，都允许对企图侵犯自己的人实行自卫。”

“我没有意见，”堂吉诃德说，“不过，在帮我进攻骑士这件事上，你还是得悠着点，切忌不能冲动。”

桑丘说：“我会照着做的，就像记着礼拜天的祷告一样认真地记着这条规定，并遵照此条规定进行。”

他们一边说话，一边看见路上来了两个圣贝尼托教会的修士。他们骑着的两匹骡子仿佛骆驼一般大，两人都戴着防护面罩，打着阳伞。他们后面跟着一辆马车，旁边跟有四五个骑马的人和两个步行的挑夫随从。一问才知道坐在车里的是位要去塞维利亚的比斯开贵夫人，眼下她的丈夫正在那儿，他得了西印度群岛的官职，即将去那儿赴任。两个教士虽然与他们同行，但却不是一伙人。堂吉诃德从远处发现了他们，他对桑丘说：

“如果我没有弄错的话，这也许就是前所未有的历险了。走在前面那两个黑乎乎的东西看起来可能是——噢，对的，一定是魔法师，马车里是被他们劫持了的公主。我必须尽全力消灭这种恶行。”

“要是这么做，那一定比风车的事还要糟，”桑丘说，“您瞧仔细了大人，那是两个圣贝尼托教会的修士，那辆马车也肯定是某位过往客商的。我跟您说，您要多加小心，千万别被魔鬼迷昏了头。”

堂吉诃德说：“我说过，你对历险的事情了解得并不多。我刚才说的话都是真的，你马上就能看得到。”说完，他拍马冲上前，站在道路的中间迎面等着两个修士。估计他们走到能听到自己声音的地方时，堂吉诃德高声喊道：“你们这些巨大无比的魔鬼，快放掉你们劫持的公主，否则，你们马上就会为你们的罪行而受到公正的惩罚。”

两个教士勒住缰绳，见到堂吉诃德的装束，又听见他讲得莫名其妙的话，于是说：“骑士大人，我们不是巨大的鬼怪，而是赶路的两个圣贝尼托教会的修士，更加不知道这辆车上有没有被劫持的公主。”

“我才不会被你们的花言巧语所骗，我知道你们是不说实话的卑鄙流氓。”堂吉诃德说。

两人还没有回答，堂吉诃德便提着长矛向前面的教士冲去。他怒气冲冲，来势凶猛至极，要不是那个教士自己从马上滚落下来，没准堂吉诃德会把他刺下马，那就严重了，即使跌不死也会身负重伤。另一个教士看到同伴的下场，便用双腿使劲一夹那匹骡子的腹部，顺着田野疾风似地狂奔而走。

桑丘·潘萨眼见修士摔落在地，便立即跳下驴子，跑到他身边，开始脱他的外衣。这时，修士雇用的伙计赶上来，问他为什么要脱修士的衣服。桑丘说，自己的主人堂吉诃德打赢了这场战斗，作为战利品的衣服理应属于他的随从。两个伙计既不懂得他的话的意思，也不明白战利品、打仗是什么，看见堂吉诃德正在同车上的人说话，便冲过去，合力把桑丘打倒在地，把头上的头发和脸上的胡须给他拔了个光，还猛揍了他一顿，直打得他奄奄一息地晕倒在地上。

那修士惊魂未定，面上毫无血色，丝毫不敢再停留片刻，他急忙翻身上了骡子，向他的同伴奔跑过去。那修士正远远地看向这边，想知道这场意外遭袭该如何收场。两个修士汇拢后也不想再等结果如何，便立刻上路，时不时地在胸口画着十字，仿佛身后有什么魔鬼在追着他们似的。

前面提到过，堂吉诃德正在和马车里的那位夫人谈话。他说："尊敬的夫人，您现在可以随意走动了。因为劫持您的恶棍已经被我用有力的臂膀打倒，他们已经威风尽失。为了避免您打听是谁解救了您，让我来亲口对您说吧，我是来自曼查的一名游侠骑士和冒险家，名叫堂吉诃德，同时也是托波索美丽迷人的杜尔西内亚的追随者。您虽然受了我的帮助，但我不要您的报答，我只希望您在路过托波索时，能代我去拜访那位小姐，告诉她是我解救了您，和为您所做的一切。"

堂吉诃德说的这番话被跟车的一个随从听见。他也是比斯开人，看到堂吉诃德不让马车前行，而是要让他们回托波索去，于是来到堂吉诃德面前，一把抓住他的长矛，操一口既不像西班牙语也不像比斯开语的腔调说：

"走开，你这骑士真是让人讨厌。我以创造我的上帝的名义发誓，如果你还不放马车过去，那么我这个比斯开人会杀了你，让你自食其果！"

他说的话堂吉诃德听得十分清楚。他十分平静地回答："你并不是骑士，要是你是一名骑士，那么我会对你的如此放肆无礼的行为给予惩罚，你这蠢东西！"

比斯开人说："你说我不是绅士[①]？我对上帝发誓，你一定在撒谎！就像我是基督教徒一样！假如你投掷长矛、拔出长剑，你立马就能见到'水把猫冲走有多快'[②]！无论是在陆地上的比斯开人，还是在海上的比斯开人，他们在面对魔鬼时永远都是英雄。而你呢，只会颠倒黑白把英雄说成魔鬼，除此之外你还会干什么？"

"像阿格拉赫[③]所说的一样，走着瞧吧！"堂吉诃德说。

堂吉诃德把长矛丢在地上，举起护胸的盾牌，拔出长剑向比斯开人奔去，决心要把他杀死。

比斯开人一见堂吉诃德奔来，原想从骡子上下来应战。要是真打起来，因为这骡子是租来的，肯定靠不住。但是已经迟了，他只好拔剑迎战。幸运的是他站在马车边，于是又顺手从车内抽出一个坐垫来充当盾牌。两人仿佛是不共戴天的仇敌般对打起来。一旁的人劝解他们别打了，可是未能成功。那个比斯开人还用怪异的腔调向众人说，如果不让他把这一仗打完，他就要亲手把女主人和所有妨碍他的人都杀掉。马车里的夫人见到眼前的景象，被吓得目瞪口呆。她忙叫车夫把车赶远些，远远地观看这场争斗。比斯开人越过护胸盾牌的上侧，向堂吉诃德的肩膀狠狠砍下去。堂吉诃德要不是有所防备地穿着铠甲，说不定就被拦腰砍成两半了。

堂吉诃德只觉得肩膀被重重一击，大喊大叫道："我的夫人，美丽无比的杜尔西内亚，快来救救您的骑士吧！他为了报答您，正在以身作战呢。"

说完，他握紧剑，将盾牌护在胸前，又向比斯开人发起攻击，决意将对方砍成两半。

比斯开人眼看堂吉诃德凶恶无比地冲过来，料想他已经斗红了眼，便

---

① 原文双关，又指骑士，又指绅士，堂吉诃德指的是骑士，比斯开人指的是绅士。

② 西班牙谚语，是指勇于冒险的意思。

③ 这是《高卢的阿玛蒂斯》里的人物。每当他战斗时常持剑说："走着瞧吧！"

决定以牙还牙。可他骑的那匹骡子已疲惫不堪，并且也没经历过类似的战斗，所以一动不动地站在原地。前面提到堂吉诃德已经拔剑冲了过来，决意把他砍成两半，比斯开人只好用坐垫护住身体，也同样举着剑，迎向堂吉诃德。旁边观战的人都心惊胆战，真不知这场激战会有什么不好的事情发生。马车里的夫人和其他女仆此时正在不停地向西班牙所有神像和教堂祈祷，恳求上帝帮助比斯开人，将她们从眼下这场巨大的危险中解救出来。

糟糕的是，故事正讲到关键处作者却戛然而止，辩解说没有找到更多记载有关堂吉诃德生平事迹的材料。而这部小说的另一位作者实在不相信这样一部著作会被人们遗忘，不愿相信曼查的文人墨客们会对骑士的故事如此不感兴趣，不在他们的资料或故事里留下一点相关记载。因此，他就想为这个丝毫不平淡的故事填写一个结局。幸运的是老天也帮他，这个结尾竟然找到了。至于如何寻到的，请看本书的第二部分[①]。

① 塞万提斯最初把本书的上卷分为四部分，但后来又改变了这种做法。

第二部

第一章 大胆的比斯开人和英勇的曼查人的恶战如何结束

这个故事第一部的分结尾提到，英勇的比斯开人和著名的曼查人都高举明晃晃的利剑拼命向对方劈去。要是这把剑不偏不倚真劈着了，两人都会从头到脚被分成两半，就像两个裂开的石榴。就在这关键时刻，这个有趣的故事却戛然而止，作者也没有交代下文。

我十分懊恼，刚开始读这个趣味十足的故事，结果读了一小部分故事就断了，现在我因为读不到剩下的精彩内容而心痒难耐。我意识到其余部分已经失散了。竟没有某位博学者把这位优秀骑士前所未闻的业绩记录下来，我觉得不可能也不应该。我认为这不可能，所有游侠骑士的历险经历，都理所当然地有一两个笔杆子负责记录，而且他们的每一个微小的思想变化和细微琐事，不管它们有多么隐秘，都会被一一描述。像连普拉蒂尔和其他诸如此类的骑士都不乏有人为他们写传，所以，如此优秀的骑士不应该如此倒霉没有人过问。我不相信如此有趣的故事会这样支离破碎，残缺不全。我把一切归咎于可恶的时间，是它磨灭了所有的一切，把这个故事隐匿起来，或者埋没掉了。

但是我又想，既然堂吉诃德的藏书里也有《疗妒篇》与《埃纳雷斯的仙女和牧羊人》这类的现代作品。那么，有关他的传记也应该是现代的。要是没有写成文字，那么他居住的村庄及附近人的一定还记得他的事情。想到这里，我更加寝食难安，非常想了解我们这位西班牙名人堂吉诃德的生平事迹。他是曼查骑士的典范。在我们如今的年代里，在这样一个灾难深重的年代里，他第一个投身于游侠骑士事业，锄强扶弱，帮扶寡妇并保护童女。古时确实有一些保持着贞操的少女，她们纵马扬鞭，往返于山岭和田野之间，若不是遭到强盗、手持利斧和头戴头盔的村夫或某个巨人对她们的强暴，即使活到八十岁也没有在屋外住过一晚，进入坟墓时仍清清白白。由于种种缘由，我们这位英勇的骑士值得被不断传诵，而我本人也应该得到承认，因为我为寻求这个动人故事的结尾付出了努力。我完全明白，如果没有苍天、机遇和命运助我一臂之力，世界上就不会有这部著作，人们也享受不到乐趣。这个故事要是认真读，得花上两个小时。现在来讲讲故事的其余部分被发现的经过：

有一天，我在托莱多的阿尔卡纳街上，这时来了个小孩，向一个丝绸商兜售旧抄本和旧手稿。我历来爱看书，就连街上捡的废旧报纸也要看看。受这种嗜好驱使，我从他兜售的手抄本中拿过一本翻看，认出上面书写的是阿拉伯文。我虽然认出来这是什么文字，可却看不懂。于是就近寻找，想找个通晓西班牙文的摩尔人来替我看看，要找这样的翻译不需要费什么力就可找到。即使想找其他更复杂、更古老语言的翻译也不难。碰巧我找到了一个，对他讲了一下我的想法，然后把书给他。他从书的中间翻开，看了一点儿就笑了起来。我问他笑什么，他回答说，他笑书的空白处加的一个注释。我请他把上面的意思讲给我听，他一面笑，一面对我说：书边空白的注释是这样写的：

故事里常常提到的这个托波索的杜尔西内亚，据说是查曼所有妇女中腌猪肉的最佳能手。

我一听说托波索的杜尔西内亚，先是一惊，然后才想起来，那几个手抄本里一定有堂吉诃德的故事。于是，我就催他把笔记本的开头部分念给我听。他当即把阿拉伯文翻译成西班牙文，说这是“曼查人堂吉诃德的故事，阿拉伯历史学家锡德·哈迈德·贝能赫利著”。

我费了好大的劲来努力掩饰我听到这个书名时的喜悦。我只花了半个雷阿尔，就把那孩子的所有东西从丝绸商那儿半道截了过来。如果那孩子再仔细点儿，发现我需要这些东西，完全可以借机抬价，卖到六个雷阿尔以上。随即我和那个摩尔人来到一个大教堂的回廊里，我让他把里面所有关于堂吉诃德的内容原原本本地翻译成西班牙文，要多少钱都可以给他。他只要两阿罗瓦[①]葡萄干和两法内加[②]小麦，并答应又快又好又准地翻译过来。我为了合作得更顺利，而且也不愿意让这样珍贵的手稿离开我，就把他带回家。他用了一个半月多一点儿的时间，就把整个故事都翻译过来了，其译文如下：

第一本手抄本里有一幅插图，真切地描绘着堂吉诃德同比斯开人战斗的画面，两人交战的架势完全就是书中讲述的那样。两个人都举着剑，一个戴着头盔护着自己，另一个抱着坐垫护着身躯。比斯开人的那头骡子画得栩栩如生，远远看去就知道是头租来的骡子。比斯开人脚下还写着“堂桑丘·德·阿斯贝蒂亚”，毫无疑问这是他的名字。罗西南特脚下写着另一行字“堂吉诃德”。罗西南特画得妙极了，体形又长又细，瘦骨嶙峋，弯腰拱背，像是活不长了，它叫这个名字真是入木三分。罗西南特旁边是桑丘·潘萨，他的手里牵着毛驴，下面也标注着一行小字：桑丘·桑卡斯。按照图上的显示，他有个大肚子，身材偏矮，腿又长，有可能因此才叫他潘萨和桑卡斯[③]吧。故事里有时候也用这两个名字称呼他。画中还有一些小细节，不过都无关紧要，影响不了故事的真实性。最要紧的是这些都是真实的。

假使有人不相信它的真实性，无非是因为他的作者是阿拉伯人，而那个民族向来有撒谎的特性。既然阿拉伯人跟我们冤仇颇深，故事里面有些事情被贬低，只少不多也是可以理解的。我就是这样认为的，原本可以对这位优秀骑士大加赞扬的地方，作者却故意表示沉默。这种做法很可恶，

① 重量单位，一阿罗瓦相当于 11.5 千克。

② 容量单位，一法内加在不同地区分别相当于 22.5 公升或 55.5 公升。

③ 在西班牙文中“潘萨”为大肚子，“桑卡斯”为长腿。

并非出于善意。历史学家有义不容辞的责任来力求准确真实，决不能掺杂自己的个人感情，更不能凭自己的情趣、恐惧、仇恨和喜好去迫使他们背离真实。历史还原于真实，它要经受时间的考验。它将各种重大事件记录下来，是对过去的一种见证，也是对当代的借鉴，更是对未来的警示。我知道这部历史以其有趣的方式，具有充分的条件成为一部最有趣的史书。如果有什么缺陷的话，我觉得那全是作者的过错，而不是题材本身的毛病。总之，按照译文，小说的第二卷是这样开头的：

两位勇士愤怒地高举着各自的利剑，他们仿佛在向天地示威，他们的勇气和气势真是不可一世。首先是暴怒的比斯开人出击。这一剑砍得凶猛有力，要不是砍的时候偏了一点，完全可以一剑结束掉比斯开人桀骜的对手，我们的骑士及其历险也就结束了。

然而，幸运的是，往后还有更重要的事情等着这位骑士去做呢，所以对手这一剑砍偏了，只是把他左半边的一片盔甲以及一大块头盔连带半只耳朵砍下来，七零八落地掉在地上，使得堂吉诃德狼狈不堪。

天啦！谁能恰当地描摹出当时这位曼查人怒火攻心的样子呢？闲话少说，他重新登上马鞍挺直身子，双手握剑，怒气冲冲地向比斯开人刺去，这一剑隔着坐垫不偏不倚正砍在比斯开人的脑袋上。比斯开人的脑袋可没戴头盔，头顶上仿佛大山压着，鼻、嘴和耳朵开始流血，要不是他双手抱住骡子的脖子，真的会一头栽下来。不过，比斯开人的脚已经离开了马镫，继而双手也松开了。骡子被刚才突如其来的一剑吓坏了，沿着田野狂奔起来，几个跳跃就把主人摔倒在地上。

堂吉诃德极其沉着地看着，看到比斯开人如何从马上摔落下来，便跳下马，走到比斯开人面前，用剑尖直指他的眼睛，喝令他投降，不然就将他的脑袋砍下来。比斯开人已经吓呆了，竟然说不出一句话来。堂吉诃德这时正在气头上，要不是车上那几位一直在惊恐地观战的女眷来到堂吉诃德面前请求他大人有大量，饶过她们的随从的性命。堂吉诃德盛气凛然地说："说实在的，美丽的夫人们，我很愿意遵命，不过我有个条件，这位骑士得答应去托波索，以我的名义去拜见绝代佳人堂娜杜尔西内亚，并由她随意发落这位骑士去做她命令他做的任何事情。”

这几位被吓得惊恐万分的夫人们其实并没有弄清堂吉诃德的要求是什么，也没有追问谁是杜尔西内亚，满口答应下来她们的侍人一定照他的吩咐去办。

“我相信你们说的话，就不再惩罚他了。不然，我是不会轻饶他的。”

第二章　堂吉诃德和随从桑丘的趣谈

桑丘·潘萨挨教士的伙计一顿打，这时也从地上站了起来。他看着主人堂吉诃德的战斗，心里暗暗祈求上帝保佑主人取得胜利，给他赢得某个小岛，就像当初允诺他的那样，让他当个总督什么的。他看到这场战斗已经结束，主人准备重新上马时，便上前扶住马镫，在他上马之前双膝跪地，抓住主人的手亲吻一下，说："我的堂吉诃德老爷，请您把在这场激战中赢得的小岛的管辖权赏赐给我吧。不管它有多大，我自认为有能力管好它，就像世界上其他管理小岛的人一样，管理好这个岛。”

堂吉诃德答道："听着，桑丘老弟，这次征险以及其他此类征险并不一样，这不是争岛之战，而只是遭遇到的一场战斗。这种战斗要么打个头破血流，要么削掉一边耳朵。别着急，以后还会遇到征险，那时候你不仅可以当总督，而且还能让你做更大的官。”

桑丘对此感激万分，他再一次亲吻堂吉诃德的手和铠甲的边缘，扶堂吉诃德上马，自己也骑上毛驴，也没同车上的女士告辞或是再交谈点什么，便快步跟在主人后面，走进附近的一片树林。桑丘骑驴拼命向前追赶，可是罗西南特跑得很快，眼看自己已落在后面，只好张嘴大喊，请主人等等他。堂吉诃德勒住罗西南特的缰绳，等这位疲惫不堪的随从赶上来。桑丘刚到他面前就说："大人，我觉得咱们最好先找个教堂去躲避一下。刚才同您战斗受了伤的那个人很快就会向圣友团[①]报告，让他们派人来追捕咱

---

① 圣友团是西班牙于1476年建立的治安机构，旨在保护居民不受盗匪侵犯。

们。若是把咱们抓进了监狱，要想出来就不那么容易了。”

堂吉诃德说：“闭嘴！游侠骑士可以杀人无数，你在哪儿见到过或读到过有被抓进监狱的？”

桑丘回答道：“我对杀人可什么都不懂，也从来没在任何人身上实施过这种事。我只知道圣友团专管野外争斗的事，其他的事与我无关。”

“不用担心，朋友，”堂吉诃德说，“即使你落到迦勒底人手里，我也会把你救出来，更别说圣友团了。不过你说实话，在这世界上你是否见过比我还英勇的骑士？在你读过的骑士传记里，还有谁比我更能攻善守、克敌制胜？”

桑丘答道：“说实话，我既不会认字，也不会写字，因此我从没读过任何传记。不过我敢打赌，我这一辈子从没服侍过比您更英勇无畏的主人。上帝保佑，别因为您这种英勇，让我们在刚才那个地方被逮住。请您还是给自己治疗下伤吧，您那只耳朵流了很多血。我的褡裢里有纱布和一些白药膏。”

“这些都用不着，”堂吉诃德说，“要是我早想到配制一瓶菲耶拉布拉斯[①]圣水，只需滴上一滴这种圣水，便可以马上痊愈。”

“那是什么圣瓶、什么圣水呀？”桑丘问。

堂吉诃德说：“那种圣水的配方我还记得。有了圣水就不会害怕受伤了，即使受伤也不至于死亡了。我把圣水做好了就交给你，要是你看到我在战斗中被拦腰斩成两半（这种事常有），就要趁血还未凝固之前，巧妙地将我的上半身非常仔细地安放在马鞍上另外那半截身子上，要注意，一定要安放得严丝合缝。然后，你再喂我喝两口我刚才说的圣水，你就会看到，我会依然完好无恙。”

“如果有这种圣水，”桑丘说，“从现在起，我放弃原来想当小岛总督的愿望。我对您服侍周到，我也不要别的，只求您把那种圣水的配方教给

① 菲耶拉布拉斯是法兰西史诗中的人物，他是查理大帝的武士，据说他得到了耶稣就难时的荆冠与圣水。

我。我估计无论走到哪里，一盎司圣水都可以卖两个雷阿尔以上。凭着它，我就可以过一辈子体面舒服的日子了。不过我想知道，制作这种圣水是不是很花钱？”

“用不了三个雷阿尔就可以配制三阿孙勃雷①的圣水。”堂吉诃德说。

“都怪我，”桑丘说，“那么您还等什么，现在怎么还不快去配点这种圣水，也教教我怎么做呢？”

“闭嘴，朋友，”堂吉诃德说，“以后我可以教给你更大的秘诀，让你得到更多的好处。眼下我这只耳朵疼得很厉害，咱们还是先治伤吧。”

桑丘从褡裢里拿出了纱布和药膏。可是，堂吉诃德一看，自己的头盔被打破了，疯病又犯了。他一手按剑，抬头注视着天空，说：“我要向万物的创造者上帝发誓，在向那个对我无礼的家伙报仇之前，我要过曼图亚侯爵那样的生活。他发誓要给他的侄子巴尔多维诺斯报仇，否则吃饭时不上桌吃，晚上睡觉时也不挨着妻子睡，还有其他一些事，我一时记不起来了，不过我发誓这些都要一一照办。”

桑丘闻言说：“您看，堂吉诃德大人，如果那个骑士听从您的吩咐，去拜见了托波索的杜尔西内亚夫人，他的事也算完成了。假若他不再做别的坏事，就不要再惩罚他了。”

“你说得千真万确，”堂吉诃德说，“我要向他报仇的誓言作废。不过我要重新发誓，再从某个骑士那里抢回一个头盔，要与此头盔一模一样，在这之前，我还要照我刚才说的那样生活。桑丘，你别以为我只是心血来潮，我是在效仿先人。我的头盔和当年曼布里诺的那顶头盔完全一样，萨克里潘特为此可付出了巨大的代价。”

“我的大人，这种誓言您还是都送给魔鬼吧，”桑丘说，“这样既伤身体又伤神。不信，您现在就告诉我，假如我们很多天都碰不到一个身披铠甲、头戴头盔的人怎么办？您难道真的为了实现自己的誓言而给自己找种种麻烦，例如和衣睡觉，露宿风餐，还有那位曼图亚老侯爵发誓要做的那

① 容量单位，一阿孙勃雷约合 2.016 公升。

些乱七八糟的事情？您看看，这路上根本没有披铠甲的人，全是些脚夫车夫。他们不仅不戴头盔，也许一辈子都没听说过头盔呢。”

“你错了，”堂吉诃德说，“用不了两个小时，咱们在这个路口就可以看到，披挂铠甲的人比去阿尔布拉卡追求安吉丽嘉[①]的人还多。”

“好吧，但愿如此，”桑丘说，“求上帝保佑我们走运。现在应该出大代价赢得这个岛屿，然后我就是死也眼闭了。”

“我对你说过，桑丘，你别担心。要是没有岛屿，一定会有丹麦王国或索夫拉迪萨王国在恭候你，而且还是在陆地上，你应该高兴。咱们先不谈这个，你先看看褡裢里是否有什么食物，吃完好去找个城堡过夜，做我说的那种圣水。说实话，我的耳朵疼得很厉害。”

“我这儿有一个葱头、一点儿干酪和几块硬面包，”桑丘说，“不过这不是您这种勇敢骑士吃的东西。”

“你为什么会这样想！”堂吉诃德说，“要知道，桑丘，一个月不吃东西那是游侠骑士的骄傲。即便要吃，也是有什么吃什么。你如果像我一样读过许多书，就明白这确有其事。不过，虽然有很多这样的书，却并不意味着游侠骑士除了偶尔吃一些奢侈的宴会之外，整日节食。我们可以想象，他们出于本能的需要是会吃一些东西的，因为他们和我们一样是人。而且你也该知道，他们一生中大部分时间游荡在树林和荒野之间，不可能有厨师，所以他们的日常食物就像你给我的那些食物一样都是些粗茶淡饭。所以，桑丘朋友，你别担心，我乐意吃这种东西。你也不要别出心裁，去改变游侠骑士的规矩了。”

“对不起，”桑丘说，“我刚才说过，我是个文盲，根本不知道什么骑士规则。从现在起，我负责在褡裢里装上各种干果作食品给您食用。我不是骑士，那就给自己另准备一些鸡、鸭之类有营养的东西。”

堂吉诃德说：“桑丘，我不是说骑士只能吃你说的那些果子，而是说他们平时常吃的食物就是这些东西和一些在田野里挖到的野草。他们能辨

---

① 安吉丽嘉是契丹公主，阿尔布拉卡是她所居住的城堡。

别那些野草，我也能。”

桑丘说：“能够辨别野菜也是件本事呢。我看，说不定哪天就用得上这门本事。”

桑丘从褡裢中把带的东西拿出来，两人一团和气地吃起来。不过，他们又急于找一个过夜的地方，便草草吃完了那些东西，各自骑上坐骑赶路，要在天黑之前尽快赶到个有村子的地方。可是他们在附近只看到几间牧羊人的茅草房，于是决定在那儿过夜。桑丘因为没能赶在村庄过夜而沮丧，可堂吉诃德却很乐意露宿。每当遇到这种情况时，他都认为这是对骑士精神的考验，是能够提升自己的机会。

第三章　堂吉诃德和几个牧羊人的故事

堂吉诃德受到几个牧羊人的热情接待。桑丘尽力安顿好罗西南特和他的驴。当时锅里炖着羊肉，他闻到锅里炖羊肉散发出的香味就折了回来。他想知道羊肉好了没，恨不得能立即端下锅来吃肉。此时，牧羊人把锅从火上端了下来，放在铺了几张羊皮的地上，迅速支起一张旧桌子，很客气地邀请两人共进晚餐。茅屋里的六个牧羊人围坐在羊皮四周。他们首先以不甚规范的动作邀请堂吉诃德坐在一个倒置的木桶上。堂吉诃德坐下后，桑丘站在旁边用脚杯给他斟酒。堂吉诃德看到桑丘站着，就对他说：“桑丘，我要你紧挨着坐在我身边，我们同吃同饮。据说恋爱使人平等，这话也同样适用游侠骑士道。由此你可以看见作为一名骑士的好处，谁为他服务，无论什么身份，都会受到大家的尊敬。”

桑丘说：“不胜荣幸！不过我可以告诉您，只要有的吃，我自己一人站着吃同陪皇帝吃一样好，甚至比陪着皇帝吃更好。而且说实话，您应该知道，我自己在角落里可以不必装模作样，拘于礼仪，即使吃面包、葱头也会香得多。在餐桌上我得强装斯文，细嚼慢咽，还得不时擦嘴，想打喷嚏、咳嗽或做其他事都不行。因此，我的大人，您想把当游侠骑士亲随的体面给我，可我已经是您的随从了，请您把这荣誉换成其他更实惠的东西赏我吧。这些荣誉，即使我领情接受下来，也永远用不上啊！”

“不管怎么样，你还是得坐下，因为上帝赞赏卑微之人。”

说完，堂吉诃德一把抓住桑丘的胳膊，让在自己身旁坐下来。几位牧羊人对随从和游侠骑士之间的对话完全听不明白，只是一边吃一边沉默地注视着他们兴致勃勃地把拳头般大小的羊肉块塞进嘴里。羊肉吃完后，主人又在羊皮上摆了很多褐色橡子和半块奶酪，奶酪硬得像是泥灰做的一样。一只杯子在众人之间传来传去，大家频频倒酒，觥筹交错，就像水车上的吊桶时而被喝空，他们很快就把面前摆着的两只酒囊喝空了一个。堂吉诃德酒足饭饱后，抓起一把橡子，仔细看了一会儿，便开始夸夸其谈道：“古人称之为黄金时代的年代真是幸福的时代，这倒不是因为在我们这个铁器时代十分珍贵的黄金，在那个幸福的年代易如反掌就能取得，而是因为生活在那个时代的人没有你的、我的之分。在那个神圣的年代，所有的东西都是共有的。任何人为了填饱肚子，只需把手举起来，便可从果实累累的橡树上采下又香又甜的果实。汩汩的清泉和流淌不息的河流给人们提供了取之不尽的饮水。勤劳智慧的蜜蜂在石缝树洞里建立了它们的王国，把丰收的甜蜜成果无私地奉献给人类。茁壮的栓皮槠树自行褪去它大片轻巧的树皮，在未经雕琢的木桩上搭建起房屋，为人们遮风挡雨躲避严寒酷暑。

“那时候，天下和平，人们情同手足，大家关系和睦融洽，耕地的犁耙上笨重的弯头犁还不敢开挖属于那仁慈的大地母亲的五脏六腑，但她却甘之如饴地用富庶辽阔的胸膛里所拥有的一切，来喂养和愉悦那些子女们。那时候，天真美丽的少女披散着头发、赤裸着身子，在山谷和丘陵里穿梭行走，只是遮住需要遮羞的部位，其他并没有任何装饰。那点用来遮掩的衣饰同现在的不一样，那个时候只是将牛蒡草叶子和常春藤编在一起，而现在多用狄罗的紫色和色彩艳丽的丝绸。但就是这样，她们却也同现在的贵妇们赶时髦穿着的服饰一样，显得庄重奢华、毫不逊色。那时表达爱情的方式也很朴素，心里怎么想的就怎么说，从不费脑筋去胡乱吹捧。那时没有欺诈和邪恶，它们还未同真诚和正义掺杂在一起。正义还拥有着自己的本色，并没有受到任何私欲、贪心的影响。那时候，在法官的认知里，还没有出现徇私枉法的观念，并没有罪犯需要他的判决。正如我刚才所讲的那样，贞洁的女子们可以独自一人到处行走，而不用害怕恶棍歹徒骚扰、奸淫她们。她们如果失了身，那也是完全出自她们的本意。

“但是现在，我们在这可恶的时代里，没有一个女子感到安全，即使再建一座像克里特那样的迷宫①也无济于事。情欲给人所带来的那股恶臭，凭着它那可恶的钻劲透过缝隙，像瘟疫般通过缝隙和空气在迷宫中渗透开来，躲藏得隐蔽也无济于事，最后还是会落得个名誉扫地的下场。随着时间的流逝，邪恶也与日俱增。游侠骑士的出现就是为了保护少女的童贞、帮助寡妇、救济孤儿和穷人。

“我就是这类游侠骑士，牧羊兄弟们。我和我的随从对于你们所给予的热情款待，致以深切的谢意。人人都有责去帮助游侠骑士，不过你们并不了解这种义务，却还能如此招待我们，所以我理应对你们表达最诚挚的感谢。”

堂吉诃德的这番感慨原本可以不发，但是因为牧羊人摆放在羊皮上的那些橡子使他联想起了黄金时代，一时心血来潮，他便对牧羊人说了一堆废话。牧羊人听得一知半解，默默地坐着听他絮叨。桑丘也不搭话，只是使劲地吃着橡子，还不时跑到第二个酒囊那儿。牧羊人将那个酒囊挂在一棵软木树上，这样酒就可以凉得快些。

堂吉诃德用来吃饭的时间比说话的时间还少。等他说完后，一个牧羊人说：“游侠骑士大人，为了进一步证实我们招待您的真心，我们想请其中的一个伙伴来给您唱唱歌，使您放松一下。他一会儿就来。他是个非常聪明而又多情的小伙子，并且能读会写，他演奏的三弦牧琴妙极了。”

牧羊人话音刚落，人们的耳边就传来了三弦牧琴的琴声，随后那个小伙子就跟着出现了。他顶多只有二十二岁，容貌清秀，讨人喜爱。大伙儿问他是否吃了饭，他回答说吃过了。刚才推荐他的那个牧羊人说：“安东尼奥，请你给我们唱个歌吧，它可以给我们带来欢乐，也让我们这位贵客

① 源自希腊神话，是克里特岛的国王代达洛斯为囚禁牛首怪人弥诺陶罗斯所建的一座迷宫。

听听，让他也知道，在这深山密林里也有懂音乐的人。我们已经向他夸奖过你的本领，请你露一手，证明我们说的是真话。请坐下，唱唱你那传教士叔叔根据你的爱情创作的歌谣吧，村子里的人都挺喜欢这歌谣的。”

“不胜荣幸。”小伙子说。

小伙子不再推辞，坐在一截橡树干上，弹着三弦牧琴，很动情地唱起来：

安东尼奥之歌

虽然你嘴上不说，
你的眼神也默默。
我心已知，奥拉利亚，
你肯定钟情于我。
我对你痴心一片，
获悉你钟情于我。
仰慕之情尽情表露，
幸福美满无与伦比。
奥拉利亚，你有时也向我展示过，
你的心灵宛如铜铸，
白净胸膛坚硬似石塔。
你虽对我多有斥责，
孤高自赏显冷漠。
希望容或此中生，
石榴裙展舞婆娑。
对于爱情，
我信念执着，
不因冷淡而沮丧，
受到青睐也如故。
若是我的一片殷勤，
能满足你的需要。

那么我对你的所作所为，
定会使你意乱情迷。
你若有心爱的人儿，
眼里一定会出现我，
周日穿上盛装，
即使周一仍在身。
爱情与华服，
相互辉映并肩行。
但愿在你的眼中，
我永远美丽无比。
不再为你唱歌和跳舞，
即使，
听到夜半也会余音绕梁。
也不再继续为你颂扬，
不再惊叹你天姿国色。
话语都情真意切，
却引来恶语相向。
贝罗卡尔的特雷莎
让我来把你赞扬，
她却说：
“你以为你爱的是天使，
其实你在崇拜恶魔。
她靠的是艳丽的假发，
被人赞娇媚实属无稽，
为骗取爱情用心险恶。”
我呵斥特雷莎别胡说，
她恼怒呼喊表兄向我挑战。
他与我日后会怎样，

你尽可揣摩。
我不会沉湎于对你的爱，
为追求你却不曲意迎合，
这原是出于高尚的本意。
教堂里，
一根情丝将你我缠绕，
你能为我甘结丝绳，
我亦为之毫不迟疑。
若是你放弃这段情，
我以上帝之名起誓，
从此隐居深山丛林，
做一名修行的修士。

牧羊人唱完后，堂吉诃德请求他再唱一曲，但桑丘却不想再听了，因为他只想去睡觉。他便对主人说："您该去过夜的地方睡觉了，这几位牧羊人兄弟辛苦了一天，也该休息休息了，不能再整夜唱歌了。"

"是的，我知道了，桑丘，"堂吉诃德说，"刚才你拿酒囊喝了不少酒，现在让你听歌是对牛弹琴。"

"感谢上帝，这酒实在是太好喝了，大家都喝得痛快。"桑丘说。

"不否认，你找个地儿睡觉吧。干骑士这一行的，我总认为最好是守夜，而不是睡觉。不过，桑丘，你最好先给我的耳朵涂点药，因为它疼得实在太厉害了。"

桑丘遵照堂吉诃德的话给他的耳朵上了药。一个牧羊人看见了他的伤，叫他不必担心，自己有法子能使他很快复原。牧羊人采来几片迷迭香叶子，这种东西在当地很多。他先把叶子嚼碎，再撒一点儿盐，便用它敷在堂吉诃德受伤的耳朵上，等包扎完后告诉他，用不着再涂别的药了，伤口便会愈合。结果，他的耳朵果然好了。

第四章 牧羊人向堂吉诃德等人讲故事

这时，又来了几个从村里送粮食过来的小伙子。他问道："朋友们，你们知道村里出了什么事吗？"

"我们怎么知道。"一个牧羊人说。

"你们知道吗？"小伙子说，"那个有名的牧人克里索斯托莫今天早晨死了。人们私下说，他是因为爱上了财主吉列尔莫的女儿马塞拉而死的。那个害人精经常扮成牧羊姑娘在旷野里走动。"

"你是说为了马塞拉？"有人问。

"就是她，"小伙子说，"好在他已立下遗嘱，要把他像摩尔人那样埋在野外，还得是在软木树旁边的石头下。据说，那是他第一次看到马塞拉的地方。他还有些别的要求，镇上的牧师们说办不到，也不应该照办，估计是些邪恶的事情。可他的老朋友安布罗西奥跟他一样是个学究，也是牧人，却要全都按照他的吩咐办，村上对此议论纷纷。据说，最后还是按照克里索斯托莫和他那几个牧人朋友的主张去办的。明天，他们要到我刚才说的那个地方大张旗鼓地安葬。这事我可得看看，即使明天赶不回去，我也得去。"

"我们也去，"那群牧羊人说，"现在咱们抓阄，看明天谁留下来看羊。"

"说得对，佩德罗，"一个牧羊人说，"不过别抓阄了，我留下来看羊。倒不是我做好人或是不想去看，我这只脚那天被树杈扎了一下，走不得路。"

"那我们得谢谢你。"佩德罗说。

堂吉诃德询问佩德罗死者是什么人，那个牧羊姑娘又是什么人。佩德罗回答说，据他所知，死者是山那边一个地方的富家子弟，在萨拉曼卡读了很多年书，据说学成回乡时什么都懂、学问渊博。听说他最擅长的是星星的学问，还有太阳和月亮在天上的事。他能准确地告诉人们什么时候太阳和月亮会被吃掉。

"那叫日食、月食，朋友，是那两个发光天体被遮住了，不是吃掉了。"堂吉诃德讲道。

佩德罗不在意这些，接着说：“他还能算出哪年是丰年，哪年是‘慌年’。”

“你大概是说荒年吧，朋友。”堂吉诃德说。

“荒年或慌年，”佩德罗说，“就是那意思。据说他父亲和那些听他话的朋友们都发了财。那些人都听他的。他常告诉那些人：‘今年该种大麦，不要种小麦；或今年种鹰嘴豆，不能种大麦；来年油料大丰收，以后三年油料无收。’”

“那叫占星学。”堂吉诃德说。

“我不知道叫什么，”佩德罗说，“不过我知道，这些东西他都懂，而且懂的不光是这些。简单地说，他从萨拉曼卡回来没几个月，有一天，突然脱下了他上学时穿的长服，换上牧人的衣服，还拿着牧杖，披上了羊皮袄。他那个叫安布罗西奥的好朋友，原来和他是同学，也同他一起打扮成牧人的样子。我还忘了说，那个死去的克里索斯托莫还是个编民谣的能手。他编的关于耶稣诞生的村夫谣[1]和圣诞节的剧目，由我们村里的小伙子们演出后，大家都说好极了。所以，村里人看到两个学生忽然穿上了牧人的衣服，都很惊讶，猜不透他们为什么要莫名其妙地换上这身打扮。那个时候，克里索斯托莫的父亲已经死了。他继承了大量财产，有动产和不动产，有数量不少的大大小小的牲畜，有大量的金钱，他全继承了，这确实是他应得的。他与人相处得很好，很随和，好人都喜欢他，他还有一副慈善的面孔。后来人们才明白，他扮成牧人就是为了在野外追求那个牧羊姑娘马塞拉。可怜的克里索斯托莫早已爱上了她。现在我想告诉你，你也该知道这个姑娘是谁了。或许，或者根本不用或许，你这辈子也不会听说这样的事情，即使你活得比萨尔纳还长。”

“应该说萨拉[2]。”堂吉诃德说，他简直忍受不了牧羊人说话如此颠三倒四。

---

① 西班牙的一种民谣，一般以耶稣降生为题材，在圣诞节期间演唱。

② 《圣经·旧约》中亚伯拉罕的妻子，终年127岁，但前一句小伙子说的萨尔纳并非指她，而是巴斯克语“老家伙”的意思。

“萨尔纳活得就够长了。”佩德罗说，“大人，要是我一边说您一边给我挑错，咱们恐怕一年也讲不完。”

“请原谅，朋友，”堂吉诃德说，“因为萨尔纳和萨拉的区别太大了，所以我才说。不过你说得很对，萨尔纳比萨拉活得长。你接着讲，我再也不打岔了。”

“我说，亲爱的大人，”牧羊人说，“在我们村里有个农夫，比克里索斯托莫的父亲还阔气，他叫吉列尔莫。上帝不仅赐予他大量财产，还赐给他一个女儿。孩子的母亲在生产时死了。她是我们这一带最好的女人。我现在似乎还能看到她那张脸，一边有个太阳，一边有个月亮。她善于理财，而且还是穷人的朋友。所以，我觉得她正在另一个世界里与上帝同在。她的丈夫吉列尔莫为失去这样的好妻子而悲痛得死了，把女儿马塞拉，那个有钱的姑娘，留给了她的一个当神父的叔叔。她的叔叔就在我们村任职。

“小女孩越长越漂亮，让我们想起她的母亲。她的母亲也很美，可是人们觉得她比她的母亲更美。她长到十四五岁的时候，凡是见到她的人无不称赞上帝把她培育得如此漂亮。还有更多的人爱上了她，整天魂不守舍。她的叔叔把她看管得很严。尽管如此，她的美貌、她的富有、她的美名还是被传扬开了。他们请求、乞求并纠缠她叔叔，要娶她为妻。她叔叔呢，确实是个好基督徒，后来看她到了结婚的年龄，也愿意让她嫁人，可是一定要事先征得她的同意，不是因为他照看着马塞拉的财产，想从中占点便宜，就故意拖延她的婚期。村里不少人常在一起议论，都称赞神父是位好人。我应该告诉你，游侠大人，在这种小地方，人们什么都说三道四，什么都议论。你想想，我也这么想，一个神父能够让他的教民们都赞扬他，特别是在村里，那么他一定是个特别好的神父。”

“是这样，”堂吉诃德说，“你再接着讲。这事很有意思，而你呢，有意思的佩德罗，讲得也很有趣。”

“大人觉得有趣就行了，这是最要紧的。你知道，后来她叔叔向她介绍了每一个求婚的小伙子的情况，让她任意挑选一个。可她只是回答说还不想结婚，觉得自己还小，还不能够承担起家庭的担子。这些话听起来很对，她叔叔也就不再坚持了，想等她年龄再大些，能够自己选择伴侣时再说。她叔叔常说，他说得很对，做父母的不应该让儿女们违心地结婚。

“可是谁也没想到，有一天，娇贵的马塞拉成了牧羊姑娘。她叔叔和村里所有人都不赞成她这样，都劝她，可是她不听，和村里其他牧羊女一起去了野外。这回她亮了相，她的美貌让人看见了。我也说不清有多少小伙子、贵族和农夫都换上了克里索斯托莫那样的衣服，到野外追求她。其中一人，就是我刚才说过的那位死者。人们说，他对马塞拉不是爱，而是崇拜。你不要以为马塞拉在那种自由自在的、很少约束或根本没有约束的日子里，可能放松自己对品行的要求，相反，她对保持自己的名誉十分注意，不给所有讨好她、追求她的人一点儿如愿的希望，所以那些人也无法向别人夸口。她并不回避和牧羊人做伴、谈话，对他们既有礼貌又友好。可一旦发现其中任何一个人有企图，哪怕是最正经、最神圣的求婚，她就立刻把那人甩掉。她的这种脾气给人的伤害太大了，就好比她给人们带来了瘟疫。她漂亮可爱，吸引了那些想向她献殷勤并得到她的青睐的人的心，可是她的蔑视和指责却又让那些人绝望。他们不知道该如何对马塞拉讲，只能说她狠心、忘恩负义及其他诸如此类的话。这些话完全反映了马塞拉的性格。

“如果你在这里待一天，大人，你就会看到，在田野里，回荡着那些绝望者的叹息。离这儿不太远有个地方，长着几十棵山毛榉树，光滑的树皮上无不刻写着马塞拉的名字。在某个名字上端，还刻着一个王冠，似乎她的追求者在说，马塞拉正戴着它，世上所有美女中只有她当之无愧。

“这儿有个牧人在叹息，那儿有个牧人在抱怨；那边是情歌，这边是哀歌。有的人在橡树或大石头脚下彻夜不眠，任思绪遨游，直到第二天早晨太阳升起；有的人在夏天炽热的中午躺在灼人的沙土上，不停地叹息，向仁慈的老天诉说心中的哀怨。这个、那个、那边、这边，马塞拉轻轻松松地得胜了。我们所有认识她的人都在等待她的高傲何时休止，看谁有福气能驯服她这种可怕的脾气，享受到她的极度美丽。我讲的这些都是确凿的事实，我也可以理解那个小伙子说的克里索斯托莫为何而死了。所以，我劝你，大人，明天去参加他的葬礼，应该去看看，克里索斯托莫有很多朋友，而且埋葬他的地方离这儿只有半西里远。”

“我会考虑的，”堂吉诃德说，“感谢你给我讲了这样一个有趣的故事。”

“噢，”牧羊人说，“有关马塞拉那些情人的事，我知道的还不足一半呢。不过，明天也许咱们能在野外碰到个把牧人给我们讲讲。现在，你还是到屋里睡觉吧，晚上的湿气对你的伤口不好。你的伤口上了药，不用怕，不会有什么事的。”

桑丘·潘萨已经在诅咒这个滔滔不绝的牧羊人了，现在他也请求主人到佩德罗的茅屋里去睡觉。

堂吉诃德进了茅屋，不过整夜都在模仿马塞拉情人的样子思念杜尔西内亚。桑丘·潘萨躺在罗西南特和他的驴中间睡觉。他睡觉的样子不像个失意的情人，倒像个被踢得浑身是伤的人。

第五章　牧羊女马塞拉的故事讲述完毕及其他

太阳的曙光刚刚从东方显露，五六个牧羊人便起了床。他们叫醒了堂吉诃德，问他是否准备去看克里索斯托莫的隆重葬礼，如果去，他们可以一起走。堂吉诃德也没有别的事，便起来叫桑丘马上套马备鞍。桑丘麻利地备好马，大家一起上了路。走了不远，穿过一条小路时，他们看到迎面来了六个牧羊人，都穿着黑皮袄，头上戴着用柏松枝编成的冠，手里还拿着一根冬青木棍。同他们一起的还有两个骑马的英俊男子，他们装备齐全，旁边有三个仆人步行跟随。碰到一起时，大家都彬彬有礼地相互问候，一打听才知道都是去参加葬礼的。于是大家一起赶路。这时，一个骑马的人对他的伙伴说：“比瓦尔多大人，咱们宁可走晚点，也要去看看这场别致的葬礼，我觉得这样做很值得。按照这些牧人的讲法，无论那个死去的牧人还是那个害死人的牧羊姑娘，都是新鲜事。这个葬礼一定很引人注目。”

“我也这样认为，”比瓦尔多说，“我觉得别说是耽搁一天，就是耽搁四天，也应该去看看。”

堂吉诃德问他们听说了什么有关马塞拉和克里索斯托莫的事。一个人说，那天早晨，他们遇到了这几个牧人，看到牧人们穿着丧服，就问其缘由。有个牧人告诉他们，一个叫马塞拉的牧羊姑娘如何漂亮，很多人对她爱慕倾倒，还有克里索斯托莫之死，几个牧人就是去参加他的葬礼等。总之，把佩德罗对堂吉诃德讲的事情又叙述了一遍。

此事谈完又转了话题。那个叫比瓦尔多的人问堂吉诃德，在这块如此和平的土地上行走干嘛穿成这样。堂吉诃德答道："我从事的职业不允许我有其他装束。安逸、享受和休养是为那些怯懦的朝臣们准备的，而辛勤劳苦、坚守信念则是为世界上那些被称为游侠骑士的人遵守的。我就是个游侠骑士，虽然很惭愧，我只是个微不足道的游侠骑士。"

一听这话，大家就知道他精神不正常。为了看看他到底不正常到什么程度，比瓦尔多又问他，游侠骑士是什么意思。

"诸位没有读过英国史吗？"堂吉诃德说，"里面谈到了亚瑟王，我们西班牙语称之为亚图斯国王的丰功伟绩。人们广泛传说，英国的那位国王并没有死，而是被魔法变成了一只乌鸦。随着时间的推移，他还会恢复他的王权，重新统治他的王国。所以直到现在，没有一个英国人打死过一只乌鸦，这难道还不能证明这一点吗？在这位优秀国王当政期间，建立了著名的圆桌骑士党，而且也确实发生了兰萨罗特·德尔拉戈同希内夫拉女王的恋情。那是由女管家金塔尼奥娜替他们牵线搭桥的，由此产生了那桩世人皆知的罗曼史，而且在我们西班牙被广为传唱：

自古从无骑士，
幸如兰萨罗特。
他来自不列颠，
却得佳丽眷顾。

歌谣把他们的儿女情长叙述得娓娓动听。就从那时开始，骑士道开始逐步发展起来，许多人投身进来，把它扩展到了世界各地。其中有以其英勇行为著称的高卢的阿玛蒂斯以及他的子子孙孙，直到第五代；有伊卡尔尼亚的猛将费利克斯马尔特；应该得到最高赞誉的白骑士蒂兰特，还有希腊的骑士、天下无敌的贝利亚尼斯，似乎现在我们还可以看到他，听到他说话，与他沟通。诸位大人，这就是游侠骑士，而我说的就是侠游骑士道。就像我说过的那样，我虽然也是罪人，可是我也献身于游侠骑士道。因此，我才来到这人烟稀少的偏远地区历险，以高昂的热情将我的臂膀和我本人投入到命运交给我的这个危险事业中，扶弱济贫。”

听了这番话，那几个旅客断定，堂吉诃德已经精神失常，是个疯子，不由得感到一阵惊讶，就像其他人每次遇到疯子时一样。那个比瓦尔多生性机敏，又很活跃，听说离山上的安葬地点还有一段路，为了解闷，便想让堂吉诃德继续胡言乱语，于是他说：“游侠骑士先生，我觉得您从事了世界上最艰苦、寂寞的职业。依我看，即使卡尔特苦修会的僧侣也比不上你。”

“有可能我们一样孤寂，”堂吉诃德说，“不过，它确实是世界上不可缺少的职业，我对此深信不疑。说实话，士兵执行的不过是长官发布给他的命令。我是说，教士们与世无争，只求老天保佑世人平平安安。可我们战士和骑士却要实现他们向老天祈求的事情，用我们的臂膀的力量和刀剑的锋刃去保佑世人，不过不是在家里，而是在野外，忍受着夏天的烈烈炎日以及冬天的冰霜。我们是上帝在人间的特使，帮助他在人间主持正义。

“凡是战斗和与战斗有关的事情，都必须付出汗水、劳力才能实现。所以从事这个职业的人必然要比那些平平安安祈求上帝扶弱济贫的人要付出更多的气力。我并不是说，也从未想过，要求游侠骑士的生活条件同那些隐居的宗教信徒们一样好。我只是想说，根据我遭受的经历，游侠骑士必然更勤劳、更辛苦，常常忍饥受渴，衣衫褴褛，蓬头垢面。毫无疑问，游侠骑士一生要经历许多艰难险阻。如果有的人靠自己臂膀的力量当上了皇帝，那么他也一定付出了不少血汗。不过，即使他们爬到了那么高的地位，如果没有魔法师和贤人帮助，他们也会壮志难酬，希望落空。”

旅客说：“我也这么认为，不过我认为游侠骑士有一点很不好，他们从不想祈求上帝保佑，每当从事一项巨大的冒险行动，很有可能失去性命的时候。他们去祈求他们的夫人保佑，十分虔诚，仿佛她们就是上帝。我觉得这做法这有点异教的味道。”

“大人，”堂吉诃德说，“这也是不得已的事情，否则游侠骑士的情况就更糟了。这在游侠骑士道已经成了惯例，每当他们干凶险的事情，基督徒就应该把自己交给上帝，他们却从不这样，而是把他交给自己的夫人，让她眼睛朝后，目光柔情似水，仿佛恳求她在可能的关键时刻保佑自己。即使没有人听见，嘴里也必须嘟哝几句话，请求她真心实意地保护自己。这种例子在历史上举不胜举。不要因此就以为他们不祈求上帝保佑了。在战斗中只要有时间，有地方，他们也会祈求上帝保佑的。”

旅客说：“即使这样，我还是有一点不明白，有很多次我从书上读到，两个游侠骑士没说几句话就动了火，各自掉转马头，奔跑一阵，然后什么也不说，掉过头来往回冲，边跑边祈求他们的意中人保佑，交锋的结果往往是，一个被对方刺透胸口，掉下马去；另一个要不是抓住了马鬃，也不免掉下马来。我不知道，那个死去的骑士在这么短暂的战斗里怎么可能有时间祈求上帝保佑。倒不如把在奔跑中祈求意中人保佑的那些话用于基督徒应尽的本分呢。而且我觉得，也不见得所有游侠骑士都在恋爱，如果没有意中人，又向谁去祈祷呢？”

“这不可能，”堂吉诃德说，“我说骑士不可能没有意中人，因为他们恋爱是很自然的事情，就像天上有星星一样。历史上还从来没有出现过没有爱情生活的骑士呢。如果骑士没有爱情生活，那么他一定是个杂牌货。他进入游侠骑士的城堡时，就不是从大门进去，而是像个盗贼似的从墙头爬进去。”

“尽管如此，”旅客说，“我觉得，如果我没有记错的话，我曾经在书里读到过，高卢的英勇的阿玛蒂斯的兄弟加劳尔从来都不向某个女人祈求保佑，而且也并没有因此受到歧视。他是位有名的勇武骑士。”堂吉诃德答道：“大人，‘单有一只燕子还不算夏天’。而且据我所知，这位骑士私下是很多情的，并且喜爱所有他觉得漂亮的女人。这也是人之常情，谁都管不了。不过一句话，很清楚，他的意中人只有一个，而且他经常偷偷祈求她的保佑，因为他自诩是个秘密骑士。”

“如果所有游侠骑士真的都得恋爱，”旅客说，“那么，您既然干这行，也肯定是如此了。如果您不像加劳尔那样自诩是秘密骑士，我以我们这一行人以及我个人的名义恳求您，把您夫人的名字、祖籍、身份及美貌告诉我们吧。她一定会为大家都知道她受到一位像您这样的骑士尊宠而感到荣幸。”

堂吉诃德深深叹了口气，说：“我还不能肯定我那位可爱的冤家是否愿意让别人知道我尊宠她。既然你如此谦恭地问我，我只能说她的名字叫杜尔西内亚，祖籍托波索，那是曼查的一个地方。她的身份至少是一位公主，她是我的女王、女主人。她美貌超群，所有诗人赞美他们意中人的种种难以想象的美貌特征，都在她身上体现出来：头发是金色的，前额如极乐净土，眉如彩虹，眼似太阳，玫瑰色的面颊，珊瑚色的嘴唇，珍珠般的牙齿，雪白的脖颈，大理石色的胸脯，象牙色的双手，白皙若雪，至于那隐秘部分，依我看，只能赞叹，不可比喻。”

“我们还想知道她的门第、血统和家世。”比瓦尔多说。堂吉诃德答道：“她既不属于古代罗马的库尔西奥、加约、埃西皮翁家族，也不属于现代罗马的科洛纳、乌西诺家族，更别提巴伦西亚的雷韦利亚、比利亚诺瓦家族了；她不是阿拉贡的乌雷亚、福塞斯、古雷亚家族，也不是葡萄牙的阿伦卡斯特罗、帕拉斯、梅内塞斯家族；她属于曼查的托波索家族，虽然门第有点新，但说不定会在未来几个世纪里发家，成为豪门望族。如果不具备塞维诺从前为奥兰多兵器战利品写的那个条件，就不要对此持异议吧。他写的那个条件就是：不敌奥兰多，别动此处武器。”

“虽然我出自拉雷多的卡乔平家族，”旅客说，“不敢同曼查的托波索家族相提并论，可是说老实话，这个姓氏我至今还从未听说过呢。”

“怎么会没有听说过呢！”堂吉诃德说。

其他人边走边仔细听这两个人的对话，就连牧羊人也听得出来，堂吉诃德已疯得厉害。只有桑丘·潘萨认为堂吉诃德说的都是实情，因为他知道堂吉诃德是谁，而且生来就认识堂吉诃德。他有点怀疑的是那位美丽的杜尔西内亚。虽然他就住在托波索附近，却从未听说过她的名字和有这样一位公主。

他们正说着话，就看到两座高山之间的山谷里下来了大约二十个牧人，个个穿着黑羊皮袄，头上戴着花环，后来才看清有的是用紫杉枝做的，有的是用柏树枝做的。其中六个人抬着一副棺材，上面盖满了花环和树枝。一个牧羊人看到了，说："来的那几个人抬的是克里索斯托莫的遗体，那个山脚就是克里索斯托莫吩咐埋葬他的地方。"

他们立刻跑过去，正好看到那几个人把棺材放到地上，其中四个人拿着尖嘴镐，正在一块坚石旁挖坑。

彼此问候之后，堂吉诃德以及和他一起来的几个人就去看那副棺材。棺材里的一具尸体身着牧人服，上面盖满了鲜花。死者约三十岁。人虽然死了，却仍能看出，他活着的时候，面孔很漂亮，身体也很匀称。在棺材里，尸体周围摆着几本书，有的打开，有的合着，还有很多手稿。旁观的人、挖坟的人以及所有其他人都沉默不语。后来，才有一个抬棺材来的人对另一个人说："安布罗西奥，你既然要完全按照克里索斯托莫的遗嘱办，那么你看看，这是不是他指定的那个地方？"

"是的，"安布罗西奥回答，"我那不幸的朋友曾几次在这儿向我讲述他的伤心史。他说就是在这儿第一次向她倾诉衷肠，最后一次也是在这儿，马塞拉拒绝了他，并且蔑视他。因此，他才悲惨地结束了自己可怜的生命。在这里，为了纪念如此多的不幸，他希望人们把他安置在永久的记忆中。"

他又转向堂吉诃德和几位旅客说："各位大人，现在你们用怜悯的目光注视的这个身体里，寄寓过一个上苍曾赋予无限天赋的灵魂。这是克里索斯托莫的身体。他聪颖过人，温文尔雅，慷慨大度，友遍四方，尊贵无上；他深沉而不狂妄，随和而不卑贱，总之，他的优秀品德堪称世界第一，而他的不幸也举世无双。他想爱，却受到厌弃；他崇拜，却遭到睥睨；他向母兽恳求，他与顽石缠绵，他逐风奔跑，他在孤独中咆哮，他向负心人传情，换来的却是生命中途的一具尸体。一个牧羊姑娘结束了他的生命，而他曾想让那牧羊姑娘在人们的记忆中永存。你们看到的这些手稿完全可以证明这一切。他曾嘱咐我，埋葬了他的尸体之后，就把这些手稿付之一炬。”

“你若是如此处理这些手稿，”比瓦尔多说，“那就比作者还冷酷。如果死者对你的吩咐超出了人之常情，就不应该依从他。奥古斯都大帝如果同意执行曼图亚诗圣的遗嘱，那就不对了。所以，安布罗西奥大人，他是伤心至极才如此吩咐的。你既然把你的朋友安葬在此，不愿意让他的手稿被人遗忘，那就最好不要草率地照办。你还是把这些手稿保留起来，让人们永远记得马塞拉的残酷吧，用它引以为戒，避免活着的人们今后重蹈覆辙。我和在场的诸位已经了解了你这位痴情而又绝望的朋友的故事，了解了你们的友谊、他的死因以及他结束自己生命时留下的遗嘱。从这个可悲的故事里，可以了解到马塞拉的残酷、克里索斯托莫的痴心、你们之间友谊的真诚以及在爱情的迷途上执迷不悟的人的结局。昨天晚上，我们听说了克里索斯托莫之死，还有要在这个地方安葬他的消息。出于好奇和怜悯，我们商定绕路到此观看这件让我们惋惜的事情。

“出于我们要对这一悲剧尽力做出补偿的愿望，我们请求你，至少我以个人的名义恳求你，精明的安布罗西奥，不要烧掉这些手稿，让我带走一部分吧。”

不等安布罗西奥同意，他就顺手拿起了一些手稿。安布罗西奥见状说：“出于礼貌，我同意您留下您拿到的那些手稿，可是剩下的那些要我不烧掉，那可办不到。”

比瓦尔多急于看手稿里说了什么，马上翻开一页，看到上面的标题是《绝望之歌》。

安布罗西奥听到这个标题后说：“这是那个不幸者写下的最后一份手稿，大人，您从上面可以看到，他的悲伤达到了什么程度。请您念一下吧，让大家都听听。坟墓还没有挖好，您有的是时间。”

“我很愿意念。”比瓦尔多说。

其他在场的人也想听，就围成了一圈。比瓦尔多字句清楚地朗读起来。

第六章　已故克里索斯托莫的绝望诗篇及一些意外之事

克里索斯托莫之歌

恶毒的你，
尽管愿意当着芸芸众生，
把你冷漠的心公之于众，
任凭别人恣意谈论，
我只好用这地狱的哀鸣
传递我心中那无限悲悯，
这歌声已然变成呼啸声。
倾全力述说我无限悲苦，
以及你劣迹斑斑的罪行。
那腔调一定骇人，
缠绕着
我饱受折磨的凄厉呼叫。
听吧，
你竖起耳朵认真地听听，
那绝对不是优美的音调，
而是我
愁闷心扉的声音，
是我的贪恋、你的负心
引起的共鸣。
狮子的吼叫，豺狼的咆哮，
鳞甲闪耀的毒蛇的嘶嘶声，
何处鬼魅叫嚣吓唬人心，
鸣叫的乌鸦预示着不吉祥，
狂风掀起大海滚滚的浪涛。

斗败的公牛震天吼，
丧偶的斑鸠凄惨鸣，
遭妒的鸱鸮声声哀，
地狱的鬼怪尽哭泣，
伴随痛苦混成一片，
唱出我极度的悲凉。
塔霍河底金沙灼灼，
著名的贝蒂斯橄榄园，
听不到这悲惨的回音。
我的极度悲伤无法言语，
阵阵哀鸣传遍洞穴石窟，
在遮天蔽日昏暗的荒野，
在人烟荒无悲凉的荒滩，
在阳光无法照射的地方，
或是利比亚宽阔的平原，
在那里野兽成群，
我用嘶哑的嗓音，
述说你的冷酷和无情。
随着我飘荡去，
追思着我短暂的生命，
这哀叹声将飞向无边的寰宇。
蔑视将会让人丧命，
猜忌让你失去耐心，
嫉妒让人变得残忍，
由于恐惧被人遗忘，
却失去了期待命运的气息。
四周的一切像把利剑，
欲置我于死地，

我却依然存活，
嫉妒、孤单备受他人鄙夷。
我的热情在燃烧，
在这折磨里看不到希望的痕迹。
我已心灰意懒不想再去追求，
宁愿抛弃恐惧而了此残生。
纵使春情在前，
却看到
裸露的灵魂满目疮痍，
我是否应该
闭上我的双眼？
当人们面对蔑视，
猜疑苦痛变事实，
纯洁真言变谎话，
我已受到蔑视，
甚至是猜疑，
在爱情的王国里，
情欲无法被抑制，
请为我戴上手铐和脚链，
鄙夷，你给我套上不公的枷锁，
而你却获得了胜利，
用我的痛苦抹去了，
对你的回忆。
这一切终将逝去，
无论是活着还是死去，
我都执着地憧憬，
不指望得到运气。
我怀抱自己的幻想，

为爱付出我的真心，
当我为之投入真情，
束缚的灵魂才飘逸。
与我作对的爱人啊，
灵魂和身躯一样美，
我被她辜负我的心，
这全是我咎由自取。
这是爱对我的惩罚，
好让爱的国度平静。
你的鄙视束缚了我，
加速了死亡的来临。
它让我心随风而去，
安然遁迹悄无声息。
你对我的无礼迫使我厌弃生命。
你已能清楚地看到，
我备受创伤的心灵，
也向你明示，
我甘愿忍受你的严厉。
如果你认为能交好运，
我就算为你死也无憾。
你美丽的明眸忽然黯然，
我劝你完全不必如此，
让我把亡灵奉献给你，
我并不想要你的回报，
愿你在葬礼上露笑颜，
你终将发现，
我的终结是你的吉日。
你会得知，

我如此仓促走完一生，
这正是你的得意之期。
来吧，恰逢其时，
忍耐焦渴的坦塔洛，
身负巨石的西叙福，
兀鹫缠身的提梯俄，
旋转不息的艾西翁，
苦不堪言的姊妹们，
都来向我倾诉抱怨，
她们有着怎样的哀愁。
向不能入殓的遗体，
低唱起凄凉的挽歌。
地狱门口的三头狗，
及成千的妖魔鬼怪，
都加入这沉痛讴歌。
对痴情死的人来说，
这场面是最高奠祭。
就当你离我而去时，
绝望的歌啊，
你不必再叹息。
既然我的不幸能
增添你的欢愉，
那么，即使在我的墓地上，
你也不必悲痛伤心。

众人听了克里索斯托莫之歌，十分赞赏。但念诵这首诗的人却说，他觉得这与他听到的有关马塞拉的传闻有些不一致。马塞拉为人正派善良，可在这首诗里却说什么情欲、猜疑、丢弃，这有损马塞拉的好名声。安布罗西奥十分了解他朋友内心的隐秘，回答说："大人，我一讲当时的情况，你就会明白，这位不幸的人写这首诗的时候，已经同马塞拉分开了。他是主动抛弃马塞拉的，因为想试试自己能不能忘掉她。同恋人分手后的人对所有事情都敏感、猜疑，所以对于杜撰出的这些内容都把它们当成真的了。马塞拉事实上是个表里如一的女孩子。她从外表看有些冷酷、骄傲，有些瞧不起人，不过除此以外，再不会从她身上找出问题来。"

比瓦尔多说："这倒有理。"说着正要从那些准备烧掉的手稿里再抽出一份来读，还没来得及，他的眼前忽然出现了一个仙女，原来是牧羊姑娘马塞拉出人意料地出现在墓旁那块巨石上方。她比传说的还漂亮。原来没见过她真面目的人看见她心里都赞赏不已；那些经常见到她的人同样也惊讶不已。只有安布罗西奥一看到她，就怒火万分地说："山里来的妖精，你是来看看被你残忍伤害的人，他们的伤口是否在流血吗？还是为自己干下的罪行自鸣得意？你是要像凶残冷血的尼禄①那样从高处俯瞰被烈焰焚烧的罗马城，或是像塔奎尼乌斯②的忤逆女儿对他的父亲那样，来践踏这位不幸者的尸体？你快说，究竟要干什么才如你心意？我十分了解克里索斯托莫，他生前对你唯命是从，即便他眼下不在人世了，我也要叫他那些所谓的朋友们全都听命于你。"

马塞拉说："啊，安布罗西奥，你刚才说的那些我不同意。因此，为了向大家说明情况，我想说的是，那些把克里索斯托莫的痛苦及死亡都推在我身上是多么没有道理。我请在场所有的人都听我说，用不了太长时间，也不会废太多话，我三言两语就可以讲明白。照你们所讲，我生来美丽，因此你们都不由自主地喜欢上我，照你们所说所讲，我也得喜欢你们。凭借上帝赋予我的智慧，我知道，凡是美丽的东西都可爱，可是没有告诉我，如果一个人因为漂亮而被别人喜欢，她也必须得喜欢别人。常常是喜欢漂亮的人自己很丑，而丑是讨厌的。所以，说'我爱你的美丽，你也应爱我，

① 尼禄是古罗马暴君。他为了想看特洛亚城失陷时焚烧的样子，下令纵火焚烧罗马城。

② 塔奎尼乌斯是传说中罗马帝国的第五代国王。相传他杀死岳父篡夺王位后，又被女儿杀死。

即使我很丑’，就不对了。

“而且，就算两个人都很漂亮，也不一定就两厢情愿。并不是所有漂亮的人都招人喜欢。有的美丽只悦目，却并不赏心。如果看见漂亮的人就喜欢，就动心，就会意乱情迷，无所适从。因为漂亮的人比比皆是，那么他的倾慕也就无止境了。我听说，真正的爱不是单方面的，而且应该是自觉自愿的。既然如此，我也这样认为，你们怎么能要求我，因为你们说爱我，我就得违心地爱你们？假如我生来就丑，却抱怨你们不爱我，这样难道有理吗？你们再想想，我的美貌是上帝赐予我的，并不是我挑选的，我既没有恳求也没权选择。这就好比毒蛇有毒是它的天性，不能因毒死人就怪它一样。所以，我也不该因为漂亮就要受到谴责。一个正经女人的美貌就像一簇燃烧的火焰，或像一把锋利的刀剑，如果你不靠近它，就不会烧人，也不会被剑伤着。名誉和品行是心灵的装饰品，没有这些，外表再漂亮也不算是美。既然贞操是体现人的外表和灵魂的一种美好的品德，那么，因为美丽而被人爱慕的人，只是为了迎合一些人的欲望，女子就该失掉贞洁吗？

“我生来是个爱自由的人，为了过上自由自在的生活，我选择了寂静的乡村田园生活。我与山上的大树成为伙伴，清澈的泉水是我的一面镜子，大树在倾听我的思想，泉水能照见我的美貌。我是那孤独的火苗和利剑，对那些因为我的美貌而爱上我的人，我会直言相劝，让他们千万不要如此。至于男人因为对女人的幻想而产生的希望，无论是克里索斯托莫还是其他人，我都没有对他们有过这样的暗示。完全可以如此说，不是我的冷漠，而是他自己的痴心妄想害死了他。正因如此，如果有人认为自己的要求是正确的，我应该答应，那么我告诉你们，当他在你们正在挖的这个墓穴旁向我表露他的情意时，我就已经对他讲明了自己的愿望是我愿意一辈子独身，过隐居世外的生活，把我美貌的躯体留给大地消受。既然我讲得如此明白，他还一意孤行，逆风行舟，怎能不在迷途中翻船淹死呢？

“假如我当时若是敷衍他，我就是虚伪；若是我答应他，就违背了我美好的心愿。我已对他讲得清楚明白，可他偏知难而行；我没有厌弃他，他却伤心欲绝。你们说说看，现在把他的痛苦归罪于我，这有理吗？如果我答应了他而没做到，他还有理由可抱怨；如果我答应了他，又不遵守诺言，他有理由失望；如果我主动勾引他，他信以为真，那还说得过去；如果我同意了他的请求，他也可以得意。可是，我并没有欺骗他、答应他，也没有勾引他，更不会迎合他，这就不能说是我冷酷，也不能说是我害死了他。直至现在，老天也没有让我爱上谁，有人要让我自投情网更是办不到。

“但愿我这番表白对每一个追求我的人都有好处，让大家都知道，从今天起如果有人为我而死，那他并不是受到嫉妒为我殉情而死。因为大家都知道，我谁也不爱，也不让人嫉妒我，对任何人也不会给予热情。另外，拒绝他也不该当成是对他的蔑视。说我是妖魔鬼怪、无情无义的人，就当我是妖魔鬼怪好了，别再来搭理我，也不必来向我献殷勤；说我翻脸不认人、是冷酷无情的人好了，不要来烦我、更别来追求我。我这个妖魔鬼怪、无情无义、冷酷无情、翻脸不认人的女子，绝对不会去找你们，巴结讨好你们，向你们献媚，追求你们的。是克里索斯托莫的焦躁惶恐害死了他，却为什么非要把过错怪罪到我这个品行端庄的人的身上呢？为什么不让我与树为伴洁身自好呢？那些要我在同男人们相处时保持操守的人，又为什么一定要让我失去贞洁呢？大家都知晓我有属于自己的财产，不会去贪图别人的钱物；我天生乐观开朗，既不爱谁也不恨谁；我从不恶意嘲弄别人，也不会拿那个人寻开心。即使在和同村的牧羊姑娘们聊天时，我也会照看好羊群，对于这一切我已心满意足。现在的愿望总不会超出这座山，偶尔超出了一些，那也是为了欣赏天空的美丽，引领自己的灵魂向远处飞去。”

说完，她不等别人有什么反应，也不愿再听别人说什么，转身走进附近山林深处去了。在场的所有人都被她的智慧和美貌惊呆了。有的人被她有如雷电般秀丽的目光夺去魂魄，尽管听了她刚才的一番话，但还是想去追求她，丝毫不理会她话中的意思。堂吉诃德发现这种状况，觉得该是自己发扬骑士精神帮扶这个弱女子的时候了。他手握剑柄大声喊道：“任何人，无论你是什么身份、什么等级，都不能再去追求美丽善良的马赛拉了，如果谁要是敢去，就别怪我对他不客气了。她已经说得明明白白，对克里索斯托莫之死，她只负有少量的责任甚至根本就没有责任。谁去表白她都不会予以理会。像她这样的女子，全世界都找不出第二个来，她应该受到世界上所有善良人的尊重而不是一味地追求。”

也许是被堂吉诃德吓唬住了，也许是因为安布罗西奥要求大家对死者尽尽义务，反正那群牧羊人没有一个去追马塞拉。墓穴挖好了，克里索斯托莫的手稿也焚烧完毕，大家把他的遗体安放进墓穴内，一起流了许多眼泪。他们用一块大石头把墓封好，墓碑还没有准备好。安布罗西奥说，他打算刻上这样的墓志铭：

这里躺着一位痴心人，
他的身躯虽然已冰冷，
他生前是一个牧羊人，
因被恋人遗弃而殉情。
他死于美人冷酷之手，
她的孤傲加剧他的痛苦。

随后，众人在坟上撒了些花束和树枝，又向死者的朋友安布罗西奥悼念了一番哀痛，便纷纷告辞了。比瓦尔多和他的伙伴们也告辞走了，堂吉诃德向牧羊人和旅客们告别，几位旅客邀请堂吉诃德随他们一同前往塞维利亚，告诉他那个地方最适合历险，每条街、每个角落都会发生惊奇的事情。堂吉诃德对他们的邀请和热情表示谢意，说他一时还脱不开身，他还要前往山里，把那里的恶棍消灭干净，因为听说这山里恶棍横行。大家见堂吉诃德自信满满便不再坚持。他们再次同堂吉诃德告别，继续上路。因为有了堂吉诃德疯癫的行为作为谈资，还有马塞拉和克里索斯托莫的故事可聊，他们也不觉得旅途寂寞了。堂吉诃德想去寻找牧羊姑娘马塞拉，尽心尽力为她效劳。可是按照真实故事的记载，以后发生的事完全出乎他的意料。这个故事的第二部分到此结束。

第三部

第一章　堂吉诃德碰到几个凶狠的杨维斯[①]人，吃了亏

据圣贤锡德·哈迈德·贝能赫利的记载，堂吉诃德告别了那几个牧羊人以及参加克里索斯托莫葬礼的宾客，与他的随从一起进入了牧羊姑娘马塞拉进去的那片丛林。他们在丛林里走了近两个小时，四处寻找马塞拉却不见她的身影，最后来到一片绿草如茵的空旷地方，一条清澈的小溪缓缓流淌着。此时正是烈日当头，他们身不由己地想在此歇息睡个午觉。堂吉诃德和桑丘下了马，让他俩的坐骑尽情地吃着茂盛的青草，两人也把褡裢里的吃食尽数取出，主仆二人不拘礼节，美美地饱餐一顿。

桑丘忘记给罗西南特拴上绳索，他以为罗西南特很温驯，很少发情，绝对不会对科尔多瓦牧场的母马们起歪念。可是命运自有天来定，魔鬼并不总是在睡觉。那个地方正巧有一群加利西亚的小母马在吃草，喂养它们的杨维斯人常常在此处午休，这个地方很合他们的心意，正好让他们的小马吃草饮水。而堂吉诃德也在此处停留，结果，罗西南特见着“那几位姑

---

① 杨维斯是西班牙一个地名。

娘”突然发情。一反常态，未经主人的许可，循着母马们留下的气味蹭了过去，到后来竟撒腿跑了起来，同那几匹母马寻欢。但是母马们觉得眼下没有比吃草更重要的事情了，于是用蹄子和牙齿迎接了它。片刻间，罗西南特就被踢得肚带断掉，马鞍脱落，变成了一匹光溜溜的马。不过，最令它痛苦的是那些脚夫们看到罗西南特向母马们扑去，便抬手拾起一根木棍赶过来将它痛打一通，直打得它遍体鳞伤，躺倒在地上起不来。

堂吉诃德和桑丘见到自己的马儿被打，气喘吁吁地跑过来。堂吉诃德对桑丘说："桑丘朋友，照我看，这几个人不是骑士，而是一群卑鄙的下等人。我的意思是，你可以助我一臂之力。现在罗西南特受到了伤害，我们应该为它报仇。"

"报个鬼仇啊，"桑丘说，"他们那群人一共有二十多个，咱们不过才两个人，按理应该只能算是一个半人。"

"我本人就可以以一敌百。"堂吉诃德说。

堂吉诃德不再多说什么，拿剑便向杨维斯人冲去。桑丘有了主人做榜样，受到鼓舞，也跟着冲了上去。才一个回合堂吉诃德便先一剑刺中了对方的一个人，将他身上穿的皮衣划开，连带着背上的皮肉也砍掉了一块。

那群杨维斯人见只有他们两个人，仗着自己人多，人人手持木棍把两人团团围在中间，狠狠地朝他们身上招呼起来，只两下便把桑丘打倒在地。堂吉诃德虽然自认战术高超，勇猛好斗，但同样也被打倒在地了，恰巧倒在了罗西南特脚边。他的坐骑罗西南特还是未能从地上站起来，可以料想那些野蛮人把这匹马打得多凶。杨维斯人见自己闯了大祸，快速把货物放到马背上，撇下两人快马加鞭走了，只剩下地上躺着的两个被打得鼻青脸肿的历险者。

桑丘首先醒过来，他来到主人身边有气无力地喊道："堂吉诃德老爷，啊，大人！""干什么，桑丘兄弟？"堂吉诃德忍着疼痛用虚弱无力的声音回答道。

"如果您身上带有那个什么布拉斯的圣水，"桑丘说，"能不能给我喝两口？也许可以治好我的断骨和伤口呢。"

“我真倒霉！要是我手头有这种圣水，那还怕什么呢？”堂吉诃德说，“不过，桑丘·潘萨，我以游侠骑士的名义发誓，要是命运还另有安排，过不了几天我就会有这种圣水了。”

“您看我们还要多少天才能痊愈，才好继续赶路呢？”桑丘问。

“只是我也不知道还得待多少天。”堂吉诃德说，“你可以怨我，是我不该持剑砍向那些人的。他们同我不一样，还没有受封成为骑士。是我违背了骑士规则，战神派杨维斯人惩罚我。因此，桑丘·潘萨，我下面所说的话你最好能记住，这是对咱俩都很重要的话：假如你再看到这样的无赖来挑衅我们，别再等着我拔剑向他们进攻，因为对这种人我不会再那样做了。你大可举剑向他们进攻，狠狠教训他们一顿。要是有骑士来帮他们，我也会从旁来保护你，向他们发起进攻的。你已经无数次地亲眼见到，我这条手臂的力量是有多么大了吧。”

这位可怜的大人自从战胜过勇猛的比斯开人后就显得不可一世。但是，桑丘·潘萨却对主人讲的这番话不以为然。他说：“大人，我是个安分守己、老老实实的人。家里还有老婆和孩子，因此再多的挑衅我都可以容忍。我得清楚地告诉您，不管是对无赖还是对骑士，我都不会对他们动手的。而且打从现在开始，一直到见着上帝的时候为止，无论什么人欺辱我，不管他是高是矮、是贫是富、是绅士又或是农民，我都一概原谅他们，毫无例外。”

堂吉诃德听他说完后讲道：“但愿我能再精神点，这样说话也可以说得轻松些，希望我这肋骨不要疼得那么厉害，好让我有力气告诉你，让你明白自己所犯的错误在哪里，桑丘。咱们一直都在走霉运，如果从现在开始时来运转，咱们的命运帆船没准会一路顺风，我肯定咱俩一定会轻轻松松地驶进我许诺过的某个海岛的港口。我不是答应过你要为你赢一座海岛来吗，如果我征服了它，封你为海岛的总督，你能当得好吗？你肯定干不好，因为你既不是骑士，又不想当骑士，就连维护自己尊严的勇气，为自己遭受到的屈辱向那些人报仇的勇气你都没有。你应该了解，在那些新近征服的王国和省份里，当地的人民还不会全心归顺，尤其是不会那么服从新的统治者。不必害怕他们兴风作浪、起来推翻新政权，又或者像他们说的那样，想碰碰运气。因此，这新的领主就必须要有远见卓识和治国安邦的才干，要有胆量去应付任何事件，无论在什么情况下都能保护好自己。”

“身处于当前的处境，”桑丘说，“我真希望具有您所说的那些才干和胆识。可是我以自己这个穷苦人的名义发誓，目前我最需要的是药膏，而不是空头支票。您看看自己能否从地上站起来，或者咱们去扶起罗西南特吧，尽管它害得我们挨了这顿打，并不配得到我们的帮助。我从未料到罗西南特会变成这样，原来一直认为它像我一样规矩，一样稳重可靠。还是常言说得好，‘日久见人心’，‘世事无常’。您向那个倒霉的游侠骑士狠狠砍了几下后，谁会预料到紧接着还有像雨点一样的棍棒落到咱俩的背上呢？”

“桑丘，”堂吉诃德说，“你的背想必早就久经沙场，可我的背却细皮嫩肉，这次挨打，自然会疼得比你厉害。可是我想，噢，有什么是我想的呢！我敢保证，要打仗肯定就会有诸如此类的伤痛，否则的话，我早就被活活气死了。”

桑丘说：“如果这些倒霉的事情都和骑士紧密相连，那么请您告诉我，这事是不是会经常发生呢，还是在特定的时期才出现？我觉得像这种事情已经接连发生两三次了，除非慈悲的上帝帮助我们，否则，这种事再来第三次咱们也就完蛋了。”

“你应该知道，桑丘朋友，”堂吉诃德说，“游侠骑士所经历的生活是同千百次的艰苦和危难拴在一起的，然而，他们同样也有相同数量的机会成为国王或皇帝，许多游侠骑士的各种各样的经历就表明了，他们的故事我都十分清楚。要是我身上的骨头不疼的话，现在完全可以给你讲几个他们的故事听。他们只是凭借着手臂的力量就达到了很高的地位，而在此前，他们都经历过各种艰难历险。给你举个例子吧，高卢英勇的阿玛蒂斯曾经落在他的死敌魔法师阿尔卡劳斯手里。据传，那位魔法师抓住他以后，把他捆在院子里的一根木桩子上，用马缰绳打了他两百多下。还有一位名气不大的作家，写了一本很可信的书，书上说太阳神骑士有一回在某个城堡里中了圈套，掉到一个很深的陷阱里。他手脚都被捆住，还被人灌下用水、雪、沙混合而成的所谓药品，要不是一位聪明的老朋友在这个时候救了倒霉的他，这位可怜的骑士有可能连命都没有了。

“我也属于这类优秀的人。他们经历的困苦磨难可比咱们要大得多。你应该明白，桑丘，对方用随手的东西打伤了你，这并不算耻辱，这在决斗的法则上是有明确记载的。比如修鞋匠随手用修鞋用的楦子打伤他人，尽管楦子也是棍子，但不能说成是那个人被棍子打了一顿。我这样说是想告诉你，咱们在这次战斗里虽然被打痛了，但这不算是蒙受了耻辱。那些人用来打咱们的武器不是别的，而是手里的木棒。根据我的回忆，他们当中没有任何人使用了剑或者匕首。”

“我可没来得及看得那么仔细，”桑丘说，“当时我的手刚要拔剑，肩膀就挨了木棒的一通狠揍，也来不及看什么，脚下一软，就倒在我现在躺的这个地方了。令我伤心的倒不是被木棒打算不算羞辱，我紧张的是自己肩上、背上那股疼痛劲儿，那真是一辈子也忘不掉啊！”

“桑丘老弟，我得让你明白，”堂吉诃德说，“过段时间，记忆也会消失掉；无论什么疼痛，人一死也就什么都感觉不到了。”

“那么，还要等多长时间才能抹掉记忆，要等到人死亡才能结束痛苦，这样岂不是更为不幸吗？”桑丘说，“如果咱们挨打后，几块膏药就能够治好疼痛，事情倒还好。可是，照我看，即使医院里所有的膏药都贴在我们身上，也不足以治好咱们的伤。”

“别泄气，桑丘，你得学会从短处中学习，”堂吉诃德说，“我就要这样做。咱们去看看罗西南特如何了吧，我觉得这可怜的马对这场不幸倒是一点不在乎。”

“这没什么值得夸耀的，”桑丘说，“它也算是个游侠骑士。倒是我的驴值得夸耀一下，它一点事都没有，不像咱们，没少受罪。”

“幸运总是在不幸中打开另一扇门，也给人以安慰。”堂吉诃德说，“我告诉你这些，是因为这头驴现在可以替上罗西南特的空缺，把我驮到某个城堡去治治我身上的伤。而我骑上这样的坐骑也不算不体面。我记得在某本书里读到过，快乐笑神的家庭教师和导师好老头西勒尼[1]，就曾骑着一头很漂亮的驴进入千门城，而且他还很得意。”

“也许他真的像您说的那样骑着驴进去的，”桑丘说，“可是，端端正正地骑在驴背上，和像个褡裢袋子似的横搭在驴背上，那可大不一样。”

“在战斗中负了伤是光荣，绝不是耻辱。所以，我的朋友潘萨，别再和我顶嘴了，就同我刚才讲过的那样，快努力站起来，用你觉得最合适的方式把我扶到驴背上吧。咱们得争取在天黑前离开这儿，以免在这荒无人烟的地方过夜。”

“我可听您说过，”桑丘说，“游侠骑士每年中绝大多数的时间是在荒山野岭度过的，还觉得这样做是很幸福的。”

“那只是在迫不得已的情况下，或者是在谈恋爱时才会如此。”堂吉诃德说，“确实有的骑士无论严寒酷暑而在岩石上露宿了两年，睡在荒山野地里，连他的恋人也不知道他在哪儿，就这样足足苦行了两年。阿玛蒂斯就是这样做的，当时他的名字还是贝尔特内夫罗斯，他在一块名叫‘卑岩’的秃石头上住了八年，也可能是八个月，我记不太清楚了。反正他是在那里苦修，因为不知道他夫人奥里亚娜到底是怎么惹着他了。算了咱们别说这个了，桑丘，趁着你的驴还没有像罗西南特那样遭难，你再使把劲儿让它快起来吧。”

“真是活见鬼。”桑丘说。

他们一连喊了三十声“哎哟”，叹了六十口气，把引他们到这里来的人咒骂了一百二十遍，才从地上爬起来。他站在路的中间，浑身没有力气似地，就像两只弯弓总是没法直起来，费了半天劲，才给毛驴套上了鞍。那只驴逍遥自在了一天，那天走起路来有些心不在焉。后来桑丘又把罗西南特扶着站了起来。要是马能说话，它发的牢骚一定比桑丘和堂吉诃德还要多。

桑丘总算把堂吉诃德扶上了驴，又把罗西南特套在毛驴后面，他拉着

① 西勒尼是希腊神话中的酒神。

驴的缰绳，估摸着大路的方向朝前走去。情况慢慢开始好转，他们还没有走到一西里路，一条道路就出现在眼前，路旁还有家客店，但堂吉诃德自认为那是座城堡。桑丘一再解释说那是家客店，主人则坚持认为那不是客店，而是城堡，他们各执己见，争论不休，一直走到门前都还没有结束。桑丘领着一行人走进去，也不再争辩了。

第二章 这位异想天开的贵族在他认为是城堡的客店里的遭遇

店主见堂吉诃德横趴在毛驴上，就问桑丘他哪儿不舒服。桑丘说，他没什么病，只是从一块石头上滚落下来受了点伤。店主有个老婆，同其他客店的老板娘不一样的是，她为人善良热忱。她见客人伤成这样，赶快给堂吉诃德治起伤来，还让她一个漂亮的女儿来帮忙。客店里还雇了个阿斯图里亚斯的女仆。她的脸庞宽宽的，后颈粗粗的，鼻子扁扁的，瞎了一只眼，另一只眼也不好使。除此以外还有一些其他的毛病，她从头到脚不到七拃[①]，有些驼背，因此她总是情不自禁地朝地上看。不过，她那优美的体态弥补了这几个缺陷。这位优雅的女仆帮助老板娘和她的女儿，在一间库房里为堂吉诃德准备了一张十分简陋的床铺。那库房显然是一直用来堆草料的。房间里还住着一位脚夫，他的床虽然也只是用驮鞍和遮东西用的布拼凑而成的，但比起堂吉诃德的由架在两个高低不平的凳子上的四块木板做成的床要强得多。堂吉诃德的床上垫着一条薄得像床罩的褥子，用手摸着就像是硬疙瘩一样。若不是从一处破洞里露出了里面的羊毛，还以为里面装的是鹅卵石呢。床单也硬得像是用盾牌上的皮革做的，对于那条毯子，要是有谁乐意的话，数数上面的线一共有多少根，没准都能数出来。

堂吉诃德躺在这张破床上，老板娘和她的女儿替堂吉诃德浑身上下都涂抹上了药膏，那个阿斯图里亚斯丑女仆举着盏灯在旁边照亮。老板娘看见他浑身尽是瘀紫，就说这伤是打的，不应该是摔的。

---

① 量词，长度约为20厘米。

“不是被打的，”桑丘说，“只是那块大石头上有许多尖棱角，每个尖棱角都撞出一块瘀伤。”

他还说：“太太，请您把那块麻布省着点用，还会有人需要的，给我也留点，我的腰就有点儿疼。”

“要是如此的话，”主妇说，“大约你也是摔着了。”

“那倒没有，”桑丘说，“我不过是突然看见主人摔下来，吓了一跳，觉得自己身上也疼得像挨了很多棍子似的。”

“这完全有可能，”那位姑娘说，“我经常梦见自己从一个塔上掉下来，可是老是摔不到地上，等一觉醒来，会觉得浑身疼得像是散了架，感觉真是从塔上摔下来。”

“事情的关键就在这儿，小姐，”桑丘说，“我当时什么梦也没做，而且比当下还要清醒，可是我身上的青紫的瘀伤比我家主人堂吉诃德好不了多少。”

“这位骑士叫什么名字？”阿斯图里亚斯的丑女仆问。

“他是曼查的堂吉诃德，”桑丘说，“是位爱历险的游侠骑士，算是从古至今最优秀、最有本领的游侠骑士。”

“什么是爱历险的游侠骑士？”女仆问。

“世界上有这种新鲜事，你竟然连这个都不清楚！”桑丘说，“告诉你吧，姑娘，游侠骑士是指眼下还在挨打，可过一会儿又当了皇帝。他今天还是世界上最倒霉、最贫穷的人，明天就可以有两三个王国赏赐给他的随从。”

“既然你的主人是这么出色的一位游侠骑士，”女仆问，“看这情况，你怎么连个伯爵都没被封赏呢？”

“时候还早着呢，”桑丘说，“我们四处历险，才出门不过一个月时间，眼下还没有遇到一次险情。然而，有时你想遇到这类事，却发生的是另一件，说不定什么时候就能歪打正着碰上呢。假如我家主人堂吉诃德这次摔了跤能治好伤，而我也好了。那么，即便是把西班牙的最高荣誉授予我，也不能让我放弃我的希望。”

堂吉诃德硬挺着躺在床上听他们说话，这时他挣扎着坐起来，握住老板娘的手，对她说："美丽的夫人，请相信我，我能在你这座城堡里留宿，你完全可以感到荣幸。我并不是自我夸耀，常言说得好，自夸就是自贬。不过，我的随从会告诉你我是什么样的人。我只对你说，刚才你对我的照顾，我会一辈子铭记于心，一辈子感谢你。我向天起誓，从未像现在这样被爱情缠住双脚，我在嘴里心心念念的都是那个狠心的美人，还仿佛能见着她的眼睛。这位美丽姑娘的眼睛就是我灵魂的主人。"

客店主妇、她的女儿和那位女仆听着游侠骑士的话仿佛在听天书，莫名其妙，虽然她们能够猜测到那无非是些愿意效劳之类的殷勤话。她们还不习惯这种语言，面面相觑，觉得这是个不同寻常的人。她们用对客人的客套话表示感谢，然后便离开了。丑女仆去看桑丘的伤。他同堂吉诃德一样需要治疗。

脚夫已经同丑女仆商量好那天晚上要幽会。丑女仆对脚夫说，等店里的客人们都休息了，店主夫妇也睡觉了，她就去找脚夫，让他称心如意。据说这位实在的女仆只要承诺了这样的话，哪怕是在山里没有人做证的时候，她也会欣然赴约。她觉得自己是个一诺千金的人，对自己在客店里当女仆并不觉得低人一等。她只是经常说，自己生来运气不好，才会有这样的不幸和苦难。

堂吉诃德那张又硬又窄、又不平稳的被拼凑起来的破床，就摆放在屋子的中央，后面的床上躺着桑丘，床上铺着一张草席，他盖着一条毯子。那毯子不像是羊毛的，倒像是块破麻布。紧挨着他俩的就是脚夫的床，前面提到过，他的床是用驮鞍和两匹最好的骡子的盖装备的布拼凑成的。他总共有十二匹骡子，个个都长得膘肥体壮，毛色发亮。据这个故事的作者说，他是阿雷瓦洛的脚夫里最富有的，作者在此特意提到他，显然对他也很了解，甚至还传出他们还有点亲戚关系。锡德·哈迈德·贝能赫利是个对所有事情都喜欢追根溯源的史学家，因为他对所记录的情况事无巨细，力求准确，即使是很琐碎的小事也都会一一提及。那些严谨的历史学家应该以他为榜样向他学习。他们凡事都叙述得过于简单，也许是由于粗心、恶意或者无知，其中最关键的东西早就被略去而从人们的记忆中消失了。《塔布兰特·德里卡蒙特》的作者和另一本叙述托米利亚斯伯爵的事迹的作者，十分准确地描述了每一个环节。

言归正传，那位脚夫照看完他的牲口，给它们喂了第二遍草料，就躺在驮鞍上等待那极其守时的丑女仆。桑丘虽敷好了药膏，也躺了下来想睡觉，可是背疼得他难以入睡。堂吉诃德的背也疼得十分厉害，他就像只兔子似地睁着一双眼睛。整个客店已十分寂静，只有大门中央的一盏灯还亮着。这种宁静让我们这位骑士产生了一种荒唐至极的想法，脑袋中回忆起那些导致他疯癫的书中的种种情节。前面说过，他把自己投宿的所有客店都看作城堡，他想象自己来到了一座著名的城堡，店主的女儿就是城堡长官的小姐。她被自己的风度所迷倒，已经爱上了自己，答应当天晚上瞒着父母前来与自己幽会。这些本是他的凭空想象，他却把这些幻想当成真的，于是开始惶恐不安起来，觉得这是考验自己是否忠诚的时候。他在心里暗暗告诫自己，即使希内夫拉女王和她的侍女金塔尼奥娜亲自前来也不能动心，自己一定不会干背叛托波索的杜尔西内亚的事情。

正在堂吉诃德胡思乱想的时候，恰巧那个阿斯图里亚斯女仆与脚夫约会的时间到了。她只穿了件衬衣，光着脚丫，用粗布把头发盘了起来，蹑手蹑脚地溜进他们三人合住的那间屋里，准备同脚夫幽会。她刚走到门口，堂吉诃德便察觉到了。虽然浑身涂满药膏，背也痛得厉害，可还是坐起来，张开双臂来迎接他心目中美丽的姑娘。阿斯图里亚斯女仆正屏声静气，悄悄用手摸索着脚夫的位置，她一只手刚碰到堂吉诃德张开的手臂，他立马使劲抓住女仆的一只手腕，朝自己身边拉了过来，让她坐在自己的床上。女仆吓得不敢吭一声。堂吉诃德又触摸到女仆的衬衣。虽然那衬衣是用粗布缝制的，可在堂吉诃德摸来还觉得它薄如细纱。女仆的手腕上各戴着串玻璃珠，堂吉诃德却认为是看到了东方灼灼闪亮的明珠。女仆糟乱的头发仿佛就像马鬃，但堂吉诃德却把它们当成光彩夺目的阿拉伯金丝，它们发出的光亮照得太阳都黯然失色。她呼出的气息明显散发出一股隔夜色拉的味道，但堂吉诃德闻来却觉得有如芳兰一般芬芳。到最后，她在堂吉诃德的头脑里完全被想象成书里的一位公主。这位公主就像刚才描写的那般迷人，她对受伤的骑士一往情深，受爱情的驱使前来探望受伤的骑士。堂吉诃德这时已迷了心智，不管是对女仆的触摸，还是鼻子里闻到的气息以及其他感受到的东西，都不能让这位骑士大人清醒过来。除了脚夫以外，所有人都会对女仆的体味作呕，但此时的堂吉诃德却觉得自己抱着的是位姿色非凡的女神。他紧紧搂着女仆，情深意长地低喃着："尊贵美丽的夫人，承蒙您降临寒舍让我有幸目睹您娇美的容颜，我真无以回报。但是命运之神总是爱捉弄好人，这会儿躺在床上的我浑身酸痛，我虽然十分想满足您，却又力不从心。况且，更重要的是我的这颗心早已托付给托波索举世无双的杜尔西内亚了。在我灵魂的最深处，早已把她当成是我唯一的心上人。要不然，我不会愚蠢地放弃你给身为骑士的我如此好的待遇。"

女仆被堂吉诃德紧搂着不放，此时已急得焦虑万分，浑身冒着虚汗。她吓得并没有听懂，也根本没心思去听堂吉诃德说些什么，只想无声地挣扎着想摆脱出来。脚夫被欲念惹得久久无法入睡，其实女仆刚到门口他就察觉到了，堂吉诃德说的话他一直在仔细听着，以为阿斯图里亚斯女仆毁约转投他人怀抱，自己不免醋意大发。他悄悄靠近堂吉诃德的床边，想听听堂吉诃德到底在说些什么。但是，却发现女仆正全力想挣脱出他的手臂，此时堂吉诃德缠着她不松开，脚夫觉得堂吉诃德这下可玩过火了，于是高举起手臂，猛得一拳打在这位自作多情的骑士的尖下巴上，打得他血流了满嘴。脚夫似乎还觉得不够解气，又一脚踩在堂吉诃德的背上，从头到脚把堂吉诃德踩了个够。床搭得本来就不结实，脚夫再一骑上来就更摇摇晃晃的了，结果"呼啦"一声连人带床塌了下去。店主被这响声吵醒，高声喊女仆的名字，没听见她回答，便猜测是她惹的事，朝着这方面猜测，他便起身点燃一支蜡烛，向刚才传出声音的地方走来。

那女仆见主人走了过来，她心知店主脾气暴躁，吓得缩成一团赶紧藏到桑丘的床下。桑丘还在呼呼大睡。店主一走进来就喊道："臭婊子，你藏在哪儿？我就知道准是你在添乱。"

这时桑丘醒了。他感觉有个身影快速压在自己身上，还以为是在做噩梦，就挥动着拳头乱打，其中有不少拳都打在了女仆身上。女仆被打疼了，就顾不上什么体面，反手给了桑丘几下。这回桑丘被打醒了，他见有人在打自己，却不认识那人，于是赶紧从床上爬起来，一把抱住那个女仆，两人展开了一阵拳打脚踢，那场面仿佛是世界上最滑稽的争斗。

脚夫借着店主的火光看见女仆在挨打，赶快放开堂吉诃德跑过去加入战团。店主也赶了过去，不过他的目的有所不同，他是想揍一顿那个女仆，他以为这场混乱是她造成的。就像人们常常说的“猫追老鼠，老鼠去咬绳子，绳子捆住了棍子”，此时，脚夫揍桑丘，桑丘打女仆，女仆又打桑丘，店主揍女仆，混战中的人们打得不停歇。更有趣的是，店主手里的灯突然一下子就灭了，四周一片漆黑。这时一抹黑，大家打得更狠了，拳头揍到的地方，没有一块完好的皮肉，到处一片狼藉。

那天晚上，恰好有个自称托莱多老圣友团的团丁在客店里投宿。他听到一阵阵奇怪的打斗声，随手抓起自己的短杖和铁皮头盔，摸黑走进打架的那个房间，大声说：“都住手，服从法律的命令！快停手，把客店的门关上，谁也甭想出去！”

团丁首先抓到的是挨足了恶拳的堂吉诃德。堂吉诃德此时正僵硬地躺在倒塌的破床上，浑身没有知觉。团丁在黑暗中摸到他的胡子，嘴里不停地叫喊着：“服从命令！”当发现被抓的人既不喊叫也不动，这才觉得这人大概已经一命呜呼了，便认为凶手一定还在房间里。这么一猜，他就扯足嗓门儿喊道：“这里有个人被杀了，快关上店门，不要放任何人出去。”在场的人被他这一叫可吓坏了。大家立即停下来，店主回到自己的卧房，脚夫回到原来那张用驮鞍拼成的床上，女仆也回到自己住的茅屋里。只有倒霉的堂吉诃德和桑丘在原地无法动弹。这时团丁松开他刚才抓住的堂吉诃德的胡子，出门找灯，准备抓捕犯人，可是没有找到灯。原来店主回自己房间的时候，已经把蜡烛弄熄了。团丁好不容易摸到壁炉，又费了不少功夫和时间，才点燃了另外一盏灯。

第三章　英勇的堂吉诃德错把客店当城堡，他和他的随从桑丘遇到了种种麻烦事

堂吉诃德这个时候已经从昏迷中清醒过来。他用前一天被人用棍棒打倒在谷地时的那种声音叫喊着桑丘："我的朋友，桑丘，你睡着了吗？你睡着了吗，桑丘朋友？"

"我这样还能睡得着觉吗？"桑丘很气恼地说着，"今天晚上，仿佛所有的魔鬼都来跟我作对。"

"确实是这样，太对了。"堂吉诃德说，"我以为是自己见识太少，我以为这座城堡被附上了妖气，还是我见识太少，否则，你明白的……我告诉你，不过你得发誓，对我接下来要告诉你们的内容要绝对严守秘密，直到我死后离开人世才能说出来。"

"我发誓。"桑丘说。

堂吉诃德说："我这样讲是因为我不想破坏别人的声誉。"

"我发誓，"桑丘又说，"我一定严守秘密，会一直等到哪一天您老过世。不过，但愿上帝能让我明天就可以说出去。"

"我怎么惹你了，"堂吉诃德说，"你竟然希望我这么快就死？"

"那倒不是，"桑丘说，"只是我最讨厌把什么都藏着掖着，把东西都放烂了。"

"不管怎么说，"堂吉诃德说，"你对我敬爱和尊崇，这点我是信得过的。所以，我想让你知道我今晚的一次特别神奇的经历。简单地说，就是这个城堡长官的小姐刚才跑来找我，她是世界上最高雅、最美丽的姑娘。我应该如何描绘她的相貌呢？如何描述她机智的头脑呢？如何讲解那些秘密呢？为了坚守我对托波索美丽夫人的忠心，还是暂且保密吧。我只想告诉你，连老天爷也眼红我这送上门来的艳福，有可能是，绝对有可能，是这座城堡被附上了邪气。我正同她秘密谈话，不知从哪里伸过来一只超级巨人的手，它一拳打在我的下巴上，把我打得满嘴流血。由于昨天罗西南特风流不羁，几个脚夫把咱们打得够惨，你是知道的。可今天我的情况跟

昨天相比还要糟糕。所以，我想这个美人有可能是准备给某个会魔法的摩尔人的，而不是给我的。”

“也不是给我的。”桑丘说，“当时有四百多个摩尔人来打我，昨天的那顿棍棒与之相比，简直不算什么。但是，大人，请您告诉我，您把咱们害到现在这步田地，您怎么还觉得是件趣事呢？您总算还抱那个被您说成美丽无比的姑娘，但是我呢，除了挨一顿估计是我这辈子挨的最厉害的毒打，又得到些什么呢？活该我和养育了我的母亲倒霉！我既不是游侠骑士，也不想当游侠骑士，但是那么多倒霉事我都遇上了。”

“难道你后来也被打了？”堂吉诃德问。

“我不是对您讲了，我也被打了吗，虽然我不是游侠骑士。”桑丘说。

“没关系，我的朋友，”堂吉诃德说，“我马上就来制作那种珍贵的圣水，咱们受的伤很快就能好。”

那个团丁这时刚点燃了油灯，走进房来看那个他以为已经死了的人。桑丘见他身穿衬衣，头上裹着块布，手里提着盏油灯，模样极为丑恶，便问他的主人：“大人，这个人恐怕就是那个再次惩罚我们的摩尔人魔法师了。”

“不会是那个摩尔人，”堂吉诃德说，“魔法师怎么会让人看见自己的模样呢。”

“不会让人看见，但我可以感觉得到，”桑丘说，“要是不信，我的背可以证明。”

“我的肩膀也可以证明，”堂吉诃德说，“然而，这还不能表明那个让人看到的人就是会魔法的摩尔人。”

团丁走进门，见到正不慌不忙地说着话的堂吉诃德和桑丘，不禁呆愣住了。堂吉诃德依旧躺在地上无法动弹，他满身都是伤，并且涂满了药膏。团丁走到他身旁对他说：“喂，你这家伙是怎么啦？”

“如果我是你，”堂吉诃德说，“说话就会更文明些。你这个蠢货，这个地方的人在同游侠骑士说话时都是如此吗？”

团丁看到一个浑身是伤的人竟敢如此傲慢无礼地对待自己，哪里忍受得了。他举起装满了油的油灯，朝堂吉诃德的脑门砸去，顿时砸得他头晕目眩。四周一片黑暗，团丁离开了房间。

桑丘说："大人，这个人毫无疑问就是会魔法的摩尔人。留给别人的都是好东西，留给我们的只有挨打的份，还要被油灯砸。"

"对的，"堂吉诃德说，"所以，对于出现使用魔法这样的状况，你不必太介意，也别生气，有些事光凭肉眼是看不见的，尽管很离奇，但咱们就算再花费气力，也弄不清楚该向谁报仇。要是你可以站起来，桑丘，就起来去把这座城堡的长官叫来，再想办法弄些油、酒、盐和迷迭香来，我要制作些治伤的圣水。是的，我现在确实需要它。那个魔鬼把我弄伤了，伤口处流了许多血。"

桑丘强忍着剧痛站了起来，摸黑朝店主住的房间走去，结果正好碰上过来探听情况的团丁，就对他说："大人，不管您是谁，请您开恩给我们一点儿迷迭香、油、盐和酒吧，好医治世界上最优秀的一位游侠骑士。他被这座城堡里会魔法的摩尔人打得很严重，眼下正躺在地上。"

团丁听他讲完，断定这个人是个疯子。既然天快亮了，他就打开客店的门，告诉店主桑丘所需要的东西，店主如数给了桑丘，桑丘把这些东西拿去给了堂吉诃德。他被油灯给砸破了头，此时正捂着被砸伤的脑袋在呻吟。事实上，他的头只被砸起了两个鼓包，但他却以为是流血了，其实那只是流的满头汗水。

最后，堂吉诃德把这些东西混在一起，熬了很长时间，一直熬到他以为好了，才准备拿瓶子装起来。可是客店里没有能装药的瓶子，于是只好拿铁皮水桶装起来。店主送给堂吉诃德一个水桶，他对着水桶念了八十多遍天主经，又念了同样多次数的万福玛利亚、圣母颂和信经。他每念一遍都会在胸前画个十字，表示祝福。桑丘、店主和团丁一直都在场看着他，只有脚夫悄悄去给他的骡子喂食料去了。

圣水熬制好后，堂吉诃德想看看是否有他想象的那种功效，就把剩在锅里的近半升的药水喝进肚里。还没喝完，他就开始呕吐起来，直把胃里的东西吐得干干净净，浑身大汗长淌，他让别人为他盖好被子，一个人静静地躺在床上。就这样睡了三个多小时，他慢慢醒过来，此时竟然觉得身体变轻松了，浑身上下也没那么疼了，还以为自己已经好了。他深信自己配置成功了菲耶拉布拉斯圣水，有了这种药水，以后的战斗无论有多么危险，也不用再惧怕了。

桑丘也觉得主人身体的好转是个奇迹。他请求堂吉诃德把锅里剩下的药水都给他。锅里还留了不少，堂吉诃德就都给了他。桑丘满怀信心，十分虔诚地用双手捧着药水，举起锅一股脑儿地都喝进肚里，喝得数量绝不比堂吉诃德少。也许他的胃没有堂吉诃德的胃那么娇气，不但没有吐，还弄得肠胃一阵阵作呕，浑身冒着汗，脑袋感觉要晕过去了似的。他觉得这次自己会挂在这儿了，难受得厉害，心里不停地咒骂着可恶的圣水，以及给自己喝这种圣水的混蛋。堂吉诃德见他这副模样，就对他说："桑丘，我瞧见你这么难受，一定是你还没有被封为骑士的原因。照我看，没有被封为骑士的人喝这种药水是没有效用的。"

"既然您知道这原因，"桑丘说，"那为什么还给我药喝呢？真是倒了八辈子的霉！"

这时，他喝下肚的圣水开始发挥药性了。可怜的桑丘马上开始上吐下泻。他刚才是躺在草席上面的，结果弄得床上和他盖的麻布被单上到处都是他呕吐的脏物。他浑身的汗越出越多，也越出越厉害，一次次昏倒过去，在场的人包括他自己都认为过不了这一关了。就这样足足折腾了两个小时，只觉得浑身疼痛难忍，全身瘫得像是团泥，最后没有像主人那样把病治好，反而更严重了。

前面已讲到，堂吉诃德这时只觉得浑身轻松，像是已经康复了。他就想马上离开这儿，再次去历险。他觉得如果自己还待在这儿，那些在这个世界上需要他帮助和保护的穷人们就得不到他的力量。况且，他对自己配制的圣水信心满满，受这种想法的驱使，自己为罗西南特和桑丘的驴上了鞍，又为桑丘穿好衣服，并扶他上了毛驴。堂吉诃德骑上马，来到客店的一角，拿起放在一旁的一支短剑充当长矛用。

当时客店里总共有二十来人，大家都看着堂吉诃德，店主的女儿也在当中，堂吉诃德同样盯着店主的女儿，还不时地发出叹息声。大家以为可能是他的背还在痛，至少昨天晚上看见他浑身涂满了药的人是这么认为的。

两人在客店门前骑上了坐骑。堂吉诃德叫来店主，极其沉稳、严肃地对店主说："司令大人，承蒙您在城堡里盛情款待，我此生感激不尽。作为回报，要是有某个巨人敢来冒犯您，请告诉我，我一定会为您报仇。要知道，我的职责就是锄强扶弱，惩治坏人，请您记得，要是您遇到了我说的诸如此类的事情，请一定要知会我。我用骑士的名义担保，一定会替您报仇，定会让您称心如意的。"

店主也用同样的语气说："骑士大人，我不需要您为我报仇。如果有谁敢欺辱我的话，我自己会上前对付他。我只需要您结清今晚住宿的费用：您的两匹牲口在客店里所用的草料，以及您二位的晚餐和床位的费用。"

"难道说，这是家客店？"堂吉诃德问。

"对的啊，这是家很正规的客店。"店主说。

"我上当了，"堂吉诃德说，"在这之前我还以为这是座城堡，而且是座挺棒的城堡。既然这不是城堡，而是一家客店，那眼下这笔账目请您把它给免了吧，我不能违反游侠骑士的规则。根据我所知道的，游侠骑士无论在什么地方住店从来都不付任何费用，迄今为止在我看过的书上我还没有读到过他们付钱的事。作为特权，他们有权利享受这样的款待。他们出门历险，无论春夏秋冬或步行或骑马，常常忍饥挨饿，冒着严寒酷暑，遭受着各种自然天气给他们的挫折和磨难。"

"你说的这些同我没什么关系。"店主说，"把欠的钱给我结清，别再讲什么骑士的规矩。我只管收我的房钱。"

"你这店主真是愚蠢没良心的。"堂吉诃德说。

堂吉诃德双腿一夹罗西南特，提着他那支剑就奔出了客店，没有人去拦他。他看也没看桑丘是否跟上了他，便离开了。店主见堂吉诃德走了，没有给钱，就问桑丘要。桑丘说，要是他的主人不愿意付钱，他也不会给。作为游侠骑士的随从，他住客店也可以不付钱，这个规则对他和他的主人都是一样的。店主气愤极了，威胁他说如果不给钱，会让他尝尝厉害。桑丘回答道，根据他主人奉行的骑士规则，他即使丢了性命，也不会给一分钱的。他不能让游侠骑士多年的优良传统丧失在自己的手里，决不能让后世的游侠骑士随从埋怨他，指责他破坏了他们的正当权利。

也该桑丘倒霉。客店的人群里有四个塞尔维亚的理羊毛的工匠、三个科尔多瓦波特罗卖针线的商贩以及两个居住在塞维利亚博览会附近的居民。这些人生性活泼开朗，对人没有恶意，他们喜欢开玩笑和恶作剧。这些人不约而同地走到桑丘面前，把他从驴上拉了下来。其中一个人走进房间，从里面拿出被单，大家将桑丘扔到被单上，可抬头一看，发现屋顶的天花板不够高，便商定把桑丘抬到院子里，然后往空中抛，就像在过狂欢节时耍狗那样，寻桑丘开心。

可怜的桑丘大声地呼喊着，声音传出去很远，终于传到了堂吉诃德的耳朵里。他下马来仔细听了听，以为又是什么新的险情，最后才听清楚是桑丘的叫喊声。他掉转缰绳，催马回到客店门前，只见门锁着。他转了一圈，看有什么地方可以进去。院墙并不高，也没有院墙，他看见了里边的人对桑丘的恶作剧。他看到桑丘在空中一上一下地被抛来抛去，既危险又好笑。如果不是因为当时他正一腔怒火，没准也会笑出声来。堂吉诃德试着从马背往墙头上爬，可浑身疼得快散架了，连下马的力气也没有。于是他在马背上咒骂那些抛桑丘的人，骂得十分难听，在此很难用文字清楚地表达出来。但是，抛扔桑丘的那些人还在嬉笑不已，并没有因为堂吉诃德的诅咒而停下来。桑丘仍不停地叫唤着，他时而破口大骂，时而连声求饶。可是求饶也没用，那些人直到精疲力竭才罢手。他们把驴牵过来，把桑丘扶上去，给他披上外衣。富于同情心的女仆看到桑丘已精疲力竭，她就从井里打上来一罐凉水给他喝。桑丘接过罐子，刚送到嘴边，就听见堂吉诃德对他喊："桑丘，孩子，别喝那水，千万别喝，那会要了你的命。你看，我这儿还有圣水，"堂吉诃德说着晃了一下铁桶，"你只须喝两口，包管你会好。"

桑丘听见声音转过头去，斜眼瞧过去，他回答的声音竟比堂吉诃德的声音还要大，他喊道："您难道忘了我不是骑士，难道还想让我把昨天晚上肚子里剩下的那点东西全给吐出来？这见鬼的圣水您还是自己收起来吧，快饶了我。”

桑丘说完拿起罐子喝起来，但一碰到嘴边发现是井水，他又不想再喝了。他请求女仆给他拿些酒来。女仆很乐意地给他拿来了酒，而且这酒还是她自己掏钱买的。据说她虽然是干那种事的人，可毕竟受基督徒的影响。桑丘喝完酒，双脚后跟一夹毛驴，朝着已打开的客店门冲了出去。他坚持没有付钱给店主，感觉十分得意，心里真高兴，尽管是拿他的后背来抵的账。

事实是，店主把桑丘的褡裢留下抵账了。桑丘慌慌张张冲出门，根本就没有留意到褡裢丢了。店主看到桑丘出了门，想赶紧把门闩上。可是，刚才扔桑丘的那些人却不以为然。他们觉得堂吉诃德即使真是游侠骑士，也一文不值。

第四章 桑丘同主人堂吉诃德的谈话，以及值得他们记述的险遇

桑丘追赶上堂吉诃德时早已精疲力竭，连催赶驴子快跑的力气也没了。堂吉诃德看见他这个样子，便对他说：“现在我终于相信了，桑丘啊，那个城堡或客店肯定是被魔法控制了。那些人如此残忍地拿你寻开心，不是魔鬼或是从另一个世界来的妖魔，又是什么呢？关于这一点，我可以肯定自己的看法，因为刚才我从墙头上看他们对你的捉弄，想从墙头翻过去又不行，想从罗西南特身上下来也下不来，我肯定是中了他们的魔法。我以骑士的身份发誓，我当时要是能够爬上墙头或者下马，即使这样会违反骑士规则，我也一定会为你报仇，我会让那些恶棍永远记住我的厉害。

“我跟你说过多次，骑士规则不允许骑士对非骑士的人动手，除非骑士为了保护自己的生命，在情况紧急、万不得已之时才能如此。”

“要是能够办得到，不管我是不是骑士，也会替自己报仇。可是我办不到啊，我认为拿我开心、作弄我的那些人并非像您所说的是什么鬼怪或魔

法师，他们是和我们一样有血有肉的人。他们扔我的时候，我听到他们每个人都有自己的名字。有个人叫佩德罗·马丁内斯，另外一个人叫特诺里奥·埃尔南德斯。我听见店主叫左撇子胡安·帕洛梅克。所以，大人，您上不了墙又下不了马并不是魔法造成的。我把这些都讲清楚说明白了的意思是，咱们到处历险，结果反而给自己带来许多痛苦，弄得自己吃尽苦头。照我说，我们最好返回老家去耕田犁地，现在正是丰收的季节。别像俗语说的那样‘东奔西跑，越跑越糟’啊！”

堂吉诃德说：“你对骑士的事了解得还太少，你什么也别多说，更别着急，总有一天，你会亲眼瞧见干这一行有多么的光荣。不然，你告诉我，世界上还有什么比打仗更令人高兴的呢？没有什么比打一场胜仗、降服一个敌人更让人高兴、满足的了。丝毫不用怀疑，这样的事一件也没有。”

桑丘回答道：“也许是这样，尽管我并不明白。我只清楚自从咱们当上这个游侠骑士以后，或者说您成了游侠骑士后（像我是不能把自己算在这个光荣的队伍里），如果不算同比斯开人那一仗，咱们可以说还没有赢过一场战斗，并且就是在那场同比斯开人的战斗里，您还弄伤了半只耳朵，丢了半个头盔。到最后，吃了一顿棍子和拳头，加上我还被别人抛上抛下扔了一顿。除此以外，碰见的这些人都会使用魔法，我不能向他们报仇，可你说过的打仗胜利的喜悦，我又到哪儿去体会呢？”

堂吉诃德直言道：“这正是我悲痛的地方，也许你也为此伤心难过，桑丘。正是因为如此，我要设法取得一把神剑。这把剑的传奇之处就在于谁要是使用它，就绝不会被任何魔法影响。而且，到时候说不定我会时来运转，也许还会有幸得到阿玛蒂斯的那把剑呢。当时他叫火龙骑士，他所佩带的剑是这世上的骑士们拥有过的最佳宝剑之一。除了我刚才说过的那个作用外，它还是一把锋利的剑，无论盔甲有多坚硬，它也能砍动。”

“我算走运的，”桑丘说，“但是，尽管如此，您也能找到那把剑，恐怕它也只能让受封的骑士使用，就像圣水一样。作为随从，大概只能自认倒霉。”

“别害怕，桑丘，”堂吉诃德说，“老天会关照你的。”

两人一边走一边说着话，堂吉诃德突然看见远处的路上，铺天盖地卷起般一片尘土，便转过身来对桑丘说："噢，桑丘，今天，我们的好日子又要来啦。要我说，要在这一天显示同往常一样的力量，并且还要创出一番名留青史的业绩来。桑丘，你瞧见那扬起的滚滚尘土了吗？一支密集的军队正向我们这里开过来。"

"照此看来，也有可能是两支军队，"桑丘说，"那些人的面前同样也是尘土飞扬。"

堂吉诃德站住一看，果然如此，不禁高兴起来。一想到这是两支交战的军队来到这广阔的平原上战斗交锋。他的头脑里立刻浮现出骑士小说里描述的那些战斗、魔法、怪事、谚语、爱情之类的怪异想法，他说的、想的或是做的也都希望朝此发展。实际上，他瞧见的那两股飞扬的尘土，只是由两大群迎面而至的羊群造成的。蹄子扬起尘土弥漫，只有当它们到了眼前才被看得清楚明白。但是，堂吉诃德一心认为那是两支军队，桑丘也信以为真，对他说："大人，接下来我们该怎么办呢？"

"怎么办？"堂吉诃德说，"扶弱济贫啊！你应该知道，桑丘，迎面而来的是由特拉波瓦纳①大岛的阿利凡法龙大帝统率的队伍，而在我背后的是他的对手，加拉曼塔人的捋袖国王彭塔波林，他作战时总是露着右臂。"

"那么，是什么让两位大人结下如此深仇呢？"桑丘问。

"他们结仇是因为这个阿利凡法龙是性情暴躁的异教徒，他爱上了彭塔波林的女儿，一位风姿卓越的夫人，因为她是一名基督教徒，当父亲的不愿意把女儿嫁给一位信仰不一致的国王，除非他能改信基督教。"

"我以自己的胡子发誓，"桑丘说，"彭塔波林做得很对！我们应该用心帮助他。"

"你原本就应如此，"堂吉诃德说，"参加这类战斗的不全都是受封的骑士。"

"我明白，"桑丘说，"至少，咱们应该把这头驴寄放在某个地方吧？

① 特拉波瓦纳即现在的斯里兰卡。

等打完仗后还得骑它。总不能骑着毛驴去打仗吧，至少到目前为止我还没这样做过。”

“是这样，”堂吉诃德说，“现在能做的就是让它放任自流，也别去管它是否会跑丢了。咱们赢了这一场仗后，还不知道能缴获多少马匹呢，罗西南特说不定都会被换掉。不过你留心听好，也要看好，我把两支大军的主要骑士一一介绍给你听。现在咱们撤向那个小山丘上去，等尘土散去两支大军没了遮掩的东西，你可以瞧得更清楚。”

他们来到小山丘上。如果不是飞尘挡住他们的视线，站在小山上完全可以看清楚堂吉诃德所说的两支军队其实不过是两群羊。可是堂吉诃德满脑子里想象的，都是些他实际上并没有看到也根本不存在的东西。他高声说：“那个身披深黄色甲胄的骑士，盾牌上画有一只跪伏在少女脚下的头戴王冠的狮子，那个人就是普恩特·德普拉塔的领主，威名远扬的劳拉卡尔科。另一位身着金花甲胄，手持的蓝色盾牌上画有三只银环图案的骑士，就是基罗西亚伟大的米科科莱博公爵。他右侧的一位巨人是博利切胆大妄为的布兰达巴尔瓦兰，他是三个阿拉伯属地的领主。你看他身上紧紧裹着蛇皮，拿一扇大门当盾牌。据说那是参孙以死相拼时推倒的那座大殿的门。

“你再转过身来朝这边看，就能看到统率这支军队的是常胜将军蒂莫内尔·德卡卡霍纳，他是新比斯开的王子。他身穿的甲胄上相间着蓝、绿、白、黄四色，棕黄色的盾牌上有只金色的猫，上面还写着一个‘缪’字，据说那是他美丽无比的情人、阿尔加维的公爵阿尔费尼肯的女儿缪利纳名字的第一个字。另外一位身穿雪白甲胄，沉重地压在马上面，手持无任何标记的白盾的人是名法国人，他是一位骑士新秀，名叫皮尔·帕潘，是乌特里男爵。还有一位正用他的包铁脚后跟不时地踢着那匹条纹斑马的肚子，他的铠甲上画着蓝银钟的图案，这位就是内比亚强悍的公爵、博斯克的埃斯帕塔菲拉尔多。他的盾牌上的图案是石刁柏，还用卡斯蒂利亚语写着一句口号：‘我的命运就是替天行道。’”

堂吉诃德就这样列举了在他的想象中，两支军队里众多骑士的名字，并且随手给每个人都搭配上了铠甲、颜色、图案以及称号。他天马行空地想象着，接着说："前面这支军队由不同民族的人组成，这里有曾喝过著名的汉托河甜水的人；有的是去过马西洛岛的蒙托萨岛人；有的人曾在阿拉伯乐土上淘过金沙；有的人住在清澈的特莫东特河边，享受着那有名气又凉爽的河滩；有的人曾通过不同的路线为帕克托勒斯的金色浅滩疏导排洪。此外，还有不守信用的努米底亚人，有以擅长弓箭而闻名的波斯人，有边打边跑的帕提亚人和米堤亚人，游牧的阿拉伯人，性格凶残的西徐亚人，嘴上穿孔的埃塞俄比亚人，以及许多其他民族的人，他们的名字我叫不出来，可他们的脸我却很熟悉。在另一边的军队里，有的人曾饮用过用来浇灌无数橄榄树的贝蒂斯河的晶莹河水；有的人曾用塔霍河甘美的金色琼浆洗脸；有的人享用过神圣而甘甜的赫尼尔河水；有的人到过塔尔特苏斯田野上的肥沃丰盛的牧场；也有的人在赫雷斯天堂般的平原上生活过。有头戴金黄麦穗编成的头冠、生活富足的曼查人；有身穿铁甲、移风易俗的哥特遗民；有的人曾在弯弯曲曲的皮苏埃卡河里洗过澡；有的人曾在以暗流著称的瓜迪亚纳河边那广阔无垠的牧场上喂过牲口；还有的人住在寒冷的皮里内奥森林地区，被亚平宁高山的白雪冻得瑟瑟发抖。总之，欧洲所有的民族都在那里了。"

上帝保佑，他竟一口气列举了那么多的地名和民族以及它们各自的特点，看似说得神乎其神，其实全是从那些连篇累牍的书里学来的。桑丘发愣般地听着，一句话也不说，还不时回过头去，看看主人说过的那些骑士和巨人有没有前来，结果发现一个也没有，便说："大人，简直活见鬼，您说的那些巨人和骑士怎么还没出现呢？也许这些人都像昨晚的鬼怪一样，全是魔法变的吧。"

"你怎么能这么说呢！"堂吉诃德说，"难道你没有听到战马嘶鸣，震耳的号角声以及咚咚作响的战鼓声吗？"

"我只听到了咩咩叫的羊群的声音。"桑丘说。

果然如此，那两群羊这时已经快走过来了。

"你因为恐惧所以看不见、听不到，桑丘。"堂吉诃德说，"人一害怕，就会扰乱五官感受，混淆真相。既然你这么胆小，就站到一边去吧，我一个人前去。仅凭我一个人就足够战胜他们，帮助我方取得胜利。”

堂吉诃德说完用马刺踢了一下罗西南特，托着长矛像闪电一般冲下山去。桑丘见状高声喊道：“回来吧，堂吉诃德大人！我向上帝发誓，您要进攻的只是一些羊！回来吧，连我的父亲都倒霉养了我！您发什么疯啊！快看，这里没有巨人和骑士，也没有任何人和铠甲，也没有颜色不一致的盾牌，更没有什么蓝钟、魔鬼。您这是在做什么呀？上帝啊，我简直是造孽呀！”

堂吉诃德并没有理会桑丘的喊话，头也不回地向前冲去，反而不断地高声喊道：“喂，骑士们，投靠在英勇的捋袖帝王彭塔波林大旗下的人，都跟我来！你们会看到，我向你们的敌人特拉波瓦纳的阿利凡法龙报仇根本不是件难事。”

堂吉诃德说完便冲进羊群，开始刺杀羊。他杀得很英勇，似乎真是在跟他不共戴天的敌人开战。随着羊群来的牧羊人高声叫喊，快别杀羊了，看到他们的话没起作用，他们就解下弹弓，向堂吉诃德弹射石头。拳头大的石头从堂吉诃德的耳边飞过，他全然不理会，反而东奔西跑，不停地喊道：“你在哪里，不可一世的阿利凡法龙？过来！我是个骑士，想同你一对一较量，试试你的力量，要你的命，惩罚你对英勇的彭塔波林·加拉曼塔所犯下的罪恶。”

这时飞来一块卵石，正打在他的胸肋处，把两条肋骨打得凹了进去。堂吉诃德看到自己被打成这样，估计自己不死也得重伤。他想起了自制的圣水，于是掏出瓶子，放在嘴边大口喝起来。可是还没等他喝多少，又一块石头飞来，正中他的手和瓶子。只听瓶子哗啦一声被打碎了，同时还把他嘴里的牙也打下来三四颗，两个手指也被打伤了。这两块石头打得都非常重，堂吉诃德身不由己地从马上摔了下来。牧羊人来到他跟前，以为他已经死了，赶紧吆喝好羊群，把至少七只死羊扛在肩上，匆匆离去了。

桑丘一直站在山坡上，看着他的主人发疯。他一边揪着自己的胡子，一边诅咒命运让他跟随这位堂吉诃德骑士。看见主人摔倒在地，牧羊人也已经走了，他才从山坡上下来，来到堂吉诃德身边，看到堂吉诃德虽然还能动弹，却被打得不成模样，就对他说：“我说过，您进攻的是羊群，不是军队。堂吉诃德大人，难道我没有说过吗？”

“那个会魔法的坏蛋再向我施法，把我变来变去。要知道，桑丘，那些家伙要把咱们面前的东西变成他们需要的样子很容易。刚才害我的那个恶棍估计我会打胜，很嫉妒，就把敌军变成了羊群。否则，桑丘，我以我的生命作保，你去做了就会明白，知道我讲的都是真的。快骑上你的毛驴，悄悄尾随他们，你会看到在走出不远的地方，他们就变回原来的样子，不再是羊，而是真真切切的人，正如我刚才所说。不过你现在别离开我，我还需要你的帮助。快过来帮我看看，这次我到底少了几颗牙，我怎么觉得嘴里好像没有一颗牙了呢。”

桑丘凑过来，脑袋都快伸到堂吉诃德的嘴里去了。就在此时，堂吉诃德刚才喝的圣水起作用了。此时桑丘正向他嘴里张望，堂吉诃德突然翻江倒海般呕吐起来，差点把自己的肠胃都吐了出来，全部脏东西都喷在了这个富有热心肠的随从的脸上。

“圣母玛利亚！”桑丘说，“这是怎么一回事呀？这个人吐了血，他肯定是受了致命的伤。”

桑丘停顿了一下，发现这原来不是血，根据呕吐物的颜色、味道和气味来判断，这些应该是刚才堂吉诃德喝的圣水，他不禁一阵恶心，把胃里的东西全吐了出来，又吐到了主人的身上，两个人都弄得湿漉漉的。

桑丘走到毛驴旁边，想从布袋里找出点东西给自己擦一擦，顺便把主人的伤包扎一下，可惜他没找到褡裢。为此，他都要气疯了，又一次诅咒起来，同时心里思量着要离开主人回老家去，当然他因此也得不到工钱，而且主人承诺当小岛总督的希望也泡汤了。

堂吉诃德这时从地上站了起来。为了避免嘴里的牙全掉出来，他用左手捂着嘴，又用右手抓着既忠实性情又好并始终伴随着主人的罗西南特的缰绳。堂吉诃德走到桑丘身边，看见他正趴在驴背上，两手托着腮帮，流露出一副沉思的模样。见他这副满面愁容的样子，堂吉诃德对他说：“你知道，桑丘，‘只有多做事，否则难做人上人’。咱们经历了这些横祸，说明我们很快就会雨过天晴交好运啦。不管是好事还是坏事它们都不可能亘古不变。咱们已经走霉这么长时间了，好运也快降临了。因此，你不必为我遭受的这些痛苦而心灰意冷，反正你也没受多大伤害。”

“怎么没伤？”桑丘说，“难道昨天用毯子接着被往天上抛的那个人不是我父亲的亲生儿子？丢失的那个褡裢里面装着我所有的宝贝，这些东西难道也是别人的吗？”

“你的褡裢丢了，桑丘？”堂吉诃德问。

“是的。”桑丘答道。

“那咱们今天就没什么可吃的了。”堂吉诃德说。

“您说过，像您这样倒霉的游侠骑士常以野菜充饥，”桑丘说，“假如这片草地上找不到您认识的那些野草，那么咱们的确得空着肚子了。”

“不过，”堂吉诃德说，“我现在宁愿吃上一片白面包或一块黑面包，再加上两片沙丁鱼。这个跟迪奥斯科里斯描述过的所有野菜，无论配不配得上拉古纳医生的图解，也决不好吃。这样吧，好心的桑丘，你骑上驴，跟我走朝前走。上帝供养世间万物，蚊子不会没有空气，昆虫不会没有泥土，蝌蚪也不会没有水，上帝很仁慈，他决不会亏待咱们，更何况我们如此辛劳地为他奔走历险，请让他普照好人和坏人，无论是正义者和非正义者都能沐浴雨水的恩泽。”

“要说您更像个说教的道士而不是游侠骑士。”桑丘说。

“桑丘，游侠骑士都无所不知，而且也样样都会干。”堂吉诃德说，“在几个世纪前，还有游侠骑士会在田野里随时布道、讲学，那感觉仿佛他是从巴黎大学毕业的，也可理解成‘矛不让笔秃，笔不使矛钝’。”

“那么好吧，但愿您说的是正确的，”桑丘说，“咱们现在就出发，去找个能过夜的地方，愿上帝保佑那个地方没有床单，没有可以用来裹着扔人用的被单，也没有鬼怪，更没有会魔法的摩尔人。要是有，我再也不想加入这一行了。”

“孩子，你就祈求上帝帮帮你吧。”堂吉诃德说，“这次由你来带路，随便你想到哪儿去，就到哪儿去，要住什么地方也任你挑。不过先把你的手伸过来，用手指摸摸我这儿，看看上腭右侧缺了几颗牙，我觉得这儿挺疼的。”

桑丘把手指伸进了他的嘴里，边摸边问：“您这个地方原来有多少牙？”

“四颗，”堂吉诃德回答，“除了智齿，其他都是完好的。”

“您再好好想想。”桑丘说。

“也许是四颗，要不然就是五颗。”堂吉诃德说，“反正我这辈子既没有拔过牙，也没有因为龋齿或风湿病掉过牙。”

“可是您这下腭现在最多还有两颗半牙，”桑丘说，“而上腭呢，连半颗牙都没有了，平得就像手掌似的。”

“我真是太不幸了，”堂吉诃德听了桑丘告诉他的这个令人伤心的消息后说，“我倒宁可砍掉的是一只胳膊，只要不是拿剑的那边就行。告诉你，桑丘，没有牙齿的嘴就好比没有石碾子的磨盘，有时一颗牙比一颗钻石还珍贵。不过，既然咱们选择了骑士这一行，就得什么痛苦都忍受。骑上毛驴吧，我的朋友，你朝哪儿去，我就跟你到哪儿去。”

桑丘骑上驴，朝着他认为可能找到落脚处的方向走去，但一直没有离开那条大路。他们漫步而行，堂吉诃德被嘴里的疼痛弄得烦躁不安，走不快。桑丘为了让堂吉诃德分散精力，给他解闷，就给他讲了一件事。详情请见下章。

第五章 桑丘和主人的趣谈以及他的高见，路遇死尸及其他奇事

“这几天咱们碰到的不走运的事太多了，大人，我觉得这一定是您违反了骑士规则而受到的惩罚。您没有履行曾经发过的誓言，您说在夺取马兰德里诺（或者叫摩尔人，名字我记不清了）的头盔之前不会上桌就餐、不和女王诉衷情等其他的一些誓言。”

“你说得是，桑丘，”堂吉诃德说，“说老实话，要不是你提起，这些

誓言我早就忘了。不过你也该知道，由于你没有及时提醒我，才导致了你被人用床单扔的事情发生。不过，我会想方设法弥补的，在骑士的规矩里，也有各种挽救损失的方法。”

“难道我发过有关此类的誓吗?”桑丘问。

“有没有发过誓言不重要，”堂吉诃德说，“反正照我看来，你保不准是个从犯，不管怎样，我们只要采取方法去补救就总没错。”

“既然是这样的话，”桑丘说，“那这件事您可别忘了，这好比不能忘了誓言一样。也许那些鬼怪又会拿我寻开心呢。要是它们看到您还是不肯改正，说不定也会来作弄您呢。”

两人边走边讲，走着走着天已经暗了下来，还没有找到一个可以过夜的地方。糟糕的是他们饿得饥肠辘辘。可是褡裢被弄丢了，所有的干粮都在里面，这真是祸不单行。接着，他们又遇到了件麻烦事。当时已近黄昏，但两人还在朝前不停地赶路。桑丘觉得他们走的是条大路，只要再走上一两西里，路旁肯定会有客店。不久后，夜幕降临。桑丘已饿得头发晕，堂吉诃德也饿得难受。这时，他们看见对面的路上有一片亮光，像星星一样向他们靠拢过来。桑丘一见吓得惊恐万分，堂吉诃德也不能保持先前的无畏。桑丘紧紧抓住毛驴的缰绳，堂吉诃德也拽紧了罗西南特，两人站在原地，仔细看那是什么东西。随着那些亮光越来越靠近，并且越变越大，桑丘怕得像水银似地直发抖，堂吉诃德紧张得头发也竖了起来。他壮起胆对桑丘说：“桑丘，我敢肯定，这是咱们遇到的最严重、最危险的事情。现在轮到我展现全部勇气和力量的时候了。”

“真是倒霉啊，”桑丘说，“如果这又是那伙鬼怪在使坏的话，那我怎么受得了啊?”

“即使再凶猛的妖怪，”堂吉诃德说，“我也决不允许它们碰你一根汗毛。那次是因为我爬不上墙，才让它们得耍弄了你。可这次咱们是在平地上，我完全可以随意挥舞我的剑。”

“如果它们又像上次那样，对您施了魔法，让您手脚不能动弹呢?”桑丘说，“那在不在平地上又有什么区别呢?”

“不管怎样，”堂吉诃德说，“桑丘，我希望你可以打起精神来，过一会儿你就会知道我的本事了。”

“上帝保佑，我会知道的。”桑丘说。

两人站到路旁，又仔细地观察起那堆亮光到底是什么。没多久，他们就发现许多穿着白色衣衫的人，这一看可把桑丘吓得魂飞魄散。他开始牙齿打战，就像患了疟疾时发冷一样。待两人完全看清楚了，桑丘的牙齿颤抖得更厉害了。原来那近二十名白衣人全都骑着马，手里高举着火把，后面还有人抬着一副盖着黑布的棺材，接着是六个从头到脚都遮着黑布的骑骡子的人。这些牲口走路很慢，分明是骡子不是马。

身穿白色衣衫的人在相互低声交谈着。这个时候，在旷野里遇到这样一群人，怎么能不让桑丘恐惧万分呢，就连堂吉诃德也都害怕，此时桑丘就更害怕了。就在这时堂吉诃德忽然想起骑士小说里的情节，顿时觉得这又是一次历险的机会。他想象着那棺材里躺着一位受了重伤或者已经死去的骑士，那位骑士的仇只有自己才能为他报。于是，他立马高举长矛，雄赳赳、气昂昂地站在那些人的必经之处的路中央，看见他们走近了，便提高嗓门儿喊道：“站住，骑士们，或者随便你们是什么人。快点说，你们是什么人，从哪儿来，要到哪儿去，棺材里装的是什么。看样子，你们是干了什么坏事，或者是什么人害了你们。最好还是把事情告诉我，以便我对你们犯的恶行进行惩罚，或者为你们受的伤害报仇。”

“我们还有急事，”一个白衣人说，“这儿离客店还有段距离，我们没时间在此回答你这么多问题。”

说着他双腿夹了下马儿，向前走去。堂吉诃德听后勃然大怒，抓住那匹马的缰绳，说：“站住，老实点儿，快回答我的问话，否则，别怪我对你们动手了。”

那是一匹胆子极小的骡子。堂吉诃德一抓它的缰绳，立刻把它吓得扬起前蹄，将它的主人摔倒在地。步行的一个伙计见状便对堂吉诃德破口大骂起来。堂吉诃德怒气上涌，手持长矛向一个身穿丧服的人刺去。那人伤得很厉害，摔倒在地。堂吉诃德又转身冲向其他人，他冲刺的速度很快，劲也很猛，仿佛给罗西南特安上了一对翅膀，使得它身手敏捷。那些白衣人胆子都很小，又没带武器，因此，他们无意恋战，没开打就朝原野上狂奔起来，手里还举着火把，那模样就像是节日夜晚奔跑的化装骑手。那些穿黑衣的人被长袍裹着行动不便，使堂吉诃德很轻松地痛打他们。他们认为这家伙不是人，而是一个从地狱里逃出来的魔鬼，要来抢夺棺材里的那具尸体，于是纷纷逃亡。

桑丘把这一切都看在眼里，对主人的勇猛和胆识佩服不已，心里想："我这位主人还真如他自己说的那样勇敢无畏。"刚才第一个被骡子扔下来的那个人，身旁有支火把还在燃烧。借着火光堂吉诃德发现了他，于是走到他身旁，用矛头指着他的脸，叫他投降，否则就杀了他。那人答道："我早已投降了，我有一条腿断了，动弹不得，如果您是位基督教勇士，我请求您不要杀我，否则您就亵渎了神明。我是修士，而且是被授予了等级的修士。"

"你既然是修士，那又是什么鬼把你带到这儿来的？"堂吉诃德问。

"大人，哪有什么鬼？完全是我的霉运。"那人答道。

"要是你不回答我刚才的问题，"堂吉诃德说，"还有更大的倒霉事在等着你。"

"我马上会回答您，"教士说，"情况是这样，您知道，刚才我说我是个修士，不过我只是个初级神职人员。我叫阿隆索·洛佩斯，是阿尔科本达斯人。我从塞哥维亚城来，同行的还有十一个修士，就是你看见的，刚才举着火把逃跑的那几个人。我们正在护送棺材里的尸体。这个人死在巴埃萨，尸体原来也停放在那里。他是塞哥维亚人，现在我们要把他的尸体送回家乡去安葬。"

"是谁害了他？"堂吉诃德问。

"是上帝借助一场瘟疫送了他的命。"

"原来是这样，"堂吉诃德说，"上帝要了他的命，这也省去了我帮他复仇。如果是别人害死了他，我还得替他报仇。既然是上帝送他走的，我就只能耸耸肩，无话可讲了。就算上帝要我的命，我也只好如此呢。修士，让我告诉你，我是曼查的游侠骑士，名叫堂吉诃德。我的义务就是四处游历，打抱不平，锄强扶弱。”

“我不知道你这叫什么行侠仗义，”传道员说，“我原本好好的，被你不由分说就弄断了一条腿，恐怕我这条腿一辈子也站不直了。你为我打抱不平难道就是让我遗恨终生吗？你还要去历险呢，碰见你就让我够险的了。”

“世上的每一件事都是不尽相同的，”堂吉诃德说，“关键在于你，阿隆索·洛佩斯修士，你在夜间穿着白色法衣像个夜游神，手里举着火把，嘴里念叨着，身上还穿着丧服，就像是一只来自另一个世界里的妖怪。为此，我不得不履行作为骑士的职责，向你发动攻击。我一直把你们当成地狱的魔鬼，我才会向你们进攻。”

“看来是我命该如此了，”传道员说，“求求您，游侠骑士，请您帮我一把，把我从骡子底下拉出来，我的脚卡在马鞍和脚镫中间了。”

“我怎么把这件事给忘了呢，”堂吉诃德说，“你怎么不早说啊。”

然后，堂吉诃德喊桑丘过来，桑丘并没反应。他正忙着从修士们的一匹备用马上卸货，全是些吃的东西。桑丘把外衣做成个口袋，使劲往里面装，装了满满一袋，然后骑上自己的毛驴，才应着朝堂吉诃德喊他的声音走过来，帮着堂吉诃德把修士从骡子身下拉出来，扶他上骡子，又将火把递给他。堂吉诃德让他去追赶他的同伴们，并且向他道歉，说刚才的冒犯是毫不知情。桑丘也对他说：“如果那些人想知道是哪位勇士打败他们的，您可以把名字告诉他们，这是曼查的堂吉诃德，他还有个名字叫‘狼狈骑士’。”

修士走后，堂吉诃德问桑丘怎么想起叫自己“狼狈骑士”。

“我这么说是因为我借着那个倒霉鬼的火把的光亮仔细瞧了瞧您，”桑丘说，“您现在的样子确实是很狼狈。大概是这一仗您打得太累了，又或是因为您缺了很多牙。”

“不是这样的，”堂吉诃德说，“事实上，负责撰写我的丰功伟绩的那位学识渊博的人找过你，我应该同其他人一样有个绰号，就像以前所有的骑士一样。他们有的叫火剑骑士，有的叫独角兽骑士，这个叫少女骑士，那个叫凤凰骑士，还有一个叫鬈发骑士，还有的叫死亡骑士，这些骑士的名称或绰号享誉全国。因此我认为，准是那位博学之士将‘狼狈骑士’这个别号加进了你的语言和思想里，你才会脱口而出。这个名字很适合我，从现在起我想就叫这个名字。以后如果盾牌上有地方，我还打算在我的盾牌上画上我狼狈的模样呢。”

“没必要浪费钱和时间画这个像，”桑丘说，“您只须把您现在的面容，展示给他们看看，用不着其他什么画像或盾牌，人们就会说您是狼狈骑士。请您相信我，我说的是真话，我敢肯定，大人，插句笑话，挨饿和掉牙齿已经让您的脸够难看的了，我刚才说过，完全不必要再画那副狼狈相了。”

堂吉诃德被桑丘这么风趣的话给逗笑了，不过，他还是想叫这个称呼，而且仍要把这副样子画在盾牌上，就像原来设想的那样。堂吉诃德对桑丘说：“我明白，桑丘，我现在已经被逐出教会了，因为我对圣物粗鲁地动了手。‘受魔鬼诱惑者，与魔鬼同罪’，尽管我知道我动的不是手，而是短矛，而且当时我并不是想去攻击修士和他们的东西。对于修士以及他们的东西，我像天主教徒和虔诚的基督教徒一样尊重和崇拜。我只是想消灭另一个世界的妖魔鬼怪。我那样做是因为我记起了锡德·鲁伊·迪亚斯，当年他当着教皇陛下的面，把那个国王使节坐的椅子砸个稀烂，从而被逐出了教会的事。那天罗德里戈·德比瓦尔表现得也很好，像个勇敢正直的骑士。”

听了这些话，修士什么话也没说便离去了①。堂吉诃德想看看棺材里的尸体是不是已经变成尸骨残骸，桑丘却不同意，他说：“大人，您刚刚又冒了一次险，这是我见过的您受伤最少的一次。这些人虽然被打败了，但他们很可能记起来，自己是被同一个人打败的，等他们反应过来，恼羞成怒之余还会想再来找咱们的麻烦。眼下，驴已经安顿好，附近紧挨着山，我们的肚子早就饿了，现在最好就是慢悠悠地启程吧。常言说，‘死人进坟墓，活人享面包’。”

---

① 此处是为了表明作者的疏忽。

桑丘牵着驴，请堂吉诃德跟他走。堂吉诃德认为桑丘说的有理，也就不再多说什么，跟着桑丘走了。两人走了不远，来到两山之间夹着的一个人迹罕至的空旷山谷里，下了马。桑丘把驴背上吃的东西拿下来，两人躺在绿草地上，狼吞虎咽地将早、中、晚三餐合成一顿，把送尸体的教士骡子上带的饭盒（他们一直过得很不错）吃了好几个，填饱了肚子。可是，还有一件糟心的事，桑丘觉得十分难熬，那就是修士们没有准备酒，连喝的水也没有，两人渴得实在厉害。桑丘看着绿草如茵的平原，讲了一番话，内容详见下章。

第六章 英勇的骑士堂吉诃德进行了一次破天荒的冒险

“我的大人，这些青草足以证明附近有滋润着它们的清泉或小溪。因此，咱们应该朝前再走一点儿，或许能找到个解渴的地方。咱们渴得嗓子都要冒烟了，这比挨饿还难受。”

堂吉诃德认为桑丘说得对，便牵起罗西南特的缰绳。桑丘把吃剩下的东西都放在驴背上驮着，一手牵着驴，在平原上摸黑向前走。天色已黑，什么都看不见。走了不到两百步，就听到一股巨大的轰隆声，仿佛是溪水从高处汹涌而下。两人激动万分，停住脚步想听听水声的方向。但是，他们又听到另一声巨响，刚才水声带来的喜悦被冲淡不少，特别是桑丘，本来胆子就小。他们听到的是一种铁锁链的有节奏的拍打声，还夹杂着水的奔腾流淌声，除了堂吉诃德，其他人听见这种声音都觉得恐怖至极。刚才提到过，这是个漆黑的夜晚。他们恰巧又走进一片密林里面，微风吹动着树叶，发出一种沙沙的声音。他俩孤单在此，天黑得看不见周围，水声哗哗作响，再加上树叶的窸窣声，令人心生恐惧。特别是他们发现撞击声响个不停，风还在吹个不停，长夜漫漫仿佛没有尽头。除此以外，他们不知道自己到底身在何处，真让人惊恐莫名。可是，堂吉诃德英勇无畏。他跳上罗西南特，手持盾牌，举起长矛说：“桑丘朋友，你该知道，幸得老天关爱，让我出生在这个铁器时代，就是为了重新恢复金子时代，或者如人们常说的那个黄金时代。我生来就是要历经各种危险、奇遇，创造出丰功伟绩来的。我再说一遍，我是来恢复游侠骑士、法兰西十二骑士和世界九大英豪的。我要使人们忘却普拉蒂尔、塔布兰特、奥利万特和蒂兰特、费博和贝利亚尼斯这些人物，以及过去所有著名的游侠骑士，我会在当今创造出一番丰功伟绩，用这些辉煌的战绩令由骑士前辈们引领的最辉煌的时期都黯然失色。

“请记住，我忠诚而守法的随从，今夜的黑暗、奇怪的寂静，这些难以分辨出的树叶的沙沙声，还有咱们正在寻找的可怕水声，那水仿佛是从月亮之上的高山上倾泻下来而发出的可怕的拍打声，以及那些刺激着我们耳朵的无休止地响着的撞击声，这种种因素无论是合在一起，还是单独发出，都足以让玛斯[①]胆寒，更别提那些从未遇到过这类事情的人了。所以，你把罗西南特的肚带抓紧一点，咱们在这儿分别。你在这儿等我三天，如果三天后我还没有出来，你就可以回咱们村去。回去后恳求你帮我做件好事，到托波索去告诉我美丽无双的杜尔西内亚小姐，告诉她，忠实于她的骑士为了不给她抹黑，为这类事业阵亡了。”

桑丘闻言伤心极了，对堂吉诃德说：“大人，我不明白您为什么要冒这么大的险去做这件事情。现在是夜晚，伸手不见五指。咱们完全可以绕道，避开这些危险，哪怕三天不喝水也行。谁也没见过咱们，更不会有人说咱们是胆小鬼。此外，咱们那儿的神父跟您很熟悉，我曾听他说过多次，‘爱寻险者死于冒险’。因此，我们最好不要冒如此大的风险去冒犯上帝，除非产生奇迹，做这种太过分的事情，您是逃脱不了的。上帝保佑您，没让您经历像我那样被人扔起来的事情，同那么多护送尸体的人打赢了仗，这就行了。如果这些都还不能动摇您的铁石心肠，请您想一想吧，等一会儿您一离开这里，要是有人来要我的命，我准会吓得魂飞魄散！”

“我远离家乡，丢下老婆孩子，跟着您，原以为能够从您这儿得到点好处，可是偷鸡不成反蚀米，他们打碎了我的希望。本来只要您还在，我还

---

① 古希腊神话中的战神。

可以指望得到一个您曾经许诺的某个倒霉的小海岛，可是结果呢，您却要把我丢在这么一个荒无人烟的地方。求求您看在上帝的份上，我的大人，别这样对我吧。如果您非要这样干，至少也要等到天亮啊。我过去是个牧羊人，根据那时学到的经验，从现在起最多不过三小时天就亮了，因为小熊星座的嘴正在我们头顶上方，它与我的左臂成一条线时，那就是午夜。”

“桑丘，”堂吉诃德问，“今夜这么黑，哪里看得见一颗星星，你怎么能见到你说的那条线、那个嘴和脑袋在哪里呢？”

“是这样，”桑丘说，“恐惧让我的眼睛变得明亮，能够看清楚很多地下的东西，更别说是天上的了。因此，经过细细推敲，完全可以明白从现在到天亮没多长时间了。”

“不管剩多长时间，”堂吉诃德说，“我不能因为你的哭泣、哀求，就放弃我身为骑士应该做的事情，无论是现在还是其他时候，桑丘，请你别再说了，既然上帝给我安排了这一可怕险恶要我去征服，自然也会保佑我的。你只需在这里好好照顾身体就行了，你现在要做的就是勒紧罗西南特的肚带，留在这里，不管是死是活，我马上就会回来。”

桑丘看到主人下定决心，而自己的眼泪、劝告和哀求都不起任何作用，便决定略施小计，要是能拖延到天明就好了。于是他在给罗西南特勒紧肚带时，悄无声息地用拴毛驴的缰绳把罗西南特的两只蹄子利索地拴在了一起。如此这般，堂吉诃德就是想走也走不了，那马迈不开腿走路，只能一跳一跳的。桑丘见他的小计谋成功了，就说：“哎，大人，老天被我的眼泪和乞求感动了，答应我不让罗西南特动。要是您还是这么踢它，可是会惹怒老天爷的，正如人们常说的，物极必反。”

堂吉诃德无可奈何。他越是夹马肚子，马越是不走。他没想到是马蹄被拴住了，于是只好坐等天亮，或是等到罗西南特能够迈开步子走。他压根儿就没想到这是桑丘捣的鬼，反而以为是另有原因，就对桑丘说：“既然罗西南特不能走动，桑丘，我愿意等到天明。天始终没亮，我就是想哭也不行啊。”

“不用哭，”桑丘说，“如果您不想下马，根据游侠骑士的惯例，您可以在这绿茵茵的草地上睡一会儿，养好精神后，待天一亮，再去从事您期待的非凡而又伟大的事业，那么我可以从现在开始到天明，给您讲讲故事，解解闷。”

“你为什么叫我下马睡觉呢？”堂吉诃德说，“我难道是那种在危险时刻偷偷睡觉的骑士吗？你去睡吧，你生来就是要睡觉的，你愿意干什么就干什么，反正我要干与自己身份相符的事情。”

“您别生气，我的大人，”桑丘说，“我可没那个意思。”

桑丘走近堂吉诃德，一手扶在马鞍前，另一只手放在马鞍后，抱着主人的左腿，不敢离开半步。他是被那不断出现的撞击声吓到了。堂吉诃德让桑丘讲个故事来解闷。桑丘说，如果不是听到那声音心里有些害怕，他早就讲了。

“尽管这样，我还是凑合讲一个吧。要是我认真给您讲故事，中途没有人打断我，那肯定是个好故事。您听仔细了，我这就开始讲了。在这以前，有了好处大家均摊，有了倒霉事那是自找的……我的大人，您要留心，古人讲的故事，开头并不是随便说说而已的，是要用罗马人卡顿·松索里诺的一句名言，这句话是‘倒霉留给寻找它的人’。这句话对您说再合适不过了，您应该待在原地，别到任何地方去寻坏事，或者再去找另一条路，也没谁能强迫咱们非走这条路，这条路太可怕了。”

“你接着说，桑丘，”堂吉诃德说，“应该朝哪条路走，还是让我来考虑吧。”

“好吧，我说，”桑丘说，“有个牧羊人住在一个叫埃斯特列马杜拉的地方，他是一个放羊的。在这个故事里，牧羊人叫洛佩·鲁伊斯。这个牧羊人洛佩·鲁伊斯，他爱上了一个叫托拉尔瓦的牧羊姑娘，那位姑娘是一位富裕牧场主的女儿，而这个有钱的牧场主……”

“要是照你这么个讲法讲下去，每句话都说两遍，桑丘，”堂吉诃德说，“这个故事可能两天也讲不完。你接着说吧，讲话时简明扼要点儿，否则，就别在这儿啰唆了。”

“我们那儿的人讲故事都像我这样，”桑丘说，“别的方式我也不会讲，况且，您也不应该要求换个什么新花样讲。”

“你自便吧，爱怎么讲就怎么讲，”堂吉诃德说，“我命中注定要听你讲。请你直接说吧。”“是这样的，我亲爱的大人，”桑丘说，“刚才我还在说，有位牧人爱上了牧羊姑娘托拉尔瓦。她身材很胖，性子又野，嘴上还有点儿小胡子，感觉有点儿假小子，她那模样仿佛就浮现在我眼前一样。”

“怎么，难道你认识她？”堂吉诃德问。

“不认识，”桑丘说，“不过，讲这个故事给我听的人告诉我，这里的故事情节真实可靠，再讲一遍给别人听，可以一口咬定故事里发生的事都是亲眼所见。后来日子一天天长了，魔鬼是不睡觉的，爱到处搅事，经过魔鬼的一番挑唆，牧人对牧羊姑娘从原来的爱变成了厌恨。到底是什么原因，就是有些爱说人长短的人，他们说她对牧羊人的某些行为吃醋超过了界限，因此导致牧羊人开始厌恶她，甚至不愿意再见到她。虽然牧羊人想离开故乡，去一个永远看不到她的地方。托拉尔瓦原来是瞧不上洛佩的，可现在反而爱上他了，尽管在此之前她并不爱他。”

“这是女人的天性，”堂吉诃德说，“你越是爱她，她反而不喜欢，你若是蔑视她，她倒要爱上你。你接着讲下去，桑丘。”

“结果牧羊人打定主意出走，立刻开始行动起来。”桑丘说，“他赶着羊，沿着埃斯特列马杜拉向葡萄牙王国走去。托拉尔瓦知道后，赤着脚远远地跟在他后面，手里还拿着一支拐杖，脖子上挎着一个褡裢，里面装着一块镜子和一小截梳子，还有一瓶擦脸用的什么脂粉。至于她到底带了什么，我现在也不想去过问了。我只是听说牧羊人带着他的羊去渡瓜迪亚纳河。当时河水已上涨，快漫出河道。他来到河边，那个地方既看不到大船，也看不到小船，没有摆渡的人可以将他和他的羊送到对岸去。牧羊人十分难过，因为托拉尔瓦离他已经很近了，一会儿要是追上他，肯定是又哭又闹地缠着他，让他心烦不已。眼下，他四下里努力寻找，竟看到一个渔夫，旁边还有一只小船，船小得只能装下一个人和一只羊。即使这样，牧人还是同渔夫商量好，帮他把自己和三百只羊送到河对岸去。渔夫上了船，先送过去一只羊，又回来送过去一只羊，再回来，再送过去一只羊。您得记得渔夫已经送了多少只羊过去了。要是记漏掉一只，故事就没法继续讲了，也不能再讲牧羊人的事了。我接着讲。对岸下船的码头上都是烂泥，渔夫来来去去要费不少时间。

“尽管如此，他还是来了又去、来了又去地运一只羊，一只又一只，一只又一只。”

“你就说把羊全都运过去不就行了，”堂吉诃德说，“老这么来来去去地运，这样说一年也说不完。”

“到现在为止，已经运过去多少只羊了？”桑丘问。

“我怎么记得住，活见鬼！”堂吉诃德说。

“我刚才跟您说的就是这事。叫您记得好好数着，现在这个故事断了，讲不下去了。”

“这怎么可能？”堂吉诃德说，“有几只羊过了岸，就对这个故事那么重要吗？没记住数字，故事难道就讲不下去了？”

“讲不下去了，大人，肯定讲不下去了。”桑丘说，“我问您一共有多少只羊被送过去，您却说不知道，这下子我脑子里的故事情节全跑错位了，而那情节很有意义，很有趣。”

“故事难道就这样完了吗？”堂吉诃德问。

“就像我老娘一样，完了。”桑丘说。

“讲实话，”堂吉诃德说，“你讲的这个故事或传说很新颖，世界上其他人还想不出来。还有你这种讲故事既讲又不讲完的方法，是我这辈子从来没见到过的，当然，我也没指望从你的这里听到什么好听的故事。不过，我并不奇怪，也许是这些不停拍打的撞击声把你的思路搞糊涂了。”

“有可能，”桑丘说，“不过我知道，有多少只羊被送过去的数字一错，这个故事就讲不下去了。”

“你见好就收吧，”堂吉诃德说，“咱们去看看罗西南特是不是能走路了。”

堂吉诃德双腿又夹了马几下。马跳了几下就又不动了。那绳子把它的两条腿拴得很结实。

这时候天快亮了。桑丘大概是受了早晨的寒气，或者晚上吃了什么拉肚子的东西，要不就是由于自然发生的事（这种可能性最大），突然想做一件事，而这件事别人又不能代替他。不过，他心里怕得紧，竟不敢离开主人一步。可是，不去做这件事又不可能，于是他采取了折中的办法，松开那只本来扶在鞍后的右手，又动作迅速、悄无声息地用右手解开了裤子上系着的活扣。扣子一解开，裤子就掉了下来，像脚镣一样套在桑丘的脚上。紧接着，桑丘又尽可能高高地撩起上衣，露出了一对还真不算小的屁股。做完这件事之后（他原以为这本是他摆脱窘境时最难办的事），没想到更大的困难又来了。他以为在闹肚子时，排便不出声是不可能的，所以咬紧牙齿，缩紧肩膀，尽可能地屏住呼吸。尽管试了许多方法，最后还是不合时宜地放了点声音。这声音同那个让他胆战心惊的声音完全不一样。堂吉诃德听见了，问："桑丘，这是什么声音？"

"我也不知道，"桑丘说，"也许又是有什么新东西。惊险和倒霉总是相伴而来。"

说完，桑丘又试了一次。这次挺顺利，居然没有发出像刚才那样的声音，他终于从那种紧憋的负担里释放出来。然而，堂吉诃德有着和听觉一样灵敏的嗅觉，桑丘又几乎同他紧贴在一起，那气味差不多是直线上升，难免会有一些气味跑到他的鼻子里。堂吉诃德赶紧用手捏住鼻子，说："看来你很害怕，桑丘。"

"是害怕，"桑丘说，"不过，您是怎么发现的呢？"

"是因为你身上的气味很不好闻。"堂吉诃德回答。

"确实有可能，"桑丘说，"可这不能怪我。是谁深更半夜把我带到这个荒凉无人烟的地方来。"

"你离开我后退三四步，朋友。"堂吉诃德说这话的时候，手也没有放开鼻子，"以后你对我说话得注意点，对我说话的态度也值得注意。过去我同你说话太随意，所以你才不尊重我。"

"我打赌，"桑丘说，"您准以为我做了什么不该做的事。"

"还是少讲为好，桑丘朋友。"堂吉诃德说。

主仆二人就这样说着话度过了夜晚。桑丘看到天快亮了，就悄悄为罗西南特解开了绳子，自己也系上了裤子。罗西南特天生性格温和，但是一解开它，它就仿佛感到了疼痛，使劲跺着蹄子，腾蹄直立它似乎不会。堂吉诃德看到罗西南特可以走了，觉得是个好兆头，就准备出发。

此时天已大亮，万物被瞧得清清楚楚。堂吉诃德发现四周被高高的栗树挡住了阳光。他感觉到那拍打撞击声并没有停止，即使天亮了也看不见是谁弄出的声响。他不再逗留，用马刺踢了罗西南特的屁股一下，便向桑丘告别，嘱咐他就像上次讲的那样，叫桑丘在那儿最多等自己三天，如果三天后还不见自己回来，那肯定是上帝的意旨让他在这次征险中丧命了。他又提醒桑丘替他向杜尔西内亚夫人送口信。至于桑丘应得的报酬，也不用担心，他在离开家乡之前已经立下了遗嘱，桑丘完全可以按照服侍他的时间，拿到全部工钱。如果上帝保佑，他安然无恙地回来了，他许诺的那个小海岛，桑丘也肯定会得到。桑丘听到善良的主人的这番令人潸然泪下的话，不禁又哭了，打定主意等着主人，在他把事情办完之前，都不会离开他。

本文作者根据桑丘的眼泪和决心，断定他出身正派，至少是个老基督徒。桑丘的一片情意触动了堂吉诃德柔软的心，但是他却不愿表现出一丝软弱。反之，他竭力隐藏自己的感情，装得若无其事，开始向传来水声和撞击声的方向走去。

桑丘仍用平常的习惯拉着他的驴，这是和他荣辱与共的伙伴，紧跟在堂吉诃德后面。他们在那些高大的栗树和其他树的树荫间走了很长一段路，发现在一处岩石脚下有块草地，一股瀑布从岩石上飞泻下来。

岩石脚下有几间破旧的房屋，破烂得像是一处废墟。两人发现一直没有停止过的撞击声就是从那儿发出来的，并且仍在继续。罗西南特被隆隆的水声和撞击声吓得嘶鸣起来，堂吉诃德一边安抚它，一边接近那几间破屋，心里还一边祈求自己的意中人在这场可怕的征战中保佑自己。同时，他还向上帝祷告不要忘记他。桑丘跟在旁边，拼命伸长脖子，瞪大眼睛，从罗西南特的两条腿缝中间张望，想看看那个让自己心惊胆战的东西到底是什么。他们又走了大概一百步远，转过拐角处，终于发现那个令他们彻夜不安的声音是从哪里发出的了。那东西赫然在目，正是砑布机的六个大槌交替拍打发出的巨大声响。

堂吉诃德看清楚状况，惊得一句话也说不出来，桑丘也满面羞愧，低垂着头埋在胸前。堂吉诃德又看了眼桑丘，见他鼓着两个腮帮子，紧闭着嘴唇，忍住的笑意似乎有些憋不住了。堂吉诃德对此虽气恼得很，但自己也忍不住笑了起来。桑丘见主人已经开了头，自己也开怀大笑起来，笑得双手捧住肚子，以免笑破了肚皮。桑丘忍住了四次笑意，每次忍住后又再笑了起来，始终笑得很开心。见他如此地笑，堂吉诃德变得怒不可遏。尤其是这时，桑丘模仿他的口吻，嘲笑似地说："桑丘朋友，你该知道，幸得老天关爱，让我出生在这个铁器时代，就是为了重新恢复金子时代，或者如人们常说的那个黄金时代。我生来就是要历经各种危险、奇遇，创造出丰功伟绩来的……"原来是他在模仿堂吉诃德第一次听到撞击时的那番慷慨陈词。

堂吉诃德见桑丘竟敢取笑自己，恼羞成怒，举起那根长矛打了桑丘两下。这两下若不是打在桑丘的背上，而是打在脑袋上，他就再也不用付桑丘工钱了，除非是付给他的继承人。桑丘见主人真生气了，怕他还不肯罢休，连忙赔不是说："您别生气，大人。我向上帝起誓，我只是和您开个玩笑。"

"你在开玩笑吗，我可没和你开玩笑。"堂吉诃德说，"请过来，快乐先生，假如我们见到的东西不是砑布机的大槌，而是险恶的事情，我难道没有骑士的勇气，一鼓作气，去进攻它、消灭它吗？作为一名骑士，我难道就区分不出来砑布机的声音吗？况且，我之前也没见过这种东西哩。不像你这样一个乡巴佬，从小就在砑布机中间长大，自然知道这是砑布机。要不然你把那六个大槌变成六个巨人，让他们一个一个来或一起来都行，我如果不能把他们打得四脚朝天，就随便你怎么嘲笑我！"

"别讲了，大人，"桑丘说，"我承认，刚才的玩笑有点过分了。不过，上帝保佑您。大人您说，咱们现在没事了，要是以后每次都能像这次一样逢凶化吉，想想咱们当时害怕的样子，这难道不该笑吗？至少我那时的样子就十分可笑。我知道您是不害怕的，也明白了您是不知道什么是恐惧和惊慌。”

“我不否认，昨晚咱们遇到的事情有些可笑，”堂吉诃德说，“不过它不能被当成笑柄。要知道，智者千虑必有一失。”

“不过您的长矛打人时还是挺准的，”桑丘说，“指着我的脑袋却打在了背上，多亏上帝保佑，也幸亏我躲闪得快。行了，反正现在事情都弄清楚了。听人说，‘打是疼，骂是爱’。而且我又听人说，主人骂了他的随从后，通常都会赏给他一条裤子。我不知道主人打了他的仆从几棍子之后，会给仆人赏些什么，应该不会像游侠骑士那样，打了随从后，就赏给他某一个小岛或是陆地上的王国吧。”

“只要机遇一到，”堂吉诃德说，“你说的这些都有可能变成现实。过去的事情还请你多体谅。你是个懂分寸的人，知道我打的那几下只是一时失控。不过从今以后你要注意的是，跟我说话不能太过随意。我读的骑士小说不计其数，却还没有读过哪本小说里的随从像你这样同主人说话。我觉得，你犯的错误同我也有关系。你的错在于对我不够尊重。我的错在于没教你对我尊重。高卢的阿玛蒂斯的随从甘达林是菲尔梅岛的伯爵，书上记载的，他和主人见面交谈时，总是把帽子放在手上，低头弯腰，就像个土耳其人一样，弯得很低。还有，唐加劳尔的随从加萨瓦尔一直不甚出名，在那部篇幅很长的伟大故事里，这个随从的名字只被提过一次。对他这样沉默的人我们还有什么可说的呢？桑丘，从我说的这些话里你应该明白，主人与仆人之间、老爷与奴才之间、骑士与随从之间，都需要有个界限。所以，从今往后，你我之间要更庄重些，不要嘻哈大笑。并且，不管我如何同你发火，你都得忍着。我许诺给你的封赏，到时会一并给你。就像我说过的，工钱一分也不会少你的。”

“您说的都有理，”桑丘说，“但是我想知道，如果到那时，给我的封赏还没有兑现，只好依靠工钱了，那么，一个游侠骑士随从的工钱是多少呢？是按月计发，还是像泥瓦匠一样按天数结算呢？”

“我不认为到时候随从能领工钱，”堂吉诃德说，“他们只能靠恩赐。我在家里的那份秘密遗嘱里就提到了你，不过是为了防范意外的情况。我还不知道在我们这个灾难性时刻应该如何展现骑士的风采。我不愿意让我的灵魂为一点点小事在另一个世界里受苦。我想你该知道，桑丘，世界上没有什么比征险更危险的事了。”

“的确如此，”桑丘说，“仅一个砑布机大槌的声音就把像您这样勇敢的游侠骑士吓坏了。不过您大可放心，从今往后，我再也不会拿您的事开玩笑了，只会把您当作我的再生主人加以尊敬。”

“要是这样，你就能在这个地球上生存了。”堂吉诃德说，“对父母要尊敬，对主人也要像对待父母一样尊敬。”

第七章 战无不胜的骑士冒大险获大利 赢得了曼布里诺头盔及其他事

这时，天空开始下起了小雨。桑丘想两个人进织布作坊里去避避雨。可是刚才堂吉诃德因为闹的那个大笑话，所以对这个砑布机感到厌烦，不愿意进去。于是，他们拐上右手边的一条路，走上了这条和前几天不一样的路。还没走多远，堂吉诃德就看见一个骑马的家伙，那人头上戴了个闪闪发光的东西，仿佛是用金子做的。堂吉诃德立即扭转身对桑丘说：“照我看，桑丘，老话说得真是好，因为它都是对过往经验的总结。而经验是一切知识之母。着重是那句‘东方不亮西方亮’最是有道理。照我说，昨天晚上，老天还在用砑布机来欺骗咱们，对我们关上了一扇门。你看现在，另一扇门却为我们打开，为咱们提供了更大更好奇的历险。要是这回我不进去，这就是我的错，用不着怪罪砑布机或者是天太黑了。如果我没搞错的话，向我们走过来的这个人，就是那个头上戴着曼布里诺的头盔的人。曾经，我对着头盔发誓一定要得到它，这你是知道的。”

“那你可得看清楚，”桑丘说，“希望别又出现那些弄得我们紧张不安的砑布机。”

“你真是分不清了吗？”堂吉诃德说，“头盔和砑布机能有什么关系呢！”

“我什么也不知道，”桑丘说，“要是我能像过去一样多说话，那我肯定能提供许多言语上的证据，来证明您说错了。”

“我怎么会弄错呢，你这个放肆的家伙！”堂吉诃德说，“快回答我，你到底有没有瞧见那个骑着一匹花斑灰马向我们走来的骑士，他的头上还戴着金光闪闪的头盔？”

“我只看见那是一个骑着棕色毛驴的人，那头驴同我的驴一样是灰色的，不过他头上确实戴着个闪闪发光的东西。”

“那就是曼布里诺头盔。”堂吉诃德说，“到一边站着去，我一个人与他决斗。一会儿你就会瞧见，为了节省时间，我不发一言，这场战斗很快就能结束，我会得到这顶我向往已久的头盔。”

“我会小心地走到一旁，”桑丘说，“愿上帝保佑，我再说一次，愿那是牛至[①]，而不是砑布机。”

“老弟，我已经说过，你就别再提了，我也不想有什么砑布机。”堂吉诃德说，“我发誓……就不再多说什么了，用你的灵魂来捶打捶打吧。”

桑丘怕主人不履行对他承诺的誓言，便沉默无言地缩在一旁。

堂吉诃德刚才看到的头盔、马和骑士原来是这么一回事：那个地区一共有两个地方。一个地方很小，连药铺和理发店也没有。而另一个地方正好相反。于是大地方的理发师[②]也常去小地方挣钱。小地方有人生病需要抽血，或是有人要理发，那位理发师都会赶来的，随身还带着个铜盆。当他赶来的时候，突然下起了雨。理发师头上戴的帽子估计是新的。他不愿意把新帽子打湿，于是把铜盆顶在头上。那盆由于也是新的，隔着半里地远都能看见它铮铮发亮。理发师就像桑丘说的，骑着一头棕驴。原来这就是堂吉诃德所谓的花斑灰马、骑士和金盔。当堂吉诃德看到他们，很容易用他疯狂的骑士思维以及怪异想法去联想。看到那个骑马人走近了，堂吉诃

① 西班牙的一种实用香料。

② 当时的理发师往往以医疗为副业。

德什么话也不说，举着长矛催马向前冲去，一心想把那人的胸膛刺穿。等冲到那人面前时，他并没有勒住缰绳，却对那人喊道："看矛，你这卑鄙的家伙，把本应该属于我的东西心甘情愿地贡献出来！"

理发师事先一点也没有料到，也没有提防会有这么个怪人朝自己冲过来。为了避开长矛的攻击，他只好顺势从驴背上滚下来。刚一着地，他又敏捷地翻身站起来，转身在原野上跑起来，动作就像鹿一样敏捷，速度快得连风都追不上。理发师把铜盆扔在地上，堂吉诃德见了十分开心，说这个家伙真懂事，学会了海狸的那套做法。当海狸被猎人追捕时，它凭本能知道，人们追的是它那个东西，就会用牙齿咬断它。堂吉诃德让桑丘把所谓的头盔捡起来交给他。

桑丘拿着铜盆说："上帝保证，这个铜盆还是新的，起码值一枚八雷阿尔的银币。"

桑丘把铜盆给了主人。堂吉诃德立马把它盖在自己头上，转过来转过去地找"头盔"的上半部分，结果什么也没有找到，便说："那家伙的脑袋一定很大。这个有名的头盔当时一定是按照那个家伙脑袋的大小制造的，糟糕的是，这个头盔少了一半。"

桑丘听到堂吉诃德把铜盆当作头盔，忍不住想笑，但是，他忽然想起了主人会发脾气，刚笑了一半就憋住了。

"你笑什么，桑丘？"堂吉诃德问。

"我笑这个头盔的倒霉主人，没想到他的脑袋竟有这么大。"桑丘说，"不过这怎么倒像是理发师用的铜盆呢！"

"你想知道我怎么猜测的吗，桑丘？这个有名的头盔也许是被某人意外获得的，他不懂得它的价值。也不知道那人拿它干什么用了，可能看到它是个金色的头盔，就把上半部分给熔化卖钱了。剩下的这一半正如你所说的，确实像理发师用的铜盆。无论如何，我是识货的，不在乎它是否变了样。回头找个铜匠，让他帮我把它修理一下，要修理得并不比铁神为战神造的那个头盔差。在这之前，我先将就着戴在头上，反正有总比没有强，要是有人朝我丢石头，用它来抵挡还是挺管用的。"

"只要不是用弹弓打来的石头就行，"桑丘说，"就像上次两军交战时那样，他们用石头打掉了您几颗牙，还把那个装圣水的瓶子打碎了，就是那瓶圣水，害得我差点儿把五脏六腑都吐出来。"

"打坏那瓶圣水我一点也不可惜。桑丘，你也知道，我脑子里已经记下了那个配方。"堂吉诃德说。

"我也记得，"桑丘说，"可要是让我再做一回，再喝一口圣水，我立马就得挂掉。而且，我可不想再把自己弄得那样惨。我要全身戒备，保护自己不受伤，也不去伤害别人。我再也不想被人用床单兜起来扔上扔下，这种倒霉事能免则免。如果真的再次发生，我也只好抱紧肩膀，屏住气息，闭上眼睛听天由命了，随便怎么折腾吧。"

"你是个坏基督徒，桑丘，"堂吉诃德听后说，"遭受了一次侮辱，你竟然一直不能忘怀。要知道，大人要有大量。你现在又没有受到伤害，为什么对那次事件念念不忘？事后看，那完全是逗着你玩呢。我如果不这样认为，早就帮你报仇了，一定比劫持了海伦的希腊人要凶狠。要是海伦生在当下，或者我的杜尔西内亚处于海伦那个时代，那她的美貌一定比海还要有名气。"

堂吉诃德说到此叹息一声。桑丘说："就当是玩笑吧，又不能真跑去报仇。但是，我知道哪些是动真格，哪些又是逗着玩。我还知道我会永远记住她，就如同无法从我的背上抹去一样。还是别谈论这个了。您说，您把那个马蒂诺[①]打败了，他丢下那匹看似棕驴的花斑灰马怎么处理呢？看他逃跑的速度，想也找不到了。我以自己的胡子发誓，这匹灰马真是匹好马呀。"

"我一向不习惯夺取被我打败的那些人的财物，"堂吉诃德说，"并且，按骑士的规矩来讲，除非是战胜者在战斗中失去了自己的马，作为正当的战利品，夺取战败者的马才算合法，否则这样子夺取他们的马，让他们步行，也不符合骑士的一贯准则。因此，桑丘，那匹是马或是驴的家伙，你

① 桑丘说错了，他把曼布里诺说成了马蒂诺。

就随便放它走吧。它的主人看见咱们离开这儿，就会回来找它。”

“上帝知道，我真想牵着它跟我走，”桑丘说，“起码可以跟我这头换一换。我感觉自己这头驴并不怎么好。骑士规则真严啊，连换头驴都不允许。是否连马具也不允许换呢。”

“关于这一点我不很清楚，”堂吉诃德说，“既然对于疑问我们都没有答案，看你十分想要，那就换上吧。”

“真是太好了，”桑丘说，“对于我来讲，再需要不过了。”

既然答应了让换，桑丘就马上开始，换好后，他把毛驴打扮一番，果然比原来漂亮了几分。原来那头驴子上还背有一些干粮，两人把它分来吃了，又转身面对砑布机，取了点旁边小溪里的水来喝。曾经这个砑布机把他们吓得十分狼狈。两人都十分讨厌这台砑布机，一点也不想再看见它了。

取了些凉水喝，再也没什么担心的了，两人又骑上了马，毫无目的地(游侠骑士之根本就是漫无目的）朝前走，任罗西南特在前随意走着，那头驴也十分亲热地跟着它漫无目的地走着。罗西南特走到哪儿，那头驴就跟到哪儿。最后他们绕回了大路，继续沿着大路溜达着。

正在这时，桑丘问堂吉诃德说：“大人，能准许我同您说几句话吗？自从您上次严令不许我随意张嘴说话后，我有一箩筐的话全都烂在肚子里了。现在又有件事挂在我嘴边，我不想让它也烂掉了。”

“你讲吧，”堂吉诃德答道，“不过尽量简明点，长话讲起来没完没了。”

“是的，大人，”桑丘说，“这几天我常常在考虑，你在这没有人烟的荒凉之地，或是在大路上经历风险，实在是收获少。尽管您杀敌制胜，排除危险，但是这一切都没有人看见，也没人知晓，也许会一辈子都悄无声息。这岂不是浪费了您的良苦用心，再说您也没有得到相应的报答。因此，要是您有更好的建议，我是想说，咱们可以去为某个正在交战的皇帝或君主效劳，在那儿您照样可以显示您的勇气、力量和智慧。咱们为之效劳的那位大人知道了这一切后，肯定会论功行赏，这样一来，您的光辉业绩也就不会被人们遗忘了。甚至是我，也在您被表扬的范围内。我敢说，要是骑士小说里缺少了描写随从功劳的两三行话，那也没有趣味了。”

“你说得是，桑丘。”堂吉诃德说，“可在去那个地方之前，身为骑士的我还是应该到处征险，经受考验，等我获得几次成功之后，那时声名显赫，作为知名的骑士再去觐见国王，人们会在城门口一看见我时，围上来大喊‘他就是太阳骑士’，或者‘蛇骑士’，或者声名显赫的其他骑士称号。他们会谈论：‘就是他战胜了那个巨人布罗卡布鲁诺，传说后者力大无比，还解除了波斯国马木路克王朝的魔法，他在此横行了将近九百年的时间。’很快我的事迹就会被传得沸沸扬扬，国王在宫殿里听到小孩子和许多人的谈论，赶到宫殿门口，这时他一眼就能从他穿戴的铠甲和手持的盾牌的徽记中，把他从人群中辨认出来。于是国王大声呼喊：‘听着，王宫中所有的勇士们，快去迎接远道而来的英勇无比的圣骑士。’大家听见国王的呼喊纷纷走了出来。国王来到台阶上紧紧拥抱了他，并用接吻礼迎接他的到来，随后拉着他的手，来到后宫。骑士会在此处遇见一位世界上最完美的公主。

“接下来发生的事，公主和骑士相互凝望着对方，目光久久无法挪开，都认为对方是世界上最不平凡、最神圣的人。他们不知不觉地就陷入了解不开的情网，无法自拔，为不知道如何表达自己内心的渴望和热情而倍感痛苦。骑士肯定会被带到王宫内一间布置豪华的套房里，她会亲自为他脱去铠甲，披上一件红色的披风。骑士穿戴铠甲时精神奕奕，现在脱去铠甲后更显得丰神俊朗。

“骑士同国王、王后和公主共进晚餐。他的眼睛始终离不开公主，不时偷偷地看向她。公主也同样偷看着骑士，我提过，这是一位守规矩的公主。晚餐快结束的时候，突然有一个又丑又矮的侏儒，身后还跟着一个漂亮的女人从客厅的门口进来，她的旁边由两名巨人相伴左右。那个女人说遇到了一点麻烦事需要骑士来解决，能解决这个麻烦事的骑士会被认为是世界上最优秀的骑士。国王命令所有在场的人都试试看，结果只有这位骑士客人能够解决，于是他更声名显赫。公主为自己钟情于一位如此厉害的人物，感到极大的满足和高兴。

“正巧这位国王或王子或随便他是谁吧，同另一个与他势均力敌的人交战。这位骑士客人在王宫住了几天之后，请求国王允许他上战场为此效劳。

国王十分干脆地答应了，骑士有礼貌地吻了国王的手以谢恩。当天晚上，骑士隔着花园的栅栏同卧室里的公主告别。骑士已经隔着栅栏同公主幽会过多次，都是由公主信任的一个女仆帮他们牵线。骑士留恋不舍，公主则哭晕了过去，女仆端来了水。她看来很着急，因为天都快亮了，不愿意事情败露，这会影响公主的闺誉。公主醒过来，把两只白皙的手伸给栅栏外的骑士。骑士无数次地吻她的手，以泪洗她的手。两人商定，不管事情是好是坏，都要告诉对方。公主求骑士尽可能早些回来，骑士发誓说一定早回来。骑士又吻她的手，告别时更是难分难舍，差点没死过去。

“骑士回到自己的房间，躺在床上，离别的痛苦使他难以成眠。他很早就起来向国王、王后和公主告别。同国王和王后告别后，听说公主身体不舒服，不能见他，骑士心痛难忍，差点让痛苦在脸上流露出来。牵线的女仆当时也在场，把自己察觉到的告诉给公主。公主听后泪流满面，对女仆说，她最伤心的一件事就是不知道骑士是否有望族血统。女仆十分肯定地说，骑士肯定是国王的后代，否则不会那样彬彬有礼、风度翩翩、玉树临风。公主听到这话心安了不少，她尽力让自己维持正常，以免父母看出什么端倪。两天过后，公主又出现在众人面前。

“骑士骑马走了，去参加战斗。他打败了国王的敌人，打了很多胜仗，赢得了许多城市。等他回到王宫后，来到与公主常常幽会的地方，决定向公主求婚，请求国王以此作为对自己的酬报，答应他同公主结婚。但是国王不同意，因为他不了解骑士的来历。可骑士和公主偷偷商量出了对策，要么私奔，要么用其他什么方法，让公主成为骑士的夫人。后来国王也赞同这是件好事了，因为他查清楚了，眼前这位骑士是某个我也不知道名字的勇敢国王的儿子，我之所以不知道那个名字，是因为地图上好像没有那个王国。后来国王去世，公主承袭王位，骑士转眼间成了国王，于是他开始赏赐他的随从和所有曾帮助他登上宝座的人。他将公主的一个女仆，就是当初给他们牵线的那位女仆，许配给了他的随从。那个女仆也是一位赫赫有名的公爵的女儿呢。”

“这正是我想要的，”桑丘说，“说实在的，一定不能撒谎。希望刚才说的这些，我们的这位狼狈骑士也能遇到。”

“对此你不必怀疑，桑丘，”堂吉诃德说，“那些游侠骑士就是按照我刚才说的方式爬上国王或皇帝宝座的。现在我们要做的就是看看哪个基督教徒或异教徒的国王遇到了战争，还有谁有个漂亮的女儿。可是，这事还得过一段时间再考虑。我刚才说了，咱们先去其他地方闯出些名声，才有资格去为国王效力。另外还有一件事：就是其中一个国王遇到了战争，又有个漂亮的女儿，同时我也名震天下，但是我不知道该如何证明我有王族后裔的血统，哪怕被证明是国王表兄的后裔呢。假如国王不了解这点，我就是功勋再卓著，他也不会把女儿嫁给我，我担心因此失掉这本应该属于我的东西。我的确是名门之后，家里有财产土地，共计有五百苏埃尔多[①]，说不定替我写传记的作者会查清我的身世，证明我是国王的第五代或第六代重孙。

“我给你讲，桑丘，世界上的家族有两种情况：一种是帝王君主的后裔，他们慢慢衰落，整个家族到最后只剩下一个点了，这像个倒置的金字塔。另外一种是出身卑微，但一步一步慢慢爬升到了高位。这两类人的区别在于，一些人曾经很辉煌但现在光辉不在；而另一些人虽然过去不起眼，但现在十分耀眼。我可能就属于前一种。弄清我属于豪门贵族，国王就会兴高采烈地成为我的岳父。即使不是这样，公主也会对我一往情深，即使她父亲不同意，她明知我出身低微，仍然会同意我做她的丈夫和主人。再不然我把她劫走，带到我喜欢的地方去，等时间一长，或许她的父母死了，他们也就不生气了。”

“你在这儿就用上了那些没良心的人才说的话：‘能强抢者不巧取。’”桑丘说，“不过还有句话更合适：‘低声下气哀求，不如悄悄溜走。’我这么说是有原因的，万一您的岳父国王陛下，不乖乖地把公主交给您，也只好像您说的那样，把公主劫走或调包。不过还有个问题，若是您能在王国里安心过日子，您可怜的随从是否会得到恩赐，或者可以让给你们牵线的

---

① 苏埃尔多是西班牙古币名。

女仆跟着一起走，成为随从的妻子。随从与女仆虽然名不正言不顺，但仁慈的上帝保佑，我相信主人最后一定会把女仆赏给随从做正式妻子。”

“放心好了，没人能阻止此事。”堂吉诃德说。

“那这样，”桑丘说，“我们就求上帝保佑，各安天命吧。”

“上帝会保佑咱们，”堂吉诃德说，“按照我的愿望和你的情况分别安排。平民就是平民。”

“听凭上帝对命运的安排，”桑丘说，“我是个老基督徒，弄个伯爵当当也就知足了。”

“这要求已经有些过高了，”堂吉诃德说，“你即使没有成为伯爵，也不要在意。只要我当上国王，完全可以赐给你贵族身份，根本用不着花钱去买或者向我进贡。我让你当伯爵，你就成了贵族，别管人家说什么。他们就是不高兴，也得称你为‘阁下’。”

“那好呢，我要受封‘角位’啦。”桑丘说。

“应该是‘爵位’而不是‘角位’。”堂吉诃德说。

“就算是吧。”桑丘说，“这我可会安排。我这辈子曾经给教友会当过差。我穿差役的外衣很合适，大家都说我完全胜任教友会的总管。我若是像外国的伯爵那样，披着大披风，浑身挂满黄金珠宝让大家看个清楚，这该多好呀。”

“那样子确实不错，”堂吉诃德说，“但是你得常刮胡子。像你这样浓密而又杂乱的胡子，至少每两天就得刮一次，否则隔很远就能看见你的胡子。”

“家里请个理发师来呗，”桑丘说，“要是有必要的话，还可以让他陪伴在我左右，充当一下贵族的马夫。”

“你怎么知道贵族后面必须有个马夫呢？”堂吉诃德问。

“告诉你知道也可以，”桑丘说，“以前我曾在贵族家里当过一个月的差。在那儿，我看到一位个子很矮的大人，听说他有很高的爵位。他身后总是有个人像尾巴一样骑马跟随着他。我问为什么那个人没有与贵族一起，反而跟在后面。有人告诉我，那是大人的马夫。贵族们身后总是带着这样一个人。从那时起，我就知道并且从来没忘过。”

“说得对，”堂吉诃德说，“你同样可以带着那个理发师。习惯不一样，处理方法也可以不一样。相信你可以成为第一个带理发师的伯爵，况且刮胡子是比备马还贴心的事啊。”

“理发师的事就交给我吧，”桑丘说，“您的任务是争取做国王，好让我有机会当伯爵。”

“总有一天会的。”堂吉诃德说。

说完堂吉诃德抬起头，看见了一样东西。详情见下章。

第八章　堂吉诃德解放了一批被押送到他们不愿去的地方的不幸者

曼查的阿拉伯作家锡德·哈迈德·贝能赫利在这个主题严肃、夸张、手法细致、构思优美的故事里对曼查著名的堂吉诃德和他的随从桑丘·潘萨做了如下记录，正如第二十一章所述。说完这些话后，堂吉诃德抬头看到道路上迎面走来大约十二个人，一条巨大的铁链拴着他们的脖子，把他们串在一起，每个人都戴着手铐。另外，还有两个骑马的人以及一个步行者。骑马的人带着转轮手枪，步行的人拿着长矛和剑。桑丘看见了，对堂吉诃德说：“这是被国王强制送去海上划船的苦役犯。”

“什么意思？”堂吉诃德问，“难道国王会强迫什么人吗？”

“我不是这个意思，”桑丘说，“我是说，这些人因为犯罪被判了刑，现在被罚去为国王划船服苦役。”

“这么说，就是没有征询他们的意愿了，”堂吉诃德说，“这是强迫，他们都不是自愿的。”

“应该是这样。”桑丘说。

“既然如此，”堂吉诃德说，“那就轮到我来除暴安良了。”

“您要小心，”桑丘说，“这是法律规定的，这是国王本人对他们的罪恶进行惩罚，并没有迫害这类人的意思。”

这时，那些苦役犯已经靠近了。堂吉诃德先有礼貌地请押解官差告诉他，为了什么要押解那些人。一个骑马的官差回答，这些是国王陛下的苦役犯，他们是去划船的，再多的话也没有了，连他也只知道这些。

“既然如此，”堂吉诃德说，“我还是想知道他们各自被罚做苦役的原因。”

堂吉诃德随后补充的这番话，是想让他们告知他希望知道的事情。另一个骑马的官差告诉他：“尽管我们随身带着这些犯人的犯罪记录以及判决书，可是现在不方便停下给您看。您大可以去问他们本人。要是他们本人愿意，也会告诉您。这些人不仅喜欢从事一些卑鄙的行为，同时还喜欢到处宣扬。”

实则堂吉诃德不被允许去问，他也会擅自上前询问的。他走到队伍前，问站在最前面的人究竟犯了什么罪，竟被送去服苦役。那个人回答他是因为谈情说爱。

“难道是为了这个？”堂吉诃德说，“如果因为谈情说爱就被罚做划船苦役，早被罚去划船的人就是我了。”

“并不是像您理解的那种谈情说爱，”苦役犯说，“我喜欢的是一大桶漂白的衣服。我使劲抱着它，若不是法律强行判我离开它，到现在，我也不会松手。我被当场抓个现行，用不着严刑拷问。判决完毕后，我背上挨了一百下皮鞭，还判三年整的‘古拉巴’，这事就了了。”

“什么是‘古拉巴’？”堂吉诃德问。

“‘古拉巴’就是罚做划船的苦役。”苦役犯回答。这个小伙子至多二十四岁，他说自己是皮德拉伊塔人。

于是堂吉诃德又去问第二个人。那人满腹心事，沉默无语。第一个人替他回答说：“大人，他是金丝雀。我是说，他是乐师和歌手。”

“这又是怎么回事？”堂吉诃德问，“乐师和歌手也要做苦役？”

“是的，大人，”苦役犯说，“没有比‘苦唱’更糟糕的事了。”

“我以前听说，‘唱首歌解百愁’。”堂吉诃德说。

“在这儿说法正好相反，”苦役犯说，“一唱哭百年。”

“我不明白。”堂吉诃德说。

这时一个捕役对堂吉诃德说：“骑士大人，在这帮犯人里，‘苦唱’的意思就是在刑讯之下招供。我们对这个犯人动了刑，他才认了罪。他是盗马贼，也就是偷牲口的。他招认后，我们判他做六年的苦役，还在背上抽了两百下，这个已经执行了。他总是不爱说话、忧愁不堪，是因为留在那边的罪犯和在这儿的苦役犯都虐待他，还排挤他、嘲弄他、蔑视他，就因为他招了，不敢说‘不’。人们说‘是’或‘否’都用的是长音，并且罪犯见识多了，就明白他们的生死不由证人和证据决定，完全取决于自己的两张嘴皮子。他们说的话，我觉得也有道理。”

“这我知道了。”堂吉诃德说。

堂吉诃德又走到第三个人面前，把刚才问别人的那几句话又问了一遍。那人立刻毫不在乎地说：“由于我欠人家十个杜卡多[①]，要去享受五年美妙的古拉巴。”

“我很愿意给你二十个杜卡多，帮你从苦难中解脱出来。”堂吉诃德说。

“我觉得这就好比一个身在海上的人有很多钱，”苦役犯说，“他眼看就要饿死了，可就是买不到他所需要的东西。我是说，如果当时我能够有您给我的这二十个杜卡多，我至少可以拿它买通书记员，疏通检察官，也许可以只留在托莱多的索科多韦尔广场上，而不是在这儿像条猎兔狗似地被拴着。不过，上帝是伟大的。耐心忍着点吧，别再多说什么了。”

堂吉诃德又继续去问第四个人。第四个人长着体面的尊荣，花白的胡须一直垂到了胸前。听到堂吉诃德问他怎么会这样，他竟然哭了起来，但是却一言不发。第五个苦役犯为他解释说：“这位贵人被判了四年苦役，而且临走还被拉着骑在马上，穿着华丽的衣服，在满是熟人的大街上走过。”

“我觉得，”桑丘说，“这是当众羞辱他。”

“是的，”苦役犯说，“他的罪名是为别人的嘴巴和身体拉生意，其实就是皮条客。此外，他还会要点巫术。”

---

① 杜卡多是曾用于西班牙和奥匈帝国的金币，也是一种假想的币名。

“就因为他还会点巫术，”堂吉诃德说，“单凭他拉皮条，就不该判他做划船苦役，而应该让他去指挥海船，做船队的领头人。因为拉皮条这项工作可不是随便谁都能干的。这是份机灵人才能干的职业，在治理有方的国度里很受欢迎，并且必须是出身地位高的人才可以。另外，这行业就像交易所里的经纪人那样，专门有廉洁公正的正直人士监督他们。如此可以避免某些愚蠢的人进入这个行当，产生一些弊病。就如那些平淡无味的娘儿们，毛还没长齐的毛头小孩和无赖，关键时刻需要他们做决定，他们却连左右都分不清楚，不知从何下手。我本想再讲讲为什么要对国内从事这项必不可少的职业的人进行挑选的理由，但是这儿不是讲话的好地方。等到某一天，我会讲给能够解决这个问题的人听的。”

“现在我只想说，看到这位两鬓斑白、面容尊贵的老人，因为替人拉皮条而被罚成这个样子，为此我感到悲哀，可是再一想到他会巫术，我又不难过了，这个世界上并不是像某些头脑愚蠢的人想的那样简单，巫术能够动摇和左右人们的意愿。每个人的意志是自由的，没有什么东西可以左右，即使是迷魂药和魔法也不能改变。某些野蛮的女子和心肠歹毒的骗子，他们常常做些混合剂和春药，让人癫狂，喝下药的人以为自己可以为所欲为，可是我要说，意志是改变不了的。”

“是这样，”那位慈祥的老人说，“说实话，大人，我会巫术的事，并不能算成是我的罪；拉皮条的事我承认，但是我从未想到这是在替人做坏事。当初我的目的只是想让大家都快快乐乐，自由自在。可是，我美好的愿望却为我带来灾难，我不得不去那个回头无望的地方。我已经这么大岁数，尿道又有毛病，弄得我一刻也不得安宁。”

说完，他又像刚才一样哭了起来。桑丘觉得他十分可怜，便从怀里摸出来一枚值四雷阿尔的钱币递给他。

堂吉诃德又走过去问另外一个人犯了什么罪。此人回答得比刚才那个人爽快多了。

他说：“我到了这儿，是因为我跟我的两个堂妹以及别人家的两个姐妹开玩笑开得太过分了。结果下一代的血缘被混淆，谁也分不清楚有多少个孩子。事实确凿，我既没有靠山，又没钱，为此差点儿丢了脑袋。判我六年苦役，这些罪我都承认了。毕竟我还活着，一切都还有希望。骑士大人，请您施舍一些东西给我们这些可怜人吧，上帝会保佑您的，以后我们再祈祷时也不会忘记请求上帝保佑您健康长寿、福寿安康。”

这时他们又看见一个人，他一身学生装扮。一个官差说，此人善言谈，还精通拉丁文。

再后来是个模样端庄的人，他的年纪差不多三十岁，只是看东西的时候有点对对眼。他的镣铐与其他人不同，他的脚上拖着一条大铁链，长长的被盘在身上，脖子上套着两个铁环，一个连着铁链，另一个拴在一种叫作叉形枷的铁架上，叉形枷下面拴着两条铁链一直垂到腰间并被做成了两副手铐铐在手上，上面还用一把大锁锁着，这样他的头、手、嘴相互都挨不到。堂吉诃德询问为什么他的身上带有如此多的刑具。官差回答说：“那是因为他一个人犯的罪比其他人犯的罪的总和还要多。这是个胆大包天、狡猾万分的人，就是这样锁着我们也还不放心呢，生怕他跑了。”

“他犯了什么罪，又判了多少年苦役呢？”堂吉诃德问。

“他被判了十年，”捕役说，“差不多算是剥夺公民权。让你知道他是鼎鼎有名的希内斯·帕萨蒙特就足够了，他还有个名字叫希内西略·帕拉皮利亚。”

“官差大人，”苦役犯说，“说话留点神，别乱给人取名字和绰号。我叫希内斯，不是希内西略。我的父亲名叫帕萨蒙特，而不是帕拉皮利亚。自己管好自己的事就行了，哪儿那么多事。”

“你这个江洋大盗，现在还这么神气，无论你乐不乐意都给我住嘴，说话给我小声点儿。”

“每个人在上帝面前都一样受到尊敬，”苦役犯说，“总有那么一天，我会让你们知道我到底是不是叫希内西略·帕拉皮利亚。”

“难道大家不都是这样叫你吗，骗子？”捕役说。

“没错，”苦役犯说，“我有办法让他们不这么叫的。若是做不到，我就把自己身上长的毛全拔掉。骑士大人，你要是想送我们什么东西就赶紧送吧，没有就赶快走人。你总打听别人的事情，让大家生厌，如果你想了解我的事情，我告诉你，我是希内斯·帕萨蒙特，现在正在亲自记录自己的生活。”

“这是真的，”官差说，“他目前正在写自己的传奇，写得还不错。他在监狱里把这本书典押掉了，得了两百雷阿尔。”

“即使有两百杜卡多，到时候我也会将它赎回来。”希内斯说。

“这书有这么好吗？”堂吉诃德问。

“简直可以说太棒了，”希内斯说，“《托尔梅斯河的领路人》以及其他所有那类书同其相比都会黯然失色。可以告诉你的是，那里面写的全是真事，要是有一点是编造的，也不可能写得那么幽默有趣了。”

“书名叫什么？”堂吉诃德问。

“《希内斯·帕萨蒙特传》。”希内斯说。

“你写完了吗？”堂吉诃德问。

“我的生活还没有完，书怎么能写完了呢？”希内斯说，“写好的是从我出生到上次做划船苦役。”

“你原来干过划船苦役？”堂吉诃德问。

“愿为上帝和国王效劳。那次我服了四年苦役，它使我明白干面包和鞭子的滋味。”希内斯说，“被罚做划船苦役我并不很害怕，它能使我在船上继续写书。并且我有很多话要告诉大家，而在西班牙的船上空闲时间很多。其实，我真正用在写书上面的时间并不多，主要因为我已打好腹稿。”

“看来你是个聪明人。”堂吉诃德说。

“也是个不幸的人，”希内斯说，“不幸和聪明总是陪伴在一起。”

“还陪伴着坏蛋。”官差说。

“我已经说过，官差大人，”希内斯说，“你讲话留点儿神。那些大人给你的权力，只是让你负责把我们带到陛下指定的地方去，并不是让你来侮辱我们这些可怜人。你若是再不客气点儿，我发誓……行了，‘客店的事情说不定哪天就会水落石出’。大伙都别说了，你好好带路，语气客气点儿。浪费了我半天口舌了，咱们继续赶路吧。”

官差听闻此言正要举棍打帕萨蒙特，堂吉诃德立刻伸手挡开，请求官差别打他，说帕萨蒙特双手被锁得那么紧，嘴皮子逞下能也该谅解。然后，堂吉诃德转身对所有苦役犯说："我的兄弟们，听了你们讲的这些话，我算是弄清楚了，虽然你们是犯了罪才受惩罚，你们却不甘愿受此苦难。有的人因为受到刑讯时缺乏勇气，有的人因为没钱，有的人因为没有得到帮助，反正都是因为法官断案不公，你们才落到这种地步，没有得到公正的待遇。你们刚才所讲的一番话唤起了我作为一名锄强扶弱的骑士的责任，我一定要实现上帝派我来此的意愿。但是，我知道问题如果能商量着解决就绝不能用强。因此，我想请求这几位官差大人行行好，放了大家。若是愿意继续为国王效力，还有更多的机会。我觉得把上帝和大自然的自由人变成奴隶是件残忍的事情。况且，官差大人，"堂吉诃德说，"这些可怜人丝毫也没有冒犯你们。谁犯罪谁受罚，上帝明察秋毫，他会帮助大家，好人也不该去充当别人的刽子手，他们不是会干这种事的人。我低声下气地请求你们，如果能行呢，我会对你们有所酬谢，要是不同意，就凭我这根长矛和手中的剑，以及我臂膀的力量，也会强迫你们这样做。"

"可笑的蠢话！"官差说，"说了半天，竟是这等蠢话！你想让我们把国王的犯人放了，就好像我们有权力或者你有权力命令我们把犯人放了似的！走吧，大人，戴好你脑袋上的那个盆儿，趁早赶你的路吧，别在这儿找三爪猫[①]了。"

"你就是猫，是老鼠，是混蛋。"堂吉诃德说。

说完堂吉诃德便冲了上去。官差猝不及防，被长矛刺伤翻倒在地。还算堂吉诃德刺对了，那人身上带着火枪呢。其他人被这突如其来的事情惊呆了。不过他们立刻明白过来，于是骑马的人举起剑，步行的人拿起了标枪，向堂吉诃德冲来。堂吉诃德镇静自若地迎战。要不是那队苦役犯看到他们获得自由的机会已到，纷纷挣脱锁链，试图逃跑，没准堂吉诃德这次已经倒霉了。

---

① 西班牙成语，意即"自找苦吃"。

混乱中，捕役们得追赶四处逃窜的苦役犯，又得和与他们激战的堂吉诃德周旋，顾前不顾后。桑丘帮着放开了希内斯·帕萨蒙特。希内斯第一个摆脱锁链，投入战斗。他向已经倒在地上的官差冲去，夺下了他的剑和枪，然后用剑指指这个人，又用枪瞄瞄那个人，不过他一直没有开枪。面对希内斯的枪和苦役犯们不断扔来的石头，官差们全部落荒而逃，整个原野上已看不到他们的踪影。桑丘对此很担心。他想到这些逃跑的人一定会去报告圣友团，那么圣友团马上就会出来追捕苦役犯。桑丘把自己的担心对堂吉诃德讲了，请求他赶快离开那里，躲到附近的山上去。

"那么，"堂吉诃德说，"我们现在该怎么做呢？"

堂吉诃德叫苦役犯都过来。那些苦役犯吵吵嚷嚷地已经把官差的衣服都剥光了。大家围在一起，听堂吉诃德吩咐什么。堂吉诃德对他们说："出身高贵的人知恩图报，而最惹上帝生气的就是忘恩负义。各位大人，你们已经亲眼看到了你们从我这儿得到的恩典。作为对我的报答，我希望你们戴着我从你们脖子上取下的锁链，去托波索拜见杜尔西内亚夫人，告诉她，她的骑士，狼狈骑士，向她致意，并且把这次著名的历险经过，原原本本地向她讲述一遍。然后，你们就各奔前程。"

希内斯·帕萨蒙特代表大家说："大人，我们的救星，您吩咐的事情万万做不得。我们不可能一起在大路上走，只能各走各的路，争取进到大山深处，才不会被圣友团找到。圣友团肯定已经出动寻找我们了。您能够做的，也应该做的，就是把您对托波索的杜尔西内亚夫人的进见礼，换成让我们按照您的意旨念几遍万福玛利亚和《圣经》。这件事我们无论白天还是夜晚，无论逃跑还是休整，无论在和平年代还是战争时期，全都可以做。但是，如果您觉得我们现在已回到太平时期，可以拿着锁链去托波索了，那简直是缘木求鱼[①]。"

"我发誓，"堂吉诃德勃然大怒说，"我要让你这个婊子养的希内西略·帕拉皮利亚，或者就像他们叫你的那样，我一定要让你一个人老老实实地

① 意思是指做难以完成的事。

戴着整条锁链去！”

帕萨蒙特的脾气本来就火暴，他听到堂吉诃德的这番胡言乱语，什么要解放他们，却又让他们做蠢事，知道堂吉诃德精神不太正常。他向伙伴们使了个眼色，大家退到一旁，向堂吉诃德投起石头来。石头似雨点般打来，堂吉诃德拿护胸盾遮挡都来不及。而罗西南特也像铜铸一般，任凭堂吉诃德怎么踢都一步不移。桑丘藏在驴后边，躲避向两人铺天盖地打来的石头。堂吉诃德躲避不得，身上不知道挨了多少石头。石头来势凶猛，竟把他打倒在地。他刚倒下，那个学生就扑上来，夺过他头上的铜盆，在他背上砸了三四下，然后又在地上摔了三四下，差点把铜盆摔碎了。他们扒掉堂吉诃德套在铠甲上的短外套，又去脱他的袜子。要不是护胫甲挡着，连袜子也没了。那些人把桑丘的外衣也抢走了。桑丘被剥得只剩下了内衣。那些人把其他战利品也分了，然后就各自逃走了。他们着急的是逃脱圣友团的追捕，而不是戴着锁链去拜见托波索的杜尔西内亚。

眼下只剩毛驴和罗西南特、桑丘和堂吉诃德。毛驴埋着头，不时晃动下耳朵，它还以为刚才那阵石雨没有完，正从耳边飞过。罗西南特趴在主人身边，它同样也被一阵石头打倒。只穿着内衣的桑丘仍在为圣友团害怕。堂吉诃德看到自己本来对那些人那么好，却被他们弄成这副样子，十分气愤。

第九章　著名的堂吉诃德在莫雷纳山的遭遇，这是他历险中最离奇的事

见到自己这副狼狈样，堂吉诃德对侍从说：“桑丘，我常常听说，‘善待小人无异于向海里倒水’。假如我当时能听你的，也不会被糟蹋成这个样子了。不过，事情已经发生，耐心点吧，受一次挫折，增一分见识。”

“您若真能吃一堑，长一智，就好比我能变成蒙古人一样。”桑丘说，“不过刚才您说了，如果当时听了我的话，也不会吃这个亏。因此，请您听我的话吧，以免再吃更大的亏。给您说，对付圣友团如果还用骑士那套做

法可不行。在他们看来，游侠骑士连一文钱也不值。告诉您吧，现在我的耳边仿佛就能听到他们放箭时所发出的嗖嗖嗖声①。”

“你生来就是个胆小的家伙，桑丘。”堂吉诃德说，“为免你说我这个人独断专行，从来不听从你的劝告，这一次我就听你的吧，避开这群让你害怕的恶煞。不过，得有一个条件：不论我是生还是死，都不能对别人说我这次后退是因为害怕了，只能说我是为了满足你的要求，才这样做的。要是你说成其他的，那就是撒谎。不管在什么时候，我都不会承认。每当你想说出来或是已经说给别人听时，我都会说这是你在说谎，以后说的什么话也是谎话。你也别再说什么了，你只要头脑中想到：我在危险面前后退，尤其是离开这样恐怖的地方，是由于恐惧作祟，那我就不准备走了，要一个人留在这儿，不仅等着你所谓的那个让你害怕的圣友团，还要等以色列的十二部落兄弟队，等马加比的七兄弟②，等卡斯托尔和波卢克斯③，以及等待世界上所有的兄弟团和姐妹团的到来。”

“大人，”桑丘说，“离开不能等同于逃跑，如果遇到的危险很大，希望却很小的时候，等待着也不是聪明的做法啊，明智之举是来日方长，而不是孤注一掷。您应该明白，我虽然是个农民，却还懂得克制。因此，请听我的劝告，您是不会后悔的，如果您身体允许还是骑上罗西南特吧，要是不行，让我来帮您骑上去，跟在我身后。我的理智告诉我，现在咱们最需要使用的是腿，而不是手。”

堂吉诃德没有再说话，上了马，桑丘牵着毛驴走在前面，两人从附近的一个路口走进莫雷纳森林。桑丘想越过这座山，前往维索或坎普的阿尔莫多瓦尔去，在这处森林中躲上几天，圣友团是无论如何也找不到他们的。

他再一看，真是个奇迹。因为当时他们被抢去了不少东西，驮在驴背上的食物居然在同苦役犯们厮打时没被抢走，桑丘更开心了。

当天晚上，两人步行进入莫雷纳森林深处。桑丘打算在那儿露宿，并

---

① 按照圣友团惯常的做法，逮到罪犯立即用箭射死，然后抛尸荒野。

② 公元前2世纪领导犹太独立的哈斯蒙尼家族的马塔蒂亚及其儿子。

③ 希腊神话中宙斯的儿子。

且再待上几天，至少待到他们带的食物吃完的时候再走。于是，两人在长满栓皮槠树的两块石头中间睡了一宿。在那些没有真正信仰的人看来，好坏都由命来定。那个因为堂吉诃德的糊涂和疯狂而得以逃脱的著名骗子、盗贼希内斯·帕萨蒙特又出现了。向他这样的逃犯当然也会对圣友团感到恐惧，于是也想藏身在莫雷纳森林之中，并且阴差阳错地来到了堂吉诃德和桑丘露宿的那个地方。希内斯认出了他们，不过没有吵醒依然睡着的两人。坏人总是忘恩负义，总是在某些时候干出些不该干的事，会为了眼前的利益放弃将来的前途。希内斯不仅不感恩图报，而且存心不善，竟想偷走桑丘的驴。他没有打罗西南特的主意，因为它无论是当还是卖，都不会有好价钱。趁桑丘睡得正香的时候，希内斯偷走了他的驴，在天亮之前就远远地离开了那个地方，再也追赶不上了。

清晨的阳光给大地带来一片欢愉，却给桑丘带来了悲伤。他看到自己的驴不见了，悲痛欲绝地哭了起来。哭声把堂吉诃德给惊醒了，他听见桑丘一面哭一面说："我的心肝宝贝呀，你一出生就在我家，孩子们拿你当宠物骑，我老婆当你是她的心头肉，就连邻居们见了都眼红我。你减轻了我的负担，担负了我一半的生活重担，你每天挣的二十六个马拉维迪[①]，完全可以支付我一半的伙食开销！"

堂吉诃德见桑丘痛哭不止，问明缘由后，便极力用好话劝说，让他先别着急，还答应给他立下一张可以换驴的凭据，凭此据他可以到堂吉诃德家中换取五头驴子中的三头。

桑丘这才放下心来。他抹干眼泪，也不再痛苦不已了，感谢堂吉诃德给他的恩赐。自从堂吉诃德进了森林后，心情十分愉快，认为这正是他历险的理想场所。他不断地回想着游侠骑士在荒山野岭的种种奇遇，完全沉迷其中，其他的事都丢在了脑后。桑丘自以为到了安全的地方，放心不少，想着从教士们那儿得来的干粮还剩下不少，正好可以大饱口福。他背着那些本来是驴驮的东西，走在后面，一边走，一边不时从口袋里取出干粮，

---

① 西班牙古钱币名。

狼吞虎咽地塞进嘴里。此时的他不想再寻求什么历险了。

桑丘抬起头，看到堂吉诃德停下来，正用长矛试图从路上挑起一包东西来。他赶紧过去帮忙。走到跟前时，堂吉诃德正好用长矛挑起一个坐垫，还有一只箱子。两样东西已经烂完了，一拿起来就全散了。不过箱子还挺沉，桑丘只好用手去提。堂吉诃德吩咐他瞧瞧里面都装了些什么东西。桑丘立即看了看，虽然这上面系了条锁链，还锁了起来，但是因为破烂不堪，从坏了的地方能看到里面。箱子里一共是四件荷兰细麻布衬衣，还有其他一些麻布织品，都很干净、精美。一块手绢里还包着一堆金币。桑丘一看见金币就大叫着说："老天开眼，这次我们捡到外快了！"

桑丘继续翻看，发现有个精装的记事本。堂吉诃德要了这个本子，让桑丘把钱留着，这是赏赐给他的。桑丘见主人如此慷慨大方，吻了堂吉诃德的手，然后把箱子里的东西都取了出来，放进装干粮的袋子里。堂吉诃德见状说："桑丘，我认为这可能是某个旅客迷路后，在此处遭遇了歹徒，大概被杀了之后，又被歹徒转移到如此荒凉的地方埋掉。"

"不可能，"桑丘说，"如果是歹徒，就不会把钱留在这里了。"

"你说得也是。"堂吉诃德说，"究竟是怎么回事，我也猜不出来了。不过，等咱们看看记事本上写了些什么，看看能不能找出点线索。"

堂吉诃德翻开记事本，上面写着一首十四行诗，虽然是草稿，可字迹却很漂亮。他高声地念了起来，让桑丘也能听见。这首诗是这样写的：

> 也许是爱情让人无知，
> 也许是爱情使他残忍，
> 想来我不该受此痛苦。
> 然而爱情仿佛是天神，
> 他无所不知，无所不晓，
> 世人知晓他并不残酷，
> 那又是谁让我受此苦？
> 若说是你，菲丽，

这话不真。
你如此善良岂会恶毒，
老天不会让我遭横祸。
众所周知我即将逝去。
要知晓病因尚需探明，
寻到治病良药也无用。

“只是从这首诗里面，什么也看不出，”桑丘说，“除非先理出个头绪来。”

“这里有什么线索?”堂吉诃德问。

“可能，”桑丘说，“就是您刚才说的那个线索吧。”

“我只说了‘菲丽’，”堂吉诃德说，“这明显是该诗的作者所抱怨的那位贵妇的名字。我确信她是位不错的诗人，也可能是我对诗懂得不多。”

“您也懂诗吗?”桑丘问。

“比你想象的懂得还多，”堂吉诃德说，“以后让你给托波索的杜尔西内亚小姐带信去，全篇都用诗写成，到时候你就知道我的水平怎么样了。告诉你，桑丘，上个世纪所有的或者大部分游侠骑士都是伟大的诗人、音乐家。更确切地说写诗和作曲，这两种才能和天赋是含情脉脉的游侠骑士必须拥有的。从前，骑士的诗情感充沛，只是缺少华丽的辞藻。”

“您再接着读下去，”桑丘说，“也许能找到某些重要的线索。”

堂吉诃德接着翻了一页，说道：“这是散文，像是一封信。”

“是信件吗，大人?”桑丘问。

“信的开头读起来，倒像是封情书。”堂吉诃德说。

“那么您大声念出来，”桑丘说，“这些谈情说爱的事情我最感兴趣了。”

“那好吧。”堂吉诃德说。

应桑丘的请求，他大声地念起来。信是这样写的：由于你虚假的诺言和我的命运不济，我来到了此处。我在这里对你的抱怨，要等我的死讯传出后你才能够听得到。啊，负心人儿，你抛弃了我，只因为他比我富有，但是他并不比我高贵。然而，情操远比财富更重要，我不会嫉妒别人的命运，也不会啜泣自己的不幸。你的美貌抬高了自身，你的行为又将一切摧毁。凭你的美貌我把你看成天使；凭你的行为我明白你不过是个普通妇人。是你使我的心神不宁，愿你的丈夫对你的欺骗永远不被老天揭开，免得你为自己所做的事后悔，诚然我也不会为此幸灾乐祸，这实非我所愿。

念完这封信，堂吉诃德说："这封信不比那首诗能得到的有用信息多。只是可以看出，写这封信的人是个被人抛弃的人。"

堂吉诃德把整个本子差不多翻了个遍，又看到一些诗和几封信。有的能看清，有的看不清，无论是诗还是信，都是些抱怨和怀疑的言辞，一些写得或殷勤或轻视，一些则信誓旦旦，也有的悲悲切切。有的不乏趣味横生，有的却枯燥乏味。堂吉诃德在翻看记事本的时候，桑丘则忙着翻那个箱子，每个角落都不放过，仔细翻看，连衣服的每一道线缝都扒开看，不放过任何一个地方，结果他找到了多达一百多个的金币，桑丘心里乐开了花。即便没有再找到其他东西，有了这些钱，他还是觉得以前被人用床单扔，喝圣水喝得呕吐不止，以及挨了一顿揍，被脚夫用拳头打，丢失了那条褡裢和短外套，跟随主人忍饥挨渴、受苦受累，这一切都值了，所有这些苦难都由金币做了极好的补偿。

堂吉诃德特别想知道箱子的主人是谁。从那些诗和信件、金币以及质地良好的衬衣来看，他估计此人一定是位有身份的人，由于爱上了那位贵妇，遭到了对方无情的对待和抛弃后，从而走上了自寻短见的道路。可是，在这个荒无人烟、道路崎岖的山里，没有人能够证实这一点，堂吉诃德只好任凭罗西南特随意前行，他始终在想，在这荆棘丛生的地方，肯定会遇到意外的事情。

堂吉诃德边走边想，突然看见前面一个小山头上有个人极其轻盈地跳跃着穿过岩石和杂草。那人似乎赤裸着身体，胡子黝黑浓密，头发也乱糟糟的，光着一双脚，小腿也露着，大腿处穿了条短裤，材质好像是棕色丝绒的，可是却已经破烂得很，许多地方都露出肉来，头上也没戴什么东西。虽然那人很轻盈地就跳走了，但狼狈骑士把这些细节都看在眼里。他想追上去却追赶不上，罗西南特胆子小，因为不习惯走这种崎岖的山路，它迈的步子又小又缓慢。堂吉诃德估计那就是坐垫和箱子的主人，想去追赶他，哪怕在这山上追一年，也一定要找到他。堂吉诃德让桑丘赶去山的另一边截住那人，自己从山的这一边过去，或许能用这个方法找到那个在他们面前转眼就消失的人。

“我不过去，”桑丘说，“只要离开您，我就会害怕，感觉四周阴森恐怖。跟您说，从现在起，我会寸步不离一直守在您身旁。”

“那也好，”堂吉诃德说，“你愿意依靠我的勇气的保护，我很高兴。哪怕你吓得灵魂出窍，我也有勇气保护你。现在，你跟在我身后慢慢地走，尽可能把你的眼睛睁大些。咱们绕着这座小山走上一圈，或许就会碰见刚才遇到的那个人。咱们捡到的那些东西肯定属于他。”

桑丘答道：“那最好还是别找了。如果咱们找到了他，当然就得把属于他的钱还给他。所以，没必要去瞎费那个劲。还是由我来好好保管这些钱，过些日子，这些钱的真正主人以一种自然的方式出现，那时候或许钱已经用光，就连国王也奈何不了我。”

“你这是自欺欺人，桑丘，”堂吉诃德说，“既然咱们已经猜出钱的主人是谁，而且又知晓他在这附近，就有义务去找到他，把钱还给他。如果咱们不去找他，同时又知道这种猜测是对的，这足以让我们感到内疚了。所以，桑丘朋友，你别为找他而难过。如果找到他，我反而不难过了。”

说完，堂吉诃德双脚夹了一下罗西南特，桑丘背着东西步行跟在后面，他们绕着山转了一阵，在一条山沟里发现了一匹鞍辔俱全、倒地而死的骡子。骡子的身体已经被野狗和乌鸦吃掉了一半。这些更证实了他们的猜测：刚才那个跑走的人，就是骡子和箱子的主人。

他们正在看那匹死骡子时，突然听见一声像是牧羊人赶羊的口哨声，接着从左侧跑出来一大群羊。羊群后面的一座山顶上，出现了一位年老的牧羊人。堂吉诃德高声与他打招呼，请老人下山走过来。老人则高声询问，他们是被谁带到这个地方来的。此处人迹罕至，除了羊、狼和附近的其他野兽外，基本没有人来这个地方。桑丘让他下来，再慢慢告诉他。老人走下山来，来到堂吉诃德身边，说："我敢打赌，你们已经看见地上那匹死骡子了。它六个月以前就倒在那儿了。你们遇见它的主人了吗？"

"我们谁也没碰见，"堂吉诃德说，"只是在附近的地方发现了一只坐垫和一个箱子。"

"我也看见那个箱子了，"牧羊老人说，"不过我没有动它，也没有到它跟前去，一方面怕沾上什么坏事，另一个方面怕别人以为我是贼，要跟我算账。魔鬼是很狡猾的，人靠过去，脚下的东西就能飞起来，让你稀里糊涂地摔一跤。"

"我也这么说。"桑丘说，"我看见了箱子，走到离它还有一箭之隔的地方就没再过去了，东西仍原封不动地丢在那儿，我可不想给自己招惹麻烦。"

"请问，善良的人，"堂吉诃德说，"你知道这是谁的东西吗？"

"我把自己知道的部分告诉你吧，大约六个月以前，"牧羊人说，"有个年轻英俊的小伙子来到牧羊人住的木屋旁，那个地方离这儿有三西里远。他骑着的就是那匹现在已经死了的骡子，他还带着一个箱子和一个坐垫，也就是你们见过却没有碰的那两样东西。他问我们，这山上什么地方最险峻、最荒凉。我们告诉了他，我们现在待的这个地方就是。这儿就是这么个地方，要是你再朝前走个半西里，恐怕就连小道都没有了。我真的奇怪，你们是怎么到这个地方来的，没有一条路通往这里。我接着说吧，那个小伙子听完我们说的话后，掉转骑着的骡子，朝我们指的地方走去。他英俊不凡的样子真是让人喜欢，可是他的要求以及急急忙忙朝深山老林中走去的样子令我们感到十分奇怪。几天后，他在路上拦住我们其中的一位牧羊人，一言不发，扑上前就对牧羊人拳打脚踢，接着来到驮着干粮的毛驴旁，把上面驮着的面包和奶酪都麻利地抢走了，随后又极其敏捷地奔进山里。我们几个牧羊人听说后，进山找了近两天，就连山上最荒凉的地方都找遍了，最后才在一棵又高又粗的栓皮槠的树洞里找到了他。

"他态度和气地出来迎接我们。他身上穿的衣服已经烂掉了，脸色也晒变了样，我们几乎认不出他来。不过我们还记得他的穿着，虽然衣服已经破烂不堪，我们还是认出他就是我们要找的那个人。他很有礼貌地同我们打招呼，然后态度诚恳地告诉我们，请我们不要看到他这个样子感到奇怪。他眼下这个样子，是因为正在忏悔过去的许多错误行为。我们问他的名字，可他始终也没有说。我们还告诉他，需要粮食时，可以告诉我们在哪儿能找到他，我们会很乐意地给他送去，人不吃饭是活不下去的。要是他不愿意这样，他也可以出来问我们要，只是不要再去抢牧羊人的东西就行了。

“他对我们的帮助表示了谢意，并且请求我们原谅他前几次的抢劫行为。只是看在上帝份上，给他些吃的东西。如果需要，他会出来要，不会再对任何人动手了。至于他住在哪里，他说只有刚才睡觉的那个地方。述说完，他竟大声哭了起来，哭得那么悲伤，一想到我们初次看到他时的样子，以及现在这个样子，除非我们是石头做的，否则不能不为之落泪。我前面说过，他本是个年轻英俊的小伙子，他的言谈举止是那么彬彬有礼，从这儿我们可以判断出来他一定是个出身高贵、有教养的人。我们虽然是些大老粗，但还是看得出来他确实知书达理，再听他这么讲话，也明白他是位贵族。他正讲到关键的地方，就忽然顿住了，沉默不语，双眼直直地盯着地面，一直过了很长时间。我们瞧着他这样都没有说话，都想再看看他还会如何。大家心里都很可怜他，想知道他为什么会发呆。他一会儿睁着眼睛盯着地下，连眼皮也不眨一下，过一会儿又闭上眼睛，紧紧咬着牙齿，紧蹙着眉头。我们很容易就看出他是疯病犯了，之前他一定受过什么刺激。

“他紧接着的行为，很快就证实了我们的猜想。他本来是躺倒在地的，却突然满脸怒气地从地上跳起来，发疯般地向他身旁的一个人冲过去又打又咬。要不是我们及时把他拉开，没准儿那个人会被他打死。他一边打人还一边喊：‘费尔南多，你这个狼心狗肺的东西，我要找你算账！我要用这双手挖出你的心，那是颗对我背信弃义的心！’

“他还说了其他一些骂费尔南多的话，说他狡诈，欺骗人。我们把他拉开后，听了心里都十分难过。他什么也不说地跑走了，窜进树林中躲了起来，大家也找不着他了。我们觉得他犯病的时候有规律可循，仿佛是那个叫费尔南多的人对他做了什么坏事，而且把他害得不轻，才使得他变成这副模样。后来我们又多次发现，他跑出来时，有时向牧人们要点随身携带的食物，有时就强抢。他犯病的时候，即使牧人们好心好意地拿给他吃的，他也不好好拿着，非得给人家几拳才好。但当他正常时，就会彬彬有礼地对人说‘看在上帝的份上’诸如此类的话，再千恩万谢，时时眼中淌着泪水感激不尽。”

“实话实说，大人，”牧人接着说，“昨天，我和四个小伙子，其中有两人是伙计，另外两个是朋友，大家决定一起去找他，等找到他，不管他愿不愿意，都要将他送到离这儿八里远的阿尔莫达瓦尔镇去。如果可以治病，就先给他治，也许等他不发疯时，问清楚他的名字，是否还有亲人，也好去报信。两位大人，你们问的事情，我能知道的只有这些。另外，你们拾到的那些东西是他的，你们见到的那个赤裸身体、大步流星的人就是他。”堂吉诃德刚才向牧人讲述了在山上跳着走的人。

他听了牧人的叙述后很好奇，更加急迫地想要知道这位不幸的疯子到底是谁了。他心中暗自猜想，一定要把整座山都找遍，所有隐藏关口和山洞统统不放过，一直到找着他为止。不过命运真是眷顾他们，就在这时，那个他们要找的年轻人从一个山沟里走出来，来到他们面前，嘴里含混不清地念叨着什么，即使站在他身旁也听不清楚，就更别提站在远的地方了。他的衣服还是破破烂烂的，可是等离得近了堂吉诃德才看清，他穿的那件烂坎肩是添加了龙涎香制成的。由此可以断定，能穿这种衣服的人的身份应该不低。

年轻人来到他们身边，礼貌地向他们问好，声音虽然嘶哑，却很温和。堂吉诃德依礼向他问好，并且翻身下马，十分潇洒地上前拥抱住他，并且拥抱了好一会儿，仿佛遇见了一位久违的老友。我们称堂吉诃德为狼狈骑士，而那个年轻人，我们就暂且称他“褴褛倒霉鬼”吧。他也同堂吉诃德拥抱了一会儿后，把堂吉诃德向后推开一点儿，双手放在他肩上，打量着他，仿佛是在看是不是他认识的人。见到堂吉诃德这副穿着打扮，他吃惊不小，如同堂吉诃德初见他时一样吃惊。拥抱过后，褴褛倒霉鬼先开口，说了下面一段故事。

第十章 莫雷纳山奇闻逸事续

据书上记载，堂吉诃德十分认真地倾听那位破衣烂衫的“森林勇士”谈话。他说：“大人，虽然以前我没有见过您，也不认识您，但我十分感谢您对我以礼相待。承蒙您热情迎接我，对我表示友好，然而我此时命运不济，唯有祝福您。”

“我甘愿为您效劳，”堂吉诃德说，“决心已定，毫不动摇。如果没有找到你，没有探明你内心深处的痛苦是否已找到方法纾解，我是不会走的。此外，你现在过着这种苦难的生活，内心一定十分痛苦，我会想方设法帮助你解决这种苦难。假如有解决的办法，我一定会找到它。要是你的遭遇没有人能够理解和安慰，那么我会陪着你尽情哭泣。能有人为自己的遭遇难过，这多少也是一种安慰。如果我的好意能得到某种报答的话，那么，我请求你，大人，我知道你对人礼貌有加，看在你一生中最热爱的人的份儿上，请告诉我，你是什么人，究竟为什么要像野兽一般到这荒凉之地了此一生。你本人以及你的穿戴同你现在待的这个地方太不相称了。”堂吉诃德接下来又说道：“我虽然不是个称职的骑士，但我热爱游侠骑士的历险事业，现在我以骑士的名义发誓，为了履行我的职责，你能在此把你的遭遇告诉我们，那么，大人，我一定以我真诚的心为你效劳。如果你的不幸能有办法补救，我就设法补救；否则我会像之前答应你的那样陪你痛哭一场。”

“森林勇士”听狼狈骑士这样一说，对他端详了一番，又仔细地将其从头到脚打量一番后说道：“你们要是有什么吃的东西，看在上帝份上请给我点吧。填饱肚子后，我会听从你的话，把我的遭遇告诉你们，以报答你们对我的一片好心。”

桑丘和牧羊人从各自的袋子里把食物拿出来递给褴褛倒霉鬼吃。他接过食物，一口接一口，像个傻子似地迅速地吃着，与其说是吃还不如说是囫囵吞枣。大家一言不发地看着他吃。他吃完后，示意大家跟着他，他领着三人绕过一块微微突起的岩石，来到后面一处绿草地上。一到那儿，他就躺在绿草地上。其他人也坐下来，什么话也不说。等他觉得躺舒服以后，才开口说："各位大人，假如你们想尽快了解我为什么会如此不幸，那么得答应我，别在中途插话问我，不要打断我讲这悲惨经历的思路。故事一旦被打断，就会停住无法继续讲下去了。"

褴褛倒霉鬼的这一番话让堂吉诃德想起来，桑丘给他讲故事的时候，也是因为自己记不住有几只羊过河，故事就悬在那儿了。褴褛倒霉鬼又接着说："我先向诸位声明，我之所以打这个招呼是想把我不幸的往事尽快讲完。回忆心酸的往事只会在我的伤口上撒盐。你们问得越少，我就可以越快地讲完。不过，重要的地方我一处也不会漏掉，足以满足你们的要求。"

堂吉诃德以所有人的名义答应了，他才放心地讲了起来："我叫卡德尼奥，故乡是安达卢西亚最美丽的一座城市。我出身高贵，父母很富有。但是我的命运太坎坷不幸了，父母为此伤心，亲属为之痛惜。悲惨的经历往往不是金钱能弥补的。就在那座城市里，住着一位精灵，爱情赐予她美丽的光圈，我爱上了她。她名叫卢辛达，是一位美丽、尊贵的姑娘，她的家庭同我家一样富有，但是她比我幸运。只是，她对我的感情不够坚贞，不能持之以恒，所以辜负了我的一腔爱意。关于卢辛达，当我还很年幼时就爱上了她，喜欢着她，崇拜着她。她也以她那个年龄心地单纯地喜欢着我。双方的父母也知道我们情投意合。为此他们并不担心，事情进展到最后，无非是安排我们结婚。这简直是门当户对的结合。

"随着年龄的增长，我们之间的爱情也在加深。卢辛达的父亲觉得该遵照传统礼数，所以反对我再到他家去。关于这一点，他完全照搬了诗人们所讴歌的提斯柏[①]的父亲的做法。这种阻挠不仅没有隔断我们的联系，反而让我们的联系更紧密了。虽然他不让我们互相见面，但是却不能让我们的笔也不说话。笔比舌头更容易表达人内心的情感，面对情人，即使最坚定

① 提斯柏是希腊神话中的河神，因为与邻居家的女儿相爱被阻挠，只能隔着墙缝互述衷肠，最后两人自杀身亡。

的意志也容易动摇，最灵活的舌头也会变得笨拙。天知道我到底给她写了多少情书，同时我又收到了多少封她优美动人的回信啊！我曾写过许多情感充沛的情诗来抒发我的热爱，描述我炙热的追求，回忆美好的往事，陶醉我的身心呀！

“到后来，想见到她的愿望折磨着我的灵魂，我无法再忍受下去，决定立马行动，觉得只有如此才能得到我最喜爱、最实至名归的心上人。我前去她家以实际行动请求她的父亲同意把女儿嫁给我，做我正式的妻子。对于我的求婚，他的父亲回答说，能收到这样的请求他倍感荣幸，感激不已，并且也愿意把女儿嫁给我。但是，我的父亲既然健在，就应该是我的父亲去向他提亲，如果不是诚心诚意求娶卢辛达可不行，他的女儿可不是随便就许人的。我感谢他的一番好意提醒，觉得他说得在理，我回去告诉我的父亲大人，他一定会来提亲的。我立即回去想将这一切告诉我的父亲，请他允许我的请求。但是，刚一走进父亲的房间，就见他的手里拿着一封阅读过的信。还没等我开口，他就把信递给我，对我说：‘卡德尼奥，你来看看这封信，信上说里卡多公爵有心要栽培你。’

“这位里卡多公爵，诸位，你们应该知道，他是西班牙的一位大人物，他有着安达卢西亚最好的领地。我接过信读起来，上面写的内容情真意切，让人觉得要是父亲不答应他的请求就毫无道理可言。信上希望我立马去他们那儿，做他长子的搭档，不是去当佣人，他会负责给我安排同我身份一致的岗位。我读完信，不发一言，然后听见父亲说道：‘过两天你就出发，卡德尼奥，听从公爵的安排吧。感谢上帝为你搭建了一条大道，你可以拥有更好的未来了。’接着父亲又嘱咐了我一番。在出发前的头一个晚上，我把实情全都告诉了卢辛达和她的父亲，请求他们再给我一段时间，允许我把婚期推迟一点，我先去看看里卡多如何安排我。她的父亲答应了我的请求，我们山盟海誓不知多少遍，为此卢辛达也晕过去了许多次。

“再后来我到了里卡多公爵那儿，受到了十分热情的款待，自然也开始引起其他人的嫉妒。那些老人看到公爵待我这么好，害怕会危害到他们的利益。同他们不一样的是，公爵的二儿子十分欢迎我的到来。他名叫费尔南多，是个长相体面的家伙，贵气十足，人又风流潇洒。很快我们就成了好朋友，引得大家纷纷议论。公爵的长子对我也很好，很照顾我，可是不如费尔南多那样和我投缘。我和他之间可谓无所不谈，费尔南多对我另眼相待，我们的友情逐渐建立起来。他所有的事情都对我说，甚至包括他的私情。有件心事让他烦躁不安，事情起源于他很喜欢公爵领地里的一户农家的女儿，姑娘的父母也很有钱。她长得很漂亮，为人既正派又守礼，人缘也十分好，凡是认识她的人也说不清楚她在哪一方面做得最好最突出。

“费尔南多为此很是着迷，为了得到这样好的农家姑娘，占有她的身体，费尔南多答应跟她结婚，否则就不能占到便宜。我出于对朋友的关心，尽心劝说他放弃这件事，把我所知道的许多活生生的例子讲给他听，劝他打消这个念头。眼见这些话都不起作用，我决定把这件事告诉他的父亲里卡多。可是费尔南多老奸巨猾，他担心我把这件事情张扬出去。他觉得我作为一名诚实的仆从，一定不会向公爵隐瞒这件有损其家族荣誉的事。为了转移我的注意力，他骗我说，要想从此忘了这位姑娘，他必须离开这儿一段时间。这几个月能否到我的家乡去看看，如此他就有理由告诉他的父亲是到我的家乡去买几匹好马，也有理由离开了。我一听也心动不已，尽管觉得有些不妥，但我还是同意了，觉得这是个再好不过的机会，能回家见见我的心上人卢辛达。

“怀着这种想法和愿望，我赞同他的主意，还劝说他尽快启程。虽然他和那位农家女孩十分相爱，但人分离的时间一旦长了，彼此的感情也会变淡。后来我才知道，当他跟我说这件事的时候，已经以未婚夫的谎言占有了她。他怕事后被父亲知道他的荒唐行为，会对他做出什么惩罚，正在等待合适的机会再说。其实说起来，年轻人谈情说爱并不是真正地爱上了对方，只是为了情欲。快活一阵后，情欲一旦满足了，爱情也随之消失。这是自然划定的本能，不可能超越此界限，只有真正的爱情才没有此界限。费尔南多正是这样的人，他占有了农家姑娘后，欲望消减，爱情消退变淡。表面上他装着躲出去是为了忘掉他的念头，实际上他是有意躲避婚约。

“公爵同意了他的请求，还命我与他同行。我们来到了我家乡所在的城市，我父亲按应有的礼仪款待了他。回家后不久，我去看望了卢辛达，我对她的爱既没有泯灭也没有减弱，在见到她之后更炽热了。最不幸的是，我居然把这一切都告诉了费尔南多。我本来觉得我们之间的友谊如此深厚，不该同他隐瞒什么。我向他夸耀卢辛达美丽迷人、聪明伶俐又有教养。我的夸耀，使他产生了想看看这位完美姑娘的愿望，活该我倒霉，居然答应了他。一天晚上卢辛达站在我们常常说话的窗口，我借着烛光把卢辛达指给他看。费尔南多一见她，顿时把以前见过的所有美女都忘了。他看得目瞪口呆、失魂落魄，说不出话来。后来他也爱上了卢辛达，至于爱到什么程度，你们接着听我讲我不幸的经历就知道了。

"他对卢辛达的欲念有增无减，而我对此却还被蒙在鼓里，只有老天知道。命运之神有天让他见到卢辛达写给我的一封信，信上请求我快去向她的父亲提亲。这封信措辞谨慎，既端庄又显得情真意切。他读了信后给我说，卢辛达把分摊在世界上其他女人身上的所有美貌和智慧都集于一身。现在我实话实说，尽管费尔南多对卢辛达的赞美之词合情合理，可那些赞美出自他之口，却让我醋意大发。我开始担忧，也有些害怕和怀疑他，因为他每时每刻都想谈论卢辛达，总是把话题引到她那儿，有时甚至是驴唇不对马嘴。这样的结果，往往使我心里产生出一种说不出的嫉妒，我并不是害怕卢辛达的真心会发生什么变化。然而她再三向我倾诉爱意，可是我担心命运多舛。费尔南多总是想看我给卢辛达的信和她给我的回信，说他很喜欢我们两人细腻的文笔。卢辛达非常爱看骑士小说，有一次，她向我借一本我正在读的骑士小说，书名是《高卢的阿玛蒂斯》……"

堂吉诃德一听他提到骑士小说，忙说道："假如你一开始就对我说，美丽的卢辛达小姐喜欢读骑士小说，用不着你多赞美，我就能明白这位小姐的聪明才智。相反，要是她没有此方面的雅兴，我是不会相信她有你描述的那么美好。总之，对我来讲，你不必浪费那么多语言向我说明她的美丽无双、贤良淑德和聪明才智，你只需让我知道她有此爱好，我就完全可以相信她是世界上最聪慧美丽的女子。大人，但愿你把《希腊的唐鲁赫尔》这本好书连同《高卢的阿玛蒂斯》一起送给她读。我知道，卢辛达小姐一定会很喜欢达雷达和加拉亚这两个人物，还会喜欢机智的达里内尔牧师，尤其是他朗诵的婉约、平淡而又令人愉快的田园诗。要是不能把书借给她，相信这个缺憾以后也可以设法弥补。要是你愿意可以同我一起回到我的家乡，在我的家里，这种骑士小说不下三百本，我都可以给你。这些书是我的精神粮食，用来消遣，我想起来了，恶毒的魔法师因为嫉妒的缘故把他们烧毁了，现在已经一本不剩了。请原谅，我打断了你的讲话，违反了刚才答应你的事情。只要有人谈起骑士道和游侠骑士的故事，要想让我不开口，就像让阳光不发热，让月光不散发潮气一样。请原谅，请你继续说吧，这才是现在最重要的。”

堂吉诃德说话的同时，卡德尼奥的头埋在胸前，仿佛陷入了深深的沉思。堂吉诃德连着说了两遍，请求他继续讲下去，可他既没有抬头，也没有答话。过了好一会儿，他才抬起头说：“有个意念在我脑子里始终无法驱除，世界上任何人也无法使我改变这些想法：我认为下流的埃利萨瓦特医生是玛达西马女王的情人，谁不相信这个事实就是个笨蛋。”

“不，这绝不可能！”堂吉诃德突然气急败坏，“这是恶意中伤，更确切地说是一种下流的行为。玛达西马女王这样一位高贵的女性，怎么会同一个江湖郎中有私情，这根本不可能。谁要是这么想，准是个十足的大坏蛋，对付这样的人，无论他是在步行还是骑着马，无论他是手拿武器还是没有武器，无论是在白天还是夜晚，我都会同他战斗，我定会让他明白过来，才会罢休。”

卡德尼奥目瞪口呆地盯着堂吉诃德。这时他的疯病又犯了，没法把故事继续讲下去。堂吉诃德对有关玛达西马的评价极为不满，也不想再听了。简直无法理解，他竟为玛达西马大发雷霆，仿佛正在维护自己正式合法的妻子一样！这都是那些传播异教邪说的骑士书造成的。前面已说过，卡德尼奥的精神又失常了，听见有人说他撒谎、是大坏蛋以及其他一些难听的骂人的话，其更为之疯狂，他捡起身边的一块石头，向堂吉诃德的胸口扔去，打得他仰面摔倒在地。桑丘见主人这副模样，便握紧拳头朝卡德尼奥打去。褴褛倒霉鬼挥过一拳，把桑丘打翻在地，接着骑在他身上，对准他的肋骨使劲打下去。牧羊人想过去给桑丘帮忙，结果也被打倒了。等把三人都打得动弹不得，遍体鳞伤，疯子才大模大样地离去，重新走进树林里。

桑丘从地上站起来，见自己毫无缘由地被人打成这样，就去找牧羊人算账，怪他不事先告知那个人会发疯。如果早点知道他有疯病，就可以早做防备。牧羊人说他已经说过此事，桑丘没有听见，这可不是他的错。桑丘不理会继续骂牧羊人，牧羊人再继续辩解，最后说着说着两人互揪胡须，互挥拳脚。如果不是堂吉诃德在一旁劝说，两人准会打得伤痕累累。

桑丘抓着牧羊人对堂吉诃德说："狼狈骑士大人，您别管我，这个牧羊人和我一样，都是乡巴佬，也没有被封为骑士。刚才我完全可以光明正大地同他对打，为自己报仇。"

"虽然话是这样说，"堂吉诃德说，"不过，刚才的事，他一点儿没有错。"

听了这话两人才平静下来。堂吉诃德又问牧羊人还能不能找到卡德尼奥，因为他急切地想知道那个故事的结局。牧羊人仍像他原来说的那样，他也不知道卡德尼奥住在哪里。不过，他们只要努力在那一带多找找，不管他发没发疯，准能找到他。

第十一章　在莫雷纳山，英勇的骑士遇到的怪事，以及他如何模仿贝尔特内夫罗斯进行的苦修赎罪

堂吉诃德同牧羊人告别，骑上罗西南特，让桑丘跟随着他走。桑丘心里虽很不情愿，但仍跟着他骑驴走了。渐渐地，两人来到了山上的密林深处。桑丘很想同主人说说话，但又不想违反堂吉诃德的命令，他希望主人能先开口，但堂吉诃德一直都不开口。最后他实在忍不住了，说："堂吉诃德大人，请您祝福我，打发我回家去吧。我想回家找我的妻子和孩子，跟他们在一起，至少我可以随心所欲地想讲什么就讲什么。您让我跟您在深山老林里日夜兼程，想同您说句话还不被允许，这简直能把我活活憋死。如果命运让牲口能讲话，就像伊索那时代一样，那还好些，至少我还可以

同我的毛驴说说心里话。遇到倒霉的事情时，心里也好受些。可是眼下东奔西跑，四处探险，结果不是挨脚踢，就是让人用被单扔、拿石头砸、用拳头揍，而且还得闭上嘴巴，心里有话不敢说，像个哑巴一样，这实在太苦了，真让人受不了。”

“我知道了，桑丘，”堂吉诃德说，“你忍不了，想让我解除对你嘴巴的禁令。现在禁令已经解除了，你爱说什么就说吧。不过有个要求，这次解除禁令只限于我们在这深山老林行走的这段时间里。”

桑丘说：“那好，我现在就开始说话了，至于以后的事，只有天知道了。我得好好享受这项特许，我说，您为什么那么护着马吉马萨[①]或者叫别的什么名字的女王呢？还有，您又不是法官，那个阿瓦特是不是她的情人，跟你又有什么关系呢。如果您不去管他，我相信这个疯子会把那个故事讲下去，也免得咱们挨石头打，挨脚踢，还能免去至少六七个大耳光。”

堂吉诃德说：“桑丘，你如果像我一样了解玛达西马女王是多么高贵，讲礼仪，我没打烂他那张胡说八道的嘴，你一定会说我有涵养。无论是嘴上说，还是心里想，一位女王竟同一个医生私通，就是一种极大的亵渎。故事里说的事实是这样的，疯子说的那个埃利萨瓦特大夫很规矩，是很有见识的人。他做过女王的教师和大夫。可要说女王把他当成情人，那纯粹是胡说八道，说这些话的人理应受到惩罚。你应该知道，连卡德尼奥都不知道自己说了些什么。他说这话的时候，疯病已经犯了。”

桑丘说：“我也这么想，所以疯子的话咱们何必去理会呢。您为那位女王辩护，还算您走运，石头是打在您的胸上，要是打在您的脑袋上，咱们可就遭罪了。至于那个疯子，我懒得同他计较什么！”

“不管是在有理智的人面前，还是在疯了的人面前，凡是有人说女人的坏话，游侠骑士就有义务维护，不论是谁。况且是像玛达西马这样高贵的女王呢。我对这位女王的高尚品质有着特别的喜爱，他不仅美丽，而且作风正派，虽然饱经磨难，但是有埃利萨瓦特医生的教诲以及陪伴，这些帮

---

① 桑丘说错了，在这里应该是马吉马萨，在下一句应该是埃利萨瓦特。

助减轻了她的痛苦，让她得以小心谨慎地渡过难关。那个别有用心的家伙妄想利用这一点，说她是埃利萨瓦特大夫的情人，这简直是天方夜谭。我再说一遍，他们就是胡扯，即使再重复个一两百遍，他们想的和说的也是天方夜谭。”

桑丘说：“我可没这么说，也不这么想。他们做他们的，我们‘各扫自家门前雪，莫管他人瓦上霜’。他们有没有私情，那只有上帝才知道。‘我才从自己的葡萄园出来，什么也不知道’[①]。我不喜欢管人家的闲事。‘谁拿了东西不认账，自己的钱包里面最有数’[②]。‘我赤裸裸地出生，现如今也是净生，我既不亏也不赚’，他们是不是情人同我又有什么关系呢？‘许多人以为可以挂着咸肉，结果连个挂肉的钉子也没有’[③]。‘谁能在空旷的原野装上门’呢！再说，连上帝都还有人说闲话呢。”

堂吉诃德说：“上帝保佑，桑丘，你哪儿来的这么多废话！你讲的这一堆谚语跟咱们所说的事情又有什么关系？桑丘，从现在起你管住自己的嘴巴，你赶好驴子，与你不相干的事，你就不要做了。你要运用大脑弄清楚这样一件事：无论过去、现在和将来，我做的事都自有它的道理，也完全符合骑士道规矩。在这方面，我比世界上任何游侠骑士都了解得多。”

桑丘说：“大人，咱们成天在这没有道路的山上乱走，寻找那个疯子。就算找到了疯子，说不定他把您的脑袋和我的肋骨统统都砸烂，难道这也是骑士道的规定吗！”

“住嘴，我再跟你说一遍，桑丘。”堂吉诃德说，“告诉你，我到这儿来不仅是要寻找那个疯子，而且还要完成一番事业，以便在这世上名垂千古、流芳百世。我要以此完成使游侠骑士一举成名的全部事情。”

“去做的事危险很大吗？”桑丘问。

“不危险，”一副狼狈样子的堂吉诃德回答道，“我们投掷骰子时，如果掷的点数不是个坏点数，倒有可能不会走霉运。不过，办好这件事全看

---

① 西班牙谚语，表示事不关己，推卸干系。

② 西班牙谚语，表示自己做的事自己清楚。

③ 西班牙谚语，表示毫无根据地捕风捉影。

你有没有机灵劲儿。”

“得看我的？”桑丘问。

“是的，”堂吉诃德说，“要是你能从我派你去的那个地方马上回到这儿来，我的苦难就会早点结束，我的荣耀也可以很快开始。别这么傻等着听我说话，这不合适。告诉你吧，桑丘，在高卢，闻名遐迩的阿玛蒂斯是世界上最优秀的游侠骑士之一。我说他是最优秀之一还不确切，他在那个时代是独一无二、绝无仅有的。有人称堂贝利亚尼斯和其他一些人可以在某些方面与他相提并论，说这些话的人纯粹是乱嚼舌根。我发誓他们都错了。我还要告诉大家，一个画家如果想在艺术上成名，就得从中选出几幅技术独到的画家的原作并尽力临摹。这个方法同样可以用于所有为国增光的职业上。如果谁想获得谨言慎行、吃苦耐劳的好名声，就得学习尤利西斯[①]。荷马通过介绍这个人物的性格以及他所完成的事，为我们描画出了一个栩栩如生的谨言慎行、吃苦耐劳的形象。维吉尔也通过埃涅阿斯[②]的形象刻画出了一个可怜孩子的坚毅和一位智勇双全首领的睿智。在描述这些人的时候，作者并没有照搬现状，而是把这些人写成他们本来应该的样子，以便后人学习他们的长处。

“阿玛蒂斯是那些勇敢而又多情的骑士们的北极星、启明星和太阳。在爱情和骑士道大旗之下集合的所有人，都应该向他学习。既然这样，桑丘朋友，我作为游侠骑士，越是积极仿效他，就越接近于一个完美的骑士。有一件事充分表现了这位骑士的谨慎、刚毅、英勇、坚忍不拔和重情重义。他受到奥里亚娜小姐的冷遇后，避世去平岩山上苦修，改名字为贝尔特内夫罗斯。这个名字取得意味深长，也适合他自己选择的这种生活方式。对于我来讲，在这方面仿效他，就比仿效劈杀巨人、斩妖除魔、击败军队、破除魔法要容易得多。在这个地方做这些事情是最合适不过了。

“天赐良机，我又怎么能放弃这个机会呢？”

---

① 尤利西斯是荷马史诗《奥赛罗》中的主人翁，在希腊神话中称为奥德修斯。

② 维吉尔创作的史诗《埃涅阿斯纪》中的王子，曾与迦太基女王狄多产生过恋情。

“可是，”桑丘说，“您到底打算在这深山里做什么呢？”

“我不是告诉过你了嘛，”堂吉诃德说，“我要效仿阿玛蒂斯，在这里扮成一个绝望、愚蠢而又疯狂的人。同时，我还要模仿英勇的罗尔丹。罗尔丹在泉水边察觉了美女安杰丽嘉和梅多罗的暧昧气氛，立即气得发疯。他把大树连根拔起，把清清的泉水搅得浑浊，他杀死了牧人，毁坏畜群，烧毁了茅草房，推倒房屋，把母马拖走，还做了其他成百上千的怪事，这都值得记载下来流传后世。罗尔丹或奥兰多或罗托兰多，他一个人有三个名字，我并不想对他所做、所说、所想的全部疯狂之举逐一模仿，只想挑选出我认为是最关键的东西，然后把它们都模仿出来。其实，只要模仿阿玛蒂斯就足以让我满意了。他并没有发疯似地进行破坏，只是伤心地哭泣，也像其他做了很多破坏之事的人一样获得了名望。”

桑丘说：“我觉得这类骑士都是受了刺激，他们办傻事、苦苦修炼，这都是有原因的。可您为什么要发疯呢？哪位夫人轻视您了？您又发现了什么蛛丝马迹，让您觉得托波索的杜尔西内亚夫人同摩尔人或基督教徒做了什么逾越之事？”

“这就是问题的关键所在，”堂吉诃德回答道，“这也是我做这一行的妙处所在。一个游侠骑士有缘故地发疯就没意思了，我的那位贵夫人要是知道我故意疯癫会怎么想呢？何况我离开托波索的杜尔西内亚女士的时间也有些长了，这理由还不充足吗？你以前不是听那个牧羊人安布罗西奥说过嘛，不能和情人在一起，什么事情都放心不下。因此，桑丘朋友，你不必浪费口舌劝阻我，我是不会放弃这次罕见的效仿幸福的机会。我会疯狂到让你送封信给我的杜尔西内亚夫人，直到你带来她的回信时为止。如果回信上说她不负我对他的一片深情，我就会结束这疯癫和苦修。否则，我就真要发疯了。要是真疯了，我心里也就不会那么难过了。等你送来回信时，如果我还没疯，就会结束这场折磨，为你给我带来的喜讯而高兴。要是你带来的不是好消息，反正我疯了，也就不会为你带来的坏消息而痛苦。不过，你告诉我，桑丘，你还完整无缺地保留着曼布里诺的那个头盔吧？那个忘恩负义的家伙想把它砸碎，可是没能成功。我看见你把它捡起来了，从这点来看你挺细心。”

桑丘回答道：“我的上帝！狼狈的堂吉诃德骑士大人，您说的一些东西我实在理解不了。一讲到这些，我就想起您同我说过的所有关于骑士的事情，关于征服什么王国或帝国，还说要按照游侠骑士的规矩赏赐我岛屿或其他的封赏，我认为所有这些全部是空话、谎话，都是胡扯连篇。您把理发师的铜盆说成曼布里诺的头盔，而且很长时间都不承认自己的错误，别人知道了又会怎么想呢？准确地说，讲这话的人脑子有问题。铜盆就放在干粮口袋里，全压瘪了。要是上帝保佑，能让我再见到老婆和孩子，我要带回家去修补一下它，好自己刮胡子时用。”

堂吉诃德说：“桑丘，你看，就像你一样，我也用上帝的名义发誓，无论过去还是现在，你都是世界上最愚蠢的随从！怎么，你同我在一起这么长时间，难道就没有看出来，游侠骑士做的所有事情，看起来都像是幻境、蠢事、抽风，甚至有时也不顺利。但其实正好相反，事情原来不是这样的，只是有一帮魔法师夹杂在咱们身边，把我们周围所有的东西都随心所欲地改变了，结果就是要根据他们是想帮助我们还是想捣乱的意图，想怎么变就怎么变。所以，你刚才说那是理发师的铜盆，而在我看来却是曼布里诺的头盔。在别人眼里或许会被认为是另外一样东西。那是魔法师特别照顾我，让大家都认为那是铜盆，其实是货真价实的曼布里诺头盔。要是不这样，如果大家都知道那是非常珍贵的东西，一定会追着我想把它夺走；可是在他们眼中，这只不过是个理发师的铜盆，就不会想去抢它了。那个人把它丢在地上又想砸碎它，就充分证明了这点。如果那个人能认出它的本来面貌，就绝对不会这样的。你好好留着它吧，朋友，我现在暂时还不需要它。我还得脱去这身披挂，脱得像出生时那样一丝不挂，我想效仿罗尔丹，而不是学阿玛蒂斯那样苦练修行。”

他们说着话，走到了一座高山脚下，那座山陡得就像是用刀削过一样，孤零零地耸立在群山之中。山坡上，一条小溪蜿蜒平缓地流淌着，四周是绿莹莹的草地。山上野树成林，又有花草装点，十分幽静。狼狈骑士选择了这个地方进行修行。一见此景，他就疯了般地高声叫喊道：“上帝啊，我就选中这块地方来哀叹你给我带来的不幸吧。在这里，我的眼泪将使这小溪里的水上涨，我深深不息的长叹将轻轻摇晃着这些野树的树叶，以透露出我心灵饱受煎熬的痛苦。住在这杳无人烟的地方的山神们啊，请你们仔细听听这位不幸情人的哀叹吧。我与意中人别离多时，对她产生猜忌而来到这荒无人烟的地方，为那背信弃义的绝世佳人哭泣。森林中的女神们啊，那轻浮而浪荡的森林神追求你们，也没能扰乱到你们的和谐与安宁。可现在，请你们也为我的不幸而哀叹吧，至少也得听听我的不幸吧。托波索的杜尔西内亚啊，你是我漫漫长夜中的明灯，是我苦难中的救星，是为我引路的北斗星！你是我命运的主宰。希望老天保佑你称心如意。请你想想看吧，从与你分离开始我就落到了这种地步，请你不要辜负了我对你的一片深情和忠心。形单影只的大树啊，从现在起同孤独的我做伴吧，请你们轻轻地摇晃下树枝，向我表示你们并不讨厌我待在此地吧。还有你，我的随从，同甘共苦的伙伴，请你记住你在这里看到的一切，告诉她吧，这一切都是为了她！"

说完堂吉诃德翻身下马，从罗西南特身上卸下马鞍，在马的臀部拍了一巴掌，说："我的英勇无敌却又命运不济的马啊，我虽失去了自由但现在给你自由！你随意去吧，你的脑门上已经刻写着：无论是阿斯托尔福的伊波格里福，还是布拉达曼特付出巨大代价才得到的弗龙蒂诺，都难以与你匹敌。"

桑丘见状说："多谢主人把咱们从这活计里摆脱出来，我也得再拍它几下，少不得也要表扬它一下。不过，假如这头驴子还在这儿，我决不允许任何人卸下它的鞍。因为，它就像我这个主人一样，尽管没有热恋却也不失望，也就不会有放它自由的说法了。其实说实话，我的狼狈骑士大人，如果当真我要走，您也真的要发疯，最好还是给罗西南特再备好鞍，让它替代我那头被偷的驴子，这样我一来一往可以节省不少时间啊。如果我走着来去，真不知什么时候才能回来呢。反正要是靠我自己走肯定很慢的。"

"好吧，桑丘，"堂吉诃德说，"随便你，我认为你的主意不错。不过，三天后你再出发吧。我想让你瞧瞧这几天我为她所做所说的一切，到时你好一一告诉她。”

桑丘回答道：“除了这些还有什么好看的呢，我不是都瞧见了吗？”

“你需要看的东西还多着呢！”堂吉诃德说，“现在我要把衣服撕烂，把盔甲扔出去，用脑袋朝石头上撞，以及诸如此类的一些事情，都让你开开眼吧。”

桑丘说：“上帝保佑，您拿脑袋朝石头撞这怎么能行呢？石头这么硬，您要是撞上去，以前的苦练修行不就都完啦。照我说，您做的这一切都是假的，只有撞一撞才能继续在这儿修行，那就假装撞几下吧。脑袋朝着水里，或者什么软东西上面撞撞，例如撞在棉花上。这事您就交给我吧。我去同那位夫人说，您脑袋撞的是块比金刚石还硬的岩石尖。”

“我感谢你的好意，桑丘朋友，”堂吉诃德说，“不过，我想你应该了解，我做的这些事情绝不是开玩笑，这完全是真的，否则就违背了骑士道规则。这些规则约束我们不能撒谎，一旦违反就得受到惩戒，拿一件事去顶替另一件事，就是撒谎。所以，我用脑袋撞石头这件事必须是货真价实的，不折不扣的，绝对不能掺假。你倒是有必要在走的时候给我留下点儿纱布，我好包伤口，因为我们倒了霉，把那种疗伤的圣水弄丢了。”

桑丘说：“最糟糕的就是丢了驴子，旧纱布和所有东西也跟着它一起丢了。我求您别再提那该死的圣水了。我一听您说它就浑身难受、反胃。我还要求求您，您说原来让我等三天，看您抽风。现在您就当三天已经过去了吧，您发疯那些事情我都看到了，您该做的也都做了。我会在夫人面前详细禀告夸奖您的。您赶紧把信写好给我吧，我立即出发还能早点儿回来，好帮您从这个苦难的地方解脱出来呢。”

“桑丘，你说这是个苦难的地方？”堂吉诃德说，“你应该说这是地狱还差不多，或这儿甚至是个还不如地狱的地方。”

“我听别人说，‘一个人进了地狱，想要赎罪就晚了’。”桑丘回答道。

“我不明白什么是赎罪。”堂吉诃德说。

“赎罪的意思就是指，一个人进了地狱就永远也出不来了。这与您的情况完全不一样。我怕到时候腿脚跑不动，如果让我骑着罗西南特快马加鞭，很快我就能跑到托波索的杜尔西内亚夫人那儿向她禀报，把您在这儿已经做了和正在做的件件疯事、傻事，反正都是一回事，都告诉她。尽管开始时她的心硬得就像棵树，听我一说也得让她心肠软下来。拿到温情甜蜜的回信，我马上就回来，让您从这个像是地狱又不是地狱的受苦地方解脱出来。现在您还有希望出来。我说过，地狱里的人是没希望出来了。我想您对这个问题不会不赞同吧。”

“这倒是真的，”堂吉诃德说，“可现在我们怎么写信呢？”

“还有您答应给的毛驴的条子也要一并写。”桑丘补充道。

“都写。”堂吉诃德说，“既然没有纸，我们可以像古人一样写在树叶或写在蜡板上。尽管，找这些东西现在也像找纸一样困难。不过我想起来了，最好就写在卡德尼奥的那个笔记本上吧。你记着，写好后无论到什么地方，一定要请个学校的老师帮忙，工整地抄到纸上。如果找不到老师，找一位教堂的管事帮忙也可以。不过，可不能找法庭的书记员抄，他们写的那种字体，连鬼都认不出来。”

“那签名又怎么弄呢？”桑丘问道。

“阿玛蒂斯的信从来不用签名。”堂吉诃德说。

桑丘说：“那好吧。不过，答应给驴子的条子一定要签字。如果那是抄写的，别人就会认为签名是假的，我就得不到驴子了。”

“条子也写在笔记本上，我签名。我的外甥女看到它，一定会按此办理，不会刁难你的。至于情书，落款你就签上‘至死忠心于你的狼狈骑士’吧，让别人代签也没关系，因为我记得杜尔西内亚不识字，而且她从来没见过我的笔迹，也没见到过我的信。我们之间的恋爱一直是柏拉图式的，最多也只是规规矩矩地看一眼。即使这样，这一眼也看得十分难得。我敢起誓，实际上，尽管我对她贪恋已久，但是这十二年来我见她也只不过四次，而且很可能她连一次也没有发现我在看她。是她父亲洛伦佐·科丘埃洛和母亲阿尔东萨·诺加莱斯把她约束得这么安分守己。”

“哈哈，”桑丘说，“原来托波索的杜尔西内亚夫人就是洛伦佐·科丘埃洛的女儿呀。她是不是又叫阿尔东萨·洛伦佐？”

"就是她。"堂吉诃德说，"她有资格当世界的第一夫人。"

"我十分了解她，"桑丘说，"听说她掷铁棒比得上全村最棒的小伙子。我的天哪，她真是个地地道道的壮实女！如果哪个游侠骑士娶了她，即便掉进了淤泥里，她也能揪着胡子把他拉出来！我的妈呀，她真是有劲，嗓门儿也真大！听说有一回，她爬上村里的钟楼，叫唤几个正在她父亲的地里干活的长工。虽然干活的地方距离钟楼有半西里地那么远，可长工们听那喊声，就仿佛传出声音的钟楼在头顶上似的。她最大的优点就是丝毫不娇里娇气的，很随和，跟谁都能开个玩笑，说几句俏皮的玩笑话。现在我得对您说，狼狈骑士大人，您为了她不仅可以发疯，而且应该发疯，您甚至有理由光明正大地自寻短见！凡是听说您上吊的人都会认为，即使您死了，被魔鬼带走，您这样做太对了。我希望这会儿已经出发了，专程去看望她了。这么长时间没见到她，大概她的模样也变了。在地里干活的农村妇女，被风吹日晒的脸是很容易变老的。

"我的堂吉诃德大人，我原来对此一直一无所知，一直以为您贪恋的杜尔西内亚夫人是位公主或者值得您贡献一切的千金贵人呢。在我还没给您当随从以前，您大概已经打了许多胜仗，估计也送过不少礼物吧。在我当了您的随从后，您又为她送去像比斯开人、苦役犯那样的贵重礼物。不过我想，您派去或者您将派去的那些战败者跪倒在阿尔东萨·洛伦佐，我是说杜尔西内亚夫人面前的时候，会是个什么样子呢？也许很可能在那些人赶到那儿时，她正在梳理亚麻或者在打谷场上打麦子，那些人急急忙忙去见她，她定会茫然失措，只会觉得你送的这种礼物又可气又好笑。"

"我对你说过不知多少遍了，桑丘，"堂吉诃德说，"你真是话多。尽管你生性愚钝，却又常常自作聪明。我给你讲个小故事，让你知道自己有多死心眼，而我是多么的聪明。有个年轻漂亮的寡妇，人很开放，又特别有钱。她爱上了一个又高又壮的年轻教士。这事让教士的上司知道后，有一天他善意地规劝这位寡妇，说：'夫人，我感到非常奇怪，像您这样年轻貌美而又高贵富有的夫人，怎么会爱上这么一个愚笨，又地位低下的人呢？在我们修道院里有那么多大师、神学家和神学教师，您完全可以尽情挑选，您‘喜欢这个或者喜欢那个’只要一句话就行。寡妇回答得风趣而干脆：‘您错了，先生。如果您以为他很笨，我选择他选择错了，您就太守旧了。正是因为我比谁都清楚他的睿智，才会喜欢上他。’我也一样，桑丘，我爱杜尔西内亚女士，就如同爱世界上最高贵的公主。并不是所有按照自己的意志给夫人冠以名字，并加以称颂的诗人都确有夫人。你想想，书籍、歌谣、理发店、剧院里到处都涂写着女人的名字，像什么阿玛丽莉、菲丽、西尔维娅、狄娅娜、加拉特娅、阿丽达等这些名字，难道都确有其人吗？难道她们都是那些歌颂者的夫人吗？并不是真有，人们只是把她们当作抒发感情的对象，以表示自己恋爱了，而且他们懂得恋爱。所以，我只要确信善良的阿尔东萨·洛伦佐是位漂亮端庄的夫人就行了。她的出身无关紧要，也不用为此去深究给她什么身份。在我的心目中，她就是世界上最高贵的公主。

“如果你还不明白的话，告诉你桑丘，热恋中的女人有两样地方最打动人：一个是美貌，而另一个就是美名。杜尔西内亚这两样东西最为突出。论美貌，无人能及；论美名，谁也及不上她。总之，我觉得我说得恰如其分，并且是按照我的意愿对她的相貌和品德进行想象。无论是海伦[①]、鲁克雷蒂娅[②]，还是古希腊时代、古罗马时代或是拉丁时代，都没有一个女子能够超过她。随便别人怎么说，我不管。愚蠢的人会因此对我不解，但严谨的人却不会因此而指责我。”

“您说得有道理，”桑丘说，“我笨得简直像头驴。可是，为什么我又提起驴来了呢？真是哪壶不开提哪壶。快把信写好了拿来，我该告辞走了。”

堂吉诃德拿出笔记本，走到一旁，十分平静地写起信来。写完信后，他叫来桑丘，想把信念给他听一遍，让他在心里背下来，以防路上万一丢失了信件，要知道他最近命途多舛，什么意外都有可能发生呢。桑丘回答道：“您在笔记本上写两三遍再给我，我会稳妥保管的。要让我背下来，

---

① 古希腊神话中的美女。

② 古罗马时期的贵族烈女。

简直是痴人说梦话。我的记性实在糟糕，常常连自己叫什么都会忘了。不过，您还是把信给我念念吧，我很乐意听，这信一定写得很精彩。”

“你听着，信是这样写的。”堂吉诃德说。

堂吉诃德致托波索的杜尔西内亚的信

高尚尊贵的夫人：

最亲爱的托波索的杜尔西内亚，请允许我致以最真挚的问候。分离的苦痛、心底的思念，让我心力交瘁。如果像你这样的美丽女子对我睥睨，态度高傲不把我放在眼里，那么，这对我的打击必然会让我痛苦万分。纵使我饱经磨难，但这痛苦实在太大，我亦难以承受。啊，负心的美人，我爱慕的冤家，我为你而存在。我忠心的随从桑丘，他会向你如实禀报我已落入什么样的境地。你若是拯救我，我亦属于你。不然，你就尽情享乐吧。反正我唯有以死相报，来填补你的冷酷，也满足了我的追求。

至死忠贞于您的

狼狈骑士

“我的上帝啊，”桑丘说，“我这辈子还从未听过这么高雅的玩意儿呢。看您把心里想的东西都写在了信上，再配上‘狼狈骑士’的签名，真是棒极了！说实话，您简直就是神，真是无所不能。”

“我的职业需要我什么都要会。”堂吉诃德说。

“对了，”桑丘说，“您就把取驴子的凭证写在背面吧。您把名字工工整整地签上，要让人一目了然。”

“行啊。”堂吉诃德说。

写完后，堂吉诃德把条子念了一遍给桑丘听。上面这样写着：

外甥女小姐：

凭此单据，请将我托付给你照看的五头毛驴中的三头交给我的随从桑丘·潘萨。以此三头驴偿还我在此收到的另外三头驴。凭此单据加上我随从的收条便可如数交割。

立据于莫雷纳山深处

本年八月二日二十时立据

“好了，”桑丘说，“您就在这儿签上名吧。”

“不用签名了，”堂吉诃德说，“我画个押就行，这跟签字的作用是一样的。就凭这个画押，别说三头驴，就是三百头驴，也能带走。”

“我信任您。”桑丘说，“现在让我去给罗西南特准备马鞍，您这就为我祝福吧。我要立马动身，至于您要做的那些蠢事，我也不打算再看。我会把我所看到的一切都说给她听，丝毫都不遗忘。”

“桑丘，至少我想让你看看我脱光衣服，光着身子完成一两个疯狂的事情再走，这是必不可少的。这些事情我能在半个小时之内就全做完。如果你亲眼目睹后，完全可以言辞凿凿地说还有其他事。如果是我想做的事情，肯定让你讲都讲不完。”

“看在上帝的份上，我的大人，别再让我看见您赤身裸体的样子了，我一定会忍不住哭起来。昨天晚上我哭那头驴，哭得脑袋够难受的了，我不想再哭。您如果想让我看你再抽点疯，就穿着衣服做点简单有用的吧。况且，我现在需要的不是这些，而是早点回来。我一定会带来您希望和应该得到的消息。如果不是这样，那就让杜尔西内亚夫人小心点儿。她的回信要是不合情理，无论向谁我都可以发誓，我一定会连踢带打地从她那儿逼出个适当的回答来。哪儿有像您这样著名的游侠骑士无缘无故地受罪变疯，就为了一个……别让我再说夫人什么了。上帝保佑，别让我一时冲动做出什么事来。我干这个在行！她是不知道我的厉害！要是知道，肯定怕我！”

“依我看，桑丘，”堂吉诃德说，“你也不比我明白多少。”

“我可不那么疯，”桑丘说，“我是生气。不过咱们先别说这个啦。我回来之前，您吃什么呢？您也得像卡德尼奥那样到路上去抢牧人的东西吃吗？”

“你别担心这个，”堂吉诃德说，“即使有吃的，我也只吃这块草地和这些树给予我的绿草和果子。我修行的关键就在于不吃东西，而且还有其他一些受罪的事情。再见吧。”

桑丘说：“可是，您知道我担心什么吗？我怕回来的时候找不到这个地方。这个地方太隐秘。”

“你做好记号，我也不会离开太远。”堂吉诃德说，“而且你回来时，我还会登上这些高高的石头望你。不过要想不迷路，最保险的办法就是你采些金雀花。这里有很多金雀花。你走一段路，撒一些金雀花，直到走上平原。这些金雀花可以当路标，你回来时就可以按照忒修斯迷宫线路①的方式找到我。”

“我会这样做的。”桑丘说。

桑丘采了一些金雀花，请主人祝福他，然后向主人告别，两人还淌了几滴眼泪。桑丘骑上罗西南特，堂吉诃德千叮咛、万嘱咐，让桑丘像他本人那样照顾好罗西南特，要走平路，要按照他说的那样，走一段路就撒一些金雀花。堂吉诃德还想让桑丘再看他发点疯，可是桑丘已经走了。走了不过百步，桑丘又折回来，说：“大人，您说得很对，虽然我已经看见您在这儿抽了不少疯，可还是再看一次好，这样我就可以问心无愧地发誓说看见您抽疯了。”

“我早对你说过嘛。”堂吉诃德说，“你等一下，桑丘，我马上就做。”

堂吉诃德迅速脱掉裤子，只穿件衬衣，然后二话不说，先跳跃两下，接着又翻了两个筋斗，来了个头朝下、脚朝上的姿势，露出了自己的隐秘部位。桑丘实在不想再看了。他一勒罗西南特的缰绳，高兴满意地掉头而去。这样他可以发誓说看见主人抽疯了。我们先让他赶路去吧。他一会儿就会回来的。

---

① 根据希腊神话，忒修斯进迷宫杀怪物时，公主阿里阿德涅给他一个线球，并教他将线的一端拴在迷宫入的口处。忒修斯放线而去，杀死怪物后又沿线返回。

第十二章 堂吉诃德为了爱情在莫雷纳山修行细述

再说到那个上身穿衣下身光，翻了几个筋斗后倒立的狼狈骑士，他看见桑丘不愿再看他便独自离去，他便独自一人爬到一个高高的岩石顶上，然后继续考虑着一个十分困扰他的问题，那就是应该学习罗尔丹暴戾的癫狂呢，还是仿效阿玛蒂斯的凄恻痴迷？到底哪个更适合他呢？他自言自语地说道："即使罗尔丹像传说的那样是一位英勇善战的骑士，不过他也没什么了不起。他对魔法的掌握，无论是谁也不会是他的对手，除非有一根针，插进他的脚尖，然而他又总是穿着有七层厚铁鞋底的鞋，对付罗纳尔多的计策就这样被对方识破，没有任何作用，但到了最后他还是在龙赛斯瓦列山把罗纳尔多给饿死了。

"先不提罗尔丹是不是真的勇敢，我们来谈一谈他发疯的原因。这是千真万确的事情，因为他在泉水边发现了一些迹象，后来又听一个牧羊人说安德烈丽思跟阿格拉曼国王的侍童梅朵罗至少睡了两次午觉，他的妻子做了对不起他的事情，他当然会疯了，但我没有遇到这样的事，怎么可以去模仿他疯狂的样子呢？我发誓，托波索的杜尔西内亚从来没有见过一个穿着摩尔人衣服的摩尔人，她仍然守身如玉，如果我对她有任何怀疑，像疯狂的罗尔丹那样发疯的话，那必然是对她的侮辱。此外，我也看到了高卢阿玛亚特兰蒂斯正常的精神，他没有疯，同样成就了人们眼中多情的人的美名，按照书上所说，他爱慕的奥丽安娜鄙视他，让他未经授权不许出现在她的面前，于是阿玛蒂斯与一位隐士在'卑岩'隐居，他在那儿哭着祈求上帝，到了后来上帝真的在他最痛苦的时候帮助了他。我为什么要赤身裸体地努力寻找麻烦？为什么要伤害大树？他们所做的任何事情都没有对不起我。为什么要让清澈的泉水变浑浊呢，不然我口渴之时还能饮用呢。

"永不能忘的阿玛蒂斯啊，值得堂吉诃德努力去学习。据说他虽然没有完成伟大的事业，却为了试图干那些事业而献身了！但愿这话将来也能移用在我身上。我虽然没有被托波索的杜尔西内亚瞧不起，但是我说过，离开了她就够我受的。好吧，干起来吧。想想阿玛蒂斯曾经做过的事情，我如今该从何做起呢？不过，我知道他做的最多的便是念经了，虔诚地祈求上帝的保佑，可是我并没有念经用的念珠，我该怎么办呢？”

在这个时候，堂吉诃德想到了办法。他从衬衣的下方拽下一大条布，把它系成了一个扣，然后其中有一个特别大，他就把它当作了念珠，念了数不清的“圣母玛利亚”。但他又苦于找不到一个隐士，来找他忏悔，并且从他那里寻得安慰。他便开始在这个草地上晃过来晃过去，在树皮和沙子上面一会儿写字一会儿又画画，全是些描写他伤感的诗句，当然还有一些赞美杜尔西内亚的。可是后来都不能完整地保存下来，能看清楚的仅仅有下面几句：

高树参天青草绿，
灌木丛生遍山地，
倘若你们不笑我，
请听我圣洁的哭泣。
我的痛苦纵比天大，
但愿不会扰你心，
为我分忧也哀伤，
身在远方的杜尔西内亚啊，
堂吉诃德为你哭泣。
做你最忠实的情人，
虽躲藏在此遭唾骂，
却不知源头在哪里。
沉湎于悲哀的爱情，
泪水流淌过我的脸，
远在托波索的杜尔西内亚啊，
堂吉诃德在此哭泣。
行走于四方历险，
奔走于高山绝壁，

咒骂她心如磐石，
悬崖千丈路难行，
忍受不幸倍伤心。
爱情不是柔丝带，
却似皮鞭抽我心，
远离托波索的杜尔西内亚啊，
堂吉诃德在此哭泣。

看到诗中杜尔西内亚上的名字，签名还加了一个“托波索”，人们就忍俊不禁。他们纷纷推测，堂吉诃德以为他一旦提到杜尔西内亚的时候，假如签名不加上“托波索”三字，大家就看不懂他的诗。堂吉诃德后来承认确实如此。并且他还写了其他很多诗，刚才说了，除了这目前的三首，其他剩下的都字迹不清楚或者残缺不全的了。堂吉诃德在这个地方写诗，在此表达自己的叹息，在此呼唤农牧女神和森林女神，呼唤河流女神，呼唤回声女神，希望她们给予回声，帮助他，在此聊以慰藉，听他的诉说，消磨他的时间。在桑丘回来之前，他一直用草来填饱肚子。假如桑丘不是三天而是三个星期才回来的话，堂吉诃德必然会饿得非常难受，恐怕连生母都不能认出他了。

我们目前可以不必理会他的那些唉声叹气的诗，来说说背负了重要使命的桑丘吧。他自从上路以后，就沿着去托波索的方向赶路。第二天，他来到了那个曾经被扔的客店。一看到客店，桑丘就觉得自己似乎又在空中盘旋沸腾了起来，于是便不想进去了。其实以他目前这样的情况，是应该进去的，目前正是午饭时间，他不仅肚子饿而且也想吃点热热的东西。由于这几天赶路，于是全吃的干粮，有了这个愿望之后，他靠近了客店，但是心里还是在犹豫是否要进去。这时候有两个人从客店里出来了，他们认出了他，那两个人互相耳语道：“快看啊先生，那个骑在马上的人是桑丘·潘萨吗？我们的冒险家的女管家说，他跟着那人去做了他的随从。”

“是的，”教士说，“那正是堂吉诃德的马。”

原来出来的这两个人是神父和理发师，就是在桑丘的家乡查书焚书的那两个人，所以他们一眼便认出了桑丘。他们认出了桑丘和罗西南特后，他们又急着知道堂吉诃德现在的情况和下落，他们便向桑丘走去了。神父叫住了桑丘，然后开始说："桑丘·潘萨朋友，你那主人现在在何处？"

桑丘也很快地认出了他们。桑丘决定不告诉他们堂吉诃德目前所在的住所和要做的事情，于是他只告诉了他们，他的主人目前在一个遥远的地方做一件对他自己很重要的事情。他边说边发誓，即使是挖掉了自己的眼睛，也不能告诉他们事实的情况。

"不！"理发师说道，"桑丘·潘萨，你快告诉我们你的主人在哪里，如果你还不说，我们就会胡思乱想，其实我们已经能够想象到，也许是你把他杀害了，要不就是偷了他的东西。不然你怎么会骑上他的马，还不知道他在哪儿？你如果还不交出你的主人，我们绝对不会宽恕你。"

"你们不用如此吓唬我，对我说这样的言语，我不仅没有杀人，更没有去偷人东西。生死有命，我的主人当然正在这山里认认真真地完成修行。"

后来桑丘把主人现在的情况和遭遇告诉了他们，当然已经包括了给托波索的杜尔西内亚写的一封信。他告诉他们，杜尔西内亚就是科丘埃洛的女儿，堂吉诃德对他有深深的爱意。神父和理发师听了很是吃惊。虽然他们早已听说过堂吉诃德所做的疯狂事，而且也知道他发疯的原因和他为什么发疯，但是每当从别人口中得知他又发疯的事，还是会觉得很意外。他们请求桑丘把堂吉诃德给杜尔内西亚的信给他们看一看。桑丘说他的主人堂吉诃德把信写在了一个笔记本上，并且嘱咐他在有机会的时候把它写到信纸上去。神父吩咐桑丘把信拿给他看，他看后会认真写一遍到信纸上去，好方便桑丘交给杜尔内西亚。于是桑丘开始去兜里找笔记本，但是他并没有找到，他想起来，那个本子仍在堂吉诃德那里，他并没有交给桑丘，而且桑丘也忘了向他要笔记本。

桑丘并没有找到那个笔记本，他马上变了脸。紧接着他把自己的全身都翻个遍，一个劲地拽着自己的胡子，竟然把胡子拽下来了一半，然后他挥动双手，开始打自己的面颊和鼻子，一连五六拳，打得自己满脸血。

神父和理发师见状询问桑丘到底是怎么一回事儿，为何要将自己打得如此窘样。

“发生了什么事儿?”桑丘说，“这一转眼之间，我就丢掉了三头驴，每一头驴都价值千金呢。”

“那你究竟是怎么回事儿呢?”理发师询问道。“那个记事本被我弄丢了，”桑丘说，“上面写有给杜尔西内亚的信，以及主人亲笔签名的凭据。凭据上写明，主人让他的外甥女将他家里那四五头驴给我三头。”

接着桑丘又说了自己丢驴的事。神父安慰他，说只要找到他的主人，就让他重新给桑丘立个字据，并且依照常规写在纸上，因为记事本上的东西不能作数，是不管用的。桑丘听了神父的话，这才放下心来。他说，既然如此，丢失的那封给杜尔西内亚的信也不用着急了，因为他几乎可以把信背下来了，随时随地都可以把这封信重新记录一遍。

“那你说吧，桑丘，”理发师说，“待会儿我们就把信写在纸上。”

桑丘使劲儿搔着头皮，回想着信上的内容。他一会儿用右脚撑着，一会儿用左脚撑着，时而低头看地，时而又抬头望天，神父和理发师一直等着他讲述。等了好一会儿，最后他啃着手指头的指甲，说道：“哦，我的上帝啊，神父大人，我脑子里背下的信的内容都被魔鬼带走了。不过，开头部分是这样写的：‘珍贵的夫人’。”

“不会是‘珍贵’，”理发师说，“应该是尊敬或尊贵的夫人。”

“哦，是这样。”桑丘说，“如果我没记错的话，下面的话是这样写的：‘心受创伤、睡不着觉的人吻您的手，忘恩负义的美人。’关于他的健康和疾病，我忘了是怎么说的。反正就这样一直写下去，到最后是‘至死忠贞的狼狈骑士’。”

神父和理发师对桑丘的好记性比较满意，对他夸奖了几句，又让他把信再背两遍，好让他们也背下来，找时间写到纸上去。桑丘又说了三遍，每遍都不一样，遍遍笑话百出。最后他又讲了主人的情况，却没说自己在客店被人用床单扔来扔去的事，至于那个客店，他无论如何也不会再进去了。

桑丘还说，只要他能带回托波索的杜尔西内亚的好消息，堂吉诃德就会着手争取做国王，至少得做个君主，这是两人商量好的。就凭堂吉诃德的才智和他的臂膀的力量，这很容易做到。到了那个时候，就要为他完婚。到那时候他得是鳏夫，这才有可能把王后的一个侍女嫁给他。侍女是大户人家的后代，有大片的土地。那时候他就不要什么岛屿了，他已经不稀罕了。桑丘说这番话的时候十分自然，还不时地擦擦鼻子。看到他的精神也快不正常了，神父和理发师又感到惊奇不已。连堂吉诃德带的这个可怜人都成了这样，堂吉诃德疯到什么程度就可想而知了。

然而神父和理发师也不想浪费精力使他明白。他们不觉得桑丘的想法会让什么事发生，干脆就随他去。他们还想继续听桑丘述说他干的蠢事，便让桑丘祈祷上帝保佑他主人平安，并且随着时间的流逝，他的主人很可能如同他讲的那样当上国王，至少会是个红衣主教或其他地位相当的官职。桑丘说："大人们，假如命运使然，让我的主人做不了国王，当了红衣主教，请告诉我，巡视四方的红衣主教通常会赏赐随从什么样的东西呢。"

"通常是修士或神父这样的神职，"神父说，"可以领工资，还负责管理教区；也有可能在教堂任司事，他的收入也不少，此外还有做法事时额外的酬金，数目同他的收入差不多。"

"要想做这样的随从，那么就应该是单身，"桑丘说，"因为得帮着他做弥撒吧。如果真是这样，我可不幸啊。我是结了婚的，况且连字母都不认识几个。假如我的主人做了红衣主教，而不是像游侠骑士常做的那样当了国王，这我该如何是好？"

"别着急，桑丘朋友，"理发师说，"我们会去请求你的主人，也会劝说他，甚至打动他的良知，让他做国王，而不是红衣主教。他智勇过人，当国王会更加合适。"

"我也这样想，"桑丘说，"尽管我知道，干什么他都可以担当。我却想向上帝祈求，把他安排在最适合他的地方，也把我安排在最有利可图的地方。"

"你说的这些也有道理，"神父说，"你会成为一个很好的基督徒。不过现在应该做的，就是让你的主人从他正在做的无谓的苦修中解脱出来。

现在已是吃饭的时候，咱们还是先进客店去，一边吃饭一边想办法吧。”

桑丘告诉神父和理发师，让他们先到里面去而自己在外面等，可是，麻烦让他们给自己外带一点热气腾腾的食物出来，顺便再给罗西南特弄点大麦。理发师和神父走进了客店，理发师很快便给桑丘拿来了食物，之后，神父和理发师又思考起来，如何对他们所发生的这件事情进行计划。神父想起来了一个对于堂吉诃德非常适合的，又能让他们目的实现的办法。神父告诉理发师，他的想法是让自己装扮成为一个凄苦悲惨的流浪少女，理发师则尽力地伪装成为随从，然后一起出发去找堂吉诃德寻求帮助。堂吉诃德作为一个骑士，一定会去帮助她。当然，这样的帮助是让堂吉诃德随少女去一个地方，是一个对她作恶的卑鄙骑士所在的地方，要去那儿为少女报仇。并且在这个时候，她去央求堂吉诃德，在与那个可恶的骑士报仇雪恨之前，请不要把她的面具给摘下来，也不能让她去做其他的什么事情，这样的话，堂吉诃德一定会马上答应下来。于是乎，就能把堂吉诃德从那个地方给带出来了，带他回到家里去，带他去医治他的疯病。

第十三章　神父和理发师如何按计而行，以及其他值得记述的事情

理发师认为神父这个计谋确实高明，便同意马上行动起来。他们向客店的女主人借了一条裙子和几块女用包头巾，神父把自己的新教士袍留下当作抵押。理发师用店主挂在墙上的平时拿来插挂梳子的一条浅红色牛尾巴做了个大胡子。客店的女主人问他们要这些东西干什么用，神父就把堂吉诃德是怎样发疯的情况简略地跟她说了一下，并说他目前还在深山老林里，他们需要进行一番化装，将他哄出深山。客店的女主人立即想起来，那个疯子曾经在这个客店住过，还在客店里炮制过什么香油，他的侍从曾让人兜在毯子里往空中抛过。他们把堂吉诃德在客店的事情原原本本地对神父说了一遍，把桑丘讳莫如深的那些事情也说了出来。

后来，神父将客店老板娘给他的衣裙穿在了身上，样子并不十分雅观，

他穿了一条呢制的裙子，裙子上嵌着一拃宽的黑丝绒横条带，每根横条上都打了折皱，上身穿了一件青丝绒上衣，青丝绒上衣镶着白缎边，大概是万巴王[①]时代的产物。神父不愿拿头巾裹着头，只带了一个自己晚上睡觉时候用的棉睡帽，脑门上缠着一条黑塔夫绸带，再用另一条同样的带子做成面罩，把整个面孔和胡须全遮上了，他还带上了一条宽边大帽，那帽子大得能当遮阳伞，又披上他的一件黑色短斗篷，侧身坐到骡背上。理发师也上了他的骡子，让浅红色的胡子垂到腰间。上文已经讲过，那胡子是用一条浅红色的牛尾巴做成的。

他们一一辞别了店里的人，也和那个心眼不错的女仆告别，这姑娘虽然做过不地道的事，却发愿要念一串《玫瑰经》，求上帝保佑，祈求他们办成这件艰难而又仁慈的善事。

两人刚走出客店门，神父忽然转念一想，虽然这事非常重要，但自己身为神父却如此打扮，十分不妥。他请求理发师同他把衣服交换过来，觉得让理发师装扮成落难少女更加合适，由自己装扮成侍从，这样不至于自己作为神父的颜面扫地，如果理发师不同意，那无论堂吉诃德生与死，他也不会再前进一步了。

这时桑丘朝他们走过来。他看到两人这般装束，不禁哈哈大笑起来。后来，理发师听从神父的话同他互相交换了衣服。神父告诉理发师对堂吉诃德应该如何采取措施，如何说，才能迫使他放弃在那样的地方进行毫无意义的苦修的打算。理发师说，这个容易，神父不用告诉他方法，他自己便知道该如何去做。理发师又说，不用现在就换上那身少女的装扮，要等快到目的地时再穿。他将那身衣服整理好，神父也把胡子收拾好了。桑丘便在前面给他们引路，两人这就启程了。桑丘告诉了他们在山上遇到一个疯子的事情，但是对于那只箱子只字未提。这家伙虽然不算是个聪明的人，却还有点贪心。

---

① 万巴王是西班牙被西哥特人统治时期的国王，公元前 762~前 680 年在位。这里指时代很久远。

翌日，他们来到了一个做有金雀花枝标记的地方，桑丘告诉他们，那是他离开堂吉诃德时做的路标。桑丘上前确认以后，告诉了他们上山的路口，他们现在便可以换上衣服了，前提是这更利于去了解他的主人。原来两人已在路上告诉了桑丘，他们的这副打扮模样和这种方式是把他主人从那样的窘境下解救出来至关重要的一步。神父和理发师还多次叮嘱桑丘，让他不要告诉堂吉诃德他们的身份，也不要说同他们认识。如果堂吉诃德问到是否已把信交给杜尔西内亚，便说已经转交了，可是因为杜尔西内亚不识字，因此只能让他们带话，叫桑丘告诉他，让他马上回去见杜尔西内亚，不然她会生气。这是一件对她十分重要的事儿。这样一说，再加上神父和理发师之前商量好的话，便一定能让堂吉诃德回心转意，说不定还能争取当君主或国王。至于当不当大主教，神父嘱咐桑丘完全不必担心，它的主人是不会当大主教的。

桑丘听完后把它记在了脑子里。他很感谢神父和理发师能够去劝说主人当君主或国王，而不是去做什么大主教。他思考着主人赏赐随从的话，当主教肯定没有当国王慷慨。桑丘还告诉他们，最好先让他们问问堂吉诃德的意思，再把他的意中人的回信告诉他。或许仅仅需要杜尔西内亚就可以把堂吉诃德解救出来，神父和理发师就可以不再费那个劲了。神父和理发师觉得桑丘的话在理，于是决定先在此等候，希望桑丘带来好的消息。

于是神父和理发师留在一条小溪的旁边，桑丘便沿着山的入口上山了。这里是个十分凉爽的地方，小溪水缓缓地流着，溪边耸立着一块块山石和一颗颗大树，挡住了阳光，周围便是一片清凉。此时正值八月酷暑，当地的气候十分炎热，并且已是午后三点。这个地方令人非常凉爽舒服，于是两人决定在此等候桑丘。

两人正在树荫下悠然自得地休息，耳边忽然传来一阵歌声，是没有任何乐器伴奏的，但却也显得悦耳柔美，婉转动听。两人觉得很是惊讶，能在这样的地方听到这样美妙的歌声。他们曾经听人说过，在山林原野能听到优美歌声，不过因为不知道真假，便以为大多数是诗人们夸张的说法，更何况，他们听到的歌词竟然是诗，而不是牧歌，是高雅正经的宫廷诗，他们更诧异了。是呀，他们没有听错，此人的诗是这样吟唱的：

谁断送了我的幸福？
厌恶。
谁增添了我的痛苦？
妒忌。
谁考验了我的耐心？
离别。
我内心忧伤无法消磨，
厌恶、妒忌和离别，
使我对希望丧失信心。
是谁使我如此的悲伤？
爱情。
是谁夺走了我的乐趣？
命运。
是谁忽视了我的痛苦？
苍天。
剧痛使我渴望死去。
爱情、命运和苍天，
加在一起把我毁灭。
哪有改变我命运的路？
死亡。
谁会获得爱情的福音？
改变。
爱情的伤靠谁来治疗？
疯狂。
我若头脑变得清醒，
定难治愈我的疯病。

死亡、改变和疯狂，
才能有了解脱办法。

在那个时候、那样荒无人烟的地方，能听到那样的嗓音、那样优美的的诗句，两人不禁赞叹起来。他们静静地聆听着，听听还唱些什么。过了一会儿却又不见了动静，神父和理发师决定去找这位具有如此美妙嗓音的歌手。他们刚要走，歌声又响了起来，两人便不动了。这次他吟唱的是一首十四行诗：

圣洁的友谊，伸开轻盈的翅膀，
随着灵魂升上天空，飞向远方。
却把自己的影子遗留在人世间，
你却喜笑颜开地飞升去了天堂。
你让我们隔着天幕抬头仰望你，
掩盖下的和平似乎隐约可看见。
邪恶的面目常隐藏在正义之下，
最终美好的心愿将会变成空想。
友情啊，请你别在高居于天上，
别让欺骗的人儿披上你的外衣，
任由它毁灭掉你的真诚与善良。
假如我不剥去你这行骗的外表，
世界很快就会陷入纷繁的战争，
一切又回到当初的混乱无章之中。

歌声随着一声深深的叹息便结束了。两人却仍然在此处等着，看看是否还有美妙的歌声。可是歌声却忽然变成了哭啼和哀叹。两人决定弄清楚究竟，于是便走上前去寻找歌声的来源。走了一小会儿，绕过了一块石头，他们便看见了一个人，他的身材就像桑丘给他们说过的卡德尼奥一样。那个人见了他们，并没有动，仍然待在那儿，头垂在胸前埋得很低，若有所思的样子，除了在之前才来的时候看过他们两眼便再也没有抬起头来看他们。神父早已听说过他的不幸的经历，再加上又从外表猜出了是谁，于是便走上前去。神父是个十分健谈的人，简洁又有分寸地同他讲了几句话，劝说他放弃如此悲剧的生活，不要如此沉沦下去，那样可就万幸了。

卡德尼奥当时神志已清醒了过来，已经从那件令他震怒的事情里面摆脱了出来。他看这两个人的穿着并不是当地人，不由得感到奇怪起来，刚才听神父同自己讲话的时候，又觉得神父非常了解在他身上所发生的事情，于是更加意外地说道："两位先生，虽然我并不认识你们，但是我知道，你们定是上天派来解救我的，上天总是保佑好人，但是有时候也会帮助那些坏人。虽然我独自一人来到这荒无人烟之地，可是仍有烦老天派你们到我身边，我实在愧不敢当，你们说出种种生动令人信服的道理，说我现在在此的生活是多么没有道理，并且希望我离开这里到一个更好的地方去。我虽然明白，不过你们并不了解，我纵使能从这种痛苦里解脱出来，也仍然避免不了陷入新的痛苦之中。所以，你们可能会认为我的精神有问题，更有甚者会认为我完全丧失了理智。如果你们是这样想的，也没有什么不可以，我其实自己也认为，每每当我想起我以前的种种不幸的时候，便痛苦得难以自拔，但是我却没有能力去阻止它，只是觉得我也许会像石头一样失去知觉。当我丧失理智的时候，我会失去控制做出一些不合情理的事情来，后来有人告诉我并且向我证明了我犯病时的作为。尽管我意识到这的确是真的，却也只能后悔和自责，告诉那些愿意听我一言的人，向他们表达我心中的歉意。那些了解情况的人，对我做出的那些事情就不感到奇怪了。尽管他们也不知道应该如何帮我，但至少已经宽恕了我，对我的感情也从愤怒变成了同情。如果诸位大人也是怀着这样的目的前来，那在你们谆谆教诲我之前，还是请你们先听听埋在我心中多年的辛酸经历，也许听后，你们便不像现在这样来安慰、教导我了。"

神父和理发师当时一心想听他亲口说说导致他神志不清的原因，就请他讲讲自己的事，并保证一定按照他的意愿帮助他或者安抚他。于是，这位伤心的年轻人开始讲他的辛酸往事，字字句句几乎和前几天他对堂吉诃德以及那个牧羊老汉讲的完全一样。上次讲到埃利萨瓦特的时候，因为堂吉诃德维护骑士的尊严，便在一些细节问题上与他争论不休，结果，他的故事并没有讲完。好在这次卡德尼奥没有犯病，而且还完全可以把故事讲完。他讲到费尔南多在《高卢的阿玛蒂斯》一书里找到了一封信。卡德尼奥说，他还记得很清楚，信是这样写的：

卢辛达致卡德尼奥的信

> 我每天都从你身上发现新的品质和美德，让我不由自主地更加敬重你。如果你愿意，完全可以把我从目前这种状况里解救出来，并且不损害我的名誉。你完全可以很好地做到这点。我父亲认识你，你又爱我。如果你尊重我，我也相信你，而且，这也不违背我的意志，他一定会顺着我的心愿将原本应该属于你的东西给你。

“看了这封信，我就产生了去向卢辛达的父亲求婚的念头。我说过，在费尔南多看来，卢辛达是当代最聪明和智慧的女人。费尔南多就是想用这封信在我实现我的愿望之前毁了我。我把卢辛达的父亲的意见告诉了费尔南多，卢辛达的父亲坚持要我父亲出面提亲，可我却没敢跟他提这件事。这并不是因为我不了解卢辛达的道德品质和她的美貌、善良。她品貌双全，她所具有的条件完全可以让西班牙任何世家生辉。我只是以为卢辛达的父亲不想让我们仓促结婚，要先看看里卡多公爵怎样栽培我。

“总之，我告诉他就因为这点，可能还有其他原因，我忘记了究竟是哪些原因，让我没敢跟父亲说这件事儿。不知为什么，我总觉得我所希望的事情是不会实现的。费尔南多回答说，他去同我父亲讲，让我父亲去向卢辛达的父亲提亲。噢，这个野心勃勃的马里奥！这个残忍的喀提林！这个狠毒的西拉！这个奸诈的加拉隆！这个背信弃义的贝利多！这个耿耿于怀的胡利安！这个贪婪的犹大！你这个背信弃义、阴险狡诈、耿耿于怀的魔鬼，我这个可怜人把我内心的秘密和快乐都毫无保留地对你和盘托出，我在什么地方冒犯了你？我怎么惹你了？我哪句话、哪个劝告不是为了维护你的名誉和利益？可是，我还有什么可抱怨的呢？灾星带来的灾难，仿佛从天而降，其势力异常强大，没有什么可以阻挡他，没有什么办法可以防备他。谁能想到，像费尔南多这样的名门贵族，举止庄重，受着我的服侍，无论到哪儿都是情场得意，竟会昧着良心夺去我仅有的一只羊[①]，而且这只羊当时还不属于我呢！

“可是先前说了这些也是没用的，我还是把我的悲惨故事接着告诉你们吧。费尔南多觉得我在那儿对他实施其虚伪恶毒的企图不利，就想把我打发到他哥哥那儿去，借口是让我去要钱买六匹马。原来他为了更好地实现自己的阴谋，就在他自告奋勇出面和我父亲谈婚事的那一天买了六匹马。让我去拿钱，这是个阴谋计谋。我怎么会想到他竟做出这种背信弃义的事呢？我怎么可能去往这方面想呢？我一点儿都没有想到。相反，我觉得这个买卖很合算，十分高兴地出发了。那天晚上我又去找卢辛达，告诉她我已经同费尔南多商量好，我当时完全相信我们两人的良好愿望会实现。她和我一样对费尔南多的恶意并未察觉，只是让我早点归来。她相信只要我父亲向她父亲一提亲，我们的愿望就会有结果。不知为什么，她一说完这句话，眼眶里就流出了泪水，话到了喉咙也哽咽了，一句话也说不出来了，但似有很多话想说。

“我对她这种反常的状况感到十分的震惊，这样的情形在过去是从来没有过的。以前我们在一起见面的时候，只要时间合适，安排得当，总是有说有笑地在一起，什么眼泪、叹息、嫉妒、怀疑或恐惧都是从来没有的。这使我感到让卢辛达做我的妻子真的很神圣。我崇拜她的美貌，更欣赏她的才华。我和她之间的事情街坊邻里人尽皆知，并且一直被大家所祝福。但即便如此，我最放纵自己的一个举动是硬将她的纤纤玉手拉过只隔着我

---

①《圣经》中的故事。拿单指责大卫就像有钱人那样，不用自家的羊款待客人，却抢走穷人仅有的一只羊。

们的一道栅栏，放在嘴边亲了一下。但在我离开的前一天晚上，她哭了，哀怨，叹气，然后离开了，我怀疑、困惑、恐惧和不安的状态让卢辛达哀痛异常。见到她这个样子，我内心十分不安，放心不下。可是，我总爱把事情朝好的方面去想，以为是我们的别离让她如此惶恐不安，相爱的人分开，自然会让人难过。我惆怅万分地走了，心中充满了疑问，但又不明白什么使我如此焦虑。然而，预兆已如此明显，我即将会遭到不幸。

“为了达到目的，我把信交给了费尔南多的兄弟，他们给我很细心的照顾，但他没有立即给我事情做，让我在他父亲——公爵也不知道的地方等待了八天，这让我感到非常不高兴。因为他弟弟费尔南多在信中说，钱的事不能让他的父亲知道。事实上，这是费尔南多使的手段，他的哥哥完全可以立刻把钱付给我，让我回去。我不能立即回去，这个命令让我难以接受，要离开心爱的卢辛达这么多天，简直难以想象。尤其是当我离开她的时候，她还十分伤心。然而，作为一名忠实的仆人，我服从了。在我到达那儿的第四天，有人给我带来了一封信，我认识信封上的字是卢辛达写的。我小心翼翼地拆开信，心里想着是不是出了什么大事儿，让她如此远地给我送信来，平时我在她身边时，她是很少如此的。看信前，我先问那个送信的人是谁给他信派他来的，他在路上又花了多少时间。他回答说，一天中午，他穿过城市的街道，一位漂亮的小姐在窗口向自己招手。当时这位小姐眼里饱含着热泪，声音急促地对他说：‘兄弟，看样子你似乎是名基督徒。看在上帝的份上，我求求你把这封信交给那个人，他的姓名和地址都写在上面，这个手帕里的东西请你收下，在路上也方便些。’说完，她从窗口扔出了一个用手帕包着的一包东西，里面有一百个雷阿尔和一枚金戒指。她见我拿起信和那包东西，还对她比了个放心的手势，还没等我说些什么，她就匆匆离开了窗口。我立马出发把信送了过来，从她给我信一直到我找到这里，一共花去了十六个小时，您知道，这段路一共有十八西里啊。

“当这位信差讲述这番话时，我一直全神贯注地听着，双腿颤抖着几乎站不住。后来，我把信打开，上面是这样写的：

费尔南多曾答应帮你找你父亲谈谈，请他出面和我父亲商量我们的婚事。你父亲告诉我，他的确有找过你的父亲，可他做的事并没有维护你的利益，而是对你没有好处的，先生，我告诉你。你知道吗？他已经向我父亲求婚了。我父亲认为费尔南多的条件比你的条件好，就满口了答应了这门婚事，再过两天就举行婚礼。婚礼将秘密地单独举行，只有老天见证，还有一些家人在场。目前我的处境你可想而知。如果你能回来，就快回来。我是否真心爱你，这里发生的这件事情会让你明白。但愿上帝保佑，让这封信在我同那个不守信用的家伙的命运连在一起前送到你的手上。

“简单地说，这是这封信要讲述的重点。我再也没有等任何答复或金钱，便立即离开了，这时候，我完全理解，费尔南多让我来找他的兄弟不是为了买马，而是为了达到他的目的。我对费尔南多的愤怒以及担心失去我追求多年的心上人的恐惧，使我飞一般地往回赶，就像插上了翅膀一样。第二天回到家，正是在我通常与卢辛达在一起约会的时间，我把我的骡子放在了那个给我送行的好心人的家里，便悄悄地溜进去，碰巧她正好站在我们时常约会的栅栏旁，她一眼就看见了我，我也看见了她。但这次的见面不同于以往，世界上有多少人能认清女人复杂的心态和变幻莫测的性情呢？事实上没有一个人能做到。

“卢辛达看到我说：‘卡德尼奥，我已经把礼服穿好了，那个背信弃义的费尔南多，还有我贪婪的父亲和证婚人，在我家等着我，但他们等到的不是我的婚礼，是我的墓碑，但我的死亡你不要惊慌，朋友，你应该尝试去见证这场悲剧，如果我不能使用语言，以避免悲剧的发生，我用匕首，所有的强暴都可以使用它来抵制，我想用它来结束我的生命，并证明我对你的一片深情。’

“‘我相信你对我的爱，’我怕时间来不及于是赶紧对她说，‘小姐，但愿你说到做到。你身上带着匕首，可以保全自己的名节，我身上带着剑，

也可以保护你平安，万一命运不济，我就用它自杀。'

“我想她大概没有听完我说的话，这时传来一片催促声，因为婚礼马上就要开始了。痛苦就像黑夜一样笼罩了我，我的欢乐像落日一样沉没了。我眼前不见了光明，心里失去了理智。我没有勇气去她家里，一步也移不动。可是，我考虑到自己如果在场的话，或许可以改变一切，于是我重新振作起来，偷偷溜进她家里。我对她家很熟，而且此时大家都忙着准备婚礼，所以没有人注意到我。我躲在客厅的窗帘后面，大家看不见我，而我却能从窗帘的缝系中看清楚客厅里的一举一动。我在等待着，内心充满了焦灼与不安，根本无法用语言形容当时的心情。我只说新郎进了客厅就行了。他穿着平常的衣服，伴郎是他的一个表兄。客厅只有几个仆人，没有其他外客在。

“过了一会儿，卢辛达在她的母亲和两个女佣的陪同下，从卧房里走了出来。她的仪态优雅，着装也十分美丽。我当时没有心情去欣赏她的衣服，只是看见她衣服的颜色是肉色和白色的，头上戴的发饰与身上的首饰交相辉映，把她一头美丽的金发衬托得更加突出。那些宝石和客厅里四个大蜡烛发出的光亮，也没有她的一头金发光亮。想到这些，记忆啊，你总是与我作对让我难以平静。为什么要让我想起那个我曾经爱慕过的美丽女人？可怕的回忆，描述了什么，你倒不如让我想起他当时的所作所为，让我想到他如何欺骗我，这样，虽然不能为自己报仇，至少也能促使我自己快点结束性命。先生们，请你们听了这些琐事，不要感到烦心，我的心酸往事的确不能三言两语说清楚，每个环节都会费上大半天。”

神父回答说，他们不仅不感到厌烦，而且还对这些细节十分感兴趣。这些细节不应该被遗忘，而且应该像故事的主要内容一样，丝毫不能被忽略。

“大家到齐之后，”卡德尼奥继续讲道，“教区的神父走进了客厅。他按照婚礼的程序，拉着两个人的手说：‘卢辛达小姐，你愿意按照神圣教会的规定，让你身旁的费尔南多大人做你的合法丈夫吗？’我躲在窗帘后面伸长了脑袋，惶惶不安地仔细听卢辛达的回答，等着她对我的生死进行宣判，那时候我竟没敢站出来大声说：‘喂，卢辛达，卢辛达！你看你在干什么！你想想你该对我做的事情吧。你是我的，不能属于别人！你听着，你只要说声“愿意”，我的生命即刻就会结束。还有你，你这背信弃义的费尔南多，你夺走了我的幸福，夺走了我的生命！你想干什么？你别想利用教会达到你的目的。卢辛达是我的妻子，我是她的丈夫。’哎，我真是个疯子。现在我远离她，远离了危险。当时我应该这样做，可是我没有这样做，结果让人夺走了我珍贵的宝贝。我要诅咒这个夺走我心上人的强盗。当时我如果有心报复他，完全可以报仇雪恨，可是现在我只能在这里后悔。总之，我当时胆小怯懦，因此现在羞愧难当，后悔莫及，变得疯疯癫癫。

“牧师在等待卢辛达的回答，她一直没有说话，我原以为她会拔剑保住自己的名节，说实话，揭露骗局，这是对我有利的，但是我却听到她有气无力地说：‘是的，我愿意。’费尔南多也说了我愿意，然后便给她戴上戒指，两人便拥有羁绊一世的婚姻。新郎过去拥抱了新娘，新娘去用手捂住胸口，瘫倒在了母亲的怀里。你知道当时我的心情吗，当我听见这声‘愿意’，我知道一切希望都已经落空，卢辛达做的承诺以及她说的话都已经落空，在这一刻，我失去的这件珍宝将永远也不会是我的了。我突然不知所措，觉得庞大的世界其实一无所有，脚下的大地已经成为我的敌人，我窒息得连气也无法叹出来，两只眼睛异常苦涩，连眼泪也流干了，只有愤怒的眼睛在燃烧，燃烧了所有的愤怒和嫉妒。卢辛达晕倒了，众人都恐慌地忙前忙后，卢辛达的母亲解开卢辛达胸口的衣服，让她能够更好地呼吸，但在她的胸部发现了一张折叠的纸。费尔南多拿着纸条就着烛光看起来，看完后，他坐在椅子上，他的手放在他的脸上，别人在抢救他的妻子，他却心事重重的样子，似乎是陷入了沉思。

“看到客厅里的人忙忙碌碌乱作一团，于是我也不管别人是否会发现我就跑了出来，心想若是有人看见我，那我就拔出剑来，对他们不客气，让大家都知道我怀着满腔怒火惩罚费尔南多这个伪君子，还有那个水性杨花的女人。那么如果以后的命运还要如此让我不幸，那么我就当我的命运真是如此，这也是命中注定，那时候我的头脑格外清醒，不像到这里来了之后那样糊里糊涂的，我并不想把我自己的满身怒气发泄到他们两个身上，我只想把他们忍受的痛苦转移到我的身上，甚至比他们更为严厉些，假如我当时杀了他们，他们突然死亡，其痛苦也马上没有了。可是像我这样，虽然我的性命仍在世上，却要遭受到无尽的痛苦折磨，我想这样才是最痛苦的。最后，我跑出了那个痛苦的地方，来到为我照看骡子的那个人的家里，让他为我备骡，我并没向他道别就骑上骡子出了城，像罗得①一样，连头也不敢回。我一个人来到城外，天已经变黑，夜色笼罩着我，让我在寂静的夜色中痛苦地悲鸣，不怕别人听见我的悲鸣声或者认出来是我。我尽情地放开喉咙，大声地诅咒卢辛达和费尔南多，自我安慰似地以为这样能减少我心中的不满与痛苦。

"我骂他们虚伪、残忍、忘恩负义、贪婪，她被我的情敌的财富蒙蔽了双眼，抛弃了爱情，上天把我心爱的人从我身边夺走，把她交付给了那个命运对他格外慷慨的人。我不禁一边为心爱的人开脱，一边又骂起来，说像她那样总在家里长大被父母管教的女孩子，当然对父母言听计从也不为过，因为她宁愿顺着父母的意见。父母给她找了这样一个家财万贯并且文质彬彬的丈夫，如果他拒绝了这门婚事，别人就会觉得她精神有问题，不是头脑不清楚便是已经另结新欢，那样的话，他良好的声誉便没了，可是就算这样说，卢辛达说愿意让我当她的丈夫，她的父母也会觉得这是一个不错的选择，不会不给她机会，不会不谅解她。而且，费尔南多去向卢辛达求亲时，如果作为父母的他们考虑一下卢辛达心中所想的愿望，就不应该让她选择另一个比我的条件好很多的人，去让卢辛达嫁给他，卢辛达在迫不得已要结婚的时候，我们私订了终身，在这样的情况下，无论她说出了什么样的谎话，我都会听从她的话，所以我觉得，是贪婪和虚伪的心战胜了爱情，让她忘记了她曾经许下的承诺，她用那些谎话蒙蔽了我，让我沉醉其中，让我不可自拔，让我拥有希望，让我拥有爱情。

"我一路走一路喊，一路走一路闹，折腾了一夜，在走到一个山口的时

① 《圣经·旧约》中的人名。

候，天蒙蒙亮了，我又接着走，第三天我便来到了这片草地。我具体并不清楚这草地在山的哪一个方位，有时候看见牧羊人便问问，哪个地方是这山最秘密的地方，他们便告知我，就是这里，于是我便走到了这里，希望在此过完一生。我刚到这里的时候，我的骡子过于疲惫，竟然倒地而死，可我不这么想，我是觉得它要脱离我，解除这负担，我到这里的时候也是饥饿交加，疲惫不堪，周围没有人，我也没向人求救。到了最后，我不知道在地上躺了多久，等到我睁开眼睛起来的时候，我已经不饿了，只看见我的周围站着几个牧羊人，想必是他们给了我吃喝的东西，他们向我叙述了是如何发现我，那时候我又做了什么事，说了什么胡言乱语，那时候很明显我已经精神不正常了，我不仅胡言乱语，疯疯癫癫，还把自己的衣裳扯破，在这偏僻的地方不停地叫喊，不停地诅咒命运，不断地喊着那个水性杨花又十分可爱的名字，我一心就只想着这样结束自己的生命，但当我恢复了理智之后，我又累得心力交瘁，几乎没有力气去想其他的。

“我每日住的地方，便是一个能够遮蔽我身体的栓皮槠树洞，附近山上的牧羊人见我可怜，他们会把食物放在路边和石头上面，料到我会经过那里，会看到那些食物，就这样，他们养活了我，可是多数时候我都是神志不清的，即使本能可以认出食物，让我产生食欲，为了想得到它，虽然他们十分愿意把食物给我，但还是有好几次我跑到路上去抢了他们的食物，这也是我清醒的时候牧羊人告诉我的，于是我在这里过起了非常可怜的生活，希望哪一天老天也想到了我，让我的生命或者记忆终止，这样我就会忘记卢辛达和费尔南多曾经对我的深深的伤害，如果我苟且活一天，并不能忘掉他们，我会让我的思维渐渐恢复正常，不然，我只祈求老天爷可怜我的灵魂，我自己并不认为，我有力量能从这样的悲境里走出来。

“啊，两位先生，这便是我所经历的不幸的遭遇。你们看看我，成了现在这个样子，可是你们想啊，在我遇到了这样的事情后，我能不成为这个样子吗？所以，希望你们不要再花不必要的口舌，让我做那些对我自己有利的事情，那对于我只能是名医为不愿吃药的人开药，没有卢辛达，我不想健康起来，她本来就是我的，可她却宁愿和别人在一起，我本来有希望，有幸福，可是我现在却希望痛苦。她的心变了，愿意让我常年萎靡沉沦，那么我也愿意这样，让她满意。后世的人可以把我看作样品，因为只有我一人没有不幸之人身上所具备的特长，那就是他们往往因为得不到某件东西而渐渐失去兴趣，慢慢安定下来；而我却因此遭受了更大的痛苦和不幸，我觉得只要我存有一息生气，这样的痛苦便永远无法结束。”

卡德尼奥讲完了他的不幸的爱情故事。牧师说了几句话来安慰他，突然一个声音在牧师耳边响起。要知道那声音说了些什么，请看第四部分。学识渊博的锡德·哈迈德·贝能赫利在此结束了第三部分的内容。

第四部

第一章 神父和理发师在莫雷纳山遇到的新鲜事

曼查郡英勇无比的骑士堂吉诃德降生的年代真是幸福快乐的年代。他立志要恢复并重建当时几乎已在世界上销声匿迹的游侠骑士，这样一来，在我们这个需要娱乐的时代里，不仅可以读到他的真实历史，而且还可以欣赏到其中穿插的一些奇闻逸事。这些故事真真假假，妙趣横生，并不亚于他那条理清晰、情节曲折的正传本身。上回说到神父正想安慰卡德尼奥，却忽然听到有人说话，神父就止住了嘴，只听见那人语调悲切地说：

“啊，上帝！我真的能找到可以秘密埋葬我自己的墓地吗？这沉重的身体我早已不愿继续支撑。这荒山野岭如此荒僻，肯定能如我所愿。我这不幸的人啊，只有这岩石草丛与我相伴，让我能够向天倾诉我的不幸。当今世上，已经没有任何人可以与我为伴，迷路了无人给我指点，心中苦闷无人给我安慰，遇到困难无人给我帮助！”

神父和另外两个人将这些话听得清清楚楚，断定声音就是从附近发出的。于是他们起来到处寻找那个说话的人。走了不到二十步远，就发现一个小伙子正坐在一块岩石后面的一棵白蜡树下，一身农夫打扮。他正低头在小溪里洗脚，所以看不见他的脸。他们悄悄走过去，那人一点也没有察觉。他那两只脚很白，仿佛嵌在小溪里的那些石头中的两块白玉。

那两只又白又漂亮的脚让大家觉得很诧异，都认为绝对不是踩在泥土里耕种的脚，尽管他一身农夫装扮。走在前面的神父发现他还没有注意到他们，就向另外两个人做手势，示意躲在石头后面好仔细看看那人在干什么。小伙子上身穿一件两边开衩的棕褐色短斗篷，腰间系着一条白毛巾；下身穿着同样颜色的呢裤和裹腿，头上还戴着一顶棕褐色的帽子。裹腿卷到小腿中间，露出石膏一般洁白的腿。小伙子洗完他纤秀的脚，从帽子下面抽出头巾，擦了擦。他抽头巾时抬了一下头，大家才看见他的美貌。卡德尼奥不由得对神父低声说："这个人如果不是卢辛达，那就一定是仙人，不是凡人。"

小伙子把帽子摘下来，左右晃了下脑袋，一头金发散落下来，连太阳见了都会嫉妒。这时大家才看清那个农夫装扮的人竟是个柔弱女子。神父和理发师从未见过如此漂亮的女人。卡德尼奥如果不是认识卢辛达，这样美丽的女子也是头一次见到。卡德尼奥断定，只有卢辛达的美貌才能和她相比。那女人一头金色的秀发又长又密，不仅盖住了她的背，而且盖住了她全身，只露出两只脚来。这时，她用手拢了拢头发。如果说她那浸在水中的两只脚像两块白玉，那插在头发中的两只手就像两块雪块。三人越看越惊奇，更想知道她究竟是什么人了，就从石头后面走了出来。他们刚站起来，那漂亮的女子就抬起了头。她用双手拨开散在眼前的头发，想看看是什么发出的动静。她一看见是三个人，就马上抓起身旁一包像衣服的东西，慌慌张张地准备逃走。她细嫩的双脚哪里受得了地上的乱石，没跑出几步就疼得她跌倒在地。三个人看见后，立马朝她跑过去。神父首先开口："停下，姑娘，不管你是谁，都没有必要逃跑。我们是来帮助你的。你不用这么着急逃跑，因为你的脚会受不了，而且我们也不会让你这么跑掉的。"

姑娘听了神父的话，愣住了，一言不发。三个人走了过去。神父拉着她的手，说道："姑娘，你穿的衣服确实把我们蒙住了，但是你的头发暴露了真相。很明显，你这么漂亮，却打扮得像个山野村夫，来到这么偏僻的地方，一定遇到了重大的变故。幸好我们现在遇到了你，就算不能帮你解决什么困难，至少也可以给你出些主意。人只要还活着，不管遇到多大的困难，内心多么痛苦，都不应该拒绝别人的善意劝告。因此，我的小姐或先生，随你喜欢被怎么称呼吧，不要因为我们发现了你而吓得茫然不知所措。给我们讲讲你的故事吧，不管它是好是坏，我们这几个人一定能为你分担不幸。”

神父说这番话的时候，那个乔装打扮的姑娘只是愣愣地看着他们，一句话也不说，连嘴唇也不动，就像个乡下人突然见到一个从未见过的稀奇宝贝一样。

后来，神父又劝了她一番，她才长长地叹了一口气，开口说道：“看来这荒山野岭也不是我的藏身之地，这一头披散的长发也不允许我说假话了。我现在再继续装下去已经没有任何意义。你们不说破我，不过是出于礼貌罢了。如果你们愿意相信我，我可以把我的经历告诉你们。诸位大人，你们愿意帮助我，我非常感谢，也正因为如此，我应该答应你们的各种要求。不过我担心，我的不幸遭遇不仅会让你们同情我，而且还会让你们感到很难过，因为你们没有办法可以帮助我、安慰我。你们已经认出我是女人，而且年纪轻轻，只身一人，还打扮成这个样子，随便哪一样，都足以败坏我的名声了。为了不让你们怀疑我的品行，我只好把我本来想隐瞒的事情告诉你们。”

这个女人很漂亮，说起话来语调轻柔，三个人不仅感叹她的美貌，而且还赞叹她的机敏。三个人再一次表示愿意帮助她，所以再次请求她讲讲自己的故事。那女人不好意思再推辞，就大大方方地把鞋穿好，拢好头发，坐到一块石头上。等三个人围坐在她的周围，她强忍住眼泪，语调缓慢地讲起了自己不幸的身世：

“在安达卢西亚，有一块公爵的领地，这位公爵在西班牙也是个大人物。他有两个儿子。大儿子继承了公爵的领地，也继承了他良好的品行。我不知道小儿子继承了什么，只知道他学会了贝利多的背信弃义和加拉隆的奸诈。我的父母是公爵管辖下的臣民，虽然门第不高，却很富裕。如果他们的门第能与他们的财产相称，他们定会称心如意，我也不至于落到这种地步了。我想，我命运不好就是因为他们不是贵族吧。当然他们也并不低贱，不用因为出身而感到自卑，但确实不够高贵，我总觉得我的不幸就是因为出身卑微。总之，他们是农夫，是平民，与那些高贵的血统没有一点儿联系，只是观念陈旧的老基督徒。不过他们管理财富很有一套，生财有方，很快也当上了绅士。他们虽然有钱，但在他们心中最大的财富就是我这个女儿。父母很疼爱我，又因为只有我这一个女儿来继承家产，所以我备受父母宠爱。我是他们照鉴自己的镜子，是他们老年的依靠，所以只要上天允许，他们一切的愿望都从我的需要出发，和我自己的愿望没有多少差异。

“我不仅支撑着他们的精神，还管理着他们的财富。家里佣人的雇用和辞退，播种和收割，样样都由我安排。还有家里的油磨、酒窖、大大小小的牲口和蜂箱都由我管。一句话，我掌管了一个像我父亲一样富有的农夫所拥有的所有产业。我既是女管家，也是女主人。我尽心尽力地工作，父母都感到很满意。我每天给领班、监工和佣人们分配好活计后，闲暇之余就做些女孩子分内的活，如针线活、刺绣、纺织等。有时候为了愉悦一下，我就放下手里的活儿，读读宗教书籍，弹弹竖琴。因为我亲身体会到音乐可以陶冶情操，缓解压力。

“这就是我在我父母家中的日常生活。我特意提到这些并不是为了炫耀自己，也不是为了显示家中的富有，我只是想让你们知道，我从那样优越的生活环境落到现在这种可怜的境地，不是我的责任。我每天忙着家里的事，总是待在家里，不经常出门，就像进了修道院一样。我想除了家里的佣人，应该没什么外人能看见我。因为我去教堂做弥撒的时候都是大清早，而且还有母亲和几个女佣陪伴，脸捂得严严实实的，走路规规矩矩的，眼睛就只看脚下的那点地方。尽管如此，那双比猞猁还要敏锐的花花公子的色眼还是发现了我，他就是我刚才说的那位公爵的小儿子费尔南多。”

一听说费尔南多这个名字，卡德尼奥的脸色都变了，头上开始冒汗。

神父和理发师见了，生怕他这时又犯起疯病来，因为听人说他的这个病常犯。不过还好，卡德尼奥仅仅只是脸上冒汗，情绪倒是没有多大变化。他紧紧盯着那个农家姑娘，心里已经猜着她是谁了。可姑娘并没有注意到卡德尼奥神情的变化，继续讲道：

“他后来对我说，他一见我就神魂颠倒地爱上了我，从他的行为也可以看出来。不过为了尽快讲完我的故事，我就不想详细叙述费尔南多如何费尽心机向我表达爱慕之情了。总之，他向我所有的亲戚送了礼，买通了我家里所有的人。我家那条街每天都像过节一样热热闹闹的，晚上还鼓乐齐鸣，搅得谁也睡不了觉。无数封情书，不知是用什么方法送到我手里，全是山盟海誓，蜜语甜言，许的愿和发的誓比信上的字还多。不过他的这些做法结果适得其反，不仅没有打动我，反而更使我狠心地拒绝他，仿佛他就是我的死对头。我并不是觉得费尔南多风度不够，也不是觉得他过分殷勤。要知道被这样一位高贵的小伙子倾慕，我心里不知道有多高兴。看到他的那些情书上的赞美之言，我也不反感。在这方面，我觉得我们女人即使长得不漂亮，也愿意听别人说我们好看。只是我的操守和我的父母对我的劝告才让我不接受他对我献的种种殷勤。父母早就看出了费尔南多的用心，因为他满不在乎地到处张扬。

“父母常常对我说，我的贞洁关系到一家的声誉和名望，他们提醒我要注意到同费尔南多之间的门第差异。只要明白这一点就知道费尔南多无论嘴上说得多么动听，他心里想的也只是他自己的私欲，并没有顾及我真正的幸福。他们说，如果我能想办法让他放弃追求，他们就同意让我嫁个合我心意的人，不管是我们那儿还是附近家境殷实、人品好的年轻人，因为凭我家的财产和我的好名声，这是好办的。我觉得父母的话确实有道理，我当然要坚守贞操，不给费尔南多回一句话，不让他以为有达到目的的希望。他大概把我的这种自重看成对他的蔑视，这反而使他的邪恶欲念更加强烈。我只能将他对我的追求称为邪念。如果他对我的感情是真挚的爱情，你们也就没有机会听到我讲述的这件事了。总之，费尔南多知道了我父母正准备让我嫁人，而且找了不少守卫来护卫我的声誉，以打消他的念头。

这个消息使他做出一件事来。我接下来将为你们讲述。

“那是一个晚上，我正在自己的房间里，身边只有一个侍女。卧室的门都锁得好好的，就是怕万一有什么疏忽，我的名声就会丧失。虽然我小心防范，可不知是怎么回事，在那寂静的夜晚，他竟然会忽然出现在我眼前。一见到他，我就吓得心慌意乱，两眼发黑，舌头僵硬，喊都不会喊了，当然他也不会让我喊出来。他走到我面前，把我紧紧搂在怀里。我当时吓得已经连自卫的力气都没有了。他跟我说了好多话。我真不明白，他怎么能把谎话编得跟真的似的。那个伪君子想用眼泪证实他的话是真实可信的，用叹息证明他的拳拳诚意。

“可怜的我啊，只身一人，不知道该如何应对这种情况，后来更是不知怎么回事，竟然开始相信他的谎话了。不过，他的眼泪和叹息只是博得了我的怜悯，我绝对没有干什么出格的事情。稍稍镇定之后，我以连我自己也没有想到的勇气对他说：‘大人，我现在就在你的怀里，可就算我躺在一头凶猛的狮子的怀里，要我做不光彩的事和说不体面的话才肯放开我，我也是不会答应的。所以，尽管你紧紧搂住了我的身子，我心里自有我的主张。如果你想强迫我就范，我会让你看到我的愿望和你的愿望是多么的不同。我是你的臣民，可不是你的奴隶。你出身高贵，不能也不该仗着权力蔑视我这个出身卑微的人。我虽然只是个乡下人，是个农家女子，但是也像你这个贵公子一样懂得尊重自己。你的力气对我产生不了任何作用，你的财产在我的眼里也没有多少价值，你的花言巧语骗不了我，你的眼泪和叹息也不会打动我的心。如果我的父母为我选作丈夫的那个人身上有一样我刚才说的这些东西，而且我和他的心意一致，那么我就会心甘情愿地把你现在想强求的东西交给他。我这样说就是告诉你，除了我的合法丈夫，谁也别想从我身上得到任何东西。’那个负心的贵族说：‘如果你考虑的只是这个问题，那美丽无比的多罗特亚（这就是我这个不幸之人的名字），我现在就和你拉手盟誓，与你订婚，让洞察一切的老天和这座圣母像做证。’”

卡德尼奥一听说她叫多罗特亚，心里一惊，他的猜测这时终于得到了证实。他早就已经知道了这件事的大致经过，不过他并没有打断她的话，想知道事情的最后结局。卡德尼奥只是说："你叫多罗特亚，小姐？我听说过一个与你同名的女子，她的遭遇也和你差不多。请你继续讲下去，一会儿我再给你讲我想讲的，肯定会让你又吃惊又伤心。"

多罗特亚听到卡德尼奥的话，又见他穿着奇奇怪怪的破衣服，就请他将他知道的有关那个姑娘的所有故事都告诉她。她还说，如果命运还给她留下了一点好东西的话，那就是她还有勇气能够承受任何灾难，因为她自己已经够倒霉的了，就算再遇到什么灾祸都没什么好怕的了。

"如果我猜的是真的，小姐，"卡德尼奥说，"我会把这件事告诉你，以后有的是机会，现在讲还不是时候，你知道了也没意思。""那好吧。"多罗特亚说，"我接着往下讲。费尔南多就把我房间里的一座圣母像放在面前，作为我俩订婚的见证。他信誓旦旦地说要娶我。不过他还没说完，我就告诉他，这件事一定要慎重，因为他的父亲如果知道他娶了个自己管辖下的乡下姑娘，一定会生气的。我劝他不要为了我的美貌而昏了头，这点不能作为理由让他为自己犯的错开脱。如果他真的爱我，真的对我好，就应该遵从命运的安排，因为门第不相当的婚姻绝不会幸福。虽然起初相处不错，但绝对不会持续太久。我另外还对他说了许多话，我都忘记了。可是都没能让他回心转意，他还是我行我素，就好比一个本来就不想付款的人，签订合同时当然也就不会担心了。

"这时候，我自言自语了几句：女人靠结婚从卑微的地位爬到贵族的地位，不是从我开始的；贵公子贪恋美貌或被盲目的热情所驱使，就娶了与自己的贵族身份极不相称的女人，费尔南多也不会是第一个。反正我没有树榜样，开风气，既然命运给了我这样一个体面的机会，我何不安然领受呢？即使他在满足了自己的私欲之后，不再爱我，在上帝面前我还是他的妻子。假如我严辞拒绝了他，最后他也会对我动粗。那样一来我受了侮辱，那些不了解我的人，不知道我为什么好端端地落到这个地步，还会责备我，而我还无法辩解。因为我的父母和其他人怎么会相信，这个男人是擅自闯进我的房间来的呢？

"刹那间，我把这些问题反反复复地考虑了好几遍。费尔南多的信誓旦旦、圣母像的见证、满脸的泪水，还有他的翩翩风度、堂堂相貌，再加上他表现出来的各种真情，在我身上开始起了作用，使我不知不觉地毁了自己。像我这样尚未婚配的姑娘，尽管平时很守规矩，在这样的场合下也是难以把持住自己的。我叫来我的侍女和苍天一起做证，费尔南多又一次重复了他的誓言，又补充了新的神圣誓言。他说如果他背弃自己的诺言，将来会遭受各种灾难。他双眼充满了泪水，嘴里还发出声声长叹，这时他把我搂得更紧了。我的侍女退出了我的房间后，我就失了身，他也就成了谎话连篇的负心汉。

“我没想到费尔南多让我遭到不幸的那个夜晚会那么漫长，黎明没有像费尔南多盼望的那样迅速降临，因为他在心满意足之后，最大的愿望就是赶快离开，不让人发现。我这么说是因为我看见费尔南多急匆匆地想走。原来是我的侍女设法把他带进来的，现在天还没亮她又想方设法送他出门。他离开我的时候，已经没有来的时候那么热情了，不过还是让我放心，说他发的誓是真实可信的，他一定会履行诺言，他还从手上摘下一枚贵重的戒指，为我戴上，作为信物。

“他走了以后，我也不知道自己当时到底是喜是悲，只知道，这突如其来的事情弄得我精神恍惚，甚至有点失了魂。我的侍女竟敢出卖我，把费尔南多藏在我的卧室里，不过我没有精力也没有心思责骂，因为我弄不清那天晚上发生的事情究竟是好事还是坏事。临走时，我告诉费尔南多，反正我已经是他的人了，以后晚上再来找我时让侍女领进来就是了，直到哪一天他愿意把这件事公开为止。但他只是在第二天晚上又来了一次，就再也没有来过。整整一个月，无论在街上还是在教堂，我连他的影儿都没有见到。因为我知道他就在城里，还常常去打猎，这是他最喜欢的消遣，可是我苦苦寻找，还是一无所获。

“那些日子，我心里极度惆怅苦闷。我那时已经开始怀疑费尔南多的真诚，甚至不相信他了。我从没有责骂过我的侍女，现在也开始责怪她胆大妄为了。我还得强忍眼泪，强作欢笑，为的是不让我的父母担心，他们问我为什么不高兴时，我还得编个理由来搪塞他们。

“不过这些很快就结束了，因为出现了新情况。我的尊严受到了损害，我的荣誉受到了践踏，我终于失去耐心，将这件事和盘托出。原来过了没多久，我就听说费尔南多娶了附近城里的一个品貌俱佳的姑娘。姑娘的父母虽然不富裕，仅凭嫁妆是攀不上这门亲事的，但是他们出身高贵，所以得以结成这门亲事。听说她叫卢辛达，他们婚礼那天还出了一些怪事。”

卡德尼奥一听到卢辛达的名字，就耸起肩膀，紧咬嘴唇，皱起眉头，两行热泪流了下来。不过，多罗特亚没有停下来，而是继续讲下去：

“我听到这个不幸的消息后，不是心寒，而是怒火中烧，差点儿跑到大街上去大叫大嚷，把费尔南多背信弃义的欺骗行为公之于众。不过，我控制住了自己的愤怒，转念准备去干另外一件事，当天晚上我就做了。我穿上这身衣服，跑到那个城去了。这衣服是我家一个佣人给我的，我把我的不幸告诉了他，请他陪我去那个城找费尔南多。他先是指责我鲁莽，不赞成我这样做，可是看我决心已定，就同意陪我去，还说就是陪我到天涯海角，他也愿意。我立即将一身女装，一些珠宝与若干钱币藏在一个棉布枕套里，以备不时之需。那天晚上十分寂静，我背着那个出卖我的侍女，同那个雇工一起出了门，满怀心事地朝那个城镇走去。我急于赶到那里，所以快步如飞，心里想，虽然已成事实，不能挽回，但至少得让费尔南多给我解释一下，他这么做到底安的什么心。

“我们走了两天半才到那个城。一进城，我就打听卢辛达父母家的地址。那个我向他问路的人除了回答了我的问题外，还说了许多我没想打听的事情。他给我指了卢辛达父母家的地址，又把在卢辛达婚礼上发生的事情告诉了我。这件事在城里已经众所周知，人们三五成群地都在议论。那人告诉我说，费尔南多同卢辛达结婚的那天晚上，卢辛达说完‘愿意’之后，就立刻晕了过去。她的丈夫替她解开胸口的扣子，想让她透透气，结果发现里面有一张卢辛达亲手写的纸条，说她不能做费尔南多的妻子，因为她已经是卡德尼奥的人了。据那人说卡德尼奥也是城里的一位高雅绅士。纸条上说，卢辛达的‘愿意’只是不想违背父母的意愿。她准备婚礼一结束就自杀，还把自杀的理由也说清楚了。后来，人们在她的衣服内不知哪一处找到了一把短剑，更证明了纸条上的那些话不是假的。费尔南多看到这些，觉得受到了卢辛达的嘲弄和蔑视，不等她苏醒过来，他就拿起那把短剑向卢辛达刺去。如果不是卢辛达的父母和其他在场的人拦住他，卢辛达就被他刺中了。那个人说费尔南多当时就离开了，而卢辛达第二天才醒过来，还告诉父母，自己确实已经和我刚才说的那个卡德尼奥订了婚。我还知道，举行婚礼时那个卡德尼奥也在场。他万万没有想到卢辛达会成为别人的妻子。眼瞧着她嫁给了别人，他万分绝望，也离开了那座城市，临走前还留下一封信，说他受了卢辛达的骗，他要躲到一个别人找不到他的地方去。

“这些事在城里已经传得街知巷闻，人们对此议论纷纷。后来听说卢辛达也离家出走了，人们找遍全城都找不到她。卢辛达的父母急得都要发疯了，不知道怎样才能找到她。我听到这个消息，心里又燃起希望之火，觉得我的事还有挽回的余地。虽然没有见到费尔南多，但总比见到他结了婚要好。我觉得上帝阻止他的第二次婚事，就是要让他明白应该对第一次婚事负责，还要让他明白，他是个基督教徒，拯救自己的灵魂要比肉体的享受更重要。我就这样想入非非，进行着毫无结果的自我安慰，用渺茫的希望来维持自己已经厌倦了的生命。

“我在那座城里找不到费尔南多。正不知道该怎么办的时候，竟听说有人当众发布告示，说若是谁能找到我，将得到一大笔酬金，还公布了我的年龄和身上穿的这套衣服的特征，并说我是被那个雇工拐走的。我听到这个消息十分伤心，这回简直是丢尽了脸。出走本来就够丢人的，现在又加上跟人私奔的罪名，而且是跟这么一个低贱，根本不值得我依恋的人，这让我更是声名狼藉。我一听说这个告示，就马上带着那个雇工出了城。这时候，那个雇工已经不像当初他承诺我时那样忠心了。那天晚上我们怕被人找到，就躲进了这座大山的密林深处。人们常说祸不单行，又说，一个灾难的结束往往是另一个大灾难的开始，我就遇到了这种情况。那个本来还算忠实的雇工，见我这时单身一人，又在荒山野岭，竟趁机向我求欢。这是他自己的兽性发作，并不是我的美貌引诱了他。他竟然这样不顾羞耻，无视上帝的威严，更不尊重我这个主人。不过我严厉地驳斥了他的无耻行为，这样一来，他竟不再向我央求，而是开始对我来硬的。

“幸好老天是公正的，总是庇护正直善良的人。所以尽管我的力气小，但竟然没费多少劲就把他推下了悬崖，也不知道他是死是活。然后，我虽然又累又怕，居然还快步如飞。我只想躲进这座大山，不让父亲和他派的人找到我。就这样我不知在山里过了几个月，后来碰到一个牧羊人，他雇用了我，把我带到这里，让我给他放牧。我一直想方设法待在野外，就是为了不让别人看见我这头长发。没想到，这头长发还是暴露了我的本来面目。

“我虽然经过了乔装打扮，平时又小心谨慎，但还是露出了马脚。那个牧羊人发现我不是男人，就产生了同我那个雇工一样的邪念。命运不会总帮助我，让我总能碰到悬崖，能使我像对我的雇工那样，把我的雇主推下去。我想与其和他较量或是向他跪地求饶，还不如离开，重新藏进大山深处。就这样，我来到这里，想找一个没有人打扰，可以叹息流泪的地方，乞求老天怜悯我的不幸，给我智慧和帮助从而摆脱现在的苦难。不然就让我在这荒山野岭一死了之，免得当地和外乡人都对我这个无辜的女子说三道四，让人们忘记我这个可怜的人。”

第二章 匠心妙计使我们多情的骑士摆脱苦行

“各位大人，这就是我悲惨的经历。现在你们总该明白，我为什么在这里唉声叹气，以泪洗面了。你们只要想到我的不幸，就会知道，任何安慰对我都不起作用，因为这件事已经造成无可挽回的后果。我只请求你们做一件事，对你们来说轻而易举的事，那就是告诉我，我应该躲到什么地方去结束我的生命，还不用担心被那些寻找我的人发现。尽管我知道父母很爱我，我只要回去一定会受到他们的欢迎，但只要一想到我在他们眼中已经不像以前那样清白了，我就羞愧难当。所以我宁愿远走他乡，永远不与他们见面。”

说到这儿，她突然停住了，脸上显出十分痛苦和惭愧的神色。几个人听她讲述了自己的不幸后，既感到同情又觉得十分惊讶。神父正想安慰她几句，卡德尼奥却抢先说："姑娘，你就是美丽的多罗特亚，有钱人克莱纳尔多的独生女儿？"

多罗特亚听到有人提起她父亲的名字，感到很意外，尤其是提到他父亲的这个人一副寒酸相，因为卡德尼奥穿着一身破烂衣衫。多罗特亚于是就问他："你是什么人？你怎么知道我父亲的名字？如果我没记错的话，刚才我在讲述自己不幸经历的时候，根本没有提到我父亲的名字。"

"我就是你刚才提到的卢辛达的未婚夫，那个失意倒霉的卡德尼奥。"卡德尼奥说，"把你害成这个样子的那个坏蛋，也害得我如此落魄。你看我衣衫褴褛，没有人安慰。而且我的神志已经不正常，只有在老天开眼的时候，我才会清醒一段时间。多罗特亚，就是我眼睁睁地看着费尔南多的阴谋得逞，就是我听见了卢辛达说'愿意'做费尔南多的妻子，就是我在卢辛达晕倒时，连去看看她的勇气都没有，更不知道她身上的那张纸条到底是怎么回事。这些不幸同时出现，我的灵魂简直承受不了。我只好离开她家，只给一位客人留了一封信，请他把信交到卢辛达手里。我来到这荒山野岭，打算在这儿了结自己的生命。我早就开始厌恶生活，好像它与我有不共戴天之仇。

"不过命运并没剥夺我的生命，它只剥夺了我的正常神志，就是为了让我有幸在此遇到你。我觉得，假如你刚才讲的都是真话，老天还为咱们俩安排了不幸中的万幸。既然卢辛达是我的，她不能同费尔南多结婚，而费尔南多又是你的，也不能同卢辛达结婚，咱们完全可以指望老天安排物归原主。这本是命中注定，不可以改变的。我们可以从这并不渺茫的希望里得到安慰，这不是胡思乱想。我请求你，小姐，振奋精神，重新选择。现在我已另有安排，让你得到好运。我以勇士和基督徒的名义发誓，一定要照顾你，一直到你回到费尔南多身边。如果讲道理仍不能让费尔南多认识到他对你的责任，我就要行使我作为男士的权利，为他对你的无礼向他挑战，而不考虑他与我的个人恩怨。我的仇留给老天去报，我就只为你雪恨。"

听了卡德尼奥的话，多罗特亚惊喜万分。她不知道应该如何感谢卡德尼奥，就想去吻他的脚，可卡德尼奥不允许。神父这时出来解围说，他同意卡德尼奥的说法。另外，他还特别请求他们，同他一起回乡，这样可以补充一些必需品，再商议一下如何找到费尔南多，或把多罗特亚送到她的父母那儿。

卡德尼奥和多罗特亚对此表示感谢，并接受了神父的建议，理发师本来一直在旁边默不作声，现在也像神父一样十分友好地表示，他愿意为他们效劳。理发师还简单介绍了一下他和神父来此的原因，以及堂吉诃德为什么莫名其妙地发疯，以及他们如何在此等待那个去找堂吉诃德的侍从。卡德尼奥忽然想起来，他似乎在梦中同堂吉诃德争吵过一回，于是就把这件事告诉给大家，不过他自己也不知道他们到底是为什么争吵。

这时忽听有人叫喊，他们听出是桑丘的声音。原来是桑丘回到他们分手的地方却找不到他们，所以喊了起来。大家走了出来。桑丘说已经找到了堂吉诃德，他身着单衣，面黄肌瘦，饿得半死不活，嘴里还唉声叹气地念叨着杜尔西内亚。桑丘已经告诉堂吉诃德，杜尔西内亚让他离开那个地方，到托波索去，杜尔西内亚在那儿等着他。可是堂吉诃德回答说，如果不干出些像样的事业来，他决不去见杜尔西内亚。桑丘说，如果让他的主人堂吉诃德再这样下去，恐怕就当不成国王了，甚至连大主教都指望不上了。因此，桑丘请大家看看怎样才能把堂吉诃德引出来。神父说不要着急，不管堂吉诃德愿意不愿意，都得把他从那儿弄出来。

然后，神父向卡德尼奥和多罗特亚讲述了他和理发师原来商量的解救堂吉诃德的办法，说得把他弄回家去。多罗特亚说，要扮成落难女子，她肯定比理发师合适，而且她这儿还有衣服，会扮得更自然。她让大家把这事儿交给她，她知道该怎样做，原来她也读过许多骑士小说，知道落难女子向游侠骑士求助时应该是什么样子。

“不过，现在最需要的是行动起来。”神父说，“真是太幸运了，你们的事情有挽回的希望，我们的事情也方便多了。”

多罗特亚随即从她的枕套里拿出一件用上好面料做成的连衣裙和一条

艳丽的绿丝披巾，又从一个首饰盒里拿出一串项链和其他几样首饰，马上就戴到身上，成了一位雍容华贵的小姐。她说这些东西都是从家里带出来的，以备不时之需，但直到现在才有机会用上它们。大家都觉得她气度非凡、仪态万千、绰约多姿，更加认为费尔南多愚蠢至极，竟抛弃这样漂亮的女子。不过，最为感叹的是桑丘，他觉得自己从未见过如此漂亮的女孩子，事实也的确如此。桑丘急切地问神父，这位美丽的姑娘是谁，到这偏僻之地干什么来了。

“桑丘朋友，这位漂亮的姑娘是伟大的米科米孔王国的女继承人。”神父说，“她来寻求你的主人的帮助。有个恶毒的巨人欺负了她。你主人优秀骑士的名声已经传遍天下，因此她特意慕名从几内亚赶来找他。”

“找得好，找得妙！”桑丘说，“假如我的主人有幸能为你报仇雪恨，把刚才说的那个巨人杀了，那就更好了。只要那个巨人不是鬼怪，我的主人找到他就能把他杀了。要是鬼怪，我主人就束手无策了。我想求您一件事，神父大人，就是劝我的主人同这位公主结婚。不要做大主教——我就怕他有这种念头。要是他结了婚，就当不成大主教了，就得乖乖地当他的国王，我也可以实现自己的愿望了。我已经仔细考虑过了，按照我的打算，他当主教对我一点好处都没有。我已经结婚了，不能在教会做事。我有老婆孩子，要领薪俸还得经过特别准许，那太麻烦了。所以，大人，这一切都要看我的主人能否同这位公主结婚了。到现在我还没请教小姐的芳名，不知应该怎样称呼她呢。”

“你就称她米科米科娜公主吧，”神父说，“她的那个王国叫米科米孔，她自然就得被这么称呼了。”

“这是当然的，”桑丘说，“我听说很多人都以他们的出生地为姓氏，比如说有人叫佩德罗·德·阿尔卡拉，有人叫胡安·德·乌韦达，还有人叫迭戈·德·巴利阿多里德。想必几内亚也是这样，公主就以她的王国为名。”

“应该是这样的，”神父说，“至于劝你主人结婚的事，我会尽力而为。”

桑丘对此非常高兴，神父对他头脑如此简单而且和他的主人一样老是想入非非而感到震惊，他居然真心以为他的主人能当上国王呢。

这时，多罗特亚已骑上了神父的骡子，理发师也戴好了用牛尾巴做的假胡子。他们让桑丘带路去找堂吉诃德，并且叮嘱他，不要说认识神父和理发师，因为他的主人当不当得了国王关键就在于说不认识他们。神父和卡德尼奥没有一同去。卡德尼奥不想让堂吉诃德想起与他的争论，神父也没有必要出面，因此他们让其他人先走，自己在后面缓步跟随。神父不断地告诉多罗特亚应该怎样做。多罗特亚让大家放心，她一定会像骑士小说里要求和描述的那样，做得一模一样。

他们走了不到一西里远，就发现了堂吉诃德站在乱石堆里。他已经穿上衣服，但没有戴盔甲。多罗特亚刚看见堂吉诃德，桑丘就告诉她，那就是他的主人。多罗特亚催马向前，大胡子理发师紧跟在后。他们来到堂吉诃德面前，理发师从骡子上跳下来，伸手去扶多罗特亚，多罗特亚敏捷地跳下骡子，跪倒在堂吉诃德面前。堂吉诃德让她起来，可是她坚持不起来，嘴里说道："英勇强悍的骑士啊，您若不慷慨地答应我的请求，我就不起来。这件事不但能帮助我这个天下最伤心最屈辱的女孩子，还能提高您的声望。天若有眼，也不会视而不见。我慕名远道而来，寻求您的帮助。如果您的臂膀真像您的大名所传的那样雄健有力，您一定会责无旁贷地帮助我。"

"美丽的姑娘，"堂吉诃德说，"你要是不站起来，我就不回答你的话，也不会听你说有关你的事。"

"大人，如果您不先答应帮助我，我就不起来。"姑娘痛苦万分地说。

"只要这件事不会有损于我的国王、我的国家和那个主宰我的心灵与自由的心上人，我就答应你。"堂吉诃德说。

"绝不会有损于您所说的这些，我的好大人。"姑娘悲痛欲绝地说。

这时桑丘走到堂吉诃德身边，对着他的耳朵悄悄说道：

"您完全可以帮助她，大人，她的请求不是什么了不起的大事，只是去杀死一个巨人。这个恳求您的人是高贵的米科米科娜公主，是埃塞俄比亚米科米孔王国的女王。"

"不管她是谁，"堂吉诃德说，"我都要尽自己的责任，奉行我的原则，按照我的良心行事。”堂吉诃德又转向少女说：“尊贵的美人，你请起，我愿意答应你的要求帮助你。”

“我的请求就是，”姑娘说，“劳您大驾，随同我到一个地方，杀死那个背信弃义，为非作歹，篡夺我王国的人。并且答应我，在为我复仇之前，不要再参加任何冒险活动，不要再答应别人的任何请求。”

“好的，我答应你，”堂吉诃德说，“姑娘，从今天开始，你完全可以抛弃你的烦恼忧伤，振作精神，不要再悲观失望。有上帝和我的臂膀的帮助，你很快就可以重建你古老伟大的王国，重登你的宝座。那些无赖要是反对你，就让他们滚蛋。”

那位可怜的姑娘坚持要吻堂吉诃德的手，可堂吉诃德毕竟是谦恭有礼的骑士，怎么也不允许。他把姑娘扶了起来，非常谦恭有礼地拥抱了一下姑娘，然后吩咐桑丘查看一下罗西南特的肚带，再给他披戴上盔甲。桑丘先把那像战利品一般挂在树上的盔甲摘下来，又查看了罗西南特的肚带，迅速为堂吉诃德披戴好了盔甲。堂吉诃德全身披挂好后，说：

“咱们以上帝的名义出发吧，去帮助这位尊贵的小姐。”

理发师这时还跪在地上。他费了好大的劲才忍住笑，没让胡子掉下来。若是胡子掉下来了，他们的妙计就失败了。看到堂吉诃德已经同意帮忙，并且马上准备启程，他也站起来，同堂吉诃德一起把他的女主人扶上了骡子。堂吉诃德骑上罗西南特，理发师也上了自己的骡子，只剩下桑丘步行。桑丘又想起了他的那头驴，本来这时候他正用得着。不过，这时桑丘走得挺带劲，他觉得主人已经上了路，很快就可以成为国王了，因为他的主人肯定会同那位公主结婚，当上米科米孔的国王。可是，一想到那个王国是在黑人的土地上，臣民大概也都是黑人，他心里就有些不快。但他马上就想出了解决办法，自语道：“那些臣民都是黑人与我有什么关系呢？我可以把他们装运到西班牙去卖掉，得到现金。我用这些钱可以买个官职或爵位，不就可以舒舒服服地过我的日子了吗？不行，还是睡你的大觉吧，你有什么本领能做好这样的事，把三万或一万的废物都卖出去可不容易。上帝保佑，我得尽可能把他们一下子都卖出去，不管是大人还是孩子，不管他们有多黑，我都要把他们换成白的或黄的（白的是银，黄的是金）。看我，净犯傻了。”他越想越高兴，已经把步行给他带来的劳累都抛在了脑后。

躲在乱石荆棘中的卡德尼奥和神父把这一切都看在眼里，不知道怎样同他们会合才合适。还是神父头脑灵光，马上想出了一个应付的办法。神父从一个盒子里拿出剪刀，把卡德尼奥的胡子迅速剪掉，又把自己的棕色外套给他穿上，再递给他一件黑色短斗篷，自己只穿裤子和坎肩。这回卡德尼奥已判若两人，连他都认不出镜子里的自己了。在他们这么乔装的时候，堂吉诃德一行人已经走出很远了。不过，那个地方山路高低不平，乱草杂石很多，骑马还不如步行快，神父他们很快就来到了大路上。他们来到山口的平路上时，堂吉诃德一行人也出现了。神父仔细端详着，装成似曾相识的样子。看了好一会儿，神父才伸出双臂，大声喊道：“骑士的楷模，我的老乡，曼查的堂吉诃德，绅士中的精英，穷苦人的保护神和救星，游侠骑士的典范，我终于找到你了！”说完就跪着抱住堂吉诃德左腿的膝盖。

堂吉诃德对这个人的言谈举止感到很惊讶。他仔细看了看，终于认出了神父，于是，他慌慌张张地要下马，可是神父不让他下马。于是，堂吉诃德说：“请您让我下来，教士大人，我骑在马上，而像您这样尊贵的人却站在地上，实在不合适。”

“我无论如何也不会允许您下马，”神父说，“请您仍然骑在您的马上吧。因为您骑在马上，完成了我们这个时代里最显赫的业绩和最大的冒险。而我呢，只是个小小的神父，与您同行的几位之中如果哪个不嫌弃，让我骑在哪位的马鞍后面就行了。骑在马鞍后，我都会觉得像骑着骏马贝加索，或者是骑着那个著名的摩尔人穆萨拉克骑过的神奇的斑马。穆萨拉克至今还被魔法定在扎普鲁托附近的苏莱玛山上呢。”

“即使这样我也不能同意。”堂吉诃德说，“不过我知道，我的这位公主会给我面子，让她的侍从把骡子让给您。只要他的骡子驮得动，他坐在鞍后还是可以的。”

“我觉得能驮得动，”公主说，“而且我想，不必吩咐，我的侍从都会把骡子让给您。他非常有礼貌，绝不会让一位神父走路而自己却骑在骡子上。”

“是这样的。”理发师回答。

理发师马上从骡背上跳下来，请神父骑上去。神父也不多推辞，而理发师则骑在骡子的屁股上。这下可糟了，因为那是一匹租来的骡子。要知道租来的肯定好不了。所以骡子抬起两只后蹄，向空中踢了两下，这两下要是踢在理发师的胸部或者头上，他准会诅咒是魔鬼让他来找堂吉诃德的。骡子虽没有踢着理发师，他还是被吓得跌落到地上，一不小心，胡子也掉到了地上。理发师见胡子落地，便赶紧用两手捂着脸，抱怨说摔掉了两颗牙齿。

堂吉诃德见侍从的一大把胡子都掉了下来，却连一点血也没有流，就说：“上帝呀，这简直是奇迹！胡子竟能从脸上脱落下来，就像是故意弄的一样！”

神父见事情有可能败露，便赶紧拾起胡子，走到那个仍在大声呻吟的理发师尼古拉斯身旁，把他的脑袋往胸前一按，重新把胡子安上，还对着他念念有词，说那是某种专门粘胡子用的咒语，大家很快就会看到效果。说完，神父就走到一边，只见理发师的胡子完好如初。堂吉诃德见了异常惊奇。他请求神父有空时也教教他这种咒语。他觉得这种咒语的作用应该远不止粘胡子，应该还有别的用处。因为如果胡子被拔掉，皮肉肯定会受伤流血，现在不光胡子安上了，皮肉的伤也好了。所以，它应该不仅能粘胡子，还能医治各种病才对。

“你说的一点也不错。”神父说，并答应堂吉诃德，一有机会就把咒语教给他。

于是大家商定，三个人轮换着骑骡子，直到找到客店。这样，三个骑着牲口的人是堂吉诃德、公主和神父。三个步行的人是卡德尼奥、理发师和桑丘。堂吉诃德对公主说：“我的小姐，无论您把我们带到什么地方去，我都愿意相随。”

还没等她回答，神父就抢先说道：“您想把我们带到什么王国去呀？

是不是去米科米孔？应该是那儿吧，我不知道是否还有其他什么王国。”

姑娘立刻明白了应该这样回答，于是她说：“是的，大人，就是要去那个王国。”

“如果是这样，”神父说，“那就得经过我的家乡，然后转向卡塔赫纳，在那儿乘船。如果运气好，风平浪静，没有暴风雨，用不了九年，就可以看到宽广的梅奥纳湖，或者叫梅奥蒂德斯湖，接着再走一百多天，就能到您的王国了。”

“您记错了，我的大人，”姑娘说，“我离开那里还不到两年，虽然一路上不是很顺利，我还是见到了我仰慕已久的曼查的堂吉诃德先生。我一踏上西班牙的土地，就听说了他的事迹。这些事迹促使我来拜见这位大人，请求他以他战无不胜的臂膀为我复仇，伸张正义。”

“不要再说这些恭维话了，”堂吉诃德说，“我不喜欢听各种各样的吹捧。尽管刚才这些并不是吹捧，它还是会玷污我纯洁的耳朵。我现在要说的是，我的公主，无论我是否有勇气，无论我的勇气是大是小，我都会为您尽心效力，直到献出自己的生命。这个事情以后再说，我现在只请求神父大人告诉我，是什么原因使您一个人跑到这里，佣人也不带，衣服还这么单薄，简直把我吓了一跳。”

“我简短地讲一下。”神父说，“您知道，堂吉诃德大人，我和咱们的理发师朋友尼古拉斯师傅去塞维利亚收一笔钱。那笔钱是我的一位亲戚很多年以前从美洲给我寄来的。数目不算小，大概有六万比索。昨天，我们在这个地方忽然碰上了四个强盗。他们把我们洗劫一空，连胡子都抢走了。没有了胡子，理发师不得不戴了个假胡子。还有这个小伙子，他也给强盗弄得变了一个人似的。这一带的人们都说，袭击我们的强盗是些苦役犯。听说他们就是在这个地方被一个人释放的。那个人相当勇敢，打败了差役和捕快们，把所有苦役犯都放了。这个人的精神肯定不正常，要不就是和那些人一样是个大坏蛋，或者是个没心没肺的。因为这样做就是把狼放进羊群，把狐狸放进鸡窝，把苍蝇放进蜜里。他辜负了正义的期望，违背了国王和上帝的意志，违反了国家的神圣命令。因此我说呀，他这么做就是砍断了给海船划桨的脚，给清闲了多年的圣友团带来了麻烦。反正一句话，他做了一件既断送自己名声，又没有实际好处的事！”

原来桑丘已经告诉了神父和理发师，说堂吉诃德释放了一批苦役犯，还感到光荣无比。因此，神父特意提到这件事，想看看堂吉诃德有什么反应。神父每说一句，堂吉诃德的脸就一会儿红，一会儿白，就是不敢承认是他放了那些人。

“是那些强盗抢走了我们的钱。”神父说，“那个人释放了他们，让他们逃过了自己应受的惩罚。慈祥的上帝啊，请饶恕那个人吧！”

第三章　美丽机敏的多罗特亚及其他趣事

神父的话还没讲完，桑丘就说：“依我看，神父大人，这件了不起的事情就是我主人干的。我事先早就提醒过他，让他当心自己所做的事，因为那些人都是大强盗，放走他们是犯法的事。”

“你这个蠢货，”堂吉诃德这时说话了，“游侠骑士在路上遇到身遭大难、戴着锁链、失去自由的人，根本不需要去了解他们原来做的事是对还是错。游侠骑士看到的只是他们正在受苦，而不在意他们犯的罪。这些人有困难，游侠骑士就应该帮助他们。我碰到被锁链串在一起的垂头丧气的落难之人，就该按照骑士道的精神解救他们，至于以后会怎样我才不管呢。除了德高望重的神父大人外，我对那些认为我做错的人只能说，他们对骑士道一无所知，都是卑贱的小人，胡说八道。我要用我的剑去教训他们。”

堂吉诃德一边说，一边在马上坐稳，又把头盔戴上。而那个他认为是曼布里诺头盔的理发师的铜盆则一直挂在马鞍架上，因为上次被苦役犯砸扁了，要等修好了才能用。

机灵而又风趣的多罗特亚早就听说过堂吉诃德那些愚蠢可笑的行为，而且知道除了桑丘之外，大家都取笑堂吉诃德。于是她也不甘落后，见堂吉诃德怒气冲冲，便说道：“骑士大人，您可别忘了对我做的承诺啊，您答应在给我帮忙之前，不会参与那些危险的事情。请您消消气，假如神父大人知道是您放了那些苦役犯，他一定会把自己的嘴给缝起来，再咬住自己的舌头，以免说出那些有损您尊严的话来。”

“我发誓我一定会这样做的，”神父说，“就是再将胡子扯掉，我也愿意。”

“这件事我就不再说了，我的公主。”堂吉诃德说，“我会强压我胸中燃起的怒火，平心静气，直到完成我答应帮您做的事情再说。不过，既然我一心一意愿为您效劳，我请求您，如果方便的话，请您告诉我，您到底遭遇了什么困难，我该找谁帮您报仇雪恨，那些人一共有多少，都是些什么人？”

“只要您听了我那些不幸的事情不会厌烦，我很愿意讲给您听。”多罗特亚说。

“我不会厌烦的，我的公主。”堂吉诃德说。

于是，多罗特亚说：“既然如此，诸位都请听我讲吧。”

她这么一说，卡德尼奥和理发师都赶紧站到她身边，想听听这位聪明机智的多罗特亚如何编造她的故事。同堂吉诃德一样，对这位姑娘的实情一无所知的桑丘也凑了过来。多罗特亚在马鞍上坐稳后，先咳嗽几声，清了清嗓子，才娓娓动听地讲起来：

“首先，我要告诉诸位大人，我叫……”

说到这儿，她顿了一下，因为她忘记了神父给她起的名字。神父马上意识到了，就赶紧过来替她解围，说：“我的公主，您一谈起自己的不幸就讲不下去，这很正常。因为深重的痛苦常常会使人失去记忆，甚至连自己的名字都想不起来，就像您刚才那样，忘记自己是米科米科娜公主，是米科米孔王国的合法继承人。我这么一提醒，您应该很容易地回想起您要讲的悲伤往事了吧。”

“是的，”姑娘说，“我觉得往后你不需要再提醒我了，我完全可以顺利地讲完我的故事。我的父王名叫蒂纳克里奥，是位先知，精通魔法，算出了我的母亲哈拉米利亚王后要比他先去世，他自己不久也会离世，那么我就成了孤儿。不过，他说这件事虽然让他担心，但是他算出的另一件事更让他忧心。那就是他断定与我们王国毗邻的大岛上有个巨人，他就是横眉怒目的潘达菲兰多。听说他的眼睛虽然长得还算端正，可是一看东西，两个眼珠子就像斗鸡眼一样对着，令人无法不感到恐惧。父亲说，这个巨人知道我成了孤儿之后就会大举入侵我的国家，夺走一切，连给我安身的小村子都不留一个。不过，只要我同他结婚，就可以避免这场灾难了。然而父亲也知道，对于这样一门不般配的亲事，我肯定不愿意。父亲说得一点也不错，我从来没想过和那样的巨人结婚，无论巨人有多么高大，多么凶狠，我都不嫁。

“父亲还说，他死后，我如果见到潘达菲兰多进犯我们的王国，就不要被动防御，自取灭亡。如果我不想让善良忠实的臣民被彻底歼灭，就把王国拱手让给他，因为那个巨人威力无边，我们根本无法抵御。不过我可以带着几个手下奔赴西班牙，在那里我会遇见一位名震全国的游侠骑士，他会帮我脱离苦难。那位游侠骑士，如果我没记错的话，他的名字好像叫堂阿索德或堂希戈德。”

“您说的应该是堂吉诃德，公主，”桑丘这时插嘴道，“别号叫狼狈骑士。”

“对，就是他，”多罗特亚说，“父亲还说，那位骑士有高高的身材，脸庞瘦削，他左肩下面靠右或者旁边有一颗黑痣，上面还有几根鬃毛一样的汗毛。”

堂吉诃德听到后就马上对桑丘说：“过来，桑丘，亲爱的，你帮我把衣服脱下来，我要看看先知国王预言的那个骑士是不是就是我。”

“可您为什么要脱衣服呢？”多罗特亚问。

“我想看看自己有没有你父王说的那颗黑痣。”堂吉诃德说。

“那您不用脱衣服了，”桑丘说，“我知道在您脊梁中间的部位有一颗那样的痣，那是身体强壮的标志。”

“这就行了，”多罗特亚说，“朋友之间不用拘泥于这种小事，痣究竟是长在肩膀还是脊梁上没多大分别，只要有颗痣就行了，长在哪儿都一样，反正都是在一个人身上。我圣明的父王全都说中了，我来向堂吉诃德大人求救也对了，他就是我父王说的那个骑士。他脸上的特征和我父王说的完全吻合。他的名气可大了，不仅在西班牙，而且在曼查也是人尽皆知。我在奥苏纳一下船，就听到人们在传诵这位骑士的丰功伟绩，我马上想到我要寻找的骑士就是他。”

“可是，我的公主，您怎么会在奥苏纳下船呢？”堂吉诃德问，“那里又不是港口。”

不等多罗特亚回答，神父就抢先说：“公主大概是想说，她在马拉加下船后，第一次听说您的事迹就是在奥苏纳。”

“我正是这个意思。”多罗特亚说。

“想必是这个道理，”神父说，“请您接着讲下去。”

“下面就没什么好讲的了。”多罗特亚说，“就是我运气不错，居然找到了堂吉诃德骑士。我觉得我现在肯定可以回去当我的女王了，因为谦恭豪爽的他已经答应我的请求，愿意随我到任何地方去。我会把他带到横眉怒目的潘达菲兰多那儿，杀死那巨人，夺回我那被侵占的王国。这件事一定会如我的心愿，因为我圣明的父王早就预见到了这一点。父王还用我看不懂的迦勒底文或者是希腊文留下了指示，说杀死那个巨人后，骑士若有意同我结婚，我应当毫不推辞地认他做合法的丈夫，把我的王国连同我本人一同交给他。”

“怎么样，桑丘朋友，”堂吉诃德这时说，“你听到她刚才说的了吗？我是不是对你说过？你看，我们不是可以掌管王国，做女王的丈夫了吗？”

“这点我毫不怀疑，”桑丘说，“如果谁砍掉潘达菲兰多的脖子后不同女王结婚，他就是婊子养的！难道女王都是傻的吗？但愿我床上的跳蚤都能变成女王！”

说完桑丘纵身跳了两下，显出欣喜若狂的样子，然后又跑去拉住多罗特亚那头骡子的缰绳，跪倒在多罗特亚面前，请求她把手伸出来让自己吻一下，表示自己已认她为自己的女王和女主人。见到主人的疯样和侍从的蠢样，大家都哈哈大笑。多罗特亚还真的伸手让他吻，并答应等收复了国家，一定给他个大官当。桑丘听了又千恩万谢地说了一番，再次引得众人捧腹大笑。

“各位大人，”多罗特亚说，“这就是我的故事。还有件事我没说，那就是所有跟随我逃出来的人，只剩下这位大胡子侍从了。其他人在快要到达港口时遇到了一场暴风雨，都被淹死了。只有这位侍从和我靠着两块木板游到了岸边，这真是个奇迹。你们大概已经注意到了，我一生都充满了奇迹。如果有些事我说得太啰嗦或者不准确的话，那就像我刚开始讲时神父大人说的那样，都是那接二连三的大灾大难毁了我的记忆力。”

“但是损害不了我的记忆力，我高贵的公主！”堂吉诃德说，“无论遭遇什么样的大灾大难，我都不会忘记我对您的承诺。现在我再重申一次，我发誓一定追随您到天涯海角，找到您那凶恶的敌人。上帝保佑，我想靠着我的这条铁臂，一定能割下他那高昂的头颅，就用这把利剑……现在我不能再说用我那把利剑了，因为它已经被希内斯·帕萨蒙特偷走了。”后面这句话是堂吉诃德说给自己听的。

堂吉诃德又接着说下去：“把巨人的头割掉之后，您可以稳稳当当地当您的女王，那时候您如何处理自己的终身大事，都悉听尊便。而我心有意中人，无意再恋……我不说了，反正我不可能结婚，想都不想，就是同凤凰结婚我也不想。”

听到主人最后说不想结婚，桑丘觉得太不像话了。他很生气，提高了嗓门儿，说：“我赌咒发誓，堂吉诃德大人，您真是糊涂了。同这样一位高贵的公主结婚，您还有什么可犹豫的？您以为这样的好运气每次都能碰到吗？难道杜尔西内亚小姐比她还漂亮？肯定没有她漂亮，一半都比不上。我甚至敢说，比起您面前的这位公主来，她简直不配给公主擦鞋。您要往海底去捞针，我这个伯爵也封不成了。您结婚吧，马上结婚吧，我请求魔鬼来促成这门亲事。白白送到您手中的王国，您就收下吧，您当了国王，就好封我当个侯爵或总督，以后会怎样，我就不管了。”

堂吉诃德听到桑丘竟如此亵渎他的杜尔西内亚小姐，实在忍无可忍，二话不说，举起长矛就狠狠地打了桑丘两下，把他打倒在地。若不是多罗特亚大声叫他不要打了，他准会把桑丘活活打死。

“你这个下贱的乡巴佬，”堂吉诃德过了一会儿才说，“你以为我总让你这么放肆吗？办了错事难道我总会原谅你吗？休想！你这个该被逐出教会的无耻之徒！你竟敢诋毁天下无双的杜尔西内亚小姐！你这个流氓、下等人、无赖，如果不是她给我力量，我这条胳膊连跳蚤都掐不死。你说，你这个爱说闲话的家伙，如果不是杜尔西内亚给我勇气和力量，让我建立了种种功绩，谁去收复这个王国？谁去割掉那个巨人的头？谁让你当伯爵？这些都是明摆着的事情。她通过我去厮杀取胜，我仰仗她生存活命。你这个流氓、恶棍，怎么能如此忘恩负义，没有良心！把你从泥腿子提拔上来，封官晋爵，你倒好，用诋毁之语来报答人家的恩情！”

桑丘的伤并不重，所以他的主人说的话他听得一清二楚。他迅速地从地上爬起来，躲到多罗特亚的坐骑后面，对堂吉诃德说：“您说吧，大人，要是您打定主意不同这位高贵的公主结婚，那么王国肯定就不是您的。既然不是您的了，您拿什么赏赐给我？我抱怨的是这个。这位女王就像是天上掉下来的，不管怎样，您赶紧同她结婚吧，然后，您还是可以去找杜尔西内亚小姐啊。在这个世界上，有几个妃子的国王多的是。至于她俩谁长得好看，我就不妄言了，不过，说句实在话，我觉得两个人都长得挺好，尽管我从没有见过杜尔西内亚小姐。”

“你怎么会没见过呢，你这个胡说八道的反复小人！”堂吉诃德说，“你不是刚刚从她那儿给我捎来口信吗？”

“我是说，我并没有仔细看她，”桑丘说，“所以看不出她哪里长得好看，只是大体上看了，我觉得还不错。”

“现在我原谅你了，”堂吉诃德说，“也请你原谅我刚才打了你。我一时冲动，控制不住。”

“我也是，”桑丘说，“我一时性起，就控制不住，老想说点什么，而且只要想说，就非得说出来不可。”

“可是，”堂吉诃德说，“桑丘，你说话还是要留点神，因为水罐一次次被提到井边就会（西班牙谚语：水罐常常提到井边，总有一天会砸碎）……下面的我不说了。”

“那好，”桑丘说，“上帝在天上看得清清楚楚的，我说错了话，您办错了事，究竟我们俩谁最坏，就让上帝来裁判吧。”

“别再说了，”多罗特亚说，“桑丘，快过去吻你主人的手吧，请他原谅，从今以后，你无论是夸人还是骂人都当心点儿，别再说那位小姐的坏话了。我虽然并不认识她，却愿意为她效劳。你要相信，上帝保佑，肯定会封给你一块领地，让你的日子过得像王爷一样。”

桑丘垂着脑袋走过去，请求主人把手伸给他。堂吉诃德很严肃地把手伸出来给桑丘亲吻，还为他祝福，又叫桑丘向前走几步，说有很重要的事同他谈。桑丘和堂吉诃德离开大家有一段距离后，他就对桑丘说：“自从你回来后，我一直没有机会也没有时间向你询问你这次来回带信的事。现在正好有时间也有机会，快把你带来的好消息告诉我。”

“您有什么要问的就请问吧，”桑丘说，“我都会回答您。不过我请求您，我的大人，以后别再存心报复。”

“你为什么要这样说呢，桑丘？”堂吉诃德问。

“我这么说，”桑丘说，“是因为您刚才打我那几下，其实还是为了那天晚上魔鬼在我们之间挑起的那场争吵，倒不是因为我说了冒犯杜尔西内亚小姐的话。其实我像对古董那样热爱她、尊重她，当然不是说她像古董，而是因为她是您爱慕的人。”

“桑丘，你别再提那些话了，”堂吉诃德说，“我听了就生气。那件事我已经原谅你了，你要知道人们常说的，‘重新犯罪，重新忏悔’。”

正说着，迎面有个人骑着驴走过来了，走近了人们才发现是个吉卜赛人。桑丘无论到什么地方，只要有驴，都会两只眼睛死死盯着不放。他一下子就认出那人是希内斯·帕萨蒙特，于是猜测那是他的驴。果然如此，帕萨蒙特骑的正是他的灰驴。原来帕萨蒙特为了不被人认出来，也为了卖驴方便，就化装成了吉卜赛人。他会讲吉卜赛语和其他许多语言，都像说家乡话一样流利。可是桑丘一看见他就认出了他是谁，于是立刻喊起来：“喂，希内斯，你这个恶贼！快放开我的宝贝，我的命根子！放开我的驴，我的心肝！滚开，你这婊子养的！滚远点儿，你这个贼！不是你的东西你别拿！”

其实桑丘用不着这么叫骂，因为希内斯一听到他的声音，就一下子跳下毛驴，跑得无影无踪了。桑丘过去抱住他的驴，对它说道：“我的宝贝，我眼珠子那么宝贵的灰驴，我的伙伴，这些日子你过得好不？”

桑丘对驴又是亲吻又是抚摸，简直把它当人一样。驴倒是静静地任凭他亲吻抚摸，一点儿声音都没有。众人都上前来祝贺桑丘找到了灰驴，堂吉诃德更是高兴，他还说尽管桑丘找回了驴，他答应给桑丘三头驴的那张票据仍然有效。桑丘对此表示感谢。

在堂吉诃德和桑丘主仆两人交谈的同时，神父称赞多罗特亚真是机灵聪明，刚才的故事编得异常巧妙，既简短又符合骑士小说里的情节。多罗特亚说她空闲时常读骑士小说消遣，只是不知道各省的位置和哪里是港口，因此才瞎说的在奥苏纳下船。

“我就知道，”神父说，“所以赶紧过去说了刚才那些话，替您圆场。只要这些胡编乱造的东西，同骑士小说上讲的一个腔调，这位倒霉的绅士就立马信以为真，您说怪不怪？”

“是够古怪的，”卡德尼奥说，“疯成他这样的还真是从来没有见过。我想只有他那样的胡思乱想才可能，否则他这种疯病想装都装不像。”

“还有一件奇怪的事，”神父说，“只有触到他的病根，这位绅士才会疯言疯语。说到其他事情时，他倒是讲得头头是道，思维清晰。所以，只要不提起骑士道，所有人都会认为他是个见识高明的人。”

与此同时，堂吉诃德也在和桑丘说着话：“桑丘朋友，咱们上次争吵的事就一笔勾销，不再计较了吧。现在请你平心静气地告诉我，你是在什么时候，什么地方，怎样找到杜尔西内亚的？她当时在干什么？你对她说了什么？她又是怎样回答的？她看我的信时是什么表情？那封信是谁帮你誊写的？反正，凡是你认为值得告诉我的事情，都原原本本地告诉我，不必为了哄我高兴就添油加醋，胡编乱造，也不要怕我不高兴就瞒着什么都不说。”

“大人，”桑丘说，“对您实话实说吧，没有人帮我誊写信，因为我压根儿就没带什么信。”

“你说对了，”堂吉诃德说，“因为你走了两天之后，我才发现记着我那封信的记事本还在我身上。我很着急，不知道你找不到信会怎么办，还以为你发现没带信时会回来取。”

“要不是您把信念给我听的时候我都记在了脑子里，”桑丘说，“我就回来了。所以我就背给一个教堂的司事听，他帮我一字不漏地写了下来。那个司事还说，他见过许多封开除教徒的函件，可是却从没见过像您那封那样文笔优美的信。”

“那么，你现在还能记起来这封信的内容吗？”堂吉诃德问。

“记不起了，大人，”桑丘说，“我请司事把信的内容写下来之后，觉得记在心里已经没什么用了，就忘掉了。如果我还能记得一点的话，那就是‘珍贵的小姐’，噢，不对，应该是‘尊贵的小姐’，结尾是‘至死忠贞的狼狈骑士’，中间我加了三百多个‘我的灵魂’、‘宝贝’、‘我的眼睛’等等这些词。”

第四章　堂吉诃德与桑丘的有趣对话及其他

“你刚才说的那些我比较满意。你接着说。”堂吉诃德说，“你到的时候，那个绝世美人正在干什么？肯定是在为我这个钟情于她的骑士穿珠子或者在用金丝银线绣标记吧。”

“不是，”桑丘说，“我到的时候，她正在她家的院子里筛麦子，一共筛了两个法内加（法内加，西班牙重量单位，一法内加在不同地区分别相当于 22.5 公升和 55.5 公升）。”

“那么你肯定看到，”堂吉诃德说，“那些麦粒一经她手，立刻变成一粒粒珍珠。你看清楚那麦子了吗，朋友，是白的还是黑的？”

“是黄色的。”

“我敢向你保证，”堂吉诃德说，“经她手筛出的麦子做出的面包一定很白。你接着说，你把我的信交给她时，她吻了信吗？有没有把信放到头上？或是行了其他什么相应的礼节来迎接我那封信呢？总之她是怎么做的？”

“我把信交给她的时候，”桑丘说，“她正用力地筛麦子，筛子里有好多麦子呢。她对我说：‘朋友，把信放在那个麻袋上吧，我要把这些麦子都筛完才能看。’”

“多谨慎的小姐啊！”堂吉诃德说，“她准是想仔细看，好慢慢品味这封信。你接着往下说，桑丘，她一边干活，一边跟你说了什么话？她向你打听我的情况了吗？你是怎么回答的？你全部都告诉我，一点儿也别遗漏。”

“她什么也没问，”桑丘说，“不过我倒是告诉她，您如何为了表示对她的忠心，正在山里苦修赎罪，光着上身，像个野人似的，睡觉就在地上，吃饭不铺台布，胡子也不梳，只是一个劲儿地哭，还不停地诅咒自己的命运。”

“你说我诅咒自己的命运就错了，”堂吉诃德说，“恰恰相反，我每天都在赞赏自己的命运，庆幸自己能够爱上高不可攀的杜尔西内亚·托波索小姐。”

“她确实长得够高的，”桑丘说，“说真的，比我高一拃多呢。”

“怎么，桑丘，”堂吉诃德问，“你还和她比过身高？”

“是这样的，”桑丘说，“当时我帮她把一袋麦子放到驴背上，刚好挨得很近，我发现她比我高一拃多呢。”

“她长得这么高，”堂吉诃德说，“一定也有着数不尽的美德！有件事你别否认，桑丘，你站在她身边的时候，一定闻到了一种萨巴人的味道，一种芳香，一种难以名状的芳香，像是名贵手套店里散发出的气味。”

“我只能说我闻到的是一股男人的气味，”桑丘说，“大概是她活干得太多，出汗也多，有点汗臭味。”

“不会的，”堂吉诃德说，“可能是你感冒了，也可能是你自己身上的汗臭味。我非常熟悉她发出的气味是那种混合了野玫瑰、野百合以及熔化了的琥珀的味道。”

“这是有可能的，”桑丘说，“我自己经常闻到我身上的那股味道，就以为是您的杜尔西内亚小姐身上散发出的了。这没什么可奇怪的，魔鬼彼此都是相似的。”

“好吧，”堂吉诃德说，“她筛完麦子，送到磨房去了。那么她看信的时候有什么表情呢？”

“她没看信，”桑丘说，“她说她不识字，也不会写。她拿起信就撕得粉碎，说不愿意让别人看到这封信，免得让村里人知道她的隐私。她说反正我已经告诉了她您爱她，并且为她在苦心修行就行了。最后她让我转告您，说她吻您的手，她不想给您写信，只想见到您。所以她请求您并且命令您，见到我之后就立刻离开丛林，别再干蠢事了，如果没有其他更紧急的事情，就即刻上路回托波索。她非常想见到您。我告诉她您现在的称号是狼狈骑士时，她笑得可厉害了。我问她以前有没有比斯开人去过她那儿，她说去过，是个老实人。我还问她是否有苦役犯去过，她说至今一个也没有见到。”

“你讲的这些都不错，”堂吉诃德说，“不过，还有一件事你得告诉我，既然你给她送去我的信，离开时，她给你什么首饰了吗？游侠骑士和他们的意中人之间有个惯例，对替他们互相传递消息的侍从、侍女或侏儒，都要给些贵重的首饰，以表示酬谢。”

“这完全有可能是这样的，我觉得这个惯例不错。不过，这可能是过去的习惯了，现在习惯给一块面包和奶酪了。我临走时，杜尔西内亚小姐就在矮墙边给了我这样的东西，说得更确切点，是一块羊奶酪。”

“她这个人可是十分慷慨的，”堂吉诃德说，“她没给你金首饰，一定是因为她当时手边没有。不过，常言说，‘后得的也是好的’。反正我就快要见到她了，到时候该怎么办就怎么办。桑丘，你知道我对什么事最奇怪吗？我觉得你是飞着去又飞回来的。因为你往返托波索才用了三天多时间，要知道从这儿到那儿有三十多西里路呢。我想一定有个精通魔法而又关心我的魔法师帮助了你。一定是这样的，否则我就不是优秀的游侠骑士了。我是说，这位魔法师在你赶路的时候帮了你一把，你自己却根本没有感觉到。从前就有魔法师趁游侠骑士睡着的时候，不知道用什么魔法把他弄走了，第二天早晨醒来的时候，骑士发现自己已经到了千里之外的另一个地方。如果不是这样，游侠骑士们遭遇了危险，别的骑士就没办法帮助他了。比如，一个骑士在亚美尼亚的深山里同一个巨魔或恶鬼，或别的骑士搏斗，情况危急，眼看就要被对方杀死了。忽然，他的一位远在英格兰的骑士朋友就乘着一朵云或者驾着火焰战车来救他了。当天晚上这位骑士就在被救骑士所住的客店里津津有味地吃晚饭了。从这里到那里常常相隔两三千西里地呢，这都靠时刻照应勇敢骑士的魔法师们的高超本领和智慧。所以，桑丘朋友，你在这么短的时间里就能从这里往返托波索，我没什么信不过的，就像我刚才说的，一定有某个魔法师朋友带着你在天上飞，而你自己却一点儿也没有感觉到。”

“应该是这样吧，”桑丘说，“罗西南特跑得矫健如飞，简直像吉卜赛人的驴一样，仿佛耳朵里灌了水银。”（吉普赛人贩卖骡马时常用这种方法，好让牲口跑得快些。）

“灌了水银，”堂吉诃德说，“应该还有很多魔鬼推着它跑吧。魔鬼能像人一样跑，更可以随心所欲地带着人跑，而且不管跑多久都不累。不过，这件事暂且就说到这里吧。我的小姐命令我去看她，她的命令我是一定要服从的。可是我现在该怎么办呢？我已经答应了那位与咱们同行的公主的请求。骑士道规定必须履行诺言，不能只顾自己的喜好。一方面，我非常想见一见我那朝思暮想的小姐；另一方面，我答应了别人就要言而有信，而且办完后所能得到的荣誉也激励着我一定要办好这件事。看来我只能加快步伐，尽快赶到那个巨人那儿，砍掉他的头，扶助公主平平安安地当上女王，然后再立刻赶回去看望那位给我光明的小姐。我会向她好好解释，让她明白我迟迟不来是在努力为她增加荣耀和名望。我这一辈子，无论过去、现在和将来，凡是靠武力取得的一切声誉，全靠她对我的庇佑和帮助。”

“唉，”桑丘说，“您的脑子真是糊涂了。请您告诉我，大人，您这一趟真打算白跑吗？您就这样放弃一门如此富贵的亲事吗？这门亲事的嫁妆可是一个王国啊！跟您说实话，我听说那个王国方圆两万西里，比葡萄牙和卡斯蒂利亚加起来的面积还要大，而且里面吃喝玩乐的东西应有尽有。看在上帝的份上，别再说了。您应该为您刚才说的话感到羞愧。听我的劝告，别见怪，前面什么地方有神父，就马上结婚吧。或者，咱们这儿就有神父，他一定会把婚礼主持得尽善尽美的。您知道，我这个年龄，也有资格给您出点主意了，而且我这个主意很合适。要知道‘天上的老鹰不如手中的一只麻雀’，‘有好的，偏选坏的，好的生了气，就不来了’。”（此处都是西班牙谚语，第二句原本应该是“有好的，偏选坏的，选了坏的就别生气”。桑丘把后半句说错了。）

“桑丘，”堂吉诃德说，“假如你劝我结婚是为了让我杀死巨人好做国王，然后你就可以得到赏赐，那么我可以告诉你，我不用结婚，也可以轻而易举地满足你的愿望。我可以事先讲明，如果我打胜了，尽管不结婚，也得把她的王国分一部分给我，让我赏赐给我欣赏的人。一旦我分到了国土，你说，不给你，我又能给谁呢？”

“这是明摆着的事儿。”桑丘说，“不过您得注意要挑选离海近的地方。万一我在那儿生活得不满意，还可以把我管辖的黑人装上船，按照我以前想的那样把他们处理掉。您不要尽想着去见杜尔西内亚小姐，应该好好想想去杀那巨人的事，把这件事办好。上帝保佑，我敢保证，办好了这件事，可是名利双收呢。”

“我说，桑丘，”堂吉诃德说，“你说得很有道理，我应该听从你的劝告，先不去看杜尔西内亚，而是先跟公主走。我要提醒你，桑丘，咱们刚才谈的事情，你一定要守口如瓶，对谁也不能说，包括与咱们同行的那几个人。杜尔西内亚为人谨慎，她不愿意让别人知道她的心思，所以，我不能把她的事情说出去，也不能让别人这样做。”

“如果是这样，”桑丘说，“那么，为什么您要让所有被您打败的人都去拜见咱们的杜尔西内亚小姐呢？这样做不就等于您签字声明您爱她，是她的情人了吗？那些前去的人必然得跪倒在她面前，说是受您差遣去向她表示敬意的，那么，您两位的心思又怎么隐瞒得了呢？”

“哎，你真笨，真是个死心眼儿！”堂吉诃德说，“你就不明白了，桑丘，我这么做都是为了抬高她的声誉。你要知道，按照我们骑士道的传统，一位小姐有很多游侠骑士为她效劳，是很光荣的事情。骑士们只是为她出力，从不希望得到她的奖赏，只要她肯收他们为她手下的骑士，就心满意足了。”

“我听神父布道时说过，我们爱上帝就应该这么爱。”桑丘说，“我们只求爱他，并不指望进天堂，也不是害怕入地狱。不过，我倒是因为上帝有权势才爱他，才为他效劳的。”

“别看你是个乡巴佬，”堂吉诃德说，“有时候说起话来倒有点儿学问，像个读书人。”

“老实说，我可是一字不识的。”桑丘说。

这时，理发师尼古拉斯师傅叫他们停停，说那里有一股清泉，大家想在那儿喝点水，歇一歇。堂吉诃德就勒住了马，桑丘也很乐意，因为他说了这么多谎话有点累了，也有点慌张，怕主人会从中找到破绽。他虽然知道杜尔西内亚是托波索的一个农家姑娘，却从来没见过她的面。

卡德尼奥这时已经换上了多罗特亚最初穿的那身衣服。衣服虽然不算很好，还是比他自己原来那身破衣服强多了。此时大家都有点饿了，便下了坐骑来到清泉边，用神父在客店买的一点儿食物来充饥。

这时候，有个男孩子从旁边路过。他仔细地打量着清泉旁边这些人。忽然，他奔向堂吉诃德，抱住他的腿，放声大哭，说道：“我的大人啊！您不认识我了吗？您仔细看看，我就是被捆在橡树上的那个孩子安德鲁，多亏您救了我啊。”

堂吉诃德也认出了他，于是拉着他的手，回过头来对大家说：“诸位请看，游侠骑士在这个世界上是多么重要啊！当今世界的无耻恶棍到处为非作歹，全靠游侠骑士去锄强扶弱，伸张正义。我告诉你们，前几天，我路过一座森林，听见凄惨的喊叫声，好像有人在受苦。这件事当然和我的责任有关，我便奔向发出喊叫声的地方，只见一棵橡树上绑着一个孩子，就是站在你们面前的这个孩子。他能来这里，我很高兴，因为他可以证明我没有说谎。当时他光着上身被捆在橡树上，一个农夫正在用马缰绳狠狠地抽打他，把他打得皮开肉绽。后来我才知道那是他的主人。我就问为什么要打他。那个乡下人就说，这孩子是他的佣人，不仅脑子笨，而且手脚不干净，干了不少坏事。这孩子听了，反驳说：‘大人，是因为我向他要工钱，他就打我。’孩子的主人马上为自己做了一番辩解。我听是听了，可没有相信。反正，最后我让农夫放了孩子，还让他起誓一定会给那孩子工钱，而且一个里亚尔都不能少。这都是真的吧，安德鲁？我威严地命令农夫，他唯唯诺诺地俯首听命，你不是都看见了吗？你尽管说吧，不要有什么顾虑，把发生的事情告诉这几位大人，让他们知道有游侠骑士在各处巡游还是有好处的。”

“您刚才讲的都是真的，”男孩子说，“不过事情的结果与您想象的正好相反。”

“怎么回事？”堂吉诃德问，“难道那个乡巴佬没付你工钱？”

“不仅没付我工钱，”小伙子说，“而且，等你一离开树林，只剩下我们两人时，他又把我捆在那棵树上，狠狠地打了我一顿，把我打得遍体鳞伤，就像被揭掉一层皮的圣巴托罗美。他每打一下，就说一句俏皮话嘲笑挖苦您。我要不是疼得厉害，听了也会忍不住笑起来。那次我被打得够惨的，现在都还在医院里治疗呢，这都怪您。如果您走您的路，不循声来到我这里，不多管闲事，我的主人也许只打我一二十鞭就算了，然后他就会放了我，把我应得的工钱都给我。可您一来，乱骂一通，把他惹火了。可是他又不能找您算账，于是等您一走，就把气全出到我身上了，害得我一辈子也抬不起头来了。”

“问题就出在我当时就离开了，没等他向你付完工钱。”堂吉诃德说，“其实我早就该知道，这些乡巴佬除非有利可图，否则说话是不算数的。不过你还记得吧，安德鲁，我曾发过誓，如果他不付你工钱，我一定会去找他。他就是躲进鲸鱼的肚子里，我也要找到他。”

“您确实这么说过，”安德鲁说，“不过没什么用。”

“有用没用，你很快就会知道了。”堂吉诃德说。

堂吉诃德说完马上起身，吩咐桑丘给罗西南特备好鞍。这匹马在大家吃饭的时候，也在吃草。

多罗特亚问堂吉诃德要干什么。堂吉诃德回答说，那个乡巴佬太混账了，他要去找他。不管世界上有多少乡巴佬，他都一定要把那个无赖找出来，狠狠地惩罚他，让他把欠安德鲁的工钱全部付清。多罗特亚说堂吉诃德不能这样做，因为他自己承诺，在办好她的事之前，不插手其他事。这个骑士道的规矩他应该比任何人都清楚，所以她请堂吉诃德先平静下来，等从她的王国回来后再处理这件事。

“这话有道理，”堂吉诃德说，“看来安德鲁还得耐心等待了，这件事就像公主您说的，等我回来再办。我再一次发誓，向他保证，我一定要为安德鲁报仇，让那个乡巴佬付给他工钱，否则绝不罢休。”

“这种誓言我已经不相信了，”安德鲁说，“世界上这样那样的报仇我都不感兴趣，我现在希望的就是弄点盘缠到塞维利亚去。如果你们有什么吃的，就给我一点，让我带到路上吃吧。愿上帝保佑你们，诸位大人以及所有的游侠骑士。但愿游侠骑士们巡游时能惩恶锄奸，就像惩罚我一样。”

桑丘从他带的干粮袋里拿出一块面包和一块奶酪，递给小伙子，对他说：“拿着吧，安德鲁兄弟，这一次你倒了霉，害得我们也沾了点儿。”

“沾了点儿什么？”安德鲁问。

“我给了你这块面包和奶酪，”桑丘回答说，“天晓得我自己要不要吃呢。我可以告诉你，朋友，我们这些游侠骑士的侍从常常忍饥挨饿，遭灾遭难，那种苦滋味只有亲身体验才会知道。”

安德鲁接过面包和奶酪，看别人也没别的什么东西可以给他了，就低头准备上路。临行前，他对堂吉诃德说：“看在上帝的份上，游侠骑士大人，下次您要是再见到我，哪怕我被撕成碎片，也不要来帮我，还是让我倒霉去吧。我就是再倒霉，也不会比您帮了我之后倒霉得更厉害。愿上帝诅咒您，诅咒世界上的所有游侠骑士。”

堂吉诃德站起来想打安德鲁，可是他拔腿就跑，谁都赶不上他。安德鲁的话弄得堂吉诃德羞愧万分。在场的人都极力忍住笑，免得使堂吉诃德更加难堪。

第五章　堂吉诃德一行人在客店里的遭遇

吃完那顿美餐，大家又上了马，一路上都没有什么值得一说的事情，第二天他们便来到了那家让桑丘感到害怕的客店。桑丘不想进去，却又不得不进去。客店的老板娘、主人、他们的女儿和丑女仆玛丽托纳斯看到堂吉诃德和桑丘来了，都很高兴地出来迎接他们。堂吉诃德漫不经心地说，给他们准备一张好床，可别再像上次那样。客店老板娘说，只要他愿意出比上次更高的价钱，就是王子睡的床也可以为他准备。堂吉诃德满口答应，于是他们就在堂吉诃德上次住的那间阁楼给他铺了一张还算过得去的床。堂吉诃德一路上走得筋疲力尽，头昏脑涨，于是躺在床上很快睡着了。

刚关上店门，客店老板娘就揪住理发师的胡子对他说："我凭十字架发誓，你不能再用我的牛尾巴当胡子用了。你得把它还给我。否则我丈夫的那件东西只好放在地上了，这好看吗？我是说，他那把梳子，我总是插在这条漂亮尾巴上的。"

尽管客店老板娘一直揪着那根牛尾巴不放，理发师还是不愿意还给她。后来，神父让理发师把东西还给她，说现在不用那玩意儿了，可以除掉这个伪装，恢复本来面目了。他只需要对堂吉诃德说，理发师是因为遭到苦役犯的抢劫，才逃到这个客店来的。如果堂吉诃德问起公主的侍从去哪里了，就说公主已派他回国去通知大家她给众人带来了救星。

理发师听了神父的话，这才把牛尾巴和借来解救堂吉诃德的其他东西都还给了客店老板娘。大家都惊叹多罗特亚的美貌，更诧异牧羊人装扮的卡德尼奥也仪表堂堂。神父吩咐店主就拿店里现成的东西做饭给他们吃。店主想多赚些钱，赶紧殷勤地准备了一顿可口的饭菜。堂吉诃德一直在睡觉，大家都主张不要叫醒他，因为他目前最需要的不是吃而是睡。

饭桌上，神父和理发师对店主、他的妻子、女儿、丑女仆玛丽托纳斯以及其他旅客谈起了堂吉诃德莫名其妙的疯病以及找他的经过。客店老板娘也向神父他们讲述了堂吉诃德和骡夫之间发生的事情，见桑丘不在场，又将桑丘如何被兜在毯子里往空中抛的事情告诉了大家，大家听了一阵哄笑。神父说，就是那些骑士小说使堂吉诃德读了之后才变得神志不正常的。店主这时说道："我不明白，怎么会出现这样的事情。要知道，我也觉得世界上没有比骑士小说更好看的书了。我这儿就有两三本，还有一些手抄本。我觉得它不仅给我，也给其他很多人带来了快乐。每到收获季节的假日，很多来收割的人都会聚集到这里来，其中总有几个识字的，就拿一本这样的书来读，我们三十多人就围着他，认真地听他念，觉得自己也年轻了不少。每当我听到骑士们激烈地拼杀时，我恨不得也上去砍杀一番。这种故事让我不分昼夜地听，我都愿意呢。"

"我才巴不得你日日夜夜都去听呢。"客店老板娘说，"反正只有在你去听骑士小说时，我才得安宁。你听得如痴如醉，连吵架都忘记了。"

"这倒是真的，"玛丽托纳斯说，"我也很喜欢听这些故事，可好听了，尤其是讲到一位小姐在橘子树下和她的骑士拥抱时，她的女仆一边嫉妒，一边还得提心吊胆地为他们望风。我觉得听了这种事就像吃了蜂蜜一样美滋滋的。"

"你呢，你的看法是怎样的，小姐？"神父问店主的女儿。

"我说不清楚，大人。"姑娘回答，"不过，说实话，我虽然听不懂这种故事，可是也喜欢听。不过，我不像我爸爸那样喜欢听打打杀杀的场面，我只喜欢听骑士们与情人相隔两地时的那种伤心叹气，说真的，有几回我都听哭了，他们真的很可怜。"

"那么，如果他们为你而哭泣，"神父问，"你会好好安慰他们吗？"

"我不知道该怎么办，"姑娘说，"我只知道有些小姐的心真狠，骑士们都叫她们老虎、狮子，还有其他好多很难听的称呼。天哪，我不明白这些女人都是些什么人，这样没有良心。多体面的一个人，她们瞧都不瞧一眼，让他们不是一命呜呼就是疯了。我不知道这种人为什么如此装腔作势，如果她们为了显示自己是正经女子才这样做，那同人家结婚就行了，他们图的不就是这个嘛。"

"快闭嘴，丫头，"客店老板娘说，"这种事你倒是内行得很。姑娘家不该知道这种事情，更不该多嘴多舌。"

“这位大人问我，”姑娘说，“我总不能不回答呀。”

“那好，”神父说，“店主大人，请您把刚才说的那些书拿来给我看看，好吗？”

“十分荣幸。”店主回答说。说着他走进自己的房间，从屋里拿出一个上了锁的箱子，打开箱子，从里面拿出几本大部头的书，还有一些字迹工整的手稿。他拿出的第一本书是特拉西亚的《堂·希荣希利奥》，另一本是伊尔卡尼亚的《费利克斯·马尔特》，还有一本是《科尔多瓦大将军贡萨洛·费尔南德斯传》，还附有迭戈·加西亚·德帕雷德斯的生平。神父看了前面两本书的标题，就回过头来对理发师说：“可惜现在我那位朋友的女管家和他的外甥女不在这儿。”

“她们不在这里也没关系，”理发师说，“我也可以把它们送到畜栏或者壁炉里去，现在火烧得正旺呢。”

“你想烧我的书？”店主问。

“只是这两本，”神父说，“一本《堂·希荣希利奥》，一本《费利克斯·马尔特》。”

“难道我的书是在宣扬异端邪说或者异教分治，”店主说，“所以您想烧掉它们？”

“应该是异教分支，朋友，”理发师说，“不是异教分治。”

“好的，”店主说，“要烧就烧那本关于大将军与迭戈·加西亚的书吧。至于这两本，我宁愿让您烧死我的孩子，也不让你们烧掉这两本书。”

“我的兄弟，”神父说，“这两部书谎话连篇，胡说八道。这本关于大将军的书倒是一部真正的历史书，里面还有利尔多瓦的贡萨洛·费尔南德斯的生平事迹。他功绩卓著，人们都尊称他为大将军，这样显赫的称号只有他才当之无愧。这德帕雷德斯的迭戈·加西亚则是一位有名的骑士，出生在埃斯特雷马杜拉的特鲁希略城，作战极其勇猛。他生来力大无比，用一根手指头就能顶住一个正在旋转的磨盘。他有一次手持长剑站在桥头，挡住了前来的敌军，没有让他们冲过桥去。类似的事情他还做了不少。他是一位绅士，写的又是自传，所以很谦虚。如果由别人来写，那就可以无拘无束，不受限制地照真实情况写，那他的事迹就可以让赫克托、阿基莱斯和罗尔丹都相形见绌了。”

“那有什么了不起的，”店主说，“用手指挡住一个磨盘有什么了不起！上帝保佑，您应该读一读有关伊尔卡尼亚的费利克斯·马尔特的书。他反手一剑，就能把五个巨人拦腰斩断，在他的剑下，这些巨人就像小孩子用豆角做的修士一样。还有一次，他遇见了一支极其强大的军队。那支军队足有一百六十万人，个个都是全副武装。可是他们就像一群绵羊似地被他打得落花流水。至于特拉西亚的堂·希荣希利奥，他的勇猛顽强就更不用说了，就像书里说的，有一次他乘船正在河上航行，忽然从水里蹿出一条火蛇。他马上扑过去，骑到那条蛇的背上，双手紧紧掐住蛇的脖子。蛇眼看就要没气了，只好往水底下游。可骑士始终不撒手，跟着沉到了水底。在水底，骑士看见了宫殿和花园，都是富丽堂皇的，令人叹为观止。后来那条蛇变成了一位老人，对他讲了许多有趣的事情。大人，您如果听到这些，也一定会高兴地发了疯。您说的大将军和那个迭戈·加西亚能算老几呀！”

多罗特亚听到这些，悄悄对卡德尼奥说：“咱们这位店主快要做堂吉诃德第二了。”

“我也这样认为，”卡德尼奥说，“根据他刚才说的话，他一定是把书上写的那些事情都当真了。就连赤脚修士也难以改变他的信念了。”

“兄弟，你看，”神父又说，“世界上压根儿就没有伊尔卡尼亚的费利克斯·马尔特，没有特拉西亚的堂·希荣希利奥，也没有骑士小说里说的其他什么骑士。这些全都是那些闲着没事干的文人杜撰出来的，就是为了让你们消遣解闷的，譬如说在收割休息时读一读可以高兴一下。我发誓，世界上从来没有那样的骑士，那些丰功伟绩和其他奇奇怪怪的事情也都不存在。”

“你别来这套，”店主说，“说得就好像我连五都不会数，连自己的鞋子哪里紧都不知道似的！上帝保佑，您别拿奶糊来哄我们了，以为我们就那么笨。您想让我们相信这些好书都胡说八道，谎话连篇，这未免太天真了，要知道这些书都是经过卡斯蒂利亚议会批准印刷的。他们会同意把这些一派胡言乱语、你争我斗、大施魔法，让人读了会神志不清的书出版吗？”

“我刚才已经说过了，朋友，”神父说，“这些书只是我们百无聊赖的时候用来消遣解闷的。这就好比在那些社会安定的国家里，不也允许人们下棋、打球、玩台球吗？有些人没有工作，有些人不用工作，有些人不能工作，为了让这些闲着的人消遣，才允许印刷出版这种书。就是没想到有人如此愚昧无知，会把书上的事当真。事实也是如此。一部好的骑士小说应具有什么样的内容，才会对某些人有好处，甚至让他们感兴趣，如果诸位愿意听的话，现在我也可以讲讲。不过，要是将来能同某个能够弥补这些缺陷的人共同探讨这个问题，我就更愿意了。至于现在，店主大人，请你听我的，把你的书拿走，书上说的是真是假，你自己判定，希望这些书能对你有好处，上帝保佑，你可别犯跟堂吉诃德一样的毛病。”

“这不会，”店主说，“我才不会像他那样疯疯癫癫地想去当游侠骑士。我很清楚，以前有游侠骑士周游世界，现在没有了。”

他们正说着话，桑丘出现了。他听到人们说游侠骑士的那一套现在已经不时兴了，所有骑士小说都是胡说八道，心里非常焦急担心，琢磨着主人这次周游能有什么结果。如果没有得到他预想的好处，他就决定离开主人，回去和老婆孩子一起，还是干自己的活儿去。

店主正准备把箱子和书拿走，神父对他说：“等一等，我想看看这是谁的手稿，字写得这么工整漂亮。”

店主把手稿拿出来，递给神父。这份手稿足足有八大张，开头是个大标题，写着《一个无端猜疑之人的故事》。神父拿起来，读了三四行就说：“我觉得这本小说的题目还不错，很想把它全部读完。”

店主说：“您尽管看好了。我实话告诉您，有的客人看过这本书，很喜欢它，真诚地希望我把这小说送给他们。但我不能这么做，只想把它还给它的主人。这一箱书和手稿是以前一个旅客忘在这儿的，说不定什么时候他就会回来取。我虽然也需要这几本书，但还是应该物归原主。尽管我是个开店的，可我毕竟还是个基督徒呀。”

“你说得很对，朋友，”神父说，“不过，要是我喜欢这本书，你一定得让我抄录下来。”

"完全可以。"店主说。

两人说话的时候，卡德尼奥已经拿着书看起来了。他同神父一致认为这部小说写得不错。他请神父把书给大家念念。

"我很愿意这样做，"神父说，"如果大家想听我念小说，不想睡觉的话，我就给你们念念。"

多罗特亚说："对我来说，听故事消遣就是很好的休息，因为我心绪不宁，要睡也睡不着。

"这么说"，神父说，"那我就读了。我读这部小说首先是出于好奇，说不定这故事还有点意思呢。"

理发师尼古拉斯和桑丘也请求神父把这个故事读出来。神父见大家都有这个兴趣，他自己也喜欢读，就同意了。他说："那就请大家注意听，故事开始了。"

第六章 《一个无端猜疑之人的故事》

佛罗伦萨是意大利托斯卡纳省一座著名的城市，十分繁华。那里有两位有钱有势的年轻人，一个叫安塞尔莫，另一个叫洛塔里奥。他们两人相交至深，认识他们的人都称他们为"朋友俩"。两人都还没有结婚，年龄又相近，生活情趣也相似，所以友谊很深。安塞尔莫比洛塔里奥更热衷于谈情说爱，洛塔里奥则喜欢打猎。不过，安塞尔莫经常放弃自己的志趣，去干洛塔里奥爱好的事情，洛塔里奥也常常放弃自己的爱好去满足安塞尔莫的志趣。两人总是同心同德，精确的钟表都没他们那样步调一致。

安塞尔莫后来喜欢上城里一位高贵美丽的姑娘卡米拉。姑娘的父母和姑娘本人各方面都很不错。因为安塞尔莫什么事情都要找洛塔里奥商量，所以他就来征求他朋友的意见，好向姑娘的父母提亲。洛塔里奥替他出主意想办法，很快把婚事办好了。卡米拉有安塞尔莫做她的丈夫感到很称心，一直感谢老天，感谢洛塔里奥，让她能拥有这桩美满的婚事。这样的婚事总是要大肆庆贺一番。最初几天，洛塔里奥还像以往一样，常常到安塞尔莫家去，尽力为安塞尔莫把婚事办得热热闹闹。但是喜事办完后，来祝贺的人渐渐少了，洛塔里奥也尽量少去安塞尔莫的家了。他觉得，朋友已经成婚，就不应该再像往常单身时那样常去他家了，这是所有谨慎的人都应该做的事。他觉得虽然真正的好朋友之间是不应该相互猜忌的，但是结婚以后，朋友的名声就变得非常重要了。要知道就算在亲兄弟之间也会有些摩擦，更何况是朋友之间呢。

安塞尔莫发现洛塔里奥不怎么去他家里了，便对洛塔里奥很有意见，说自己要是早知道结了婚，他们两人之间就会没以前那么亲密的话，他就不娶妻了。自己单身时，两人相交颇深，还得到了“朋友俩”的赞誉，现在仅仅出于小心谨慎，而没有别的原因就失去这个美誉，是他所不愿意看到的。如果他们之间可以使用“请求”这个词的话，他请求洛塔里奥像过去一样把这个家当作自己的家，自由出入。他还向朋友说，他的妻子卡米拉同他一样，也欢迎洛塔里奥去他们的家。她知道他们两人以前有很深的友谊，现在看到洛塔里奥不常去家里，感到很是疑惑。

安塞尔莫对洛塔里奥说了很多话，一直劝他同以前一样常到自己家去。洛塔里奥做了言辞恳切并得体的解释。安塞尔莫听了，感谢朋友的一片诚意。两人商定，除了节假日，洛塔里奥每星期去两次安塞尔莫家吃饭。虽然两人商定好了，洛塔里奥还是觉得他的行为不能损害朋友的尊严，因为在他的眼里，他把朋友的声誉看得比自己的声誉还重要。他常常这样说，既然娶了漂亮的妻子，就必须对到家里来的朋友加以选择，还要留心妻子与什么样的女友交往。因为丈夫不能不让妻子去广场参加公众活动和去教堂做祈祷，在这些地方不方便做的事情，在最信任的朋友或亲戚家里却可以轻松做到。他的这些话是很有道理的。

洛塔里奥还说，结了婚的人都需要有个朋友来指出自己行为上的不当。因为丈夫常常过分宠爱妻子，怕妻子生气，就不去提醒她什么事该做，什么事不该做，而这却是关系到自己的体面和尊严的事情。如果有朋友及时提醒一下，就可以防止这样的事情发生。可是像洛塔里奥所说的那样稳重、诚挚的知心朋友哪里才能找得到呢？我实在不知道。应该只有洛塔里奥能算得上是这样的人。他非常谨慎，不让自己损害朋友的名誉，在约定的日期去朋友家时，都尽量缩短在那儿停留的时间。他知道自己这样一位出身高贵、英俊多金的小伙子经常出入卡米拉这样漂亮的女人家里，一些游手好闲、别有用心的小人就会说闲话，甚至恶意中伤。虽然他的高尚的品德可以让那些中伤不攻自破，可他还是不想让自己以及他的朋友的声誉受到非议。因此，他常常在约定去安塞尔莫家的那天推说有要事，无法分身。就这样，两个朋友一个成天埋怨对方不去自己家，另一个人则经常找借口推脱，日子就这样一天天过去了。

有一天，他们在城外的草地上散步，安塞尔莫对洛塔里奥说了下面这番话：

"洛塔里奥，我的朋友，你一定认为上帝赐福于我，让我可以拥有这样的父母，并慷慨赐地予我天赋和财富，我确实感恩不尽。其实我更感激的是，有你做我的朋友，有卡米拉做我的妻子。你们是我无比珍视的宝物。要是别人能像我这样拥有这些，生活肯定非常幸福愉快，可是我却是世界上最苦恼、最不如意的人。不知道是从什么时候开始，总有一个不合常理的怪诞念头困扰着我，连我自己都十分诧异，我常常自责，极力克制自己，想把我的这种想法埋在心底。可是我又控制不了自己，想把这个秘密说出来。其实这个秘密早晚都会被人知道的，现在我想先把这个秘密交予你保管。你是我的真心朋友，我想你一定会想办法帮助我，将我从痛苦中解救出来。你的关心会给我带来快乐，从而消除我自己发疯找来的烦恼。"

洛塔里奥听了安塞尔莫的话，觉得莫名其妙，不知道他的朋友说这么一番长长的开场白究竟想干什么。他挖空心思地猜测究竟是什么念头让他这位朋友如此烦恼，可是却找不到原因。为了尽快弄清原因，洛塔里奥急得对安塞尔莫说，像他们这样的好朋友就该推心置腹，将自己内心的秘密和盘托出，这样转弯抹角，简直对不起他们之间深厚的友谊。作为朋友，安塞尔莫应该相信自己能为他消除烦恼，或者帮助他满足愿望。

"确实如此，"安塞尔莫说，"就因为我们是朋友，我才告诉你，洛塔里奥，一直困扰着我的心愿，就是我很想知道我的妻子卡米拉是否像我想的那样贞洁，那样完美无缺。就像烈火见真金那样，她也应该经过一番考验，我才能了解她的优良品德。噢，朋友，我觉得仅凭一个女人要有人追求，我才能断定她是否是一个贞洁的女人。只有面对追求者的种种许诺、慷慨馈赠、痛哭眼泪和日夜纠缠都不动心的女人，才算得上坚贞。”

“如果没有男人去引诱她放纵，那一个女人的贤德又有什么值得夸耀的呢？”安塞尔莫继续说，“如果她没有机会放纵自己，而且她知道丈夫一旦发现她行为不端，就会要了她的命，那么她循规蹈矩、保持贞操，又有什么了不起的呢？因此，在我看来，那些由于胆小或者没有机会才保住名节的女人反倒不如那种受到男人的追求、挑逗仍能坚持清白的女人更值得尊敬。除了上面所说的，我还可以说出一些理由，来进一步证明我的想法。为此，我希望我的妻子卡米拉能经受一番这种考验，在被追求的火焰中接受锤炼。也就是说，我想找个人来引诱和追求她，而且这个人的条件还相当不错，能让她看得上。如果她经受住了这次考验，那我就是最幸福的人了。我才可以说，我的愿望得到了满足。我有幸得到了圣人所说的那种‘哪里去找’的女人①。就算事情与我期望的不一样，这次考验让我付出了沉重的代价，我也绝不后悔，反而会为我的猜测得到了证实而感到高兴。你一定会反对我的这个打算，但是无论你怎样说，都不能阻止我付诸行动。我现在只希望，洛塔里奥，我的朋友，你来当我实现这个想法的工具吧。我会给你创造机会，提供方便，以及其他各种追求一个贞洁、贤惠的女人必要的东西。

“我把这样一件难办的事情委托给你，还有一个原因，如果卡米拉败在你的手里，你不需要真的去征服她，你要顾全体面，适可而止，事情没办完也算成功了。这样，我也不会丢面子。你为人谨慎，对我失了体面的事一定会守口如瓶，那么别人永远也不会知道。因此，你如果想让我活得心安理得，就立刻开始积极主动地发起进攻吧，别懒洋洋、慢吞吞的。凭你

---

① 这是引所罗门的话：“有才德的妇人，哪里去找呢，她的价值远胜过珍珠。”见《旧约》《箴言》第三十一章第十节。

我之间的友谊，你一定能做到的。”

洛塔里奥全神贯注地听安塞尔莫讲完了这番话。除了刚才插了几句言，他一直都没再开口。安塞尔莫说完后，洛塔里奥瞪着眼睛看了他好一会儿，就像在看一只他从未见过的令他惊奇的怪物，然后才说道：

“安塞尔莫，我的朋友，我很难相信你刚才说的那些话不是开玩笑。我要是早知道你是认真的，就不会让你说下去了。我不听，也就没你这长篇大论了。听了你的话，我开始还以为，不是你还不认识我，就是我还不认识你。但实际是，我知道你是安塞尔莫，你也知道我是洛塔里奥。可是我认为你已不是原来的安塞尔莫，你大概也觉得我不是从前的洛塔里奥了。因为你刚才说的那些话并不像我的朋友安塞尔莫说的，你要求我做的那种事也不是该向你知心的老朋友洛塔里奥所要求的。好朋友之间的互相帮忙，应该像一位诗人说的，‘能供在祭坛上’，也就是凡是违反上帝意愿的事情就不应该让朋友去做。

“一个异教徒对友谊都能有这样的高见，基督教徒难道不应该做得更好吗？因为基督徒深知任何人都不能因人间的友情就抛弃神的友情。如果一个人能抛开一切，抛开对上帝的责任来为朋友效劳，那只能是事关朋友名誉和生命的事情，而不是转瞬即逝的小事情。现在请你告诉我，安塞尔莫，你要我不顾一切，冒着危险做你让我做的那件缺德事，来顺遂你的心愿，是你的名誉还是生命受到了威胁？实际上，都没有嘛。而且我认为，你这是在让我尽力毁掉你的名誉和生命，同时也赔上我的名誉和生命。因为一个人丧失了名誉，简直生不如死。我如果毁掉了你的名誉，也就等于要了你的命。我如果遂了你的心愿，当了你的工具，把你害得失去名誉，我不也名誉扫地，生不如死了吗？安塞尔莫，我的朋友，请你耐心听我把话说完。关于你的那个心愿，我还有话要讲，我们还有时间，等我说完，你可以反驳我，我一定洗耳恭听。”

“我很乐意听，”安塞尔莫说，“你有什么尽管说吧。”

洛塔里奥接着说：“安塞尔莫，我觉得你现在的头脑就像摩尔人的头脑一样。如果想让摩尔人认识到他们宗教信仰上的错误，光靠引用《圣经》

上的句子，或者思索信条的办法，都是不够的，还要向他们举出看得见、摸得着的实例，也就是用浅显易懂、确凿无疑的例证来让他们理解，比如说像‘两边数量相等，再减去相等的数量，余下的部分仍然相等’这样颠扑不破的数学公式。如果这样说他们都还不能理解，你就得在他们眼前做手势。不过即使这样，还是不能让他们相信我们圣教的真理。对你讲理也是这样，因为稍微有点理智的人都不会有你这样离谱荒谬的愿望。我认为想让你认识到自己的糊涂恐怕是白费功夫，现在只能说你糊涂，不想给你扣上别的名称。我现在甚至想就任你去胡闹，作为对你荒诞念头的惩罚。可我对你的友谊不允许我对你这样狠心，眼见你就要毁了自己还坐视不理。为了让你看清楚事实，安塞尔莫，请你告诉我，你是不是让我去追求一个足不出户的女人，去引诱一个正经的女人，去讨好一个稳重的女人，去献媚于一个守规矩的女人？是的，你刚才是这样对我说的。你既然知道你有个足不出户、正经、稳重、守规矩的妻子，你还想追求什么呢？你既然知道她经过我的种种试探，最终会赢得胜利，这是肯定的，那么除了你对她现有的赞美外，你还想让她拥有什么样的美誉呢？也许是你现在还没有把她看成你说的那样好，也可能连你自己都不清楚自己到底想要什么。如果你认为她没有你想的那样好，你又何必要去考验她呢？如果她真的不好，那么你愿怎么对待她就怎么对待她好了。如果她真的像你想象的那么好，那么对确凿无疑的真理加以试验就是不恰当的事情。因为经过考验，结论还是和以前的一样。所以，这件事的结论就是，想做这种有害而无益的事情的人，肯定是鲁莽、轻率、欠考虑的。做这种并不是非做不可而又没有结果的事情，这种人一定是疯了。人们干一件艰苦的事无非是为了上帝或为了世俗的利益，要不就是两种都有。为上帝的人就是艰苦修炼，以自己的血肉之躯过着天使般生活的那些圣人们；为世俗利益的人就是那些漂洋过海，忍受严寒酷暑，走遍各地，获取所谓财富的人；既为上帝又为人间利益的人就是那些勇敢的战士。他们只要看到对方的城墙被炮弹炸开了一个缺口，为了保卫他们的信仰，为了保卫自己的祖国和国王的意志，就会无所畏惧、奋不顾身地向他们的死敌冲过去。

“这些就是人们通常追求的东西，虽然充满了艰难险阻，但却能得到声誉、荣耀和利益。但是你要干的那件事情，既不会给你带来上天的荣耀，也不会给你带来人间的财富，更不能提高你的声誉。因为就算那件事情的结局如你所预料的那样，你也不会比现在更得意、更有钱、更荣耀。如果不像你想的那样，你就会陷入意想不到的难堪境地，你以为别人不知道你的不幸，就可以万事大吉了吗？其实只要你自己心里知道就足以让你苦恼伤心了。我可以引用著名诗人路易斯·坦西洛所作的《圣彼得的眼泪》第一段末尾的诗句来证明这个道理。他是这样写的：

眼看黎明就要来到，
彼得内心更感烦忧，
虽然身旁并没有人，
但是他因罪而羞愧，
因为他胸怀特宽广，
没人见罪都会惭愧，
除了天地无人见罪，
但只要犯错就自责。

“由此可见，事情虽然无人知晓，但是却不能避免自己内心的痛苦，你还是会流泪，如果不是眼泪，就是从心里流出的血泪，就像诗人所描述的那位头脑简单的医生喝了魔杯中的酒而痛哭那样。谨慎的利纳乌多斯就没有喝那杯酒，就比他要成熟得多了。虽然这只是诗人虚构的故事，里面包含的深刻意义是值得我们深思并引以为鉴的。我还有个道理想对你讲，你听了之后就会明白你要干的事犯了多么大的错误。

“安塞尔莫，假如上天或是好运，让你得到一颗珍贵无比的钻石。它的精美度和成色让所有见过它的宝石鉴定家都感到十分满意，大家都一致认为这颗钻石的质量、精美度和纯净度都达到了无与伦比的程度，你自己也同意，没有异议。在这种情况下，你要把这颗钻石放到铁砧上使劲儿用锤子砸，看看它是否真像他们说的那样坚硬、那样纯净，你觉得这样做合理吗？如果你这样做了，那颗钻石就算经受住了这种无聊的考验，也并不能增加它的价值和名气。如果它被砸碎了，这也是完全有可能的，那你不是全都没有了吗？这是毫无疑问的，这只会让大家都认为钻石的主人是个大傻瓜。

“安塞尔莫，我的朋友，你该知道，无论是在你的心中还是在别人的眼里，卡米拉都是一颗无比珍贵的钻石，绝对没有理由让她处于被砸碎的危险之中。就算你证明了她洁身自好，保住了贞洁，她现在的价值也不会有所提高。万一她经受不住这样的考验，你现在就得想好，没有了她，你会怎么样，你会因为毁了她也毁了自己而悔恨不已。你要知道世界上没有任何珠宝可以与贞洁、端庄的女人相比，而所有女人的体面都在于有个好名声。你既然知道你妻子的名声很好，而且好得不能再好了，为什么还要怀疑这个事实呢？朋友，你既然知道女人是不完美的动物，就不应该在她前行的道路上设置障碍让她摔跤跌倒，而应该为她清除一切障碍，毫无疑问，如此她就可以一路顺风地奔向完美，成为贞洁贤德的女人。

“生物学家们说，白鼬是一种皮毛异常洁白的动物，猎人们猎取它的时候有一个窍门。只要在白鼬经常出没的地方堵上污泥，再把白鼬往那个地方赶。白鼬到了污泥边就不跑了，宁可被捉住，也不愿意穿过污泥，弄脏自己洁白的皮毛，因为它们把自己雪白的皮毛看得比自由和生命还重要。贞洁的女人就像白鼬，她们贞洁的美德比白雪还要白，还要纯净，要想保持女人的贞洁不受玷污，就不能使用对待白鼬的办法，也就是不能在她的面前堆上情人的礼物与殷勤献媚这种污泥。她本人的品德还没有崇高到足以逾越这些障碍，我们应该为她清除这些障碍，为她放上纯洁的美德和良好的美名。

“一个贞洁的女人就像一面洁净光亮的镜子，呵上一口气就会变得模糊不堪。你应该像对待圣人的遗物那样对待她们，就是只瞻仰，不触摸。你应该像保护一个鲜花盛开的美丽花园那样爱护她们，花园主人不会允许任何人进去践踏、采摘，只能远远地隔着栅栏享受花的芳香，领略花的美丽。

我忽然想起几句诗来，是我从新戏里听来的，想念给你听听，我觉得很适合咱们谈的这个问题。

“一个精明谨慎的老人劝说另一个老人看管好自己的女儿，最好把她关在闺房里。他的道理是：

女人就像玻璃品，
不可考验其忠贞
只因后果难预计。
摔破玻璃很容易，
修补破碎难成功，
冒险尝试验真伪，
愚蠢之徒才为之。
众人皆是此看法，
我亦赞同无反驳。
世上若有达娜厄，
必有金雨入其门。

“安塞尔莫啊，以上说的这些都是在为你着想。现在该说说和我有关的了。如果话说得长了些，请你多包涵。因为你已经走进了迷宫，我要想把你领出来，免不了多说几句。你把我当作朋友，却要我丢脸，这完全是与友谊背道而驰的。你不仅想让我丢脸，还想让我来丢你的脸。我说你想让我出丑，这是很明显的，因为一旦我按照你的要求去追求卡米拉，向她大献殷勤，她就会把我当成一个厚颜无耻之徒。因为我做的事情，已经大大违背了我的人格和你我之间的友谊。

“我说你想让我丢你的脸，这点也是摆明了的。因为卡米拉看到我对她大献殷勤，肯定会以为我是看她有些轻浮，才胆敢向她表露邪念。那么她就会觉得自己受到了侮辱，你也就受了侮辱，因为她是你的。不是常常有这种情形吗：一个人的妻子偷情，虽然丈夫并不知情，不是他创造机会让她这样做的，而是他粗心大意，疏于防范，可他还是会被冠以耻辱之名。知道他妻子丑事的那些人，尽管知道他的厄运不是他的过错，而是妻子不正经，但对他不仅不会投去怜悯的目光，反而更加鄙夷他。不过我想给你讲讲，为什么说荡妇的丈夫该受到蔑视和侮辱，尽管他并不知情，没有责任，更没有参与和促成。你别不爱听，我说这些话都是为你好。

“《圣经》上说，上帝在伊甸园创造了我们的始祖亚当，并在他熟睡的时候，从他的身体的左侧取下了一根肋骨，创造了我们的女始祖夏娃。亚当醒来后看到了她，说：‘这是我的肉中肉，骨中骨。’上帝说：‘男人为了他的女人要离开自己的父母，两人要合为一体。’为此，制定了神圣的婚姻大礼，将男女两人紧紧地拴在一起，至死才能分开。

“这个神奇的典礼功效非常大，它能使两个不同的人结为一体。一对感情融洽的夫妇虽然有着各自的灵魂，却只有一个心愿。所以说，妻子和丈夫已经结为一体，妻子身上有了污点，或者受了侮辱，最终丈夫也会受到伤害，虽然这种伤害并不是他造成的。这就好比脚上或四肢的任何一个部位疼痛，全身都可以感觉到，因为它们同属于一个肉体。脚踝受了伤，头也可以感觉到，尽管这伤并不是头造成的。同样如此，妻子不忠，丈夫也会蒙受耻辱，因为他们同属一体。世界上的一切荣光和丢脸之事都是血肉之躯造成的，风流荡妇的羞耻就属于这一类，做丈夫的即使不知道，也会跟着受辱。

“安塞尔莫，你好好想想，你的妻子贤德贞洁，一直过着平平静静的生活，你竟然想去打破她的这种平静，扰乱她的心绪，会有多大的危险，又是多么的无聊啊。你应该注意到，你这样冒险，你失去的东西会比你得到的东西多得多，多得我无法用语言来描述。如果我说了这么多都还未能打消你的可恶念头，你完全可以另外去找一个毁你名誉、害你倒霉的工具，我可不想做这个工具，就算为此失掉同你的友谊，我也不做。当然失掉你的友谊，这对我来说是最大的损失。”

品德高尚、有远见的洛塔里奥说完了，安塞尔莫思绪纷乱，陷入了沉思。过了好久，他才开口说：“洛塔里奥，我的朋友，我一直都很认真地听你说话。从你讲的种种道理、举的种种例子和打的一个个比方，我看到了你高明的见识和对我的真挚友情。我承认，我如果不听取你的意见，而是一意孤行，我就会弃善从恶。可是你得体谅我现在的情况。我现在就像患了女人常患的某种病，竟然想吃泥土、石灰、煤块以及其他无法入口、看着都恶心的东西。你得设法治好我这个病，这个是不难做到的。只要你去向卡米拉试探一下，就算不冷不热、装模作样都行。我想她也不会那么浅薄，试一下就失了体面。你去试试，我就满意了，你也就对我尽了朋友的责任，让我活得心安理得，还不会丢我的面子。

"你必须做这件事的原因还有一个，那就是我已决定进行这次考验。作为我的朋友，你一定不会同意我把这个怪念头告诉一个陌生人，否则，你千方百计想为我维护的名誉就岌岌可危了。至于你的名誉，在你向卡米拉献殷勤的时候，在她心中可能会受到一些影响。不过这关系不大或者说毫无关系。因为只要我们发现她像我们预料的那样坚贞不动摇，你就可以马上把咱们的这次考验如实告诉她，你的名誉自然就会恢复了。可见，你做这件事的风险并不大，但却可以极大地满足我的心愿。所以，你就算再说出一大堆这么做不合适的理由，也还是得去做。我刚才说过，这件事只要你去试一试，就算完成了。"

洛塔里奥见安塞尔莫决心已下，自己又找不到更好的理由、举不出更多的例子来让他改变主意；再加上他见安塞尔莫威胁说要把这个荒唐至极的想法告诉别人，那样会更糟，所以就决定满足朋友安塞尔莫的要求。他拿定主意，要把这件事办得既不搅乱卡米拉的心境，又能让安塞尔莫满意。于是洛塔里奥告诉安塞尔莫，千万不要把他的想法告诉别人，自己可以承担这个重任，而且在他高兴的时候就可以着手进行。安塞尔莫亲亲热热地拥抱了洛塔里奥，感谢洛塔里奥的欣然应允，就好像洛塔里奥给了他莫大的恩惠似的。两人商定第二天就开始行动。安塞尔莫为朋友提供机会和时间，让洛塔里奥能同卡米拉密谈，他还准备了钱和首饰让洛塔里奥送给卡米拉。安塞尔莫还建议洛塔里奥为卡米拉演奏乐曲，并作些诗来赞美她。洛塔里奥都一一答应了，当然他和安塞尔莫的想法是完全不一样的。两人商量好后，就回到安塞尔莫的家，卡米拉正焦急地等待丈夫归来，因为这天他比平时回来得要晚一些。

洛塔里奥不久就离开了。安塞尔莫在家想着自己的事，说不出地高兴，而洛塔里奥在家却说不出地苦恼，不知如何才能将这件烦人的差事敷衍过去。当天晚上，他想出了一个办法，既能瞒住安塞尔莫，又不伤害卡米拉。第二天，洛塔里奥就去安塞尔莫家吃饭，受到了卡米拉的热情招待，因为她知道自己的丈夫跟洛塔里奥关系很好。吃完饭，撤走了餐具，安塞尔莫就请求洛塔里奥能留下来陪卡米拉片刻，因为他有点急事要出去办，大约需要一个半小时。卡米拉请安塞尔莫不要出门，洛塔里奥则表示愿意陪他一起出门办事，可是安塞尔莫都没有同意。他一定要洛塔里奥留下等他回来，说还有很重要的事情同他商量。他又嘱咐卡米拉在他回来之前，不要怠慢洛塔里奥。其实，安塞尔莫借故走开根本没必要，他却装着有急事非出去不可的样子，而且装得很像，谁都没有看出来。

安塞尔莫走了，餐桌旁只剩下卡米拉和洛塔里奥，家里的佣人都去吃饭了。洛塔里奥觉得自己真像他朋友希望的那样上了战场，面前就是他的敌人。这个敌人仅凭她的美貌就足以征服一队武装骑士，怎么不叫洛塔里奥胆战心惊呢？不过，他想出了个办法来应对。洛塔里奥索性把胳膊肘放在椅子的扶手上，两手托着腮，请卡米拉原谅自己失礼，说他想在安塞尔莫回来之前休息一会儿。卡米拉说他最好到起居室去休息，在椅子上睡觉不舒服。洛塔里奥不愿意去，就坐在那里一直睡到安塞尔莫回来。安塞尔莫回来后，看见卡米拉在自己的房间里，而洛塔里奥已经睡着了，还以为自己在外耽搁太久，他们说完话还有时间睡觉。安塞尔莫急着等洛塔里奥醒来，想同他一起出去，问问事情究竟办得怎么样。

天如人愿。洛塔里奥醒了，两人就走出家门。安塞尔莫就问洛塔里奥事情办得如何。洛塔里奥回答说，他觉得一开始就倾吐衷肠不太合适，所以他只说了些恭维卡米拉美貌的话，说整个城里都在称赞她美丽聪明。他觉得这样开始最好，可以得到她的欢心，下次再说什么她都爱听了。他说魔鬼引诱一些有节操的人就采用这种手段：来自地狱的恶魔总是扮成光明天使，面露慈善，开头不让人识破，最后才露出本来面目，以使阴谋得逞。安塞尔莫对此很满意，说以后每天他都给洛塔里奥提供这样的机会，就算不出门，也忙家里的其他事情，这样卡米拉就不会发现他是故意的了。

就这样过了很多天，洛塔里奥一直没有同卡米拉说过一句话，却对安塞尔莫说，他已经同卡米拉谈过了，卡米拉没有一点儿动心的表示，反而警告说，如果他不打消邪念，就要告诉自己的丈夫了。

“很好。”安塞尔莫说，“卡米拉总算抵住了甜言蜜语的引诱。现在就要看看她是否能经受住物质的引诱了。明天我给你两千金盾，你拿去送给她。另外两千金盾你拿去买些首饰送给她。女人都喜欢首饰，即使再正经，也喜欢穿金戴银，漂亮的女人更是如此。如果卡米拉能够经受住这个诱惑，我就称心如意了，以后再也不会麻烦你了。”

洛塔里奥说，尽管知道这件事的结局只会使自己焦头烂额，徒劳一场，但事情既然已经开了头，他总要做到底。第二天，洛塔里奥就拿到了四千金盾，但同时也得了四千份烦恼，他不知该怎样才能圆这个谎了。不过，他仍然决定告诉安塞尔莫，卡米拉对许诺和厚礼就像对待甜言蜜语一样，根本不会动心，所以，已经没有必要再白白浪费时间了。

可是命运却有另外一番安排。这回安塞尔莫还像平常一样，留下洛塔里奥和卡米拉单独在一起，自己则跑到另一个房间躲起来，从锁眼里观察他俩的动静。只见过了半个多小时，洛塔里奥都没有同卡米拉说一句话，看样子就是再等一百年，他都不会开口。这时安塞尔莫才明白，原来洛塔里奥以前说的那些卡米拉的表现都是凭空捏造的。他想弄个明白，就走出房间，把洛塔里奥叫到一边，问他这次有什么新的情况，卡米拉又是如何表现的。洛塔里奥回答说，卡米拉对这样的事根本没什么可说的，她态度非常严厉，自己没有勇气再挑逗她了。

“哎，洛塔里奥啊洛塔里奥，”安塞尔莫说，“你对我的重托就这样敷衍，真是辜负了我对你的信任。我一直从这个锁眼里观察你，看见你一句话都没有对卡米拉说。由此可见，你前几次肯定也是什么都没说。如果是这样——我可以肯定是这样的，那么，你为什么要骗我？你为什么要要花招让我不能得偿心愿呢？”

安塞尔莫没有再多说，不过这些话足以让洛塔里奥感到十分狼狈了。被朋友发现自己说谎，他觉得很丢人。他向安塞尔莫发誓说，以后，他一定会让安塞尔莫满意，绝不再骗他。安塞尔莫如果不信，可以暗中观察。不过现在已经无须再费这个心了，因为他一定会按照安塞尔莫的意思去做，使他不用怀疑。安塞尔莫就相信了他。为了让朋友方便行事，不用拘束，安塞尔莫决定离家八天，住到另一个朋友的家中，那个朋友住在离城不远的一个村里。他请那个朋友派人来邀请，这样他在卡米拉那里就有借口了。

糊涂的安塞尔莫呀，你真是倒了霉，打错了主意！你究竟在干什么，策划些什么，安排些什么啊？你简直是在打自己的耳光，设法丢自己的脸，彻底毁掉自己！你的妻子卡米拉是贤德善良的人，你本可以和她平平静静地过日子，谁也不会打搅你的幸福。她从来没有想过离开这个家；在这个世界上，你就是她的天、她所有愿望的目标。你的快乐让她高兴，你就是衡量和指引她的意志的标尺，她所做的一切只求符合你和上天的意志。她的名誉、美貌、正直和持重就是你的宝矿，不用你费力她就会把她有的和你想要的宝藏都献给你。你为什么还要冒着矿井塌陷的危险，深挖下去，在新的地层里寻找并不存在的宝贝呢？她这座矿井是以她柔弱的天性做支柱的，那是极有可能塌陷的。记住，一个人追求根本不可能的东西，就会连可能的东西都失去。有个诗人说得好：

我向死亡求永生，
我向疾病求健康，
我向监牢求自由，
我向背叛求忠贞。
幸运之神不垂青，
命运在天不由人，
我求虚空无结果，
本应有的反丧失。

第二天，安塞尔莫就动身去了朋友那个村子。临走前他嘱咐卡米拉说，在他离家期间，洛塔里奥会来帮助照料家务，陪她吃饭，让卡米拉一定把洛塔里奥当成自己丈夫一样热情接待。卡米拉是个聪明贞洁的女人，听了丈夫的吩咐心里感到不舒服，就提醒丈夫说，他不在家的时候，让别人坐在他的座位上吃饭总是不合适的。如果他这么做是因为担心自己不会料理家务的话，这次不妨考验考验她，就会知道再重的家务重担她也能挑起来。安塞尔莫说他喜欢这么安排，她只需要听从即可。卡米拉说，虽然她不乐意，也只好照办。

安塞尔莫出门的第二天，洛塔里奥就来到安塞尔莫家，卡米拉热情而又得体地接待了他。卡米拉从不和他单独待在一起，周围总是有男女佣人，有一个叫莱昂内拉的女佣更是与她形影不离。她从小是和卡米拉一起长大的，卡米拉很喜欢她，嫁给安塞尔莫时就把她带了过来。开头三天，洛塔里奥一句话也没有同卡米拉说。其实用餐完毕后，佣人们匆忙吃饭时，他们是有机会交谈的。卡米拉吩咐佣人们快速吃饭，还吩咐莱昂内拉提前吃饭，这样就可以时刻跟在自己左右。可是莱昂内拉心里想着自己乐意的事，好趁饭后去寻开心，所以女主人的吩咐并不是每次都照办。相反，她就像奉了命似的，常常让洛塔里奥和卡米拉单独在一起。可是卡米拉表情严肃，举止端庄，洛塔里奥想说些什么都开不了口。

卡米拉的种种美德使洛塔里奥缄口无言，但却给两人带来了更坏的后果。洛塔里奥嘴可以不张，心却在动，让他可以好好地观察卡米拉的一言一行。卡米拉的贤德美貌让石头人见了都会动情，更何况一颗肉长的心呢。洛塔里奥利用可以和她说话的机会一直看着卡米拉，觉得她真可爱。这个想法慢慢侵蚀了他对安塞尔莫的忠诚。他千百次地想逃离这个城市，到别处去，从而可以让安塞尔莫永远看不到他，他也永远看不到卡米拉。他竭力地控制自己，力图摆脱见到卡米拉而产生的那种快感。他暗暗责备自己失去了理智，称自己是个坏朋友，甚至是个坏基督徒。他把自己同安塞尔莫做了比较和思考，得出了结论：自己虽然对朋友不够忠诚，但主要是安塞尔莫太荒谬，太信任自己了，所以自己就是有错，在上帝和世人面前也是情有可原的。

实际上，卡米拉的美貌和贤德，再加上她的糊涂丈夫所提供的机会，已经摧垮了洛塔里奥对朋友的一片忠心。安塞尔莫离家后的头三天，洛塔里奥还不断进行思想斗争，努力克制自己。三天以后，他开始不顾一切地向卡米拉传情，他的话情意绵绵，吓得卡米拉不知所措，不敢和洛塔里奥再说任何话，只好起身躲到自己的房间里去。然而，爱情是不会死心的，洛塔里奥虽然在卡米拉那里碰了一鼻子灰却并不绝望，他反而更钟情于她了。卡米拉想不到洛塔里奥会是这样的人，不知如何是好，觉得再让洛塔里奥和自己见面交谈并不妥当，便决定连夜派一个佣人给安塞尔莫送去一封信。信的内容见下文。

第七章 《一个无端猜疑之人的故事》续篇

“常言说得好，军队没有将军不行，城堡没有主人也不行。我觉得，一个年轻的已婚女子更不可以身边没有丈夫，特殊情况除外。没有你在身边，我很苦恼，我简直忍受不了这种孤独。你如果不马上回来，我只好回我的父母家去住几天，不再为你照顾这个家。我觉得你委托照料家务的那个人，虚有其名，他只图自己快活，而不为你的利益着想。你是个聪明人，我不必多说，也不便再说什么了。”

安塞尔莫收到这封信后，心里明白洛塔里奥已经开始行动，而卡米拉的反应也正是他所希望的，所以十分高兴。他就托人给卡米拉捎回口信，叫她无论如何不要离家，他很快就会回来。卡米拉接到安塞尔莫的回音后感到很意外，更不知道该怎么办才好了。她不敢离开自己的家，也不好贸然回到父母家去。留在家里，很有可能让自己的清白涉险，离开又违背了丈夫的命令。最后她做出了最坏的决定，那就是待在家里，不再躲着洛塔里奥，以免佣人们怀疑什么。她后悔自己给丈夫写了那封信，生怕丈夫会认为是洛塔里奥发现自己有轻佻的行为才敢放肆冒犯的。不过她相信自己的清白，寄希望于上帝和自己的良好愿望，所以，她决定洛塔里奥再跟她说什么，她都置之不理，也不再告诉丈夫了，以免引起他和自己的朋友间的争执和其他麻烦事。而且她还考虑，如果丈夫回来问她为什么要写那封信，她该怎样为洛塔里奥开脱。

卡米拉的这些心思虽然正大光明，却不合时宜，也无任何益处，她反而还存着这样的心思在第二天听了洛塔里奥对她说的话。洛塔里奥百般纠缠，卡米拉坚贞的心开始动摇。她竭力克制自己，不让自己的眼中流露出对洛塔里奥怜悯的眼泪。洛塔里奥把这一切都看在眼里，越发情炽似火了。最后，他觉得一定要利用安塞尔莫不在家的机会，加紧攻克这座堡垒。他一直对卡米拉的美貌大加赞扬，恐怕没有什么比溢美之辞更能攻破建立在美女虚荣心的基础上的高傲堡垒了。最后，洛塔里奥不择手段地用这种弹药对卡米拉发起猛攻，卡米拉就是铁打铜铸也难以抵挡洛塔里奥的进攻。洛塔里奥又是哭泣，又是乞求，又是承诺，又是谄媚，百般纠缠，流露出满腔的真诚和深深的情意，终于摧毁了谨慎贞洁的卡米拉的防线，取得了他意想不到而又求之不得的胜利。

卡米拉投降了，卡米拉失败了。可是这又怎么能怪洛塔里奥的友谊靠不住呢？这个明确的例子告诉我们，只有逃避才能战胜炽热的爱情。除非有神的力量，凡人是无法战胜爱情这个强大的敌人的！只有莱昂内拉知道她女主人的失贞。这一对坏朋友新情人瞒不了她。洛塔里奥不想告诉卡米拉她的丈夫当初的意图，也没说是安塞尔莫主动提供了这样的机会才让他达到目的，因为卡米拉会认为他就是有了这样现成的机会才轻而易举地得到了她，而不是本意就想追求她。

几天后，安塞尔莫回来了。他并没有发现家里已经丢失了一件他最珍视的宝贝。随后，他去洛塔里奥家见这位朋友。两人拥抱后，安塞尔莫就向他打听那件事关自己生死的事情。

“我实话告诉你吧，安塞尔莫，我的朋友，”洛塔里奥说，“你有一个堪称所有贤德女子典范的妻子。我对她说的那些话，她全都当成耳旁风；我对她做的种种许诺，她全都不放在眼里；我馈赠给她的那些礼物，她全都丢弃一旁；我假装流下的几滴眼泪，她大加嘲笑。总之，卡米拉是所有美的典范，她谦逊、稳重、谨慎，具有一个有身份的妇女应有的所有美德。所以，你的钱还在这里，拿回去吧，朋友，我根本就没有机会用它。像卡米拉这样洁身自好的女人，想通过馈赠和诺言这些卑鄙的手段打动她是绝对不可能的。得到了这样的证明，你该满意了，安塞尔莫，以后不要再做这样的考验了。女人常常造成困扰和猜疑之海，你既然安然无恙地渡过了这个海，就不要再陷进新的困扰中了。老天给了你一条可以渡过尘世之海的船，你就不要再找其他船员来试验这艘船的品质和坚固与否了。你应该意识到，你已经抵达了一个安全的港湾，应该稳稳地抛下锚停泊在那里，安安静静地等着世界上没有人能逃避召唤的那一天的到来。”

安塞尔莫听了洛塔里奥这番话后心满意足，仿佛那是由圣人传达的，他确信无疑。尽管如此，他还是请求洛塔里奥继续进行下去，不过现在只是出于好奇和消遣，而且也不用像以前那样用心机了。他只请求洛塔里奥以克洛莉的名字写几首赞美诗，他会让卡米拉以为洛塔里奥爱上了一位小姐，并称之为克洛莉，这样他就可以用这个名字来赞美卡米拉，而又尊重了卡米拉的体面。安塞尔莫还说如果洛塔里奥不愿意写，自己可以为他代劳。

“这倒是没有必要，”洛塔里奥说，“缪斯女神与我并不疏远，一年总要来看我几次。你可以向卡米拉捏造我爱上了一个女人，诗由我来写。如果我的诗与主题不是那么相符，至少我也是尽了力的。”

这两个朋友，一个糊涂虫，一个背叛了友情，就这样商量妥当。安塞尔莫回到家，问卡米拉为什么要给他写那封信，卡米拉还正在奇怪安塞尔莫怎么不问这件事呢，就说，她觉得洛塔里奥有些放肆，没有安塞尔莫在家时那么正经，不过她后来明白，是自己多心了，因为洛塔里奥一直躲着她，总是避免单独同她在一起。安塞尔莫对卡米拉说，她现在可以放心了，因为他听说洛塔里奥已经爱上了城里一位高贵的小姐，并以克洛莉的名字写诗赞美她呢。即使洛塔里奥没有这回事，也不必怀疑洛塔里奥的为人和他们两人之间的深厚友情。卡米拉听到这个消息并不感到吃惊或难过，因为洛塔里奥事先已经告诉卡米拉，自己同克洛莉的爱情故事是凭空捏造的，他对安塞尔莫这么说是为了欺骗他，这样就好假借克洛莉的名字来写诗赞美卡米拉了，否则卡米拉早就吃醋了。

第二天，三个人一起用餐的时候，安塞尔莫请洛塔里奥把他为意中人克洛莉写的诗朗诵几行。反正卡米拉不认识那位小姐，洛塔里奥可以畅所欲言。

“就算卡米拉认识她，我也没什么好隐瞒的。”洛塔里奥说，“因为一个人赞美意中人的美貌或是抱怨她的冷酷，一点儿也不会影响她的声誉。不管怎么说，我告诉你们，我昨天就写了一首诗来哀叹克洛莉的薄情。我念给你们听吧：

十四行诗

夜色茫茫，万籁俱静，
世人皆入甜蜜梦乡。
我独向上帝和克洛莉
凄切诉说我的无穷苦痛。
朝阳初露冉冉升起，
照亮东方那玫瑰色的大门，
一声声哭泣，一声声哀叹，
是我在反复诉说往日的烦恼。
太阳升起登上灿烂的宝座，
耀眼的光芒直射大地，
我反而哭泣愈频，叹息更甚。
无边夜幕再次降临，
我又伤心诉说我的不幸，
上帝已聋，克洛莉也不闻不问。

卡米拉觉得这首诗写得不错，安塞尔莫更是大加赞赏，说那位小姐未免太冷酷无情了，对方的真情在诗里表露无遗，她却无动于衷。卡米拉就问：“那些热恋中的诗人说的话都是真心的吗？”

“诗人说的话不一定是真的，”洛塔里奥说，“可那些坠入情网的人虽然说得不多，但却千真万确。”

“这是毫无疑问的。”安塞尔莫对洛塔里奥的说法表示支持，就是为了提高洛塔里奥在卡米拉心中的信誉，不过卡米拉根本不在意丈夫的意图，她已经爱上了洛塔里奥。她对洛塔里奥的一切都感兴趣，而且她知道洛塔里奥心里想的、诗里写的都是她，自己才是真正的克洛莉。所以，她请洛塔里奥再念几首十四行诗或是其他的什么诗，如果他还记得的话。

“当然记得，”洛塔里奥说，“不过我觉得这首没有刚才那首好。不妨你们自己来判断一下。就是下面这首：

十四行诗

我自知将死，如果你不信。
那么我更知我的死确信无疑。
死在你脚下，我并不后悔，
我还是一心爱着你，薄情的美人。
当我不会再被人记起，
没有了荣耀、生命和福气，
人们仍会看到，在我敞开的心里，
早已深深镌刻下你美丽的面孔。
那是我临终遗留的至宝。
我执着的情谊威胁着生命，
你的冷酷让我对你更深情。
夜色漆黑，海浪汹涌，
不见北极，不见港湾，只得冒险航行。

安塞尔莫对这首诗也像对第一首那样赞不绝口。他就这样一环又一环地给自己身上加上耻辱的锁链。洛塔里奥越是羞辱他，他越觉得对方是在尊重他；卡米拉越是一步步向下堕落，在她丈夫的眼中，却一步步向上爬升，直到美德和好名声的高峰。

有一天，卡米拉见只有她的女仆和她在一起，就对她说："莱昂内拉，我的朋友，我一想到自己那么不自重就感到十分羞愧。我竟然没有让洛塔里奥多费些时间就顺从了他。我怕他鄙视我，这么轻易就把自己交给了他，反而忘了当初自己不知道费了多大的劲儿才让我依从于他的。"

"您不用为这件事烦心，我的主人，"莱昂内拉说，"只要给的是好东西，本身有价值，那么给得爽快并不会减低它本身的价值。俗话说：'给得干脆，一物当两。'"

"可是老话也说过：'来得容易，不值分毫。'"

"这句话不能用在您的身上，"莱昂内拉说，"我听说，爱情有时快如飞，有时慢如行；与这个人相爱跑得快，与那个人相爱走得慢；爱情使得有些人温温吞吞，使有些人情炽似火；有些人为爱情而伤残，更有人为它而送命；爱情从产生到成熟往往就在一瞬间。情况常常是这样的：往往早晨爱情还在攻打一个堡垒，傍晚就把堡垒攻破了，因为爱情的力量是任何力量都无法阻止的。既然这样，您还担心什么呢？想必洛塔里奥也是如此，爱情趁我的主人不在家的时候征服了你们。它的力量如此强大，让你们必须趁安塞尔莫不在时成其好事，不能等到安塞尔莫回来，否则事情就不好办了。爱情能否如愿，就要看机会，恋爱都是由机会促成的，尤其是在最初阶段。这些事情我都清楚，而且有着亲身体会，可不是道听途说来的，以后有机会我会告诉您的，太太，因为我也是有血有肉的年轻女子。况且，卡米拉太太，您并没有一开始就顺从洛塔里奥，您是从他的眼睛里和叹息声中，从他的话语和做的许诺以及馈赠的礼物中看到了他的一颗真诚之心，再从他的心和种种美德中看出他是个值得爱的人，然后您才依从他的。所以您不应该胡思乱想，自寻烦恼，应该相信洛塔里奥尊重您，就像您尊重他一样。您该过着心满意足的生活，因为坠入这样的情网是您的好运，凭着自己的英勇和美德俘获了您的心也是他的好运气。他不仅具有人们说的一个好情人应具有的四点美德，而且他的品德用A、B、C字母表排可以排到底呢。您如果不信，让我说给您听听。我觉得，他这个人一感恩，二慷慨，三谦恭，四忠实，五痴情，六坚定，七英伟，八正直，九优秀，十忠贞，十一文雅，十二高尚，十三诚实，十四谨慎，十五温顺，十六富有，十七是刚才说的那四点，接着是沉默和真挚。X不适合他，这个字母不好听。Y就是他很年轻。Z就是他注重您的名誉。”

卡米拉听到女仆的这一串A、B、C的美德表不禁笑了，觉得她在谈情说爱方面也许做的比说的还内行。女仆向卡米拉承认她确实如此，还说自己正和本城一位出身高贵的青年谈情说爱。卡米拉听了，有些担心，生怕自己的声誉会因此而有危险，赶紧追问她是否已经超越了所说的界线。女仆大言不惭地说已经超越了。这当然有一定道理了，女主人行为不检点，女仆也就无耻放荡了。女仆见到女主人失足，自己也就不怕崴脚了，当然也不怕别人知道了。

卡米拉没有别的办法，只好请莱昂内拉别把自己同洛塔里奥的事告诉她的情人，而且和情人的往来也要暗地里进行，别让安塞尔莫或洛塔里奥发觉。莱昂内拉说一定遵命，可实际上仍然我行我素。这使得卡米拉非常担心女仆的行为会让自己丧失名节。这个放荡而又大胆的女仆莱昂内拉发现女主人的行为已不如从前了，竟肆无忌惮地将自己的情人带到主人家里过夜。她相信女主人就算知道了，也不敢张扬出去。这就是女主人自己作了孽带来的恶果，那就是自己反倒成了女仆的奴隶，女仆做了下流无耻的事情，女主人还得替她遮掩。卡米拉的情况就是如此。尽管她发现莱昂内拉不止一次地同自己的情人在家里的一个房间里鬼混，却不仅不敢责骂，还给她机会窝藏那个男的，替她扫清各种障碍，以免被自己的丈夫发现。

可是什么都不能阻止洛塔里奥发现他。有一天凌晨，莱昂内拉的那个情人刚从安塞尔莫家出来，就被洛塔里奥发现了。洛塔里奥起初没看清，还以为碰上鬼影了，但是见那人走路慌慌张张，还用斗篷遮着脸，生怕别人认出他来，他顿时就起了疑心，觉得没刚才想得那么简单。他的疑心险些毁掉一切，多亏卡米拉及时补救。看到这个人在这么个不合常理的时刻从安塞尔莫家里出来，洛塔里奥没有想到是为了莱昂内拉，他甚至没有想起世界上还有个莱昂内拉，只是想到自己能轻易地诱惑卡米拉同他混到一起，自然别人也能很容易地勾引到她。这就是行为不端的女人制造的另一种恶果。她投身于那个对她苦苦哀求和百般诱惑之人的怀抱，丧失了自己的名誉，而那个人却不相信她了，以为她会更容易地委身于别人。这样起了疑心，就很容易信以为真。

这时，洛塔里奥好像瞬间头脑就糊涂了，丧失了自己谨慎考虑的习惯，按捺不住胸中的嫉妒之火，一心想要报复卡米拉，尽管她没有做任何对不起他的事情。他马上跑到安塞尔莫的家，这时安塞尔莫还没起床，他把他叫起来说："你知道吧，安塞尔莫，这些天来，我一直在进行思想斗争，极力想让自己不告诉你这件事。可是现在不说不行了，不能再瞒你了。你可知道，卡米拉这座堡垒已经被攻克，完全听从我的命令。我迟迟没有告诉你真相，是想看看她究竟是一时的轻率，还是为了试探我，想弄清我按照你的吩咐同她谈情说爱是否出于真心。我认为她如果是咱们想象的那种贞洁正经的女人，早就把我追求她的事告诉你了。可是过了这么长时间，她都没有对你说，我就明白了她对我当时做出的承诺是情真意切的。她答应我等你再出门的时候，就同我在你保存金银珠宝的密室里幽会（卡米拉和洛塔里奥确实有几次在那个地方幽会）。我不主张你现在就去报复，因为现在她还只是心里在犯罪，并没有行动。说不定真要做的时候，卡米拉又后悔了。你过去一直都听我的意见，这个时候希望你也能听我的，我给你出个主意，你照着去做，就可以明白事情的真相，再想个合适的办法来报复。你还像前几次一样，装着出门两三天，然后再设法藏到你的那间密室里。密室里有壁毯和其他东西，藏在里面应该不是难事。到时候你可以亲眼看看，我也可以亲眼瞧瞧，卡米拉到底想干些什么。如果她真的辜负了我们的期望，是个不正经的女人，你也可以悄悄地、妥妥当当地为你受到的伤害报仇。"

安塞尔莫原以为卡米拉已经抵挡住了洛塔里奥的假意引诱，正扬扬得意，听了洛塔里奥的这番话，他惊得不知所措。他一言不发，两眼直勾勾地盯着地面，眨也不眨一下，过了好久，他才说："洛塔里奥，你做得对，你没有辜负我们之间的朋友情谊。现在我一定听你的。你说怎么做就怎么做，对这件意想不到的事情，你还是该怎么保密就怎么保密吧。"

洛塔里奥答应后，就告别了安塞尔莫。不过他刚一离开，就后悔跟安塞尔莫说了这么多，觉得自己实在是太愚蠢了。他完全可以自己向卡米拉报复，没有必要使用这种残忍卑鄙的手段。他诅咒自己糊涂，斥责自己轻率，却想不出挽救的办法。最后他决定把这一切都告诉卡米拉。因为他们见面的机会很多，所以洛塔里奥当天就单独见了卡米拉。卡米拉正想找机会和他说话呢，就说："你知道吧，洛塔里奥，我的朋友，我心里很难受，有件事堵在我的胸口，我觉得胸口快要炸了，不炸才怪呢。莱昂内拉实在太放肆了，她每天都把她的情人带到这个家里来过夜，天亮才走。谁看见那个小伙子大清早从我家出去，都会疑心到我身上，这可是大大损害了我的名誉。最让我苦恼的是我还不能责备她，因为我们的事情她都知道，这就让我很难张口说她的事了，我怕这样下去早晚会坏事。"

听了卡米拉的话，洛塔里奥开始还以为卡米拉这么说是想让他以为他看见的那个人是莱昂内拉的情人，而不是她的。可后来看卡米拉哭得泪流满面，还急着求他想办法补救，才相信她说的是真的。于是他对自己刚才干的事情更加感到不知所措，悔恨异常了。不过他还是让卡米拉不要心烦，他会想办法对付莱昂内拉的，不会让她再这么肆无忌惮。接着他对卡米拉说，自己因为误会被嫉妒之火烧昏了头，已经把这件事告诉安塞尔莫了，安塞尔莫已经答应将会藏在密室里，好亲眼看看卡米拉是如何对他不忠的。他请求卡米拉原谅自己的愚蠢，并设法予以补救，好把自己从现在这场因眼力差而造成的麻烦中解救出来。

卡米拉听了洛塔里奥的话着实吃了一惊。她虽然很生气，但只是很有分寸地数落了洛塔里奥，批评了他的胡乱猜疑和轻率欠考虑。不过无论是干好事还是坏事，女人的急智天生就比男人强，尽管干正事的时候就差点儿了。对于这个看起来已经无法挽回的事情，卡米拉马上就想出了补救办法。她对洛塔里奥说，第二天就让安塞尔莫藏到他们事先说好的那个地方去，她准备利用他躲在那里的这个机会为她和洛塔里奥打开一个方便之门，这样两人以后就不用再担惊受怕了。不过，她没有把自己的计策全都告诉洛塔里奥，只是嘱咐他等安塞尔莫藏好后，莱昂内拉一叫他，他就赶紧来，问什么他就答什么，要装作不知道安塞尔莫在偷听。洛塔里奥一定要卡米拉把计划全说出来，这样他心里有个底，也好从容应对。

“没什么需要你应对的，你要做的就是我问什么，你答什么。”卡米拉说，她不想提前把自己的计策告诉洛塔里奥，怕他不肯依计行事又要另想办法。她觉得自己的计策很好，他另想的办法未必比她的好。

洛塔里奥随即离开了。第二天，安塞尔莫推说又要到他乡下的那个朋友家里去。他一出门又折了回来并躲起来。这件事他办得很顺利，因为卡米拉和莱昂内拉存心为他提供了方便。

安塞尔莫躲在那里，想到自己即将亲眼目睹自己的尊严被剥掉，心爱的卡米拉给他的最高幸福也将丧失，心里的悲伤可想而知。卡米拉和莱昂内拉估计安塞尔莫已经藏好，就走进了密室。卡米拉双脚刚进入密室，她就长叹了一声，说道：“哎，莱昂内拉，我的朋友！我有件事要做，但是我不想告诉你，怕你阻挡我。不过，在做这件事之前，你不如把安塞尔莫的那把短剑拿来，刺进我这无耻的胸膛，不是更好？不过还是不要做，没有理由我要替人受过。我要先搞清楚，洛塔里奥那双大胆无耻的眼睛究竟在我身上看到了什么，使得他竟敢藐视他的朋友和我的名誉，在我面前放肆地表露他的卑鄙想法。莱昂内拉，你到窗口去喊他。我敢肯定他就在街上等着实现他的龌龊目的呢。但是，我要先实现我残忍而又正直的心愿！”

“哎呀，我的太太，”聪明的莱昂内拉早就知情，她说，“您想用这把短剑干什么？您难道想用它来要了自己的命还是想要洛塔里奥的命？无论您要干哪一件，都只会让您失掉自己的声誉和名望。您最好还是隐藏您受到的侮辱，别让这个坏男人进来，发现家里只有咱们两人。我的好太太，您想想，咱们都是弱女子，他可是个男人，而且早就打定了主意，被淫心恶念迷了心窍，也许您还没对他怎么样，他就来了个先下手为强，他干的事会比要了您的命还糟糕。我的主人安塞尔莫真够可恨的，竟让这个不要脸的人到自己家来胡作非为！太太，我想您是准备杀掉他，可杀死他之后，我们又该怎么处理尸体呢?”卡米拉怎么回答的呢？卡米拉说：“咱们就把他扔在那儿，留给安塞尔莫回来埋啊。我想亲手埋掉自己的耻辱该是件轻松的事儿。你快去叫他来。我认为拖延时间，不为我所受到的侮辱报仇，就是对我丈夫的不忠。”

这些话安塞尔莫全都听见了。卡米拉的每句话都使他的心思发生转变。后来听到卡米拉想杀掉洛塔里奥，他就想出来阻止那样的事情发生。不过，他又停下了，想看看卡米拉做出这样壮烈的决定到底会有什么样的结局，等关键时刻再出来阻止也不迟。

这时，卡米拉非常虚弱和恍惚，一阵晕眩，扑倒在床上。莱昂内拉马上痛哭起来，说：“哎呀，我这个可怜的人啊，如果这朵贞洁之花，好女人的皇冠和贞操的典范死在我的怀抱里，那实在是太糟糕了！”莱昂内拉又悲痛欲绝地说了其他类似的话，谁听了都会认为她是世界上最悲伤、最忠实的女仆，而她的女主人俨然又是一个受到困扰的佩涅洛佩。过了一会儿，卡米拉醒过来了。她一醒来就说：“莱昂内拉，你为什么还不去叫那个最忠实的朋友？比他还忠实的朋友，白天的太阳没照见过，黑夜也没有藏起来过。你快去叫他，别拖延时间了，灭了我的怒火，把我希望的正义复仇变成了几句吓唬和诅咒。”

“我这就去叫他，我的太太，”莱昂内拉说，“不过您得先把短剑交给我，以免我不在时，您会做出些事来，让所有爱您的人一辈子伤心落泪。”

“你放心地去吧，莱昂内拉，我的朋友，你不在时，我什么都不会做。”卡米拉说，“即使像你认为的那样，为了维护我的名誉，我已经变得冒冒失失，头脑发热，我也不想成为卢克雷蒂娅。据说她没犯任何过错，没去杀死那个侮辱她的人，反而自杀了。如果我一定要死，我会死的，不过我要向那个害我走到这种地步的狂徒报了仇、雪了恨，我才会这么做。”

莱昂内拉经过多次催促才出去叫洛塔里奥。与此同时，卡米拉待在密室里，自言自语道：“上帝保佑，我应该像以前我常做的那样拒绝洛塔里奥，没有比这个更正确的了。我不应该像现在这样接受他，让他把我当作不正经的坏女人。现在我要用我的行动向他证明他看错了。毫无疑问这样才是最正确的。可是这样一来，他就可以改变他的邪念，或者逃出他邪念的泥沼，那我被侮辱的仇就无法得报，我的丈夫受损的名誉也无法得到恢复。就让这个背信弃义的人用自己的命来支付他的邪念企图得到的东西吧。就让整个世界都知道（如果碰巧知道了的话），我卡米拉不仅保持了对丈夫的忠贞，还敢于惩罚那个凌辱自己丈夫的狂徒。不过，我觉得最好还是把这件事告诉安塞尔莫。当初他在乡下时，我给他的那封信里就提到了这件事，他太真诚，太好心了，对我指出的问题没有采取及时的补救措施。他不愿意也不能够相信这么忠实的朋友心里会藏有这样的祸心。如果我很多天后都还不相信这个，会出现什么样的奇迹？要不是洛塔里奥公然无耻地赠送礼物，漫天许愿，还一边流泪一边向我做出保证，我也不会相信他会这么坏。可是我现在说这些又是为了什么呢？拿定了勇敢的主意还需要什么考虑吗？当然不用。让那些无聊的念头都走开，我要的是报仇！让那个虚伪的人进来，到我身边来！我要让他死，让他完蛋！让该来的就来吧！我清清白白地属于老天赐给我的那个人，我离开他时也应该清清白白的，如果最糟糕的事情发生，就让我的身上沾满自己贞洁的鲜血和那个世上最虚伪的朋友的肮脏血液吧。”卡米拉一边说，一边拿着那把已经出鞘的短剑，在房间里走来走去，跌跌撞撞的，还打着奇怪的手势，似乎已经有些丧失理智，不像个弱女子，反倒像个不要命的狂徒。

安塞尔莫躲在壁毯后面，把一切全都看得一清二楚，对此感到十分惊异。他认为凭他看到的和听到的一切，再大的疑团也可以消除了。这时他心里反倒不希望洛塔里奥出面来证实了，怕发生什么意外。他正决定现身，正要走出来拥抱妻子，劝阻她时，突然看见莱昂内拉领着洛塔里奥进来了，便退了回来。卡米拉一看见洛塔里奥，就用短剑在自己面前的地上划了一道长线，对洛塔里奥说：“洛塔里奥，你给我听着，如果你胆敢越过或者靠近这条线，我就立即把手中的这把短剑刺进自己的胸膛。你先不要开口，听我先说几句，然后你愿怎么说就怎么说。”

“首先，我想让你告诉我，洛塔里奥，你是否认识我丈夫安塞尔莫，你觉得他是怎样的一个人。第二，我想让你告诉我，你是否认识我。你快回答我，不用迟疑，也不用思考，我问你的这些问题并不难回答。”洛塔里奥并不笨。当时卡米拉叫他唆使安塞尔莫藏进密室的时候，他就猜到了她的意图。现在，他谨慎而又适时地回答卡米拉的问话，两人把谎话说得比真话还真。他是这样回答卡米拉的问话的：“美丽的卡米拉，我没有想到，你叫我来所问的事和我来这儿的目的完全是两回事。你这样做大概是为了拖延你答应我的好事吧，你尽量拖延就是了。因为如愿的希望越临近，折磨就越大。不过为了不让你指责我不回答你的问题，我现在就告诉你，我当然认识你的丈夫安塞尔莫，我们之间很小就认识了。你对我们之间的友谊也是很了解的。我不想说这点，免得证明我自己因为爱情而对不起他；为了爱情，一个人犯再大的过错也是值得原谅的。我也认识你，我像他一样尊重你。要不是因为爱情，我不会被你这件完美之物所征服，也不会违背我自己的本性和真正友谊的神圣法则。现在，这些法则都被爱情这个强大的敌手给破坏践踏了。”

“既然你承认这些，”卡米拉说，“你就是一切值得爱的东西的死敌，你还有什么脸面出现在我的面前？你知道，我是他的镜子，你也应该以他来照鉴自己，就会明白你对他的侮辱是多么没有道理。我真不幸，现在才明白，你这样不安分，大概是由于我也有点疏忽和轻浮吧，我不想用‘不正经’这个词，因为我并不是有意这样做的，只是疏于检点。女人们在不必太拘谨的场合，有时就会疏于检点。不过，你说，你这个背信弃义的家伙，我对你的乞求说过什么或是表示了什么，让你有了一丝邪念可以实现的希望？对你的那些甜言蜜语，我什么时候没有严辞拒绝过？你向我许下的种种承诺，我相信了吗？你慷慨大方地送给我的礼物，我接受了吗？可是我认为，一个人的色欲没有点希望支撑，是不可能坚持很长时间的，因此我想，你对我的无礼应该归罪于我，肯定是我不太注意，助长了你的邪心，所以，我要将你该受的惩罚加诸我自己身上。因为你会看到我对自己是多么的残忍，那么对你会更加狠心。我叫你来就是要让你亲眼看看这场为我最值得尊敬的丈夫所受损的名誉而举行的祭奠。我丈夫的名誉受到了你的恶意玷污，也受到了我的伤害，因为我的疏忽，让你钻了空子，助长了你的罪恶企图。我再说一次，我怀疑是自己一时疏忽才滋生了你的妄想，这样的疑心折磨得我痛苦不堪。所以我打算亲手惩罚自己，因为如果由别人来惩罚我，我就会更加声名狼藉。不过在我这样做之前，我要先杀死一个人，让他跟我一起走，才能实现我的复仇愿望。这样，无论我走到哪儿，人们都可以看到，无私的正义已经对此进行了惩罚，在把我逼上如此绝路的那个人的面前我也不会屈服和被收买。”

说完，卡米拉手持短剑，以令人难以置信的力量和速度向洛塔里奥飞扑过去，看样子就像真的要把短剑插进洛塔里奥的胸膛，连洛塔里奥也弄不清楚她的表演是真是假，只好靠自己的机智和力量来抵挡，不让卡米拉刺中自己。卡米拉这场难得一见的把戏演得惟妙惟肖，她为了更有真实感，甚至不惜用自己的鲜血来渲染气氛。她看刺不中洛塔里奥，或者是她故意假装刺不中，就说：“如果命运不让我的正义愿望全部实现，至少它还没有强大到可以阻止我对我自己做点事。”说完，她就用力挣脱被洛塔里奥抓住的拿着短剑的那只手，掉转剑锋，朝着不是自己要害的部位扎了下去，又把剑藏到左肩上方的衣服里，然后倒在地上，像是昏了过去。

莱昂内拉和洛塔里奥被这意外吓得目瞪口呆，眼见卡米拉倒在血泊之中，一时竟不知是真是假了。吓得脸都白了的洛塔里奥马上跑到卡米拉身边，拔出短剑，看见伤口不大，才消除了刚才以为卡米拉重伤的恐惧，心中再次佩服美丽的卡米拉的机智谨慎。他马上演起自己的角色来。他趴在卡米拉的身上，放声恸哭了很长时间，就好像卡米拉真的死了一样，一边哭，一边大声咒骂，不仅咒骂自己，还咒骂造成这一场悲剧的始作俑者。他知道他的朋友安塞尔莫这会儿正在听，就故意说了许多话，让他听了觉得卡米拉虽然死得可怜，但他洛塔里奥的处境更糟，更值得可怜。莱昂内拉将卡米拉抱到床上，求洛塔里奥赶紧悄悄地去找个医生来为卡米拉治伤，还求他出个主意，万一安塞尔莫回来时女主人的伤还没好，她该如何向主人安塞尔莫交代。

洛塔里奥回答说她们愿怎么解释就怎么解释吧，他现在也没心思给她们出主意了。他只嘱咐莱昂内拉想办法为她的女主人止血，他想躲到一个谁也找不到他的地方去。他装出非常痛苦的样子走出屋子，见四周无人，就不停地画十字，暗暗惊叹卡米拉的妙计和莱昂内拉恰到好处的表演。他还料想，安塞尔莫一定会把自己的妻子看作第二个波尔希亚，并且急于见到他，好同他一起庆贺这出精彩绝伦的假戏演出成功。

莱昂内拉依洛塔里奥的吩咐给女主人止了血。卡米拉其实没流多少血，但却足以把这场假戏渲染得像真的一样。莱昂内拉用葡萄酒给她清洗了一下伤口，并尽力包扎好。她一边包，一边还说着话。就算她先前没有说那些话，现在的这些话也完全可以让安塞尔莫相信卡米拉的贞洁形象了。卡米拉的话和她配合得天衣无缝。她说自己是胆小鬼，在最需要勇气结束自己已经厌恶的生命时，却害怕退缩了。卡米拉还问莱昂内拉，要不要把这件事全都告诉自己心爱的丈夫。莱昂内拉说，最好还是不要说，否则她就会让自己的丈夫陷入找洛塔里奥寻仇的危险境地。一个好妻子是不应该让自己的丈夫与他人斗殴的，而应该尽力避免各种事端发生。卡米拉说她觉得莱昂内拉说得很有道理，她决定照办。不过，他们还得想个办法如何遮掩这个伤口，因为安塞尔莫肯定会发现的。莱昂内拉回答说，她不知道如何撒谎，就连开玩笑的假话都不会编。

“可是妹妹啊，”卡米拉说，“难道我就知道怎么撒谎吗？就是要了我的命，我也不敢撒谎或是帮腔啊。如果咱们给不出更合理的解释，最好还是和盘托出吧，免得说谎被当场揭穿。”

“您别着急，太太，”莱昂内拉说，“今天晚上我再想想，明早一定能想出来。伤口的位置不显眼，您也许可以把它遮住，主人就看不见了。这个想法又合理又正确，上天一定会帮助我们的。安静下来吧，我的太太，尽量把您纷乱的心情平静下来，别让我的主人看到您这副心神不宁的样子。其他的事情都交给我，交给上帝吧，上帝会保佑好心人的。”

安塞尔莫聚精会神地观看了这场断送了他名誉的悲剧。剧中的几个演员演得惟妙惟肖，简直到了以假乱真的程度。他非常心急地盼着天黑，好让他趁着夜色离家去找他的好朋友洛塔里奥，同他一起庆贺自己在对妻子的最后一次试验中找到的瑰宝。卡米拉和莱昂内拉存心给了安塞尔莫出门的机会。安塞尔莫就不失时机地赶紧出门去找洛塔里奥。找到他后，安塞尔莫热情地拥抱了洛塔里奥，还一个劲儿地向他赞扬卡米拉。洛塔里奥听了，脸上没有露出一丝笑容，因为他想到朋友安塞尔莫受了骗，而且还是自己欺骗了他，心里十分羞愧。安塞尔莫看出洛塔里奥有些不高兴，还以为他是因为卡米拉受了伤才自责的，反而劝洛塔里奥，叫他不要为卡米拉的事难过，卡米拉应该伤得不重，因为卡米拉和莱昂内拉已经商定不会告诉他卡米拉受伤的事，可见伤势并不严重，不用担心。安塞尔莫还劝洛塔里奥以后与他多多行乐，因为正是靠洛塔里奥的鼎力帮助，他才得到了渴望已久的最大幸福。以后，他在空闲时间只想写写诗来赞美卡米拉，让她的美德流芳百世。洛塔里奥非常赞赏安塞尔莫的这个主意，并说他一定会帮助安塞尔莫树立这座丰碑。

就这样，安塞尔莫成了大傻瓜，上了当还怡然自得，全天下找不到第二个了。他亲自将他的朋友带到自己家，让他来毁掉自己的名誉，却还以为是他为自己赢得了荣誉。卡米拉见了洛塔里奥，耷拉着脸，但心里却是美滋滋的。这个骗局一直持续了一段时间。几个月后，命运的轮子转了个方向，他们精心掩盖的丑事昭然若揭，安塞尔莫则因为自己无端的猜疑而丢掉了性命。

第八章　堂吉诃德大战红葡萄酒囊
和《一个无端猜疑之人的故事》的结局

神父马上就要念完这部小说的时候，桑丘忽然慌慌张张地从堂吉诃德住的那个阁楼上跑了下来，大声喊道："诸位，快来帮帮我的主人吧，他正在进行一场战斗，其激烈程度我从没见过。感谢上帝，他挥手一剑就砍下了和米科米科娜公主作对的那个巨人的脑袋，就像砍萝卜似的。""你说什么，兄弟？"神父放下手中的书问道，"你发疯了吗，桑丘？那个巨人离这儿还有两千西里呢，你这么说是不是活见鬼了呀？”

这时只听阁楼上一声巨响，堂吉诃德大声喊道：“站住！你这个盗贼、恶棍、无赖！你可落到我的手里了，你手中的破弯刀也没用了！”听那声音堂吉诃德好像是在拿剑猛砍墙壁。桑丘说：“你们别只顾着站在这儿听，倒是进去劝劝架，要不就帮我主人一把嘛。不过也不需要了，那个巨人肯定已经被杀死了，向上帝招认他一生的罪孽去了。我刚才看见地上到处都是血，巨人被砍掉的头颅滚在一边，有大皮酒囊那么大呢。”

“那床边堆着几只装红葡萄酒的酒囊，”店主说，“我敢拿脑袋发誓，堂吉诃德，要不就叫他堂魔鬼吧，他准是一剑刺破了酒囊，这位老兄就把流了一地的葡萄酒当成鲜血了。”

店主说着走进那个房间，大家也都跟了进去，只见堂吉诃德衣着非常奇特。他上身穿着一件衬衣，前襟遮不住大腿，后摆比前襟还短六指；两条腿又瘦又长，还长满了汗毛；头上戴着店主那顶油腻腻的红色睡帽，左臂上绕着被单。桑丘见了就一肚子火，什么原因，他自己当然知道。堂吉诃德的右手正拿着一把短剑，上下左右乱砍乱刺，嘴里还大叫大嚷，似乎真是在同什么巨人鏖战呢。

有意思的是堂吉诃德的眼睛并没有睁开，他还在熟睡，原来是在梦里同巨人作战。他急于完成这件大事，所以梦中就来到米科米孔王国，同自己的敌人交手了。他把酒囊当成了巨人，一阵乱刺乱砍，结果弄得葡萄酒流得满屋子都是。店主见了怒不可遏，冲上去就对着堂吉诃德一阵猛打。若不是卡德尼奥和神父把店主拉开，那么，他就结束这场同巨人的战斗了。即使是这样，可怜的堂吉诃德还是没有醒。后来理发师从井里弄来一大罐凉水，从头到脚地给堂吉诃德浇了下去，他才醒过来。不过，他的神志还没有完全清醒，还弄不清楚究竟是怎么一回事。多罗特亚见堂吉诃德衣不蔽体，不好意思进来看她的这位恩人和她的敌人作战。

桑丘满地寻找巨人的脑袋，却找不到，就说：“我现在明白了，这个客店里所有的东西都中了魔法。上一次，我就是站在这个地方，被人又是拳头，又是棍棒的打了一顿，却不知道是什么人打的，连一个人都没有看到。这回，这个脑袋又找不到了。刚才我亲眼看到巨人的脑袋被砍掉了，血就像喷泉似地直往外冒。”

“胡说些什么啊，什么血，什么喷泉，你这个上帝和圣徒的敌人！”店主说，“你没看到吗？笨蛋，你说的血和喷泉就是从这些被戳破的酒囊里流出来的红葡萄酒！这个戳破酒囊的人，我恨不得他的灵魂到地狱里去泡酒！”

“泡什么酒我不知道，”桑丘说，“我只知道要是找不到这个脑袋，我就倒霉透顶了，我的伯爵封地就会像盐泡在水里一样化为乌有了。”

桑丘没睡觉，却比睡着觉的堂吉诃德还糊涂，这都是他的主人给他许了那么多愿造成的。店主看到侍从这么迷糊，主人又这么疯，气得火冒三丈。他发誓绝不能像上次那样让他们不付钱就跑掉了。这次他们什么骑士的特权都不管用了，他要新账旧账一起算，就连修补酒囊用的钱也要算在他们的账上。

神父这时候上前抓住堂吉诃德的双手。堂吉诃德以为已经大功告成，自己正站在米科米科娜公主面前领功呢。于是他就在神父面前跪了下来，说道：“尊贵显赫的公主，从今以后，您可以安心了，不用再担心那个恶棍来作恶了。在上帝和我视为生命主宰的那位小姐的保佑下，我已经圆满完成答应您的事，履行了我的诺言，以后不用再受它的约束了。”

“我不是说了吗？”桑丘听了说道，“我清醒得很呢。你们看，我的主人不是已经把那个巨人杀死，并给他撒上盐腌起来了吗？事情完成了，我的伯爵称号肯定也跑不了了！”

听了主仆二人的胡言乱语，谁能不笑呢？大家都笑得前仰后合，只有店主在那里气得发疯。最后，理发师、卡德尼奥和神父费了不少力气，才把堂吉诃德弄到床上。看样子堂吉诃德累得不行了，倒头就睡。大家就让他睡，然后又到客店门口去安慰桑丘，他正为找不到巨人的头而伤心呢。不过，让店主消气就费点功夫了。突然间这么多酒囊被捅破，白白流了那么多红葡萄酒，店主的火气大着呢，客店老板娘也大声喊道：

“这个游侠骑士到我们店里来，算我们倒了大霉，我这辈子再也不要见到他们了。他们不知道让我们赔了多少钱！上次他和他的侍从，一匹马、一头驴在这儿住了一个晚上。一顿晚饭加上住宿费、饲料费，他们一个里亚尔都不给就走了。他们说自己是冒险的骑士，可以分文不给，因为游侠骑士的章程上就是这么写的。但愿上帝让他们和世界上的所有冒险者都走厄运！现在，还是为了他，这位大人跑来，拿走了我的牛尾巴，等到还回来的时候，毛都秃了，我丈夫想用也没法用了。这还不够，他们还弄破了我的酒囊，葡萄酒流了一地，我但愿这地上流的都是他们的血。这次他别想得太美，我以我父亲的尸骨和我母亲的灵魂发誓，一定要他们把欠的钱都付清！否则我就不姓现在的姓，就不是我父母养的！”客店老板娘气急败坏地说着，她的好佣人丑女仆也在一旁帮腔。她的女儿倒是没有说话，只是不时地微笑。神父说将尽可能地赔偿她的所有损失，包括酒囊和葡萄酒，尤其是那条贵重的牛尾巴。这样，店主他们才平静下来。

多罗特亚安慰桑丘说，他的主人砍掉巨人的头这件事只要被证实是真的，她回国做回女王，肯定会把王国里最肥沃的伯爵领地封赏给他。

桑丘听了这话心里很满意。他向公主发誓说，自己的确看到了巨人的脑袋，上面的胡子一直拖到腰部。找不到那个脑袋是因为整个客店都着了魔。上次他在这儿住过，深有体会。多罗特亚说她相信是这样的。她让桑丘别着急，以后的事情都会顺顺利利的，一切都能如愿以偿。

大家都安静下来了，神父就想把书念完，因为只差一点了。卡德尼奥、多罗特亚和其他所有人都请他继续念。为了满足大家的愿望，他自己也想看完，于是就继续往下念：

且说安塞尔莫知道卡米拉是个贞洁的女人后很高兴，天天过着无忧无虑的快乐日子。卡米拉故意对洛塔里奥板着脸，为的是让安塞尔莫有一种她很恨洛塔里奥的错觉。洛塔里奥很配合卡米拉，还向安塞尔莫请求以后可以不再去他家了，因为卡米拉见了他会不高兴。可是被蒙在鼓里的安塞尔莫说什么都不同意。就这样，安塞尔莫千方百计地使自己丢脸，还以为自己的生活很惬意呢。

与此同时，莱昂内拉越来越肆无忌惮。她仗着女主人对自己的庇护，整天与情人鬼混。卡米拉不但不管教她，还告诉她怎样做才能避免引起怀疑。结果有一天晚上，安塞尔莫听到莱昂内拉的房间里有脚步声，就想进去瞧瞧，可是门似乎被人顶住了。这样一来安塞尔莫就更想进去看看了。他用力一推，终于把门推开，闯了进去，看到一个男人跳窗而逃。他想追出去看看到底是谁。可是莱昂内拉紧紧抓住了他，使他脱不了身。莱昂内拉说："请您冷静点，我的主人，别再追了。这是我的事，他是我的丈夫。"

安塞尔莫不相信。他气得拔出短剑就往莱昂内拉身上刺去，一边还对她说如果不如实招来就要了她的命。莱昂内拉吓坏了，也没理会自己说的是什么，就随口答道："别杀我，我的主人，我有重要的事情要告诉您，您一定想不到。"

"快说，"安塞尔莫说，"否则我就杀了你。"

"现在我可没法说出来，"莱昂内拉说，"我这会儿心慌意乱的。明天早晨我一定会告诉您这个惊人的消息。您放心，刚才从窗户跳出去的是本城的一个青年，我们已经订了婚。"

安塞尔莫这才平静下来。他答应宽限到第二天，因为他对卡米拉的品行已经没有丝毫的怀疑，所以根本没想到莱昂内拉会说卡米拉的坏话。他对莱昂内拉说，等她把该说的事情告诉他后她才能出来，说完就走出莱昂内拉的房间，把她锁在里面，

然后，安塞尔莫就去看望卡米拉，把莱昂内拉那儿发生的事情以及她说有重要事情向他禀告的事情都告诉给卡米拉。卡米拉听了，怕得要死。她心想莱昂内拉一定会把她知道的有关自己失节的事都告诉安塞尔莫。卡米拉已经没有勇气来验证自己的猜测是否正确。当天晚上，她猜安塞尔莫已经睡着，就收拾好自己最贵重的首饰和一些钱，悄悄地溜出了家门，来到洛塔里奥家。她把发生的事情一五一十地告诉了洛塔里奥，求他要么把自己藏起来，要么就和她一同逃到安塞尔莫找不着的地方去。

洛塔里奥听了也慌了神，一句话也说不出来，更不知道该怎么办了。最后，他决定把卡米拉送到一个修道院去，院长是他的姐姐。卡米拉同意了，洛塔里奥便火速把卡米拉送到了修道院，安顿好后，他自己也从城里

悄悄地跑掉了。

第二天早晨，安塞尔莫没有留意卡米拉不在身边。他急于想知道莱昂内拉要告诉他的事情，起床后就径直来到关莱昂内拉的房间。他打开门，走进去一看，没有发现莱昂内拉，只看见窗台上系着几条结在一起的床单，料想莱昂内拉顺着床单从那儿溜走了。他心里十分懊恼，赶紧回来想把这件事告诉卡米拉，可是卡米拉也不在了。他找遍整个家都没有找到卡米拉。于是他向家里的佣人打听，大家也都不知道。他找卡米拉的时候，发现她的首饰盒都开着，里面的大部分首饰都没有了，他才意识到家里出了丑事，而且祸首不是莱昂内拉。于是他连衣服都来不及穿戴整齐，便急慌慌地去找洛塔里奥，想把家里的丑事告诉他。可是洛塔里奥也不在家。佣人们告诉他，昨天夜里洛塔里奥就出门了，还把家里所有的钱都带走了。安塞尔莫气得要发疯了。更糟糕的是，安塞尔莫回到家，发现家里的男女佣人都跑了，家里的财物被洗劫一空，只剩下一座空房子。

这究竟是怎么一回事？他不知道该说什么，也不知道该干什么。后来慢慢才开始明白过来，自己没有了妻子，没有了朋友，没有了佣人，连上帝都不保佑他了，更糟糕的是他已经名誉扫地了。卡米拉这一走，他就知道自己的名声完蛋了。

他考虑了好久，决定到自己乡间的朋友那儿去。这件事的祸根就是他住在这位朋友家时埋下的。他锁好家门，骑上马，没精打采地上了路。走到半路上，他心烦意乱，只好下了马，把马拴在树上，自己倒在树旁号啕大哭，一直待到天快黑了。这时，有人骑马从城里出来，安塞尔莫就向他问好并打听佛罗伦萨城里有什么新闻。那人说道：

“城里出了一件好久都没有听过的新鲜事。听说住在圣胡安的富翁安塞尔莫的妻子卡米拉昨晚被他的老朋友洛塔里奥拐走了，安塞尔莫本人也不知去向。这些都是卡米拉的一个女佣说的。昨天晚上，她用床单从安塞尔莫家的窗口溜下来的时候被总督逮着了，就把所有的事都说了出来。不过详细情况我也不太清楚，只知道全城的人都对此都感到很奇怪。因为安塞尔莫和洛塔里奥两个人可要好了，大家都说他们是‘朋友俩’呢。想不到这样的至交之间都会发生这种事情。”

“那么，有人知道洛塔里奥和卡米拉到哪儿去了吗？”安塞尔莫问。

“谁也不知道，总督正在全力查找。”那个城里人说。

“再见吧，大人，愿上帝保佑你。”安塞尔莫说。

“愿上帝与你同在。”城里人说完就走了。

听到这不幸的消息，安塞尔莫气得都要发疯了，甚至想一死了之。他挣扎着站起来，来到朋友家。那位朋友还不知道他家的丑事，看到他脸色蜡黄、形容憔悴，还以为他生病了。安塞尔莫请求朋友给他找个地方休息，还要来纸笔。朋友依着他，给他找了个房间让他休息，并为他关好房门。当房里只有安塞尔莫一个人时，他一想到自己的不幸，心情就非常沉重，意识到自己将不久于人世，就想留个字条让人们知道自己突然去世的原因。他动笔才写了几句，就咽了气。

房子的主人见天色已晚，安塞尔莫都还没有叫他，就决定进去看看他是不是病情加重了，结果看到安塞尔莫上半身趴在书桌上，下半身坐在床上，手上还拿着一支笔，书桌上摊着一张纸条。主人叫他，不见他回答，又摸了摸他的手，才发现他身体冰凉，已经死了。他的朋友既惊慌又难过，赶紧把家里的人都叫来做证。最后，他看了安塞尔莫留下的纸条，认出是他亲笔写的。上面写着：

“我那个愚蠢的不该产生的念头断送了我的性命。如果卡米拉听到我的死讯，我希望她能明白，我原谅了她，因为她没有义务创造出奇迹，而我也没有必要这样要求她。我的耻辱是我自找的，所以没有理由……”

安塞尔莫只写到这儿，可以看得出，他还没有写完就断了气。第二天，安塞尔莫的朋友将他的死讯通知了他的亲属，他们已经知道安塞尔莫的丑事，也知道卡米拉躲在哪个修道院。卡米拉差点跟着丈夫走上同一条绝路，这倒不是因为她听说了丈夫的死讯，而是因为她听说她的情人洛塔里奥不见了。后来据说她虽然成了寡妇，却不愿意正式当修女，也不愿意离开修道院。直到很多天后，又有消息传来说，后悔莫及的洛塔里奥已经在一场战斗中阵亡。原来他逃到了那不勒斯，参加了洛特雷克大人同贡萨洛·费尔南德斯·德科尔多瓦大将军之间的战争。这个时候，卡米拉才正式当了修女，几天之后就因忧郁悲伤而离世。这个荒谬的故事最终以悲剧收场。

“我觉得这部小说还不错，”神父说，“不过我不能相信这是真事。即使是编的，这位作者编得也有毛病，像安塞尔莫这样愚蠢的丈夫，不惜付出那么大的代价去考验妻子，这是无法想象的。这种事情发生在一对未婚恋人之间还有可能，然而在夫妻之间，这是根本不可能的。不过这本书讲故事的方式，倒是没什么不妥。”

第九章　客店里发生的其他奇事

这时，站在客店门口的店主大声说：“好标致的几位客人啊。如果他们能在这儿住店，咱们可就热闹了。”

“是什么样的人啊？”卡德尼奥问。

“四个人骑着短镫高鞍马，”店主说，“手持长矛和盾牌，头上都蒙着黑罩。与他们同行的还有一个穿白衣服的女人，坐在靠背马鞍上，也蒙着脸。后面还跟着两个步行的侍从。”

“他们离这儿不远了吗？”神父问。

“很近了，马上就要到了。”店主回答。

听到这话，多罗特亚立即戴上面罩，卡德尼奥也走进堂吉诃德的那个房间躲了起来。卡德尼奥脚还没跨进房门，店主说的那些人已经走进客店了。骑马的四个人下了马，个个仪表堂堂。他们又去搀扶那个女人下马，其中一人张开双臂，把那女人抱了下来，卡德尼奥躲着的那个房间门口有把一把椅子，那人就让女人坐在这把椅子上。那个女人和那四个男人始终都没有摘下面罩，也不说一句话。只是那个女人在椅子上坐下后，才深深地叹了一口气，双臂下垂，就像个虚弱的病人。而那两个伙计把几匹马都牵到马厩去了。

看到这里，神父觉得很奇怪，不知道这些如此装束、默不作声的人究竟是谁。于是他跟着那两个伙计，向其中一人打听。那人回答说：“天晓得，大人，我也不知道他们到底是什么人，只知道看样子应该很有身份，特别是抱那女人下马的那个人身份更高，其他人都很尊敬他，什么都听他的。"

"那位小姐又是谁呢？"神父又问。

"这我也没法告诉你，"那个伙计说，"一路上我就没有看到过她的脸。只是听到她叹了很多次气，每次都像要死过去似的。除了我说的这些，其他的我都不知道了。这也不奇怪，我和我的伙伴才跟了他们两天。我们是在路上碰到的他们，他们连求带劝，许下很高的报酬要我们陪他们到安达卢西亚去。"

"你听到他们互相的称呼了吗？"神父问。

"一点儿也没听到。"那个伙计说，"他们奇怪得很，一路上都不说话。那个女人整天唉声叹气的，我们都觉得她挺可怜，猜她一定是被逼着到某个地方去。从装束上可以看出她是个修女，更有可能是要去当修女，也许她本人不愿意，所以好像很伤心。"

"也许是这样吧。"神父说。

神父离开伙计，回到多罗特亚那儿。多罗特亚听到那戴面罩的姑娘在叹息，十分同情她，就来到那姑娘身边，对她说："小姐，您哪儿不舒服吗？如果是女人常得的病，我有治这种病的办法，我很愿意为您效劳。"

那伤心的姑娘仍然不开口。尽管多罗特亚一再表示愿意帮忙，那姑娘还是一声不吭。随后，来了一位戴面罩的男人，也就是伙计说的别人都要听他吩咐的那个人。他过来对多罗特亚说："您不必费心了，别人为她做了事，她从来不知道表示感谢。除了从她嘴里听到谎言，其他的您别想从她那儿得到。"

"我从来不说谎，"一直没有开口的那个姑娘这时说话了，"相反，正因为我一片真诚，不说谎，才遭了这样的横祸。你自己明白，正因为我的真诚，才显出你的虚伪和狡诈。"

卡德尼奥就在堂吉诃德的房间里，与那姑娘只隔着一扇门，这些话他听得一清二楚。他立刻大声说道："天啊，是谁在说话啊？我听到的是谁的声音?”

那个姑娘听见说话声大吃一惊，回过头一看，却没看到人。她站起来就想跑去房间里寻找。那个男人看见了，急忙拦住她，不让她再走一步。慌乱中那姑娘弄掉了盖在头上的绸子，露出了一张美丽无比的脸，只是脸色苍白，神色不安。她的眼睛到处张望，急得像发了疯似的。多罗特亚和在场的人见了都觉得她很可怜。那个男人紧紧抓着她的双肩，自己头上的面罩滑下来了，也顾不上去扶一下，最后整个面罩都掉了下来。多罗特亚正搂着那女人。她抬头一看，发现和自己一起抱住那姑娘的人竟是自己的丈夫费尔南多。多罗特亚一认出他来，不由得从心底发出一声长长的哀叹，一阵晕眩，昏厥过去。辛亏旁边的理发师及时扶住了她，才没摔倒在地。

神父立刻赶过来替多罗特亚除掉面罩，并往她脸上喷水。一揭开多罗特亚的面罩，搂着另外一位姑娘的费尔南多就认出了她，顿时吓得面如死灰，不过他也没有因此而放开在他怀里挣扎的那个姑娘。而那个姑娘正是卢辛达。她已经听出是卡德尼奥在叹息，卡德尼奥也听出了她的声音。刚才听到多罗特亚的那声哀叹，卡德尼奥以为是卢辛达喊的，便慌慌张张地从房间冲出来。他一眼就看到费尔南多正抱着卢辛达，而费尔南多也马上认出了卡德尼奥。卢辛达、卡德尼奥和多罗特亚都目瞪口呆，一时间弄不清到底发生了什么事。

大家你看着我，我看着你，都不说话。多罗特亚看着费尔南多，费尔南多看着卡德尼奥，卡德尼奥看着卢辛达，卢辛达又看着卡德尼奥。最后还是卢辛达首先打破沉默，她对费尔南多说：“放开我，费尔南多大人，不为别的，就为你自己的身份。我是常春藤，你就让我缠到那墙上去吧。无论你骚扰威胁，还是许愿送礼，都不能把我从自己缠绕的墙上拉下来。你看到了，老天不知不觉又把我送到真正的丈夫面前了。你已经付出了不少代价，从中应该知道，我只有死了才会把他从我的记忆里抹掉。现在事情非常清楚，只能让你的爱变成恨，喜欢变成厌恶，从而结束我的生命，否则没有什么办法可以对付我。如果我能在我心爱的丈夫面前献出我的生命，也是死得其所。也许这样正好能够证明我对丈夫的爱至死不渝。”

多罗特亚已经苏醒，听到了卢辛达说的这番话，她才明白眼前这个人到底是谁。她见费尔南多还抓着卢辛达不松手，也不回答她的话，就竭力挣扎着站起来，跪在费尔南多脚下，流着泪说道：“我的大人，如果你怀中太阳的光芒没有让你眼花的话，你就该看见，跪在你面前的是苦命的多罗特亚。她要苦命到什么时候全都在你。我原本是个出身卑微的农家女子，你出于好心，又或者是一时高兴，想抬举我做你的妻子。我一向贞洁，生活过得无忧无虑。直到后来听了你的甜言蜜语，以为你对我情真意切，才向你敞开了我贞洁的大门，把身心都交付给你，结果你占了便宜后就把我抛在脑后。我落到现在这个地步，又看到你这会儿的情况，就知道你根本没有把我放在心上。不过你不要以为我是觉得丢了脸才出走的，其实是被你遗弃的痛苦和悲伤把我带到了这里。你当初愿意和我结婚，而且照你的办法和我结了婚，现在你不想承认你是我的丈夫，也是不可能的了。

“看一看吧，我的大人，我是一心一意地爱着你的。我对你的一片真情足以抵消你所喜欢的卢辛达的美貌和高贵的门第。你不能成为美丽的卢辛达的丈夫，你是我的；她也不能成为你的妻子，她是卡德尼奥的。你好好想想我的话，就会发现，将你的爱转向一心爱着你的这个姑娘，要比强迫讨厌你的姑娘爱你要容易得多。你大献殷勤，利用我的轻率，向我求欢，得到了我的贞洁。我的出身你不是不知道，你也十分清楚，我是在什么样的情况下委身于你的。你没有理由说自己是受了欺骗，而且这也是事实。你作为一个基督教徒和男人，为什么要百般寻找借口推托，不像开始时答应我的那样和我及时举行婚礼呢？我是你真正的合法妻子，如果你不愿把我当成你的妻子，你至少应该把我当作女奴接纳。只有在你身边服侍你，我才会觉得幸福。

“你不要抛弃我，让我成为街头巷尾被人们羞辱的对象，也不要害得我的父母老是感到痛苦，他们对你家一直忠心耿耿，是你的好子民，不该受到这样的待遇。如果你觉得你我的血混在一起，你的血统就不纯了，那么你请看吧，世上贵族的血都是经过掺杂的。血统的高贵与女人的血没有关系，而且，真正的高贵在于道德品性。如果你拒不承认我作为你合法妻子的地位，就缺乏应有的道德，你的血统就没有我高贵了。总之一句话，大人，不管你愿意不愿意，我都是你的妻子。你当初对我所做的承诺就是证人。你瞧不起我无非就是因为自己高贵，而你若自以为高贵，那你的诺言就不该是谎言。这里还有你签的字为证，同时你对我许诺时曾指天为誓，那上天也是证人。如果这些证人都没有用，你的良心也会在你寻欢作乐时发出无声的呼喊，为我叫屈，使你在欢乐时也会深感内疚。"

可怜的多罗特亚还说了其他的一些话，声泪俱下，使得跟随费尔南多一起来的那几个人和其余在场的人都跟着流下了眼泪。费尔南多只是听着，一言不发。多罗特亚说完后不禁又叹气流泪，除非是铁石心肠的人，否则谁见了都不会无动于衷。卢辛达在一旁一直看着多罗特亚，既同情她的不幸，又惊讶于她的聪慧和美貌。卢辛达想过去安慰多罗特亚几句，却被费尔南多紧紧抓住，脱不了身。费尔南多这时又惭愧，又惶恐。他一直盯着多罗特亚，过了很长时间，才放开卢辛达，说道："你赢了，美丽的多罗特亚，你赢了。你说了那么多道理，谁能否认呢？"

卢辛达一路奔波，身体十分虚弱，费尔南多一放开手，她就差点儿倒在地上。幸亏卡德尼奥就在旁边，为了不让费尔南多认出自己来，一直站在他的身后。这时卡德尼奥忘记了恐惧，不顾一切地赶上去扶住了卢辛达，将她搂在怀里，对她说："我坚贞美丽的小姐啊，老天若可怜你，想让你休息一下，那么我的怀抱就是最安全的地方。当初命运让你成为我的妻子时，我也曾为你敞开过我的怀抱。"

听到这话，卢辛达把目光投到卡德尼奥身上。她刚才听到他说话的时候就听出了是他，现在终于看清确实是他，便不顾羞怯，用双臂搂住卡德尼奥的脖子，把自己的脸紧紧贴在卡德尼奥的脸上，对他说："是你，我的大人，我这个奴婢的真正主人。即使我命途多舛，即使我的生命受到威胁，我还是来到了你的怀中。"

费尔南多和所有在场的人看到这奇怪的场景，十分惊讶。多罗特亚觉得费尔南多的脸色很不好看，还看见他伸手拔剑，看样子是想跟卡德尼奥拼命，便赶紧抱住费尔南多的双膝，亲吻着不让他动弹。她两眼不停地流着泪说：“我唯一的依靠啊，在这个意想不到的紧急关头，你究竟想干什么？你的妻子就在你的脚下，而你想她成为妻子的那个女人却在她丈夫的怀里。你想拆散天配的姻缘，请你想想，这么做对不对，可不可能？她排除一切障碍，当着你的面，把自己美酒一般的热泪洒在了她真正丈夫的脸庞和胸膛上，来证实她的坚贞爱情。你还想拉她过来娶她为妻，你觉得这么做合适吗？我哀求你，看在上帝和你自己的身份的份上，不要看见他们如此坦白就生气，应该平心静气地让这一对有情人顺利地结成眷属，这样才能显示出你博大的胸怀和高尚的情操，让大家看到你能用理智战胜情欲。”

在多罗特亚说话的时候，卡德尼奥虽然双手搂着卢辛达，眼睛却一直盯着费尔南多。如果费尔南多有任何可能伤害他的行为，他一定会不顾性命，尽力自卫，反击一切可能会伤害他的人。这时候，费尔南多的朋友们、神父和理发师以及那个善良的桑丘都过去围着费尔南多，请求他珍惜多罗特亚的眼泪。他们相信多罗特亚刚才讲的都是真的，费尔南多不该辜负她真诚的期望。他们还让他想想，大家在这个地方不期而遇，绝不是偶然，而是老天的刻意安排。神父还提醒说，只有死亡才能把卢辛达和卡德尼奥分开，而且，就算短剑的锋刃要把他们分开，他们也会视死为乐。面对这一对难分难解的情侣，最理智的办法就是克制自己，表现出宽广的胸怀，诚心诚意地让他们享受天赐的幸福。神父让费尔南多好好地看看美丽的多罗特亚，就会发现，很少有人或者根本没有人比她还美，况且多罗特亚对他是如此谦恭，一往情深。神父还特别警戒他，如果他以男子汉和基督教徒自居，就必须履行自己的诺言。履行了自己的诺言，就是顺从了上帝的意旨，才能得到有识之士的赞赏。爱美之心，人皆有之。即使美人出身卑微，如果品德高尚，就能与不论地位多高的男子相配。男子将她提高到自己的地位，并不意味着就降低了自己的地位。一个人受爱情的支配所做出的行为只要不犯法，就不该受到指责。

费尔南多毕竟出身高贵，有着宽广的胸怀，他听大家都这么说，渐渐回心转意，承认这一切他所无法否认的现实，于是他听从大家的善意劝告，蹲下身来抱住多罗特亚，对她说：“站起来吧，我的小姐，我不该让我的心上人跪在我的脚下。在此之前我没有对你做出明确表示，也许是老天要我把你对我的一片深情看得更加清楚，从而让我知道应当如何珍视你。我请求你不要责备我过去的放浪行为。当初我逼你就范，后来又不愿娶你，居心都是一样的。不过，如果你转过头去，看看卢辛达那双快乐的眼睛，就可以知道她已经原谅了我的所有过错。她已经找到了她的心爱之人，我也找到了你这样的意中人。但愿她能顺遂心意同她的卡德尼奥白头偕老，我也乞求老天保佑让我同我的多罗特亚也和他们一样。”

说完，费尔南多又抱住了多罗特亚，把自己的脸深情地贴到她的脸上，他极力控制自己，不让充满爱怜与悔恨的泪水流下。卢辛达和卡德尼奥，还有其他在场的人却不像他那样，大家都热泪盈眶，有的人是自己高兴极了，有的人是为别人高兴。连桑丘也哭了。不过他后来说，他原以为多罗特亚是米科米科娜公主，还指望从她那儿得到一份大大的赏赐呢，谁想她竟然不是，所以才哭的。卡德尼奥和卢辛达又跪在费尔南多面前，感谢费尔南多成全他们的美意。他们言辞恳切，费尔南多竟无言以对。他连忙把他们扶了起来并热情有礼地拥抱了他们，还问多罗特亚是如何远离故乡，来到这个地方的。她把原来对卡德尼奥讲过的那些事简明扼要地又讲了一遍，她讲得娓娓动听，费尔南多和他的同行者对此都很感兴趣，希望她讲得再详细些。

多罗特亚讲完后，费尔南多接着讲了后来发生的事。那天夜里，他发现卢辛达怀里有张纸条，说她是卡德尼奥的妻子，因而不能再属于他。费尔南多说他当时真想杀了卢辛达，若不是她的父母阻止，他真会这样做。后来，他羞愤交加地离开了卢辛达的家，决心伺机报复。第二天，他得知卢辛达已经离家出走，不知下落。几个月后，他听说卢辛达在一个修道院里，还说如果不能同卡德尼奥一起生活，就一辈子不出来。费尔南多知道后，就找了那三个绅士一起到修道院去。不过他并没有去见卢辛达，怕修道院的人知道后会有所防备。他一直等到有一天，修道院开着门，他就让两个人在门外守着，自己和另一个绅士进去找卢辛达。他们发现卢辛达正在回廊里同一个修女谈话，就趁她不备，把她劫持出门。他们先带她到了一个地方，置办了一些带她上路的必备品。他们这些事都进行得很顺利，因为那个修道院地处乡下，离城很远。卢辛达见自己落到了费尔南多手中，顿时晕死过去，醒来后，就一边流泪一边叹气，一句话也不说。就这样，一路上他们沉默寡言，卢辛达满脸泪痕地来到了这个客店。他现在觉得到了天堂，人世间所有的烦心事都在这里结束了。

第十章 美丽公主米科米科娜的故事及其他趣闻

刚才众人讲的这些话桑丘全听到了。眼见美丽的米科米科娜公主成了多罗特亚，巨人成了费尔南多，他封爵的希望也成了泡影，桑丘心里好难过。可是他的主人却仍然呼呼大睡，对发生的事情全然不知。此时，多罗特亚仍在怀疑自己得到的幸福，以为是在做梦，卡德尼奥和她的想法差不多，卢辛达也这么想。费尔南多感谢上帝施恩，把他从迷途中解救出来，否则自己的名誉和灵魂差点就要被断送了。总之，这件本来乱麻般的纠纷被梳理得如此有条理，客店里的所有人都很高兴。聪明的神父马上灵机一动，说这都是天意，他祝贺每个人都各有所得。不过，最高兴的是客店老板娘，因为卡德尼奥和神父已经答应赔偿堂吉诃德给客店造成的所有损失。

只有桑丘像刚才说的，心里很难过，觉得自己很不幸。他哭丧着脸，来到堂吉诃德的房间。堂吉诃德刚睡醒。桑丘对他说："狼狈大人，您只管睡个够，不用再费心去杀什么巨人或者为公主光复什么王国了。这些事都办好了。"

"我当然知道，"堂吉诃德说，"我刚才同那个巨人进行了一场前所未有的恶战。我反手一剑就把他的头砍落在地，鲜血像河水一样流了一地。"

"您应该说像红葡萄酒一样，这才更确切，"桑丘说，"如果您不知道，就听我说吧，您杀死的那个巨人是个被捅破了的酒囊，而血就是六个阿罗瓦的红葡萄酒，那被砍掉的脑袋呢……是养我的那个婊子，都他妈的见鬼去吧。"

"你胡说些什么，你这个疯子？"堂吉诃德问，"你还有没有脑子？"

“您快起来吧，”桑丘说，“看看您做的好事，我们这次还不知道要赔多少钱呢。您还会看到，公主变成了一个普普通通的少女，叫什么多罗特亚。还有其他一些事情，您知道后也会觉得奇怪的。”

“我才不会感到奇怪呢，”堂吉诃德说，“你还记得不，上次咱们在这儿的时候，我就对你说过，这里的一切都中了魔法，所以，现在再来一次也不足为奇。”

“假如我当时被人裹在被单里往天上扔也是您说的中了魔法，我当然相信，”桑丘说，“可惜不是啊，我那件事是真的，不掺一点儿假。我亲眼看见今天在这儿的店主当时抓住被单的一角，将我用力地往天上扔，还边扔边笑。虽然我是个大笨蛋，可那几个人我都认识，哪儿有什么魔法，不过是我倒霉，遭了那场难罢了。”

“别再耿耿于怀了，上帝将来会补偿你的，”堂吉诃德说，“快把衣服拿来给我穿，我好出去看看你所说的那些变故。”

桑丘伺候他把衣服穿上，这个时候，神父正在向费尔南多等人讲述堂吉诃德的疯病，说他怎么胡想自己被意中人抛弃就一个人跑到深山里去苦修赎罪；他们又是怎么用妙计把他从山里骗出来的。神父把桑丘讲给他听的那些稀奇古怪的事几乎全讲了，大家听后无不感到惊奇好笑，一致认为这样奇怪的疯病还从未见过。神父还说，多罗特亚的好事使得他原有的计划不能再继续执行，因此还得另想办法，把堂吉诃德送回家乡去。卡德尼奥觉得还是可以继续执行原来的计划，多罗特亚的角色可以让卢辛达来演。

“不必这样，”费尔南多说，“我倒认为可以让多罗特亚继续扮演下去。如果这位骑士的家乡离这儿不远，我倒愿意帮帮他，治好他的病。”

“离这儿只有两天的路程。”

“即使再远的路，为做这样的好事，我也愿意去。”

这时候，堂吉诃德全副武装地出来了。他头戴被砸瘪的曼布里诺头盔，手持盾牌，胳膊上还夹着根当长矛用的树枝。见到堂吉诃德的样子，费尔南多和其他人都感到十分吃惊。他的脸足有半西里长，又黄又干，身上的盔甲也是东拼西凑起来的，不过他的神态倒还安详。大家都没有吱声，看他想说什么。堂吉诃德严肃地看着美丽的多罗特亚，缓缓地说道："美丽的公主，听我的侍从说，您已经失去尊贵的地位和身份，不再是过去的女王和公主，而变成了普通少女。如果这是您那精通魔法的父王怕我不能给您必要的帮助而这么做的，那么我要说，他真是个外行，对游侠骑士的历史了解得太少。如果他能像我一样认真地阅读点骑士小说，他随处都会读到，一些名气比我小得多的骑士都能完成艰难的事业。那么杀死个把巨人，无论他多么自高自大，对我来说都是轻而易举的事情。刚才我没费什么力气就把那巨人……我不说了，免得你们又说我撒谎。不过，时候到了自然会水落石出，我所做的这件事会在我们意想不到的时候传出来的。"

"和您交手的是两个酒囊，而不是巨人。"店主这时插言道。

费尔南多立刻让店主住嘴，不准打断堂吉诃德的话。堂吉诃德接着说道："总之，被人篡夺了王位的尊贵公主，如果是因为我说的那个原因，您的父亲改变了您的身份，那么您不必当真。在任何危险面前，我的短剑都能杀出一条道路。凭着这把剑，用不了几天，我就能把您的敌人的头砍落在地，把王冠戴到您的头上。"

堂吉诃德说完后静静地等待公主的回答。多罗特亚知道费尔南多已经决定把这场戏继续演下去，直到把堂吉诃德骗回家乡，于是就一本正经地回答道："勇敢的狼狈骑士，无论谁对您说我的身份和地位变了，都是在胡说八道。我确实交了点好运，我的境遇也变得好了些，但这并不意味着我的身份和地位就发生了变化，今天的我还是昨天的我，我还是要仰仗您那战无不胜的铁臂来实现我的心愿。所以，我的大人，请您相信我的父王，要承认他确有先见之明，以他的学识为我找到了一条使我免遭厄运的真正捷径。我相信，如果不是大人您的帮忙，我绝不会得到现在这样的幸福。我说的都是真话，在场的诸位大人都可以做证。今天的时间不早了，应该走不了好多路了，不如咱们明天继续赶路。我还要仰仗慈悲的上帝和英勇的您为我带来更多的好事呢。"

聪明的多罗特亚刚说完，堂吉诃德就转向桑丘，怒气冲冲地说道：

"我说，你这个臭桑丘，你是西班牙最大的混蛋！我问你，你刚才不是对我说，这位公主已经变成了叫多罗特亚的姑娘吗？你不是说我砍下的那个巨人的脑袋是养你的婊子吗？你这些胡言乱语把我都弄糊涂了，我这辈子都没这么糊涂过呢。我发誓，”堂吉诃德看着天，咬牙切齿地说道，“我要狠狠地惩罚你，让游侠骑士的一切敢撒谎的侍从都引以为戒！”

“请您息怒，我的大人，”桑丘说，“我说米科米科娜公主的身份已经变了，也许是我弄错了，可巨人脑袋的事，那些酒囊确实被扎破了，还有那血确实是红葡萄酒，这些我都没有弄错。上帝保佑，那两只被戳破的酒囊就在您的床边，红葡萄酒都把您的房间变成湖泊了。您若不信，炒鸡蛋的时候就知道了。我的意思是说，等店主让您赔偿所有损失的时候您就知道了。至于女王的身份没有变，我从心里感到高兴，这样大家都有好处，也不会少了我的那一份。”

“现在我告诉你，桑丘，”堂吉诃德说，“你是个笨蛋。对不起，其他的没什么好说的了。”

“行了，”费尔南多说，“这些事就不要再说了。公主既然说今天已经晚了，明天再动身，我们就这么办吧。今天晚上，咱们可以好好地聊上一夜。明天我们就跟随堂吉诃德大人一起上路，他担当了这件大事，一定会显示他的英勇身手，我们刚好去亲眼看看呢。”

“该由我跟随您，为您效劳。”堂吉诃德说，“感谢大家对我的美意和抬举。我一定不辜负您的期望，即使做出比生命更大的牺牲也在所不辞。”

堂吉诃德和费尔南多彼此恭维客套了一番。这时有个旅客走进客店，打断了他们的交谈。他上身穿着蓝呢半袖无领上衣，腰部束得紧紧的；下身穿着一条蓝色布裤子，头上的帽子也是蓝色的；脚上穿着枣红色高筒皮靴，肩带上挂着一把摩尔弯刀。从他的装束来看，应该才从摩尔人盘踞的地方过来。他身后紧跟着一个摩尔人装束的女子。那女子骑在驴上，裹着头巾，蒙着脸，头戴一顶锦缎小帽，披着一件摩尔式长袍，把自己从肩膀到脚裹了个严严实实。那男人身材健硕，有四十多岁的样子，脸庞稍黑，长长的胡子被梳理得整整齐齐。总之，他仪表堂堂，如果穿戴得再讲究些，人们肯定会把他看作豪门贵族。他一进客店，就要一个房间，听说没有，就一脸的不高兴。他走到那个摩尔人装扮的女子身旁，把她抱下驴。多罗特亚、客店老板娘和她的女儿还有女仆，她们从没见过摩尔人的服装，觉得很新奇，就围过来看。多罗特亚一向和蔼机灵，她发现那个女子和同她一起来的人由于没有客房而感到很懊丧，就对那女人说："别着急，我的小姐，这里的条件有些差，但别的客店也可能没有房间了。如果您愿意，同我们住在一起吧，"多罗特亚说着指了指卢辛达，"再往前走，其他客店恐怕还不如这儿呢。"

蒙面女子一言不发，只是从座位上站起来，两手交叉放在胸前，低头深深鞠了一躬表示感谢。大家见她不说话，就猜想这个摩尔女子不会讲西班牙语。

那个俘虏（即穿蓝衣的男子）一直在忙别的事情。这时，他见一群女客都围着与自己同行的那个女子说话，而她却都不作答，就走过来说："小姐们，这位小姐只能讲她本国的语言，连我的话都不太懂，所以就算问她，她也回答不了你们的问题。"

"我们没问什么，"卢辛达说，"只是告诉她今晚可以和我们住在一起。我们在我们的房间里给她腾出个地方。我们愿意为所有需要我们帮忙的外国人，特别是女人，提供方便。"

"我以她和我个人的名义吻您的手，我的小姐。"那个俘虏说，"在这样的条件下，有您这位小姐表示这番心意，您真是个大好人，我十分感激。"

"请问，先生，"多罗特亚说，"这位小姐是基督徒还是摩尔人啊？她这身打扮，又不说话，我们猜她可能是我们不喜欢的摩尔人。"

"虽然她的装束和她本人是摩尔人，但她在内心却是个地地道道的基督徒。她强烈希望能成为基督教徒。"

"那么，她受洗礼了吗？"卢辛达问。

"还没有机会受洗礼。"俘虏说，"因为圣教规定在受洗礼前应该学习各种礼仪，只有处于危险之中的人才可以免去。自从她离开她的故乡阿尔及尔后，直到现在她还没有遇到这样的危险。不过上帝保佑，她很快就能按自己的身份体面地接受洗礼了。她和我的衣服是不能与她的身份相配的。"

大家听他这么说，就更想知道摩尔女子和这个俘虏到底是什么人。当然谁也没有在这个时候问，大家知道这个时候应该让他们休息，而不是打听他们的事情。多罗特亚拉起那女子的手，让她坐在自己身边，并请她摘下面罩。那女子看着俘虏，好像在问她们说什么，自己要怎么办。俘虏用阿拉伯语告诉她，她们请她摘掉面罩。那女子就把面罩摘了下来，露出一张美丽的脸，多罗特亚认为比卢辛达的脸还俏丽，卢辛达认为比多罗特亚的脸还娇媚。在场的人都一致认为，如果说有谁能与多罗特亚和卢辛达比美，那么只有这个摩尔女子了，甚至有人觉得摩尔女子比她们俩都还要美一些。美人总是能够令人动情，受人青睐，所以大家见了这么美丽的摩尔女子，都赶着向她献殷勤，表示愿意为她效劳。

费尔南多问俘虏，摩尔女子叫什么名字。俘虏说叫莱拉·索赖达。摩尔女子听见了，明白是在问她名字，一脸娇嗔地说："不，不是索赖达，是玛丽亚，玛丽亚。"她显然是在告诉人们，她叫玛丽亚而不是索赖达。

众人见她说话如此恳切，都十分感动，特别是女人们，还流下了眼泪。女人的性情就是这样温柔和富有同情心。

卢辛达非常亲热地抱住她，对她说："对，对，是玛丽亚，是玛丽亚。"

摩尔女子说："是的，是的，玛丽亚！马坎赫索赖达！"——"马坎赫"的意思是"不是"。

这时天色已晚，店主按照费尔南多的同伴的吩咐，精心准备了一顿晚饭，把客店里的美食全都端上来了。就餐时，由于客店里没有圆桌，也没有方桌，大家就围坐在一条长桌边，不顾堂吉诃德的推辞，让他坐在桌首的位置。他觉得自己是米科米科娜的守护者，就请她坐在自己旁边。依次坐着的是卢辛达和索赖达。她们的对面是费尔南多和卡德尼奥，接着是俘虏和其他几位绅士，神父和理发师坐到了女客的一侧。晚餐时大家吃得很高兴，尤其见到堂吉诃德放下刀叉，又像那次同牧羊人吃饭那样，说兴大发，发表长篇大论，大家的兴致就更浓了。堂吉诃德说："只要你们好好想一想，诸位大人，就会看到游侠骑士所见到的都是大事和怪事。不然的话，假如现在有人从这座城堡的大门进来，看见我们现在的情景，怎么会想象得到我们的身份呢？他怎么会知道坐在我身旁的这位女子就是声名显赫的女王，而我就是人们到处颂扬的狼狈骑士呢？

“毫无疑问，游侠骑士这项事业胜过世上一切行业。危险越大的行业，越是应该受到人们的尊重。如果有人说拿笔的比拿枪的要好，就让他滚到一边去吧，不管是谁，都是在信口胡言。他们依据的理由就是脑力劳动比体力劳动辛苦，拿枪的使用的只是体力，就像那些干粗活的人一样，只要有力气就行了。在他们看来，我们从事的这个用武的行业就不需要运筹帷幄，布置防御，就好像率领军队攻打围城也不需要动脑子一样，其实这些都是体脑并用的。

“你们想想，光靠体力就能识破敌人的意图和计谋，预计防范可能遇到的危险吗？这全是动脑子的事情，光靠体力根本不行。既然文武两行一样都需要动用脑力，那我们来比较一下，哪一行更辛苦一些。不过，首先要看双方各自追求的目的，目标越高，就越应该受到尊敬。

“咱们暂且不说那些从事神圣事业的教士。他们的目标就是引导人的灵魂上天堂。这是一个至高无上的目标。我现在说的是一般的文人。他们的目的就是实现公平的分配，让每个人都得到其应得的那份，并且让人们遵守公正的法律。这个目标也是宏伟、高尚、值得赞扬的。不过，这和从武之人的目标相比就差远了。从武之人把平安视为最终目标，这是人类今生今世可以企望的最大幸福。世界和人类最早听到的福音，就是天使在我们见到光明的那个晚上传来的。天使在空中唱道：‘在至高之处，荣耀归于上帝；在大地之上，平安归于他所喜悦的人。’人间和天上最好的导师教导他们的门徒和信徒，无论走进哪一家，都先说‘愿这一家平安’，并且多次对他们说：‘我留下平安给你们，我将我的平安赐给你们，我愿你们平安。’这平安就是他赐予我们的珍宝。没有这件珍宝，无论人间还是天上，都不会有任何幸福。打仗的真正目的就是争取这样的平安，从武就是要打仗。既然打仗的最终目的是和平，这个目的就比读书人的目的要崇高些。那就请各位来衡量一下，文武两行哪一行最辛苦，最耗费力气。”

堂吉诃德口若悬河，侃侃而谈，听他讲话的那些人谁都没有把他看成疯子。相反，在场的大多数都是带武器的绅士，所以觉得堂吉诃德的这番话特别入耳。堂吉诃德接着说：

“我认为读书人的最大难处就是穷，当然并不是所有的读书人都穷，我只是拿最穷的来举例。我觉得对他们来说穷就是最大的不幸，因为一穷，什么好东西都没有他们的份。贫穷之人处处受苦、挨饿、受冻或缺衣少穿，或者又挨饿又缺衣。当然说他们挨饿，并不是完全没有吃的，只是不能按时吃，或者吃的是富人的残羹剩饭。读书人最大的难堪就是‘吃乞食’了。说他们受冻，其实他们也可以在邻居的炉边灶旁待着，就算不能取暖，也可以驱寒，他们晚上还可以在屋子里睡觉。当然还有一些琐事也能显出他们的贫穷，我就不一一详说了。譬如说他们没有多少衬衣和鞋子，而且所穿衣服十分单薄，如果运气不错，能吃顿好的，就会吃得撑破肚皮。读书的人们在我所描述的这条崎岖小道上艰难行走，这里摔倒，那里跌跤，爬起来又跌倒，终于得到他们所希望的学位。我们看到不少人历经千辛万苦，克服千难万阻，才达到这一目标。这时他们就好像交到了好运气，飞黄腾达起来，开始坐在安乐椅上统治世界。饥肠辘辘变成了脑满肠肥，缺衣少穿变成了华衣美服，铺席而眠变成了铺绫盖缎。这些都是他们依靠自己的才能和品德得到的应有的奖赏。不过他们受的苦与当兵的比起来，就差得太远了。下面我再继续讲士兵的苦。”

第十一章　堂吉诃德就文武两行所作的奇谈怪论

堂吉诃德接着说：“我们刚才谈到了读书人的贫穷和其他种种苦况，现在我们再来看看当兵的是不是要富裕些。我们可以看到，没有人比当兵的还要穷了。他们有的只是少得可怜的军饷，而且这军饷要么不及时发放，要么就是无限期地拖延。有的人没办法就去动手抢劫，却又要冒着生命危险，同时还要受良心的谴责。这些当兵的常常衣不蔽体，一件破了洞的上衣既当礼服，又当内衣。严冬时节他们更是要冒着严寒在荒野露宿，只能靠用嘴呵气来御寒。可是空肚子里呵出的气是违反自然规律的，不是热的，而是冷冰冰的。他们盼了一天，就想等到天黑了可以在床上好好歇一歇。如果他自己不嫌弃的话，他的床倒是肯定不窄，因为只要他的脚可以走到的地方，都可以是床，在上面他可以自由翻滚，还不用担心床单会掉到地上。他平时就过着这样的生活，直到他获得学位的日子也就是战斗的日子来临。头上包扎伤口的纱布就是他的学士帽，子弹可能穿过他的太阳穴，也可能打断他的一条胳膊或者腿。就算老天爷仁慈，让他们没有遇上这种情况，毫发无损地活了下来，他们还是会像以往一样，一贫如洗，而且免不了又是一次次的战斗。只有每次都打胜仗，才能得到一点儿好处，这样的奇迹是很难出现的。诸位大人，你们是否注意到，在战争中立功受奖的人要比战场上阵亡的人要少得多？你们肯定会说这是不能相比较的，因为阵亡者多得难以计数，而立功受奖的人不会超过三位数。读书人的情况就刚好相反，因为不管怎么样，他们至少有维持生计的手段，我就不说暗地里还有外快了。因此士兵们付出的代价大，得到的奖励少。不过肯定有人会说，奖励二十万个读书人要比奖励三万个士兵容易得多，因为奖励读书人，只需给他们一个符合他们专业的职位就行了，而要奖励士兵，就要他们所效忠的那个主人自己拿出财产来赏赐了。这种很难实现的情况，进一步证明了我说的话是有道理的。

“我们暂且还是不要谈论这些了，因为这是个无法解开的谜团，还是回到武装和文治哪个更重要这个问题上来吧。但是由于大家各持己见，这个问题至今也仍无定论。除了我前面所说的那些理由外，读书人还认为，没有文治，武装就不可能存在，因为战争还是有自己的法则，而法则就是由读书人来制定的，所以法则受到文化和读书人的制约。

“可武官对这个问题的回答是，如果没有武装力量的支持，法则是不可能存在的，因为国家的捍卫、王国的防御、城市的保卫、道路交通的保障、海盗的清剿，这一切都离不开武装力量。如果没有武装力量，无论是民主国家还是王国、帝国，无论是城市还是海陆交通要道，都会陷入混乱。混乱一久就会爆发战争，这样一来就有人为非作歹，国家就会陷入无止境的灾难当中了。谁付出的代价越多，谁就越重要，就越应该受到重视，这是大家都明白的道理。读书人要想出人头地，就要花费时间，彻夜不休，忍饥挨饿，还要遭受缺衣少穿、头晕目眩、消化不良等方面的痛苦，关于这些刚才我已经谈到了。可是要想成为一个好士兵，同样也要付出上面所说的代价，而且还要受更多的苦，随时都有丧失生命的危险。

“读书人面临的危险和清苦怎么能和士兵相比呢？士兵们被围困在某个碉堡或工事里，其站岗放哨时，发现敌人正在向他所在的地方挖坑道，埋炸药，可他不能擅离岗位来逃避这马上就会发生的危险。他只能把这个情况向长官报告，让他采取对策，自己只能留在那里坚守阵地，心惊胆战地等待着，不知道自己什么时候就会没长翅膀也能飞上天，然后再掉进地底下去。如果这样的情况都不算危险，我们不如再来看看另外一种情况吧。两艘军舰在一望无际的大海上碰撞在一起，士兵们只有船头上两尺宽的船板来立足。敌方舰上的枪炮离自己只有一支长矛的距离，就像死神一样死死地盯着自己，而他们稍一疏忽就会掉到海里去。尽管这样，他们毫不畏惧，一心只想立功争光，于是勇猛向前，迎着枪林弹雨，企图跳到敌舰上去。更令人钦佩的是，一个士兵刚刚倒下去，掉进了无底深渊，另一个士兵就会顶替他的位置。如果他也掉进海里（大海像敌人一样等着他呢），第三个士兵就会顶上去。就这样，后面一个又一个人紧接着冲上去，一刻也不停留。这就是士兵在战争中所表现出来的英勇气概。

“没有威猛大炮的年代该是多么幸福啊。我想，发明枪炮这种杀人武器的这些人，正在地狱里接受来自他们的发明的惩罚呢。这种发明竟然使得一些卑鄙无耻的胆小鬼轻而易举就可以夺取一个勇士的生命。一个英气勃发、豪情壮志的士兵，可能在转瞬间就被一颗流弹击中，糊里糊涂地失去了思想和生命，使他原本可以流芳百世的英雄业绩化为乌有，而那个开枪的家伙却可能早就被这个该死的武器发射时冒出的火光吓跑了呢。想到这儿，我不禁要为在当今这个可恶的年代里当游侠骑士而感到懊恼。尽管像我这样的人任何危险都吓不倒，可是一想到有了火药和铅弹，那我靠臂膀的力量和短剑的锋刃在世界上扬名的机会就没有了，我就火冒三丈。不过一切都听天由命吧，只要我能实现自己的心愿，那么即使我比过去所有游侠骑士都多几分危险，我受到的尊重自然也就比他们更多。”

堂吉诃德在大家用餐的时候侃侃而谈，竟忘了继续吃饭。尽管桑丘几次提醒他，说吃完饭，他愿意怎么说就怎么说，可是他还是没吃。在场的人看堂吉诃德谈起上面种种问题时思路清晰，很有见解，可一说起骑士那些乌七八糟的事情他的头脑就犯糊涂，不免对他又添了几分恻隐之心。神父说他自己虽然是个读书人，而且还有学位，但也同意堂吉诃德为士兵们所做的辩解。

吃完晚饭，收拾好桌子，客店老板娘、她的女儿和丑女仆就去整理堂吉诃德住的那间阁楼。当晚他们决定把那间房子给几位女客住。费尔南多让俘虏讲讲他的经历。因为从他陪索赖达来时的那个样子就看得出他的经历一定相当离奇和有趣。俘虏说他很乐意这么做，就是怕自己讲述得枯燥乏味，没有他们所希望的那样有趣。尽管如此，他还是遵命，说以后会告诉大家的。神父和其他人向他表示了谢意，又再一次请求他，希望他现在就讲。俘虏见大家一片诚意，就说不用请求，只要大家吩咐他讲，他就讲。

“既然这样，你们诸位就请仔细听。这是真人真事，就算是那些精心编造的故事也许还不如它曲折离奇呢。”

大家都安安静静地坐好，准备听他讲自己的经历。他见大家都不说话了，等着他讲，就开始以柔和平静的语调讲起来。

第十二章　俘虏叙述其身世及经历

“我祖祖辈辈都住在莱昂山区。相比起财运，我的家族似乎更受到门第的青睐。不过在那贫穷的山区，我的父亲也称得上是富人了。如果父亲能精心经营家产，而不是肆意挥霍，他真的会成为一个富人。他年轻时当过兵，养成了他大手大脚的习惯。军队是一个花钱的训练地，可以让人由一毛不拔变得慷慨大方，由慷慨大方变得挥金如土。如果谁吝啬一点，就会被看成怪物。不过，军队里有节俭的士兵这件事本身就不多见。我的父亲在花钱方面简直是挥霍无度。这对一个已经结了婚、有了孩子的人来说，是一点好处都没有的。父亲有三个孩子，都是男孩，都到了结婚的年龄。据他自己说，他见自己积习难改，就想铲除自己挥霍无度的病根，也就是分财产。没有了财产，即使慷慨得像亚历山大也会变得抠门儿。于是有一天，他把我们三个叫到自己的房间，对我们说了以下这一番话：

"'孩子们，你们都是我的亲生孩子，这一句话就可以表明我有多么爱你们。可是我如果不好好管理财产就是对你们的伤害。为了让你们知道，我是爱护你们的亲生父亲，而不是个要毁掉你们的继父，我要做一件事情，这件事我已经考虑了很多天。你们都到了能够自立的年龄，至少已经有能力选择一门将来能让你们名利双收的手艺。我打算把财产分成四部分，你们每人一份，还有一份我留下养老用。希望你们每个人拿到自己应得的那份财产后，能够按照我的吩咐各走各路。在我们西班牙有句老话，或上教堂，或下海洋，或效忠国王。我觉得这句话说得很实在，因为这句老话正确总结了我多年的生活经验。把话说得更清楚明白些：就是要想发财致富，一是进教会当差，二是去海上经商，三是进王宫服侍国王。俗话说，国王的面包屑胜过领主的佳肴。我说这些的用意就是希望你们其中一人从文，另一个人经商，还有一个人为国王打仗。进王宫服侍国王也不是一件容易的事。虽然打仗不能让人致富，却可以给人带来很高的名望。八天之内，我就会把你们应得的那份产业换成现金分文不少地给你们，你们到时候就知道了。现在就请你们说说，愿意听我的吗？'我是老大，父亲让我先回答。

"一开始，我先说家产不要分了，他愿意怎么花就怎么花。我们都不年轻了，可以自己挣钱。后来，我同意他的建议，愿意从军，为上帝和我的国王效忠。我的二弟开始也和我一样愿意把家产留给父亲，后来他选择带着他那份财产到美洲去经商。我觉得小弟最聪明，他选择的是进教会，也就是到萨拉曼卡去完成他的学业。我们商量完毕，各自选定好自己的职业，父亲就一一拥抱了我们，并说在八天里就会把他说的事情都办妥。有个叔叔不愿意祖传的家产落入他人手中，就用现金买下了我们三人的产业。我们每人得到了一份钱，我记得是三千杜卡多。当时我觉得父亲只有那么点儿财产养老，于心不忍，就从我的三千杜卡多里拿出两千给他，因为剩下的钱足够我当兵的花销了。我的两个兄弟见我这么做了，每人也拿出一千。这样父亲就有了四千杜卡多，他自己那份产业没有卖掉，大约值三千杜卡多。长话短说，最后，我们兄弟三人向父亲和那个叔叔辞别，大家都很伤心。父亲和叔叔叮嘱我们，只要有机会，不管景况好坏，我们都要告诉他们。我们一口答应。父亲和叔叔拥抱了我们，并为我们祝福。然后，我们就分头上路，一人去了萨拉曼卡，另一人去了塞维利亚，我去了阿利坎特，因为我听说那里有条船要装运羊毛去热那亚。

“我离开家已经有二十二年了。虽然我给家里写过几封信，但是却从来没有收到过父亲和两个弟弟的消息。我就讲讲自己这二十多年的经历吧。我在阿利坎特上了船，顺利抵达热那亚，随后又去了米兰。我在米兰置备了武器和几件漂亮的军服，打算到皮埃蒙特去投军。在前往亚历山大里亚·德拉帕利亚的路上，我听说阿尔瓦大公爵要去佛兰德，就又改变了主意，投奔了他，为他效力。我亲眼目睹埃格蒙伯爵和奥尔诺斯伯爵被处死。后来，我终于在瓜达拉哈拉一位著名的上尉迭戈·德乌尔维纳的手下当了一名旗手。我在佛兰德待了一段时间后，得到消息说受民众爱戴的查理五世陛下已经同威尼斯和西班牙结盟，以抵抗共同的敌人土耳其。当时土耳其的军队已经攻占了威尼斯管辖的塞浦路斯岛，这是个很大的损失。后来又得到确切消息，堂胡安·德奥斯特里亚——我们英明的堂费利佩国王的异母兄弟——要来做这个联军的统领，有消息说他正在备战。

“我听了这个消息，雄心勃勃，决定参加还在筹划中的这场战役。虽然已经有人向我透露甚至明确地承诺，一有机会就要把我提升为上尉，我还是放弃了这个大好机会，来到了意大利。恰好堂胡安·德奥斯特里亚大人刚刚抵达热那亚，打算前往那不勒斯同威尼斯的军队会合，不过后来他们是在墨西拿会合的。至于我，终于参加了那场辉煌的战斗，而且当上了步兵上尉。当然晋升这个体面的职位是由于我的运气好，并不是由于我的战功大。以前世界各国一直认为土耳其在海上不可战胜，可是就在那天，这种迷信被打破了，奥斯曼帝国的傲慢和威风被一扫而光，那天真是基督教国家的幸福日子。对于很多人来说，那是幸运的一天，在战场上牺牲的人比活着的人还要幸运。只有我最倒霉。我本来指望自己能像罗马帝国时期的人那样可以得到一个胜利者的桂冠。结果却正好相反，那天晚上，我得到的是手上的手铐和脚上的锁链。

“事情是这样的：阿尔及尔的国王乌查利是一个有胆识而又幸运的海盗。他袭击并战胜了马耳他的旗舰。舰上的士兵除了三个身受重伤的活了下来，其余的都战死了。胡安·安德雷亚统帅的旗舰就前去营救，我和我的属下当然随舰前去。我当时做了我应该做的事情，就是跃上敌舰。可敌舰突然后退，结果我属下的士兵来不及跟上，我就孤身陷入了敌舰。最终我寡不敌众，负了重伤，被他们俘虏了。你们大概也听说了，乌查利的整个舰队都逃跑了，我就成了他们的俘虏。那天给土耳其舰队划船的一万五千名基督徒都被释放了，大家都欢喜快乐，我只能独自悲伤，因为在众人获得自由的时候，我却成了俘虏。我被带到了君士坦丁堡。我那时的主人由于英勇善战，并且把马耳他的军旗带了回来，被土耳其国王谢里姆任命为海军统帅。第二年，也就是七二年，我在纳瓦里诺的一艘挂着三盏灯的旗舰上做划船手的时候，我发现我们失去了个机会，从而没有在那个港口将土耳其的舰队全部俘获。因为当时那个地方的所有海陆官兵都断定我们会在港口对他们发起攻击，于是他们早就把衣服和帕萨马盖，也就是鞋子，收拾好，准备在我们攻击时就从陆地上逃走。他们竟是如此惧怕我们的海军！可是老天却做了另一番安排，这并不是我们的海军统帅的过错或疏忽，而是上帝故意留下这些土耳其人，借他们之手来惩罚我们基督徒的罪孽。

“实际上，乌查利一直后退到纳瓦里诺附近的莫东岛，命令全军登陆，坚守工事，一直悄悄地等堂胡安·德奥斯特里亚大人率部回来。他在返程途中用‘母狼号’军舰俘获了敌人一艘名叫‘猎物号’的军舰，其舰长是著名的海盗巴瓦罗哈的儿子。‘母狼号’军舰的舰长则是号称‘战地闪电’、‘士兵之父’的圣克鲁斯侯爵、战无不胜的幸运舰长堂阿尔瓦罗。俘获‘猎物号’的经过我得给你们讲讲。巴瓦罗哈的那个儿子凶暴残忍，不把俘虏当人看，所以当‘母狼号’向‘猎物号’接近的时候，那些划船的俘虏一起放下了船桨，把坐在指挥台上喝令俘虏赶快划船的船长一把抓住，从船尾逐排地向船头传递，边传还边咬他，没传过桅杆多远，船长就进了地狱。可见他对俘虏是多么残忍，而俘虏对他又是多么仇恨。

“我们回到君士坦丁堡的第二年，也就是七三年，听说堂胡安大人攻占了突尼斯，从土耳其人手中夺回了这个王国，把它交由穆莱·哈默德统治。从此世界上最残忍又最勇敢的摩尔人穆莱·哈米达再也没有希望回去统治这个国家了。

“土耳其国王对损失了这个附属国十分痛心，他们家族的人都很聪明，正好碰上威尼斯人求和的心更急切，于是双方握手言和。又过了一年，也就是七四年，土耳其国王派兵攻打戈利达要塞和堂胡安大人在突尼斯附近只建了一半的要塞。这段时间，我一直在船上做划船手，根本没有获得自由的希望，至少不想花钱赎身，因为我已经决定不写信把我的不幸消息告诉父亲了。戈利达和那个要塞最后都失守了。参加这场战争的总共有七万五千名土耳其雇佣军，还有从非洲各地来的四十万摩尔人和阿拉伯人。这么一支庞大的军队，而且还带着那么多的武器弹药，他们只需人手一把泥土，就足以把戈利达和那个堡垒给埋掉。一直以来都坚不可摧的戈利达首先失守。不过，这并不能怪守城的将士，他们已经全力以赴，无可指责。后来事实证明，在那块沙地上修筑战壕太容易了。一般的沙地，挖两拃深就会挖到地下水，可土耳其人在那儿挖了两瓦拉深也没碰到水，所以他们可以用沙袋将工事建得比戈利达要塞的城墙还要高，然后居高临下地扫射，这样的攻势谁也无法抵御。人们普遍认为，我们的士兵不应该困守在戈利达，而应该在敌人登陆时就主动出击。说这种话的人不是在说风凉话就是缺乏战斗经验。据守戈利达和那个堡垒的士兵不到七千名。其数量如此少，就算再骁勇善战，也不可能出城迎战如此之多的敌人。而且他们又没有援兵相助，在如此之多的强敌的攻击下，怎么能不失守呢？不过很多人认为，戈利达的失守正是天助西班牙，我也这么认为。因为这是个填不满的无底洞，它像海绵和蠹虫一样消耗了难以计数的金钱，唯一的作用就是来纪念那个征服了这个地方的盖世英雄卡洛斯五世。仿佛这位君王要流芳万世非得要靠这几块石头似的。

“那座堡垒也失守了，不过土耳其人攻占得并不容易。因为守卫堡垒的士兵进行了英勇顽强的抵抗，土耳其人一共发动了二十二次进攻，死了两万五千多人，才夺取了堡垒。堡垒里活着的守军不过三百人，而且都是负了伤才被俘的，这充分证明了他们英勇顽强而且尽忠职守。在那个湖中央还有个小堡垒，由巴伦西亚英勇的著名战士堂胡安·萨诺格拉负责守卫。这座堡垒中的人是经过谈判才答应投降的。

“戈利达的指挥官堂佩德罗·普埃尔托·卡雷罗在弹尽粮绝的时候被俘，他已经尽了全力来守卫戈利达。失守对他的打击太大了，在被押往君士坦丁堡的路上，他忧愤而终。堡垒的指挥官卡布里奥·塞韦略也被俘了，他是米兰英勇的战士，还精通机械制造和工程设计。在这两个地方还牺牲了不少有名望的人，其中有一个是帕甘·德奥里亚，他是圣胡安骑士团的武士，为人慷慨仗义。他的弟弟叫胡安·安德烈亚·德奥里亚，也很有名气。他死得特别惨，是被他所信任的几个阿拉伯人害死的。那几个人见堡垒已经失守，就提议他换上摩尔人的衣服，送他到塔巴尔卡去。那是采珊瑚的热那亚人在海边建立的小渔港，他们可以暂时待在那里。到了那里，那几个阿拉伯人竟然砍下他的头，交给了土耳其军队的指挥官。不过因为他们没有献上活的德奥里亚，被下令绞死了。这刚好验证了我们西班牙的一句俗话：‘背叛了别人，毁了自己。’

“在堡垒里被俘的西班牙人当中，有一个叫堂佩德罗·德·阿吉拉尔，他是安达卢西亚不知道哪个地方的人。他是堡垒的旗手，很聪明，也有些名气，他还特别擅长作诗。我提到他是因为他曾与我在同一条船上的同一排座位，为同一个主人划船。我们离开港口之前，他写了两首十四行诗，有点像墓志铭，一首献给戈利达，另一首献给堡垒。我很想背给你们听听，因为我已经记得很熟。我相信你们听了，一定会喜欢，不会讨厌的。”

当俘虏提到堂佩德罗·德·阿吉拉尔这个名字时，费尔南多瞧了他的几个同伴一眼，他们都会心地笑了。这会儿提到十四行诗时，其中一人就说：“在背这两首十四行诗之前，请问您，您提到的那位堂佩德罗·德·阿吉拉尔后来下落如何？”

“据我所知，”俘虏回答说，“他在君士坦丁堡待了两年，后来扮成阿尔巴尼亚人，同一个希腊间谍逃走了。我不知道他逃跑成功没有。不过我觉得他应该成功了。因为一年后我在君士坦丁堡又碰到了那个希腊人，只是没能问他们那次逃跑的结果。”

“他的确自由了。”那个绅士说，“那个堂佩德罗是我的兄弟，他已经回到了我的家乡，身体健康，生活富足，结了婚，还有三个孩子。”

“感谢上帝给他这样的恩典，”俘虏说，“我想，重新获得自由是世界上最令人高兴的事情。”

“而且，”那个绅士说，“我的兄弟作的那两首十四行诗我还读过呢。”

“那就请您念念吧，”俘虏说，“您一定比我记得清楚。”

“我当然乐意，”那人说，“先来看看他凭吊戈利达的那一首吧。”

第十三章　俘虏继续谈其经历

十四行诗

幸福的忠魂，
为国捐躯，
已经脱离凡尘，
进入至高至美的天国。
你们满腔义愤，热血沸腾，
奋力拼搏，驰骋沙场，
以自己和他人的鲜血
将邻海与疆土染红。
生命终结，勇气犹存，
精疲力竭被战胜，
最后荣光得永享。
墙垒前的炮火中，

勇士献英骨，赢得
英名今世，流芳千古。

“我记得这首诗正是这样的。”俘虏说。

那人说：“如果我没记错的话，那首凭吊堡垒的诗是这样写的：

十四行诗

远离疮痍的战场，
离开残垣和断壁，
三千战士的英魂，
扶摇直上进天堂。
曾以坚强的臂膀，
在这与强敌对抗，
寡不敌众终落败，
最终命丧敌剑下。
就在这块土地上，
古往今来捐躯众，
令人永远记英名。
忠魂并非全升入
圣洁无瑕的天国，
此处仍埋有忠骨。”

大家觉得这两首诗写得都不错，而俘虏获悉了往日伙伴的消息更是高兴。然后，他接着讲道：

“戈利达要塞和堡垒被攻陷后，土耳其人下令把戈利达拆除。而堡垒已经被夷为平地，也就不用拆了。为了省事快捷，土耳其人在三处安放了炸药，可是样子不怎么坚固的旧城墙竟没有一处被炸塌。倒是费拉廷修建在战争中残存的那段新工事反而塌了。最后，土耳其的舰队得胜返回君士坦丁堡。几个月后，我的主人乌查利去世了。他有个绰号叫乌查利·法尔塔克斯，土耳其语的意思就是‘长癞疮的叛教者’。他确实就是这样的一个人。土耳其人习惯用一个人的体形或者品性作为一个人的姓名，因为他们只有奥斯曼皇室繁衍出来的四个族姓，所以他们往往就根据一个人生理上的缺陷或品性的特征来为其命名。

“这个癞子起先是土耳其大帝的奴隶，在军舰上划了十四年的桨。在他三十四岁那年，有一次划船的时候被土耳其人打了一个耳光，他憋着一肚子气发誓要报仇，才叛了教。土耳其大帝的心腹多半都是靠歪门邪道才爬上高位的，但是他却靠自己的勇气和胆识成了阿尔及尔的国王，最后还做了海军统帅，这在土耳其可是第三号人物了。他是卡拉布里亚人，人品还是不错的，对待俘虏还是很宽厚的。他手下共有三千名俘虏。他死后，按照他的遗嘱，将一半俘虏分给土耳其大帝（他有权继承所有死者的财产，并与死者的儿子对分），另一半则给了他手下的叛教者们。我被分给了一个威尼斯籍的叛教者，他本来是船上的见习水手，被乌查利俘获后，深受乌查利的宠信，后来竟成了乌查利最喜爱的侍童。他是叛教者中最残忍的。

“他叫阿桑·阿加，后来发了大财，还做了阿尔及尔的国王。我跟着他从君士坦丁堡来到阿尔及尔。因为这里离西班牙更近了，所以我心里很高兴。我并不想写信把我的不幸告诉家人，只是想在这儿的运气能比在君士坦丁堡要好一些。在君士坦丁堡我就想方设法地逃跑，可是一次都没有成功，因此我想在阿尔及尔另找办法，实现自己多年的愿望。我一直都没有放弃重获自由的希望，我想了不少办法，但是都没有逃跑成功，可我并不气馁，又有新的图谋，虽然希望很渺茫，但也鼓励着我自己。

“我就靠着这样的希望活下去。我被关在土耳其人称作‘浴室’的牢房里，那里面关的都是基督教俘虏，有些是属于国王的，有些是属于私人的，还有一种‘市政囚犯’，是属于公家的，专门为城市的公共设施以及其他工程建设服役。这类囚犯很难获得自由，因为他们属于公家，不属于某个私人。所以，即使有家属来赎他们，也不知道该和谁谈赎金。刚才我说了，城里有人常常把他们私有的俘虏也送到这种囚牢来，特别是那些等候赎身的俘虏，因为在这种囚牢里，这些俘虏虽不用干活，但是也跑不掉。属于国王的俘虏，凡是等待赎身的也不用跟其他囚犯一起出去做苦工，只有他们的赎金迟迟不来，逼他们写信催赎金的时候，才让他们同其他犯人一起上山砍柴，这个活儿是相当粗重的。

“我算是等钱赎身的俘虏，因为土耳其人知道我是上尉。尽管我一再声明我很穷，没什么家产，不可能有人来赎我，他们却不理会，还是把我归入了待赎的绅士一类。他们给我戴了副锁链，只是为了表示我是个等待赎身的俘虏，并不能防止我逃跑。我就在那个牢里一直待着，和我一起的还有其他几位等钱赎身的绅士。我们常常挨饿，衣不蔽体，不过，这不算什么，最让人心寒的是耳闻目睹我们的主人极其残忍地对待犯人。他不是为了区区小事，就是平白无故地杀害自己的俘虏，不是绞死这个人，就是用扦子刺那个人，要么就扎穿另一个人的耳朵。土耳其人都认为他纯粹以残杀为乐，是一颗灾星。他只宽待过一个叫萨阿韦德拉的西班牙战士。这个人为了获得自由，干了不少令俘虏们难忘的事。他做的那些事情，哪怕是最小的事，我们都担心他会因此被尖刀捅死。他自己也多次担心会受到这样的惩罚。不过主人却从来没有打过他，也没有叫人打他，甚至没骂过他。可惜这会儿没多少时间，不然我就可以给你们讲讲这位战士当时都做了些什么事情，那可比我的经历更惊险，更有意思。

“在我们牢房的院子上方，刚好有一排窗户。这排窗户是旁边一家富有高贵的摩尔人家的。摩尔人家的窗户，其实只是几个窟窿，不过即使是这么小的窗户，也遮着厚厚的百叶窗。有一天，我和另外三个伙伴一起在监狱房顶的平台上戴着锁链练习跳，借此来打发时间。当时只有我们这几个人，其他基督徒都出去干活儿了。我偶然间抬起头，看见刚才所说的那排窗户有个窗口伸出一根竹竿，上面还拴着一块麻布。竹竿来回摆动，好像在示意让我们过去接住它。我们看了一会儿，其中一个人就走到竹竿下面，想看看竹竿会不会掉下来。可是他一过去，竹竿就往上翘，还左右摆动，似乎在摇头说‘不’。

“这个人就回到平台上，竹竿又垂下来，像刚才那样上下摇动。我的另一个伙伴也跑到竹竿底下，遭遇和第一个人一样。后来我的第三个伙伴也跑过去，他的遭遇也和前两个人一样。我也忍不住想去碰碰运气。我刚走到竹竿下面，竹竿就掉了下来，正好落到我的脚旁。我弯腰捡起竹竿，随手解开上面系的麻布结，里面竟然包着十个西亚尼，这是摩尔人使用的一种成色比较低的金币，每个值我们的十个里亚尔。我得了这笔意外之财，那股高兴劲儿自然不必说了。我在高兴的同时又觉得很奇怪，怎么会有这样的好事，而且还专门落到我的头上？因为其他人走过去都被拒绝了，而我走到窗户跟前那根竹竿就掉了下来，这不是明摆着给我的吗？我拿上这笔钱，折断了竹竿，又回到平台上，向那扇窗户望去，只见从窗户伸出一只雪白的手，五指摊开，又合上了。我们马上明白了，这笔钱肯定是这家的女眷的，为了表示感谢，我们学摩尔人的样子，将双手交叉在胸前，向她深深地鞠了一躬。不一会儿，那扇窗户里又伸出一个用竹棍做的小十字架，立即又收了回去。这样的一个标志就让我们猜测这家准有个被俘的女基督徒，刚才那笔钱就是她给我们的。可是那只手很白，手上还戴着几副手镯，我们又觉得这个猜测不对。我们又猜，她大概是个叛教者，主人往往喜欢娶这种女叛教者为正式妻子，因为摩尔人把她们看得比本国女子还珍贵。

“其实，我们这些猜测都不符合实情。从那以后，我们就望着那个伸出过竹竿的窗户来打发时间，那个窗户就是我们的北方，那根竹竿就是我们的北极星。可是我们望了整整十五天，也没有看到竹竿、手或是别的什么信号。在这期间，我们千方百计地打听那房子里住了些什么人，是不是有个女叛教徒。人们却告诉我们，里面住着一位摩尔人，很有钱也很有地位，名叫阿希·莫拉托，当过巴塔的治安官，这可是个十分重要高贵的职位。

“当我们不再指望从那个窗口会像下雨似地落下更多西亚尼的时候，有一天，那根竹竿突然又出现了，上面还是系着一块布，不过结打得更大了。这个时候，牢里是和上次一样，只有我们那几个人，没有其他人。我们照旧做了个试探，让上次那三个人先去取那根竹竿，可是一无所获。后来我来到竹竿前，竹竿就落了下来。我解开竹竿上的那个麻布结，发现里面有四十个西班牙金埃斯库多还有一张阿拉伯文写的字条，字条的末尾画着一个大十字架。我吻了一下十字架，拿了钱，又回到屋顶平台上，还是像摩尔人那样行了鞠躬礼，那只手又伸了出来。我做了个手势表示我一定会看那张纸条，随即窗户又关上了。

“这件事让我们既高兴又着急。由于我们几个人都不懂阿拉伯文，尽管急于知道纸条上写的是什么内容，但是要找人帮我们看看纸条可不是容易的事。后来我决定去找一个做了叛教徒的木尔西亚人。他和我关系还不错，而且还有把柄在我手里，肯定会为我保守这个秘密。当时有的叛教者想回到基督教国家去，所以随身都带着某位有身份的俘虏的证明信。信的形式很随便，只要能证明这个叛教徒是好人，对基督徒常有照顾，而且立志一有机会就逃回本国。有的人要这种证明信是心怀诚意，而有的人则别有企图。例如，他们去基督教国家抢掠时，如偶尔失散或是被抓住了，就可以拿出证明信，来证明自己和土耳其人一起来抢劫，其目的是想回到基督教国家，抢劫只是被逼的。这样就能避免受到应有的惩罚，还能取得教会的原谅，重新入教。如再有机会，又会回到巴贝瑞重做叛徒。当然也有的人正当地使用这种证明信，一回到基督教国家就住了下来。我刚才说的那个叛教者就是属于这一类，我们这几个伙伴都给他写过证明信，上面全是赞扬的话。假如摩尔人发现了这些证明信，准会把他活活烧死。我知道他精通阿拉伯文，不仅能说，而且能写。不过我没有把这件事的经过告诉他，只说偶然在我牢房的一个墙洞里发现了这张纸条，请他给我念念。

“他打开纸条，看了好一会儿，嘴里还喃喃地念着。我问他看懂没有，他说完全看懂了，如果我需要逐字逐句翻译，就把笔和墨水给他，这样可以翻译得更准确一些。我把笔墨给了他，他马上动手翻译。翻译完以后他说：‘这张摩尔语纸条上的话已经翻译成西班牙语了。只是有一点要注意一下，里面说的莱拉·马里安就是我们的圣母玛利亚。’

“我们读到的译文是以下这样的：‘我小时候，父亲有个女基督徒奴隶，她教我用本国语言做基督教的祈祷，并且给我讲了很多有关莱拉·马里安的事情。后来那个女基督徒死了。我知道她没有去地狱，而是同真主安拉在一起，因为后来我见过她两次。她嘱咐我到基督教国家去找莱拉·马里安，说莱拉·马里安很爱我。我不知道怎样才能到那边去。我从这个窗户见到了不少基督徒，可没有人像你这样称得上是个绅士。我年轻漂亮，还有很多钱。你考虑一下有没有办法咱们一起走，到了那边，你如果愿意的话，可以做我的丈夫；如果不愿意也没关系，莱拉·马里安会给我找到丈夫的。这张字条是我自己写的，你拿给别人看的时候可要小心点，别相信什么摩尔人，他们都靠不住。我对此很担心，请你千万不要告诉任何人这件事情。如果我父亲知道了这件事，会马上把我扔进井里，再扔下石头埋了我。下次我会在竹竿上系条线，你可以把你的回信用这根线系在上面。如果没有人帮你用阿拉伯文写回信，你可以打手势回答我，莱拉·马里安会让我明白你的意思的。愿莱拉·马里安和真主保佑你，女奴叮嘱我时常亲吻的这个十字架也会保佑你。'

"你们可以想象，诸位先生，我们知道了纸条上的话真是又惊又喜，脸上全都显露出来。那个叛教者一看就明白了，这张纸条并不是偶然捡到的，肯定有人特意写给我们当中某个人的。于是他向我们请求说，如果他的猜测是真的，就请我们相信他，把事情告诉他，他冒着生命的危险也要帮助我们获得自由。一边说，他还从怀里掏出一个金属十字架，泪流满面地保证，尽管他是个有罪的坏人，但是虔诚地信仰着这个十字架所象征的上帝。所以请相信他，他一定忠于我们，并能保守我们告诉他的秘密。他已经猜到甚至可以预言，那个写纸条的女人一定会帮助他和我们获得自由，他还能重新投入神圣教会的怀抱。这是他多年的夙愿，因为当时他愚昧无知，罪恶深重，被认为是无用腐朽之人，已经被逐出了教会。

"这个叛徒痛哭流涕，悔恨不已，我们见他这样就同意把真相毫不隐瞒地全部告诉给他，还指给他看那个伸出竹竿的窗户。他认清了是哪间房子，答应去打听是谁住在那间房子里。我们商定，既然现在有人能帮我们，就该给那个摩尔姑娘写封回信。于是那个叛教者按照我的口述写了封信。这些发生在我身上的事，我至死都不会忘记。所以给摩尔姑娘的回信，我可以一字不落地背给你们听，是这样写的：

“‘真主会保佑你，我的小姐；圣母马里安也会保佑你。她非常爱你，才会让你立下要到基督教国家去的宏志。你应该向她祈求，请她告诉你怎样才能实现她让你立下的志愿。她非常仁慈，一定会帮助你。我以及与我在一起的几个基督教徒向你保证，我们会帮助你实现自己的愿望，就算付出生命也在所不惜。请把你的想法写信告诉我们。我们一定给你回信。伟大的真主安拉已经赐给我们一个精通你们国家语言的基督教俘虏，他会说又会写，你看了这封信就知道了。你不用害怕，心里有什么想法都可以告诉我们。你说到了基督教国家，你愿意做我的妻子，那么我以一个好基督徒的名义答应你。你会知道，基督徒说到做到，比摩尔人强。愿真主和圣母马里安保佑你，我的小姐。’

“信写好后，我把它装入信封。等了两天，囚牢又像以往一样，没有其他人在。我又来到我平时常去的平台上，看看竹竿是否会出现。果然不一会儿竹竿真的伸了出来。我一见竹竿出现，虽然看不见是谁在拿竹竿，但还是拿出那封回信扬了扬，示意对方把线拴上。其实线已经拴在竹竿上了。我把信捆在竹竿上，隔了一会儿，我们的北极星——那根竹竿又出现了，上面还系着象征和平的白旗——那个布包。竹竿落到地上，我拾起来解开一看，发现布包里有各种各样的银币和金币，足足值五十多个埃斯库多。这些钱使我们的快乐至少也增加了五十倍，同时也增强了我们重获自由的信心。当天晚上，那个叛教者又来了，告诉我们说，他已经打听清楚了，房子的主人就是我们先前知道的那个摩尔人，他叫阿希·莫拉托，十分富有。他只有一个女儿，是他全部财产的继承人。全城人一致公认她是巴贝瑞最漂亮的女人。很多总督都来向她求婚，都被她一一拒绝。此外，叛教者还打听到她家确实曾经有过一个基督教女奴，不过已经死了。他打听到的这些与纸条上写的情况完全相符。

“我们随后又同那个叛教者商量，用怎样的方法才能把摩尔姑娘带到基督教国家去。最后我们决定等收到索赖达的第二封信后再说。索赖达是她的原名，现在她喜欢人们叫她玛丽亚。因为我们明白，只有她才能帮助我们解决这些困难。我们商量妥当后，那个叛教者就劝我们不要着急，他就算送了命，也要让我们重获自由。在随后的四天里，囚牢里的人总是很多，所以竹竿一直没出现。到了第五天，又像往常那样囚牢里没有其他人的时候，竹竿又出现了，上面还挑着一个鼓鼓的麻布包，想必里面一定包着不少东西。竹竿和布包都落到我身边，我发现布包里又有一张纸条和一百个金埃斯库多。这时，那个叛教者也在场，我们就让他念念那纸条。纸条是这样写的：'我的大人，我不知道我们如何才能去西班牙，莱拉·马里安也没有告诉我什么，尽管我已经祈求过。我现在能够想到的办法就是我通过这个窗户给你很多钱，你用这些钱替你和你的朋友们赎身，然后你们其中一人先回到基督教国家，在那儿买条船，再回来接大家。那时，你可以在我父亲的花园里找到我，那个花园就在巴巴松门，靠近海边。今年的整个夏天，我和我父亲以及佣人们都会在那里。到了晚上，你可以放心大胆地将我带离花园，送到船上去。别忘了，你一定要做我的丈夫，否则我会祈求马里安惩罚你。如果你不放心让别人去买船，你可以赎了身自己去。我知道你回来的可能性比别人大，因为你是个绅士，是基督徒。你还要熟悉一下那个花园的环境。每当你在这个平台上散步的时候，我就知道囚牢里没有其他人，就会给你很多钱。真主安拉保佑你，我的大人。'

"这是第二张纸条上的话。大家看了纸条，每个人都自告奋勇地跑去先赎身，并且保证一定按时返回。我也报了名赎身。可那个叛教者全都反对，说绝不能让任何一个人先获得自由，要走大家一起走。经验证明，有人一旦获得了自由，就把当俘虏时做出的承诺抛在脑后了。过去一些有身份的俘虏就多次使用这种方法，让大家凑钱先替他一个人赎身，然后由他带着钱到巴伦西亚或马略尔卡买条船，再回来接那些出钱为他赎身的人。可是走掉的就没有一个人回来。这是因为重获自由的人，害怕再次失去它，就忘记了一切义务。

"为了证明他说的话是真的，他还列举了几个基督教绅士的遭遇。在那个每天都有奇怪事情发生的地方，这件事是最稀奇的。最后他说，现在能做也应该做的事，就是把那些用来给基督教徒赎身的钱都交给他，让他在阿尔及尔买艘船，并假装在德土安及其沿海地区经商，等他成了船主，把我们救出牢房并送上船就是轻而易举的事情了。况且如果正如摩尔姑娘答应的那样，会给许多钱为大家赎身，那大家自由后，白天上船也是很容易的。现在最大的困难就是摩尔人不允许任何一个叛教者买三桅船或是其他的小艇，除非是出海巡航的大船。因为他们担心叛教者买船当了船主，特别是西班牙人，就会逃回到基督教国家去。不过他知道如何解决这个问题。他可以同一个塔加林人合股买船做生意，他就可以借这个幌子成为船主，一切问题就迎刃而解了。虽然我和我的伙伴们觉得最好还是按摩尔姑娘说的，派人到马略尔卡去买船，可是又不敢违拗叛教者，生怕不照他说的去做，他就会去告发我们，我们的命就危险了。一旦索赖达的计划暴露了，我们舍了自己的命都要保护的那个姑娘也会没命的。于是我们决定一切依靠上帝和那个叛教者的安排。

"我们立刻给索赖达回信，说我们准备完全听从她的主意，她安排得非常周全，就像是莱拉·马里安教她的。至于这件事是先等段时日，还是立即着手进行，全由她决定。我再度向她重申愿意做她的丈夫。回信的第二天，牢房里恰巧又没有其他人，她用竹竿和布包分几次给了我们两千埃斯库多，还有一张纸条，上面写着在下一个'胡马'，也就是下一个星期五，她就要到她父亲的花园里去。走之前，她还会再给我们些钱。如果不够，可以写信告诉她，她还会给我们。总之，我们要多少，她就可以给多少，反正她父亲的钱多得很，少了也发现不了，更何况家里的钥匙都由她保管。

"后来我们给了那个叛教者五百埃斯库多，让他买船。我又准备了八百埃斯库多替自己赎身。我将这笔钱交给一个当时在阿尔及尔的巴伦西亚商人，请他去国王那里为我赎身。那个商人向国王保证，等下一班从巴伦西亚来的船一到，他就交付赎金。他当时没有马上交付赎金，就是怕国王会怀疑赎金早就到了阿尔及尔，只是商人为了自己牟利，才瞒着不说。还有一个原因是我的主人非常挑剔，我是绝对不敢立即交付赎金的。

"美丽的索赖达是星期五去花园的，在星期四她又给了我们两千埃斯库多，还告诉我们她的行期。她请求我赎身后，就去熟悉一下去那个花园的路，还要找机会和她见一面。我简明扼要地回信告诉她我一定去，并请她不要忘了念诵女奴教给她的祷辞来祈祷莱拉·马里安保佑我们。随后，我又设法为我的那三个伙伴赎了身，让他们顺利离开那个牢房，因为我怕那三个人看见我赎了身，有钱不赎他们，就会捣乱，受魔鬼的驱使做出伤害索赖达的事情来。我虽然知道他们的为人能让我放心，但为了谨慎起见，我不想在这件事上冒任何风险，便还是用替我赎身的方法将他们赎出来。我还是把赎金全部交给那个商人，让他放心大胆地为我们作保。当然为了防止出事，我们没有把我们的密谋告诉他。”

第十四章　俘虏再谈其遭遇

“没过十五天，那个叛教者就买了一艘好船，足足能容纳三十人。为了把事情办得更稳妥，更加真实，他还故意到一个叫萨赫尔的地方做了趟买卖。那个镇离阿尔及尔有三十西里远，在阿尔及尔和奥兰之间。镇上无花果的生意很兴隆。他同那个塔加林人在这条路上跑了两三次。在巴贝瑞，人们称阿拉贡的摩尔人为‘塔加林’，称格拉纳达的摩尔人为‘穆德哈尔’；而在费斯王国，人们称穆德哈尔为‘埃尔切’，国王大多用这种人为他打仗。离索赖达居住的那个花园不到两箭地远的地方有一个小海湾，那个叛教者每次划船经过那里时都要抛锚停靠，故意和几个划船的摩尔人一起在那里待一会儿，或者做祈祷，或者像做游戏似地为他真要干的事进行预演。他还到索赖达的花园去要水果吃，尽管索赖达的父亲不认识他，也还是给了他水果。后来他对我说，他本想找机会同索赖达谈谈，告诉她自己就是奉我之命，打算带她到基督教国家去的那个人，好让她放心，不要着急。可是他一直没找到机会，因为未经丈夫或父亲的许可，摩尔女子是不能让任何摩尔男人或土耳其男人看到自己的，但是同基督徒俘虏却可以自由交谈，甚至还可以说笑。因此，如果他真的同索赖达见了面，我倒担心了，怕索赖达听到自己的私事从叛教者口中说出会感到困扰。

“不过上帝自有安排。那个叛教者的用意虽好，可是没有机会。他往返萨赫尔都很安全，不论何时何地或是在什么情况下他都可以抛锚停船，而他的伙伴，那个塔加林人，也完全听从他的主意。当时我也已经赎了身，再找几个划船的基督徒，一切就准备妥当了。叛教者告诉我，除了那几个已赎身的基督徒以外，我还可以多带走几个人，并让我通知他们，他决定下星期五动身。

“于是我听他的话就找了十二个西班牙人，他们都是身强体壮的划船能手，还能自由出城。那个时候我能找到这么多的划船手已经是不容易的了。因为有二十条船出海掳掠，几乎把划船手全带走了。这十二个人留了下来，是因为他们的主人那年夏天有条船还在船厂修造，无法出海。对这些人我什么都没说，只是让他们下个星期五晚上一个个地悄悄出城，到阿希·莫拉托的花园外等我，当然我都是一个一个通知的，我还叮嘱他们，如果在那儿看到其他基督徒，也只说是我吩咐他们在那儿等我，其他的一概不说。

“安排好这些后，还有一件更紧要的事等着我办，那就是通知索赖达事情已经进行到哪一步了，她好心中有数，早做准备。否则她以为这条基督徒的船还没有来，我们就突然跑去找她，会吓着她的。于是我决定到花园去，看看是否有机会同她谈谈。在我们动身前，有一天我借口去找野菜，来到了花园，第一个碰到的人就是索赖达的父亲。他对我讲的是一种在整个巴贝瑞地区以及君士坦丁堡，俘虏和摩尔人之间常用的语言，既不是阿拉伯语，也不是西班牙语，更不是其他某个民族的语言，而是一种各类语言的大杂烩，这样大家都能听得懂。他就是用这种语言问我在他的花园里找什么和我属于哪个主人。我知道他有个挚友叫阿尔瑙特·马米，于是我就说是阿尔瑙特·马米的奴隶，来这儿找几种野菜做沙拉。接着他又问我是否已经赎身，我的主人要价多少钱。就在这一问一答中，美丽的索赖达从花园的房子里走出来了。她早就看见我了。我刚才说过，摩尔女子并不避讳在基督教徒面前露面，言谈举止也不会过于拘谨，所以她一点都不害怕地向她父亲同我说话的地方走来。她父亲看见她走得慢，还叫她快点到自己身边来。

“现在我无法形容我心爱的索赖达在我眼里是如何的花容月貌、风姿绰约，她的服饰是如何的华贵多彩。我只说，她美丽无比的脖子、耳朵和头发上戴的珍珠比头上的头发还多。她按照她们国家的习俗光着脚踝，脚腕上戴着一对嵌满了钻石的纯金脚镯，摩尔人称为‘卡尔卡哈’。她后来告诉我，她父亲估计那副脚镯值一万罗乌拉。她的手腕上戴着一副同样价值的手镯。她的身上还戴着很多珍珠，都是最值钱的。摩尔女子最华丽、最主要的装饰品就是各式各样的珍珠，也正因为如此，摩尔人拥有的珍珠要比世界上其他各国珍珠的总和都还要多。大家都知道，索赖达的父亲拥有许多阿尔及尔的宝贵的珍珠。此外，他还拥有二十多万西班牙金币。所有这些现在都属于我的这位小姐。只要看她在经历这次长途跋涉，千辛万苦之后，还能如此的楚楚动人，就可以想象她春风得意时戴着那么多的首饰，是多么漂亮了。大家知道，女人的美貌并非持久不衰，会随着境遇的改变有所增减。一个人心情愉快时美就有所增加，反之美就会减少，甚至还会把容貌毁掉，这是很自然的事情。总之，可以说索赖达当时珠光宝气，容光焕发，美丽绝伦，或者说，至少在我的眼里她是我见过的最美的女子。再一想到她曾给予我的恩惠，我甚至认为她是从天而降为我降福消灾的仙女了。

“她刚走过来，她父亲就用他们的语言告诉她，我是他朋友阿尔瑙特·马米的俘虏，是到花园来找野菜做沙拉的。索赖达就用我刚才提到的那种混杂语言问我原来是不是个绅士，为什么还没有给自己赎身。我回答说已经赎了，而且从我付给主人的赎金就可以看出我的主人多么看重我，因为我出了一千五百个索尔塔尼。她听了，却说：‘如果你是我父亲的俘虏，你就是再多付两倍的赎金，我也不会让我父亲放了你。你们这些基督教徒都是些大骗子，每个人都装穷，来欺骗摩尔人。’‘这种情况是有的，小姐，’我回答说，‘但是我对我的主人一直都是忠诚老实的，我对世界上所有人都是诚实的，而且永远都是。’

“‘你什么时候走？’索赖达问。‘我想明天走，’我说，‘因为这儿有一艘法国船，明天起航。我想乘那艘船走。’‘等西班牙的船来了，乘西班牙的船走不是更好吗？’索赖达说，‘那些法国人又不是你们的朋友。’‘不，’我说，‘除非有确切的消息说有西班牙的船来，我才等。不过，我觉得明天走更稳当。我急于要回到我的国家，回到我的家，同我所爱之人团聚，这个愿望太强烈了，已经不允许我期待别的船了，就算条件再好。’‘你一定在你们国家结过婚了吧，’索赖达说，‘所以你急着回去见你的妻子。’‘我还没有结婚，’我说，‘不过我已经承诺只要安全到达那儿就结婚。’‘你说的那位小姐漂亮吗？’索赖达问。‘很漂亮，’我说，‘我实话告诉你，她特别像你。’她父亲听了，哈哈大笑，说：‘真主保佑，基督徒，如果她长得像我女儿，那确实很美丽。我女儿在这个王国里是最漂亮的。不信，你好好瞧瞧，就会知道我说的是真的。’索赖达的父亲懂的语言比较多，所以我同索赖达交谈时，多靠他翻译。索赖达虽然会一点我刚才说的当地通用的那种混杂语言，但还是主要靠手势表达自己的意思。

“我们正在闲聊时，一个摩尔人跑来告诉他的主人说，有四个土耳其人跳过花园围墙在那里摘那些没有熟的果子。这位老人和索赖达都吓坏了，摩尔人普遍天生都怕土耳其人，尤其是当兵的土耳其人。那些士兵对他们管辖下的摩尔人非常粗鲁，盛气凌人，比对待奴隶还要凶狠。索赖达的父亲对她说：‘孩子，你赶紧回到房间去，关好门，我去同这些畜生说。而你，基督徒，找你的野菜去吧。祝你走运，愿真主安拉将你安全地送回国。’我向他鞠了一躬，他就撇下我和索赖达去找土耳其人了，索赖达也像依从父亲的吩咐一样往回走。当她父亲刚刚被花园的树丛遮住，她就转过身来对着我，满含泪水地说：‘阿姆西，基督徒，阿姆西？’意思是问我：‘你要走了吗，基督徒，你要走了吗？’我回答说：‘是的，小姐，我要走了，不过无论如何我不会撇下你。下一个星期五你等着我。你看见我们时别害怕。咱们确实要到基督教国家去了。’我这么一说，她就完全明白了我刚才说的话。她伸出一条胳膊，搂着我的脖子，慢慢地朝屋里走去。偏偏这时运气不好，如果不是老天帮忙，事情就糟了。我们两人正这样子走着，恰好她的父亲赶走土耳其人后又回来了，看见了我们这副样子，我们也知道他看见我们了。幸亏索赖达很机灵，她不仅没有拿开钩在我脖子上的手臂，反而靠得我更近，还把头贴在我胸前，双腿微微弯曲，好像要昏倒的样子。我也装出迫不得已只好扶着她的样子。索赖达的父亲赶紧跑到我们身边，见女儿这副样子，就问是什么原因。见她不回答，她父亲就说：‘肯定是听到那几个畜生闯了进来，被吓晕了。’他把索赖达从我的怀里接过去，搂在自己怀里。索赖达叹了一口气，眼里还带着泪水，说：‘阿姆西，基督徒，阿姆西。’意思是说，‘你快走，基督徒，你快走！’她父亲听了，就对她说：‘孩子，基督徒为什么要走，他没有伤害你。那几个土耳其人已经走了。’‘先生，就像您说的，他们确实把她吓着了，’我说，‘不过既然她让我走，我也不想让她不愉快，因此请放心。只要您允许，有需要的话，我还会来采野菜。我的主人说，没有哪个花园的野菜比您这儿的更适合做沙拉了。’‘你愿意什么时候来都可以，’阿希·莫拉托说，‘我女儿那么说，并不是因为你或其他基督徒惹她生气了，她想说叫土耳其人走，结果却说成叫你走了，或许她那么说是因为你该去采野菜了。’

“说到这儿，我就告别了他们两人。索赖达同她父亲回去时，看上去一副因见到我的离去而感到撕心裂肺的样子。我借口找野菜，悠闲自在地在花园了走了一圈，仔细查看了花园的出入口、房子的防卫设施以及一些有助于我们实现计划的有利条件。做完这一切后，我回去把一切经过都告诉了叛教者和我的同伴们，然后急切地盼望着那一刻的到来，希望能与美丽善良的索赖达共同生活，无忧无虑地享受命运赐给我的幸福。时间一天天地过去，我们期待已久的日子终于来到了。我们每个人都按照我们经过深思熟虑和多次讨论定下的计划一步步实施，最终取得了我们渴望的成功。我在花园里和索赖达谈话后的那个星期五的傍晚，莫雷纳哥也就是我们的叛教者把船停泊在紧靠美丽的索赖达住处的水面上。那些划船的基督徒已经做好准备，埋伏在花园的周围。大家都忐忑不安又毅然决然地等着我的到来，准备一看见有船出现就动手。他们并不知道我和叛教者的安排，以为要想获得自由必须动手杀死船上的摩尔人才行。

“我和我的几个同伴刚一露面，那些隐藏在周围的人就看见了我们，围了过来。这时候城门已经关闭，郊外一个人影都看不见。我们聚在一起后，就开始考虑究竟是先去接索赖达好，还是先去制服船上那几个划船的摩尔人。正在大家拿不定主意的时候，我们的叛教者来了，问我们干嘛还待着不动，现在正是行动的时候了。这会儿摩尔人疏于防备，而且大部分都已经睡觉了。我们就把为什么不动的原因告诉他了。他说现在最重要的是控制那条船，这件事很容易办到，而且没什么危险，然后再去接索赖达。我们觉得他说得很有道理，就不再迟疑，由他带着上船。叛教者第一个跳上船去，手持一把弯刀，用摩尔语大声说：‘想要命的，就都不要动！’在喊话的同时，我们剩下的所有基督徒都上了船。摩尔人本来就胆小，听他们的船主这么一喊，全都吓坏了，没有一个人敢去拿武器，其实他们也没有几件武器。他们全都一声不吭，任凭基督徒们捆住他们的双手。基督徒的动作非常麻利，边捆还边威胁他们说，只要有人发出一点呼救声，就把他们都杀了。这件事办妥后，我们留下一半人来看守他们，其余的人在叛教者的带领下来到阿希·莫拉托的花园。我们运气不错，刚去推门，门就开了，好像没锁一样。我们就悄悄地来到索赖达的住处，谁也没有发觉。

“美丽绝伦的索赖达正在一个窗口等着我们。她看到有人靠近，就低声问我们是不是尼撒拉尼，也就是问我们是不是基督徒。我回答说是，并请她下来。她一认出是我，一刻也没有耽误，连话都来不及回答，就立刻下来开门，与我们见面。她那美丽的容貌和华贵的服装，让我无法形容。我看见了她，就拉着她的一只手亲吻，叛教者和我的两个伙伴也吻了她的手。其他人不知事情的缘由，也学我们的样吻了索赖达的手。他们以为我们是在感激她给了我们自由，所以才向她致谢。叛教者用她的母语问她，她的父亲是否在花园里。她回答说在，正睡觉呢。‘那就必须把他叫起来，’叛教者说，‘并把他带走，这座花园里所有值钱的东西也都带走。’‘不能这样，’索赖达说，‘我不允许任何人碰我父亲。这座房子里除了我要带走的就没什么值钱的东西了，我带的不少，足够你们过上快活有钱的日子。你们等一等，我拿给你们看。’

“说完她又走进屋里，说马上就出来，让我们安安静静地站在那里别出声。我问叛教者她刚才说了些什么，叛教者就把她说的话告诉了我。我就对叛教者说，无论如何我都不会违背索赖达的意愿。索赖达这时已经拿着满满一小箱金币出来了，重得她几乎都拿不动了。倒霉的是，她的父亲这时候醒了。他听见花园里有动静，就从窗户往外看。他看到外面全是基督徒，就拼命用阿拉伯语大声地喊：‘基督徒，基督徒！有贼，有贼！’他这么一喊，我们都吓坏了，慌得不知所措。叛教者一看情势紧急，决定应该趁所有人惊醒之前赶紧离开。他极其敏捷地跑上楼去找阿希·莫拉托，我们中有几个人也跟了上去。我不敢把索赖达单独撇下，因为她已经晕了，躺在我的怀里。上楼的那几个人动作很麻利，转瞬间就把阿希·莫拉托带了下来，他的手被捆上了，嘴里还塞了块布，让他说不出话来，他们还威胁他说如果出声就要了他的命。

“他女儿一看见他，就捂住眼睛不敢再看他。她父亲不知道自己的女儿是自愿同我们在一起的，所以也吓坏了。这时最重要的是赶紧离开这里。我们飞快地回到船上，留在船上的人一直在焦急地等着我们回去，唯恐我们发生意外。不到午夜两时，我们就全都回到了船上。到了船上，我们解开索赖达父亲手上的绳子，拿掉了堵在他嘴里的布。不过叛教者再次告诫他要想保命，就不要说一句话。他看到自己的女儿也在船上，伤心得长吁短叹。见我紧紧搂着索赖达，她却既不反抗，也不抱怨，也不羞涩，只是静静的，也不敢说什么，怕他们真把叛教者威胁他的话变成现实。索赖达见自己已经安全上了船，而且我们就要划桨起航，而她的父亲和那些被捆住手的摩尔人还在船上，就让叛教者对我说，她请求我看在她面上释放那些摩尔人和她的父亲，否则她宁愿跳海，也不能眼看爱她的父亲为她成了俘虏。叛教者告诉了我她的心愿，我回答说我很愿意这样做。可叛教者说这样做不合适，因为如果放了他们，他们一上岸就会唤醒沿岸居民，整个城市也会被惊动，就会派出快船来追击我们，到时候海陆夹击，我们就跑不掉了。现在可以做的只能是在我们最先到达的那个基督教国家释放他们。

“我们都赞成这个主意，就告诉索赖达我们的打算，说暂时不放他们，后面会满足她的愿望的，她也就同意了。我们虔诚地请求上帝保佑我们。随后，身强力壮的划船手个个都怀着喜悦的心情，拿起船桨，奋力地向马略尔卡岛划去，那是离我们最近的基督教国家。可这时从山边吹来一阵风，海面掀起了波浪，不可能再沿着马略尔卡的航道航行了，我们只好被迫靠近海岸，慢慢向奥兰方向划去。我们倒不感到悲伤和痛苦，只是担心，怕被萨赫尔的人发现，那个地方就在海岸边，离阿尔及尔只有七十里格[①]远。我们还怕在那个航道上碰到经常从德土安驶来的商船。不过我们大家都认为，如果我们碰到的是条商船，而不是海盗船，我们不仅不会有损失，还可以搭乘那条船，从而更安全地完成我们的航程。在我们航行时，索赖达始终把头埋在我的双手里，避免看到她的父亲。我可以感觉到，她一直在祈求莱拉·马里安帮助我们。

“我们航行了大约三十里格后，天渐渐亮了，我们发现距陆地已经有三个火枪射程那么远了，而且岸上荒无人烟，不会有人看见我们。尽管如此，我们还是尽力把船往海上划，因为这时候海面已经开始平静。又划了两里格远，我们便让划船手轮班划船，这样他们可以吃点东西补充一点体力。船上带的食物很充足。可是划船手都拒绝了，说这不是休息的时候，让不划船的人喂他们吃东西，因为他们不愿放下手中的桨。我们就照着他们的话做了。此时风力越来越强，我们就立即放下手中的桨，扬起风帆向奥兰驶去，我们已没有其他航道可以选择了。这一切都干得很快。有了帆，航船就以每小时八海里[②]的速度前进。这时候我们不担心别的什么，就怕碰上战船。我们也把食物分给我们的俘虏，那些摩尔人，叛教者还安慰他们说，他们并不是俘虏，只要一有机会，就会释放他们。我们对索赖达的父亲也是这么说的，可是他却回答说：‘基督徒啊，我会期待和相信你们会慷慨大方地给我任何其他东西，但不要认为我头脑简单到会相信你们要放了我这件事。你们绝不会冒那么大的风险把我劫持到这儿，再随随便便地把我放了，更何况你们知道我是谁，知道我的身价，你们还会放了我吗？为了我和我不幸的女儿，你们可以开个价，我一定如数照付。要不单独放了她也行，她是我的心肝宝贝。’说完这些，他开始号啕大哭，哭得我们大家都很难受。索赖达听到哭声也不得不抬起头来看他。看到父亲哭得如此伤心，

---

① 里格是欧洲和拉丁美洲一个古老的长度单位，在英语世界通常被定义为3英里（约4828米）。

② 1海里=1852米。

她的心也被打动了，就从我身旁站起来，走过去搂住她的父亲，并把的脸贴在他脸上，两人一起悲切地哭起来。父女俩的哭声使得船上很多人都陪着他们掉泪。可是索赖达的父亲看到她盛装打扮，还戴了很多首饰，就用他们的语言问她：‘怎么回事，女儿？昨天晚上，这场灾祸发生之前，我看见你穿着家常便服，可现在，你竟然穿着我最富有的时候给你买的最贵重的服装，你根本没有时间换衣服，还是有什么好消息值得你这样盛装打扮来庆祝吗？告诉我这是怎么回事，这件事太蹊跷了，让我心神不宁，比这场灾祸还让我揪心。’

“叛教者把索赖达的父亲对索赖达说的话都翻译给了我们。索赖达没有回答他一个字。索赖达的父亲看见在船的一侧放着个小箱子，那是他女儿平时保存珠宝的箱子，而且他清楚地记得他把箱子留在阿尔及尔了，并没有带到海滨花园来。这时他更迷惑了，就问索赖达那个箱子怎么会落到我们手里，她在里面装了些什么。叛教者听了这话，不等索赖达回答，就说：‘大人，你别再费心问索赖达那么多问题了。我只说一句话就能回答你所有的问题。你就明白她已经是基督徒了，是她砍断了我们的锁链，给了我们这些俘虏自由。如果我的想法没有误导我，那么她是心甘情愿跟着我们的，而且她对现在的情况非常乐意，就好像从黑暗走向光明，从死亡走向新生，从痛苦走向欢乐。’‘他说的是真的吗，女儿？’索赖达的父亲问。‘是真的。’索赖达答道。‘你真的是基督徒，’这个老人问，‘真的是你让父亲落到了敌人手里？’索赖达对此答道：‘我现在确实是基督徒，可并不是我让您落到了这种地步。我根本不想离开您，更不愿伤害您，我这么做只是为我自己造福。’‘你为自己造什么福，女儿？’‘这个嘛，’索赖达说，‘您去问莱拉·马里安吧，她会比我说得更清楚。’

“索赖达的父亲一听这话，立刻纵身一跃，跳进海里，动作快得让人难以置信。若不是他那身衣服又宽又大，落在水里一时难以下沉，他肯定已经没命了。索赖达立刻大叫，让我们去救他。我们马上跑过来抓住他的长袍，把他拖了上来。他已经被淹得半死不活，失去了知觉。索赖达悲痛万分，趴在他的身上伤心地痛哭起来，就好像他已经死了似的。我们把他翻过来，嘴朝下，让他吐出大量的水。过了两个小时，他才苏醒过来。在这期间，风向已经改变，把我们往海岸吹，我们只好使劲划船，避免船被冲上岸去。我们的好运指引着我们，驶进了一个小海湾，旁边是个小海角，摩尔人称之为‘卡瓦·鲁米亚’海角，翻译成西班牙语就是‘基督教坏女人’。摩尔人有个传说，让西班牙断送在摩尔人手中的那个‘卡瓦’就埋在那里。‘卡瓦’在他们的语言里，就是‘坏女人’的意思，而‘鲁米亚’就是‘基督的’。所以摩尔人认为在那儿抛锚停靠是不祥之兆，除非迫不得已，他们从不靠近那里。不过，对于我们来说，那里不是什么坏女人的埋葬地，而是个安全的避风港。我们派了几人上岸放哨，船上的人始终手不离桨。我们吃了一些叛教者准备的食物，衷心请求全能的上帝和我们的圣母帮助并保佑我们顺利完成这件开头幸运的事情。在索赖达的请求下，我们同意把索赖达的父亲和其他绑着的摩尔人都送到岸上去。索赖达心肠软，极富有同情心，不忍心看着自己的父亲被绑，自己的同胞成为俘虏。我们答应索赖达，起航的时候就放他们走，因为在那个荒无人烟的地方释放他们，已经不会给我们带来什么危险了。我们的祈求没有白费，老天好像听到了，很快就风平浪静，我们又可以高高兴兴地继续我们的航行了。

“看天气非常合适，我们就给摩尔人松了绑，把他们一个个送上岸。我们准备送索赖达的父亲上岸时，他已经完全醒过来了。他说：‘你们好好想想吧，基督徒们，为什么这个坏女人很乐意你们放了我？你们以为是出于她对我的孝心吗？不，肯定不是，而是因为我在这儿会妨碍她的淫心恶念。你们不要相信，她改变自己的宗教信仰是因为她认识到你们的信仰比我们的信仰优越，而是因为她知道在你们的国家，干那些放肆的事比在我们的土地上更自由。’他又转向索赖达，我和另一个基督徒这时正抓着她的胳膊，以防她做出一些不顾一切的事来。他说：‘噢，你这个不要脸的小丫头，你这个没脑筋的小丫头！你被这些畜生，我们的天敌，弄瞎了眼睛，迷了心窍，要跟他们去哪里啊？真是倒霉，让我生了你！真是倒霉，让我对你娇生惯养！’我看他不打算结束这场咒骂，就赶紧把他送上岸。到了岸上他还是继续大声诅咒和哭喊，请求穆罕默德和真主安拉破坏我们、挫败我们、消灭我们。我们已经扬帆起航，听不见他在叫骂什么了，只能看到他在那儿揪自己的胡子，扯自己的头发，在地上打滚。他一度大声嘶号，我们听到了他的话：‘回来吧，我亲爱的女儿，回到岸上来，我原谅你所做的一切。那些钱已经落在他们手里了，就算送给他们了。你快回来安慰你伤心孤独的父亲吧！你要是抛下他，他就会死在这个荒凉的地方。’

“这些话索赖达全都听见了，她伤心恸哭，不知该怎么回答，只是说：‘我的父亲，是莱拉·马里安让我成为基督徒的，我祈求真主安拉让她来安慰您那颗悲伤的心。真主知道我不得不这样做。我对这些基督徒提供帮助只是出于我的好意，即使我不愿意跟他们来，愿意待在家里，也不可能不实现我的愿望。是我的灵魂敦促我这样做的，我觉得这是件好事，而您，我亲爱的父亲，却觉得这是件坏事。’她说这几句话时，她的父亲已经听不到了，我们也看不到他了。我安慰着索赖达，大家都专心地划着船。这时正好顺风，我们断定到第二天早晨我们就能到达西班牙的海岸。可是一个人的好运是很少或从来没有一直好到底的，不是有厄运陪伴就是有厄运跟着。这时，我们的厄运来了或者是索赖达的父亲对她的诅咒灵验了，要知道父亲的诅咒总是令人生畏的。夜里三点的时候，船眼看就要驶进海湾，我们收起桨，扯足了帆全速航行，充足的风力已免去我们的划桨之劳。在皎洁的月光下，一艘张满帆的大船迎风而来，在我们面前斜穿过去。两船靠得太近，我们怕被它撞上，连忙收帆。那艘船也奋力转舵，给我们让出通道。这时有几个人来到船舷，问我们是什么人，从哪儿来，要到哪儿去。叛教者听出他们说的是法语，就对我们说：‘谁也别答话。他们肯定是法国海盗，什么都抢。’他这么一说，谁也不敢答话了。我们的船继续向前航行，那艘船已处于我们的下风处。突然，那船上的两门炮一起开火，而且炮弹都是连锁弹，其中一门炮发出的炮弹将我们船上的桅杆拦腰打断，断下的那截桅杆和帆都掉到了海里。他们马上又发了另外一炮。炸弹落在我们船的中央，一直向下穿，没有毁坏其他的东西，倒把船打成了两截。眼看我们的船就要沉入海底，大家都向他们大呼救命，求他们带我们上船，否则我们就要淹死了。那条船快速回来，并放下一条小船，十二个全副武装的法国人，带着火枪和点火绳，上了小船，来到我们的船旁边。看到我们人并不多，而且船确实就要沉了，就把我们接到他们的小船上，嘴里还说因为我们不回答他们的问话，实在是太无礼了，才遭此厄运。叛教者拿起索赖达装宝贝的小箱子，趁人不注意，就扔进了海里。

“最后，我们都上了法国人的大船。他们把想知道的事情都问完后，就像跟我们是死对头一样，把我们带的东西全抢走了，连索赖达的脚镯也抢走了。我很为索赖达担心，怕他们抢走索赖达贵重无比的珠宝之后，还要夺去她更为宝贵的东西。好在那些人只贪图钱财。他们真是贪得无厌，假如我们这些俘虏从巴贝瑞穿来的衣服让他们觉得还值点钱，他们也都会剥去的。他们中有人主张把我们用船帆包起来，扔到海里去。因为他们本来打算以布列塔尼人的名义，到西班牙几个港口去做买卖，如果把我们活着带到那里，他们的劫掠行径就会败露，就会受到惩罚。可是，抢了我心爱的索赖达身上的贵重珠宝的船长说，他对这次抢到的东西很满意，不想再去西班牙的任何一个港口做生意了，准备趁夜色或是别的机会通过直布罗陀海峡回到拉罗谢尔去，他们就是从拉罗谢尔来的。于是他们同意把他们那条小船给我们，再给我们一些短途航行的必需品。第二天，他们就这样做了。这时西班牙的陆地已经放眼在望，我们一看见那块土地，就把以往所有的不幸和艰难都忘在了脑后，就像我们从来没有遭遇过一样，重新获得自由实在是太让人开心了。中午时分，法国人让我们上了小船，还给了我们两桶水和一些饼干。在美丽的索赖达登上小船的时候，船长动了恻隐之心，竟给了她四十个金埃斯库多，而且也不许他手下的士兵再剥她穿在身上的那套衣服。

“我们登上小船后，对他们给予我们的照顾表示感谢，离开时我们还表示对他们只有感恩没有怨恨。他们继续往直布罗陀海峡的方向航行，不用看什么北方或是什么星星，我们只朝着展现在眼前的陆地拼命划船。太阳落山的时候，我们已经离岸很近了，估计深夜之前就可以靠岸了。可由于当天晚上没有月亮，夜色弥漫，我们不知道到底在什么地方，觉得离岸太近不是最妥当的办法。可是又有不少人认为应该上岸才是最合适、最好的办法，哪怕是在岩石林立、荒无人烟的地方上岸。上了岸，就不用提心吊胆了，因为那一带海上常有德土安的海盗船出没，他们白天在西班牙沿海进行抢劫，晚上就回到巴贝瑞。考虑了两种不同意见之后，我们决定慢慢向岸边靠近，如果海面平静，我们就找个合适的地方上岸。我们就是这样做的。将近午夜的时候，我们来到了一座极其陡峭的高山脚下，山并不紧靠海边，所以有一小块平地，方便我们上岸。我们将船推上沙滩，全都下了船，亲吻着大地，眼含极其幸福高兴的泪水，衷心感谢我主上帝在我们的航程中给予我们的无可比拟的恩惠。我们把船上的粮食卸下来，又把船推上岸，然后往山上爬了很长一段路。尽管我们已经在这里了，我们还是不能肯定，不能最终相信，我们已经踏上了基督教国家的国土。

"那天天亮得比我所希望的要晚得多。我们爬上山顶，想看看能否发现某个村子或者牧人的茅屋。我们极目四望，却始终不见一座村落，一个人，一条大路，连一条小道也没有。尽管如此，我们还是决定继续往内陆走，想总能找到个人打听一下我们现在所在的这个地方的情况。让我心里最难受的就是看着索赖达在崎岖的山路上走得一脚高一脚低的。我曾经背着她走过一次，可是她见我太累，自己虽然轻松了，却心里不安，就再也不让我受背她的苦了。我只好搀着她走，她倒是很能忍走路的苦，心情还很好。大概走了不到四分之一里格的时候，我们突然听到一阵小铃铛的声音，这绝对表明附近有放牧的牛羊。大家都仔细寻找，看是否有人出现，我们发现一棵栓皮槠树下有个牧童正在悠闲自得地用刀削一根木棍。我们大声喊他。他抬起头，立刻敏捷地站了起来。后来我们才知道，他第一眼看到的是叛教者和索赖达，他们两个人都是摩尔人装束，他就以为是巴贝瑞的人来抓他的，就飞快地钻进前面的树林，高声喊道：'摩尔人，摩尔人上岸了！摩尔人，摩尔人！快拿武器，快拿武器！'他这么一喊，我们都吓得陷入一片混乱，完全不知道应该做些什么了。后来我们仔细一想，牧童这么一喊，肯定会惊动当地的人，海岸巡逻队闻讯也会来看到底发生了什么事情，于是我们就决定，让叛教者脱掉他的土耳其服装，换上基督教俘虏的外套。有个俘虏马上就把自己的外套给了他，自己只穿一件衬衣。我们一边祈求全能的上帝保佑，一边沿着牧童逃走的路线往前走，希望在这条路上什么时候能碰到海岸巡逻队。我们果然没有被我们的期望所欺骗，走了不到两个小时，走出树丛，我们来到一片平原的时候，发现大约有五十名骑兵骑着马朝我们飞驰而来。我们就停下脚步，等待他们前来。他们来到我们面前，并没有见到他们要找的摩尔人，只看到一群穷困的基督徒，都愣在那里。其中一人就问我们，刚才那个牧童是不是因为看见了我们才发出警报的。‘是的。’我说。我刚想告诉他我是谁、我们的遭遇以及我们从哪儿来的时候，我们当中的一个基督徒认出了那个问话的骑兵，就打断我的话说：‘先生们，感谢上帝把我们带到这个好地方来了！如果我没弄错的话，我们脚下踩的就是贝莱斯马拉加的土地了。多年的俘虏生活没有弄混我的记忆，您也也应该没有忘记，问我们是什么人的这位大人，您就是佩德罗·德布斯塔门特，我的舅舅！’这个基督徒俘虏的话还没说完，那个骑兵就从马上跳下来，跑过来抱住他说：‘我的外甥，对我来说就像我的灵魂和我的生命一样宝贝的外甥！我认出你了。我和我姐姐，你妈妈，以及你所有健在的亲人以为你已经死了，都哭得好伤心。上帝保佑他们还活着，还能享受到再次看到你的喜悦。我们后来才知道你在阿尔及尔。从你和你的这些同伴的装束上看，我猜想你们一定是奇迹般地逃出来的。’‘是的，’那个俘虏说，‘以后我们有时间再向您详细讲述。’

“那些骑兵听说我们是被俘的基督徒，赶忙下马，每个人都请我们骑上他们的马，并要带我们去离那儿一西里半的贝莱斯马拉加城。我们告诉他们有条小船放在什么地方，就有几个骑兵去那儿把船划回城里。其他人扶我们骑在他们后面的马背上。索赖达骑在那个基督徒舅舅的鞍后。已经有人把我们到达的消息传回城里，大家都出来迎接我们。他们见到被释放的基督徒俘虏或是被俘的摩尔人都不觉得奇怪，因为在沿海地区这都是很平常的事。他们惊讶的是索赖达非凡的美貌。因为一路辛苦，再加上索赖达觉得自己踏上了基督教国家的土地，不用再担惊受怕，心里非常高兴，她这时候两颊绯红，显得特别美丽。也许是我被爱情迷住了眼睛，我敢说，她是世界上最美丽的姑娘，至少我没有见过比她更美的人了。

“我们径直到教堂去向上帝谢恩。索赖达一走进教堂，就说里面有许多面孔都与莱拉·马里安相仿。我们告诉她，那都是莱拉·马里安的圣像。叛教者尽力为她解释圣母像的意义，并让她把这些神像都当作和她交谈过的莱拉·马里安的真身来顶礼膜拜。索赖达心思灵敏，听了每一尊神像的讲解很快就领会了。我们从教堂出来后被分送到城里的各家暂住，与我们同行的那个基督徒把叛教者、索赖达和我带到他的父母家。在那个日子过得还算富足的家，他们热情地款待我们，就像对待自己的子女一样。

“我们在贝莱斯马拉加待了六天。叛教者打听好需要的手续，就去了格拉纳达城，通过那儿的宗教法庭的裁判重新皈依了神圣的基督教。获得了自由的其他基督徒都各自选择自己中意的道路走了，只剩下索赖达和我。当时我们身上只有一些那个法国人发慈悲送给索赖达的埃斯库多，我就用其中的一部分买了她现在骑的这头牲口。我直到现在一直像索赖达的父亲和侍从一样照顾她，我还不是她的丈夫。我们想去看看我的父亲是否还健在，我的两个弟弟是否比我运气好。不过老天既然让我与索赖达为伴，就算再有什么好的运气，我也不稀罕了。索赖达吃得了苦，耐得住穷，并一心虔诚地要做基督徒，这一切都令我对她无比钦佩，也很感动，我决心一辈子为她效劳。可是我很担心，不知道能不能在我的家乡为她找到一个栖身之所，也不知道父亲和兄弟们的生命财产是否有什么变故。如果他们不在了，我就连亲人也没有了，想到这些不免冲淡了我与她生活的快乐。

“先生们，我的经历就讲到这儿吧。至于它是不是新奇有趣，就全凭各位的高见了。我怕你们听得烦，已经删去了很多情节，尽可能讲得简明扼要些。”

第十五章　客店里后来发生的事及其他值得一说的事

俘虏讲到这儿就停下了。费尔南多对他说：“上尉大人，您的这番讲述实在是太生动了，就像发生在眼前。您的这段经历真是惊险曲折，都是些闻所未闻的新鲜事，让听到的人都感到惊奇不已，我完全被吸引住了。

就算您讲到明天早晨，我们都愿意听。就算再讲一次，我们也会听得入神。”

说完，费尔南多和其他人都真挚地表示愿意尽一切可能帮助他。大家的一番好意深深感动了俘虏。费尔南多还说如果他愿意同自己一起回去，就可以让自己的兄弟侯爵大人为索赖达洗礼做见证，而费尔南多自己还会给他提供资助，让他可以体体面面地回到自己的家乡。俘虏彬彬有礼地对所有这些慷慨的帮助表示感谢，不过他都没有接受。

这时天色已不早了。有一驾马车和几个骑马的人来到了客店。他们要求住宿。客店老板娘说客店挤得连巴掌大的地方都没有了。一个骑马的人说：“不管怎么样，总得给法官找个床休息吧。”一听是法官，客店老板娘马上慌了神，说道：“现在只是房间里没有被褥了。法官大人要是随身带着被褥，我想他肯定带着的，那就请快进来吧，我和我丈夫可以把我们的房间让给法官大人。”“那就快点儿去收拾。”一个侍从说。这时，马车里的那个人已经走出来了。他身穿长袍，袖口镶着花边，显然就是侍从说的法官。他手里还牵着一个年约十五六岁的女孩。她穿着一身旅行便装，显得眉清目秀，落落大方。众人见了都交口称赞。如果不是因为他们已经见过现在还在客店里的多罗特亚、卢辛达和索赖达，一定会认为像她这样美丽的少女世界上找不出第二位。堂吉诃德见法官和那少女走进了客店就说道：“您尽管放心进入这座城堡来休息，虽然它有些简陋，地方也不大。不过，凡是文官武士来了都要好好接待。更何况像您这样还带着一位漂亮的少女，那就更要盛情款待了。不仅城堡应开门迎客，就连岩石也应该裂开，高山更要低头来迎接。您快请进入这个乐园吧。如果您带的这位少女是天，这里有与天为伴的星星和月亮，因为这里住着英勇的武士和美貌绝伦的少女。”

法官听了堂吉诃德的这番话，觉得莫名其妙。他仔细打量了堂吉诃德一番，觉得堂吉诃德的装束和他的言谈一样奇怪，都不知说什么才好。这时卢辛达、多罗特亚和索赖达已经来到他的面前。她们听客店老板娘说来了一位漂亮的少女，就想一起来欢迎她。费尔南多、卡德尼奥和神父对法官也表示了欢迎。法官对他在客店里看到和听到的，以及来欢迎他女儿的那几个漂亮的姑娘都感到疑惑不解。不过他觉得客店里的这些人都是有身份的，只有堂吉诃德的装束、表情和行为让人不知道他是干什么的。大家相互寒暄了一番，考虑到客店的条件，仍然按照原来的安排，所有的女客都住阁楼，男人们都住在外面，好保护她们。那个少女是法官的女儿，她和法官对这样的安排都感到很满意。她高高兴兴地跟着几个女宾走了。虽然房间里那张床有点窄，但是加上法官带来的那点被褥，她们这一夜过得还是比自己预料的要舒服得多。

俘虏一看到法官，心头一惊，觉得那个法官就是自己的弟弟。他向法官的一个侍从打听法官叫什么名字，是什么地方的人。侍从回答说，他是胡安·佩雷斯·德别德马大人，听说家乡在莱昂山区的某个地方。俘虏根据自己所看到的，再这么一联系，断定那个法官就是听从父亲吩咐，出门从文的弟弟。他既激动又高兴，马上把费尔南多、卡德尼奥和神父叫到一旁，告诉他们他断定法官就是自己的弟弟。侍从还告诉他，法官已经被委派到美洲的墨西哥法庭任职，现在就是去赴任。那个少女就是法官的女儿，她的母亲生下她就死了，留下自己的嫁妆给他们，所以法官现在很有钱。俘虏向他们请教该如何与法官相认，是不是应该先了解一下他的弟弟会不会因为他穷困潦倒，怕丢自己的脸而不愿意相认，还是会欣喜若狂地与他团聚。“让我去试探一下吧。”神父说，“不过上尉大人，你不用担心，你弟弟肯定会与你高高兴兴地相认。看他和善的样子以及严谨的举止，不会是个傲慢无礼的人。”“就算这样，”上尉说，“我想还是不要太唐突，应该婉转点。”“我给你说，我有办法让我们大家都满意。”神父说。

这时，晚饭准备好了，男客们除了俘虏都坐到桌旁开始吃饭，女客们则在房间里用餐。晚饭用了一半，神父说：“法官大人，几年前我在君士坦丁堡做过俘虏，有个伙伴与您同名。他是一位西班牙步兵上尉，十分勇敢，不过也十分倒霉。”“那位上尉全名叫什么，我的先生？”法官问。“他叫鲁伊·佩雷斯·德别德马，”神父说，“家乡在莱昂山区的某个地方。他跟我讲过他的父亲和他的几个兄弟的一件事情。这件事要不是由他这么诚实的人亲口说出，我还以为是冬天老人们围在炉火旁讲的那种故事呢。

他对我说，他的父亲把财产分给了他们三个儿子，并且教诲了他们一番，那教诲比卡顿的先见还英明。我只知道他选择了从军是很正确的，没过几年，他就凭自己的胆识和努力，没靠任何人的提携，当上了陆军上尉，并且还有希望被提升为少校。不过他后来运气不佳，在莱潘多大战中，很多人都获得荣誉，他却失去了自由，失去了以前交的好运气。我是在戈利达被俘的。几经折腾，我在君士坦丁堡遇见了他。后来他到了阿尔及尔，听说他在那儿遇到了一件世界上从未见过的奇事。”接着，神父又简单地把索赖达同俘虏之间发生的事情讲了一遍。法官始终全神贯注地听着，比听审还要专心。后来，神父只讲了法国海盗将基督徒乘坐的船洗劫一空，使得他的这位伙伴和那位美丽的摩尔女人陷入了贫困的境地，至于后来他们的情况如何，是回到了西班牙还是被法国人带走了，他都没有讲。

神父讲这些话的时候，上尉就在一旁听，边听边注意观察他弟弟的一举一动。法官见神父已经讲完了，便长长地叹了一口气，两眼含着泪说："哎，大人，你不知道，你讲的这些事情对我有多么重要。我不是个轻易动感情的人，不过听了你的讲述，我禁不住流泪。你刚才说的那位勇敢的上尉是我哥哥。他比我和我弟弟都坚强，志气也比我们高，你不是像听故事似地听他提到我父亲指出的三条路吗？他选择的就是一条既光荣又高尚的从军路。我选择的是文职，上帝保佑加上我的勤奋，才升到了今天这个职位。我的弟弟现在在秘鲁，发了大财，光是寄给我父亲和我的钱就远远超过了他当年带走的那些钱。我父亲靠他寄来的钱继续过着原来那种大手大脚的生活，我也靠他的资助从而能安安心心地完成我的学业，获得我现在这个职位。我的父亲还健在，就想见我哥哥一面，便不断地祈求上帝让他能活到看到我哥哥的那一天。我就奇怪，我哥哥为人一向谨慎，经历了这么多苦难，怎么就不知道告诉我父亲一声？如果我父亲或我们兄弟俩中随便哪一个知道了这个消息，早就把他赎出来了，还用等那根竹竿来创造奇迹吗？现在最让我担心的是那些法国人会不会没有释放他，反而杀了他来掩盖他们的罪恶。想到这里，我后面的旅程就不会像启程时那样高兴了。我的好哥哥呀，现在我要是知道你在什么地方，就算历尽千辛万苦，甚至抛弃我的一切，也要将你从苦难中解救出来。如果当时有人能将你活着的消息告诉我父亲，就算你被关在贝韦利亚地牢的最底层，就算搭上父亲和我们兄弟俩所有的财产，我们也一定会把你救出来。噢，美丽慷慨的索赖达，你对我哥哥的恩情实在是太大了，我们怎样才能报答啊！等你灵魂重生时，我要是能参加你们的婚礼，该有多好，多高兴啊！”

法官听说了哥哥的消息后，非常悲伤地说了上面这番话。在场的人听了，都流下了同情的眼泪。神父见自己的目的以及上尉的期望都达到了，不想让大家继续伤心，就离开饭桌，来到索赖达的房间，把她牵了出来。卢辛达、多罗特亚和法官的女儿也跟着出来了。上尉正想知道神父要干什么，神父又走过来用另一只手拉起他的手，把两人牵到法官和其他客人面前，说：“您不用再流泪了，法官大人，现在您的愿望实现了。快来见见您的哥哥和嫂子吧。这位就是德别德马上尉，那一位就是对他有大恩的摩尔美人。刚才我不是说，那些法国人把他们弄得一贫如洗吗，你现在正好可以资助他们了。”

上尉过来拥抱他的弟弟。法官双手撑着上尉的胸口，想细细端详。等他终于认出了自己的哥哥，马上紧紧拥抱住他，幸福的泪水不停地往下流。其他在场的人也不禁落下高兴的眼泪。人们难以想象兄弟俩要说些什么，就更无法用文字描述了。兄弟俩互相简单地讲述了自己的经历，真是骨肉情深。接着法官又拥抱了索赖达，表示愿意把自己的家产都给她使用，又叫自己的女儿过来拥抱了索赖达。基督美女和摩尔美女拥抱在一起，高兴得不禁又流下眼泪。

堂吉诃德一声不吭地站在一边，仔细地看着这一切，觉得很奇怪，而这些都是游侠骑士的幻觉。大家商定，上尉和索赖达与法官一起回塞维利亚，同时又派人把上尉的下落和已经获得自由的消息告诉他的父亲，请他尽快前去出席他们的婚礼和索赖达的洗礼。法官恐怕不能参加了，他的行程不能耽误，有消息说，一个月后商船队就要从塞维利亚到新西班牙去了。

总之，俘虏的好运让大家欢欣鼓舞。此时，夜已经很深了，大家决定赶快去休息。堂吉诃德自告奋勇去看守城堡，因为城堡里有那么多绝世美女，他要提防某个好色的巨人或坏蛋跑来捣乱。了解堂吉诃德底细的人都谢谢他，并把他所得的疯病告诉给法官。法官听了之后也高兴地同意了。只有桑丘对这么晚才睡觉感到不高兴。他躺在驴的鞍具上，睡得比别人都香。后来他为这副鞍具吃了不少苦头，下文马上就会谈到。女客们回她们的房间休息，男客们也都找个地方将就着躺下。堂吉诃德像自己答应的那样，站在客店门口为城堡站岗放哨。

黎明就要来临的时候，女客们的耳边传来一阵悠扬的歌声。大家都竖起耳朵倾听，特别是多罗特亚，她早就醒了。法官的女儿克拉拉·德别德马睡在她的旁边。没有人猜得出究竟是谁在唱这么动听的歌曲，而且还没有任何乐器伴奏，一会儿在院子里唱，一会儿在马厩里唱。大家正在猜测的时候，卡德尼奥来到房间门口，说：“如果谁还没睡着的话，就请听听吧，有个年轻的骡夫在唱歌，唱得十分动听。”“我们已经听到了，先生。”多罗特亚回答说。卡德尼奥说完就走了。多罗特亚则专心地听着。歌词是这样的。

第十六章　骡夫逸事及客店里的其他奇事

“我航行在情海之中，
四面全是茫茫大海，
到底能否安抵港口，
心中实在毫无希望。
远方天空一颗明星，
我紧紧向她追逐去，
巴利努罗真心知晓，
她是如此光亮无比，
她将指引我去何方，
我四处航行无方向，
特意让航船任航行，

一心只想寻她踪迹，
她言行举止很谨慎，
品格德行也很端正，
我越想将她看清楚，
云雾越要遮她身姿，
克拉拉你这颗明星，
我只想追随你光芒，
如果你隐没无法见，
我会立刻命丧于此。”

骡夫唱到这儿，多罗特亚觉得克拉拉没听到如此动听的歌声真是太可惜了。于是她推了推克拉拉，把她弄醒了，对她说：“小妹妹，不好意思，弄醒了你，我是想，这么优美的歌声，你肯定喜欢，你这辈子也许从未听到过呢。”

克拉拉睡眼惺忪，一开始没听清多罗特亚对她说什么，便问她刚才说什么，多罗特亚又再说了一遍。于是，克拉拉注意听起来。刚听了两段，她就莫名其妙地颤抖起来，仿佛突然得了严重的疟疾。她紧紧地抱住多罗特亚，说：“我可爱的小姐呀，你为什么要把我叫醒啊？现在我如果能闭上眼睛，捂住耳朵，看不到这个不幸的歌手，听不到他唱的歌，就是我最大的幸福了。”

“你在说什么呀，小妹妹？听人说这个唱歌的人是个年轻的骡夫。”

“不，他是有几块封地的贵族。”克拉拉说，“我的灵魂已被他牢牢占据。只要他不放弃我的灵魂，我永远也不会离开他。”

克拉拉这番充满情意的话让多罗特亚十分惊讶，她觉得她小小年纪，说出话来竟然像个大人，就对克拉拉说：“你在说什么呀，克拉拉小姐，我完全没有听懂。你把话再说明白点儿，好吗？告诉我，你说的灵魂和封地是怎么回事。还有你听了他的歌就这样不安，他到底是谁？不过你现在先别说，刚才和你说话，我都没有顾得上欣赏他的歌，我还想继续听他唱下去。好像他现在换了一个曲调，在唱另一首了。”

“随你便吧。”克拉拉说。克拉拉用手捂住了耳朵，不想听。这使多罗特亚更觉得奇怪。多罗特亚仔细听着，只听那人继续唱道：

“我那甜蜜的希望，
不畏千难和万险，
坚定地踏上征途，
勇往直前不停息，
不要泄气和犹豫，
即使步步近死亡。
懒惰匹夫得不到，
辉煌的胜利无望。
顺从命运不抗争，
幸福不会从天降。
爱情到来已不易，
理所应当得代价。
得来全不费功夫，
价低质劣无人要。
追爱百折而不挠，
险阻再大抵目标，
困难重重不彷徨，
难于登天也前行，
毫不犹豫往上攀。”

歌声到这儿停止了，克拉拉竟然哭了起来。听了这么美妙的歌声，克拉拉反倒哭得这么伤心，这使得多罗特亚更想知道其中的缘由。她就问克拉拉刚才说的那番话究竟是什么意思。克拉拉怕卢辛达听见，就紧紧搂着多罗特亚，把嘴贴近多罗特亚耳边，觉得自己的话不会让别人听见了才说：

“小姐，这个唱歌的人是阿拉贡王国一位贵族的儿子，他家就在我家对面。我父亲要求我们家的窗户冬天要拉上窗帘，夏天要放下百叶窗。可不知怎么回事，这个还在上学的小伙子看见我了，不知道是在教堂还是别的什么地方，后来他还爱上了我。他老是在自家的窗户那儿向我打手势，流眼泪，向我表达爱慕之情。我相信了，甚至心里也开始喜欢他了，我自己也不明白是怎么回事。

“他做的手势里，有一个是把两只手合在一起，表示他想和我结婚。我当然愿意和他结婚，可我自幼失去了母亲，我不知道该向谁说这种事。所以只好这么拖着，而我能做的只是趁双方父亲都不在家的时候，把窗帘或百叶窗拉开一点儿，让他能看见我的整个脸庞。每回他都高兴得不得了，像疯了似的。

“后来我父亲要离开那里。他知道了这个消息，当然不是我告诉他的，因为我从来没有机会和他说话。我想他准是伤心得病倒了，因为我们出发那天，我没见着他，就连用眼睛向他告别都没有机会。不过我们走了两天后，在一个离这儿有一天路程的客店里，我看见了他。他就站在客店门口，一身骡夫装扮。他打扮得太像了，要不是我心里已经牢牢刻着他的相貌，一定认不出他来。认出他后，我又惊又喜。他总是避开我父亲偷偷地来看我。无论是在路上还是在我们投宿的客店里碰见我时，他总是躲着我父亲。可我知道他的身份，一想到他是因为爱我，才这样艰难地走路跟着我，不知道吃了多少苦，我心里就很难过。他走到哪儿，我的眼睛也跟到哪儿。我不知道他这样跟着我有什么打算，也不知道他是如何瞒着他父亲跑出来的。他父亲只有他这么一个儿子，所以特别疼爱他，他也无愧于他父亲的喜爱，你见到他就知道了。我还可以告诉你，他唱的那些歌全是他自己编的。我听人说，他很有学问，擅长作诗。不过，我每次看到他或听到他唱歌的时候，就害怕得浑身发抖，怕我父亲认出他来，并看出我们的心思。我一直没和他说过话，但我非常爱他，没有他我就活不下去了。我的小姐，你所欣赏的好歌喉的主人就是这样一个人。仅从他那美妙的歌喉就可以看出他不是你说的什么骡夫，而是我所说的封地主人和占据我这颗心的人。”

"别再说了，克拉拉，"多罗特亚频频吻着她说，"别再说了，你等着黎明的到来吧。我祈求上帝保佑，让你们的事情能办成，因为开端美好，结局也应该圆满。"

"哎，小姐呀，"克拉拉说，"还能指望什么好结局呢？他的父亲地位高贵，又有钱，会觉得我给他儿子做佣人都不配，更别提做他的妻子了。而且，让我瞒着我父亲和他结婚，我是绝对不干的。我只希望这个小伙子赶快回家去，别跟着我。也许看不到他，让他离得远远的，我的心就没有这么痛苦了。不过我觉得这样做也不会有多大作用。我不知道自己见了什么鬼，竟然会爱上他。我们年纪都还小呢，我估计他和我同年，我现在还不满十六岁。父亲说，要到圣米格尔节那天，我才满十六岁。"

听克拉拉说话时孩子气十足，多罗特亚禁不住笑了。

她对克拉拉说："咱们睡吧，小妹妹，天快亮了。等天亮了，咱们再想办法，俗话说得好，万事总有希望。"

说完她们又入睡了。整个客店里一片寂静，只有客店老板娘的女儿和丑女仆睡不着。她们知道堂吉诃德这时疯病犯了，正在客店外面全身披挂地骑马放哨，就决定捉弄他一番，至少去听听他说了什么胡话，好解解闷。

整个客店的窗户都不临街，只有一个存放干草的房子里有个窗洞是朝外开的，干草可以从那里扔出去。两个人就趴在那个窗洞那儿向外看，只见堂吉诃德骑着马，手持长矛，深深地叹息，听起来痛苦万分。随着叹气声，她们又听到堂吉诃德柔声细语地说道："噢，我那美貌绝伦，聪明绝顶的杜尔西内亚·托波索小姐啊，你是人间所有美德的典范，你是贞洁的化身，你现在正在做什么啊？你是否想起了这位拜倒在你脚下的骑士？他历经艰险，就是为了替你效力！噢，有着三张面孔的月亮啊，请你把她的消息告诉我吧！也许你正怀着仰慕的心情注视着她。她大概正漫步在她豪华宫殿的长廊里，或者在平台上凭栏远眺，也许她正在思考该如何安抚我这个为她心碎肠断之人而又无损于自己的高贵身份，思考着该给我这个为她奔波劳累之人什么样的赏赐吧。而太阳啊，你大概已经骑上你的马，一大早就去看望我的意中人。你看到她时，请代我向她问候。不过你得注意点儿，千万不要吻她的脸，我会嫉妒的。我忘了你是在特萨利平原，还是在佩纽斯河边，满怀妒火、汗流浃背地追赶那个狠心的女人，现在我的嫉妒之火更甚你当时。”

堂吉诃德这番缠绵悱恻的话刚说到这儿，客店老板娘的女儿就向他“嗞嗞”地说：“大人，劳驾请到这儿来一下，好吗？”

堂吉诃德听见有人叫他就转过头去。当晚月光皎洁，他发现有人在那个窗洞里叫他。在堂吉诃德的想象中，这个客店是一座富丽堂皇的城堡，那窗洞是窗户，窗户外自然也应该有金窗栏。这个疯癫之人马上想到城堡主漂亮的女儿肯定又像上回那样痴情难耐跑来找他了。不过，为了不显得自己无情无礼，他掉转罗西南特的缰绳，来到窗洞前。他看见那两个姑娘，便对她们说：“美丽的小姐，你对骑士表达了你的一番深情，遗憾的是这位可怜的游侠骑士无法报答，只好辜负你高贵小姐的心意了。你不要怪罪于他，他已经对一位小姐一见钟情，而且奉她为唯一，不可能再去爱第二个姑娘了。请原谅我，好小姐，赶紧回屋去吧，不要再痴情了，否则我的脸色会更难看的。如果你出于爱慕，在我身上发现别的什么中意的东西，只要不是爱情，请尽管说。我以那位不在此地但在我心上的温柔姑娘发誓，哪怕你要的是美杜莎那一根根都是活蛇的头发或者一瓶太阳的光芒，我都一定会给你。”

“骑士大人，这些我家小姐都不需要。”丑女仆这时说。

“聪明的女仆，请问你家小姐需要什么呢？”堂吉诃德问。

“只要您这双美手能伸一只给她，”丑女仆说，“让它可以安抚她的欲望。刚才她被这股热情所指引，不顾体面地跑到这个窗洞来看你，如果她的父亲知道了，至少要割下她的一只耳朵呢。”

“我倒要看看他敢不敢呢，”堂吉诃德说，“不过我劝他最好还是老老实实的。如果他敢碰他多情女儿的细皮嫩肉，那他的下场就是世界上最惨的。”

丑女仆料想堂吉诃德肯定会答应她的请求，就马上想了一条妙计。于是她就跳下窗洞，来到马厩，拿起桑丘套驴的缰绳，急急忙忙赶回来。此时堂吉诃德已经站在罗西南特的鞍子上，他想那位伤心的姑娘正隔着窗栏守在窗户旁，他得站到马背上才能够得着窗洞，他把手伸进了窗栏，对她说：“姑娘，拉住这只手吧，拉住这只惩罚过世界上许多坏蛋的手。拉住这只手吧，拉住这只任何女人都没有碰过的手，就连那位已经主宰我身心的小姐也不曾碰过。我把手伸给你不是让你亲吻它，而是让你看看那上面密布的青筋、结实的肌肉和粗壮的血管，看到这样的手就知道，连着它的胳膊该有多大的力量。”

“我们这就来看。”丑女仆说。她在缰绳上打了一个活结，套在堂吉诃德的手腕上，然后又跳下窗洞，把缰绳的另一端紧紧拴到干草房的门闩上。

堂吉诃德感到手腕被绳子勒得很痛，就说道：“我觉得你不是在抚摸我的手，而是在刮它的皮，磨它的肉。你不要这样虐待它啊。是我的心不爱你，不是这只手的错啊，而且你也不应该把你的满腔愤恨都发泄在小小的一只手上啊。痴情的人是不会这么狠毒地进行报复的。”

不过，堂吉诃德的这些话已经没人听见了。丑女仆把绳子拴好后和客店老板娘的女儿一起笑得前仰后合地离开了。堂吉诃德就这样被拴在那里，脱不了身。

堂吉诃德就这样两脚站在罗西南特背上，胳膊伸在窗洞里，手腕被绳子拴在门闩上。他非常害怕，生怕罗西南特挪动身子，那样他就会悬空吊在一只胳膊上了。所以，他一动也不敢动。还好罗西南特也很有耐心，很安静，就算在那儿站上一个世纪，它也会寸步不移。堂吉诃德看到自己被拴在那儿，两个姑娘已经走了，就认为这回又像上次一样被魔法控制住了。上次他就是在这座城堡里被会魔法的摩尔骡夫痛打了一顿。他暗暗责备自己太没有头脑，第一次在这座城堡里吃了大亏，就不该再冒冒失失自投罗网。按照骑士道的常规，一件事尝试失败了，就证明这是别人分内的事，自己就不该再试第二次了。他往外抽了抽胳膊，看能不能挣脱，可是胳膊被结结实实地拴在那儿，试了几次都没有成功。当然他也只能轻轻地抽，怕惊动了罗西南特。他想坐到鞍子上，可是除非他把手砍了才能坐下来，于是只好在那儿站着。

这个时候，堂吉诃德真想拥有阿玛蒂斯的宝剑，因为这把宝剑可以破除各种魔法；他哀叹自己的厄运；他相信自己已经被魔法制服，担心没有了他，世界会乱得不可收拾；他又想起了心爱的杜尔西内亚·托波索。他大声叫唤他的侍从桑丘，可桑丘此时正躺在毛驴的驮鞍上呼呼大睡，连生养自己的母亲都记不起了；他呼唤博学的利甘德奥和阿尔基费来帮助他；他祈求他的好友乌甘达来搭救他。眼看天快亮了，他急得像头公牛似地吼叫，但都无济于事。不过他并没有指望天明就可以脱离苦难，他觉得他已经受了魔法的诅咒，被永远定在那儿了。他还看到罗西南特也几乎一动不动地站在那儿。这使他更加相信他和他的马都受了定身魔法的诅咒，只能在那儿不吃不喝也不睡，一直待在那里，除非灾难过去或等另一个法术更高的魔法师来为他解除这个魔法。

不过他想错了。天刚蒙蒙亮，就来了四个骑马的人。四个人的行装都很讲究，鞍架上都挂着火枪。客店的门还没开，四个人就把门敲得咚咚响。堂吉诃德此时仍然没有忘记自己守门的职责，一见这情景，便提高嗓门儿严肃地说道："骑士或侍从们，不管你们是什么人吧，怎么能这样敲这座城堡的门呢。明显现在这个时辰，里面的人都还在睡觉，照规矩要等到太阳出来时，城堡的门才会打开。你们靠边站着，等到天亮再说到底该不该给你们开门。"

"这是什么鬼城堡，"其中一人说，"哪里来的这么多规矩？你如果是店主，就快叫人来开门。我们是过路的旅客，只想给牲口喂点草料就走，我们还有急事要办呢。"

"各位骑士，你们看我的样子像店主吗？"堂吉诃德问。

"我不知道你像什么，"另一个人说，"只知道你把这个客店称作城堡完全是胡说八道。"

"这当然是城堡，"堂吉诃德说，"而且是全省最好的，里面还住着手持权杖、头顶王冠的人呢。"

"不如倒过来讲更好，"一个过客说道，"权杖顶在头上，王冠拿在手里。里面住的可能是个剧团吧，那些演戏的就有你说的王冠和权杖。这么一个小小的客店，又这么静悄悄的，怎么住得下什么拿权杖、戴王冠的大人物。”

“你太不了解这个世界了，”堂吉诃德说，“对游侠骑士常遇到的事情更是一无所知。”

同来的旅客懒得再同堂吉诃德费口舌，就使劲地敲门，把店主吵醒了，客店里所有的人也都被吵醒了。店主起来问谁在敲门。这时候，那四个人所骑的马中，有一匹走过来嗅罗西南特。罗西南特正耷拉着耳朵，垂头丧气地站在那儿，一动不动地驮着它那位直挺挺地站着的主人。虽然它看起来像匹木马，可毕竟也是有血有肉的活马，于是它也动情地转过头去嗅同它温存的那匹马。罗西南特只是稍微动了一下身子，就和堂吉诃德的脚错开了一点，他就从马鞍上一下子滑了下来。若不是胳膊还吊在那儿，他就摔到地上去了。他感到一阵剧痛，以为手腕断了或是胳膊脱臼了。他离地面很近了，脚尖几乎可以触到地面，但就是因为这样反而更糟糕。因为他觉得只差一点儿就可以踩到地了，所以就狠命地尽可能把身体拉长，想够着地面。他这样想够又够不着的样子，活像在受吊刑。这种吊刑就是让受刑者以为再伸长一点儿就可以够着地面而减轻点痛苦，就不断向下抻，结果越向下越难受。

第十七章　客店奇闻续篇

堂吉诃德一阵狂呼乱叫，吓得店主赶紧打开门，慌慌张张地跑出来看究竟是谁。客店外面的几个人也跑了过来想看看发生了什么事。丑女仆被这阵喊声惊醒，马上想起是怎么回事。她趁人不注意，立刻跑到堆干草的房子里，偷偷地解开拴着堂吉诃德的缰绳，结果堂吉诃德一下子摔到了地上。店主和几个旅客看见他摔下来了，就问他是怎么回事，干嘛大叫大嚷的。堂吉诃德一句话也不说，解开手腕上的绳子，爬起来就骑上罗西南特，一手拿着盾牌，一手拿起长矛，纵马狂奔了好长一段路，才又慢慢地蹓回来，说道：“谁敢说我中了魔法是罪有应得的？只要我的米科米科娜公主允许，我就要反驳他，向他挑战，和他决斗！”

几个旅客听了堂吉诃德的话觉得很诧异。店主马上告诉他们，这个人是堂吉诃德，他是个疯子，大家不用理会他，他们才明白过来。

几个旅客向店主打听，是否有个十五岁，骡夫打扮的小伙子来过客店。从他们所描述的特征来看，那很像克拉拉的情人。店主说客店里每天都有很多人，没注意到是否有他们所说的那个人。可是他们中间的一个人看到了法官的马车，就说：“他肯定在这儿，因为有人说他就是跟着这辆马车走的。咱们一个人留在门口守着，其他人进去找，还得再派个人在客店周围转一转，免得他从后院翻墙逃跑。”

“就这么办。”其中一人说。

于是四人当中的两人进了客店，一个留在门口，另一个在客店周围转悠。店主把这一切都看在眼里，不明白他们为什么要这样做，猜想他们是要找刚才说的那个小伙子。

这时天已经亮了，再加上堂吉诃德刚才一阵大吵大闹，客店里的人都醒了，也都起了床。特别是克拉拉和多罗特亚起得最早，因为她们晚上都没有睡好，一个是由于情人就在附近而心神不宁，另一个则急于想看到那个小伙子。

堂吉诃德见那几个旅客没有一个理会他，也不回答他的挑衅，十分恼怒。可惜骑士道规定，像他这样已经对米科米科娜公主做出承诺的游侠骑士，在承诺兑现之前是不能去做另一件事的，否则他早就向那几个人进攻了。所以在帮助米科米科娜公主恢复王位之前，他不能挑起新的事端，因此只好强忍怒火，不发一言，看这几个旅客到底想干些什么。一个旅客果然找到了他们要找的那个小伙子，他正睡在一个骡夫身旁，他根本没有想到有人会找他，更没想到居然会被找到。那个旅客一把抓住他的胳膊，说：“堂路易斯少爷，您这身打扮和您的身份真是相称啊！您现在睡在这里也真是对得起您的母亲！”

那个小伙子揉了揉没睡醒的双眼，对抓住他胳膊的人好好地看了看，认出是他家的佣人后，大吃一惊，半天说不出话来。佣人接着又说：

“堂路易斯少爷，您现在除了老老实实跟我们回家去，没别的选择，除非您愿意让您的父亲即我的主人到极乐世界去。您离家出走，您父亲已经痛不欲生了。”

“可是，”堂路易斯问，“我父亲怎么知道我走的这条路，穿的这身衣服呢？”

“是您的一个同学说的，”佣人说，“您告诉了他您的心事，他见您父亲为您的出走伤心不已，实在于心不忍，就告诉他了。于是，您父亲就派我们四个出来找您。我们都在这里听从您的吩咐。能找到您，我们真是非常高兴，比我们想象的还要顺利。带您回去，和日夜思念您的父亲见面，我们就可以交差了。”

“这也要看我愿意不愿意，还要看老天如何安排了。”堂路易斯说。

“还有什么愿意不愿意的？还要看老天的什么安排啊？您除了回家，没有别的办法。”

睡在堂路易斯旁边的那个骡夫听到了两人的这番对话，就起身去把这件事告诉了已起床的费尔南多和卡德尼奥等人。说那个人称那个年轻骡夫为“堂”，想把他带回他父亲家去，而他却不肯。大家领教过他那副天生的好嗓子，听了这个骡夫的话，就急切地想知道他到底是什么人。而且，如果真有人强迫他做什么事情，他们还想帮帮他。于是大家一起来到小伙子跟前，他还在那儿同佣人争辩呢。

多罗特亚这时也正好走出房间，失魂落魄的克拉拉跟在她的后面。多罗特亚把卡德尼奥叫到一旁，将唱歌的小伙子和克拉拉之间的事情简单地告诉了他。卡德尼奥也把那小伙子家的佣人来找他的事情告诉了多罗特亚。他说话的嗓门儿有点大，克拉拉全听到了。她急得不知道该怎么办了，若不是一旁的多罗将亚一手扶住了她，她一定会吓得瘫在地上。卡德尼奥让多罗特亚先陪她回房间去，他来想办法处理这件事。于是她们回房间去了。

四个来找堂路易斯的佣人都进了客店，围着他，劝他不要耽误时间，立刻回去，免得他父亲牵肠挂肚。那个小伙子说，他一定要办完一件事才回去，这件事与他的性命、名誉和灵魂息息相关。几个佣人也坚持说，他不走他们也坚决不走，不管他愿意不愿意，都得把他带回去。

“这可办不到，除非你们带走我的尸体，”堂路易斯说，“否则你们不可能把我带走。等我死了，你们爱怎么带就怎么带。”

这时客店里的很多人都跑来看他们争吵，其中有卡德尼奥、费尔南多和他的伙伴、法官、神父、理发师和堂吉诃德。堂吉诃德觉得这个时候也不用他再守卫城堡了。卡德尼奥已经知道了这个小伙子的事情，就问那几个想带走他的人，为什么要强迫他回去。

“为了救他父亲的命，”其中一个佣人说，“由于这位少爷出走，他父亲怕是活不成了。”

堂路易斯说：“不用在这里讲我的事情。我有自由，我愿意回去就回去；我不想回去，谁也别想强迫我。”

“您总得讲道理吧，”佣人说，“您不讲理，我们得讲理。我们有责任这样做。”

“我们想知道这到底是怎么回事。”法官这时说道。

法官和佣人的主人是邻居，所以佣人认识他，就说：“您难道没认出他吗，法官大人？这个小伙子就是您邻居的儿子。他竟然穿着这身不像样的衣服从家里跑了。”

法官这才仔细地看了看那个小伙子，认出了他，就抱住他说：“你要什么孩子气，堂路易斯少爷？有什么大不了的事，值得你跑到这儿来，还穿着这身不合自己身份的衣服？”

小伙子满含眼泪，一句话也不说。法官叫四个佣人先不要着急，问题会解决的。他拉着小伙子的手，把他叫到一旁，问他为什么会到这里来。法官正在问小伙子的时候，忽然听到有人在客店门口大喊大叫。原来有两个住店的客人见大家都只顾着弄清四个人的来意，就想趁机赖账溜走。不过店主毕竟更关心自己的生意，而不是别人的闲事，所以那两个人刚走出客店门时，他就一把抓住了他们讨要房钱，而且还痛骂他们卑鄙无耻，惹得那两个人恼羞成怒，挥拳相报。店主被他们打得大呼救命。

客店老板娘和她女儿见只有堂吉诃德闲着，可以去救店主，于是那店主女儿便对堂吉诃德说："骑士大人，请您用上帝赐您的本事，去救我那可怜的父亲吧，那两个坏蛋正在像捣谷子一样狠狠地打他呢。"

堂吉诃德听了，过了好一会儿，才不紧不慢地说道："美丽的姑娘，现在我无法答应你的请求，因为我已有承诺，在承诺完成之前，干其他事情是不允许的。不过，我可以教你个办法：你赶紧去告诉你父亲，让他一定要顶住，无论如何也不能被对方打败。我这会儿去求米科米科娜公主准许我去解救你父亲。如果她允许，你放心，我一定会救他脱难。"

"我的天啊！"丑女仆在一旁说，"等您取得这个允许，我的主人早就到另一个世界去了。"

"请让我先去求得这个允许，小姐。"堂吉诃德说，"等我得到这个允许，他就是到了另一个世界也没关系，我也可以把他从那儿救出来，那边的世界不同意也没用；万一没救成，我也可以找让他送命的人报仇，会让你们满意的。"

堂吉诃德不再多说，立即跪倒在多罗特亚面前，用游侠骑士的那套用语请求她恩准自己去解救正在遭受苦难的城堡主人。公主欣然应允。于是堂吉诃德手持盾牌，拿起剑，赶到客店门口。两个客人还在那儿狠狠地打店主。可是，堂吉诃德刚赶到那里就站住不动了。丑女仆问他为什么站住不动，怎么还不赶快去救她的主人，客店老板娘也问他为什么不去救她的丈夫。

"我站住不动是因为我拿着剑和当侍从的人作战是不合规矩的。"堂吉诃德说，"你们去把我的侍从桑丘叫到这儿来，保护城堡主人并替他报仇这件事是他的侍从分内的事。"

这时，他们都在客店门口，那两个旅客挥拳劈掌，每一下都重重地打在店主的脸上和身上，把店主打得鼻青脸肿，一旁的丑女仆、客店老板娘和她的女儿气愤于堂吉诃德的怯懦，眼见自己的主人、自己的丈夫和自己的父亲遭难却什么都做不了，只能干着急。

咱们暂且先把店主的事放在一边吧，反正总会有人救他。如果没人救他，那也只好让他耐着性子受点罪了，谁叫他冒冒失失不自量力呢。咱们再往后走五十步，看看发生了什么事吧。刚才我们谈到法官问堂路易斯为什么到这儿来了，而且还穿着这么不像样的衣服。小伙子像是有什么烦恼的事压在心上，他紧紧拉住法官的手，泪流满面地说道："大人，事到如今，我只能把所有的事情都告诉您了。是上天的意思，也因为我们是邻居，我见到了您的女儿，我的意中人克拉拉。我一见到她，我的心就被她征服了，她成了我灵魂的主人。假如您，我的尊长，我的父辈，如果不反对的话，我今天就想同她结婚。我穿成这样离开家都是为了她，无论她走到哪儿，我都要跟随她，就好似射出的箭飞向靶心，航海的水手跟随北极星一样。她并不明白我的心，只是有几次远远地望见我在流泪，可能才猜到了一点。大人，您知道我的父母所拥有的财富和高贵的地位，而且我是他们的独子。如果您觉得我的家境能让您成全我们的话，就请您同意我做您的女婿。如果我父亲对我自己选择的幸福不满意而另有打算的话，就让时间来改变他的决定吧，因为随着时间的推移，人们不会固执一生的。"

多情的少年说到这儿停住了。法官听了这些话，深感震惊，一时也不知道怎么回答。一方面是由于堂路易斯大胆表露心迹时语气委婉而郑重，另一方面也由于这件事情来得太突兀，太出人意料了，他不知道该如何处理。他没多说什么，只是请堂路易斯先不要着急，并且要想办法留住那几个佣人，让他们不要当天就赶回去，这样就有时间想个周全一些的办法。堂路易斯坚持吻了法官的手，泪水也一滴一滴地落到了他的手上。这一情景就是铁石心肠的人见了也会感动，更何况是法官呢。法官是个聪明的人，知道这桩婚事对自己的女儿非常有利。不过他办事慎重，要尽量征得堂路易斯的父亲的同意。他听说堂路易斯的父亲正在为自己儿子谋取爵位。

此时客人和店主已经和解了。经过堂吉诃德的好言相劝，而不是恶语威胁，客人已经付清了房钱。堂路易斯的几个佣人正等法官与他们的小主人谈完话，看堂路易斯怎么决定呢。可是魔鬼从来都不闲着，这时候那个被堂吉诃德抢走了曼布里诺头盔，又被桑丘换走了驴子上所有鞍具的理发师在魔鬼的驱使下走进了客店。理发师把他的驴牵到马厩时，看到桑丘正在修理驮鞍，立即认出那驮鞍是自己的，就壮了壮胆子，上前揪住桑丘说道："嘿，你这个贼，我终于抓住你了！还我脸盆，还我驮鞍，把你偷去的所有鞍具都还给我！"

桑丘冷不防被人揪住衣领，又听到有人如此辱骂他，就一只手抓住驮鞍，另一只手向理发师的脸猛击一拳，立刻把他打得满嘴是血。理发师挨了打，也不肯放开抓住驮鞍的手，反而提高声音，大喊大叫。客店里的所有人听到都跑过来看热闹。理发师喊道：

"快来维护王法，主持公道！这个拦路打劫的强盗抢了我的东西，还想要我的命！"

"你胡说！"桑丘说，"我才不是拦路抢劫的强盗呢。这是我的主人堂吉诃德打了胜仗缴获的战利品。"

堂吉诃德就在旁边，他看到他的侍从既能为自己辩护，又能主动出击，心里十分得意，从此把桑丘看成有出息的人，心里盘算着一有机会就要封他为骑士，料想桑丘一定会是个好骑士。理发师极力地争辩道："各位大人，这头驴子的驮鞍是我的，这就好像我们最后都要去见上帝一样确凿无疑。我一眼就认得，就好像它是我生的一样。我的驴就在马厩里，我想说谎也不可能，不信你们就去验验。如果这驮鞍和我的驴子不相配，我就是无赖。还有，我的一个新脸盆，我买来还没有用过呢，能值一个埃斯库多，也被他们抢走了。"

堂吉诃德这时忍不住要反驳几句了。他来到桑丘和理发师中间，把他们分开，又把驮鞍放在地上，让大家看清楚到底是个什么东西。他说道：

"诸位可以看清楚，这位忠实的侍从完全搞错了。他所说的脸盆，一直都是曼布里诺的头盔，无论是过去、现在，还是将来，都是头盔。那是我在一次战斗中从他那儿缴获的，是合理又合法的。至于那个驮鞍，我不介入。我只知道当时这个被我打败的胆小鬼有几件马具，我的侍从桑丘就请求我允许他拿来装备他的坐骑。我允许了，他就拿了。至于马具为什么会变成驴子的驮鞍，我只能给出这样的解释：这种变来变去的事情是游侠骑士常遇到的。为了证明这一点，桑丘，你去把这位老兄说成是脸盆的那个头盔拿到这儿来让大家好好看看。"

“天哪，大人，”桑丘说，“如果我们只有这一个证据，那只能承认曼布里诺的头盔是个脸盆，马具也只能是这个人的驮鞍了。”

“叫你拿，你就去拿，”堂吉诃德说，“这座城堡里的所有东西又不是都中了魔法。”

桑丘把脸盆拿来了，堂吉诃德马上把它拿在手里，说道：

“诸位看看，这位侍从说这是个脸盆，而不是我说的头盔，这实在是太不要脸了。我以自己奉行的骑士道的名义发誓，这就是我从他那儿缴获的头盔，分毫未变，和原来一样。”

“这是毫无疑问的，”桑丘这时说，“自从我的主人打了那次胜仗，缴获了这个头盔，只用来打过一次仗，就是释放那批带锁链的倒霉鬼那次。当时石头像雨点一般地打过来，幸亏有了这个头盔，主人才没有吃大亏。”

第十八章　曼布里诺头盔和驮鞍疑案及其他事真相大白

“诸位大人，”理发师说，“这两位绅士一口咬定说这不是脸盆，而是头盔。你们怎么看？”“要是哪个骑士说它不是头盔，”堂吉诃德说，“我一定会让他承认自己是在撒谎。要是哪个侍从这样说，我就要他承认自己撒了一千次谎，一万次谎。”我们认识的那位理发师也在场。他十分了解堂吉诃德的脾气，于是就帮着他一起胡说，好逗大家笑，于是他对这位理发师说：“理发师大人，或者别的什么大人，你知道我和你是同行。我通过理发师考试，获得合格证已经二十多年了，对理发的每一件工具都很熟悉。我年轻时还当过兵，知道什么是头盔，什么是高顶盔，什么是戴面罩的盔，还有其他军事用品，当然我指的是战士用的各种武器。如果没有其他人给出高见，否则我要说这位大人手里拿的这个东西，非但不是理发师用的洗脸盆，而且跟洗脸盆差着好远呢。它们之间的差异就好像黑与白、真与假一样不能混淆。不过虽然它是个头盔，却是个不完整的头盔。”“当然不完整，”堂吉诃德说，“还缺少护脸的那一半。”“就是这样的。”神父显然已经明白了他这位理发师朋友的用意，接口说。卡德尼奥、费尔南多和他的伙伴们也都附和着这么说。法官若不是还在想女儿同堂路易斯的那门婚事，也会来凑这个热闹。不过他所考虑的事非常重要，根本没有心思去开玩笑。“上帝保佑啊！”这位受到捉弄的理发师说，“这么多正经的人都说这不是脸盆而是头盔，这怎么可能呢？这事太奇怪了，就是大学里最有学问的人听了都会感到惊奇。好吧，假如这个盆是头盔，那么这个驮鞍就是这位先生说的马具了。”“我倒觉得它是驴子的驮鞍，”堂吉诃德说，“不过我刚才说了，这件事我不掺和。”

“到底是驴子的驮鞍还是马具，以堂吉诃德大人的话为准，”神父说，“凡是坐骑与骑士的事情，我们大家都听他的。”“大人们，”堂吉诃德说，“老实说。我两次在这座城堡里借宿，遇到了不知道多少奇怪的事情，弄得我都说不准这些到底究竟是怎么一回事了，我总认为这里所有的东西都中了魔法。第一次住在这儿的时候，有一个会魔法的摩尔人把我狠狠地揍了一顿，他的随从们让桑丘也吃了不少苦头。昨天晚上，我这只胳膊又被拴着吊了两个钟头，我也不知道怎么会受这场灾难。所以，现在让我对这桩复杂的疑案下结论，肯定会出错。刚才有人说这是盆，不是头盔，我已经做了反驳。至于那究竟是驴子的驮鞍还是马具，我可不敢贸然下定论，还是请诸位说说自己的看法。你们不像我受封过骑士，也许就可以不受这儿的魔法的影响，能自由地思考问题，按照这座城堡的实际情况做出判断。”“说得不错，”费尔南多这时说，“堂吉诃德大人的这番话很有道理，这场争论应该由我们来公断。为了公平起见，我先暗中征求大家的意见，然后再当众公布结果。”

对于那些知道堂吉诃德得了疯病的人来说，就当是看个笑话了，那些不了解堂吉诃德的人就觉得这简直荒唐透顶，特别是堂路易斯和他的佣人，以及另外三个刚来的客人。这三个人看样子像圣友团的团丁。不过只有那个理发师感到最气愤，眼睁睁地看着他的铜盆变成了曼布里诺的头盔，想必他那个驴子的驮鞍也会变成贵重的马鞍。大家都笑呵呵地看着费尔南多跟在场的几个人窃窃耳语，询问他们对这个大家争执不休的宝贝究竟怎么看，到底是驴子的驮鞍还是马具。费尔南多向所有认识堂吉诃德的人征求过意见之后就高声说道："兄弟，你听我说，我问了好多人都问烦了，因为我请教的每个人都认为，这个东西是马具，而且是一匹好马的马具，被当作驴子的驮鞍太荒唐了。现在你不要着急，这件事由不得你和你的驴了，这确实是马具而不是驮鞍，你弄错了。""你们才搞错了，"那个受到愚弄的理发师说，"不然，我就上不了天堂。希望我的灵魂在上帝面前也像这是驮鞍，不是马具那样真实。不过'法律总是顺从……'下面的话我不说了。我肯定没有喝醉，要知道我还没吃早饭呢。"

大家都被死心眼儿的理发师和荒唐的堂吉诃德逗得哄笑起来。堂吉诃德这时候说道："现在就请各人把各人的东西拿走吧，上帝赐福给谁，圣彼得就赐福给谁。"这时四个佣人中的一个说道："这不是存心在开玩笑吧？我简直不能相信，他们居然说这不是盆，那不是驴子的驮鞍。这些人看起来可是头脑很清醒的啊。不过我看他们硬是要这样颠倒事实，黑白不分，这其中必有奥妙。我向天发誓，"他随即就真的发了誓，"世界上所有的人都不能让我相信这盆不是理发师的脸盆，那驮鞍不是公驴的驮鞍。""也可能是母驴的驮鞍哦。"神父说。"那是另一回事，"佣人说，"问题不在这儿，问题的关键在于它到底是驮鞍呢，还是像你们说的不是驮鞍。"这时，刚进店的一个团丁听到他们的争论，就怒气冲冲地说道："驮鞍就是驮鞍，就像我父亲就是我父亲一样，不管是过去还是将来，谁要说不是，就是喝多了。""你这个浑蛋，简直胡说八道。"堂吉诃德说。

堂吉诃德说着举起了他那从不离手的长矛，狠狠地向团丁头上打去。若不是团丁侧身躲开了，肯定就被打倒在地了。长矛打到地上断成了几截。几个团丁见自己的同伴被打，立刻以圣友团的名义高声呼救。店主也是圣友团成员，听见呼救，立刻跑进屋里拿来权杖和剑，准备帮助自己的同伴；堂路易斯的四个佣人怕堂路易斯趁乱跑掉，马上将他围住；理发师见客店里乱成一团，就去抓自己的驮鞍，可是桑丘也抓住不放；堂吉诃德拔出佩剑，冲上前去和团丁厮杀；卡德尼奥和费尔南多都在帮助堂吉诃德。堂路易斯就大声喊佣人们放开自己，去帮助堂吉诃德和其他人。神父大喊大叫；客店老板娘尖声尖叫；她的女儿难过得直叹气；丑女仆一直哭个不停；多罗特亚吓蒙了；卢辛达也吓得说不出话；克拉拉更是吓得晕过去了。理发师用棍子打桑丘，反而被桑丘一顿猛打；堂路易斯的一个佣人怕堂路易斯跑了，就抓住他的一只胳膊，反被堂路易斯一拳打得满嘴是血；法官连忙去护着堂路易斯；费尔南多一脚将一个团丁踢倒在地，痛痛快快踩了一顿；店主又以圣友团的名义大声呼救。一句话，客店里有人哭，有人喊，有人叫，有人惊慌失措，有人缩成一团，有人无辜遭殃，有人挥拳拔剑，有人拳打脚踢，人们打得头破血流。

堂吉诃德见大家乱成一团，脑海里忽然闪现出阿格拉曼特大混战的场面，于是他大喝一声，客店都被震动了："大家都住手，把剑收好，安静点儿！想要活命的就听我说！"听他这一喊，大家全都住了手。他又接着说道："诸位，我早就告诉过你们，这座城堡已经被魔法控制，里面魔鬼成群。不信的话，就请看看吧，阿格拉曼特大混战已经转移到我们这里来了。那儿为了争剑，这儿为了夺马，那儿为了老鹰，这儿为了头盔，你争我夺的，其实都是着了魔。法官大人，请您过来，神父大人，也请您过来。你们两人一个人代表阿格拉曼特国王，一个人代表索布利诺国王，为大家讲和吧。我向全能的上帝发誓，咱们在场的这么多体面的人，为了这些小事而互相残杀，实在是太荒唐了。"

几个团丁没弄懂堂吉诃德说的这番胡言乱语，只是觉得刚才被费尔南多、卡德尼奥和他的同伴揍得不轻，不愿意就此罢休。理发师倒是不想再打了，因为在刚才的混战中他的一脸大胡子被揪得没剩几根了，他的驮鞍也被弄坏了。桑丘倒是个忠实的侍从，对主人堂吉诃德唯命是从；堂路易斯的四个佣人觉得再打下去对自己也没什么好处，也就住手了。只有店主坚持要对堂吉诃德进行惩罚，因为他每次来客店，都搅得店里一团糟。最后，这场争论总算平息下来了。不过对堂吉诃德来说，要弄清究竟是驴子的驮鞍还是马具，脸盆还是头盔，客店还是城堡，怕是要等到末日审判那天才行了。

在法官和神父的劝说下，大家终于心平气和下来。堂路易斯的几个佣人又来催小主人堂路易斯同他们一起回去。法官趁堂路易斯同他们谈判的时候，就把堂路易斯对他说的那些话告诉了费尔南多、卡德尼奥和神父，请教该如何处理这件事情。最后商量的结果是，费尔南多就向堂路易斯的佣人们透露了自己的身份，并表示他愿意请堂路易斯去安达卢西亚见他的哥哥侯爵大人，他的哥哥肯定会以礼相待。费尔南多这么说是因为他明白堂路易斯决心已定，就是被撕成碎片，也不会回去见他的父亲。四个佣人知道费尔南多的身份和堂路易斯的决心后，决定先回去三个人，将情况向堂路易斯的父亲禀告，一个人留下来侍候和看守堂路易斯，不让他乱跑，等他们见了堂路易斯的父亲之后看他有什么吩咐再做安排。

于是凭借阿格拉曼特的威望和索布利诺的智谋，这场混战终于平息下来。可是爱无事生非的和平的死敌觉得自己受到了蔑视和嘲弄，觉得刚才在费尽心机挑起来的混乱中没捞到什么好处，就想再显身手，重新挑起一次新的纠纷。

那几个团丁隐约听说了对手的身份，觉得再打下去，不管最后怎么了结，吃亏的只能是他们自己，也就罢手了。然而那个被费尔南多踩得半死的团丁，这个时候忽然想起自己身上带着几份捉拿罪犯的通缉令，其中一张正是捉拿堂吉诃德的。看来桑丘的担心不是没有道理，因为堂吉诃德释放了那批苦役犯，圣友团已经下令缉拿他。想到这里，那个团丁就想核对一下堂吉诃德的特征是不是和通缉令上说的一样。他从怀里掏出一张羊皮纸，找到有关堂吉诃德的那部分，一个字一个字地看起来，因为他识字不多。他看一个字，就抬头看一眼堂吉诃德，将通缉令上形容的特征和堂吉诃德的面容一一核对。最后，他确定这个人就是通缉的对象。一核实完，他马上叠起羊皮纸，左手拿着这张纸，右手一把紧紧抓住堂吉诃德的衣领，紧得让堂吉诃德气都喘不过来了。他大声说："快来帮助圣友团！大家看清楚，我抓他可是有凭有据的。你们看看这张通缉令，上面写得清清楚楚，要缉拿这个拦路抢劫的强盗。"神父拿过通缉令一看，正像团丁说的那样，上面描绘的特征与堂吉诃德完全相符。堂吉诃德见这个混蛋竟敢这样对待自己，立刻火冒三丈，浑身的骨头都气得嘎嘎直响，马上用双手紧紧掐住了团丁的脖子。若不是其他几个团丁赶来帮忙，这个团丁不等堂吉诃德松手就一命呜呼了。

店主当然要帮助自己的同僚，便急急忙忙地赶过来。客店老板娘见丈夫又卷进打斗中，就又尖声尖气地叫起来。丑女仆和店主的女儿也大声呼应，祈求上帝的保佑和在场的人的援助。桑丘看了说道："上帝啊，我的主人说这座城堡中了魔法，真是一点儿都没错，这里就一刻都没有安宁过！"

费尔南多赶紧过来把堂吉诃德和团丁分开。那两个人一个抓住对方的衣领，一个卡住对方的脖子，费尔南多掰开了两个人的手，他们才缓了一口气。可是团丁们并不善罢甘休。他们请求大家帮忙把堂吉诃德这个通缉犯捆起来交给他们，说这样才能算尽了对国王和圣友团的责任。他们以圣友团的名义再次请求大家帮忙捉拿这个拦路抢劫的强盗。

堂吉诃德听到这话冷笑一声，不慌不忙地说道："过来听着，你们这些没有教养的下等人！释放戴锁链的苦役犯和囚犯，给他们自由，扶弱济贫，帮助受难者，在你们眼中，这些竟然是拦路抢劫？你们真是卑贱的小人，头脑简单。老天没有告诉你们游侠骑士的高尚就是对你们的惩罚！你们竟敢当着游侠骑士的面污辱游侠骑士的形象，什么团丁，我看你们倒像结帮的强盗，打着圣友团的旗号到处拦路抢劫！告诉我，是哪个无知之徒敢签发通缉令来捉拿像我这样的游侠骑士？游侠骑士不受任何法律的管辖，他们手中的剑就是法律，他们的勇气就是权力，他们服从的只是自己的意志。我再说一遍，那个无知之徒连这点都不知道吗？要知道游侠骑士自从受封开始承担骑士道的责任后，所享受的特权和豁免权就比贵族册封书上规定的还要多。哪个笨得没脑子的人会连这个都不知道？哪个游侠骑士付过贸易税、国王娶亲税、王威税、道路交通税和航道税？哪个裁缝给骑士做衣服还要收工钱？哪个城堡主款待了骑士还要他付账？哪个国王不邀请他同桌吃饭？哪个姑娘见了骑士不倾慕他们？最后，不论过去、现在和将来，世界上有哪个骑士见了四百个团丁还不能打上四百大棍的？"

第十九章　奇遇团丁，好骑士堂吉诃德勃然大怒

就在堂吉诃德义愤填膺、慷慨陈词的时候，神父正在给团丁进行解释，告诉他们堂吉诃德神志不正常，大家都看到了他的所作所为，因此没有必要执行通缉令了。就算现在把他抓走，以后看他是个疯子，还是会放了他。可那个拿通缉令的团丁说，堂吉诃德是不是神志不清与他无关，他只是在执行上司的命令，将他缉拿归案，以后就算放堂吉诃德三百次都与他无关。“话虽然这么说，”神父说，“这次还是请你们不要带他走了。况且，我很清楚，他是不会让人把他抓走的。”事实也是如此。神父说了不少好话，团丁们也知道堂吉诃德做的那些疯事，如果他们还不承认堂吉诃德是疯子，那么他们就比堂吉诃德还要疯了。所以，他们倒也愿意息事宁人，甚至还愿意为理发师和桑丘进行调解，因为两人还在为刚才那场争执而愤愤不平呢。团丁们以执法者的身份做出裁决，双方交换驮鞍、肚带和笼头，对这样的裁决，双方虽然不能算是满心欢喜，倒也不再争吵了。

至于那个曼布里诺的头盔，神父瞒着堂吉诃德，偷偷给了理发师八个雷阿尔，就算把那个盆买了下来。理发师还写了收条，表示永不反悔。这两件最棘手的纷争解决了，就只剩下堂路易斯的问题了。只要他的佣人同意回去三个，只留下一个陪着堂路易斯上费尔南多家去，这个问题就能解决了。大家都时来运转，无论是客店里的恋人还是勇士，他们的问题都一一得到解决，该有个圆满的结局。堂路易斯的仆人都表示愿意听从他的吩咐。堂娜克拉拉知道这个情况后更是笑逐颜开。看看她的脸就可以知道，她内心有多么欣喜。

索赖达虽然不太理解眼前的事情，但是她一直注意观察别人的表情，看到别人高兴，她也开心；看到别人伤心，她也难过。她还特别注意观察那位西班牙人，眼睛始终离不开他，她的心全都系在他身上了。店主看到神父赔偿给理发师一笔钱，也要求堂吉诃德付清房费和赔偿损坏的皮酒囊和红葡萄酒的损失，发誓说如果不将欠款和赔偿金一分不少地付清，罗西南特或者桑丘的驴就休想走出客店的门。神父过来调解，法官表示愿意出

钱赔偿，不过最后还是由费尔南多支付了这笔款项。这回客店终于安静下来了，堂吉诃德所说的阿格拉曼特大混战，已经变成奥古斯都大帝时期一片和谐安宁的景象。这多亏了神父好心又会说话，以及费尔南多的无比慷慨。

堂吉诃德觉得自己已经摆脱了纠纷，便认为该继续赶路，去完成公主选中他干的那件大事。他打定主意，就跑去跪在多罗特亚面前。多罗特亚让他先起身再说话。堂吉诃德为了尊重她，站了起来，说道："美丽的公主，俗话说，勤奋是好运之母。过去的很多事实都证明，只要认真去干，即使后果难料的事情也会有很好的结果，这点在军事上尤为明显。打仗时行动迅速，才能出其不意，攻其不备，取得胜利。尊贵的公主，我这么说是因为我觉得咱们再在这个城堡待下去已经没有什么意义了，不但没有好处，反而还有害处，这点我们以后就会知道。我是怕与您为敌的那个巨人会通过潜伏在这里的奸细得知我马上就要去攻打他，他就会抓紧时间，为城堡修建坚不可摧的工事，那么我再做任何努力都是白费，我的臂膀再有力量，也会无济于事。所以，我的公主，咱们得马上出发，防着他，这样才会有好运。只要我和您的仇敌一见面，您就可以如愿以偿，得享清福了。"堂吉诃德讲完，静静地等候美丽公主的回答。公主一副威严的样子，顺着堂吉诃德的语气回答道："骑士大人，您真是扶弱济贫的骑士，这么愿意帮我解除危难。我是万分感激。愿上帝保佑，您我的愿望都能实现，那时候您就会知道世界上还是有感恩的女人。我同意您所说的应该马上启程。我的事情，都随您安排，我既然把身体交予您保护，把光复王国的重任托付给您，一切自然任您安排，我毫无异议。""那就这么定了，"堂吉诃德说，"公主如此礼待于我，我一定抓紧时机，扶助您重登世袭的宝座。咱们最好趁早动身，我急于上路。要知道，人们常说，拖拖拉拉，危险加大。不过还好，能够让我畏惧的人，天上没有，地狱里就更没有。桑丘，快给罗西南特备好鞍，再准备好你的驴和女王的坐骑，咱们去辞别城堡主和那几位大人，马上出发。"

桑丘一直站在他的身边。这时他摇晃着脑袋说："哎呀，大人啊大人，村里的丑事可比传闻还要多！女客们别介意我这么说。”“你这个乡巴佬，世界上哪个村庄，哪个城市，在传我的丑事来坏我的名声？”堂吉诃德说。桑丘说：“我作为一个好侍从，有些事是应该向主人说的。您若是生气，我就不说了。”“你随便说，爱说什么说什么，只要你不拿话来吓唬我。”堂吉诃德说，“你害怕，是你自己的事，反正我不害怕，我本来就没什么好怕的。”“老天啊，我不是这个意思！”桑丘说，“我是说，我现在已经弄清楚了，这个自称是伟大的米科米孔王国女王的姑娘，其实跟我母亲一样是个平民。她要真是女王，就不会趁人不注意偷着同我们这伙人里的某个人没完没了地亲嘴了。”

听桑丘这么一说，多罗特亚的脸马上就红了，因为她的丈夫费尔南多的确有几次避着大家，用自己的嘴唇要求她给他的情爱一点奖赏。这事被桑丘看见了，就觉得她的行为这样轻佻只能是妓女，压根儿就不是一个伟大王国的女王。多罗特亚听了不知道该如何回答，而且也不想回答桑丘的话，就任他说下去。桑丘又说：“大人，我这么说是有道理的。咱们这么多天来到处奔波，白天不停赶路，晚上睡不好觉，到头来却是让那个在客店里逍遥自在的人坐享其成。既然这样，您又何必催我为罗西南特备鞍，为我的驴上驮鞍，为她准备坐骑呢？我们不如好好地待在这里，让婊子去纺纱，我们好吃现成的。”

上帝保佑！堂吉诃德听到自己的侍从竟说出这样的胡话，气不打一处来！他的眼睛都要冒出火来了，舌头都僵了，还说：“你这个下贱坯子，冒失鬼，没有礼貌还什么都不懂，就敢背后污蔑别人！你竟敢当着我的面，当着这么多尊贵小姐的面，说出这种无耻的话来！你这个糊涂蛋到底在想些什么乌七八糟的事情！你这个万恶的魔鬼，真是卑鄙下流，愚蠢透顶，专门造谣生事，恶意中伤。你赶快从我面前滚开，免得我看了又生气！”说完他紧皱双眉，鼓着腮帮子，瞪着周围的人，右脚在地上狠狠地跺着，显然满腔的怒火不知该如何发泄。桑丘听了堂吉诃德这些话，又见他气得火冒三丈，吓得赶紧缩成一团，恨不得脚下有个裂缝，好让他钻进去。他不知道该怎么办才好了，只好转身走开。

多罗特亚十分了解堂吉诃德的脾气，为了平息他的怒气，马上机灵地对他说："狼狈骑士大人，您不要生气，您这位善良的侍从这样胡说肯定是有原因的。他是个明白人，又有基督徒的良心，不会平白无故地诬陷谁。应该就像骑士大人您说的，魔法控制了这座城堡。所以我说，桑丘一定也是着了魔，才会看到那些有损于我的尊严的无中生有之事。"

"我向全能的上帝发誓，"堂吉诃德说，"公主您说得完全对。桑丘这个孽种一定是中了某种魔法才会看到根本不可能的事情，我知道他这个倒霉鬼。他善良忠厚，不会随意污蔑他人。""毫无疑问，肯定是这样，"费尔南多说，"所以您，堂吉诃德大人，应该原谅他，让一切都和原来一样，别让他继续糊涂下去，丧失理智。"堂吉诃德就说他原谅桑丘了，于是神父就去把桑丘找回来。桑丘低垂着脑袋，跪在堂吉诃德面前，请求吻主人的手。堂吉诃德把手伸给他，并祝福他。堂吉诃德说："桑丘，我对你说过多次，这座城堡的一切都中了魔法，现在你该相信了吧。""这个我相信，"桑丘说，"不过那次被单的事情可是真事，不是我幻想的。""你别这么想，"堂吉诃德说，"如果那件事是真的，我当时就为你报仇了，就算那个时候没报，现在也会为你报。可是无论是当时还是现在，我都找不到该向谁去报仇。"

大家都想知道被单的事究竟是怎么一回事，于是店主就把桑丘那次被兜在被单里在空中翻滚的遭遇一五一十地讲了一遍，大家听了都哈哈大笑。幸亏堂吉诃德再三向他保证那次的事情也是魔法，不然桑丘早就羞愧得无地自容了。不过，桑丘就算脑子再笨，也始终不相信自己中了魔法，他总觉得自己当时是被一群有血有肉的人给兜在被单里往空中抛的，而不是像他的主人说的那样是如梦如幻的幽灵干的。

又过了两天，住在客店里的贵客们觉得该启程了。他们决定按照原来商定的办法，还是让神父和理发师把堂吉诃德送回家乡去，而不用再假借解救米科米科娜公主的名义而劳烦多罗特亚和费尔南多了。恰巧有一辆从那儿路过的牛车，他们就同赶车的商定把堂吉诃德用牛车送回去。他们在牛车上用木条装了个像笼子样的东西，让堂吉诃德能够舒舒服服地待在里面，根据神父的安排，费尔南多和他的伙伴们、堂路易斯的佣人和团丁们都蒙上脸，装扮成各式各样的人，让堂吉诃德认不出来。一切准备妥当之后，他们悄悄走进堂吉诃德的房间。堂吉诃德两天来经过了几番打斗，已经疲倦，正在休息。他睡得很沉，一点儿也没有察觉到他们的到来。大家一下子把他紧紧按住，将他的手脚都捆得结结实实的。待被惊醒时，他已经动弹不得，只能瞪着眼睛惊奇地看着眼前这些奇形怪状的面孔。此时他疯疯癫癫的头脑中又浮现出那个怪诞的想法，相信这些模样奇怪的人就是控制这座城堡的鬼怪，他自己也肯定中了魔法，所以动弹不得。神父早就预料到这一切。在场的人中，只有桑丘没有化装，他的头脑现在很正常，虽然他有时候同他的主人一样疯，但现在还是能认出那些化了装的人来。不过他一直没敢开口说话，想看看他们把他的主人突然抓起来到底要干什么。堂吉诃德也一言不发，只是在等这场灾祸过去。人们把笼子抬过来，把堂吉诃德关了进去，又在入口处钉了许多木条，无论是谁都不能轻易打开这个笼子。

大家把笼子抬起来，走出房间时，忽然听见一个令人毛骨悚然的声音。大家都知道是理发师发出来的，不是那位要驮鞍的理发师，而是和神父一起来的那一位。那声音说道："噢，狼狈骑士，不要因为被关在笼子里就感到苦恼。因为只有这样做才能使你的征险大业尽早完成。当曼查的雄狮和托波索的白鸽双双低垂高昂的头颅，接受婚姻枷锁时，你的事业就会成功。这对前无古人的夫妇会生出一堆凶猛的幼崽，就像它们勇敢的父亲那样张牙舞爪，施展自己的才能。追赶仙女的太阳神还没有在黄道上跑完两圈就可以实现所有这些。至于你，你是那些腰间佩剑，留着胡子，嗅觉灵敏的众多侍从中最高尚、最温顺的一位，不要因为人们当着你的面带走了游侠骑士中的精英就气馁悲伤。只要造物主愿意，你马上就会变得高贵，到时候你自己都认不出你自己了。你那个善良的主人对你的承诺也一定会兑现。我以谎言女神的名义向你发誓，你一定会拿到你的工钱，到时候你就会明白了。你跟着你那位被魔法制服了的主人往前走，无论到哪儿，你都要跟着他。我只能说这些了，愿上帝保佑你，我要回去了，回到只有我自己才知道的地方去。”说到这儿，那个声音还提高了嗓门儿，随后又化为轻声细语，结果就连那些明知道是理发师在开玩笑的人听了都信以为真。

堂吉诃德听到这番话放心了，因为他很快领会了预言的含义。那就是他知道他和托波索他那亲爱的杜尔西内亚注定能结成神圣的婚姻，从她肚子里还会生出一窝小狮子，都是他的孩子，从而使曼查的光荣世世代代保留下去。他坚信这是事实，所以长长地吁了一口气，高声说道：“那位预示了我美好未来的先生，不管你是谁，请你替我求求那位负责我事情的魔法师，在我刚才听到的那个令人兴奋、妙不可言的预言实现之前，千万不要让我死在这个囚笼里。如果这些预言能够实现，就算身在牢笼，我也以苦为荣；就算满身锁链，我也觉得舒服；就算睡在这硬木板上，我也不会觉得是在战场上受罪，反而觉得是躺在松软的婚床上享受。至于如何安慰我的侍从桑丘，我相信他心地善良，品行端正，不管我的命运是好是坏，他都不会抛弃我。如果我和他都遭受了厄运，使我不能够实现我的承诺，给他一个岛屿或其他类似的东西，那他的工钱我一定不会少给的。这在我的遗嘱里已经写明，不能按他对我的辛劳付酬，也要按我的财力付给他工钱。”

桑丘毕恭毕敬地向他的主人堂吉诃德鞠了一躬，吻了他的双手。因为堂吉诃德的双手被捆在一起，不能只吻一只。接着，那几个妖魔鬼怪就扛起笼子，把它放到了牛车上。

第二十章　堂吉诃德出奇地中了魔法及其他奇事

堂吉诃德见自己就这样被关在笼子里，装上了牛车，说道：“我读过很多有关游侠骑士的传记，却从来没有读过、见过或听说过用这种方法来摄走着了魔的骑士，牛可是一种又懒又慢的牲畜，不知道要多长时间才能到达目的地。要知道，他们应该用一块乌云托住着了魔的骑士，要不就用火轮车，或者飞马一类的怪物，忽地一下就从天空飞走了，而不是这样用牛车来运送着了魔的骑士的。上帝保佑，真把我弄糊涂了。不过，也可能是当今的骑士和魔法都和以前不同了，也可能因为我是新一代的骑士，要知道是我首先重振了被人遗忘的骑士道，所以，让我着魔的方式和摄走我的方式都发生了变化。桑丘，你觉得是不是我所说的这样呢？”

“我也不知道该怎么看，”桑丘说，“我可不像您，读过那么多的游侠骑士小说。不过我敢肯定那些鬼怪不全是真的。”“还不全是真的？我的爹啊！”堂吉诃德说，“他们一身幽灵打扮，用魔法把我弄成这个样子，都还不是真的鬼怪，怎样才算是真的呢？你想知道他们是不是真的魔鬼，就去摸摸他们吧，就会发现他们没有实在的身体，就是一阵烟，外表是个空壳。”“大人，老实说吧，我已经摸过了，”桑丘说，“这个在这儿忙过去忙过来的魔鬼身上全是结结实实的肉，而且还跟我听说的魔鬼都不一样。我听说魔鬼身上都是一股硫黄味，还有其他怪味，可这个魔鬼，远在半里之外就可以闻到他身上的琥珀香了。”桑丘说的是费尔南多。他是个贵族绅士，身上肯定有桑丘说的那种香味。

“你不要奇怪，桑丘，”堂吉诃德说，“我告诉你，魔鬼都很聪明，如果他们身上沾了什么气味，一般是闻不出来的，而且他们是精灵，不应该有什么味道。就算有，也不会是什么香味，只能是恶臭。原因是他们无论到哪儿，都离不开地狱，摆脱不了磨难和痛苦。而香味闻了能让人感到心情愉快，所以他们身上不可能有香味。如果你觉得闻到了那个魔鬼身上的香味，不是你被骗了，就是他存心想迷惑你，让你以为他不是魔鬼。”主仆两人就这样说着话。费尔南多和卡德尼奥决定赶紧启程，以免让桑丘识破他们的计谋，因为看样子桑丘已经快要猜透了。他们把店主叫到一旁，吩咐他为罗西南特备好鞍，为桑丘的驴套上驮鞍。店主马上去做。这时神父已经同团丁们商量好，用钱雇用他们一路护送到目的地。卡德尼奥把堂吉诃德的盾牌和铜盆挂在罗西南特鞍架的两侧，又让桑丘骑上驴，牵着罗西南特，再让团丁拿着火枪在牛车的两边押送。

他们马上就要出发了，客店老板娘、她的女儿和丑女仆都出来与堂吉诃德告别。她们假装为堂吉诃德的不幸而伤心流泪。堂吉诃德就对她们说：“我的小姐们，不要哭，我们游侠骑士总是免不了像这样的灾难，否则我就不是什么有名的游侠骑士了。名气不高的骑士根本不会有这样的遭遇，因为世界上没有人会去理会他们。可那些英勇的骑士就不同了，他们的品德和勇气总是遭到许多君主和骑士的嫉妒，所以他们就会使出一些卑鄙的手段来陷害这些好人。可是，高尚品德的威力是巨大的，仅凭它自身的力量，就足以战胜魔法祖师索罗亚斯德创造的各种妖术，克服重重困难，就像太阳映照全世界。美丽的小姐们，如果我疏于检点，对你们有什么失礼的地方，请你们原谅，我不是有意的。现在我被某个可恶的魔法师关进了牢笼，请你们替我向上帝祈求，把我救出这个牢笼。如果我能重获自由，我一定不会忘记我在这座城堡受到的恩待，我一定会尽力报答你们，为你们效劳。”

城堡的几位女人这边同堂吉诃德说话的时候，神父和理发师也正在另一边同其他人告别，有费尔南多和他的伙伴，上尉和他的弟弟，还有多罗特亚和卢辛达那些如愿以偿的小姐们。大家互相拥抱，并约定以后要多联系。费尔南多还把自己的地址告诉了神父，让神父一定要写信告诉他堂吉诃德的情况，因为他很关心。他答应也会把神父想知道的事情都告诉他，比如他自己的婚礼、索赖达的受洗礼、堂路易斯的婚事以及卢辛达回家的事等。神父答应一定将消息及时写信告诉他。两人再一次拥抱，并重申前面的约定。

店主跑到神父身边，交给他一些手稿，说是在放《一个无端猜疑之人的故事》的手提箱的夹层找到的。既然手提箱的主人到现在也没有回来，不如请神父都带走，反正他自己又不识字，留着也没用。神父谢过他后翻开手稿，只见首页的标题是《林科内塔和科尔塔迪略的故事》，知道又是一部小说。他想到《一个无端猜疑之人的故事》那部小说写得不错，这部小说也应该写得不错，因为可能出自同一个人的手笔，于是就小心翼翼地收好手稿，准备有空时再看。神父和理发师为了防止堂吉诃德认出他们来，脸上都带着假面具。他们上了马跟在牛车后面。一行人依次出发。牛车的主人赶着牛车走在最前面，两侧是刚才说的两个手持火枪的团丁，接着是骑着驴，手里还牵着罗西南特的桑丘，最后是神父和理发师。因为牛车走得很慢，他们也不能超前。

堂吉诃德坐在笼子里面，伸直了腿，捆着双手，倚着栅栏不吵也不闹，耐着性子忍受着一切，看上去不像个活人，倒像一尊石像。大家就这样不急不慢静静地走了两西里地，来到一个山谷。牛车的主人觉得这里可以让牛歇一歇，吃点草，就去同神父商量。理发师主张再往前走一段，他知道转过附近的山坡，还有一个山谷，那边的草更茂盛，而且更适合歇脚。牛车主人就同意了，他们又继续向前走。神父这时回头发现后面来了六七个行装整齐、骑着牲口的人。那些人不像牛车那样慢吞吞地前行，倒像是骑着骡子的牧师，急着要到一西里之外的客店去午休，所以很快就赶上了他们。于是他们相互间行了礼。其中一人是托莱多的牧师，其他的人都是他的侍从。他看见牛车、团丁、桑丘、罗西南特、神父和理发师行列整齐地向前行，还有个人被囚禁在笼子里，就想知道为什么要如此对待那个人。他从团丁所戴的标记猜想那人应该是个犯了抢劫或其他什么罪行的凶犯，被圣友团逮捕了。他就向一个团丁打听，那人回答说："大人，这位绅士为什么要被关在笼子里押着走，我们也不知道，还是让他自己来说吧。"

堂吉诃德听见了他们的对话，说道："诸位绅士大人，你们对游侠骑士的事熟悉吗？如果熟悉，我可以跟诸位谈谈我的不幸，否则，我就不想白费口舌了。"神父和理发师见那几个人同堂吉诃德说话，怕自己的计谋被识破，就赶紧上前。牧师听了堂吉诃德的问话，就回答说："说实话，兄弟，我对骑士小说可熟悉得很呢，比对比利亚尔潘多的《逻辑学基础》都还要熟悉。所以，如果你的要求只有这一点，那你完全可以把你心里的话告诉我。""那我就放心说了，"堂吉诃德说，"绅士大人，我想告诉你，我是遭到了几个恶毒的魔法师的嫉妒，受了欺骗，才被他们用魔法关进这个笼子给押着走的。美德虽然受到好人的爱护，但也更容易受到坏人的玷污。我是个游侠骑士，可不是默默无闻的那种，而是名垂千史，值得别人效仿的骑士。我不怕各种嫉妒，也不怕各种——比如波斯的巫师、印度的婆罗门、埃塞俄比亚的神秘家的——诋毁。""曼查的堂吉诃德大人说得对，"神父插言道，"他中了魔法被关在车里并不是由于他犯了什么罪，而是那些嫉妒他的品德和勇气的人对他的恶意陷害。大人，他就是狼狈骑士，也许您早就听过他的大名。他的英雄事迹都将被铭刻在坚硬的青铜器和大理石上，万古不灭。无论嫉妒他的人如何用尽心机，也无法湮没他的英名。”

牧师听到这些人都这样奇怪地说话，不知道是怎么回事，惊奇得在胸口直画十字。其他随行的人也感到奇怪。桑丘听见他们的谈话，也凑了上来说：“不管你们爱不爱听，大人们，我说的可是真话。要是说我的主人堂吉诃德这样是着了魔，那么我妈也着了魔。我的主人现在头脑清醒，能吃能喝，也能像别人一样去茅房大小便，跟昨天被关起来之前一样。既然这样，你们怎么能让我相信他着了魔？我听很多人说过，着了魔的人不吃不喝，还不说话。可我的主人，若是没人管着，说的话比三十个律师说的还要多。”他又转过身来对神父说道：“喂，神父大人啊，神父大人，您以为我没认出您吗？您以为我没有看穿你们用这套新魔法的意图吗？告诉您，随便您戴上什么样的假面具，我也能认出您来。您就是再要什么诡计，我也猜得到您想干什么。一句话，‘嫉妒占上风，美德就无法立足’，‘吝啬的地方就没有慷慨’。魔鬼的下场都不是好的！如果不是因为您，我的主人现在早就娶了米科米科娜公主，我至少也是个伯爵了。因为无论是凭我的主人狼狈骑士的赏赐，还是我自己的功劳，这都是十拿九稳的事了。可是现在我发现还是俗话说得对，‘命运的轮子比磨碾子转得还要快’，‘昨天还是贵客，今天就掉进泥坑’。我为我的老婆孩子难过，他们本来可以指望我这个当爸的做了哪个海岛或王国的总督，衣锦还乡，现在却只能见我当了个人家的马夫就回家了。神父大人，我说这些话就是要奉劝您想想自己的良心，您是在虐待我的主人。您把我的主人关起来，不让他出去救人行善，您不怕见了上帝他会找您算账吗？”

“少胡说八道！”理发师说，“桑丘，看来你和你的主人已经一样了。上帝啊，我看你该进笼子去陪他。你也着了魔，成天贪图那个他许诺给你的海岛，怕是肚里都怀着这个胎了吧！”“我什么胎也没有怀，”桑丘说，“就是国王的胎，我也不怀。我虽然穷，却是老基督徒了，对谁都不亏欠。要说我贪图海岛，还有人贪图更多的东西呢。‘干什么事，就成什么人’。

‘只要是人，都能当教皇’，更不要说只是个海岛的总督了。我的主人征服了那么多岛屿，多得还没人可给呢。请您说话小心点儿，理发师大人，天下的事又不是只有刮胡子一样，要知道佩德罗和佩德罗之间还有差别呢。咱们都认识，别在我面前扔灌了水银的骰子了。我主人到底着没着魔，上帝才知道，咱们还是不要说了，再搅下去，会更糟。”理发师不想和桑丘多说，他怕这个头脑简单的桑丘再说下去会把他和神父精心策划的行动说漏了。神父也防着他，所以就请牧师向前一步，说自己可以解答为什么这个人会被关在笼子里，还可以告诉他另外一些趣事。牧师带着侍从跟着神父向前走了几步。牧师认真地听神父介绍堂吉诃德的性格、生活习惯、身世等情况。神父还向牧师简单介绍了堂吉诃德疯病的起因，发疯后干的事情，以及他们为什么把他放进笼子。他说这样是想把堂吉诃德带回故乡，看看能不能治好他的疯病。牧师和他的随从们听了堂吉诃德的怪事都感到很惊奇。牧师听完就说：“神父大人，我确实认为这些所谓的骑士小说对国家是有害的。虽然我以前闲着无聊的时候，几乎看过了所有的骑士小说，不过只看了开头，一本都没有认认真真地从头看到尾，因为这些小说写得千篇一律，好多地方都是一样的。我想这类小说都起源于所谓的米利都神话，都是些无稽荒唐的故事，人们无聊时拿来看看还可以，想从中得到什么教益就不要指望了。它们与那些寓教于趣的寓言故事大相径庭。虽然骑士小说的主要意图在于消遣，可是，我不觉得满篇的胡言乱语有什么趣味可言。人只有从实际或想象的东西中看到或体会到美与和谐，才会感到心情愉悦，相反的，那些丑陋畸形的东西绝不可能让人产生快感。比如有的小说讲，一个十六岁的孩子一剑就将一个铁塔般的巨人劈成了两半，就像切蛋糕似的，又或者为了渲染战斗的气氛，先是说主人公面前的敌军有百万之众，而这个骑士仅凭他一个人的力量就大获全胜，这种小说各部分都无法和谐统一，那还有什么艺术性可言？如果一个女王或皇后见到一个素不相识的游侠骑士，就轻率地倒在他的怀抱中，这样轻浮的女人我们又能怎么说呢？有时，写一座挤满了骑士的高塔竟然能像船一样在海上乘风前行，今晚还在伦巴第，第二天一早就到了印度教士国王胡安的领土，又或者到了连托勒密也没有发现，马可·波罗也从没见过的什么地方。这种东西，除了无知的粗人以外，还有谁会去读呢？如果有人要反驳说，这种书本来写的就是凭空捏造的事，所以没有必要去计较其情节的真实性，那么我要说，随意编造的故事也要越逼真才越好，才能减少读者的怀疑，可能性才越高，越有趣味。虚构的神话应当与读者的理解力相吻合，将难以理解的事写得容易理解，再增加点悬念和惊险的故事，让人读了又惊又喜。不过，作品要想完美就不能脱离真实以及对现实的模仿。我读过的骑士小说没有哪一部能算得上是一个完整的故事，全都是中间部分无法与开头呼应，结尾又与开头和中段脱节，七拼八凑的。好像不是要塑造一个完美的形象，而是存心要拼凑一个妖怪。除此之外，它们文笔生硬，情节荒谬离奇，爱情庸俗不堪，礼仪失当，还有啰唆的战争描写，无聊的议论，荒诞的旅程，一句话，毫无写作技巧可言，实在应该把这些书像对待无用的人一样清除出基督教国家。”

神父一直认真地倾听，觉得牧师见解高明，说的话很有道理，就告诉他说，他自己和他所见略同，也很反感骑士小说，所以烧掉了堂吉诃德收藏的许多骑士小说。神父还告诉牧师，他们怎样检查了堂吉诃德的藏书，把哪几部判处了火刑，把哪几部予以豁免。牧师听了不禁大笑，说自己虽然列举了骑士小说的种种弊病，可它还是有一个好处，那就是可以在内容上让有才华的人充分表现自己，他爱怎么写就怎么写，不会感到受拘束，比如海上遇难，狂风暴雨，大大小小的战争，都可以描写。他还可以描写勇敢上尉的各个方面，比如说英勇机智，能对付狡猾的敌人；能言善辩，能劝阻士兵的不正确言行；既能深谋远虑，又能当机立断；无论等待出击还是冲锋陷阵都十分勇敢。他还可以描写令人落泪的惨事，也可以叙述轻松愉快的奇遇；既可以写一个美貌绝伦的小姐端庄大方，也可以写一个基督教绅士智勇双全；既可以写一个口出狂言、凶残蛮横的匪徒，也可以写一个谦恭有礼、有勇有谋的国王；既可以写臣民的善良与忠诚，也可以写君主的伟大与仁慈。作者可以是星相家，可以是优秀的宇宙学家，可以是音乐家，可以是政务活动家，如果他愿意的话，还可以当魔法师。他可以表现尤利西斯的足智多谋、埃涅阿斯的怜悯之心、阿基琉斯的英勇无畏、赫克托尔的倒霉厄运、西农的变节、欧律阿勒的友爱、亚历山大的大度、恺撒的胆略、图拉真的仁慈和真诚、索皮罗的忠诚和卡顿的严谨，总之，既可以将这些优秀品质集中在一个人身上，也可以分散在许多人身上，只要文笔生动，想法精妙，描写逼真，就一定是一部完美无缺的优秀作品，就像他刚才说的，实现作品既有教育意义又能消遣娱乐。这种骑士小说不受韵律约束，可以使作者运用美妙的诗学和修辞学中的一切手段进行写作，可用散文来写史诗、抒情诗、悲剧、喜剧。史诗也可以用韵文写出来。

第二十一章　牧师谈论骑士小说以及其他值得思考的问题

“你说得很有道理，牧师大人，”神父说，“因此，现在我们应该摒弃已经出版的这类书籍。它们没有一点教育意义，更没有遵循艺术规律，想与希腊和罗马两位诗坛王子创作的优秀作品一样是根本不可能的。”

“不过，我曾试图按照我刚才说的那些原则和标准创作一部骑士小说。”牧师说，“坦率地说，我已经写了一百多页。为了检验我的这种尝试是否符合实际，我曾经请教过一些喜爱这类传奇的学者，也征询过没有文化，一味喜欢听荒唐故事的人的意见，他们都赞同我的做法。不过我还是没有继续把小说写下去。一方面我觉得写这样的书不是我的本职工作；另一方面是因为我发现平庸之辈始终比有识之士要多，所以尽管受到少数雅士学者的赞赏能够抵消多数头脑简单之人的嘲笑，我还是不愿意曲意迎合那些庸碌的市侩平民，而这种人大部分都喜欢看这类小说。不过，让我辍笔并打定主意不再继续写下去的最主要原因，与现在上演的戏剧有关。我认为：现在流行的都是这种戏剧，有的出于虚构，有的虽然是根据历史改编的，也是彻头彻尾地胡说八道。尽管这些戏都不是上乘之作，老百姓却看得饶有兴趣，还赞许有加。创作戏剧的编剧和演戏的演员们都说戏剧就应该是这样的，因为观众喜欢。另一方面，那些按照戏剧艺术要求编排的剧作就只能受到少数几个有学识之人的青睐，其他人对它的艺术技巧完全不懂。所以，这些编剧和演员宁愿为了混口饭吃去迎合多数人的口味，而不愿只获取少数人的赞许。这样一来，我的书也会是这样。如果我想保持它的艺术性，按照我所说的艺术观点呕心沥血地写出来，也只能落个像街角上的裁缝那样费力不讨好的结局。

“我有好几次都告诫那些演员这样的看法是错误的，演一些具有艺术性而不是荒谬的戏剧同样可以吸引很多观众，赢得很高的声誉，但他们仍然固执己见，随便你怎么讲道理和列举例子，他们都不予理睬。记得有一天，我对一个固执己见的剧作家说：‘你还记得，几年前在西班牙上演的一位著名作家创作的那三部悲剧吗？这三部戏谁看了都很喜欢，真是做到了雅俗共赏，而且演员们演这三部戏得到的报酬比后来上演三十部上座率很高的戏的收入还要多。’‘不错’那位剧作家说，‘您一定说的是《伊萨贝拉》《菲丽斯》和《亚历杭德拉》吧。’‘就是它们，’我说，‘这些剧目严格遵循了艺术规律，保持了自己的艺术特性，但是并没有因此不讨人们喜欢。因此，不能怪观众非要看那些荒诞无稽的戏不可，而要怪演员们只会演这样的戏。的确，《恩将仇报》《努曼西亚》《多情商人》和《欢喜冤家》就没有那些乌七八糟的东西。还有一些很有水平的作家编的一些剧目也不错，这样的作品既让作者出了名，又让演员得了利。’我觉得他听了有些动摇，但并没有因此就心服口服，还是不肯抛弃他的错误观念。”

“您这么一说，牧师大人，”神父说，“反而勾起了我对现在风行的戏剧的厌恶，就像对骑士小说的厌恶一样。我觉得戏剧应该像图利奥说的，是人生的反映、世俗的榜样和真理的再现。可是现在上演的这些东西都是荒谬的反映、愚昧的榜样和淫乱的再现。比如，有的戏第一幕第一场出场的还是个幼稚的女孩，到了第二场就成了老态龙钟的男人，还有比这更荒唐的事吗？还有，有些戏把年迈的老人写得英勇无比，把年轻壮汉写得怯懦如鼠，把佣人写得出口成章，把侍童写得机智聪明，把国王写成粗俗鄙陋的苦力，把公主写成浅薄的洗碗女工，您说这些荒不荒唐？写剧本的人根本没有注意到剧目的时空转换。我曾看过一出戏剧，开始第一场在欧洲，第二场就到了亚洲，第三场结束时又跑到了非洲。假如还有第四场，肯定就会演到美洲去了，一出戏世界各地都跑遍了。既然如此，我还有什么好说的呢？模仿现实是戏剧的重要原则，可是有些剧作家假设故事发生在丕平国王和卡洛曼国王的时代，却又让希拉克略大帝做主人翁。他先手持十字架进入耶路撒冷，又像布荣的哥德夫利一样占领了圣陵，而事实上这几件事差着好多年呢。整个剧情都建立在虚构的基础上，却又加上历史上的一些真人真事，将发生在不同时期、不同人物身上的事情拼凑在一起，让人看着就觉得不可信，更何况还有许多说不通的谬误，这样的戏剧难道不应该受到批评吗？最糟糕的就是那些孤陋寡闻的人竟说这种戏剧已经十全十美，如果再对它们提出什么改进的要求，那就是吹毛求疵了。

“咱们再来看看神话剧吧。这种戏剧不知道捏造了多少虚假的奇迹，许多情节都是牵强附会，甚至把其他人的奇迹全都安到一个圣人的身上！世俗剧也随意编造奇迹，一味地觉得只要加进了这种奇迹就能引起那些愚昧无知之人的注意，就会使他们来看戏。这种歪曲事实、违反历史的行为简直是对西班牙文人学者的污辱，因为其他国家的人仍然严格遵守戏剧的原则，看见我们这种荒谬透顶、错误百出的戏剧，一定会认为我们还是野蛮无知的人。有人说，在一些社会稳定的国家里不是公开允许演出戏剧吗？这其实是在让民众正当地消遣娱乐，从而避免因无聊而产生其他的问题。不管是好戏还是坏戏，所有戏剧都能起到这个作用。所以，没有必要列出那么多规矩来规定编剧和演员应该怎么做，因为就像刚才说的那样，无论戏好戏坏都可以达到这样的目的。可是，他们这样说是不恰当的。我对这种论调的回答是，就算是出于这个目的，不用比较也知道好戏更能让人得到消遣。观众看了一部编排合理，符合艺术规则的戏剧，就可以从它诙谐的那部分得到快乐，从它富有真谛的那部分受到教育，在它跌宕起伏的情节中同主人翁一起感同身受，可以在狡诈阴谋中学会提高警觉，可以借鉴戏中的模范行为，可以愤慨戏中的丑恶行为，也可以赞叹戏中的高尚美德。文化水平再低下的人看了这样的好戏都会获得上面所说的这些教益。如果说一部具备了上述各种特征的戏剧，不如现在上演的普遍缺乏上述特征的戏剧那样更能让观众感到愉快、轻松、高兴和满意，那是根本不可能的。事实上，那些剧作家编写这种缺乏艺术特性的戏剧是不应该受到责备的，因为其中一些作家知道自己做得不对，也知道自己应该怎样做，可是正如他们所说的那样，剧本已经成为一种可以买卖的商品，他们也是身不由己。他们说得也有道理，如果不是这类合演员胃口的剧本，演员们是不会出钱买的。所以，剧作家只能按照演员的喜好去写作，这样的剧本才卖得出去。对这样的事情只要看看我们王国那位天才剧作家的作品就明白了。他的作品诗句华丽，妙语横生，还有许多寓意深刻的箴言。总之，其文字优美，格调高雅，享誉全世界。可是他为了迎合演员的喜好，常常降低要求来写作，所以除了少数几部作品之外，其他的都没能达到应有的完美水平。还有一些作家在编写剧目时粗心大意，作品上演时常常不是损害了某某国王的形象，就是损害了某些家族的名誉，弄得演员们演完戏后就得赶紧逃走，害怕受到惩罚。

"其实，这些问题以及其他我没有说到的麻烦，都是可以避免的。宫廷里只需要委任一个有才华而又谨慎的人来负责所有戏剧上演之前剧本的审查工作。这个人不仅要负责在宫廷里上演的剧目，而且要负责在西班牙全国上演的所有剧目。没有他的批准、盖章、签字，各地司法机关都不允许上演任何剧目。这样一来，演员们就会精心选择好的剧本送往宫廷审核以保证今后能顺利演出。而剧作家也会格外小心地编写剧目，因为他们知道自己的作品会受到某个行家的严格审查。如果能这样，就会出现好的剧本，就会顺利达到戏剧的目的，也就是让民众得到消遣娱乐。因而，西班牙的学者受到尊重，演员们可以安安心心演戏赚钱，不必担心受到惩罚。如果也设立一个审查官，或者就由审核剧本的这个人来负责审查新编写的骑士小说，那么您说的那种优秀的骑士小说肯定会出现，从而大大丰富我们的语言宝库。新出版的骑士小说一定会使那些旧小说黯然失色。这样正当的消遣小说不仅能让空闲的人得到娱乐，也能使繁忙的人读后感到愉悦。就像弓弦不能总是绷得紧紧的一样，人类体质的弱点也决定了没有正当的娱乐，人也不能一直坚持下去。"

牧师和神父正说着话，理发师赶到他们身边，对神父说：“神父大人，我说的那个地方到了，既适合我们午休，又有丰盛的牧草可以喂牛。”“我也是这样想的。”神父说。于是神父把自己的想法告诉了牧师。牧师看着眼前这片美丽的山谷，也愿意在此停下歇息，而且他觉得同神父很谈得来，另外还想再从他那儿听一些关于堂吉诃德的事情。于是，他就吩咐一个随从到前面不远的那家客店给大家弄些吃的。随从说他们那头驮驴已经到了客店，它驮的食物十分丰盛，足够大家吃的，只需要在客店弄些大麦来喂牲口就够了。“既然这样，”牧师说，“那你就把这里所有的牲口都赶到前面的客店去，只把那头驮驴牵回来就可以了。”

桑丘一直都怀疑同行的这两个蒙面人是神父和理发师，此时见他们没有守在堂吉诃德身边，就赶紧来到笼子旁，对堂吉诃德说：“关于您被魔法制服的这件事，我心里有几句话想对您说。我告诉您，跟着我们的这两个蒙面人就是咱们那儿的神父和理发师。我猜他们想出这样的办法送您走，纯粹是由于他们嫉妒您做了一些声名显赫的大事，名望超过了他们。如果我这个猜测没有错，那么您肯定不是中了什么魔法，而是被骗当了大傻瓜。为了证明这点，我想问您一件事，如果您的答案和我想的一样，那么他们这么做就是个大骗局了，这样您就会明白，您没有中什么魔法，而是头脑犯糊涂了。”

“你随便问，亲爱的桑丘，”堂吉诃德说，“我一定会认真回答，让你满意。你说，同咱们一起走的那两个人就是咱们熟悉的神父和理发师，很有可能是因为他们长得特别像神父和理发师，但你要说他们就是，那是根本不可能的。你应该明白，如果他们真像你说的那样是神父和理发师，那一定是让我中了魔法的那几个魔法师变的。要知道，魔法师想变出什么模样来都轻而易举。他们变成我们朋友的模样，就是为了让你的意识受到迷惑，使你就是有英雄忒修斯的本事也无法解脱。它们这样做还为了让我怀疑自己的意识，看不出为什么会有这样的遭遇。你可以认为与咱们同行的那两个人就是咱们村里的神父和理发师，可我肯定是被一种魔法的力量给关在笼子里的，因为以我的气力，人力是不能把我关进笼子里的。只能说魔法师在我身上施的魔法是我在所有骑士小说里都没有看到过的，除此之外，还能说什么呢？你完全不必胡思乱想了，他们绝对不是你说的什么神父和理发师，就像我不是土耳其人一样。至于你想问什么，你就问吧，你就是问到明天早晨，我也会一一回答你。”

“圣母保佑！”桑丘说，“您真的这么糊涂，头脑这么笨，听不出我说的话全是真的吗？您这次遭了殃，被关在这儿，不是中了什么魔法，而是被人陷害。如果你不相信，我只有祈求上帝把您从这场苦难中解救出来，让您意想不到地投入到杜尔西内亚小姐的怀抱中去。”“你就不用求什么上帝了，”堂吉诃德说，“你想问什么就问什么，我刚刚发过誓，一定如实回答。”“我要求您，也希望您能够一五一十地回答，”桑丘说，“您是游侠骑士，希望您以从武的游侠骑士的认真态度来回答我。”“我不会撒谎的，”堂吉诃德说，“桑丘，你快问吧，别这么多祈求，赌咒发誓什么的，都烦死我了。”“我相信我的主人是真诚的。因为这同咱们说的事情有关，所以，我认真地问您，自从您被关进笼子后，或者如您说的着了魔以后，您有没有想过人们常说的大小方便之事？”“我不懂什么方便不方便，桑丘，你想让我直截了当地回答你的问题，就直接问。”“您不懂什么叫大小便，这可能吗？去学校跟那些男孩子学学吧。我是说您想不想做那个每个人都不能不做的事情？”“噢，现在我懂了，桑丘！这件事我想过很多次了，现在就想。快把我弄出去，不然会把这儿弄脏的！”

第二十二章　桑丘同堂吉诃德间颇有见地的谈话

“好啊，”桑丘说，“这下算说对了。这也是我一心想知道的事情。您说，大人，比如说有个人身体不舒服，大家就会说‘这个人到底怎么了，不吃不喝又不睡觉，问他什么，他都前言不搭后语，像着了魔似的。’这样说没有错吧？由此可见，着了魔的人才会不吃不喝不睡觉，也不做我说的那种生理上必需的事情。可像您这样，有人给您喝，您就喝，有人给您吃，您就吃，问您什么，您就答什么，怎么能算是中了魔法。”

“你说得对，桑丘，”堂吉诃德说，“不过我已经对你说过，魔法是多种多样的，以前中了魔法的人并不是这样，可能随着时间的推移，现在中了魔法的人就像我这样。每个时代着魔的方式不一样，不能一概而论。我心里非常明白我已经中了魔法，这样一想，也就心平气和了。如果我认为我没有着魔，却这样懒惰怕事，任由别人给关在笼子里，不去帮助那些急需我救助的弱者，那我的良心会受到很大的谴责。”

“话虽然是这么说，”桑丘说，“我希望您还是能验证一下，最好试着从这个笼子里走出来，我会尽全力帮助您，甚至可以拉您出来。您出来后，再试着骑上您的罗西南特。看它那垂头丧气的样子，好像也着魔了。然后咱们再去碰碰运气，进行一番探险。假如不行，您再回到笼子里去也不迟。万一您真的这么倒霉或者我考虑得过于简单，我所说的试验没有成功，我以一个忠厚侍从的名义向天发誓，我一定到笼子里陪您待着。”

“桑丘兄弟，你说得很有道理，我很愿意去做，”堂吉诃德说，“你觉得什么时候合适，我就什么时候出来，我完全听你的。不过桑丘，到时候你就会发现，你还是没有弄清我着魔是怎么一回事。”

游侠骑士和这位不太称职的侍从边走边聊，来到早已翻身下了坐骑在等候他们的神父、牧师和理发师的面前。赶牛车的人把牛从车上解下来，任它们在那个绿草如茵的地方乱跑。美丽的景色在中了魔法的堂吉诃德的眼里看来毫无特色，却令包括桑丘在内的头脑清醒的人都想在那里舒舒服服地休息一会儿。桑丘请求神父让他的主人从笼子里出来走动走动，否则弄脏了笼子，会让他的主人这样的游侠骑士丢脸。神父听懂了桑丘话中的意思，就说自己非常愿意让他的主人出来走走，可是担心他的主人一旦获得自由就旧病复发，到处乱跑，最后无影无踪。

“我保证他不会跑的。”桑丘说。

“我也可以保证，”牧师说，“不过堂吉诃德如果能以骑士的名义保证，除非经过我们同意，否则不能离开我们，那就更好了。”

“我保证，”堂吉诃德说，刚才那些对话他全听到了，“其实像我这样中了魔法的人，已经身不由己，想干什么都不行了。因为某人被施了魔法之后，就可以在一个地方待上几百年都不动。即使他跑了，也可以从空中被揪回来。”堂吉诃德说，因此完全可以把他放出来，这对大家都有好处。如果不放他出来，大家只有走得远远的，否则大家的鼻子就会受罪了。

尽管当时堂吉诃德的两只手仍然被捆在一起，牧师还是扶着堂吉诃德的一只手让他郑重发誓，然后才把他从笼子里放出来。堂吉诃德走出笼子，简直高兴死了，先舒舒服服地伸了个大懒腰，接着就跑到罗西南特身边，拍了拍马屁股，说：“马中精英，我相信上帝和他慈祥的圣母保佑我们很快就会如愿以偿——那就是你驮着你的主人，我骑在你的背上，去行使职责，那是上帝派我到世上来时赋予给我的。”

堂吉诃德说完就同桑丘一起走到僻静之处去了。回来后他感觉轻松多了，更想赶快实施桑丘安排的计划。

牧师一直看着堂吉诃德，觉得他这个人实在很奇怪。平时同他谈论什么事，他的思维都很清晰，唯独一谈到骑士道，就像前几次一样犯糊涂了。当大家在草地上坐下，等待牧师那匹驮食物的驴子来时，牧师有点可怜堂吉诃德，就说：“贵族大人，您读了那些低级无聊的骑士小说，怎么会头脑糊涂，真假不辨，竟然相信您自己中了魔法这样的事情？一个正常人，怎么会相信世界上有那么多阿玛蒂斯，有那么多著名骑士，有特拉彼松达的国王，有伊尔卡尼亚的费利克斯马尔特，有那么多四处游荡的少女，有那么多毒蛇、妖怪和巨人，有那么多惊险奇遇和激烈战斗，有那么多没听说过的魔法，有那么多华丽的服装、多情的公主，那么多得了伯爵称号的侍从、滑稽的侏儒，有那么多缠绵的情书和话语，有那么多奇女子？总之这些骑士小说里的各种稀奇古怪的事情怎么会有人相信？我看这些书的时候，如果不想它是胡编乱造的，也许还有点兴趣。可一想到它们竟是无稽之谈，就想把它们往墙上摔，要是旁边有个火盆，还要把它们扔进去。它们妖言惑众，那些无知的百姓竟然相信它们的胡言乱语。它们竟然还迷惑了许多精明的学者和有身份、有地位的绅士，比如像您这样的贵族都会被它们欺骗。您看您现在竟然被人关进笼子，用牛车拉着，就像关在笼子里的狮子或老虎给人拉来拉去，供人参观以此来赚钱。堂吉诃德大人呀，您应该为自己感到悲哀，头脑应该清醒了，利用老天赐给您的一切，利用您的聪明智慧，多读一些有益于您的身心和提高您的声誉的书籍。如果您天生喜欢读记载英雄的丰功伟绩的书，您可以读一读《圣经》的《士师记》，在书里您可以读到许多勇士的伟大业绩，而且都是真实的。卢西塔尼亚有维里阿图，罗马帝国有恺撒大帝，迦太基有阿尼瓦尔，希腊有亚历山大，卡斯蒂利亚有费尔南·冈萨雷斯伯爵，瓦伦西亚有熙德，安达卢西亚有贡萨洛·费尔南德斯，埃斯特雷马杜拉有迭戈·加西亚·德帕雷德斯，赫雷斯有加尔西，托莱多有加尔西拉索，塞维利亚有堂曼努埃尔·德莱昂。阅读这些人的英雄事迹，就算对很有学识的文人来说，都是可以让人愉情怡性，又可以获益匪浅的。像您这样聪明的人读这样的书才合适，我的堂吉诃德大人。读了这种书，可以让您增长历史知识、陶冶性情、修身养性，还能使您增长胆识、无所畏惧。这些都能给上帝带来荣誉，也对您有好处，而且更重要的是，还能为您的故乡曼查郡赢得名声。”

堂吉诃德一直聚精会神地听牧师讲话。牧师讲完了，他还盯着人家看了好一会儿，才说：“绅士先生，我觉得您说这番话就是要让我相信世界上根本没有游侠骑士，所有骑士小说都是胡编乱造的，对国家有害无益。不应该读这种书，更不应该读完之后还相信里面的故事，学骑士的样子，从家乡出来从事游侠骑士这一艰苦卓绝的事业，这更是大错特错。同时您还认为，世界上从来就没有阿玛蒂斯，无论是在高卢还是希腊，更没有骑士小说中到处出现的其他骑士。”

“我说的就是这个意思。”牧师插言道。

堂吉诃德接着说：“您还说这些骑士小说深深毒害了我，使我失去了理智，被关进笼子，因此我应该抛弃这些胡编乱造的骑士小说，阅读其他一些真正能够有助于怡情养性的书。”

“是这样的。”牧师说。

“可我认为，”堂吉诃德说，“失去理智，着了魔的是您才对。您竟大放厥词，反对这举世公认、千真万确的骑士道。您说读骑士小说时感到气愤，恨不得把书扔进火里去。其实，像您这样否认骑士道的人，才应该受到这样的惩罚。您想让人们相信世界上从来没有阿玛蒂斯，也没有骑士小说里随处可见的其他骑士，这就好比想让人相信太阳不发光，冰雪不冻人，大地不能养育万物一样。世界上哪位学者能够让别人相信，佛罗里佩斯公主和吉·德波尔戈尼亚的事以及卡洛曼时期的菲耶拉布拉斯和曼蒂布莱大桥的事都是假的呢？我可以发誓，这些事情都像现在是白天一样确凿无疑。如果说这是谎言，就好比说赫克托耳、阿基琉斯、特洛伊战争、法国十二廷臣、英格兰的亚瑟王都是假的了。要知道亚瑟王现在已经变成了一只乌鸦，他的王国正等着他复位呢。照您所说的那样，那也可以说瓜里诺·梅斯基诺和寻找圣杯的事也是编造的，说特里斯坦和艾斯厄王后的爱情，以及希夫内拉和兰萨罗特的爱情都是胡编的。到现在都还有人记得曾经见过女仆金塔尼奥纳这位英国最高级的斟酒女吧。这件事可绝对是真实的。我记得我的祖母见到戴着大头巾的女仆时总对我说：‘孩子，那个女仆很像金塔尼奥纳。’我想祖母应该认识她，或者曾经见过她的画像。再说说皮埃尔斯和美丽的马加洛纳的事吧，谁能否认这不是真的呢？勇敢的皮埃尔斯骑着木马在天空中飞行，启动木马时使用的销钉至今还陈列在皇家兵器博物馆里。那个销钉比车辕还大点儿呢。销钉的旁边就是巴比加的鞍子。罗尔丹的号角现在就陈列在龙塞斯瓦列斯，足有一根房梁那么大呢。由此可见，十二廷臣都是确有其人的，像皮埃尔斯，熙德和其他到处征险的骑士也是真实可信的。勇敢的卢西塔尼亚游侠骑士胡安·德梅尔洛曾到过波尔戈尼亚，并且在拉斯城同查尔尼大名鼎鼎的皮埃尔斯大人打了一仗，后来又在巴西莱亚城同恩里克·德雷梅斯坦大人作战，这两次他都获胜了，从此声名显赫。请您告诉我这位游侠骑士到底是不是真的？西班牙的勇士佩德罗·巴尔瓦和古铁雷·基哈达，说起来我还是基哈达家族的直系后裔呢，他们也是在波尔戈尼亚打了一仗，战胜了圣波洛伯爵的几个儿子。费尔南多·德格瓦拉曾到德国去历险，并且同奥地利公爵家的骑士豪尔赫先生搏斗过，你能说这个也是假的吗？还有苏埃罗在帕索的战斗，路易斯·德法尔塞斯大人同西班牙骑士堂贡萨洛·德古斯曼的比赛，以及其他骑士所建立的那些丰功伟绩都是骗人的吗？我再说一遍，谁否认这些事实，谁就糊涂至极。”

牧师听了堂吉诃德这番真真假假的话，发现他竟然了解所有与游侠骑士有关的事情，不免感到惊讶。他说道："堂吉诃德大人，我不能否认，您刚才讲的的确有些是事实，特别是那些有关西班牙骑士的情况。同时我也承认法国有十二廷臣，可是蒂尔潘大主教写的关于他们的那些东西，我就无法相信了。事实上，他们是法国国王亲自挑选出来的骑士，在力量、身份和胆识方面不相上下，他们虽不能说完全相同，但至少应该大体都差不多。他们就像现在的圣地亚哥或卡拉特拉瓦的骑士团一样。能够参加这种组织的应该是出身高贵的勇敢骑士，就好像现在的'圣胡安骑士团骑士'或'阿尔坎塔拉骑士团骑士'一样，那时候他们就被称为'十二廷臣骑士'。说世界上有熙德和贝纳尔多·德尔卡皮奥，这肯定是没有什么疑问的。可您说皮埃尔斯伯爵的那个销钉至今都还放在皇家兵器博物馆里巴比加的鞍子旁边，恕我孤陋寡闻，还是个近视眼，我看见了那个鞍子，却从来没有看见过什么销钉，尽管它像您说的那么大。"

"肯定就在那儿，这是毫无疑问的，"堂吉诃德说，"说得再具体一点，听说为了防止生锈，是被放在一个牛皮袋里的。"

"这是有可能的，"牧师说，"不过，我凭我的教职发誓，我的确没有见过它。而且就算那儿有销钉，我也无法相信那么多阿玛蒂斯的故事都是真实的，也不相信那么多的骑士都是真有其人。像您这样一位有身份、有才华、思想敏锐的人，居然也相信骑士小说中胡诌的那些荒诞不经的事情，这简直让人无法理解。"

第二十三章　堂吉诃德同牧师唇枪舌剑及其他事情

"真是笑话！"堂吉诃德说，"这些小说是经过国王允许，有关人员审查合格才批准出版的。无论大人还是小孩，穷人还是有钱人，有学问的人还是没文化的人，平民还是骑士，一句话，无论什么人都喜欢读这种书。书上每讲到一位骑士，就把他的父母、祖籍、亲属、年龄、建立功勋的地点和事迹都详详细细、一点一滴地交代清楚，可见都是真人真事，难道那些都是胡说八道的吗？

“请您住嘴，不要再污蔑这些书了。您是个明白人，还是听我的劝，去读读这些小说吧，那么您就会发现它们是多么有趣。不信您听我说，假设我们面前突然冒出一个大湖，湖水沸滚着，湖里游着很多怪蛇、蜥蜴和其他许多可怕的动物。这时湖中心传来一个极其凄惨的声音，说道：‘你，那位正在注视着这可怕湖水的骑士，如果想得到你面前这黑水下面的宝贝，就要拿出你的勇气，跳进这滚滚的沸水里去。你如果不跳进去，就看不到这下面七位仙女城堡中的奇观了。’骑士听完这可怕的声音，根本不会考虑自己会有什么危险，甚至来不及脱掉身上沉重的盔甲，只请求上帝和自己的意中人多加保佑，便纵身跳进了沸腾的湖泊。正当他辨不清方向，还没明白自己究竟落到了什么地方的时候，就已经来到了一个花团锦簇、万紫千红的旷野上，那里美得连仙境都无法与之比拟。他觉得那儿的天空是那么的晴朗，太阳的光芒是那么的明亮，眼前一片绿草如茵，树木苍郁。无数只色彩斑斓的小鸟在树丛中穿梭啼叫，啼声婉转悦耳。旁边一条小溪流过，溪水清澈见底，如水晶一般，水底的细沙和白卵石宛如筛过的金沙和莹润的珍珠一样。另一边有一座用彩色玉石和单色大理石精雕细琢的喷泉，旁边另有一座喷泉却显得淳朴自然，上面镶嵌着精细的贝壳和白色、黄色的蜗牛壳，与耀眼的水晶和祖母绿交织在一起，五彩缤纷，巧夺天工。

“再往前，他又看见一座坚实的城堡或是巍峨的宫殿，围墙用黄金修筑，城垛上镶嵌着钻石，大门是用紫晶石制成的，总之，这座建筑修建得精妙绝伦，所用材料不乏钻石、红宝石、珍珠、金子和祖母绿，令人叹为观止。此时，从城门里出来一大群少女，衣着鲜艳华丽，要是我按照书上记述的那样一一描述给你们听，恐怕一辈子都讲不完呢。其中一个大概是管事的少女，她拉起了那位勇敢地跳进沸腾湖水的英武骑士的手，一声不吭地把他带进一座辉煌的宝殿，为他脱去衣服，用温水为他沐浴，然后又往他的全身涂香脂，给他穿上一件薄如蝉翼，香气扑鼻的纱衣。另外又过来一位少女，给他披上一条价值连城的大披巾。随后少女们又把他带进一个客厅，里面已经摆上宴席，酒宴的丰盛和酒具的精致令人叹服。你再看，少女们为他洗手所洒的洗手水，都是滤过的香花水。少女们又扶他坐上象牙椅，一直默默无声地服侍他。她们为他端来各种美味佳肴，骑士都不知道该先吃哪一道了。他吃饭的时候还可以欣赏到音乐，却不知是谁在演奏，在哪里演奏。用餐完毕后，少女们撤掉桌子，骑士躺到椅子上，习惯地剔起牙来。忽然，一位比在场的少女都还要好看的姑娘进来了，坐在骑士身旁，给他讲这是一座什么样的城堡，自己又是如何被魔法禁锢在这座城里堡的，她还讲了不少奇怪的事情，无论是骑士还是小说的读者都为之感到惊讶。

“我不想再啰唆下去了。不过从这里就可以看出，不管是什么人，不管他们读到游侠骑士小说的哪一部分，都会被迷住。相信我，就像我刚才说的，读读这些小说，你一定会发现读了之后，能够驱除烦恼，心情愉快。

“就我而言，自从我成为游侠骑士后，我就变得英勇无畏、彬彬有礼、慷慨豪爽、教养颇高、肯吃苦耐劳、敢抵御魔法。虽然我刚刚还像疯子似地被关在笼子里，但是我想，只要老天保佑，靠着我臂膀的力量，我很快就会成为某个王国的国王，那时候你就知道我是个知恩图报、胸襟宽广的人了。大人，我相信一个身无分文的人尽管有着强烈的愿望，也永远无法向任何人表示他的慷慨之情。如果只有感激之心，而没有行动表示，就好比有信仰而不做善事一样，都是空的。因此我希望命运能够赐予我一个机会，让我做国王，这样我就可以为我的朋友们做点好事，以此来表明我的心迹，特别是我这位可怜的侍从桑丘，我很早以前就许给他一个伯爵称号。我现在只是担心他没有本事治理好他的封地。”

桑丘听见了主人最后的几句话，说道：“您好好努力一下吧，堂吉诃德大人，赶紧把您许诺了许多次的伯爵领地封给我吧，我等了不知道有多久了。我保证有能力治理好它。就算管不好，我听说有人愿租用领主的土地，每年交一定的租金，而领主们就什么事都不用烦心，只管坐在家里收租金就可以了。到时候我也这么做，什么都不操心，什么都不管，只管收租金，其他的事都交给别人去办。”

“可是，桑丘兄弟，”牧师说，“你可以只管收你的租金，但是总得有人管理封地的政务、司法等事务呀。一个领主必须懂得治理国家，这需要明辨是非的头脑，更要有决断力。如果开头就缺乏这样的愿望，办事就很容易出现错误，那么他所期望的目标自然也就达不到了。上帝常常帮助好心的老实人，不会让狡猾的坏人达到目的的。”

“我不懂得那些大道理，”桑丘说，“我只知道只要把伯爵的领地拿到手，我同样也能当好伯爵，治理好领地。我和别人一样，有脑子，有强壮的身体，别人能管好封地，我也完全可以管理好我的领土。只要我当上领主，我一定想干什么就干什么；万事都随心了，我就称心了；称心了，我的心情就愉快了；一个人如果愉快了，就没有其他要求了；没有要求，也就不用操心了，其他的事都像两个瞎子互相说再见一样，全是胡扯。”

“桑丘，你所说的这些不就是大道理吗，不过关于伯爵治理领地的事，里面还有很多学问呢。”牧师说道。

这时，堂吉诃德插嘴道：“我不知道还有什么学问，我只知道以高卢伟大的阿玛蒂斯为榜样，他曾把菲尔梅岛封给他的侍从，我也要学他的样。封桑丘做伯爵，我一百个放心，因为桑丘是游侠骑士的侍从中最优秀的一位。”

牧师见堂吉诃德把一整套疯话说得有条有理，对骑士的湖中历险也描述得合情合理，还能把从骑士小说上看到的那些乱七八糟的东西都记得一清二楚，这一切都让他感到十分惊奇。牧师也没有想到桑丘竟会如此愚蠢，一门心思地想得到他的主人许愿给他的伯爵领地。这时，牧师的那几个佣人已经到客店去牵回了驮食物的驴子，还在绿草地上铺了块毯子，摆上了食物。大家就坐在树荫下吃东西，赶牛车的人就趁此机会在这个地方喂他的牛。大家正吃着，忽然听到他们身旁的灌木丛中传来一阵嘈杂声，还有铃铛响。只见一只山羊窜了出来，身上是黑色、白色和棕褐色的斑点，十分漂亮。有个牧羊人在羊的身后大声呼喊，用牧羊人常用的语言叫羊站住，也可能是喊它回到羊群里去。那只惊慌失措的小羊看到这些人，就跑到他们面前停了下来，仿佛是在向他们求救。牧羊人走过来，抓住羊的两只角，对它说，就好像它能听懂人话似的：“哎呀，小花羊啊小花羊，你的心实在是太野了，你怎么能到处乱跑！是狼把你吓着了吗，宝贝？你告诉我，到底这是怎么回事？其实因为你是母羊，不能静静地待着罢了。你的脾气不好，还不学好样。回去吧，快回家去吧，朋友，你待在圈里或者同你的伙伴们在一起，虽然不愉快，却是安全的。你总是这样到处乱跑，其他羊会怎么样呢？”

大家听了牧羊人的这番话都觉得很好笑，尤其是牧师。他对牧羊人说：“兄弟，你先消消气，先别急着把羊赶回家去。就像你刚才说的，它是只母羊，就得顺着它的性子，你逼它也没有用。来喝点酒，吃口肉，消消气，也让羊休息一下。”

牧师说着就用刀尖挑了一块兔子的里脊肉递给了牧羊人。牧羊人接过肉，说了声谢谢，就吃了起来，还喝了口酒。定了定神之后，他说道：“希望你们不要因为看见我如此认真地同这个畜生说话，就认为我的脑子有毛病。我刚才说的那些话是有用意的。我虽然没什么文化，可是还不至于连人和畜生都不会分。”

“这点我完全相信，”神父说，“而且根据我的经验，大山里面总是隐藏着有识之士，牧人茅屋里有的是哲学家。”

“先生，”牧羊人说，“别的没有，至少也有吃过亏的人。为了使你们相信这点，我想冒昧地给大家讲个故事，如果你们不介意，希望你们花点时间听一听，你们就会知道我和这位大人，”牧羊人指指神父，“说的都是真的。”

这时堂吉诃德说：“我觉得你要讲的这件事还有点骑士冒险的意味。所以，就我而言，兄弟，我非常愿意听。我想你讲的事情一定是非常有趣的，在座的这几位大人也很愿意听这些逸闻趣事。讲吧，朋友，我们都愿意听你讲。”

“我就不听了，”桑丘说，“我想拿着这些饼到小溪那边去吃，吃够三天的量。我听我的主人堂吉诃德大人说过，游侠骑士的侍从只要有东西吃的时候就要拼命吃，否则一旦走进深山老林，有可能好几天都出不来。如果不吃饱，或者干粮袋里没有带够食物，就会饿得像干尸一样，这种情况是很常见的。”

“你说得很对，桑丘，”堂吉诃德说，“你爱上哪儿上哪儿，能吃多少就吃多少。我已经吃饱了，现在只是心灵上需要加些养分，所以我要听听这位好人讲的故事。”“我们都需要这种养分来给灵魂加点餐。”牧师说。牧师请牧羊人开始讲他的故事。牧羊人抓着羊角，在它背上拍了两下，对羊说道：“小花羊，来，趴在我的身边，咱们等一会儿再回羊圈去。”小羊似乎听懂了主人的话。牧羊人刚坐下，它就安静地在他身旁趴下来，看着主人，似乎在认真地听牧羊人讲故事。于是，牧羊人开始讲起来。

第二十四章　牧羊人对押送堂吉诃德一行人讲的故事

“有个村庄，就在离这个山谷不到三里地的地方，虽然不大，却是周围这一带最富裕的。村里有个很有声望的农夫。他也很富裕，但他的好声望主要还是因为他的品德好。不过据他自己说，他最得意的就是有个非常漂亮、聪明、文静的女儿。凡是认识或见过这个女孩的人都为老天给了她这样漂亮的模样而赞叹不已。她小时候就很漂亮，越长越好看，到十六岁的时候，简直成了绝色美人，开始名扬周围的所有村庄。何止是周围的村庄，还传到了很远的城里，甚至传进了国王的王宫，传到了各式各样人的耳朵里。大家都从四面八方跑来看她，就像看什么稀罕物或者创造奇迹的神灵似的。她的父亲对她的管教很严，她自己也洁身自好。女孩子如果不自重，就算成天把她锁在家里都是不起作用的。

“父亲的财富和女儿的美貌吸引了很多人。不论本村还是外乡的年轻人，都来向她求婚。不过就像要处置一件异常珍贵的宝物一样，她的父亲竟然拿不定主意，不知该将女儿许配给众多求婚者里的哪一位好了。我也是这许多求婚者中的一个。大家都觉得我很有希望，因为我是本村人，她的父亲也认识我，而且我家世清白，年纪适当，家境富裕，人也聪明机智。不过，本村还有一个求婚的年轻人，条件和我差不多。她的父亲觉得我们两个人都配得上他的女儿，于是犹豫不决。那姑娘叫莱安德拉，她可害苦了我。她的父亲认为既然我们两个人的条件差不多，就由她本人自己来选择。她父亲的这种做法还是值得所有想为自己的子女安排婚事的父母学习的。当然我并不是主张允许子女们选择卑鄙下流之徒，而是应该给子女们提供条件好的人选，让他们从中挑选自己的意中人。我至今都不知道莱安德拉选择了谁，只知道她的父亲为了不让我们难过，就借口说她年龄小，另外还说了一些不着边际的话来敷衍，既不答应也不拒绝我们。我的对手叫安塞尔莫，我叫欧亨尼奥，你们应该先知道这个悲剧里主人翁的名字。虽然到现在还不知道结局到底是怎样的，不过可以料想，一定是不幸的。

“这时我们村子里来了个叫比森特·德·拉罗沙的人，他的父亲是本村一个贫苦的农夫。他当过兵，去过意大利和其他一些地方。在他十二岁那年，一个上尉带兵从村里经过时，把他带走了。又过了十二年，他穿着一身花花绿绿、到处都是玻璃坠儿和金属链的军装回来了。他今天穿这身，明天换那套，一天一个样，不过质地不好，还花里胡哨的，值不了几个钱。村里人本来就喜欢说长道短，一有话柄，更是挑剔刻薄。那些人一件件数了他的服装和装饰品，发现他的衣服虽然颜色不同，可是连绑腿和袜子一共只有三套。不过，他就用这三套衣服变来换去的，穿出了很多样式来。要是不留心，还以为他有十多套衣服，二十多种羽饰呢。别以为我说的这些都是题外话，在很大程度上正是这些花花衣服促成了这个故事。

“我们村空的地上有一棵杨树，他就坐在杨树下的石凳上向我们讲述他的英雄事迹，听得我们都目瞪口呆，恨不得他一口气讲完。他自己说的，世界上没有什么地方他没去过，没有什么战斗他没参加过。他杀死的摩尔人比摩洛哥和突尼斯所有的摩尔人都还要多。他还说，他参加的惊心动魄的决斗次数远远超过了甘特和卢纳，超过了迭戈·加西亚·德帕雷德斯和其他一千多名武士之和。他每次都获胜，而且还不流一滴血。不过与此同时，他又把他过去受伤留下的伤疤给我们看，说是在多次战斗中留下的痕迹。其实我们什么伤疤也没有看见。他总是隐约流露出傲慢的态度，跟他的同辈或是熟人竟然以‘你’相称。他常说他的靠山就是他的胳膊，他立的战功就是他的家世，他当过兵，就不欠国王什么了。这个不可一世的人还装作懂点音乐，能拨拉几下吉他，于是就有人说他把吉他弹活了，就像会说话一样。他的才能还不只这些，他还会作诗，每当村里发生一点鸡毛蒜皮的小事，他都能编出一西里长的歌谣来唱诵一番。

“我所说的这位士兵，这位比森特·德·拉罗沙，这位勇士、帅小伙、音乐家和诗人，被莱安德拉瞧见了。她家有扇窗户，能够看到空地。他鲜亮的服装使莱安德拉产生了爱慕之情，他动人的歌谣迷住了莱安德拉。比森特每写一首歌谣都要抄出二十份四处散发。比森特自己说的那些事迹还传到了莱安德拉的耳朵里。总之鬼使神差的，在比森特还不敢妄想高攀时，莱安德拉竟然先爱上了他。谈情说爱这种事要是女方先主动，那就再容易不过了。在还没有一个求婚者意识到莱安德拉的这个心思时，莱安德拉就迅速告诉了比森特，两个人就顺顺当当地情投意合了。后来，母亲已经过世的莱安德拉，抛下了自己亲爱的父亲，同那个当兵的逃离了村庄。比森特把这件事做得比他自吹的所有战斗都要成功。

“全村和所有听说这个消息的人都感到很惊讶。我深感震惊，安塞尔莫也惊得说不出话。她的父亲非常伤心，亲友们非常气愤，司法机关对这件事也很关注，圣友团的团丁也出动了。他们把守住各个路口，还搜索了树林和各个地方，过了三天，终于在一个山洞里找到了任性的莱安德拉。当时她的身上只剩下一件衬衣了，从家里带出来的钱和珍宝几乎一样不剩。人们将她送回到她那伤心透顶的父亲面前。大家问她事情的经过，她坦然承认说是比森特·德·拉罗沙骗了她，答应娶她为妻，让她离家出走，还说会带她到世界上最富足、最奢华的城市那不勒斯去。她没有仔细考虑，就鬼迷心窍，轻信了他的谎言，于是偷了父亲的财宝，当天晚上就全交给了比森特。比森特把她带到一座陡峭的山上，关在一个山洞里。莱安德拉说那个当兵的倒是没有玷污她，只是抢走了她的所有财宝，把她一个人丢在那里就跑掉了。这反而使大家感到很意外。

“那个当兵的会那么老实，这一点实在让人难以相信，可她十分肯定地坚持这一点，这让她本来悲痛欲绝的父亲得到点安慰，女孩的贞操是最宝贵的，一旦丧失，就难以挽回。既然他的女儿保住了这件宝贝，那么，即使损失了点钱财，他也就不计较了。莱安德拉回来的当天，她的父亲就把她送到附近镇上的一个修道院，希望随着时间的消逝，人们会渐渐忘却他女儿这件丢脸的事情。莱安德拉毕竟还年轻，发生这样的事情是情有可原的，至少对莱安德拉的品行好坏不十分在意的人会这么想。然而那些知道她机灵而又聪明的人却认为，她做错了这件事并不是由于不懂事，而是女人轻率、任性的天性造成的，在大多数人的眼中，女人都是头脑简单，行为不够稳重的。

“莱安德拉被送进修道院后，安塞尔莫的双眼就失去光芒，至少看不出有什么可以让他高兴起来的事了。我也眼前一片黑暗，对任何值得高兴的事情都提不起兴趣。莱安德拉走后，我们心里越来越难过，越来越烦躁，就诅咒那个军服鲜亮的士兵，埋怨莱安德拉的父亲对她疏于看管。最后，我和安塞尔莫决定离开村庄，来到这个山谷。他放了一大群羊，我也放了不少的羊，两个人就在树林里消磨时光，要么一起唱歌，赞颂美丽的莱安德拉，要么一起咒骂她，发泄心中的怨气，要么就独自叹息，向上天倾诉自己的苦闷心情。

“很多向莱安德拉求过亲的人也学着我们的样子，来到这陡峭的山上放羊。来的人越来越多，到处都是牧人和羊群，简直成了阿卡迪亚田园，随处都可以听到美女莱安德拉的名字。有人咒骂她，说她朝三暮四，水性杨花；有人说她太轻率，骨头贱；有人为她说情，原谅她；也有人为她辩解；有人称赞她的美貌；还有人鄙视她的本性。总之，人人都瞧不起她，却又非常喜欢她。大家简直都要疯了，甚至有的人从来都没同莱安德拉说过一句话，反而怪莱安德拉看不起他；也有人唉声叹气，像得了嫉恨的疯病。其实，任何人都不应该嫉恨莱安德拉。我刚才说过，她还没有来得及表示喜欢谁，就出事了。岩石间，树荫下，小溪旁，到处都有牧羊人在向老天倾诉自己的郁闷和厄运，处处都回响着莱安德拉的名字。山谷回荡着‘莱安德拉’，溪流低吟着‘莱安德拉’，莱安德拉让我们这些人神魂颠倒，疯疯癫癫，本来没有希望，却又期望，没有恐惧，却又恐惧。在这群疯疯癫癫的人里，最有理智又最不理智的就是我的情敌安塞尔莫了。他本来有很多理由来埋怨莱安德拉，可是他偏偏只哀叹莱安德拉不在他的身边。他还弹得一手绝妙的三弦牧琴，他作的诗也很有才情。他弹着琴，唱自己写的诗，简直无比悲怨。我当然有我自己的做法，我觉得我的做法是正确的，也就是咒骂女人的轻浮多变，见异思迁，两面三刀，言而无信，一句话，她们到处滥用感情。各位大人，这就是我刚才为什么要对这只小羊说那番话的原因了。这只羊是那群羊里最漂亮的一只，但是因为它是母羊，我偏就不喜欢它。这就是我要给你们讲的故事了。可能我讲得详细了些，不过我一定盛情款待你们。我的草屋离这儿不远，那儿有新鲜的羊奶和可口的奶酪，还有各种甜美多汁的水果，不仅好看，吃起来更是香甜。”

第二十五章　堂吉诃德同牧羊人大打出手；冲撞苦行者，以一身大汗收场

大家听了牧羊人的故事都觉得很有意思，特别是牧师，他感到很惊奇。虽然牧羊人穿得破破烂烂的，但是讲起故事来用词文雅，一点都不像山野村夫。看来神父说的“山里出学士”，还是很有道理的。大家都愿意帮欧亨尼奥做点什么。堂吉诃德更是慷慨万分，他对欧亨尼奥说：

“牧羊人兄弟，可惜我现在不能再冒险了，否则我肯定会立刻上路为你讨回公道。毫无疑问，谁都不愿意在修道院里待着。只要我能去冒险，不管修道院院长和其他人如何阻拦，我都会把莱安德拉从修道院里救出来，只要你遵守骑士道的规矩，不对姑娘做任何她所不愿意做的事情，我就把她交给你，随便你怎么对她。希望上帝保佑，能来一个心地善良的魔法师帮我解除魔法，千万不要让一个邪恶魔法师的法力超过一个好心的魔法师。我发誓到那时我一定会帮助你，因为扶弱济困是我们骑士的天职。”

牧羊人看了看堂吉诃德，见他衣衫褴褛，形容憔悴，大感惊讶，于是问神父：“大人，瞧他这身打扮，说话这样的语气，他是谁啊？”“还能是谁呢！”理发师说，“他就是曼查郡大名鼎鼎的堂吉诃德。他锄强扶弱，呵护弱女子，降伏巨人，百战百胜。”

“这倒有点像游侠骑士小说上写的那些，”牧羊人说，“我觉得，不是您在开玩笑，就是这位绅士的脑袋是空的。”

“你个大无赖，”堂吉诃德马上反驳说，“你的脑袋才是空的呢，我的脑袋比你那个婊子养的婊子妈妈的肚子都还要满。”说着堂吉诃德从身边抓起一块面包，朝牧羊人的脸上扔去，把牧羊人的鼻子都砸歪了。牧羊人平时从来不开玩笑，见堂吉诃德竟然真的动手，也就不顾什么地毯、台布和旁边围坐在一起吃饭的人，就向堂吉诃德扑过去，双手掐住他的脖子。若不是桑丘·潘萨这时正好赶来，他准会把堂吉诃德掐死。桑丘从背后抱住牧羊人，把他推倒在餐桌上，将上面的盘子和杯子砸得粉碎，汤水四溅，食物乱滚，一片狼藉。堂吉诃德脱了身，立马骑在牧羊人的身上。牧羊人被桑丘踢得浑身疼痛，脸上全是血。他趴在地上就想找把刀子报仇，可牧师和神父制止了他。理发师找机会让牧羊人翻了个身，反而把堂吉诃德压在身下，于是牧羊人挥拳就向堂吉诃德的脸一阵猛击，结果堂吉诃德也同牧羊人一样血流满面。牧师和神父见了，差点笑破了肚子，几个团丁也看得大笑不止，还在一边起哄挑唆，就像看两只狗在打架。只有桑丘急慌了，因为他被牧师的一个佣人抓住，脱不开身，无法帮助他的主人。这时，除了打架的那两个还在那里互相抓扯，其余的人都在一旁围观哄笑。

突然传来一阵号角声，异常凄切，大家不由得循声望去。堂吉诃德听了，更是激动得不得了，尽管他正被牧羊人压在身下，动弹不了，而且还被打得全身青肿，还是对牧羊人说：“你竟然有力气、有胆量把我压在下面，你肯定是魔鬼。魔鬼兄弟，你能不能别这样？我请求你暂且休战一小时，那个凄苦的号角声正在召唤我，我要去开始一次新的征险了。”牧羊人也懒得再打下去了，就放开了堂吉诃德。

堂吉诃德站起来，转过头向传来号角声的方向望去，忽然看见从山坡上走下来很多人，都穿着白色衣服，看样子都是苦行者。原来这一年久旱无雨，于是那一带的人为了祈求上帝能开恩下点儿雨作为施舍，纷纷结队游行，有的祈祷，有的苦行。这些结队而行的人都是附近一个村庄里的，想要到山坡上一个隐居的圣徒那里去朝拜求雨。

堂吉诃德以前多次见过苦行者的装束，不过已经忘记了。这回他见那些人穿着稀奇古怪，竟然以为这是要他这位游侠骑士来大显身手、救人于苦难了。那些人正好抬着一尊穿着丧服的人像，这更证明了他的想法，以为是一伙歹徒劫持了一位尊贵小姐。一想到这里，他便迅速地冲向正在溜达着吃草的罗西南特，从鞍架上取下盾牌和缰绳，给马套上缰绳，又让桑丘把剑递给他，翻身上了罗西南特，手持盾牌，大声地向所有在场的人说道："各位勇士们，你们很快就会看到游侠骑士在这个世界上是多么重要了。等我解救了那位被挟持的尊贵小姐，你们就会知道该不该尊重游侠骑士了。"

说完，堂吉诃德就快马加鞭，用双腿夹紧马肚子，因为他脚上没有马镫了，直接冲向那些苦行者。罗西南特第一次以它从未有过的速度向前飞奔。神父、牧师和理发师想拉住堂吉诃德，但已经来不及了，连桑丘的大声喊叫也没能让他停下。桑丘喊道："你往哪儿去呀，堂吉诃德大人？你中了什么邪，竟反对起我们天主教的事儿来了？糟糕啊，那是苦行教徒去赎罪的！他们抬着的是圣洁无比的圣母玛利亚人像！你看看，你到底在干什么呀，大人，这回的事情可不是你想的那样！"桑丘喊破嗓子也是白费力气。

堂吉诃德飞速冲向那些穿白衣服的人，一心只想要解救那位穿丧服的小姐，根本听不到别人说什么。就算听到了，他也不会回头，无论谁叫他，就是国王的命令，他都不会回头。他赶上了苦行者，这时罗西南特已经累得走不动了。堂吉诃德勒住了罗西南特，声音嘶哑，气喘吁吁地说道："看你们这些人蒙着脸就知道不是好人。你们仔细听着，我有话对你们说。"

抬神像的几个人首先停下来。四个诵经的教士中有一个见堂吉诃德这副打扮，再看到他骑着的那匹瘦骨嶙峋的马，实在觉得好笑，就说道："老兄啊，你有什么话想说，就赶紧说吧。你看我们这些兄弟已经自己打得皮开肉绽，你最好三言两语赶快把话说完，否则，我们是没有道理在这儿听你讲什么事情的。"

"我的话非常简单，"堂吉诃德说，"那就是你们立刻把这位小姐放了。

她愁眉苦脸，泪流满面的样子表明，是你们强行带走她的，而且还冒犯了她。我生来就是为受欺负的人主持公道的。你们如果不马上放了她，就休想往前走一步。”大家一听堂吉诃德的话，就知道这人准是个疯子，不禁都哈哈大笑起来。这笑声简直是火上浇油，让堂吉诃德更加怒火中烧。他二话不说，举起剑就向抬架子的人刺去。一个抬架子的人马上放下架子，举起休息时用来支撑抬架的木棍就开始迎战。堂吉诃德向他猛砍一剑，将那根木棍劈成两半。抬架人就举起手中剩下的半截木棍，往堂吉诃德拿剑的肩膀就是一击。那个人力气很大，堂吉诃德的盾牌完全抵挡不住，他从马上被打翻在地。

这个时候，桑丘气喘吁吁地赶了上来，见堂吉诃德已经被打倒在地，就大声地喊抬架人不要再打了，说他只是个着了魔的可怜骑士，他一辈子都没有伤害过任何人。抬架人没有理会桑丘的喊叫，但是看见堂吉诃德直挺挺地躺在地上，手脚冰凉，以为他死了，赶紧把长袍往腰间一塞，一溜烟地跑掉了。

这时，与堂吉诃德同行的那些人全赶来了。那些苦行者看一下子跑来这么多人，还有手持弓弩的团丁，担心来者不善，便马上围在神像周围。他们摘掉头上的尖纸帽，紧握皮鞭，准备开战。教士们也捏紧了高烛台，如果对方开始进攻，就好自卫，要是可能的话，还可以向对方进攻。不过，命运的安排出乎意料。原来，桑丘以为堂吉诃德已经死了，就扑在他的身上大哭起来，呼天抢地的，让人听了觉得又伤心又好笑。

神父认识苦行者中的另一位神父，这下，双方的恐惧和剑拔弩张的情势都消除了。这位神父向那位神父简单介绍了堂吉诃德的情况，于是那位神父和那些苦行者都过去看那个可怜的骑士是不是真的已经死了。只听桑丘痛哭流涕地喊道：“哎呀，骑士中的精英，这样一棍子就让你英年早逝了！你是你们家族的骄傲，是整个曼查郡乃至整个世界的骄傲！没有了你，世上的坏蛋没有人惩罚，就会肆无忌惮地到处作恶！你比所有的亚历山大都慷慨，我才服侍了你八个月，你就答应把海里最好的岛屿赏给我！你对傲慢的人非常谦逊，对谦逊的人非常傲慢，你克服艰险，忍辱负重，还一往情深，你专学好人，惩罚坏人，消灭一切丑恶的行径。总之一句话，你是一个名副其实的游侠骑士！”

堂吉诃德终于被桑丘的连哭带叫给喊醒了，他醒来以后的第一句话就是：“最最温柔的杜尔西内亚，现在我受的这些痛苦都不能与和你分离的痛苦相提并论。朋友，帮帮忙，把我扶上那辆中了魔法的牛车。我这个胳膊已经被打坏，抓不住缰绳，不能骑罗西南特了。”

“我一定照您的吩咐做，”桑丘说，“咱们现在就回家乡去，这几位大人也愿意与咱们一起回去。下回我们再重整旗鼓，来一次名利双收的出征。”

“你说得对，桑丘，”堂吉诃德说，“现在我们正遭受厄运，等过了这段时间再行动，才是明智之举。”

牧师、神父和理发师对堂吉诃德说，他这样做很对。他们笑话了一阵桑丘的傻话，就把堂吉诃德按照原来的样子放在牛车上。那些朝圣的人又重整队伍，继续上路。牧羊人告别了大家，团丁不想再往前走，于是神父给了他们一些报酬，打发了他们。牧师请求神父将以后堂吉诃德治疗疯病的情况告诉他。说完这些，牧师也吩咐他的佣人们启程了。大家高高兴兴地各走各的路，只剩下神父、理发师、堂吉诃德和桑丘，还有温顺的罗西南特，它同主人一样，一直默默地看着眼前发生的一切。

牛车的主人将车套上牛，又给堂吉诃德身下垫了一捆干草，然后按照神父的指点，慢吞吞地踏上了归途。两天之后，他们终于回到了堂吉诃德的故乡。到达的时候正是星期日，又是中午时分，人们都聚集在村里的空场上。送堂吉诃德的牛车经过空场时，大家都过来围观看车上到底装的是什么。等他们认出车上装的竟是自己的同村老乡时，都非常惊讶。有个男孩子马上跑到堂吉诃德的家里，把消息告诉了堂吉诃德的女管家和外甥女，说堂吉诃德面黄肌瘦地躺在一辆牛车的干草堆上回来了。两个善良女人一听，就大声地哭喊起来。她们一边打自己的嘴巴，一边诅咒那些可恶的骑士小说，这样的情景让人看了伤心不已。等到堂吉诃德被送进家门时，她们哭喊的声音更大了。

桑丘的妻子知道自己的丈夫跟着堂吉诃德出去还当了他的侍从，听到堂吉诃德回来的消息也马上赶到了广场。一见到桑丘，她第一句话问的就是自家那头驴好不好。桑丘说比自己的主人还好。

“感谢上帝，”桑丘的妻子说，“不过，你现在赶快告诉我，你这次当侍从究竟得到什么好处了？给我带女裙了吗？给孩子们带鞋子了吗？”

“这些东西我都没有带回来，”桑丘说，“我的好老伴儿，不过我带回了更有意义、更贵重的东西。”

“我太高兴了，”妻子说，“让我看看那些更有意义、更贵重的东西到底是什么，我的丈夫！给我看看，让我心里高兴高兴。自从你走后，我的心一直憋得慌。”

“等到家我再给你看，老伴儿，”桑丘说，“现在你不要着急嘛。只要上帝保佑，我们能再出去冒一次险，我很快就会成为伯爵或者某个海岛的总督，这可不是一般的海岛，是世界上最好的海岛哦。”

“但愿上帝能够保佑我们，这件事能成，我的丈夫，咱们正需要这个呢。不过你得告诉我，海岛是个什么东西？我不懂。”

“真是驴嘴不知蜜甜，”桑丘说，“到时候你自然会知道，小姐，等你听到你的臣民称呼你为女领主时，你一定会感到更加惊奇。”

“桑丘，你说的女领主、海岛和臣民到底是什么东西啊？”胡安娜·潘萨问。胡安娜·潘萨是她的名字，虽然他们不是一个家族的，但是在曼查，女人们结婚后都习惯使用丈夫的姓。

“你不要着急，别指望一下子就知道那么多事情，胡安娜。我告诉你的都是实话，你闭着嘴听就行了。我只想告诉你，世界上再没有比这个更美的事情了，那就是为四处冒险的游侠骑士当个体体面面的侍从。不过话又说回来，不是每次都能顺遂人意的。一百次征险里，往往九十九次的结局都是不尽如人意的。对于这一点，我深有体会。我曾被人用毯子裹起来往空中扔过，也被人打过。尽管如此，能够翻越崇山峻岭，穿越树林，攀登悬崖峭壁，访问城堡，随意留宿客店，一分钱都不用给，真是够惬意的。”

就在桑丘和胡安娜聊天的时候，堂吉诃德的女管家和外甥女已经把堂吉诃德接到家里，给他脱掉衣服，把他放在他原来那张旧床上。堂吉诃德斜眼看着她们，还是没明白自己这个时候到了什么地方。神父告诉她们这回不知费了多少事才把堂吉诃德弄回来，嘱咐堂吉诃德的外甥女要好好照顾她的舅舅，让她们多加留心，别让堂吉诃德再跑了。两个女人听了又是一番震天的哭叫，再次诅咒那些骑士小说。她们还请求上帝把那些胡编乱造、谎话连篇的作者们都打入地狱。骂完后她们又担心堂吉诃德，生怕他身体养好了就又跑掉。不幸的是她们的担心成为了事实，他又跑了。

尽管这个故事的作者费尽心机，到处搜寻有关堂吉诃德第三次出征的资料，结果却一无所获，至少没有找到真实的文字材料。不过，据曼查郡的人们回忆，堂吉诃德第三次出征，去了萨拉戈萨，参加了当地几场很有影响的比武，还干了一番大事来向人们展示他的勇气和智慧。至于他最后的结局，作者实在是一无所知。幸亏有一位老医生，他有一个铅盒，里面有些相关的资料。据那位老医生说，那个铅盒是一次翻修一个隐士的旧居时，从瓦砾堆里发现的。铅盒里有一些用哥特体字写的羊皮纸手稿，原来是几首用卡斯蒂利亚语写的诗歌，里面介绍了堂吉诃德的许多事迹，描绘了杜尔西内亚的美貌、罗西南特的外形、桑丘·潘萨的忠诚，还提到了堂吉诃德本人的坟墓，另外还有几首墓志铭和有关堂吉诃德生平事迹的碑文。这个新奇故事的作者已经将手稿中能够辨认的几首誊写在下面。

作者翻查了曼查的所有文献资料，将这个故事写成这部传记，不是想让读者称赞他不辞辛苦，只是希望读者读了以后能够相信他，就像相信那些风靡于世的骑士小说一样。如果真能这样，他就心满意足了，就有信心去寻找新的资料，写出新的故事，就算不能像这个故事一样真实，也会像这个故事一样新奇有趣。以下是铅盒里羊皮纸上记载的诗。

曼查郡阿加马西利亚城诸院士对堂吉诃德英勇的一生所作的悼念诗

阿加马西利亚城的摩尼刚果院士为堂吉诃德所题的墓志铭

这位疯人为曼查带来的荣光
比伊阿宋·克里特还要多。
他的智慧变化无常，
就像风向标一样琢磨不定，
有时还无用武之地。
他铁臂的力量传至四方，
从卡塔依到盖亚。
他才华横溢，
常常在青铜器上留下他的诗文。
他将阿玛蒂斯抛于身后，
卡拉奥尔也无法与之相比。
在他的勇敢和热情面前
贝利亚尼斯也湮没无闻。
他曾骑着罗西南特周游四方，
如今，却长眠在这冰冷的石碑下。

阿加马西利亚城的巴尼瓜多院士赞颂杜尔西内亚·托波索

她浓眉大眼，宽脸庞，
高挺的胸脯，英姿飒爽，
她就是杜尔西内亚，托波索的王后，
堂吉诃德心中的挚爱。
为了她，他不惜艰难跋涉，
翻越黑山，
踏过著名的蒙铁尔原野，
到过阿朗惠斯的平原，
徒步跋涉，辛苦不堪，
(这是罗西南特的责任)。
残酷的命运啊，
让曼查战无不胜的狂人
痛失年华。
美丽的姑娘已经香消玉殒，
而他的名字即使已经刻在了大理石上，
也不能摆脱爱情和欺诈。

阿加马西利亚城才气极佳的卡普里丘索院士为赞颂堂吉诃德的坐骑罗西南特所作的诗

十七行诗

富丽的宝鞍威武坚实，
铁蹄践踏着腥风血雨。
曼查那个狂人无比英勇，
在宝鞍上挥舞着他的战旗，
宝鞍两边披挂着盔甲和利剑，

劈砍刺杀，建立战功。
辉煌战绩，开创新风。
高卢以阿玛蒂斯为傲，
希腊勇敢的子孙
名气超过千倍，到处传诵。
贝罗娜赐予堂吉诃德一顶王冠，
整个曼查都为之骄傲，
希腊和高卢都没有曼查这么光荣。
他的英名不会被人们忘记，
就连他那超群的罗西南特
也胜过布里亚多罗和巴亚尔多百倍。

阿加马西利亚城的布尔拉多院士献给桑丘·潘萨的诗

十四行诗

桑丘·潘萨虽然个头小，
勇气却让人感到奇妙。
世界上所有的侍从，我可发誓担保，
他最纯朴诚实，从不取巧。
他差点儿得到伯爵称号，
可惜身处这罪恶时期，
恶毒攻击全在一起，
连他的灰驴也偷窃。
这位侍从骑着驴，（恕我用词不雅）
紧跟着顺从的罗西南特，
一起追随骑士到处游侠。
人世的愿望都落空，
给的许诺是安逸的生活，

最后得到的却是荣耀的泡影！

阿加马西利亚城的恰契迪亚布洛院士为堂吉诃德所写的碑文

长眠于此的骑士，
曾饱受痛苦，惨遭厄运，
他的罗西南特，
驮着他到处奔波。
愚蠢的桑丘·潘萨，
安息在主人身旁，
他的忠实，
其他侍从无法与之相比。

阿加马西利亚城的提克托克院士为杜尔西内亚·托波索所题的墓志铭

杜尔西内亚长眠于此，
尽管她体态丰满，
狰狞凶恶的死亡之神
已使她变成一堆灰泥。
她出身清白，
就像贵族小姐，
自从成为堂吉诃德的内心之火，
她的家乡就名气大涨。

这些就是能够辨认的几首，其他的诗文已经被虫蛀得字迹模糊不清，只好委托给一位院士，请他辨认考证了。据说他费了不少心思，熬了好多个不眠之夜，已经考证完毕，准备连同堂吉诃德的第三次出征记一起出版。